Caballo de Troya 4
Nazaret

T0125089

Narrativa

Biografía

J. J. Benítez (1946) nació en Pamplona. Se licenció en Periodismo en la Universidad de Navarra. Era una persona normal (según sus propias palabras) hasta que en 1972 el Destino (con mayúscula, según él) le salió al encuentro, y se especializó en la investigación de enigmas y misterios. Ha publicado 52 libros. En julio de 2002 estuvo a punto de morir.

J. J. Benítez
Caballo de Troya 4
Nazaret

Planeta

Obra editada en colaboración con Editorial Planeta – España

© 1989, J. J. Benítez
© 2011, Editorial Planeta, S.A. – Barcelona, España

Derechos reservados

© 2011, Editorial Planeta Mexicana, S.A. de C.V.
Bajo el sello editorial BOOKET M.R.
Avenida Presidente Masarik núm. 111, Piso 2
Polanco V Sección, Miguel Hidalgo
C.P. 11560, Ciudad de México.
www.planetadelibros.com.mx

Diseño de portada: OPALWORKS
Fotografía de autor: © Jorge Nagore

Primera edición en España en esta presentación: noviembre de 2011
ISBN: 978-84-08-10807-8

Primera edición en México en esta presentación: noviembre de 2011
Décima octava reimpresión en México en esta presentación: noviembre de
2022
ISBN: 978-607-07-0957-9

Ediciones anteriores:
En esta colección y con otras presentaciones:
1a. edición a 18a. impresión: de noviembre de 1989 a mayo de 2009
En bolsillo:
1a. edición a 22a. impresión: de julio de 1995 a julio de 2009

Impreso en los talleres de Litográfica Ingramex, S.A. de C.V.
Centeno núm. 162-1, colonia Granjas Esmeralda, Ciudad de México
Impreso y hecho en México – *Printed and made in Mexico*

Índice

A Tirma, Lara, Raquel, Satcha e Iván,
que sufrieron los ciento cinco días
de gestación de esta obra

El diario

(CUARTA PARTE)

Debí suponerlo. Después de casi nueve horas de intenso y accidentado viaje, aquel respiro no era normal. Y al pisar el polvoriento sendero que se empinaba hacia la blanca y próxima Caná, el optimismo de los peregrinos se hizo humo, perdiéndose en el borrascoso y amenazante cielo de aquel lunes, 24 de abril del año 30. Y surgió la tragedia. Y quien esto escribe se vio enfrentado a otro amargo trance...

Con toda seguridad, nada de aquello habría acontecido si el confiado Bartolomé, en lugar de detener su desigual paso, hubiera proseguido hacia la ya inminente y ansiada aldea, punto final del viaje. Pero, ¿quién tiene en su mano modificar los designios de la Providencia?

Días más tarde, al retornar al módulo y someter el minúsculo disco magnético alojado en la sandalia «electrónica» al proceso de lectura y decodificación, Santa Claus, nuestro ordenador central, ratificó con escrupulosa minuciosidad el lugar exacto donde se registró el lamentable incidente: a 19 kilómetros y 500 metros del lago de Tiberíades.

En dicho paraje, a la vista de su ciudad natal, Bartolomé (Natanael), en una muy humana y comprensible explosión de júbilo, detuvo sus cortas e inseguras zancadas. Alzó los brazos y, al caer sobre los hombros, las amplias mangas de la túnica dejaron al descubierto unas extremidades tan menguadas como velludas y musculosas. Y girando sobre los talones nos sorprendió con una de sus inconfundibles sonrisas: franca, interminable y enturbiada por una dentadura negra y ulcerada.

Juan Zebedeo, la Señora y este explorador agradecieron la inesperada pausa. Y Bartolomé, encarándose a los cielos, clamó con gran voz:

—Las puertas se revuelven en sus quicios..., así el perezoso en su cama..., y tú, Caná, sobre la dorada abundancia..., pero te amo.

Conforme fui penetrando en la vida de aquellos hombres — los llamados «íntimos» de Jesús—, mi sorpresa creció sin medida. Natanael era el ejemplo más cercano. Culto, filósofo y con un singular sentido del humor, acababa de hacer suyo un símil didáctico del libro de los *Proverbios*, redondeándolo sin pudor. Pero no debo desviarme...

Quizá fueran ya las cuatro de la tarde. El caso es que María, la madre de Jesús, aprovechando el breve descanso, fue a depositar el reducido hato de viaje sobre las puntas de sus polvorientas sandalias de cuero de camello. Y advirtiendo la proximidad de Caná, en un gesto típicamente femenino, procedió a ordenar y alisar los generosos, negros y discretamente nevados cabellos. Dejó escapar un largo suspiro y, por casualidad, el verde hierba de sus hermosos ojos almendrados fue a descubrir algo entre el manso y dorado oleaje de los trigales, a la izquierda de la senda que nos conducía. No dudó. Y tampoco preguntó. Aquél era su estilo: decidido y, en ocasiones, peligrosamente irreflexivo. Esta forma de ser de la Señora había constituido un casi permanente manantial de conflictos. Su Hijo primogénito, entre otros, como espero ir narrando, fue testigo de excepción de cuanto afirmo.

Al principio, ni el complacido Zebedeo ni el eufórico Bartolomé prestaron excesiva atención al súbito alejamiento de María. Pero este explorador, atento siempre, casi en perpetua tensión, fascinado por cada palabra o movimiento de aquellos personajes, la siguió con la mirada, intrigado.

Con su nervioso caminar, la Señora se situó en la linde del trigal. Y durante algunos segundos permaneció absorta en un cimbreante corro de flores, nacido al socaire de las altas y prometedoras espigas de trigo duro. Acto seguido, segura de su descubrimiento, se dejó caer lenta y suavemente, hasta que las rodillas tocaron la roja arcilla. Y con destreza, su mano izquierda fue arrancando unos primeros manojos de flores. Los aproximó al rostro y, entornando los ojos, aspiró profundamente. ¡Cuán ajenos estábamos a lo inminente de la tragedia!

Y en un generoso deseo de compartir su hallazgo nos mostró el cuajado ramillete de flores blancas.

—¡Son lirios! —exclamó alborozada.

Su alegría estaba justificada. Este tipo de flor silvestre —*shoshan*, según los textos bíblicos—, que crece en la Galilea y en el monte Carmelo, simbolizaba la belleza. En aquel tiempo, esta delicada y aromática flor era asociada a la buena suerte y a unas muy especiales cualidades espirituales. El *Libro de los Reyes* (I) (7, 19-26), el *Cantar de los Cantares* (2, 1-2) e *Isaías* (35, 1-2), entre otros, la mencionan y enaltecen. El propio Jesús habló de su especial significación (1). En esta ocasión, sin embargo, el descubrimiento del *lilium candidum* no fue presagio de buena fortuna. Todo lo contrario.

Una sonrisa fue la amable respuesta del Zebedeo al tierno comentario de María. Pero siguió a mi lado. En cuanto a mí, tentado estuve de salvar los tres o cuatro metros que nos separaban de la Señora y colaborar en la recogida de los lirios. Sin embargo, Bartolomé, como si hubiera adivinado mis intenciones, tomó la iniciativa, precipitándose hacia el trigal. Se liberó del engorroso manto o *chaluk* y, feliz como un niño, fue a inclinarse sobre las flores, apresando, no sólo los lirios, sino también las moradas y azules anémonas, así como los abundantes y escarlatas ranúnculos que crecían parejos. Ahora tiemblo al imaginar lo que podría haber sucedido si me hubiera adelantado al romántico Natanael...

Me disponía a interrogar al joven Zebedeo en torno al posible destino de tan copiosos ramos cuando, de improviso, Bartolomé profirió un ahogado gemido. Se incorporó veloz, soltando el ramillete. Y, ante el desconcierto general,

(1)   Aunque los lingüistas del siglo XX no terminan de ponerse de acuerdo sobre la identificación de esta flor, tanto la *havatzeleth* o «rosa» del *Cantar de los Cantares* como el «azafrán» del libro de *Isaías* no eran otra cosa que el *lilium candidum* o lirio blanco: un especimen de tallo cubierto de hojas, que termina en un racimo de grandes flores blancas, orientadas horizontalmente y que vive de cuatro a cinco días. Permanecen abiertas día y noche, aunque su exquisito aroma es más intenso en la oscuridad. La bondad y cualidades espirituales del lirio blanco serían reconocidas oficialmente en un edicto papal del siglo XVII, vinculando a esta flor con las representaciones pictóricas de la Anunciación. Botticelli y Ticiano son dos excelentes ejemplos. *(N. del m.)*

desenvainó su *gladius*, lanzando un poderoso mandoble contra el escondido terreno. Entre los tallos tronchados, una nubecilla de polvo se elevó fugaz sobre las espigas, moteando la blanca túnica del discípulo. María, a dos metros escasos, palideció. Juan y yo nos miramos alarmados, sin comprender.

El golpe, propinado con ambas manos, fue tan violento que el hierro quedó clavado en la arcilla. Sin embargo, en lugar de recuperar el arma, Bartolomé dio media vuelta y, tambaleante, se dirigió hacia nosotros. Me asusté. Los ojos aparecían desorbitados, vidriosos y su faz, como la de la Señora, se había tornado lechosa. Y aterrorizado extendió las manos hacia el Zebedeo, en una muda petición de auxilio...

Hoy, al rememorar estas escenas y su carga de dramatismo, vuelvo a formularme la gran pregunta: «¿Estábamos preparados para un "viaje" de esta naturaleza?» Más aún: ¿es posible hallar a alguien con la sangre fría suficiente como para limitarse a observar, sin ceder a la natural inclinación de ayudar a sus semejantes? Nuestro entrenamiento, de eso no cabe duda, era excelente. Quien esto escribe había sido puesto a prueba durante las amargas horas del prendimiento, torturas y ajusticiamiento del rabí de Galilea. Pero, aun así, las tentaciones y las dudas brotaban a cada instante. Éste era el problema. Pues bien, a la vista de lo que nos tocó vivir en aquel segundo y tercer «saltos» en el tiempo, estoy convencido de que, a la larga, si estos «viajes» se repiten, los frutos pueden ser nefastos. Lo ocurrido a poco más de dos kilómetros de Caná y en el resto del viaje fue todo un aviso. Dicho queda.

Juan, intuyendo el problema, se abalanzó hacia el descompuesto Natanael. También María acudió en su ayuda. En cuanto a mí, perplejo y sin saber a qué atenerme, permanecí en mitad del camino, aferrado a la «vara de Moisés» y, supongo, con una perfecta cara de estúpido...

Pero, ahora que lo pienso, observo con desolación que he vuelto a alterar el orden cronológico de esta nueva aventura. Es menester que este apresurado diario refleje los hechos tal y como sucedieron y, muy especialmente, en el orden estricto en que se manifestaron. Así debe ser, en beneficio de la verdad. Solicito, pues, disculpas al hipotético lector de estas memorias. Fueron tantos y tan sugestivos los sucesos que nos tocó vivir que, como en esta ocasión, tengo la imperdonable tendencia a trastocarlos. Y aunque lo mío no es escribir, me esforzaré por guardar ese natural e imprescindible orden.

Como venía diciendo, esta utilísima exploración fue acometida muy de mañana. El desembarco en la orilla occidental del *yam*, al sur de la ciudad de Migdal, se efectuó con celeridad y suma discreción. Los relojes de la «cuna» debían marcar las 07 horas y 15 minutos...

Y Natanael, tomando la iniciativa, se puso en cabeza de la expedición, adentrándose en la llanura que nos separaba de Hamâm. Inspiré con fuerza y, dirigiendo una última mirada al lejano promontorio en el que esperaba mi hermano, me situé inmediatamente detrás de Juan, cerrando la escueta comitiva. Una nueva y excitante aventura acababa de empezar.

Como narré en su momento, tras las dos asombrosas apariciones del Resucitado a orillas del mar de Tiberíades, sus discípulos —divididos a causa de la fogosidad de Simón Pedro—, terminaron por pactar. Aguardarían al sábado, 29 de ese mes de abril. Si la tercera y discutida presencia del Maestro no se registraba a lo largo del mencionado *sabbat*, el propio Pedro encabezaría la misión de «proclamar la buena nueva de la resurrección y de la, según ellos, inminente llegada del reino». La jornada anterior —domingo, 23 de abril—, el que muy pronto sería reconocido como «jefe» de un sector del primigenio grupo apostólico, había cometido el atrevimiento de convocar al gentío que se agolpaba a las puertas del caserón de los Zebedeo, en Saidan, a una magna asamblea, en aquella misma playa y a la hora nona (las tres de la tarde) del referido *sabbat*. «Entonces —les anunció— os hablaré con más calma.»

Pobre Simón. Su sorpresa, ese día y en esa multitudinaria reunión, sería épica.

La suerte, por tanto, estaba echada. Y los íntimos, de común acuerdo, optaron por aprovechar aquellos días de teórica inactividad para visitar a sus olvidadas familias o, sencillamente, reponerse de los recientes y dolorosos acontecimientos acaecidos en Jerusalén. Esta circunstancia, no prevista por Caballo de Troya, vendría a enriquecer nuestra misión, permitiendo a quien esto escribe un más fácil acceso a la aldea de Nazaret. La magnífica oportunidad, a pesar de sus peligros y naturales dificultades, podía abrirnos un insospechado campo en el conocimiento de los años ocultos —o supuestamente ocultos— de Jesús. Y la Providencia, una vez más, fue generosa con estos esforzados exploradores...

Como creo haber mencionado, Juan de Zebedeo se brindó a velar por la seguridad de María durante tales jornadas. Y yo acepté encantado la invitación para acompañarles. En cuanto al segundo discípulo, Bartolomé, tal y como referí oportunamente, caminaría a nuestro lado, deteniéndose en su ciudad de origen: Caná. A la vuelta, prevista para el viernes, 28, Natanael esperaría nuestro obligado paso por la población de sus mayores, retornando al lago en compañía del Zebedeo y de este «pagano», mitad «adivino», mitad «traficante» en vinos y maderas, mitad «sanador»...

Sobre el papel, mi cometido en Nazaret no presentaba especiales complicaciones. Con sumo tacto, eso sí, debería ingeniármelas para reunir un máximo de información, verificando —hasta donde fuera viable— los datos obtenidos hasta esos momentos. No me importa insistir. No discutiré si los llamados evangelistas acertaron o no en su trabajo. Quien se enfrente a estos diarios podrá juzgar por sí mismo. De lo que estoy seguro es de que una auténtica aproximación a la vida y al mensaje del Hijo del Hombre requiere, cuando menos, una visión panorámica de toda su existencia. Mutilar su encarnación, ofreciendo tan sólo los tres postreros años de dicha vida, es injusto e irresponsable. Cuanto nos fue dado averiguar sobre sus primeros treinta y dos años se halla tan cuajado de interés que, amén de resultar atractivo por sí mismo, autoriza a creyentes o no creyentes a dibujar en sus mentes y corazones una silueta de Jesús de Nazaret infinitamente más precisa, cercana y esperanzadora. Si la filosofía y la forma de ser de cualquier humano adulto dependen en gran medida de su educación y entorno familiar, ¿por qué hacer una excepción de un Dios que se hizo igual al hombre? ¡Qué singular simpatía nos produjo comprobar que aquel joven también supo del dolor que se experimenta ante el fallecimiento de un ser querido! ¡Qué emoción al saber de sus estrecheces y penurias económicas! ¡Qué serena dulzura al identificarnos con sus humanas tentaciones, con sus crisis y con su despertar a la vida! ¿Por qué los escritores mal llamados sagrados han negado a las generaciones esos dramáticos años en los que Jesús, muy lentamente, fue adquiriendo conciencia de su naturaleza divina? ¿Por qué olvidar u ocultar el transparente y hermoso amor de Rebeca, la joven de Nazaret, por aquel muchacho?

Esto, y cuanto el Padre Eterno y Misericordioso tuvo a bien revelarnos sobre la «vida oculta» de Jesús de Nazaret, no empañó ni diezmó nuestra visión del Maestro. Al contrario. De ahí mi comprensible indignación con los evangelistas. Pero es hora ya de entrar en materia.

Bartolomé y Juan aceleraron el paso. Era evidente que deseaban alejarse lo antes posible de la orilla occidental del *yam*. El segundo, en particular, inquieto por los recientes sucesos de Saidan, trataba de evitar cualquier clase de encuentro con las gentes del lugar. Entiendo que aquella esquiva actitud nada tenía que ver con el miedo. En los momentos críticos, el Zebedeo se había destapado como uno de los más valientes, acompañando al Maestro hasta el final. El problema era otro. Desde un principio, en abierta oposición a Pedro, se inclinó por una actuación más cautelosa. Juntamente con Andrés y Mateo Leví había defendido la opción de la «espera». Los hechos eran tan extraordinarios, confusos y vertiginosos que, en buena ley, demandaban una profunda y serena reflexión, antes de pronunciarse en un sentido o en otro. Y aunque nadie podía dudar de su inquebrantable fe en la vuelta a la vida de Jesús, esgrimiendo una encomiable sensatez, quiso ajustarse primero a las órdenes o indicaciones del rabí. Y éstas, obviamente, no se habían producido. El tiempo le concedería la razón.

Y en silencio, tras cruzar las erosionadas lajas de piedra de la calzada romana que facilitaba las comunicaciones en aquella región del lago, nos adentramos en la fértil llanura que resbalaba desde el desfiladero de las Palomas. Natanael, nuestro guía, viejo conocedor del terreno, nos arrastró durante cuatro o cinco minutos a través de un laberinto de senderillos que delimitaba e intercomunicaba una no menos compleja red de huertos y campos de labranza, prolongación, en suma, del «jardín de Guinosar», orgullo de la Galilea.

Al poco, con admirable precisión, el discípulo de Caná desembocaba en un camino de unos tres metros de anchura, polvoriento y alfombrado por un pestilente reguero de excrementos de caballerías y ganado menor. Me detuve un instante. Como en las correrías precedentes por las costas de Cafarnaum y Saidan, la puntual ubicación de referencias geográficas en mi memoria resultaba de esencial interés para un más seguro y eficaz desarrollo de la misión. Y aquel camino, por lo que pude deducir, conducía al sureste. Probablemente, a la vía Maris, en las cercanías de las ruinas de Raqat o de la altiva ciudad de Tiberíades.

Unos diez minutos después nos situábamos a las puertas del *wâdi* o valle de Hamâm, conocido también como el desfiladero de las Palomas. Allí, la senda se partía en dos. Un ramal, angosto y descuidado, arrancaba por nuestra derecha, perdiéndose en dirección noreste. En dicha confluencia, para mi descanso y satisfacción, se erguían dos mojones de brillante basalto negro. Quizá lo que presencié en esos momentos no revista mayor importancia, pero me resisto a olvidarlo. En ocasiones, un simple gesto, como aquél, encierra más fuerza que todo un discurso... Era curioso. A pesar de su dilatada asociación con Jesús y de las excelsas enseñanzas recibidas, la mayor parte de los discípulos seguía alimentando un casi genético desprecio por los romanos. Y no era extraño que lo manifestasen a la menor oportunidad.

La cuestión es que, al llegar a la mencionada bifurcación, Bartolomé, siempre en cabeza, aflojó el paso. El Zebedeo y la Señora le imitaron y, tras una rápida inspección de los alrededores, convencidos de que nadie espiaba sus movimientos, el primero de los discípulos giró el rostro hacia los mojones, lanzando un súbito y certero salivazo contra la piedra. En un primer momento, un tanto perplejo, asocié aquel poco edificante gesto con alguno de los hábitos del guía. Mas, al ser testigo de un segundo salivazo, propinado esta vez por el Zebedeo, mi desagrado se transformó en curiosidad. Y, sin más, reanudaron la marcha.

No necesité explicaciones complementarias. Al pasar ante los mojones entendí la razón de semejante comportamiento. Cada una de aquellas piedras volcánicas, de un metro de altura, orientaba al caminante en una muy concreta dirección. En uno, vaciado en la dura roca, había sido esculpido el nombre de Tiberíades y los estadios que restaban hasta la ciudad: 21 (unos 4,5 kilómetros). El segundo mojón, marcando el ramal que serpenteaba hacia el noreste, advertía de la proximidad de Migdal, situada a cinco estadios (alrededor de un kilómetro). Pues bien, aunque los mojones y las pertinentes señalizaciones podían haber sido trabajados unos setenta años antes —seguramente en la época en la que el rey Herodes el Grande conquistó aquella zona—, debajo de los respectivos «letreros», una mano diestra y, casi con seguridad, romana, había grabado la efigie del césar Tiberio, dueño y señor de la levantisca provincia por la que caminaba.

Sonreí para mis adentros y, acomodando a mi espalda el cada vez más molesto pellejo del agua, apresuré el paso, reintegrándome al grupo.

Santa Claus, días más tarde, ajustaría las mediciones. No obstante, si no erraba en los cálculos, aquella primera etapa (desde la playa a las puertas del *wâdi*) había sido apurada en cosa de quince minutos. No estaba mal para una milla. Aquél, naturalmente, no era el camino habitual entre Nahum y Nazaret o viceversa. Al utilizar la vía marítima, y desembarcar al sur de Migdal, habíamos evitado los ocho kilómetros que separaban la citada Nahum (Cafarnaum) de la ciudad de la Magdalena.

Pues bien, al irrumpir en el *wâdi* Hamâm, el caminar se ralentizó, lógica consecuencia de la progresiva elevación del terreno. Debemos considerar que el nivel del lago de Tiberíades, en aquel tiempo, se hallaba en la cota «menos 212 metros» y que, en breve, nos situaríamos en el del mar Mediterráneo, rebasándolo en más de 40 metros en las cercanías de la aldea de Arbel. Y todo ello en cuestión de dos kilómetros y medio.

El escenario que se abrió entonces ante este emocionado explorador fue, sencillamente, sobrecogedor. Las referencias obtenidas desde el aire no hacían justicia a tales quebradas. En un centenar de pasos, a partir de la bifurcación, el paisaje sufrió una dramática metamorfosis. El vergel que nos recibiera al pisar tierra firme había claudicado, en beneficio de unos riscos afilados y altivos, de paredes verticales y desnudas, ora violetas, ora doradas, que emergían como centinelas. Y a sus pies, hasta donde la Naturaleza había sido capaz de trepar, unos apretados y verdinegros bosques de terebintos y robles del Tabor. Y en el fondo de semejante desfiladero, sirviéndonos de milagroso guía, aquel torturado camino de polvo y tierra, hecho costra con el correr de los años. Una senda que debía ser abierta y despejada regularmente, ante el imparable y enmarañado avance de la maleza, regada con generosidad por susurrantes hilos de agua, huidos todos de las alturas. De vez en vez, en los recodos del camino, bandadas de palomas remontaban el vuelo precipitada y ruidosamente, zarandeando los cañaverales y los macizos de venenosas adelfas. Y perezosamente, con desgana, las charcas en las que habían sido sorprendidas iban recobrando su transparencia. El tableteo de las palomas bravías alertaba a otras colonias de aves que, a su vez, en blancos quiebros, despertaban un eco interminable. Y en una deliciosa locura alada, los inquilinos de la garganta —pesados y negros cuervos, fulminantes vencejos de afiladas colas, azulados y asustadizos roqueros solitarios, bisbitas de las montañas, gorriones chillones y emigrantes escribanos cenicientos— planeaban de cornisa en cornisa o de gruta en gruta, alzándose sin esfuerzo hacia la cima del picacho que gobernaba el quebrado paraje: el *har* o monte Arbel, de 389 metros de altitud.

A los veinte minutos de marcha de esta segunda etapa, en uno de los más pronunciados repechos (con un desnivel superior a los cuarenta grados), María, sudorosa y jadeante, lanzó un pequeño grito, llamando la atención del hombre de cabeza. Necesitaba descansar y recuperar el aliento. Bartolomé se detuvo entre protestas. Pero el Zebedeo, comprensivo, se deshizo del petate, acudiendo solícito en ayuda de la Señora. Ésta, acomodándose en una de las rocas que menudeaban a lo largo de la senda, agradeció el pañolón que acababa de ofrecerle Juan, enjugando el sudor del rostro y cuello. Y, adelantándome a sus deseos, extraje el tapón de madera que cerraba el mugriento y embreado odre, colmando la escudilla que colgaba del pellejo. Al aproximarle el agua, María dulcificó la mirada, esbozando una de sus cálidas sonrisas. ¡Dios! La reconocí al punto. Aquélla era la sonrisa de su Hijo. Limpia. Acogedora. Irresistible... Y un escalofrío me dejó sin habla.

Los rudos modales de Natanael, reclamando su ración de agua, abortaron tan entrañables recuerdos, devolviéndome a la realidad. A pesar de su falta de tacto, aquel discípulo poseía un corazón noble y confiado. Poco a poco iría descubriéndolo.

Ni el Zebedeo ni yo probamos el agua. El primero, supongo, porque no la necesitaba. En cuanto a mí, como ya expliqué, por estrictas razones de seguridad.

En el fondo, aunque ninguno lo reconociera abiertamente, todos agradecimos la pausa. Y durante algunos minutos, cada cual se hundió en sus personales preocupaciones. Una ligera y fresca brisa, preludio del primaveral «maarabit», el viento que viaja a diario desde el Mediterráneo hasta el lago, hacía oscilar los hisopos sirios y las altas espadañas, provocando el cabeceo de los bosquecillos de laurel y perfumando el desfiladero con el aceite volátil de sus verdes y correosas hojas.

Alcé los ojos. El cielo, plomizo, navegaba con prisas hacia el este. Y de nuevo, muy a mi pesar, fui asaltado por aquel familiar sentimiento, mezcla de añoranza y sutil melancolía. ¿Cómo explicar tan paradójica situación? Éramos exploradores. Unos «observadores» de «otro tiempo», con una fría y calculada misión: reunir las piezas de la historia humana de un Hombre llamado Jesús de Nazaret. En su código, Caballo de Troya prohibía hasta la más nimia debilidad de sus «navegantes». Se nos exigía valor, astucia, una notable reserva de conocimientos de toda índole y, en especial, un corazón de hielo. ¡Cuán vana resulta a veces la inteligencia! ¿O es que cabe encarcelar los sentimientos? Allí estaba la prueba. Por más que luchase, por muy grande que fuera mi capacidad de olvido, el magnetismo de aquel Hombre estaba derribando todos los códigos. Al igual que aquellos galileos, yo también le echaba de menos... Y por un momento le imaginé avanzando por el *wâdi*, con sus largas e inconfundibles zancadas.

De pronto, «algo» vino a quebrar el cristal de tan apacible descanso. Fue tan inesperado como grotesco. Pero me ayudó a profundizar en el temperamento del prácticamente desconocido Bartolomé.

En uno de los relampagueantes vuelos sobre las cabezas de aquellos confiados caminantes, una de las especies rocosas —la collalba rubia— acertó a evacuar sus blancos excrementos sobre el adormilado Natanael. El fulminante impacto, en pleno hombro izquierdo, arruinó el impecable manto de lana. En segundos, el grupo pasó de la estupefacción a una inocente y contagiosa risa. Juan fue el primero en estallar, arrastrando en su algazara a la Señora y a quien esto escribe. Bartolomé, congestionado por la ira, se despegó de la roca sobre la que se había recostado y, alzándose, recorrió con la vista las paredes del desfiladero, a la búsqueda de la atrevida collalba. Por un momento, el general e incontenible regocijo me hizo temer lo peor. Pero el discípulo, aparentemente ajeno a la hilaridad de sus compañeros, continuó blandiendo el puño izquierdo, descalificando a toda criatura que pudiera volar con una irreproducible sarta de juramentos y maldiciones. Cuando, finalmente, comprendió lo inútil de su comportamiento, la gruesa y pentagonal cara se dirigió al mancillado *chaluk*. Y los negros y expresivos ojos se cerraron, al tiempo que presionaba las mandíbulas y arrugaba el ceño, en una mueca de repulsión. Las tupidas y largas pestañas oscilaron nerviosamente. Por fin, su atención descendió hasta nosotros. Atónito, observó primero las atropelladas carcajadas de Juan. Acto seguido paseó la mirada por aquel poco caritativo «griego» que, a decir verdad, hacía ímprobos esfuerzos por disimular. Por último, lanzando una inquisidora ojeada a las lágrimas que humedecían los pómulos de la Señora —consecuencia del intenso acceso de risa—, el bueno de Bartolomé cedió. Y obedeciendo a sus más íntimos impulsos se unió al regocijo general, soltando una carcajada que atronó el desfiladero, descolocando de nuevo a sus alados huéspedes. Francamente, me sentí aliviado. Así era Natanael, uno de los once: franco, indeciso, falto de tacto, indulgente y, por encima de todo, amigo de sus amigos. En los modernos esquemas de la tipología de Ernest Kretschmer, seguramente hubiera encajado en el denominado tipo «pícnico», con altas dosis de un temperamento «ciclotímico» (1). Con Tomás era el más bajo de estatura: alrededor de 1,58 metros. Sufría una clara propensión a la acumulación de grasa. Su vientre avanzado, como el de Simón Pedro, era la viva manifestación de dicha tendencia. Como buen «pícnico», destacaba por la suavidad de sus líneas, por un esqueleto frágil, unas extremidades cortas y un hirsutismo (cuerpo muy velloso) que le había valido el sobrenombre de «oso». Con el paso del tiempo detectaría en su organismo una notable hipertensión arterial y una hiperfunción suprarrenal. El rostro, más ancho que alto, semejaba un escudo. De él colgaba una barba de una cuarta, cana, rizada y abierta en abanico. Una extrema sensualidad aleteaba en sus labios, carnosos y permanentemente humedecidos. Los ojos me llamaron la atención desde el principio. Interminablemente negros y profundos, venían a equilibrar sus mal llevados treinta años. La nariz, en cambio, era el remate a su escaso atractivo físico. Mal formada y redonda como una pelota de golf, presentaba unas llamativas «telangiectasias» o dilataciones localizadas de los vasos capilares de reducido calibre. Las iniciales sospechas quedarían confirmadas en la tercera y apasionante

(1) Aunque las clasificaciones de Kretschmer han resultado de gran utilidad para la psiquiatría y la medicina en general, es francamente difícil encontrar tipos tan puros como los descritos en dicha tipología. Hecha esta salvedad, veamos qué dice Kretschmer en relación a los individuos de temperamento «ciclotímico»: «Son gentes de buen humor que toman la vida tal y como es, naturales, abiertas, espontáneas, de amistades rápidas y fáciles, tiernas. Tienen variaciones acusadas en el plano de la diatesia (humor), oscilando con facilidad de la alegría a la tristeza. Por su buena capacidad de sintonización afectiva y de irradiación afectiva se contagian con facilidad de la alegría o tristeza de los demás, y a su vez infunden la propia, pero independientemente de estos cambios de humor reactivos, por su constitución, tienden a tenerlos inmotivados. En cuanto al tiempo, son rápidos o tranquilos, y sin grandes oscilaciones en el plano de la psicoestesia. Su carácter, extrovertido, comunicativo y la irradiación afectiva les facilita enormemente las relaciones interpersonales y la adecuada captación de los estímulos ambientales, por lo que son muy sociables y muy bien aceptados por los demás.» *(N. del a.)*

aventura: aquel antiestético angioma simple guardaba una estrecha relación con la desmedida veneración de Bartolomé por el vino...

En contraposición a la abundante y extendida vellosidad, una prematura calvicie ganaba terreno en la parte superior del cráneo, dibujando una escandalosa coronilla. El «oso» de Caná cubría habitualmente su cuerpo con una túnica blanca de lana, siempre inmaculada, y un ropón castaño, con anchas franjas verticales, igualmente blancas. Durante el tiempo que permanecí a su lado, la pierna izquierda apareció siempre fajada. Unas bandas de cuero de vaca, seboso y descolorido por el uso, trataban de aliviar un antiguo problema vascular: unas venas varicosas (varices), tan frecuentes entonces como en la actualidad. (Según nuestros cálculos, al menos un diez o un quince por ciento de la población adulta se veía afectada por esta dolencia.)

María, servicial y conocedora de la pulcritud de Natanael, puso punto final a las risas y al pequeño incidente de la collalba. Como la mayoría de las hebreas se hallaba familiarizada con las propiedades de muchas de las plantas que crecían en aquellas tierras. Se puso en pie y, tras un rápido examen de la floresta, se dirigió a una mata de arbustos de unos ochenta centímetros de altura, de tallos lampiños y abundantes nudos verdes y carnosos. Arrancó un manojo y, tomando una piedra, se situó frente a la roca que le había servido de asiento. A una escueta orden suya, Bartolomé se desembarazó del manto, extendiéndolo sobre la mencionada roca. Sirviéndose de algunas hojas de adelfa, María procedió primero a una meticulosa limpieza de las heces. Troceó los tallos y, depositándolos sobre la mancha, agarró la piedra con la mano izquierda, golpeándolos sistemática y contundentemente, procurando no lastimar el *chaluk*. Un jugo lechoso brotó al instante, cubriendo los restos del excremento. Concluida la operación de limpieza, el ropón fue devuelto a su propietario. Y la expedición atacó el último tramo del desfiladero. No pude evitarlo. Movido por la curiosidad examiné los restos de la planta utilizada por la Señora. Se trataba del salicor blanco, una especie silvestre cuyas cenizas, adecuadamente tratadas con aceite de oliva, proporcionaban el «borit» o «bor»: un sucedáneo del jabón, mencionado en *Jeremías* (2, 22) con el nombre de «nitro» (1).

Aquel último avance por el *wâdi* resultaría de alto interés para este explorador y, en definitiva, para los futuros planes de la misión. Como ya dije, mi hermano y yo habíamos decidido forzar la suerte, embarcándonos en un tercer y extraoficial «salto» en el tiempo, a fin de acompañar al Maestro a lo largo de sus años de predicación. Pues bien, entre los preparativos para tan ambiciosa y arriesgada odisea figuraba uno de vital importancia: la elección de un paraje sobre el que descender y ocultar el módulo. La escasez de combustible nos obligaba a un vuelo corto que, en principio, de acuerdo con los estudios desplegados en las inmediaciones del *yam*, debería tener como escenario la garganta por la que ahora caminábamos. Naturalmente, la nueva «base madre» debería ser previamente explorada. En su momento ascenderíamos a la cumbre elegida, comprobando in situ las características del lugar. Una de nuestras obsesiones era localizar un punto de asentamiento en el que el paso o la presencia de seres humanos y animales fueran prácticamente nulos. Disponíamos de la invisibilidad, merced a las radiaciones infrarrojas. Sin embargo, a raíz de la embarazosa experiencia vivida en el monte de las Aceitunas, con el joven Juan Marcos, todas las cautelas eran pocas. Por otro lado, lo dilatado de la exploración nos forzaba a un drástico ahorro del gasto energético de la nave. Ello significaba, entre otras servidumbres, la desconexión de los diferentes escudos protectores, al menos durante nuestras largas ausencias. En síntesis: la seguridad de la «cuna», la de sus delicados equipos y, en especial, la de sus pilotos exigía que la «base madre» fuera inexpugnable. Si fallábamos, si el módulo resultaba atacado y des-

(1) El citado pasaje de Jeremías reza textualmente: «Pues, aunque te laves con nitro, por mucha lejía que emplees, permanecerá marcada tu iniquidad ante mí.» El salicor blanco —salicor de Hammada o «Hammada salicórnica»— constituye una de las especies de la familia de las quenopodiáceas. En Israel crece con frecuencia junto a las acacias. En los mercados de las actuales ciudades orientales es posible encontrarla junto a la anabasis articulada, otro excelente producto para la fabricación de potasa que, a su vez, conduce a la obtención de jabón. El salicor negro, su pariente más cercano, es más abundante en el Neguev y hacia el oeste de África del Norte. *(N. del m.)*

truido, el retorno a «nuestro tiempo» habría sido inviable. Hubiéramos permanecido —trágicamente anclados— en una época que no era la nuestra.

Al efectuar los primeros estudios, el monte Arbel, con sus 181 metros sobre el nivel del lago, se destacó como uno de los firmes candidatos para el referido asentamiento del módulo. En teoría, sobre los mapas, parecía ofrecernos unas muy buenas perspectivas: paredes escarpadas en la casi totalidad de su perímetro; apenas kilómetro y medio desde la cumbre a las orillas del *yam*; una aceptable equidistancia con las ciudades de Tiberíades y Nahum y, en apariencia, una cima despoblada, pedregosa e inculta. Pero, conforme fui avanzando hacia el pie de la enorme mole, «algo» que, obviamente, no figuraba en nuestra cartografía me hizo dudar. Aquella pared, orientada al norte, amén de una veintena de grutas, presentaba otras tantas y largas cuerdas, que caían desde la cumbre, muriendo justa y sospechosamente en la oscuridad de las mencionadas cuevas. Alguien, por supuesto, las utilizaba, o había hecho uso de ellas, para ingresar en dichas oquedades. Aquello no me gustó. Y dispuesto a no desaprovechar la oportunidad emparejé mi paso con el de Bartolomé, interrogándole acerca de la sorprendente cordería, mecida ahora por la brisa del oeste. El discípulo, como si hubiera mentado a alguno de los espíritus maléficos que, según ellos, acechan al caminante en las ruinas o a la sombra de ciertos árboles, torció el gesto, mascullando un «maldita sea tu madre». Y extrayendo de la bolsa que colgaba del ceñidor uno de los «tefilín» (un pequeño estuche de cuero negro, en forma de dado, de apenas tres centímetros de lado, o «filacteria», que se anudaba en el brazo izquierdo o en la frente durante la oración) (1), procedió a amarrarlo alrededor de la cabeza. Quedé en suspenso, ciertamente dolido por el desaire del galileo. Poco a poco iría acostumbrándome a esta manera de ser para con los paganos. En el fondo, mía era la culpa. El grado de superstición de aquel pueblo era tal que uno se

(1)   En el interior de estas cápsulas, utilizadas por la casi totalidad de los varones judíos, se encerraban unas tiras de pergamino con los pasajes de *Éx.* 13, 1-16; *Deut.* 6, 4-9 y 11, 13-21. La ubicación de ambas filacterias —en la frente y sobre el brazo izquierdo: cercano al corazón— tenía un caracter simbólico: «como memoria y señal». *(N. del m.)*

veía obligado a medir hasta el más liviano de los comentarios. Y Natanael, fiel a la tradición religiosa de su pueblo, entonó uno de los versículos encerrados en el «tefilín» (el quinto del salmo XCI): «No tendrás que temer los espantos nocturnos, ni las saetas que vuelan de día.» Una tradición, dicho sea de paso, que aún perdura entre los católicos, aunque, lógicamente, con una intencionalidad diferente. Si la memoria no me traiciona, este mismo salmo se reza hoy en «completas»...

Juan, intrigado por el cuchicheo de Bartolomé, se situó a mi lado. Le expuse lo ocurrido y, sonriendo con benevolencia, aclaró el porqué de la enojosa situación. La sola mención de aquellas grutas, infestadas de *atalef* (murciélagos) y, lo que era peor, de bandidos, podía atraer a estos seres inmundos, acarreando a los caminantes toda clase de infortunios (1). Comprendí entonces la irritación de Natanael y, simulando una total desolación, le rogué disculpara a tan ignorante y torpe compañero de viaje. El de Caná aceptó mis excusas pero, recalcitrante, continuó con sus rezos, forzando la marcha. ¿Bandidos? Aquello sí era interesante. Y el Zebedeo me puso al corriente. A pesar de las severas medidas adoptadas en su tiempo por el rey Herodes el Grande (2), y posteriormente por el gobierno de

(1)   El murciélago menor, de rabo corto *(Rhinopomia hardwickei)* es mencionado en la Biblia en varias ocasiones: en el *Levítico* (11,19), en el *Deuteronomio* (14, 18) y en el libro de *Isaías* (2, 20). Para el pueblo judío era un animal inmundo, fundamentalmente a causa de su pésimo olor. El hecho de que frecuentaran las ruinas y cavernas, durmiendo cabeza abajo y cazando durante la noche, terminó por asociarlo a los demonios y espíritus malignos, tan difundidos en la crédula y supersticiosa sociedad hebrea. Para aquellas gentes resultaba incomprensible que este animal pudiera deslizarse en las tinieblas, sin tropezar con los obstáculos. Esta «habilidad» —aseguraban— sólo podía tener un origen demoníaco. De ahí su ancestral repulsión hacia dicha especie. En aquel tiempo, como ahora, en Israel se daban unas veinte especies de murciélagos, la mayoría de pequeño tamaño e insectívoros, incluyendo el *Pipistrellus kuhli* o de «cola corta» que C. Tristam hallaría en unas canteras bajo el templo de Jerusalén y en las cuevas de Adullam. *(N. del m.)*

(2)   El banco de datos del módulo nos proporcionaría en este sentido una estimable documentación. Según Flavio Josefo *(Antigüedades,* XIV 15, 3-6, y *Guerras* I, 16, 4), las grutas existentes en dicho *wâdi* habían desempeñado un destacado papel en la historia de Israel, prácticamente desde los tiempos de Oseas. Hacia el año 39 antes de Cristo,

Roma contra los salteadores de caminos, lo accidentado de aquel *wâdi* y la proliferación de cuevas en las desnudas paredes rocosas del desfiladero hacían extremadamente difícil la erradicación de dichos bandidos. Algunas de estas bandas de sangrientos nómadas o seminómadas, integradas en la mayoría de los casos por esclavos huidos, desheredados de la fortuna y «sicarios» procedentes de las partidas que se levantaban regularmente contra el poder establecido, habían fijado su «cuartel general» en las profundidades de aquellas cavernas, accediendo a ellas o abandonándolas —según conviniera—, con el concurso de las maromas que se precipitaban desde la cima y que las conectaban entre sí. Este latente peligro, como es de suponer, nos obligaría a olvidar la cumbre del *har* Arbel, así como el resto de los picachos que daban forma al desfiladero. La futura «base madre» debería ser ubicada en un paraje más seguro. El problema era dónde. La orilla oriental del lago, aunque menos poblada, nos apartaba en demasía de los núcleos humanos en los que había actuado el Maestro. En la reserva figuraba una segunda alternativa: un *har* de 138 metros sobre el nivel del Kennereth —el Ravid—, a unos tres kilómetros al noroeste del *wâdi* Hamâm y a poco más

---

el entonces recién nombrado rey de Judea, Herodes el Grande, emprendería una intensa campaña de «limpieza» de estas cuevas, infestadas de bandidos y rebeldes. En mitad de una tormenta de nieve, algo inusual en aquellas latitudes y que fue descrita como «enviada por Dios», el enérgico «edomita» se abrió paso desde el sur. Conquistó primero la ciudad galilea de Séforis, enviando un destacamento a la población de Arbel. Pero, ante el valor demostrado por sus oponentes, el propio Herodes tuvo que colocarse al frente de su ejército, derrotando así a las gentes de Arbel. Muchos de ellos, buenos conocedores del terreno, se refugiaron en las cuevas del desfiladero. Y Herodes tuvo que prepararse para un largo y penoso asedio. Estas cuevas que se abrían sobre los precipicios no tenían acceso directo y, para llegar a ellas, el rey tuvo que recurrir a una peligrosa treta. Desde el borde de la cima se hicieron descender grandes arcas, reforzadas con hierro, llenas de gente armada y con largos ganchos con los que sacaban a los rebeldes y bandidos, lanzándolos desde lo alto. En las cuevas había mucho material inflamable. E incendiándolo facilitaron su labor de destrucción. Finalmente, el enemigo se sometió al rey pero otros se lanzaron al vacío, prefiriendo la muerte a la sumisión. Estos ladrones fueron finalmente sometidos y, con ello, Herodes se ganó, no sólo la buena voluntad de los habitantes de Galilea, sino que aumentó la confianza en su gobierno. *(N. del m.)*

de ocho, en línea recta, del promontorio donde descansaba el módulo. Pero dejaré este asunto para más adelante...

De acuerdo con la información suministrada por la sandalia «electrónica», la salida del desfiladero de las Palomas tuvo lugar hacia las 08 horas y 10 minutos. Es decir, los dos kilómetros y medio de esta segunda etapa fueron cubiertos en cuarenta minutos. El ligero retraso obedeció a lo abrupto del perfil y al breve y «accidentado» descanso.

Al dejar atrás las alturas de Arbel, Bartolomé cesó en sus monocordes rezos. Guardó la filacteria que le oprimía las sienes y, descargando el corazón con un aparatoso suspiro, aproximó a los labios un saquito de cuero que colgaba permanentemente del cuello. Lo besó y, conjurado el peligro de los bandoleros y espíritus maléficos, aminoró el paso. Cuando la confianza fue más estrecha, el íntimo de Jesús me mostraría complacido su pequeño tesoro. Aquel amuleto consistía en una porción desecada de huevos de langosta. Como era obligado, yo le hice partícipe del mío, el que me obsequiara Juan Marcos en Jerusalén. Aquel día, al compartir los supersticiosos temores del «oso», terminé por ganarme su amistad.

A nuestros pies se abrió entonces una singular planicie, en forma de punta de flecha y de unos quinientos metros de longitud. Toda ella, a izquierda y derecha del rectilíneo camino que la seccionaba, aparecía cubierta por un monte bajo: unos arbustos de cincuenta centímetros de altura, muy ramificados e íntimamente entrelazados. Y al fondo, en la base de aquel triángulo verde y espinoso, la aldea de Arbel.

Natanael intercambió unas frases con el Zebedeo. Pero, dada mi posición, algo retrasada respecto a los discípulos y a la Señora, no logré captar su significado. A cosa de cuatrocientos metros, casi al término de la senda, se divisaba un grupo de individuos y caballerías. Y deduje que los comentarios podían guardar relación con los personajes que teníamos a la vista. Allí, torpe de mí, volvería a equivocarme...

Al aproximarnos descubrí una partida de *felah,* el típico campesino palestino, afanada en la extracción y almacenamiento de los arbustos enanos que dominaban la planicie.

Mis compañeros avivaron la marcha. Al llegar a la altura de la media docena de hombres respondieron entre dientes a los saludos de rigor. Y recelosos y huidizos, sin girar las cabezas, pusieron tierra de por medio, alejándose hacia la aldea. Yo, como digo, caí en una nueva torpeza. Curioso, me entretuve frente a la cuadrilla, observando su trajín. Con las túnicas arrolladas a la cintura —«ciñendo los lomos»— y las cabezas cubiertas por sendos pañuelos grisáceos, doblados en triángulo y sujetos por cuerdas de lana y pelo de cabra, los parlanchines *felah* se introducían entre los arbustos con increíble habilidad, arrancándolos —raíces incluidas—, con dos o tres certeros golpes de azadón. Las plantas, de la especie pimpinela espinosa, eran arrojadas al camino y cargadas en enormes cestos de hoja de palma, de casi metro y medio de diámetro, firmemente sujetos a los costados de tres cenicientos asnos de Licaonia, rebeldes y obstinados, pero los más fuertes y apropiados para las grandes distancias. A mis preguntas, el capataz se deshizo en explicaciones. Aquel espino —el *Sarcopoterium spinosum*—, que había tenido oportunidad de contemplar en algunas de las casas y jardines de los alrededores de la Ciudad Santa, era muy codiciado entre los hebreos. Resultaba excelente para cercar una propiedad o como combustible. Las hojas, incluso, divididas en varios pares de foliolos dentados, aportaban un exquisito sabor a las comidas. Aquélla, según entendí, constituía una de las fuentes de riqueza de Arbel. La pimpinela era exportada a toda la Galilea, la Decápolis y, por supuesto, a Jerusalén. Y deseoso de complacer a tan interesado extranjero, el jefe de los *felah* puso en mis manos un puñado de verdes y olorosas hojas, replicando a mi gratitud con un «la paz te acompañe en tu caminar». Pero mi contento duraría poco. Cuando dirigí la vista hacia el camino, el corazón me dio un vuelco. El último centenar de metros aparecía desierto. Mis compañeros de viaje habían desaparecido.

Corrí hacia la aldea. ¿Cómo era posible?... Apenas me había entretenido...

A unos metros de las primeras casas frené la incómoda carrera. El ropón y el maldito odre de agua no hacían otra cosa que embarullar mi ya penosa situación. Dudé. ¿Atajaba por el interior de la población? Caminé un par de minutos. Al poco retrocedía desmoralizado. El dédalo de casuchas y callejones resultó tan enrevesado que, en previsión de peores males, me incliné por el camino más seguro. Rodearía Arbel.

Aunque mi hermano y yo habíamos prestado una especial atención al estudio de la ruta que debía conducirme a Nazaret, en ningún momento sospechamos que tuviera que hacerla en solitario. Naturalmente, a pesar de los peligros que ello implicaba, estaba dispuesto a intentarlo. Lo más prudente, sin embargo, era viajar en compañía de los discípulos. Tenía que darles alcance. Y supuse que, dada su refractaria actitud a cualquier tipo de roce con los habitantes de la región, lo verosímil es que hubieran elegido aquella misma dirección o la opuesta; es decir, la que bordeaba Arbel por el flanco oeste, distanciándose así de todo compromiso. Según los mapas y los datos espigados por los especialistas de Caballo de Troya, el camino habitual, desde el *wâdi* Hamâm, descendía hacia el sur, hasta fundirse con la ruta principal: la que enlazaba Tiberíades con las regiones más occidentales del país. En total, incluyendo la llanura de la pimpinela, alrededor de tres kilómetros y medio. En principio —me consolé— no era lógico que el «oso», nuestro guía, hubiera elegido otro derrotero.

Forcé el paso, distanciándome de las míseras chozas que cerraban la aldea por el este. A diferencia de las sólidas construcciones de Nahum y Saidan, lo poco que llevaba visto de Arbel resultó deprimente. Era un milagro que aquellas casas de enrojecido adobe, con terrados de paja y tierra apisonada, pudieran hacer frente a la estación de las lluvias o a los embates de los poderosos vientos estivales. Las finas columnas de humo negro que se alzaban por doquier eran humilladas por el puntual «maarabit», precipitándose sobre patios y callejones, atufando a las gruesas matronas que trasteaban a las puertas de las lóbregas viviendas. A las afueras, por el terreno que pisaba —baldío, pedregoso y erizado de cardos— una chiquillería andrajosa, de cabezas afeitadas y conquistadas por piojos y pústulas, correteaba y zahería con palos y pinchos a una pareja de onagros: unos asnos de cuello curvo, largas y tiesas orejas y llamativas crines marrones que flotaban y se prolongaban hasta la cola. Con los remos delanteros trabados por sendas cuerdas,

31

estos vigorosos cuadrúpedos pugnaban por distanciarse de los pequeños y chillones diablillos, coceando cada vez que uno de ellos mortificaba sus cuartos traseros con los cardos o las irritantes ortigas.

Al alcanzar el límite de la aldea, otro contratiempo vino a empeorar la situación. La vereda que nos había guiado a través de la plantación de pimpinela espinosa se presentó nítida, zigzagueando, en efecto, hacia el sur. Pero, allí mismo, corriendo en la mencionada dirección sur y también hacia el lago, arrancaba una nutrida colonia de centenarios olivos que entorpecía la observación. Escruté el polvoriento camino hasta donde fue posible, con la esperanza de localizar a mis desaparecidos acompañantes. Tuve que desistir.

Al pie de uno de aquellos soberbios y ramificados olivos, de casi cinco metros de altura, un anciano y varias mujeres trabajaban sobre un espeso y fétido colchón de estiércol. Me aventuré a interrogarles. El viejo, en cuclillas, con los pies enterrados en la apestosa masa, procedía a llenar una serie de anchas y poco profundas escudillas de barro. Mezclaba previamente la materia orgánica con paja, comprimiéndola después en los recipientes. A renglón seguido, las mujeres apilaban los platos, a la espera de su total desecación. En cuestión de días, si la climatología acompañaba, el estiércol se transformaba en una «torta» rígida y compacta, muy útil como combustible.

El galileo negó con la cabeza. Ni él ni las hebreas habían sido testigos del paso de aquellos tres caminantes. La circunstancia de que se hallaran al filo de la vereda, prácticamente desde el amanecer, me sumió en una confusión total. Tanto si hubieran cruzado por el interior de Arbel, como por el extrarradio, aquellas gentes deberían de haber observado su presencia. Y confuso y desalentado traté de ordenar mis pensamientos. ¿Qué podía hacer?

«Analicemos la situación —me dije a mí mismo—. La Señora y los discípulos se han esfumado. Con un poco de suerte, la treintena de kilómetros que me separa de Nazaret puede estar resuelta en cuatro o cinco horas...»

Recostado sobre el rugoso brazo de uno de los olivos, con Arbel a mis espaldas y la inquietante incógnita al frente, dudé peligrosamente. ¿Volvía al lago, junto a Eliseo? ¿Dejaba pasar aquella oportunidad? Mi hermano hubiera aprobado la prudente decisión. Curtiss no era partidario de largas marchas en solitario. Pero no... Y, decidido a ultimar la misión, acaricié el extremo superior de la «vara de Moisés», al encuentro con el dispositivo que accionaba los ultrasonidos. Debía confiar. Mi protección, al menos en teoría, se hallaba perfectamente calculada. Inspeccioné las «crótalos», me puse en pie y, cargando los pulmones con el fresco perfume de las diminutas flores blancas que alegraban el azul verdoso del olivar, lancé una cautelosa mirada al sendero que me aguardaba. No había tiempo que perder... Además, la intuición me decía que, tarde o temprano, me reuniría con mis amigos. ¿Tarde o temprano? En ese preciso instante, a punto de partir hacia lo desconocido, la Providencia tuvo piedad de mí. Y una mano se desplomó con fuerza sobre mi hombro izquierdo. La respuesta fue una descarga de adrenalina. Giré la cabeza con lentitud, preparando los músculos para una posible contingencia. Pero el supuesto agresor me recibió con una familiar sonrisa. Y sus negros ojos se iluminaron. Era Juan de Zebedeo...

Le contemplé perplejo. A un centenar de pasos distinguí la frágil silueta de María y el bamboleante paso del «oso». Procedían de Arbel.

—¿Qué ha sucedido? —tartamudeé, tan atónito como complacido.

Mi amigo señaló hacia la Señora y, en tono displicente, replicó:

—Cosas de mujeres. Ninguna pasa por la aldea de las redes sin adquirir un «tul»... Estábamos preocupados. ¿Dónde te has metido?

El incidente quedó despejado cuando María, radiante, obedeciendo a los requerimientos del Zebedeo, pasó a mostrarme un paquete alargado, de unos treinta y cinco centímetros de longitud. En su interior descubrí una red meticulosamente plegada, confeccionada a base de lino. Los hilos tenían la suave tonalidad castaño-amarillenta del lino viejo. La red en cuestión se hallaba ligada con una cuerda trenzada con filamentos de palmera, de unos seis milímetros de espesor. El trabajo era excelente. Tanto las mallas, de unos cuarenta milímetros entre nudos, como el entrelazado de los hilos (tres principales muy enrollados) denotaban una paciente y experta labor. Este «tul de mujeres», en el lenguaje popular, era muy apreciado por las hebreas, que lo destinaban principalmente a la sujeción del cabello. Arbel, en efecto, con sus escasos mil habitantes, había adquirido una notable popularidad, merced a su próspera industria de cordelería y a la fabricación de toda suerte de redes, incluyendo los necesarios complementos para las faenas de pesca de sus vecinos del *yam:* pesas de piedra y arcilla, boyas de madera y corteza de árbol y agujas de hueso, sicomoro y metal con las que remendar las artes. En este sentido, Nazaret me reservaba una curiosa e impensable sorpresa.

Durante buena parte de aquella, para mí, tercera etapa del viaje, Natanael no dejó de refunfuñar. La media hora aparentemente perdida en Arbel, por un motivo tan fútil, le había exasperado. Hoy, los cristianos tienen una imagen muy distorsionada de los llamados apóstoles. A decir verdad, esas ideas —que elevan a estos hombres a absurdas cotas de santidad, comprensión y benevolencia— están cimentadas en tradiciones tan posteriores como falsas. La realidad cotidiana era otra. En aquel tiempo, con las excepciones de los hermanos Zebedeo, que conocían y estimaban a la familia de Jesús desde antaño, el resto de los doce enjuiciaba a las mujeres con el mismo rasero que la generalidad de la sociedad judía. Creo haberlo explicado: la mujer era una criatura de segundo orden, mentirosa por naturaleza y sujeta siempre a la autoridad del varón. Y María, a pesar de su condición de madre terrenal del Maestro, no se veía libre de tan lamentable servidumbre. También es cierto que, dado su fortísimo temperamento, los «íntimos» procuraban no contradecirla. Sin embargo, en el caso que nos ocupa, el talante intransigente de Bartolomé fue más fuerte, originando una agria y estéril disputa. La Señora, que raramente asumía una recriminación —en especial si la estimaba injusta o fuera de tono—, trató de razonar. Pero el «oso de Caná», con su habitual falta de tacto, continuó empecinado en sus argumentos, tachando a María de frívola y desconsiderada. Para el Zebedeo, como digo, estas discusiones carecían de importancia. Y ajeno a la pelea, con un más acusado sentido práctico que su compañero, aceleró la marcha, tirando del grupo y tratando de ganar el tiempo perdido. Por fortuna, a medio camino, vimos aproximarse entre los añosos olivos una cansina reata de asnos, cargada con unos abultados fardos que tropezaban a cada momento con el ramaje. Juan se detuvo, cambiando algunas palabras con los tres individuos que arreaban y guardaban a los animales. El encuentro fue providencial. Bartolomé, olvidando el enojoso asunto de la red, se incorporó a la conversación y María, prudentemente, se mantuvo a un lado. Eran vecinos de Séforis, la capital oficial y administrativa de la Galilea. Como burreros —una de las profesiones más comunes en aquel país montañoso y accidentado— cumplían el encargo de transportar una sustanciosa carga de lino recién «cavado» a la localidad de Arbel. Los caminos estrechos y pedregosos de la mayor parte de Israel habían convertido al burro en el medio ideal de transporte. Muchos campesinos y pequeños o medianos artesanos, ante la imposibilidad de trasladar sus respectivos géneros a los mercados, alquilaban los servicios de estos burreros que, frecuentemente, se unían entre sí, constituyendo florecientes empresas. El desarrollo de este comercio fue tal que, a fin de evitar los lógicos abusos, los rabinos se vieron en la necesidad de legislar hasta los más pequeños detalles. El costo del transporte variaba según el tipo de terreno, las distancias o la naturaleza de la carga. Por supuesto, la peligrosidad del oficio les obligaba a viajar armados. Éste era el caso de los tres galileos con los que habíamos topado. Cada uno portaba en la faja una espada corta —un *gladius*— y sendos puñales de unos treinta centímetros, con empuñaduras de hueso y labradas al estilo egipcio.

Durante el breve parlamento, discípulos y burreros se interrogaron mutuamente. Ambas partes deseaban saber si el camino recorrido por unos y otros hasta esos momentos se hallaba libre de contratiempos. Al parecer, la ruta hacia Caná no había ofrecido problemas a los de Séforis. El único y desagradable «tropiezo» —advirtieron los burreros— lo constituyó una patrulla romana a caballo (una *turma*). Y los cinco galileos, siguiendo un viejo ritual, escupieron simultáneamente. Debíamos estar prevenidos.

Procurando no perder detalle de la conversación fui

aproximándome a una de las caballerías, con el fin de examinar los apretados paquetes de plantas. Se trataba, efectivamente, del *linum usitatissimum*, una de las doscientas especies del género *linum*, muy difundida en la baja Galilea y, como tendría ocasión de verificar en su momento, fuente destacada de riqueza para Séforis y su comarca. Su fibra —no tanto la semilla, muy rica en aceite— era aprovechada para la confección de tejidos y cuerdas. La Señora, experta tejedora, me sorprendería con sus habilidades a la hora de manipular esta hierba anual de cincuenta centímetros y deliciosas flores azules.

Rematado el intercambio de información, cada grupo prosiguió su camino. El nuestro, con los ánimos más sosegados, se dispuso a dejar atrás la milla escasa que nos separaba de la ruta principal. El terreno sobre el que prosperaba el olivar fue ascendiendo paulatinamente, hasta alcanzar la cota «200». Fue allí donde, por primera vez, tuve la oportunidad de divisar en lontananza —como a unos dos kilómetros— los célebres Cuernos de Hittim, unas mesetas, más que picos, de 326 metros sobre el nivel del Mediterráneo. Algunos autores y escrituristas modernos han asociado estos cráteres extintos con dos pasajes de la vida de Jesús. «Aquí —dicen— pudo tener lugar el famoso sermón de la Montaña, así como el milagro de los panes y los peces.» En la actualidad, los guías muestran a los viajeros y turistas la llamada «roca del cristiano», que se supone sirvió de mesa a tan memorable acontecimiento. Y aunque el sentido común me dictaba que tales tradiciones no podían gozar de mucho fundamento, abordé al Zebedeo, interesándome sobre el particular. Juan me escuchó atónito. Y replicó con un argumento aplastante: «Ese paraje está maldito. A partir de la primavera, el aire se torna insoportablemente caliente, las fuentes se secan y la tierra se cuartea (1).

(1) Juan de Zebedeo estaba en lo cierto. Baste recordar lo acontecido muchos siglos después, en julio de 1187. En estas mesetas se registraría uno de los mayores desastres de los cruzados. Los Cuernos de Hittim fueron conquistados después de numerosas y feroces batallas y conservados por los cristianos durante casi cien años. Pero, en el mencionado siglo XII, el legendario Saladino hizo frente al rey Guy de Lusignan, destrozándolo a los pies de Hittim. En parte, la derrota de los cruzados se debió a las duras condiciones atmosféricas. La escasez de

Allí —concluyó—, sólo anidan las serpientes...» Estaba claro. Los referidos episodios de la vida pública del Maestro habían sido «removidos» de los auténticos enclaves geográficos donde tuvieron lugar. Estos exploradores fueron testigos de excepción de ambos sucesos y estamos en condiciones de afirmar que todo ello aconteció a orillas del *yam.* El segundo de estos hechos —la multiplicación de los panes y los peces—, registrado al sur de la ciudad de Betsaida Julias, estremecería a Eliseo...

Minutos después de la hora tercia (las nueve de la mañana) arribamos al fin a la carretera principal: la que enlazaba Tiberíades con el oeste de Israel, comunicando el mar del Kennereth con Megiddó y la llanura de Esdrelón (1). A pesar de su desahogada anchura (unos cinco metros), la

---

agua y el tórrido calor mermaron las fuerzas de los cristianos, que tuvieron que replegarse en las alturas donde, finalmente, fueron vencidos y hechos prisioneros. Muchos de los caballeros Templarios y Hospitalarios serían ejecutados y Raynold de Châtillon, lord de Kerak, muerto a espada por el propio Saladino. *(N. del m.)*

(1) En los tiempos del Maestro, Palestina era, en sí misma, un auténtico e internacional «cruce de caminos», en especial entre los pueblos del norte y del este (Mesopotamia) y los del sur (Egipto). Para atravesar el país existían entonces cinco grandes rutas, muy ramificadas entre sí. Esto explica —sólo en parte— la ágil movilidad de Jesús por la totalidad del territorio. En primer lugar estaba la carretera de la costa, que unía Fenicia con Egipto. Siguiendo la línea del mar cruzaba Gaza, Askelón, Ashdod, Joppa y Cesarea. Rodeaba el monte Carmelo, perdiéndose hacia el norte (Líbano). En lo que posteriormente se denominaría Acre surgía un ramal que descendía hacia los montes de la Galilea, pasando a escasos kilómetros al norte de Nazaret. De allí continuaba hacia la región de la Decápolis, en el este, muriendo en la ciudad helenizada de Scythópolis, a corta distancia del río Jordán. La segunda arteria, una de las más destacadas, era la denominada «vía Maris» o «camino del mar», que enlazaba Egipto con Mesopotamia. Probablemente se trata de uno de los caminos más antiguos del mundo. Arrancaba en Joppa, cruzando la llanura de Sharon por Antipatris, hasta Pirathon. Aquí se dividía en tres. El primer ramal ascendía hacia el norte, al oriente del Carmelo, para fundirse con la arteria de la costa, en Acre. El segundo, en dirección noreste, buscaba la ciudad de Megiddó, adentrándose en la fértil llanura de Esdrelón, muy cerca también de Nazaret, para morir finalmente en las proximidades de Migdal y Tiberíades, a orillas del *yam.* Ésta era la vía por la que avanzábamos en aquellos momentos. El tercer ramal venía a ser un camino alternativo, casi obligado en la época de las lluvias, cuando la planicie de Esdrelón se transformaba en un extenso ce-

vía en cuestión no era mejor que las veredas precedentes. El intenso tráfico de hombres y caravanas la habían descarnado. El piso, de tierra prensada, presentaba un interminable tinte negruzco, fruto de los orines y evacuaciones de las caballerías. Era una lástima que los hábiles constructores romanos hubieran despreciado aquella importante arteria. Una «carretera» —procuré no olvidarlo— por la que había caminado el Maestro en multitud de ocasiones.

No me cansaré de cantar las excelencias de aquella región. La Galilea de hoy es un demacrado reflejo de la que nos tocó recorrer en aquel tiempo. Incluso el cántico del exagerado Flavio Josefo sobre dicha tierra se queda corto y empobrecido. Daba igual la dirección que eligiera. Los campos, valles o laderas se hallaban mimosa y exhaustivamente cultivados. Al dejar atrás el inmenso olivar surgie-

---

nagal. Desde Pirathon entraba en la llanura de Dothan, hasta Engannin, atravesando a continuación el valle de Jezreel, para unirse por último al segundo ramal, muy cerca del monte Tabor. Una vez en la orilla occidental del Kennereth, como ya fue explicado, esta vía Maris rodeaba el *yam*, pasando a las puertas de Nahum. Desde allí giraba hacia Korazin, perdiéndose en el norte, rumbo a Damasco.

En tercer lugar se hallaba la carretera central: la que se aventuraba en la cordillera de Samaria. Nacía en Egipto, entrando en Beersheba, el Hebrón y la Ciudad Santa. Aquí se bifurcaba. Una senda pasaba junto a Gibeón, Beth-Horón y Lydda, alcanzando la costa en Joppa. De esta forma vinculaba el mar Mediterráneo con Jerusalén. La segunda senda enfilaba el norte, por Beeroth, hasta unirse a la «vía Maris» en Antipatris.

En cuarto lugar disponíamos de la carretera del Jordán. Partía de Jerusalén y, dejando atrás Jericó, marchaba muy cerca de la orilla occidental del gran río, hasta reunirse con el sur del mar de Tiberíades. Desde allí, por la orilla oeste del *yam*, enlazaba también con la vía Maris. A la altura de Scythópolis (la actual Beth-Shean) se ramificaba en otra senda que cruzaba la baja Galilea, hasta Acre. Este camino resultaba muy útil en las conexiones entre la Decápolis y Fenicia.

Por último, la quinta ruta era conocida como la «senda del desierto». Nacía en Jerusalén, cruzando parte del desierto de Judá hasta Jericó. Desde allí saltaba el río Jordán y, por el valle de Achor, llegaba hasta Abel Shittim. Proseguía hacia el norte, relativamente próxima a la margen izquierda del río, cruzando uno de sus afluentes: el Jabbok, en las cercanías de Adam. Pasaba por Gibeah y frente por frente a la ciudad helenizada de Scythópolis saltaba el Jordán por segunda vez, uniéndose a la carretera del valle.

A estas cinco arterias principales había que añadir una compleja y muy deteriorada red de senderos, pistas y caminos secundarios. *(N. del m.)*

ron ante mí, a derecha e izquierda de la carretera, perdiéndose en la distancia, apretados campos de trigo y de
cebada, a punto de sazón el primero y dispuesta para la
siega la segunda. Y más allá de los ondulantes trigales,
coronando colinas, nuevos olivares, perfectamente alinea-
dos, que difuminaban el rojo arcilloso del terreno. Y en el
horizonte, por encima del nivel de los trescientos metros,
las benéficas masas verdiazuladas de los bosques de robles, algarrobos, terebintos y pinos de Alepo. Ésta era
una de las claves de la magnificencia de la alta y de la baja
Galilea: los innumerables y espesos bosques, entre los que
sobresalían tres especies de robles (dos pertenecientes al
común siempreverde y el gigantesco, anciano y venerado
roble del Tabor). El régimen combinado de lluvias (más
abundantes entre octubre-noviembre y marzo-abril) propiciaba toda suerte de manantiales y corrientes subterráneas
que los naturales supieron hacer suyos. Las nieves acumu-
ladas en la cadena montañosa del Hermón (actual Líbano),
emplazada a 53 kilómetros de la primera de las desembo-
caduras del Jordán, en el lago de Tiberíades, constituían
un tesoro seguro e impagable del que se beneficiaba toda
la región. A diferencia de la Judea, cuya «piel era el desierto», Galilea difícilmente supo de la sequía y del hambre.
Estas circunstancias —como escribe Josefo— «atraían,
incluso, a los menos amantes del trabajo». Las cifras
hablan por sí solas. En vida del Maestro, aquella comarca
de 111 kilómetros (de norte a sur) por 55 (de este a oeste)
agrupaba un total de quince ciudades fortificadas y doscientas cuatro aldeas, con una población total que se aproximaba a los ochocientos mil individuos (1). La bondad de
la tierra (pesada, de grano fino y con excelente capacidad
de absorción del agua) y el ingenio de los campesinos
hacía el resto. Éste, en definitiva, fue el escenario en el que
creció y desarrolló su actividad el Hijo del Hombre: una
Galilea dorada, con resguardados valles y dilatadas plani-

(1)   Aunque Josefo, al hablar de la Galilea, asegura en sus escritos
que cada uno de estos poblados no bajaba de los quince mil habitantes,
la verdad es que tal aseveración resulta inaceptable. De ser ciertos los
cálculos del general judío romanizado, la Galilea habría albergado un
promedio de treinta mil almas por metro cuadrado... En otras palabras:
una población de tres millones seiscientas mil personas. (N. del m.)

cies en los que el olivar se emparentaba con el trigo, la cebada, la escanda y el sorgo. Una Galilea verde, donde el cultivo intensivo, los jardines y los árboles frutales hicieron exclamar a Jacob: «Aser, su pan es sabroso: hará las delicias de los reyes.» La dulzura de sus frutos era tal que llegaron a estar prohibidos en Jerusalén durante las tres grandes peregrinaciones anuales. Y, por último, una Galilea azul, a orillas del *yam*...

La envidiable riqueza de la Galilea y su estratégica ubicación geográfica, nudo «gordiano» de los caminos que iban o venían de Mesopotamia a Egipto y de Filadelfia al Mediterráneo, traerían consigo dos realidades incuestionables que no puedo ni debo pasar por alto. Dos circunstancias que, en mi modesta opinión, incidieron —¡y cómo!— en la personalidad humana y en el estilo de Jesús de Nazaret. Me refiero, en primer lugar, al intenso trasiego de pueblos, culturas y costumbres del que, a todas luces, se benefició la Galilea. En segundo término, casi como una prolongación de lo anterior, a la liberalidad que este río de gentes hizo germinar en los corazones de los galileos. Insisto: estos factores marcaron hondamente el pensamiento «terrenal» de un Hombre que convivió durante casi veintiocho años con caravanas procedentes de los cuatro puntos cardinales. Este incesante tránsito, el correr del dinero y el carácter hospitalario y receptivo de los autóctonos, que no dudaban en mezclarse con los «impuros paganos», le valdría a la Galilea el despreciativo sobrenombre de «círculo de los gentiles». Allí trabajaba, se divertía o hacía un alto en el camino toda suerte de razas —tirios, helenos, sidonios, egipcios, negros africanos, romanos, babilonios, judíos y una convulsa legión de nómadas del este—, con sus respectivos dioses, supersticiones, lenguas y hábitos. Al reconstruir las sucesivas etapas —infancia, juventud y madurez— de la existencia del rabí de Galilea fuimos comprendiendo la decisiva influencia de este ambiente cosmopolita y abierto en su educación y, sobre todo, en su forma de enjuiciar los pensamientos y el comportamiento de los seres humanos. ¡Cuán flaco servicio el de los evangelistas al no mostrar al mundo la diaria realidad en la que creció el Hijo del Hombre! Los cristianos caen en la tentación de imaginar a un Jesús niño o adolescente, prácticamente enclaustrado y retirado del mundo, sumergido en los estrechos y remotos límites de una aldea llamada Nazaret. Nada más distante de la realidad...

Pero esta promiscuidad entre israelitas y extranjeros provocaría también un rabioso y general rechazo entre los judíos del sur (la Judea). Rabinos y hombres de estricta observancia de la Ley mosaica vivían en un permanente escándalo respecto a las costumbres y a la tolerancia de los galileos. Aquéllos se vanagloriaban de su puritanismo, calificando a sus vecinos del norte de «impuros, incultos y provincianos, incapaces, incluso, de hablar correctamente». La soberbia de los judíos meridionales era tal que, entre los miembros del Gran Sanedrín, se repetía con frecuencia: «De Galilea nunca se ha levantado profeta.» Estas tensas relaciones fueron, en definitiva, el terreno abonado para el odio en el que tuvo que moverse el Nazareno y, por supuesto, su grupo.

Aquel susto fue un providencial aviso. Lo acaecido en la plantación de pimpinelas no debía repetirse. Así que, al menos hasta el ingreso en Nazaret, me hice el firme propósito de extremar la prudencia. Me limitaría a observar, sobre la marcha. A fin de cuentas, ése era mi trabajo. Y tenía que ejecutarlo, evitando toda intromisión en aquel «ahora histórico» que no era el nuestro. Complejo objetivo, a fe mía. Los incidentes en los que me vi envuelto colocarían a esta rígida norma de la operación frente a un espinoso dilema. Pero proseguiré con el relato del accidentado caminar hacia la aldea del Hijo del Hombre.

Según mis estimaciones, Caná se hallaba a poco más de quince kilómetros. Como fue dicho, allí nos abandonaría Bartolomé. Y en solitario, cerrando la comitiva, me concentré en la memorización de cuantas referencias pudieran servirnos en futuras exploraciones. Si el proyectado «salto» en el tiempo llegaba a consumarse —como así fue—, esta senda y las mencionadas Caná y Nazaret se convertirían en habituales escenarios del ir y venir de Jesús y sus discípulos. El conocimiento del terreno que pisaba, por tanto, tenía que ser lo más exhaustivo y preciso posible.

Esta cuarta etapa, casi en su totalidad, ofrecía un camino cómodo y encajonado entre los crecidos campos de cereal. La campiña corría libre y dorada, rodeando los cuatro montes que vigilaban los siete kilómetros de que constaba este nuevo tramo. Estas notables elevaciones —todas superiores a los trescientos metros— guardaban una curiosa simetría. En un capricho de la Naturaleza construían un cuadrado casi perfecto, de dos kilómetros de lado, con la carretera discurriendo justamente por el centro. En la cima de uno de los picachos —el primero por nuestra derecha— se distinguía la blancura de un recogido villorrio (Lavi), único asentamiento visible en dicha cuarta etapa. Y aquí y allá, rompiendo el relajante ondear del trigo y de los corros de cebada, chozas de paja y adobe, destinadas al depósito de aperos y, con seguridad, ocasionales refugios de hombres y animales. Cuadrillas de *felah* se repartían a uno y otro lado del camino, encorvadas sobre las manchas de cebada. Era el tiempo de la siega del «pan de los pobres». La recogida del trigo duro llegaría algunas semanas después. Armados de pequeñas hoces de hierro, ligeramente curvas y en ocasiones con las hojas dentadas, los campesinos apresaban los manojos con la mano derecha, guillotinándolos de un certero tajo. Aunque menos abundante que el trigo, aquella cebada era de excelente calidad. Pertenecía a la especie *hexastichum* (de seis hileras), cuyas espigas, a diferencia de su hermana *distichum* (de doble hilera), producen un generoso grano (1).

Los haces, una vez atados en gavillas, pasaban a manos de las mujeres y de los muchachos, que los transportaban hasta las eras: unos espacios abiertos en los trigales —generalmente formados por un afloramiento rocoso— en los que se propiciaba la trilla y posterior aventado del grano. Algunas partidas de campesinos, con mejores recursos, dis-

(1) El género *Hordeum* consta de dieciocho especies, aunque sólo se cultivan la de doble y seis hileras. Ambas, al parecer, son una variedad de la cebada común *(Hordeum vulgare)*: una hierba erecta y anual, con abundantes hojas a lo largo del tallo central y de los secundarios. Cada uno de estos tallos termina en una espiga que dispone, a su vez, de numerosas espiguillas, con tres flores cada una. En la de doble hilera, sólo una flor de cada espiguilla es fértil. En la de seis, en cambio, todas las espiguillas producen grano. En aquel tiempo no se utilizaba aún como forraje. Fue a partir del siglo XVI cuando empezó a servir como fuente de alimentación para el ganado. *(N. del m.)*

ponían de asnos y carretas con los que aliviar el traslado de las mieses. Cuando la era consistía en un desnudo lecho de tierra arcillosa, la superficie en cuestión aparecía cercada en todo su perímetro por decenas de piedras de regular tamaño. Las mujeres, entonces, esparcían los haces, procediendo a la labor de trilla. Para ello, estas esforzadas galileas golpeaban la cebada con palos y mazas, tronchando los tallos. Otras, más afortunadas —siempre las menos—, se servían de los burros. Les ajustaban una esportilla o bozal, a fin de que no devoraran el grano, azuzándoles para que caminaran o trotaran por la era, trillando la mies. En algunos casos, los cuadrúpedos eran enganchados a una rectangular y áspera tabla de madera, provista de dientes de pedernal. La campesina se colocaba sobre el primitivo rastrillo y arreaba a la bestia, liberando el grano.

Cada cual, en definitiva, tenía asignado un cometido. Los niños, por ejemplo, cumplían con el reparto de agua y la vigilancia del grano trillado o aventado. El «enemigo», en este caso, lo constituían las espesas bandadas de tórtolas comunes que, desde el comienzo de la primavera, cruzaban los cielos de Israel, rumbo al viejo continente. Muchas de ellas incubaban en la Galilea, amenazando las cosechas. Cuando estas aves o las currucas se aproximaban a las eras, los pequeños vigías agitaban los brazos, palmoteaban y entonaban chillonas canciones, espantando a las intrusas. La campiña cobraba así un ruidoso pálpito. Los cánticos y la teatralidad de la gente menuda dulcificaban en parte la dureza de aquel trabajo. Una recolección que no fue ajena al Hijo del Hombre...

Consumada la trilla, los *felah*, provistos de horcas de madera de cinco puntas, sacudían las cañas en el aire, aventando el grano. Una vez en tierra, las hábiles mujeres lo cribaban con la ayuda de pequeñas y puntiagudas piedras. Y el grano de cebada —dieta básica de los menos favorecidos por la fortuna— quedaba listo para el transporte a las aldeas y el definitivo almacenaje en los silos.

Los veinte o treinta primeros minutos de marcha me reconfortaron. Sencillamente, disfruté de tan magnánima naturaleza. E imaginé al Maestro entre los *felah*. Según mis informaciones, durante algún tiempo, Él también lo fue. No podía perder de vista que ésta era su gente, su tierra y el mundo que le rodeó durante años. Una cumplida documentación en torno a las costumbres, modo de pensar y problemas de los galileos debería esclarecer el porqué de muchas de las actitudes y actuaciones de Jesús. Ni los hombres, ni las ideas, y mucho menos el ritmo social de aquel tiempo y de aquel país guardan relación con la cultura y entramado vital de los cristianos del siglo xx. Esta circunstancia es olvidada con frecuencia por los que practican el cristianismo. Y ahora que estoy en ello, me permitiré un paréntesis en la narración. Decía que aquel caminar por la fértil y hermosa baja Galilea me llenó de fuerza. Dios sabe que en nuestro «viaje» no abundaron los momentos de paz. Era natural que, a la menor oportunidad, nos aferrásemos a ellos. El hipotético lector de estos diarios no debe olvidar que, tanto mi hermano como yo, también éramos seres humanos. Cierto que estábamos en condiciones de «manipular» el tiempo y ello, en teoría, nos colocaba en un plano de superioridad. Sin embargo, la verdad desnuda fue otra. A pesar del implacable entrenamiento, de los medios técnicos y científicos a nuestro alcance y de las ventajas, de toda índole, que supone una diferencia histórica de casi veinte siglos, estos exploradores se sintieron «perdidos» en infinidad de ocasiones. Quien alcance a leer estas experiencias debe comprendernos y comprender nuestras debilidades. Sufrimos lo indecible. Caímos en el error y, lo más lamentable, no conseguimos acoplarnos por entero a la cotidiana realidad de aquel «otro ahora». Fueron muchas las jornadas en las que, a causa de tan prolongada «estancia» en un marco histórico extraño, padecimos un trastorno no catalogado aún por la medicina y que podríamos definir como «resaca psíquica». Explicarlo no es fácil. Aunque el organismo terminó por adaptarse a las necesidades y exigencias del nuevo «medio», no ocurrió lo mismo con nuestras mentes. Freud se hubiera sentido feliz estudiando esta disociación entre el consciente y el subconsciente. Mientras el primero reaccionaba con normalidad, el segundo, quizá más sabio, se resistía a sobrevivir en un hábitat a todas luces antinatural. Y de vez en cuando experimentábamos una especie de bloqueo mental al que acompañaban unas no menos injustificadas reacciones de repulsa hacia cuanto nos rodeaba. Nada grave, supongo, pero lo suficientemente sintomático como para alertarnos de que «algo» no marchaba bien. Como médico estoy convencido de que tales alteraciones, aunque pasajeras, guardaban una íntima relación con el irreversible proceso degenerativo de las redes neuronales. El cerebro humano se halla capacitado para aclimatarse a las más adversas condiciones, tanto físicas como psíquicas. Sin embargo, un «salto» de esta naturaleza, a otro marco temporal, viene a quebrar la química cerebral. Curtiss y los especialistas de Caballo de Troya fueron puntualmente advertidos. Lo sabían, incluso, antes de que Eliseo y yo tuviéramos conocimiento de ello. Pero guardaron silencio... Dios quiera que nuestra experiencia ponga freno a otros proyectos similares. La ciencia está obligada a recapacitar y a prever estas delicadas situaciones. Fuimos los primeros, sí, y aunque la Providencia nos asistió en todo momento, el precio a pagar ha sido el más alto.

Cerrado el paréntesis, como decía el Maestro, «quien tenga oídos, que oiga».

El encuentro con aquella caravana resultaría aciago. A partir de esos momentos, hasta la consumación del tercer «salto» en el tiempo, una cadena de inesperados sucesos iría cercándome, hasta hundirme en una dolorosa marginación. ¡Cuán extraño es el destino! Yo, Jasón, el «audaz y valiente griego» que supo estar al lado de Jesús en las más duras pruebas, terminaría repudiado por la mayoría de los discípulos.

La operación había contemplado esta posibilidad. Sin embargo, las normas y directrices —siempre teóricas— no sirvieron de gran cosa. Veamos por qué.

Quizá llevásemos una media hora de camino, desde el ingreso en la arteria principal. La cuestión es que, al salir de uno de los recodos y a una distancia de medio kilómetro, distinguimos una apretada concentración de hombres y animales. El grupo, inmóvil, ocupaba la totalidad de la senda, obstaculizando el paso. Bartolomé y el Zebedeo se detuvieron. Y el primero, tras una rápida inspección, acertó en el veredicto. Nos hallábamos ante una caravana. Una de las muchas que atravesaban a diario la Galilea. Lo que no supieron decirme fue el motivo de dicha paralización. El paraje no parecía el idóneo para abrevar a las bestias. Tampoco la hora, rozando las diez de la mañana, resultaba lógica para plantar el obligado campamento nocturno. Salvo contadas excepciones, caravanas y caminantes evitaban desplazarse durante la noche.

El hecho de tener que abrirse paso entre aquellas gentes desconocidas no complació a mis amigos. Y con el gesto grave, casi malhumorado, reanudaron el avance, discutiendo la alternativa de rodearles. Finalmente desistieron. A buen seguro, los *felah* que segaban en las proximidades no habrían aprobado la desconsiderada opción de pisotear los trigales. Lástima... De haber esquivado la caravana, todos nos hubiéramos ahorrado algunos sinsabores.

El convoy llevaba nuestra dirección. Y a punto de dar alcance a los espectaculares dromedarios que cerraban la abigarrada y extensa comitiva, la Señora y los discípulos, en un gesto casi mecánico, echaron mano de sus respectivos mantos, cubriéndose las cabezas y rostros. Al principio lo interpreté como un medio para pasar inadvertidos. Pero, conforme empezamos a sortear a los animales, comprendí la razón del súbito embozo. Aquella variedad blanca de dromedarios, los asnos y los parsimoniosos búfalos de cuernos en forma de media luna viajaban «escoltados» por sendas y zumbadoras nubes de moscas, tan molestas como peligrosas. A pesar de la protección de la «piel de serpiente» me apresuré a imitarles. La picadura de uno de estos tabánidos, en especial del *Loa loa,* podía acarrear enfermedades —caso de las filariasis— que debíamos evitar a toda costa.

Aunque había tenido la oportunidad de contemplar otras caravanas en los alrededores de Jerusalén y en el camino de Betania, ésta era la primera vez que me aventuraba en el mismísimo corazón de uno de estos singulares grupos.

Quedé aturdido. El tufo acre de las bestias; el rebuzno de los asnos; la negra y pertinaz geometría de los dípteros, inútil y pacientemente acosados por las colas de los cuadrúpedos; el balido de los rebaños de cabras de grandes y caídas orejas; el vocerío de los caravaneros y las órdenes de los «escoltas» —hombres y jovencitos—, manteniendo en línea al medio centenar de dromedarios, dibujaban un cuadro variopinto, fascinante y, para un lego como yo, aparentemente caótico.

La mayoría de los dromedarios transportaba abultadas banastas, que colgaban de sus costados. El agua, elemento precioso, casi sagrado, era conducida a lomos de una decena de pequeños burros de negro y nutrido pelaje. Los odres, sujetos por varas de madera, se hallaban al cuidado de las mujeres.

Sobre la jiba de aquellos dromedarios, conocidos entre los mesopotámicos con la perífrasis de «asnos del mar», se había habilitado igualmente una serie de baldaquines o rústicos pabellones en los que viajaban mujeres y niños. En otros rumiantes, perfectamente enrolladas, se adivinaban las tiendas y el austero ajuar doméstico de los casi doscientos miembros que conformaban la caravana.

Cada vez con más prisas, los discípulos y la Señora prosiguieron el zigzagueante caminar entre carros y animales, deseando la paz a derecha e izquierda. Fueron pocos los hombres y mujeres que respondieron a los saludos. Deduje que, seguramente, no comprendían el arameo galilaico. A juzgar por su indumentaria cabía la posibilidad de que procedieran de Mesopotamia. Los hombres lucían túnicas de lino y lana, prácticamente hasta los pies, y mantos de deslumbrante blancura que, en ocasiones, arrollaban sobre los melenudos cráneos a manera de turbantes. El vaporoso y desahogado atuendo, muy adecuado para el desierto, era redondeado por una ancha faja o ceñidor, que ayudaba a portar una arma. En este caso, unas dagas cortas y curvas, con vainas de madera o tela y empuñaduras de fino tallado.

El calzado, a excepción de algunas sandalias que me recordaron los borceguíes de Beocia, era extremadamente simple. Consistía en una gruesa base de cuero de vaca o piel de camello o dromedario a la que había sido anclada una cuerda que, pasando junto al pulgar, se anudaba alrededor del tobillo.

El ropaje de las mujeres, similar al de los varones, se diferenciaba por el luminoso colorido. Si los hombres, como venía diciendo, vestían de un blanco uniforme, aquéllas gustaban de motivos florales y complejos bordados en rojo, azul, rosa y negro. El rostro, descubierto, de tez curtida, lucía enigmáticos tatuajes azulones sobre el mentón y la frente.

Como tendría ocasión de verificar escasos minutos después, nos hallábamos, en efecto, en mitad de una tribu nómada, oriunda, en parte, de la región septentrional de lo que en la actualidad conocemos como península arábiga. La numerosa reata de bestias, los grandes pendientes, los anillos de nariz, los pesados brazaletes y los collares —todo en plata— denunciaban una aceptable posición económica.

Uno de los capítulos que reclamó mi atención en este inicial y apresurado contacto con la caravana fue la presencia de cinco corpulentos perros pastores, de gran parecido a los «dogos de Burdeos». De cabezas largas, hocicos caídos, unos cincuenta kilos de peso y alrededor de ochenta centímetros de altura constituían una inmejorable defensa para el grupo en general y para el ganado en particular. Los había amarillos y mosqueados. Prudentemente, mientras la caravana permaneció inmovilizada, uno de los pastores los retuvo amarrados. Aun así, al llegar a la altura de la jauría, varios de los perros, alertados por la presencia de aquellos cuatro extraños, se incorporaron al punto, ladrando furiosa y amenazadoramente. María, asustada, se hizo a un lado, buscando la protección del Zebedeo. El nómada que sujetaba las cuerdas con ambas manos sonrió burlón, al tiempo que la emprendía a puntapiés con los más ariscos. Procuré distanciarme. Aquellas «fieras», en una clasificación sobre «10», ostentaban una puntuación de «9» en lo que a defensa territorial y agresión se refiere.

La médula del convoy la formaban unos quince carros. La mayoría de dos ruedas y arrastrados por bueyes. Otros, más pesados y provistos de cuatro ruedas en forma de discos de madera de una sola pieza, eran tirados por parejas de *bos bubalus,* los poderosos búfalos utilizados en las llanuras de los ríos Tigris y Éufrates desde la remota dinastía de Akad. Tanto las carretas cubiertas como las descubiertas aparecían repletas de cestas de mimbre, tinajas y ánforas de diversos calibres y oscuras y apretadas balas. Los carruajes de cuatro ruedas, con una barandilla que rodeaba la plataforma, eran muy similares a los *plaustra maiora,* unos carromatos que los romanos habían ido introduciendo con sus legiones y comercio. Supuse, acertadamente, que se trataba de la mercadería principal. Estas caravanas, sobre todo las que partían del norte y del este, traficaban fundamentalmente con sedas, especias, alfombras, piedras preciosas, frutos, maderas nobles e, incluso, animales exóticos.

En varios de los carros descubiertos, sentados o de pie sobre la carga, mujeres y niños dirigían sus miradas hacia la cabeza de la caravana, discutiendo entre sí. A diferencia de las que acababa de dejar atrás, éstas sí ocultaban el rostro con largos y negros velos. ¿A qué podía obedecer semejante discriminación? En la vanguardia del convoy me aguardaba la respuesta a tan intrascendente pensamiento, aunque, desde luego, no en la forma en que yo hubiera imaginado y deseado...

La innata y, supongo, inevitable curiosidad femenina vino a precipitar los acontecimientos. El «oso» de Caná suspiró aliviado al dar alcance a la cabeza de la caravana. Retiró el ropón de la cabeza y se dispuso a cruzar frente a un corro de nómadas que gesticulaba a la derecha del camino. El Zebedeo, que seguía muy de cerca a Natanael, hizo ademán de asomarse al vociferante grupo. Pero, al detectar las prisas de su compañero, renunció a tan comprensible gesto. La Señora, en cambio, sí cayó en la pueril tentación. Y embozada aún en el manto marrón claro la vi deslizarse entre los caravaneros, intrigada por el alboroto. En un primer momento, ni Juan ni Bartolomé se percataron de la maniobra de María. Y quien esto escribe se acercó igualmente a los diez o doce individuos que formaban la acalorada discusión. La Señora, siempre intrépida, era una permanente caja de sorpresas.

Absorto en la contemplación de la caravana no había caído en la cuenta de que nos hallábamos a escasa distancia del picacho sobre el que se asentaba la aldea de Lavi. Los nómadas en cuestión parlamentaban justamente en la confluencia de la vía principal con el estrecho y pedregoso senderillo que descendía del villorrio. Como era habitual en las rutas importantes, los habitantes de los poblados próximos aprovechaban estos cruces de caminos para salir al paso de los viajeros y ofrecer los productos y «especialidades» del lugar. En esta ocasión, una vecina de Lavi había sentado sus reales en una redonda y pequeña era, practicada al pie mismo de la bifurcación. Allí, en compañía de dos niños de corta edad, sobre una humilde esterilla de hoja de palmera, presentaba una batería de cuencos de barro cocido, colmados de lentejas recién recolectadas, harina de cebada, ajos y cebollas (crudos y cocidos) y una ristra de calabazas vinateras, con la típica forma de botella. Después de extraer la amarga pulpa y las semillas, esta especie —única en su género— era muy estimada como recipiente, bien para uso doméstico o en los viajes, a manera de nuestras modernas cantimploras.

Al principio, más pendiente de María que de la zarabanda protagonizada por los viajeros, no comprendí muy bien los motivos de la trifulca. Algunos de los nómadas parecían interrogar a la vendedora. Lo hacían en un arameo fluido. Más correcto que el occidental o galilaico que manejaban los galileos (1). La palabra repetida una y otra vez por aquellos hombres, visiblemente nerviosos, era «médico». En efecto, trataban de localizar un «sanador». Algo anormal acontecía en la caravana. Y el instinto me puso en guardia. La Señora y los discípulos sabían de mi condición de galeno. Pero, salvo en casos de nula o muy corta trascendencia, Caballo de Troya prohibía a sus exploradores cualquier tipo de intervención, suministro de medicamentos e, incluso, consejos u orientaciones médicas

(1) El término «arameo» procede de las tribus que, entre los siglos X al VIII antes de Cristo, en pleno arranque de la Edad del Hierro, penetraron en las regiones de Siria y Palestina, procedentes del este. Ellos mismos se denominaban «arameos». Y aunque, con el paso del tiempo, algunos de esos estados (Israel, Edom, Amón y Moab, entre otros) terminarían por hacer suyo el dialecto cananeo, otros pueblos —caso de Siria— siguieron conservando el primitivo lenguaje. Según los arqueólogos y lingüistas, el gran impulso del arameo se registra hacia el 500 a. de C., cuando los aqueménides le dieron el carácter de lengua oficial de los embajadores persas. Su esplendor por todo el Oriente Medio fue tal que, incluso, llegó a utilizarse en Egipto. (Los papiros descubiertos en Elefantina [1906-1907], muy cerca de la primera catarata del Nilo, confirman esta extraordinaria expansión del arameo.) Por su parte, el arameo hablado por Jesús de Nazaret, definido hoy como «occidental», aunque nacido del primitivo dialecto mesopotámico-babilónico, se hallaba obviamente «corrompido» por el paso de los siglos. *(N. del m.)*

que pudieran modificar el ritmo natural de las personas o de los grupos. Necesitamos un tiempo para admitir nuestro error: aunque en ciertos momentos pudo beneficiarnos, nunca debí reconocer entre aquellas gentes mi especialidad como *rofé* o médico. Y ahora, en mitad de los nómadas, estaba a punto de experimentar las desagradables consecuencias de tan crasa equivocación...

El caso es que, intuyendo el posible conflicto, retrocedí unos pasos, distanciándome de los caravaneros. ¿Qué podía hacer? ¿Escapaba y me ocultaba en el laberinto de carros? Si el problema, como digo, era grave, yo debería permanecer al margen. Mas, ¿cómo hacerlo? Hoy, al rememorar el crítico lance, me arrepiento de no haber obedecido ese impulso inicial. Pero, sofocando la sutil advertencia, desistí. Quizá exageraba. Mi repentina desaparición —pensé— hubiera resultado de muy difícil justificación. Por otra parte carecía de elementos de juicio para analizar el asunto con un mínimo de objetividad. Así que, avanzando de nuevo hacia el grupo, dejé correr los acontecimientos.

La galilea, sentada a la turca, parecía ajena al vocerío, más preocupada, en apariencia, de espantar las moscas que se disputaban el género que de colaborar con los exaltados viajeros. En un par de ocasiones se dignó levantar los ojos y, con dificultad y lentitud, articuló algunas palabras, al tiempo que señalaba hacia el oeste. Francamente, no alcancé a comprenderla. Al observar su pésima pronunciación empecé a intuir la razón de semejante galimatías. La infeliz padecía una «disartria»: (1) una imperfección en la articulación de las palabras, como consecuencia de alguna

(1) Este grado moderado de anartria o imposibilidad de articular distintamente los sonidos era bastante común en la época de Jesús. A lo largo de nuestras exploraciones tuvimos ocasión de constatar diferentes grados de afasias y disartrias. La primera, como es sabido, consiste en la pérdida, total o parcial, de la capacidad de expresión, motivada por una lesión en el hemisferio izquierdo del cerebro. El afásico, en consecuencia, aunque habla correctamente, se halla privado del llamado «lenguaje interior», equivocando la elección de las palabras a la hora de expresar una idea. La disartria, por el contrario, tiene su origen en lesiones localizadas en los músculos laríngeos, linguales o labiales. El disártrico sabe lo que quiere decir, pero lo expresa deficientemente. Tanto un trastorno como otro pueden ser síntomas de una grave enfermedad del sistema nervioso. *(N. del m.)*

lesión en los músculos de la fonación. Ello le impedía manifestar las ideas con claridad, provocando, en suma, la exasperación y el confusionismo de sus interlocutores. Éstos, al captar la nebulosa indicación, se volvieron hacia un individuo que presenciaba la escena en silencio. Vestía también de blanco, aunque su porte, la franja de borlas que remataba la inmaculada túnica y el arco que sostenía en la mano derecha me hicieron sospechar que podía tratarse del jeque o jefe de la familia de nómadas. El fenotipo era claramente mesopotámico: nariz aguileña, frente estrecha, bóveda craneal aplastada y oblicua, ojos negros, occipucio plano y una barba larga y cuadrada.

El cambio de impresiones fue breve. El que parecía gobernar la caravana dirigió la mirada hacia poniente, escrutando el camino. Acarició la pequeña cabeza de pato de marfil que adornaba uno de los extremos del arco y, con una sombra de tristeza en el rostro, se dirigió a sus hombres, ordenando el avance del convoy. En esos instantes, María, siempre dispuesta, se destacó de entre los caravaneros, ofreciendo su ayuda al jeque. Éste, perplejo, la inspeccionó de arriba abajo, sin comprender muy bien sus intenciones ni de dónde demonios había surgido aquella galilea. Todo quedó aclarado cuando Natanael y el Zebedeo, alarmados por nuestra tardanza, deshicieron lo andado, incorporándose al grupo. Yo, prudentemente, me mantuve a una cierta distancia, medio camuflado entre los nómadas. Al poco de iniciar la conversación con la Señora y los discípulos, el jeque, persuadido de la buena fe de la hebrea y de sus acompañantes, modificó la orden anterior: la caravana seguiría inmóvil. Y quien esto escribe presintió lo peor. De vez en cuando las miradas de mis amigos y los inquisidores ojos del mesopotámico me buscaban entre los blancos ropajes de los caravaneros. No había duda. Hablaban de mí. Y una creciente inquietud fue ahogando mi corazón. Estaba atrapado...

Y el destino, implacable, se arrojó sobre mí, acorralándome. Juan alzó su mano izquierda y, sonriente, reclamó mi presencia. El Zebedeo, tal y como sospechaba, me presentó ante el jeque —un tal Murashu— como un «sabio *rofé*, capaz de grandes prodigios». Aturdido, con la boca seca por el miedo, traté de negar y de restar mérito a los encendidos elogios del discípulo. Pero ninguno de los presentes me tomó en consideración. Murashu, respetuoso, inclinó la cabeza, suplicándome que aliviara la carga de sus muchos pecados. Al parecer, una de sus mujeres había sufrido una caída. El dromedario en el que viajaba, presa de un ataque de «locura», la había derribado y pisoteado a escasa distancia del cruce en el que nos encontrábamos. En buena lógica, deduje, el percance debía ser lo suficientemente grave como para haber inmovilizado la caravana. Y mis temores arreciaron.

Para los asirio-babilónicos, las enfermedades, accidentes y demás calamidades tenían su origen en la ira de los dioses. Cualquier contratiempo o desgracia eran asociados de inmediato a los pecados, incluso hipotéticos, de la víctima o de su parentela (1). De ahí las lamentaciones del afligido Murashu.

Traté de serenarme. Resultaba estéril invocar al «sanador» de Caná, el más cercano y al que había hecho alusión la vecina de Lavi. La distancia que nos separaba de la aldea

(1) En el banco de datos de Santa Claus, nuestro ordenador central, había sido depositada una amplia documentación sobre las creencias y prácticas médico-religiosas de los pueblos de Asiria y de la vieja Babilonia. En general, estas gentes consideraban la vida y la salud como dones divinos. Si un individuo incumplía los preceptos establecidos por los dioses caía de inmediato en desgracia, siendo acosado y castigado por toda suerte de calamidades. Los textos cuneiformes definían esta absurda situación con total claridad: «Al que no tiene dioses, cuando anda por la calle, el dolor de cabeza le cubre como una vestidura.» Entre los pecados y faltas más importantes destacaban los siguientes: violar los preceptos religiosos, pisar sobre una libación, insultar, menospreciar o rebelarse contra los padres, tocar a personas que tengan las manos sucias, mentir, robar, destruir linderos o desplazar los mojones que delimitaban una propiedad, poseer un corazón falso, usar balanzas amañadas, derramar la sangre del prójimo, cometer adulterio, escupir a las imágenes de los dioses, reírse de los dioses propios y ajenos, desobedecer al dios tutelar, olvidar los rezos y tomar el alimento de los templos. Cuando alguien, en consecuencia, caía enfermo o sufría una desgracia, todo su interés y el de su familia se centraban, más que en la curación o la búsqueda del remedio, en la investigación del pecado que había acarreado el mal. De esta forma, esclarecida la falta, podían congraciarse de nuevo con el dios protector, recobrando la salud o la fortuna. *(N. del m.)*

de Bartolomé era superior a los doce kilómetros. No tenía alternativa...

Y el dueño y señor de la tribu nos condujo hasta una de las carretas cubiertas: una especie de *carpentum* de dos ruedas. A pocos metros del carruaje, un par de servidores de la caravana (los llamados «escoltas», responsables de los dromedarios) atendían a un inquieto animal. El rumiante se hallaba arrodillado e inmovilizado merced a una cuerda que, descendiendo de la cabeza, había sido anudada a la rodilla izquierda. Murashu, al pasar junto al blanco y nervioso ejemplar, lo maldijo. Se trataba, efectivamente, de la dromedaria causante del percance. Uno de los nómadas, provisto de un odre, se esforzaba en abrevarla. El otro, a su lado, con un haz de plantas entre las manos, iba suministrándole pequeñas raíces y unas cápsulas esféricas que arrancaba de los tallos. Al hablar de un ataque de «locura», el jeque no había exagerado. Al igual que el ser humano, el camello y el dromedario padecen también de podagra o gota (1), que afecta a las extremidades, provocando en los cuadrúpedos un dolor intensísimo. Cuando esto sucede, el animal «enloquece», mostrándose irascible y peligroso en extremo. Esto, ni más ni menos, era lo ocurrido en el seno de la caravana. Quizá, si el incidente lo hubiera protagonizado un macho, Murashu habría ordenado su inmediato sacrificio. Al tratarse de una hembra, el comportamiento de los nómadas era radicalmente distinto. La leche de dromedaria, de alto contenido proteico y un excelente porcentaje salino, constituía un alimento y una bebida básicos en la dieta de aquellas gentes. Y con buen criterio procuraban aliviar la «locura» del rumiante, proporcionándole abun-

(1) Curiosamente, los camellos y dromedarios son los únicos cuadrúpedos que, a semejanza del hombre, se quedan calvos y padecen de gota. Básicamente, la podagra, en estos rumiantes, tiene los mismos fundamentos que en el ser humano: una artritis aguda recurrente de las articulaciones periféricas que se origina por depósitos, en las articulaciones y tendones, y en torno a ellos, de cristales de urato monosódico por supersaturación hiperuricémica de líquidos corporales. Como es sabido, estos animales están capacitados para convertir rápidamente el escaso contenido proteico de la flora desértica en grasa y agua y conservarlos a fin de permanecer largo tiempo sin beber y sin comer. De hecho, dromedarios y camellos pueden resistir entre tres y siete días sin probar el agua. (*N. del m.*)

dante líquido y las negras semillas contenidas en las cápsulas esféricas. Estos granos aceitosos no eran otra cosa que el ovario madurado de la adormidera, una planta sobradamente conocida en las regiones mesopotámicas, que contiene hasta veinticinco alcaloides opiáceos. Como analgésico y calmante del dolor resultaba de gran utilidad en estas circunstancias. A este «tratamiento», los nómadas, antiguos conocedores de las propiedades medicinales de las plantas (los asirios, por citar un ejemplo, disponían de más de doscientas cincuenta especies en su «farmacopea»), añadían las raíces secundarias del «harpagofito», especialmente indicado para el dolor en las articulaciones.

Nuestro anfitrión y mis acompañantes comenzaron a impacientarse. No terminaban de entender mi interés por la dromedaria. A decir verdad, aunque me hubieran interrogado, tampoco habría sido fácil satisfacer su curiosidad. Encorvado sobre las inflamadas extremidades del animal, mi examen no encerraba otro objetivo que el de intentar averiguar el grado de contaminación por heces. Si el rumiante había pateado a la mujer convenía cerciorarse del estado de las pezuñas. «Aun así —cavilé—, si se registra la aparición de un tétanos, ¿qué hacer?»

Fue María la que tomó la iniciativa. Y, situándose a mi espalda, posó su mano sobre mi hombro, reprendiéndome con dulzura y calificando mi acción de «imperdonable despiste».

—Jasón —me advirtió sonriente—, te equivocas. No es el dromedario el que precisa de tu ciencia...

Lo sabía, pero me excusé. Y siguiendo los pasos del jeque salté al interior del carromato.

¡Oh, Dios!, ¿qué era aquello? En un asfixiante habitáculo de tres por dos metros, sobre un cargamento de balas de lana, yacía una mujer con el rostro cubierto por un velo negro. Sus gemidos eran ahogados por los rezos de una anciana que, en cuclillas y a los pies de la joven doliente, simultaneaba el canturreo de los salmos penitenciales con el lanzamiento sobre el cuerpo de la nómada de una sustancia ocre que, en un primer momento, no supe identificar. Bajo el amplio ropaje distinguí un vientre anormalmente hinchado. Pero el olor putrefacto que llenaba el carruaje me distrajo. ¿A qué obedecía aquel infecto ambiente? Al arrodillarme junto a la mujer e intentar explorar su pulso lo comprendí. La húmeda y pegajosa sustancia que casi enterraba a la enferma quedó adherida a mis manos. Instintivamente aproximé las yemas de los dedos a mi nariz, buscando la identificación del elemento arrojado por la anciana. Mi estómago se rebeló. De acuerdo con las ancestrales y supersticiosas costumbres de aquellos pueblos, al considerar la enfermedad como la venganza de un dios o demonio maléficos, todo cuanto pudiera desagradar a la víctima propiciaba el mismo efecto en la divinidad instalada en el cuerpo. Pues bien, con el fin de obligar al espíritu causante del problema al desalojo del enfermo, la vieja en cuestión había rociado a la mujer con excrementos de animales.

Mi rabia y repugnancia fueron tales que, sin proceder siquiera a una primera y superficial inspección, abandoné el fétido carromato, tratando de poner en orden las ideas..., y mi estómago.

La Señora, alarmada, me salió al paso, interrogándome. Y otro tanto ocurrió con Murashu y los discípulos. Recompuesto el ánimo, ante la atónita mirada del jefe de la tribu, ordené que, para empezar, procediera al inmediato traslado de la joven a un carruaje sin carga. Acto seguido, con idéntico y enérgico tono, solicité de María que se ocupara de la limpieza de la mujer.

Al punto, una segunda carreta entraba en acción. Y a pesar del riesgo que podía suponer el traslado de un accidentado de estas características, con posible politraumatismo, minutos después descansaba en la espaciosa plataforma de un carro de cuatro ruedas.

La Señora, auxiliada por dos nómadas de rostros igualmente cubiertos, desnudó a la muchacha, cumpliendo mis preceptos. Y yo, sin saber muy bien qué hacer, ni por dónde empezar, aproveché la espera para revisar la «farmacia de campaña» que guardaba en el liviano petate de viaje y cambiar algunas palabras con Murashu. El Zebedeo, testigo de la conversación, se mostró complacido al averiguar que los ancestros del jeque eran precisamente judíos. Aquellos orientales, al contrario de lo que sucede con los hombres del siglo xx, disfrutaban de una memoria prodigiosa. Podían recitar, paso a paso, la totalidad de sus árboles genealógicos. Así supimos que los primeros Murashus fueron deportados a Mesopotamia después de la toma de Jerusalén por Nabucodonosor (año 587 antes de Cristo). La familia prosperó, alcanzando su máximo auge en los reinados de Artajerjes I y Darío II. Y aunque el asentamiento clave fue siempre la ciudad de Nippur, algunas ramas familiares terminaron por mezclarse con los autóctonos de la región, buscando nuevos horizontes. Este Murashu, y sus nómadas, antepasados de los actuales beduinos, residían habitualmente al norte de la península arábiga (hoy reino de Arabia Saudita), en un territorio perdido en el desierto del Gran Nefud, tras los montes de Agia y Selma. Desde allí desplegaban sus actividades, comerciando hacia el este, norte y oeste, por las rutas de Susa, Jarán, Damasco y Egipto. Pero el apacible coloquio se vería bruscamente interrumpido por un agudo grito de la Señora.

No lo dudé. Abandonando el manto y la «vara de Moisés» en manos de Juan me introduje bajo la lona de la carreta, dispuesto a todo. Pero la escena que se presentó ante mis ojos daría al traste con mi celo y buena fe. Y la disciplina y ética de la operación se instalaron en mi mente y voluntad, cortándome el paso. A partir de esos momentos, una violenta lucha interior se adueñaría de mi ser, destrozándome.

María, arremangada y de rodillas, con los lienzos empleados en la limpieza entre las manos, parecía una estatua. Las otras dos mujeres, en cuclillas y a la cabecera de la joven, seguían empapando los paños en una jofaina de barro. La respiración de la enferma, apenas perceptible en mi primer encuentro, se había vuelto agitada.

Supongo que no quise verlo. Pasé por alto el prominente estado del vientre, centrándome en el pulso. Era vertiginoso. Pálida y desencajada, la Señora, a un costado de la muchacha, me siguió con la vista, dejándome hacer. En una precipitada evaluación inicial descubrí que, a pesar de las magulladuras y pequeños hematomas —consecuencia de la caída y posible pateo del dromedario—, la vía aérea no se hallaba comprometida. La palpación tampoco reveló roturas aparentes, excepción hecha de lo que intuí como una fractura transversal en la falangina del segundo dedo del pie derecho. El traumatismo había provocado el desprendimiento de la uña de dicho dedo. Ojalá todo el problema se hubiera limitado a esta lesión...

Una vez repuesta de la sorpresa, María, al percatarse de mi aparente indecisión, confusa y presionada por las circunstancias, alzó la voz, exigiéndome que actuara. No pude replicar. Un alarido desgarrador, seguido de otros cortos pero intensos gemidos de la joven, me paralizaron. Y la Señora, con sus bellos ojos cargados de incredulidad, se alzó, al tiempo que gritaba enfurecida:

—¿Es que estás ciego?

La respuesta a su humana y justificada indignación fue un sudor frío, perlando mis sienes. No, no estaba ciego. Y permanecí de rodillas, mudo, a los pies de la mujer que, desde hacía algunos minutos, había empezado a parir...

—¡Jasón!...

No recuerdo bien la dura amonestación de María. Mis ojos se hallaban fijos en la cabeza de aquel bebé, que había emprendido el lento pero inexorable proceso de liberación.

¡Maldito código! Caballo de Troya prohibía terminante nuestra participación en el nacimiento de un ser humano. Y quien esto escribe, sin poder evitarlo, se veía enfrentado al parto de una joven nómada. Un alumbramiento acelerado —casi con seguridad— por el accidente del dromedario.

La Señora, nunca lo supe con certeza, debió interpretar mi silencio y paralización como el resultado de un terror insuperable. Y con una entereza admirable se hizo cargo de la situación, ordenando a las mujeres que la proveyeran de todo lo necesario: agua caliente en abundancia, lienzos limpios, sal, una provisión de aceite, esencias, esponjas, natrón, etc.

Por lo que pude apreciar, aquella no era la primera vez que María asistía a una parturienta. Como primera medida tomó la cabeza de la joven entre sus manos y, con una ternura que a punto estuvo de hacerme olvidar las normas, fue susurrándole palabras de aliento. Después, en cuanto las mujeres hicieron acto de presencia en la carreta, la besó en la frente, animándola a que empujara con fuerza. Y sin mirarme siquiera, asistida por una de las nómadas, se precipitó sobre el niño. Con una precisión impecable depositó un lienzo humedecido sobre sus manos, ayudando así a la expulsión de la cabeza y protegiendo al bebé de las inevitables secreciones anales. Al arreciar los gritos, la nómada que se había situado a la cabecera de la muchacha introdujo un pequeño palo entre los dientes de ésta, sujetándola por las muñecas, a fin de ayudarla en la expulsión.

Con la mano envuelta sobre el área del recto, la improvisada y audaz partera fue ejerciendo una presión posterior y hacia arriba, logrando así una más rápida y eficaz liberación de la cabeza. María, plena de fuerza y de amor, animaba constantemente a la mujer, orientándola en sus respiraciones y esfuerzos. Jamás olvidaré aquella estampa de la Señora, bañada en sudor y en sangre, con toda su humanidad volcada en el nacimiento del pequeño nómada.

Cuando la cabeza quedó libre, María pasó los dedos alrededor del cuello del bebé, asegurándose de que aquél aparecía sin la peligrosa presencia del cordón umbilical (1). Feliz por el rápido desenlace, la madre de Jesús tomó aliento, limpió el sudor que resbalaba por las mejillas e inclinándose hacia el enrojecido rostro del pequeño aspiró el material extraño que llenaba la nariz y la boca, escupiéndolo.

Animada también por el buen parto de la cabeza, la mujer que colaboraba con la Señora comenzó a entonar uno de aquellos salmos paganos:

«...He sido destruida por el mal del alma y del cuerpo...
...noche y día paso sin tener descanso.
...Estoy hundida en la oscuridad y camino...»

María aguardó unos segundos. Tenía los ojos fijos en la recién liberada cabeza del bebé. Pero el esperado giro, casi siempre espontáneo, en el que el niño suele colocarse con los hombros en el plano sagital de la madre, no llegaba. Y la Señora, levantando la voz y la cabeza, instó a la nómada para que luchara. La parturienta, agotada, trató de obedecer. Pero aquel nuevo esfuerzo sólo sirvió para quebrar el

_____

(1)   Cuando el cordón umbilical rodea el cuello del niño puede presentarse una hipoxia fetal, bien por la compresión de dicho cordón, por una avulsión de la placenta o una invaginación uterina. *(N. del m.)*

palo que apretaba entre los dientes. Y la respiración se volvió desordenada.

«...Estoy acabada por el dolor y por el lamento...»

Lo inoportuno del rezo penitencial y la tensión del momento hicieron estallar a la partera.

—¡Silencio! —decretó María. Y fulminándome con la mirada gritó—: ¡Por el buen Dios, Jasón, ayúdame!

Sentí cómo el corazón me golpeaba en el pecho. Y apretando los puños hasta clavarme las uñas, bajé los ojos, rogando a ese mismo Dios que se apiadara de este pobre explorador.

Un nuevo gemido sacó a María de aquel violento paréntesis. Y templando los nervios con una profunda inspiración se lanzó sobre el bebé, buscando la rotación de los hombros. Aquella espléndida mujer me maravilló, una vez más. Sujetó la cabeza con ambas manos, aplicándole una tracción suave, pero firme. Esta maniobra, en efecto, facilitó el movimiento del hombro más anterior debajo de la sínfisis del pubis. Al poco, los hábiles tirones liberaban el referido hombro. Y la Señora suspiró, batallando por contener la hemorragia. La nómada que le acompañaba reanudó los cánticos, mientras la parturienta parecía estabilizar la frecuencia cardíaca y el ritmo respiratorio.

«...Mi infancia no la recuerdo...

...No sé el pecado que cometí: era niña y pequé...

...He transgredido el límite de mi dios...»

Con una sabiduría envidiable, la Señora esperó unos segundos, antes de proceder a la última tracción. Esta breve pausa, tras la liberación del hombro anterior, permite que el útero se contraiga, frenando así la posibilidad de una peligrosa hemorragia posparto.

Transcurrido un minuto, María tiró de la cabeza en dirección a la sínfisis, consiguiendo la liberación del segundo hombro. El parto, prácticamente, estaba consumado. Y la audaz madre del Maestro aspiró suave y delicadamente la orofaringe del recién nacido, arropándolo inmediatamente. Y así lo mantuvo durante algunos minutos, tiernamente apretado contra su pecho, proporcionándole el calor necesario para que el bebé, de forma natural, iniciara las respiraciones. A renglón seguido, la nómada que había sujetado las muñecas procedió al pinzado del cordón umbilical. Una vez estrangulado en dos puntos (el más próximo a cosa de dos centímetros y medio del abdomen infantil), se inclinó sobre el cordón, seccionándolo con los dientes. Y el pequeño fue lavado entre el regocijo de las mujeres y enérgicamente friccionado con sal. Por último, la Señora, con una cálida luz en la mirada, lo alzó entre sus manos, colmándole de besos. Y el bebé fue recostado sobre el vientre de la madre. Diez minutos después, precedida de una moderada hemorragia, la placenta era espontáneamente expulsada. María procedió entonces a un masaje uterino, a través de la pared abdominal, aliviando así el flujo de sangre. Un emplasto de hierbas —de *capsella* o *bursa-pastoris,* de discutible efecto hemostático— hizo el resto. La hemorragia, al menos de momento, había quedado cohibida.

Y las nómadas, seguidas de María, abandonaron la carreta, anunciando pletóricas la buena nueva. Yo, impotente y entristecido, permanecí unos minutos junto a la joven, sin fuerzas para reunirme con mis amigos. Había cumplido, sí, el estricto código de Caballo de Troya. Pero, ¿a qué precio? Y en silencio, a manera de pequeña compensación por lo que no había hecho por aquella desconocida, lavé su pie herido, inmovilizando el dedo fracturado con un férreo vendaje. Y me dispuse al enfrentamiento con la cruda realidad...

Al verme descender del carromato, Murashu olvidó a los hombres y mujeres que se agolpaban en las proximidades. Y enarbolando los brazos por encima de la cabeza se precipitó hacia este desolado «médico». Imaginé lo peor. Quizá las nómadas, o la Señora, le habían puesto al corriente de mi desafortunada actuación. Era lógico que, llevado de la ira, tratara de castigar al embaucador. Es curioso: por primera vez en la aventura palestina estaba dispuesto a someterme...

Y el jeque cayó sobre mí..., abrazándome aparatosamente. Y arrasado en lágrimas se desbordó en una entrecortada e interminable retahíla de agradecimientos. No supe qué decir. Aquel hombre, de nobles sentimientos, consiguió contagiarme su emoción. ¿Qué estaba pasando? Y atónito busqué a María con la mirada.

Al parecer, la joven nómada que acababa de dar a luz era su *esirtu* o concubina favorita. Murashu viajaba con su legítima esposa y una corte de esclavas-concubinas. Éstas, justamente, se diferenciaban de la primera por llevar el rostro cubierto.

Su alegría por el nacimiento de este varón era tal que no me atreví a sacarle de su error. Y estrechándome contra su costado me arrastró hasta su gente, arreciando en las alabanzas «por mi buen hacer».

Juan de Zebedeo me felicitó con idéntico ardor. Balbuceé un intento de explicación, con escaso éxito.

Al fin, mis ojos se cruzaron con los de la Señora. Se hallaba sentada al borde del camino. Me acerqué despacio. Tembloroso. Con un nudo en la garganta. ¿Cómo explicarle?...

No se movió. Sostuvo la mirada y, en un gesto que no olvidaré, me hizo un guiño, sonriendo pícaramente. Mi memoria se estremeció. Yo recordaba aquella seña. Era uno de los hábitos de su Hijo.

La generosa y leal actitud de María me desarboló. Poco a poco iría conociéndola. Tenía sus defectos, sí, pero también unas espléndidas cualidades. ¡Qué sorda rabia me consume cuando leo, escucho o asisto a tanto desatino en torno a la imagen y personalidad de la madre terrenal de Jesús! No fue como los hombres la han dibujado: fue mejor..., más humana..., más valiente. Tiempo habrá de demostrarlo.

¿Cómo podía pagarle? Me arrodillé y tomando sus manos las aproximé a mis labios, besándolas con toda la ternura de que fui capaz. Y los ojos de este abrumado explorador se humedecieron.

Es difícil explicar lo que ocurrió en aquel breve y silencioso «diálogo». Al penetrar en su verde y serena mirada, la intuición me puso en guardia. La Señora —¿cómo hacerme comprender?— sabía algo... Fue una inequívoca sensación. Como si la Providencia hubiera tenido a bien revelarle que aquel Jasón, comerciante de Tesalónica, tan profunda y extrañamente interesado en la vida de su primogénito, era «alguien» especial. El incidente con el joven Juan Marcos, en el monte de los Olivos, no había pasado desapercibido para aquella inteligente e intuitiva mujer. Horas más tarde, las «circunstancias» me demostrarían que no estaba equivocado...

Pero el tiempo apremiaba. El encuentro con la caravana nos había hecho perder alrededor de dos horas. Y Bartolomé, impaciente, solicitó de Murashu que nos permitiera reanudar la marcha. El jeque lo comprendió. Y, lamentando no poder ofrecernos una más digna hospitalidad, nos emplazó para reunirnos con él y su familia en la Ciudad Santa durante la próxima fiesta de Pentecostés. Los discípulos aceptaron por pura cortesía. Ni ellos ni María imaginaban en aquella fresca mañana del lunes, 24 de abril, que, en efecto, una semana después se verían en la agradable obligación de emprender el camino de la Judea.

Y a una lacónica orden del jefe, dos de los caravaneros fueron a depositar en mis pecadoras manos un cordero de unas ocho semanas y una cántara de cuatro *log* (alrededor de dos kilos), herméticamente sellada con una basta estopa de lino. Yo sabía que rechazar aquellos presentes hubiera sido una grave falta de cortesía. Así que, tras los agradecimientos de rigor, encomendé la misteriosa jarra de barro al «oso» de Caná. Pero, en mi confusión, al primer pataleo, el blanco recental se me escurrió a tierra, disparando las burlonas risotadas de los nómadas. Recuperado el corderillo, el convoy, lenta y pesadamente, se puso en movimiento. Y durante un corto trayecto, Murashu y sus hombres nos escoltaron orgullosos y complacidos.

En ese breve recorrido, siguiendo otra antigua tradición, el jefe de los nómadas solicitó mi permiso para otorgar al nuevo vástago el nombre de su «salvador»; es decir, «Jasón». Acepté la ocurrencia con una ceremoniosa y teatral complacencia, a sabiendas de que el flamante padre me ocultaba la verdad. Aquél, en realidad, no iba a ser el auténtico nombre del pequeño, sino el llamado «segundo o falso» nombre. Desde la más remota antigüedad, las civilizaciones egipcias y mesopotámicas, entre otras, atribuían al verdadero nombre un poder especial, casi mágico. Babilonios y egipcios, en suma, participaban del mismo principio: «el nombre de las cosas, de los animales y de los humanos forma parte de la esencia de los mismos». Platón y la filosofía escolástica no se hallaban muy lejos de esta singular concepción (1). El autor de *Cratilo,* como le ocurriría a Schopenhauer, fue rotundo en este sentido: «los nombres son la consecuencia de las cosas». Para Murashu, por tanto, si el conocimiento del «verdadero, primero y buen nombre» de su hijo podía ejercer un maléfico poder sobre dicha criatura, lo natural era que tratara de «camuflarlo» con una segunda designación. De hecho, como decía, los egipcios procedían así desde antiguo. Recordemos, por ejemplo, una estela de la época ptolemaica en la que se dice lo siguiente: «se le puso —al hijo del sacerdote— por nombre Imhotep, pero se le llamó Petubast».

Tentado estuve de sugerirle un nombre más hermoso que el mío —Jesús—, pero, al descubrir que lo ignoraban todo sobre el Hijo del Hombre, desistí. Esta circunstancia —el absoluto desconocimiento de la existencia del Maestro— guarda también su importancia. El hombre del siglo XX encuentra natural que la totalidad de las naciones sepa de la vida y de las enseñanzas del Galileo. En el año 30, en cambio, las cosas eran muy diferentes. A excepción de unos centenares de miles de israelitas y paganos, todos asentados en Palestina y sus inmediaciones, el resto del mundo vivió ajeno a la presencia de este Dios en la Tierra.

Aunque los dromedarios de Murashu podían caminar sus cuarenta kilómetros por jornada, el ritmo de la carava-

---

(1) El «buen nombre», como lo designaban los mesopotámicos, era equivalente al «buen destino». Es decir, se prolongaba tanto como la propia vida. Lefébure, en un valioso análisis de esta doctrina sobre el carácter mágico del nombre entre los egipcios, afirma: «El nombre de la persona o de la cosa es una imagen efectiva y, por ello, se convierte en la cosa misma, menos material y más manejable. En otras palabras: más adaptada al pensamiento. Es un sustituto mental.» En la actualidad, aunque de una forma menos mágica y romántica, la sociedad no hace otra cosa que insistir en lo ya «inventado»: un individuo adquiere existencia y personalidad legal o jurídica, merced, justamente, a sus papeles y documentación. En suma, la doctrina del nombre para aquellas viejas y sabias culturas quedaba resumida en este principio fundamental: «una cosa-animal-hombre no existía si no llevaba un nombre». El poema de la Creación arranca afirmando que, en el principio, era el Caos y que nada tenía nombre. En el *Libro de los Muertos,* la expresión «no soy llevado» alterna con «mi nombre no es llevado».

Tampoco podemos olvidar que, en tiempos de Jesús, como una herencia seléucida (312 al 64 a. de C.), la sociedad gustaba de helenizar el nombre, añadiendo un segundo, casi siempre griego. *(N. del m.)*

na resultaba lento para nosotros. Así que, a una milla del cruce de Lavi, nos despedimos con un «la paz sea con vosotros». Los caravaneros, a su vez, inclinando las cabezas, replicaron con un cortés «que los dioses acrecienten vuestras riquezas».

Respiré aliviado al distanciarnos. La experiencia con los nómadas había sido poco gratificante. A partir de esos momentos, como creo haber mencionado, mi suerte cambió. Una cadena de desventuras iría acorralándome hacia lo inevitable.

¿Debo referirme a ello? Entiendo que es mi deber. Si uno abre los evangelios encontrará decenas de frases como éstas: «(Jesús) Se marchó de nuevo al otro lado del Jordán» (*Juan* 10, 40). «Y sucedió que, de camino a Jerusalén, pasaba por los confines entre Samaria y Galilea» (*Lucas* 17, 11). «Y levantándose de allí va a la región de Judea» (*Marcos* 10, 1). «Recorría Jesús toda Galilea...» (*Mateo* 4, 23).

Pues bien, una vez más, los llamados «escritores sagrados» han escatimado a la Historia, y a los que se proclaman creyentes, un universo de pequeñas y grandes anécdotas, nacidas justamente en esos recorridos y marchas. De haber sido minuciosos en la narración de las muchas horas consumidas por Jesús y su grupo en los caminos hoy tendríamos una visión más ajustada de la vida y personalidad de todos ellos. Según nuestras estimaciones, de los casi cuatro años que el Maestro dedicó a la predicación, un tercio, aproximadamente, del tiempo hábil fue invertido en desplazamientos. Los números hablan por sí mismos de la trascendencia de cuanto afirmo: de los 1395 días destinados por el Hijo del Hombre a lo que se ha calificado como «vida pública», unos 465, como digo, transcurrieron en los caminos de Israel y de los países y regiones colindantes. ¿Es que en ese tiempo no ocurrió nada lo suficientemente curioso e importante como para transmitirlo a las siguientes generaciones? Este apresurado relato de nuestro peregrinaje desde el lago de Tiberíades a Nazaret constituye una muestra de lo que digo. Cuanto me tocó vivir en esas horas de marcha fue algo casi habitual en los viajes de aquel tiempo. Si unimos a ello la mágica e insustituible presencia del Nazareno, «hacedor de maravillas», todo cuanto acierte a expresar se quedará corto... Durante el prolongado seguimiento, en el tercer «salto», tuve oportunidad de confirmarlo. Fue en aquellas densas jornadas, viajando sin cesar, cuando más y mejor pude penetrar en la personalidad humana del Maestro y de su heterogéneo grupo de discípulos. Los que aman la Naturaleza, las acampadas, el montañismo o llevan en la sangre el maravilloso veneno de la aventura y de los viajes entenderán mis palabras a la perfección. Es precisamente en esas intensas y dilatadas convivencias donde surge y se aprecia con mayor transparencia el auténtico carácter de los seres humanos.

Hecha esta observación, proseguiré con el siguiente suceso, acaecido a cosa de un par de kilómetros, en el importante cruce de caminos hacia los montes Tabor, en el sur, y Merón, en el norte.

Aquellos veinte minutos —desde la despedida de Murashu hasta la referida encrucijada— transcurrieron en silencio y con el único engorro, por mi parte, de tener que cargar sobre los hombros al inquieto corderillo. Mis intenciones acerca del pequeño animal eran claras: desembarazarme de él a la primera oportunidad. Pero, ¿cómo? No me equivoqué en mis reflexiones: el destino decidiría. Respecto a la jarra que cargaba Natanael, sinceramente, la olvidé. Al poco, su misterioso contenido saldría en auxilio de este explorador. Pero no perdamos el hilo...

El «suceso» al que hacía alusión empezó a dibujarse en los metros finales de aquella cuarta etapa. Con el cruce de caminos a la vista, Bartolomé comenzó a cojear ligeramente. Al principio no le concedí demasiada importancia. Sin embargo, poco a poco, el ritmo de sus cortas zancadas se hizo desigual. La causa del trastorno —pensé— podía radicar en su pierna izquierda, fajada desde el tobillo a la rodilla. Pero el discípulo, habituado a su dolencia, prosiguió el avance sin despegar los labios. La reacción de Juan y de María —aunque sería más propio hablar de la no reacción de ambos— me dio a entender que se hallaban familiarizados con el problema del «oso» y que, muy posiblemente, no revestía gravedad alguna.

Y así continuamos hasta que, bien colmada la hora sexta, dimos alcance al cruce de las importantes arterias. En aquel lugar, a cuatro kilómetros, según mis cálculos, del sendero que descendía de la aldea de Lavi se levantaba una típica posada judía, muy frecuentada por los numerosos caminantes y caravanas procedentes de los cuatro puntos cardinales. Se trataba, como la mayoría de los albergues de aquel tiempo, de un vetusto edificio cuadrangular, de unos treinta metros de lado y de altos y grisáceos muros, trabajados a base de tosca piedra caliza.

Y el destino quiso que el renqueante Natanael fuera a detenerse frente a la fachada principal, a la derecha del camino, y a corta distancia del túnel que hacía las veces de portón. Y sin mediar excusa o comentario algunos se dejó caer sobre la polvorienta senda, recostando su humanidad contra la pared de la posada. Acto seguido procedió a retirar las bandas de cuero de vaca que envolvían la dolorida pierna. Y deseoso de comprobar el mal que le aquejaba, confié el corderillo a la Señora, situándome frente al discípulo.

Por la oscura boca del acceso resonaban las voces y risotadas de los ocupantes de la posada. Acostumbrados, al parecer, a estas rutinarias pausas del «oso» de Caná, María y el Zebedeo le dejaron hacer, al tiempo que ocupaban su atención en un nutrido grupo de caballos, amarrados a una batería de argollas que colgaba del extremo oeste de dicho muro principal. Y bajando el tono de voz, con evidente temor, Juan vino a confirmar los recelos de la Señora. Las monturas, en efecto, podían pertenecer a la *turma* romana a la que habían hecho alusión los burreros.

La presencia de la patrulla no gustó a mis acompañantes. Y aunque la treintena de soldados que integraba la unidad se hallaba, casi con seguridad, en el interior, el Zebedeo instó a su amigo para que abreviase. El de Caná ni le miró.

Ambas posturas eran justas y comprensibles. Al generacional desprecio del pueblo judío por el invasor romano había que añadir, en este caso, un hecho particularmente doloroso y cercano en el tiempo: la humillante ejecución de Jesús por los mercenarios de Roma. No podemos olvidar que apenas habían transcurrido diecisiete días desde la crucifixión. Esta abrumadora realidad —hoy tamizada por los siglos— pesaba lo suyo en los ánimos de los íntimos del Hijo del Hombre. A pesar de la misteriosa vuelta a la vida del Maestro, ni la Señora ni los discípulos habían olvidado a los ejecutores. Lamentablemente, como iré narrando, las asombrosas y esperanzadoras apariciones de Jesús no sirvieron de mucho en este sentido. Se equivocan quienes estiman que María perdonó de inmediato a los verdugos de su primogénito. Era humano, en consecuencia, que el Zebedeo y la Señora trataran de evitar el contacto con la *turma*.

En cuanto al «oso», también se veía asistido por la razón. Compartía, por descontado, ese sentimiento de visceral rechazo hacia los romanos. No obstante, en esos momentos, su pierna gozaba de prioridad. Y no le faltaban motivos.

Con mansedumbre, no exenta de cierta prevención, Natanael me autorizó a que examinase aquel cuadro de venas varicosas primarias, que progresaba en sentido descendente en el sistema de la safena interna (1). Estas varices, aunque no representaban un problema grave, afeaban aún más el ya poco agraciado físico del discípulo, ocasionándole una molesta sensación de pesadez y frecuentes calambres musculares. Por lo que deduje del parco interrogatorio al que aceptó someterse, el trastorno era común en su familia. Sentí no poder auxiliarle. Aunque la dolencia, trivial en principio, no se hallaba reñida con el rígido código moral de Caballo de Troya, mi «farmacia de campaña», en esta oportunidad, no contenía medicamento alguno capaz de suavizar su mal. Por fortuna, mi intervención no fue necesaria. Previsor, Bartolomé viajaba preparado para esta contingencia. Y echando mano de su zurrón extrajo una pequeña jarra de verde y translúcido alabastro. La destapó

---

(1) Mediante palpación deduje que estas varicosidades venosas podían tener su origen en el mal funcionamiento de cierre de las válvulas del sistema safeno. El resultado, bien conocido de los especialistas, es el reflujo de la sangre y la dilatación crónica de la vena. Según sus propias palabras, estas varices eran hereditarias. En mi opinión, más que a una ausencia de válvulas, la etiología de dichas venas varicosas de Natanael podía responder a una insuficiencia funcional progresiva de las mismas. Un trastorno lamentablemente «alimentado» por su obesidad y prolongada bipedestación. *(N. del m.)*

y, cerrando los ojos, ingirió parte del contenido. Carraspeó, dibujó una mueca de repugnancia y, cuando se disponía a clausurar el recipiente, le rogué que me permitiera examinarlo.

María, entretanto, había reparado en la cántara de barro, regalo de Murashu, depositada en tierra por Natanael. Y sin poder sujetar la curiosidad retiró la estopa de lino, ojeando el interior.

Juan, inquieto ante el posible retorno de los soldados, siguió vigilando el túnel de entrada al albergue, sin percatarse de la maniobra de la Señora. Tampoco Bartolomé, pendiente de mi dictamen, cayó en la cuenta del contenido de la jarra. E incorporándome, mientras olfateaba la minúscula vasija de alabastro, dirigí la mirada hacia la cántara que manipulaba la Señora. Debo confesarlo: mi curiosidad —aunque por otras razones— no le iba a la zaga a la de María...

Por suerte para quien esto escribe, la madre del Maestro no supo identificar el líquido untuoso y pardonegruzco que llenaba el recipiente. Mis sospechas, considerando el origen de la caravana mesopotámica, se verían ratificadas minutos después, en el transcurso de otro singular e inesperado lance...

Y la mujer, encogiéndose de hombros, selló de nuevo la cántara.

Con la ayuda de Natanael, que definió el brebaje como una esencia de «hipericón», pude verificar que el licor ingerido por aquél era un aceite esencial, extraído de una planta —la *Hypericum perforatum*— muy común en la Galilea. Sus elementos básicos —hiperina, tanino, hipericina, pectina y colina, entre otros— resultan recomendables como antiinflamatorio, astringente, antidepresivo y cicatrizador de heridas. El individuo que acertó a «recetarle» el medicamento sabía de medicina. Y estaba de la mano de Dios que, a no tardar, en el transcurso de esa misma jornada, este explorador llegase a conocerle, aunque en circunstancias especialmente dramáticas...

Pero Bartolomé, meticuloso y concienzudo, no se contentó con la ingestión del «hipericón». La distancia a Caná, desde la posada, era todavía de unos ocho kilómetros. Un trayecto demasiado largo para su maltrecha pierna. Así que, con la franqueza que le caracterizaba, se dirigió al Zebedeo, ordenándole que entrara en el albergue, a fin de procurarse un lebrillo y el agua y la sal necesarios para relajar la inflamación. La escena que presencié a continuación hubiera sonrojado a un palafrenero.

El Zebedeo, boquiabierto, le miró de hito en hito. Tan intolerante como su amigo, torció el gesto y, alzando el tono, le recriminó su despotismo. En el fondo —eso creí adivinar en las airadas frases de Juan—, todo el problema venía a resumirse en la palabra «miedo». El Zebedeo, como ya indiqué, no deseaba cruzarse con la soldadesca romana. Bartolomé, que nó atrancaba, enrojeció de cólera, acusando a su vez al «hijo del trueno» de «engreído e insoportable mimado». Los taciturnos y melancólicos ojos negros del Zebedeo se abrieron de par en par, acusando el golpe. Y avanzando hacia el «oso» se inclinó hasta colocar el rostro a una cuarta del de su compañero, gritándole que «la única y verdadera razón por la que no entraba él mismo era la presencia del "tuerto"». Lógicamente, no comprendí.

Con las arterias del cuello tensas como maromas, Natanael hizo presa en el manto de Juan, exigiéndole que retirara la acusación. Pero el Zebedeo, que no había aprendido aún a doblegar la vanidad, le retó desafiante, añadiendo al fuego de la discusión improperios como «tapón de odre», «bola de sebo» y otras lindezas que inyectaron en sangre los ojos de su compañero. De no mediar María, sinceramente, no sé cómo hubiera concluido aquel desagradable enfrentamiento. Poco a poco, como fue dicho, iría acostumbrándome a estos periódicos y, en el fondo, muy humanos choques entre los íntimos del Señor. Los creyentes no deberían escandalizarse ni sorprenderse ante estas aparentemente extrañas situaciones. Como digo, todo ello era lógico y normal en una intensa y dilatada asociación de hombres tan dispares. Sin embargo, algo tan obvio jamás fue reseñado por los evangelistas. ¿Por qué? ¿Tuvieron miedo a empañar la imagen de los «embajadores del reino»? En mi opinión, el conocimiento de estas disputas y de los cambios de carácter de los discípulos engrandece la dimensión humana de los hombres y mujeres que rodearon a Jesús. En nuestro caso, al conocerles y saber de sus limitaciones apreciamos mejor su innegable entrega al Maestro.

Afortunadamente, como venía diciendo, cuando el lance empezaba a enturbiarse, la Señora terció en la pelea, indignada por el pueril comportamiento de los discípulos. Y tomando a Juan por la manga derecha de la túnica le arrastró al interior del túnel, en busca de la dichosa vasija. El coraje y sentido común de aquella mujer volvían a imponerse.

Dudé. ¿Qué dirección tomaba? ¿Seguía los pasos de la intrépida María o aguardaba junto al recalcitrante Bartolomé? Éste, terco como una mula, continuaba con su cantinela de insultos y maldiciones. Y con un familiar hormigueo en el vientre —señal inequívoca de una nueva e inminente perturbación— me decidí por la primera opción.

Al irrumpir en la penumbra del túnel, un tufo inconfundible, desabrida mezcolanza de orines, humedad, caballerías y aceite quemado, me puso en guardia. Aquel tipo de establecimientos daba cobijo a toda suerte de gentes. Desde buhoneros a pacíficos comerciantes, pasando por huidos de la justicia, temibles partidas de sicarios, correos, familias de peregrinos e innumerables «burritas» o prostitutas, ladrones y, sobre todo, a la escoria del pueblo: los *am-ha-arez*. Dadas, pues, las circunstancias debía extremar la prudencia.

En general, con el fin de hacer más fácil el intenso trasiego de hombres y animales, estos accesos carecían de puertas o, simplemente, permanecían abiertos de par en par, incluso durante la noche. A derecha e izquierda del túnel abovedado, de unos seis metros de fondo por otros cuatro de altura, y en mitad del húmedo pasadizo, se abrían sendas angostas aberturas, a manera de puertas, que conducían a los pisos superiores. La luz amarillenta y parpadeante que brotaba de una lucerna de arcilla, alojada en una hornacina, medio dibujaba el perfil de los peldaños de piedra, haciendo más tétrico, si cabe, el ingreso a las habitaciones.

Al término del túnel se abrió ante mí un amplio patio o corral, igualmente cuadrangular, de unos dieciocho metros de lado, y a cielo abierto. Allí, en especial durante los meses secos, transcurría buena parte de la vida de la posada. En el centro se levantaba un ancho pozo, de unos dos metros de diámetro, con un trípode de madera sobre el brocal. Una elemental polea, con el concurso de cuerdas y «sacos» de cuero, facilitaba la extracción del agua.

Me detuve unos instantes, tratando de localizar a María y al Zebedeo. El minucioso recorrido visual no dio resultado. A mi derecha, sentados sobre el blanco enlosado, se hallaban los soldados. Formaban un apretado círculo, discutiendo, vociferando y lanzando sonoras risotadas. Al parecer participaban en algún tipo de juego. Los cascos de madera y metal, las jabalinas y los escudos curvos, también de madera, aparecían diseminados sobre el pavimento, a sus espaldas. Portaban sobre el tronco las típicas cotas de mallas, trenzadas a base de anillas de hierro. Curiosamente, ninguno de aquellos jinetes, a pesar del descanso que disfrutaban, se había desembarazado de las espadas que colgaban de los costados derechos. A diferencia de las *turmae* que había contemplado en la Ciudad Santa, ésta lucía bajo la armadura unas «camisas» de manga larga y de un apagado color violeta. Los pantalones, en cambio, granates, muy ceñidos y cubriéndoles hasta la espinilla, eran los utilizados habitualmente por la caballería. Al oír su jerga deduje que estaba ante una patrulla de origen sirio. Posiblemente contratada y perteneciente a una de las cuatro legiones regulares estacionadas en Palestina en aquel tiempo (1). Su asentamiento podía hallarse en la ciudad de Tiberíades o en algún otro núcleo próximo a la costa oeste del *yam*. Los soldados, entre los 17 y 27 años, presentaban un aspecto vigoroso y saludable. Algunos, y esto tampoco lo había observado en Jerusalén, lucían unas tiras de cuero alrededor de las sienes, muñecas y cinturas. Minutos más tarde entendería la razón y el fundamento de aquellos supuestos adornos.

(1)   En la época que nos ocupa —año 30 de nuestra era—, Palestina se hallaba ocupada por cuatro legiones romanas: la décima, tercera, sexta y decimosegunda. En total, la provincia de Siria concentraba nueve legiones, con sesenta o setenta unidades auxiliares. Ello representaba un contingente aproximado de cincuenta y cuatro mil soldados. Cada legión contaba, a su vez, con un cuerpo de caballería de trescientos jinetes, dividido en unidades menores: las *turmae*, de treinta caballeros. La *turma* disponía de tres oficiales —los decuriones—, cabezas de fila. Uno de ellos mandaba sobre toda la patrulla. La unidad tenía asignados también tres oficiales de rango inferior: los optiones. *(N. del m.)*

Una galería porticada rodeando el patio completaba aquella parte de la posada. En ella, a manera de improvisadas caballerizas, permanecían los animales de carga y el ganado, en una caótica mezcolanza con el forraje y consumidos por las moscas y tabánidos que los escoltaban sin remedio. En el muro situado frente al túnel de acceso se abrían tres puertas. Las dos de las esquinas conducían al piso superior: a las habitaciones de los viajeros. Esta segunda planta, con una veintena de pequeñas puertas, aparecía protegida por una rústica y ennegrecida barandilla de troncos de conífera de la que colgaban las esteras y edredones habitualmente empleados para dormir. Por la puerta central, más amplia, escapaba el vocerío de otras gentes, posibles huéspedes del albergue. Por lógica, mis compañeros de viaje tenían que haber penetrado en aquella estancia. Y hacia ella dirigí mis pasos.

Poco faltó para que, en mi afán por pasar desapercibido, volviera a caer en un nuevo y peligroso error. Al cruzar el patio pensé rodear el pozo por su cara izquierda, evitando así la proximidad de la soldadesca. Cuando estaba a punto de efectuar la maniobra, mis ojos fueron a cruzarse con las inquisidoras miradas de algunos de los jinetes. Rectifiqué a tiempo. Y aparentando serenidad elegí el costado derecho de la cisterna, caminando muy cerca de la patrulla. En efecto, se divertían jugando con unos dados de arcilla, en forma de pirámide de cuatro lados, popularmente conocidos como *teetotum*. Confuso respondí al seguimiento de los soldados con una media sonrisa. Y sin atreverme a volver la cabeza me colé de rondón en una amplia estancia rectangular, regularmente iluminada por media docena de hachones que colgaban de los muros, crepitando y sofocando el recinto con un humo blanco y resinoso. Necesité unos segundos para acomodarme a la semioscuridad. Mi presencia no despertó excesiva curiosidad. La gran sala, que hacía las veces de taberna, comedor y lugar de reunión, se hallaba presidida por una larga mesa, que ocupaba la casi totalidad del centro de la pieza. El extremo izquierdo del tablero —observado desde mi posición junto a la puerta de entrada— aparecía ocupado por un animado grupo de individuos que parloteaba y reía, bebiendo en medianas jarras de barro rojizo. Sobre dicha mesa se alineaban tres o cuatro lucernas de aceite y distintos cuencos y platos de arcilla y madera, repletos de un pan moreno, higos y aceitunas negras. Muy próximo a las lámparas distinguí un *guttus* (un recipiente, generalmente de cerámica, con forma de tetera y un afilado «pico», empleado para el llenado de las mencionadas lucernas o lámparas de aceite).

Y anárquicamente distribuidas alrededor de la mesa principal, otras más reducidas y cuadradas, acompañadas de sendos bancos de una madera ennegrecida y lustrosa por el continuo uso. Casi todas se hallaban ocupadas por hombres de amplios ropones, bigotes rasurados y cumplidas barbas, que comían o apuraban sin medida el vino negro, espeso y caliente procedente de un hogar practicado en la pared que se alzaba a mi derecha. Varias mujeres, con el rostro y brazos tatuados, iban y venían en un incesante trajinar, reponiendo los caldos y estofados de vegetales que llenaban la vasija común de cada mesa y en la que los comensales introducían un trozo de pan, a manera de cuchara. El cuadro lo redondeaba un curioso «mostrador», parecido a los que había observado en las tabernas de Nahum. Se levantaba junto al muro situado frente a la puerta de acceso y se hallaba armado por diez campanudas vasijas, de un metro de altura, alineadas y sólidamente enterradas en el piso de ladrillo. Sobre las bocas de las ánforas había sido dispuesta una plancha de madera de sicomoro, de unos cinco metros de longitud, con diez orificios, de veinte a treinta centímetros de diámetro, que permitían el llenado de las jarras o de los cucharones de largos brazos. El vino, salvo que el cliente eligiera tomarlo a la temperatura ambiente —algo poco frecuente en aquel tiempo—, era trasvasado a la marmita que colgaba en el hogar y, una vez caliente, servido por las «burritas».

La Señora y el Zebedeo, muy cerca del extremo derecho de este «mostrador», parecían esperar. La clientela, cada cual en lo suyo, no les había prestado mayor atención, a excepción de los que tomaban asiento en una de las mesas próxima a las tinajas.

Al reunirme con ellos percibí cierto malhumor en sus rostros. Lo atribuí al obligado paso junto a la soldadesca o, quizá, al apestoso y poco recomendable clima que se respiraba en la taberna. Me equivocaba.

El Zebedeo, nervioso, tenía los ojos fijos en los cinco galileos que compartían la mencionada mesa y que, en compañía de un sexto individuo, que permanecía de pie y ligeramente recostado sobre los hombros de unos de los bebedores, cuchicheaban entre sí, lanzando provocativas miradas hacia María y su compañero. No pregunté, pero, a juzgar por la sombra de tristeza que velaba los ojos de la Señora y el fuego que manaba de los de Juan, supuse, con acierto, que los *felah* eran antiguos conocidos y, lo que era peor, enconados enemigos del Maestro y de sus seguidores. Al examinar el rostro del que se encontraba de pie empecé a comprender la dura acusación lanzada por el Zebedeo al «oso» de Caná. El ojo izquierdo del hombre aparecía cubierto por un negro parche de metal. Aquél, sin duda, era el tuerto al que Bartolomé no parecía profesar demasiada simpatía. Un sucio y pringoso mandil de cuero y un manojo de llaves colgando del cuello le delataban como el tabernero jefe de la posada. Desde ese momento, a efectos de Caballo de Troya, el albergue fue «bautizado» como «el del tuerto».

María, en un intento por disipar la tensión, aconsejó a Juan que evitara las miradas de los campesinos. Y empujándole suavemente le condujo hasta las ánforas. Allí, a media voz, me explicó que aguardaban la vasija con el agua y la sal y que, al reconocerles, «el maldito posadero, como en ocasiones precedentes, la había emprendido con ambos, mortificándoles con sus groseras bromas en torno a Jesús y, en especial, al milagro de Caná». Juan, a petición de la Señora, se contuvo pero, si la espera se prolongaba, no tendrían otra solución que prescindir del remedio y abandonar el lugar. «Esta gente —manifestó la mujer reprimiendo la rabia— es capaz de todo...» Y durante unos minutos permaneció absorta, jugueteando, nerviosa, con la rosa labrada en una de las asas de las ánforas. (Firma o marca característica de las vasijas originarias, como aquéllas, de la isla de Rodas.)

Al advertir la aparente indiferencia de mis acompañantes, el tuerto y sus compinches arreciaron en sus maledicencias y risotadas, haciendo juegos de palabras con el «agua» y el «vino», hasta el punto de llamar la atención de los comensales de las mesas inmediatas. Entre los que giraron las cabezas hacia la tertulia que capitaneaba el posadero, y con evidentes muestras de desaprobación, se hallaban seis soldados. Los penachos que sobresalían en los cascos dorados indicaban que se trataba de los jefes de la *turma.* Posiblemente, los tres decuriones y los optiones. Uno de ellos, más impulsivo, hizo ademán de levantarse, quizá con la intención de acallar a los alborotadores. Pero el más veterano, sujetándole por el brazo, le obligó a sentarse de nuevo.

Juan, en el límite de su paciencia, cerró los ojos y, de espaldas a los ácidos *felah,* comenzó a golpear con el puño izquierdo la plancha de madera que cubría las ánforas. El rítmico golpeteo parecía el presagio de un inminente y temible estallido de ira por parte del dolorido discípulo. Y la Señora, prudentemente, suplicó cordura.

Pero algo imprevisto estaba a punto de modificar, cuando menos temporalmente, la agria y comprometida situación en el interior de la posada...

En un primer momento, el vocerío reinante en la sala no permitió oír lo que estaba sucediendo en el exterior. Fue la presencia de uno de los soldados, recortándose en la claridad de la puerta, la que movilizó a los oficiales de la *turma,* imponiendo el silencio entre los comensales. Fue entonces cuando oímos aquellos desaforados gritos, en petición de socorro. Procedían del corral o, quizá, del túnel. Juan y la Señora los identificaron al punto. Yo, honradamente, no supe de quién se trataba. Y el Zebedeo se precipitó hacia el patio, seguido de María y de quien esto escribe. Algunos de los huéspedes, movidos por la curiosidad, nos imitaron. El corral se hallaba desierto. La patrulla, evidentemente, había acudido en auxilio del responsable de los alaridos. Al final del pasadizo me pareció reconocer a varios de los decuriones, confundidos entre los hombres de su unidad. Al salir del túnel lo primero que llamó mi atención fue Bartolomé. Se hallaba en pie, asistido por Juan y llorando desconsoladamente. Al verme se echó en mis brazos, suplicando perdón. Atónito, traté de comprender. Pero la zozobra del «oso» era tal que no pudo responder a mis preguntas. El Zebedeo, indicando el grupo de jinetes que corría

76

por el polvoriento camino, en dirección a Caná, resumió el problema:

—Le han robado el cordero...

En efecto, a una orden de los oficiales, varios de los soldados habían salido en persecución del ladrón. Los inmediatos gritos de Natanael y la rápida movilización de la *turma* hizo posible que el individuo fuera localizado, en plena carrera, a poco más de un centenar de metros del albergue. Uno de los suboficiales y otros tres jinetes saltaron sobre las monturas, completando así la persecución. Pero la destreza del pelotón que corría en cabeza hizo innecesaria la acción de los caballeros. Cuando los más veloces ganaron terreno detuvieron la carrera y soltando las tiras de cuero que portaban alrededor de las sienes las hicieron girar media docena de veces, lanzando sendos proyectiles sobre el fugitivo. Ahí concluyó el problema. Los honderos, con una puntería implacable, habían derribado al ladrón. Olvidando a mis compañeros corrí hacia el lugar. Unos y otros, imagino, justificaron mi actitud, pensando que trataba de recuperar el corderillo. Mi intención no era esa. Tan sólo me movió el deseo de comprobar el estado del herido y, al mismo tiempo, ser testigo de la captura. Al abrirme paso entre los soldados y descubrir a la víctima comprendí lo inútil de mi gesto. Uno de los proyectiles —una especie de «bala» de plomo, en forma de huevo y de unos cinco centímetros de diámetro superior— se hallaba alojada en la región occipital del cráneo. El impacto había ocasionado la fractura de la base, con irreparables daños en hueso y meninges. El ladrón, un joven desaliñado y cubierto de harapos, falleció prácticamente en el acto.

Uno tras otro, los tres honderos que habían participado en el lanzamiento procedieron a examinar la cabeza del muchacho. El responsable del impecable y desgraciado tiro solicitó permiso al optio para recuperar el proyectil. El suboficial, verificada la muerte del infeliz, hizo un gesto con la cabeza, accediendo. Y el individuo desenfundó la espada, introduciendo la afilada punta en la herida. Y la «bala» fue catapultada al exterior. Tras limpiarla meticulosamente con el paño de lana que cubría sus posaderas la besó y se dispuso a devolverla al zurrón que colgaba del hombro izquierdo. El resto del pelotón, entretanto, colaboró en el transporte del cadáver, depositándolo sobre la grupa de uno de los caballos e iniciando el regreso.

Al observar mi curiosidad, el hondero sonrió maliciosamente, hablando en un dialecto que no comprendí. Me encogí de hombros y, por señas, le indiqué que me enseñara el proyectil. Extendió la palma de la mano, mostrándolo con satisfacción. Sentí un escalofrío. Aquellos soldados, como los modernos artilleros, gustaban de grabar en sus «balas» frases alusivas a sus mujeres o pueblos natales. En este caso, en latín, podía leerse: «De parte de los sirios.»

Abrumado y entristecido me reincorporé al grupo de curiosos que se arremolinaba frente a la posada. La Señora preguntó entonces por el corderillo. No supe darle razón. Hasta ese momento no había caído en la cuenta de su desaparición. Lo más probable es que hubiera escapado entre los crecidos trigales. Y la voz del decurión que ostentaba el mando, reclamando la presencia del posadero jefe, nos hizo olvidar la suerte del recental. Al presentarse, el oficial le interrogó acerca de la identidad del fallecido. El tuerto, casi sin mirarle, negó conocerle. Pero el veterano jinete, adivinando la torcida intención del galileo, ordenó que se hiciera cargo del cadáver, avisando a sus deudos, en el supuesto de que los tuviese. Las protestas del tuerto fueron abortadas sin contemplaciones. Sin mediar palabra, el oficial colocó la punta de su espada en la garganta del posadero. Y éste, pálido, cargó sobre las espaldas el cuerpo del joven, perdiéndose en la penumbra del túnel.

Concluido el lance, la *turma* desenganchó los caballos. Y dada la estrechez del camino formó en tres hileras (al estilo griego), con los decuriones en cabeza y los optio a la izquierda de aquéllos. Y al paso les vi alejarse en dirección a Tiberíades.

Imaginé que tanto sobresalto y la desagradable experiencia en el interior del albergue habrían hecho cambiar de opinión a mis amigos. Imaginé mal. Natanael, aunque repuesto del susto, continuaba cojeando. Y ante mi sorpresa, esta vez fue el Zebedeo quien se empeñó en atenderle, obligándole a entrar en la posada para recibir el necesario tratamiento. María, complacida por el cambio de actitud de Juan, los siguió en silencio, ayudándome a cargar los sacos de viaje y la jarra de Murashu. Sonreí para mis adentros. ¿Qué había sido de la reciente y envenenada polémica entre los discípulos? También me acostumbraría a estos bruscos giros en las relaciones de los íntimos del Maestro. Así, tal y como estaba presenciando en aquella jornada, eran los hombres y mujeres que permanecieron al lado de Jesús: intolerantes a veces, egoístas en ocasiones pero, al fin y a la postre, entrañables compañeros. La prueba caminaba ante mí. Con una exquisita ternura, olvidando los insultos, el Zebedeo había pasado el brazo derecho de su amigo sobre sus hombros, auxiliándole en su caminar.

Al entrar en el patio a cielo abierto, mis compañeros se detuvieron. A la derecha del pozo, justamente en el lugar donde había permanecido la patrulla romana, yacía el cuerpo del ladrón. La totalidad de los huéspedes y comensales, reunida de nuevo en la taberna, parecía haberse desentendido del cadáver. Y María, compadecida, se encaminó a las escaleras de piedra que conducían al piso superior. Retiró una de las esteras que colgaba de la barandilla, descendiendo con ella hasta el lugar donde reposaba el difunto. Y en un gesto de piedad procedió a cubrirlo. La mala suerte quiso que, en ese instante, una de las «burritas» se asomara al corral. Y encarándose con la Señora le recriminó su acción. María, indignada, no se mordió la lengua, acusando a su vez a la sirvienta y prostituta de hipócrita y falta de caridad. Aunque hoy pueda parecer extraño, la recién llegada, desde la estricta visión religiosa de la ley mosaica, llevaba parte de razón. El contacto con un cadáver era estimado como motivo de grave impureza. (*La Misná*, en su orden sexto, dedica decenas de capítulos a esta cuestión.) Si un hombre, por ejemplo, tocaba un cadáver, contraía impureza por un total de siete días. Y si un segundo individuo tocaba al primero, aquél permanecía impuro hasta la puesta de sol. De la misma forma, un objeto que rozara o entrara en contacto con un cadáver resultaba igualmente impuro. El retorcimiento de los judíos —contra el que batalló Jesús— llegaba a extremos inconcebibles: «si un hombre tocaba ese objeto (que había permanecido en contacto con un cadáver), los siguientes objetos que pudieran ser manipulados por el hombre caían igualmente en impureza y por espacio de siete días».

La estera utilizada por María era propiedad de la «burrita». De ahí la cólera de la prostituta. Juan intercedió, buscando calmar los ánimos. Pero los ecos del altercado habían llegado al interior de la taberna y el tuerto y un puñado de huéspedes no tardaron en hacer acto de presencia, situándose del lado de la sirvienta. Aunque estas absurdas normas religiosas no eran tenidas muy en cuenta por los tolerantes y liberales galileos, una de las familias de peregrinos que se alojaba en la posada y que asistía a la discusión —posiblemente vecinos de la Judea— terminó enfrentándose al posadero jefe, exigiendo que se deshiciera del cadáver y que procediera a la purificación del lugar. De lo contrario —amenazaron— abandonarían el albergue sin abonar un solo «as». El tuerto, ante el quebranto económico que podía suponer esta advertencia, hizo responsable del problema al doliente Bartolomé, que ni siquiera se había movido de mi lado. Estaba claro que aquella venganza tenía «raíces» muy antiguas... Juan protestó, recordándole las órdenes del decurión. Los razonamientos del Zebedeo vinieron a colmar el vaso de la indignación general. Y los galileos adoptaron una actitud amenazante, blandiendo sus bastones. La Señora retrocedió atemorizada, refugiándose tras el «oso». Y el posadero, envalentonado, acusó a Juan y a sus acompañantes de «amigos de los romanos», animando a la clientela a lapidarlos. Instintivamente, los discípulos echaron mano de sus respectivos *gladius*. La situación empeoraba por momentos. A una orden de Natanael, la Señora recogió los efectos, abandonando el lugar. Aquel fue otro arduo dilema para mí. Ni podía intervenir, ni tampoco permanecer como un mero observador. Al hallarme integrado en el grupo, las amenazas me afectaban tan directamente como al resto.

El «oso» aguardó a que su compañero, caminando hacia atrás y sin perder la cara de los excitados clientes, se situara a su altura. Y este explorador, más asustado, si cabe, que los discípulos, no supo qué partido tomar. Sencillamente, les imité, preparándome para lo que intuía como una batalla campal o una fuga a la desesperada.

La aplastante mayoría de nuestros adversarios, y su furor, me hicieron temblar.

Una vez emparejados, Juan y Bartolomé siguieron retrocediendo, con las brillantes espadas apuntando hacia la chusma que encabezaba el tuerto. Durante breves minutos, el filo de los *gladius*, diestramente manejados por los discípulos, hizo titubear a la mayoría. Y a una señal, dando media vuelta, Natanael primero y el Zebedeo después, emprendieron la carrera hacia el exterior. En cuanto a mí, el cruel destino quiso que, al girar sobre los talones para emprender la huida, mis torpes pies fueran a topar con la olvidada jarra de barro del jeque nómada, rodando cuan largo era sobre el enlosado y perdiendo la «vara de Moisés». Al quebrarse la cántara, parte de los dos litros que almacenaba se derramó en el centro del corral y el líquido negruzco, más ligero que el agua, llenó el recinto de un olor fuerte y tenaz. Mi aparatosa caída y la súbita aparición de aquella untuosa sustancia, prácticamente desconocida para los galileos, contuvo momentáneamente la furia y la marcha de los perseguidores, intrigados y confusos. Fue lo peor que podía suceder.

A gatas traté de recuperar la «vara». Pero, al alcanzarla, una apestosa sandalia pisó el báculo, inmovilizándolo en el suelo. Al levantar la vista me vi rodeado por las descompuestas caras de una docena de aquellos energúmenos. Y entre insultos, maldiciones y salivazos la emprendieron a bastonazos y puntapiés contra quien esto escribe. Creo recordar que mi única obsesión, amén de hacerme con el cayado, fue cubrir mi cabeza; una de las escasas zonas no protegidas por la «piel de serpiente». En efecto, varios de los violentos golpes fueron mal contenidos por mis manos y brazos. Si una de aquellas bastonadas hacía blanco en mi cráneo, la suerte de la operación y de mí mismo podían quedar sentenciadas.

Durante unos segundos, interminables, la lluvia de palos fue tan continua como feroz. Estaba claro que, al no haber podido caer sobre mis compañeros de viaje, todo el rencor y la furia del posadero y de sus aliados se derramó sobre mí, con la despiadada intención de masacrarme. Pero los cielos se compadecieron de este aturdido explorador. Y los efectos de la especial protección que cubría mi cuerpo no se hicieron esperar. Al impactar sobre piernas, riñones, brazos, espalda, etc., varios de los bastones se quebraron, llenando de consternación a sus propietarios. Sin embargo, lo que vino a colmar la confusión fueron los sucesivos destrozos y roturas en las sandalias y desnudos dedos de los que optaron por las patadas. Varios de ellos, con posibles fracturas, terminaron sobre el enlosado, gimiendo y retorciéndose de dolor. Lo insólito de la escena les hizo retroceder, lívidos por el terror. Y aquel «ser», aparentemente invulnerable, se alzó en silencio, sin la menor señal de daño. La chusma, sin poder dar crédito a lo que presenciaba, retrocedió unos pasos, arrojando al suelo los cayados. Y decidido a darles una lección que no olvidasen jamás, adopté una de mis acostumbradas y teatrales posturas. Levanté los brazos como un iluminado, mostrándoles mi cuerpo. El tuerto cayó de rodillas, implorando misericordia. Y, entornando los ojos, clamé con fuerza a los cielos, «exigiendo el castigo divino». Aquélla fue una excelente ocasión para probar otro de los sistemas de defensa, incorporado a la «vara de Moisés» por los especialistas de Caballo de Troya. Sujetando el báculo por la parte superior, presioné uno de los clavos de cabeza de cobre, activando un láser de gas (1). Y el invisible haz fue a incidir sobre el charco ocasionado por la rotura de la cántara. Fueron suficientes un par de segundos para que el líquido —conocido entre los mesopotámicos como «aceite de piedra»— se inflamara, ardiendo con avidez. La providencial jarra, regalo de Murashu, contenía lo que en la actualidad denominamos «petróleo». Los orientales, aunque desconocían su refinado, lo utilizaban desde antiguo como una inmejorable fuente de iluminación; de mejor rendimiento que los aceites de oliva o de sésamo. Muy probablemente, el costoso presente del nómada procedía de alguno de los numerosos yacimientos naturales de Baku, en lo que hoy se llama Persia.

La aparatosa pero inofensiva cortina de fuego y humo,

---

(1) Este tipo de láser blando había sido concebido para su utilización, en caso de emergencia, sobre animales o cosas; nunca sobre seres humanos. Trabajaba en una gama que cubría desde unas decenas de «watt» a unos pocos centenares. Su colimación era casi total, pudiendo concentrarse en puntos cuyo tamaño oscilaba entre escasos micrometros y una fracción de milímetro, con un flujo de energía electromagnética, en base al dióxido de carbono, capaz de soldar una plancha de acero inoxidable de trece milímetros de espesor, a razón de sesenta y cuatro centímetros por minuto. (N. del m.)

de medio metro escaso de altura, me proporcionó el resultado apetecido. El tabernero y su gente escaparon enloquecidos o cayeron de bruces sobre el pavimento, interpretando mi acción como un signo celeste. Y quien esto escribe aprovechó la confusión para abandonar el corral. Mis penalidades, sin embargo, no habían concluido. Al final del túnel me aguardaba otro encuentro, más embarazoso que el que acababa de soportar.

Al descubrir la silueta en el centro del portón la asocié a uno de los perseguidores. Seguramente retornaba a la posada. La dramática paliza no me permitió constatar, como era lógico, si parte de los huéspedes pudo salir en persecución de mis amigos. ¿Y si los hubieran capturado?

Un reflejo metálico vino a descabalgarme de las vertiginosas reflexiones. El individuo empuñaba un arma. Aminoré el paso, preparándome para un posible y nuevo ataque. Inexplicablemente, la figura siguió inmóvil, con los brazos desmayados a lo largo de la túnica. Por supuesto, me estaba observando. Y al llegar a un par de metros de la boca del túnel me sobresalté. Era el Zebedeo. ¿Cuánto tiempo llevaba allí? ¿Había sido testigo del apaleamiento y de la «milagrosa» recuperación? ¿Pudo presenciar mi espectacular «invocación a los cielos»? Tales pensamientos, como un torbellino, provocaron en mí un sentimiento más angustioso que el experimentado en el enfrentamiento con los galileos.

Al mirarle a los ojos supe que el discípulo lo había visto todo..., o casi todo. Las finas facciones, que restaban gravedad a sus veintiocho años, no reflejaban temor. Había en ellas una luz tenue; como si la admiración que escapaba de la mirada hubiera empapado hasta el último de sus poros. No abrió los labios. Y yo, que aguardaba en tensión, agradecí el prudente silencio. Pestañeó nerviosamente y regalándome la mejor de las sonrisas se puso en camino. Dejé que se alejara. En esos momentos, más que nunca, necesitaba de la soledad y de la reflexión. ¿Había sucedido lo inevitable? ¿Estaba escrito que, antes o después, fuera descubierta mi verdadera identidad? Llegado a este crítico extremo, ¿cuál era mi deber? Allí mismo, caminando como un autómata tras los pasos del Zebedeo, rumbo a Caná de Galilea, puse en tela de juicio la eficacia de la operación. Para ser exactos, mi propia eficacia. Hoy sé que exageraba en mis juicios. Haberle conocido, haberle seguido y haberle amado constituyeron nuestro gran éxito. Y ahora, por su gracia y expreso deseo, está en mis manos relatar cuanto vi, escuché e intuí.

En aquella agitada mañana, sin embargo, las cosas no aparecían tan nítidas. Hice balance y el cuadro de mis turbulentos pensamientos se ennegreció: ante la Señora había fracasado estrepitosamente. Después, en la posada del tuerto, me había visto en la imperiosa necesidad de hacer uso de mis «poderes», siendo descubierto por el Zebedeo. Si éste lo comentaba con María y Natanael, cosa probable, las sospechas de la madre del Maestro quedarían confirmadas. En ese supuesto, contemplado también por Curtiss y los jefes de la operación, nuestro retorno debía ser inmediato. Pero la delicada situación tomaría unos derroteros insospechados...

Por espacio de casi un kilómetro, ni la Señora ni el «oso» dieron señales de vida. Sumido en tan amargas cavilaciones apenas sí reparé en ello. Juan marchaba por delante, a buen paso y con la espada enfundada. De vez en cuando volvía la cabeza, confirmando mi presencia. Y el sentido común se impuso: tenía que buscar una salida airosa, y lo suficientemente creíble, que desvaneciera las conjeturas del discípulo en relación a mi «naturaleza y origen celestes». Porque, en definitiva, ésa era su idea respecto a mí, alimentada desde que el joven Juan Marcos propalara la «mágica desaparición de Jasón en una nube, en pleno monte de los Olivos». El problema era cómo. El destino, en breve, me ofrecería la solución. Dolorosa, sí, pero eficaz...

De pronto, el Zebedeo se detuvo. Debían ser, aproximadamente, las tres de la tarde (la hora nona). Instintivamente hice lo propio. Y alzando los brazos por encima de la cabeza, los agitó una y otra vez, como si efectuara una señal. Y así era. Por la izquierda del camino, entre los trigales, vi surgir la rechoncha silueta del «oso» y, a su lado, la grácil figura de María. Y ambos, a la carrera, se dirigieron hacia Juan. Entonces comprendí. El valiente Zebedeo, que jamás abandonaba a sus amigos, al comprobar que yo no les seguía, retornó a la posada y, espada en mano, se dispuso a prestarme ayuda. El resto, al llegar a la boca del túnel, era fácil de imaginar. Y en lo más íntimo —Dios lo sabe— agradecí su noble gesto.

Reaccioné, entendiendo que resultaba vital que me uniera al grupo. Si conservaba la distancia, caminando en solitario hasta la aldea de Bartolomé, sólo conseguiría multiplicar los recelos de María y de los discípulos, dando pie, con mi ausencia, a todo tipo de pábulos y especulaciones. Era menester arriesgarse. Y con una fingida naturalidad fui a situarme al lado del Zebedeo, al tiempo que Natanael y la mujer saltaban a la polvorienta senda. El «oso», con la respiración agitada por el susto y la reciente carrera, nos interrogó nerviosamente. Esta vez tomé la iniciativa y, adelantándome a Juan, traté de explicar lo ocurrido, en un vano intento de desmitificar lo que el discípulo había presenciado. Resté importancia a los golpes y, mostrando las rojeces y pequeños hematomas de mis manos, comenté que la fortuna y los dioses del Olimpo me habían protegido. Juan, impasible, guardó silencio.

—Lamentablemente —añadí, dirigiéndome a Bartolomé—, la jarra de Murashu se perdió en la trifulca... Contenía un extraño líquido, similar al utilizado por mis conciudadanos de Tesalónica para alimentar el fuego sagrado...

El «oso», uno de los más instruidos del grupo, asintió con la cabeza, apuntando que podía tratarse del célebre y exótico «aceite de piedra», muy cotizado en la Ciudad Santa y, en efecto, cargamento habitual en las caravanas procedentes de Oriente.

—Lástima no haber incendiado la posada —masculló el franco Natanael— y a ese tuerto mal nacido con ella...

El agrio comentario inclinó la balanza de la suerte y de la lógica a mi favor. Y aprovechando la inercia de la idea remaché mis propósitos, exponiéndoles que, muy probablemente, en la confusión, alguien había arrojado una lucerna sobre el negruzco líquido, provocando un fuego de poca monta pero suficiente para mantenerles ocupados y facilitar mi huida. El Zebedeo caminaba en silencio. La sonrisa burlona que colgaba de sus labios fue el más elocuente de los reproches. Y la piadosa mentira se agitó en mi seno como un reptil. La Señora y Bartolomé, en cambio, aceptaron mi versión.

Y enzarzados en los pormenores de la odisea dejamos atrás un segundo desvío. En esta oportunidad, el sendero secundario arrancaba igualmente a la derecha de la vía que nos llevaba a Caná, culebreando durante kilómetro y medio hasta otra perdida aldea —Tir'an—, asentada a unos doscientos metros de altitud. Algunos vendedores ocasionales, apostados en la encrucijada, al filo de los trigales, nos mostraron las canastas de fruta y los cuencos de harina de cebada, animándonos con sus gritos a que «aliviáramos su miseria». Pero, aleccionados por las duras pruebas soportadas en los cruces precedentes, ni uno solo de mis compañeros aminoró la marcha.

Aquellos treinta minutos, invertidos en los tres kilómetros que separaban la posada del tuerto del desvío a Tir'an, fueron el comienzo de otro calvario para quien esto escribe. A pesar del blindaje que me proporcionaba la «piel de serpiente», la brutalidad de la paliza había sido tal que mis huesos y músculos se resintieron. Y durante interminables horas soporté un dolor generalizado, que empezó a remitir, con la ayuda de los analgésicos camuflados en mi «farmacia de campaña», bien entrada la jornada siguiente. Tampoco Bartolomé volvió a lamentarse. Los dos kilómetros y medio que restaban desde el mencionado cruce a Tir'an al que debía conducirnos a su ciudad natal los cumplió cojeando, pero sin protestar.

Aquel último y breve trayecto (alrededor de veinticinco minutos) de la quinta etapa me proporcionaría un par de interesantes revelaciones, de especial utilidad para nuestros futuros planes. Como ya expliqué, uno de mis trabajos debía consistir en el almacenamiento de un máximo de información, lo más rigurosa y exacta posible, sobre los arranques de la «vida pública» de Jesús. La precisión en dichos datos era vital a la hora de manipular los *swivels* y proceder al tercer «salto» en el tiempo.

Todo aconteció de forma natural. A una de mis preguntas acerca del odio que había demostrado el posadero jefe por mis acompañantes, Natanael, haciéndose cargo de mi ignorancia, explicó que la recíproca antipatía se remontaba a varios años atrás. El problema, según entendí, apareció en el mes de *adar* (febrero-marzo) (1) del año 26. En esas fechas, justamente, tuvo lugar en Caná el nombrado «milagro» del vino. Pues bien, el prodigio, como era de suponer, se difundió de boca en boca por la comarca, llegando a oídos del tuerto. El asunto provocaría toda clase de comentarios y juicios. La mayoría —según Bartolomé— más preñada de incredulidad y mal gusto que de sincera aceptación de la verdad. Aunque no es mi intención adelantar los acontecimientos que me tocó vivir en el transcurso del referido tercer «salto», sí es mi deber aclarar que, tanto María como los discípulos que me acompañaban en dicho viaje a Nazaret, fueron testigos del mencionado y supuesto milagro de la conversión del agua en vino. La Señora, como veremos en su momento, tuvo buena parte de culpa en la consecución de este primer prodigio del Hijo del Hombre. Un prodigio —dicho sea de paso— no deseado por Jesús y que «sorprendió» a los asistentes a las bodas y al propio Maestro.

—Al día siguiente del prodigio en Caná —continuó el «oso»—, cuando el rabí y los seis primeros discípulos nos dirigíamos al lago...

No tuve más remedio que interrumpirle. ¿Seis discípulos? ¿Y el resto? El bueno de Natanael, cada vez más agotado a causa de la cojera, evitó la cuestión, dando a entender que, en efecto, en aquel tiempo (últimos días de febrero), el incipiente grupo apostólico sólo lo formaban el Maestro, Andrés y Pedro, los también hermanos Juan y Santiago, Felipe y él mismo. Y no deseando perderse en un tema que, obviamente, no venía a cuento, prosiguió con la trama del tuerto.

—En ese viaje hacia Saidan hicimos un alto en la maldita posada que acabas de conocer...

Natanael cortó el relato. Aquellos recuerdos le resultaban especialmente ingratos. Pero, condescendiente con el «pagano» que se había unido a ellos, aceptó continuar.

—...llevado de un exceso de confianza cometí la debili-

---

(1)   La equivalencia de los meses judíos de entonces era la siguiente: *nisán* correspondía a nuestros marzo-abril; *iyyar* a abril-mayo; *siván* a mayo-junio; *tammuz* a junio-julio; *ab* a julio-agosto; *elul* a agosto-setiembre; *tisri* (el comienzo) a setiembre-octubre; *marsheván* a octubre-noviembre; *kislev* a noviembre-diciembre; *tebeth* a diciembre-enero; *sebat* a enero- febrero y el mencionado *adar* a febrero-marzo. *(N. del m.)*

dad de anunciar al posadero jefe y a cuantos descansaban en la taberna que el Mesías libertador de Israel, autor del prodigio de Caná, mi pueblo, se hallaba a las puertas del albergue. El revuelo fue notable. Y el venenoso tuerto se apresuró a llenar de agua una de las tinajas, ordenándome entre burlas que transmitiera a mi Maestro su deseo de verla convertida en vino. «A ser posible —ironizó— del Hebrón.» Allí mismo le maldije. Desde entonces he procurado evitar esa cueva de ladrones...

Estaba claro. Como suponía, el resentimiento del tuerto arrancaba de muy antiguo. No insistí, procurando derivar la conversación hacia otros derroteros. A mi nueva pregunta sobre la veracidad del prodigio, María, molesta por las dudas, se apresuró a recordarme que, además de los discípulos que nos acompañaban, podía citarme la identidad de los sirvientes que presenciaron la «maravilla». «Ellos, y yo misma, estábamos allí, junto a las seis tinajas, cuando mi Hijo hizo lo que hizo...»

Guardé silencio. No tenía derecho a dudar de la palabra de aquella espléndida y honrada mujer. Pero, como científico, me resistía a aceptar la «conversión» de un elemento como el agua en otro tan esencialmente distinto. Yo sabía del extraordinario poder del Galileo. Sin embargo, nunca le vi desequilibrar o lastimar las leyes naturales. ¿Cómo explicar entonces la transformación de dos hidrógenos y un oxígeno en etanol, propanotriol, azúcares, alcoholes superiores o ácidos málico y tartárico, entre otros ingredientes básicos del vino?

Opté por callar y esperar al tercer «salto». Si la fortuna nos acompañaba en tan ambiciosa aventura, quizá disfrutásemos la posibilidad de asistir a las célebres bodas, despejando la incógnita con la ayuda de la ciencia. ¡Necio! A decir verdad, cuán lejos se halla la ciencia en ocasiones del poder y de los misterios divinos...

Pero debo controlar mis impulsos. La hora de ese fascinante suceso no ha llegado.

Uno de los datos suministrados por María iba a ser clave en los preparativos del siguiente «viaje» en el tiempo. Al contrario que Juan y Natanael, la madre de Jesús sí recordaba la fecha exacta del «milagro» de Caná: ocurrió el atardecer del miércoles, 27 de febrero, del mencionado año 26 de nuestra era. Y decidido a sacar partido de la locuacidad de la Señora me arriesgué a interrogarla sobre otro capítulo decisivo para estos exploradores: «¿en qué momento, con exactitud, dio comienzo Jesús a su ministerio público?» En dicho asunto, los textos evangélicos no son muy precisos. Mateo, por ejemplo, en su capítulo tercero, no ofrece fecha alguna. El siguiente escritor sagrado, Marcos (1, 9-10), dice textualmente: «Y sucedió que en aquellos días vino Jesús de Nazaret a Galilea y fue bautizado en el Jordán por Juan.» ¿Qué quiso decir el evangelista con la expresión «en aquellos días»? Algunas tradiciones cristianas, incluyendo la versión de los Padres griegos, estiman que el bautismo de Jesús pudo tener lugar el 6 de enero. El dato, sin embargo, no ofrece demasiadas garantías. Lucas, el más riguroso, tampoco habla del momento exacto. En su capítulo tercero (1-2) dice: «En el año decimoquinto del reinado de Tiberio César, siendo gobernador de Judea Poncio Pilato, tetrarca de Galilea Herodes; Filipo, su hermano, tetrarca de Iturea y de la Traconítide, Lisania tetrarca de Abilena, en tiempo de los sumos sacerdotes Anás y Caifás, fue dirigida en el desierto a Juan, hijo de Zacarías, la palabra de Dios.» Dado que Poncio empezó a gobernar en el 26 de nuestra era y que el «milagro» del vino se registró en los primeros meses de ese mismo año, todo parecía apuntar hacia dicha fecha. Pero necesitábamos afinar. Juan, el cuarto evangelista, tampoco proporciona luz alguna en su narración. Tras una somera referencia a la predicación de Juan y a la «elección» de los cinco primeros apóstoles (él no se incluye), entra directamente en las bodas de Caná (capítulo segundo).

No sé si hice bien al formular la referida pregunta sobre los inicios de la vida «pública» del Maestro. Todos dudaron, discutiendo entre sí acerca del momento exacto. El Zebedeo, rompiendo su mutismo, se unió a la polémica, ofreciendo su personal criterio. Para éste, «la hora del Maestro llegó tras el encarcelamiento de Juan, en el mes de *tammuz*» (junio). Bartolomé rechazó la idea de su compañero, alegando que «Jesús se dio a conocer en el bautismo del Jordán, en el *sebat*» (mes de enero). Para María, influenciada por aquel día de gloria, la consagración de su Hijo como Mesías tuvo lugar en febrero, en las bodas de Caná.

No hubo manera de aunar voluntades. En el fondo, todos llevaban parte de razón.

Mi propósito, sin embargo, había cuajado en buena medida. Aunque era imprescindible ahondar en las indagaciones, algo quedó claro: el rabí había sido bautizado por Juan en enero del año 26. Un mes después, en febrero, se registraría el prodigio del vino. Y, al parecer, aunque ninguno lo recordaba con precisión, a partir de los últimos días de junio de ese mismo año 26, consumado el arresto de Juan, «el anunciador», Jesús de Nazaret y su grupo se lanzarían abiertamente a los caminos del país, inaugurando un tiempo de predicación y de señales que concluiría con la muerte del Señor, en abril del 30.

Fue entonces cuando, de improviso, el Zebedeo reparó en un «detalle» casi olvidado por este explorador y que, en buena medida, me benefició.

—Casualidad. Tu parecido con aquel Jasón que conocimos es pura casualidad.

Y sentenció con sobrada razón.

—Si tú hubieras vivido junto al Maestro, como lo hizo aquel griego, no formularías estas preguntas.

Natanael asintió. La Señora, en cambio, quizás tan confusa como yo, guardó silencio.

De no haber sido por la cojera del «oso», y los dolores que me atenazaban, aquella quinta etapa, a diferencia de las anteriores, hubiera podido calificarse de auténtico y delicioso paseo. Pero, al término de los cinco kilómetros y medio, los cielos nos reservaban otro sobresalto...

Debí suponerlo. Después de casi nueve horas de intenso y accidentado viaje, aquel respiro no era normal. Y al pisar el polvoriento sendero que se empinaba hacia la blanca y próxima Caná, el optimismo de los peregrinos se hizo humo, perdiéndose en el borrascoso y amenazante cielo de aquel lunes, 24 de abril del año 30. Y surgió la tragedia. Y quien esto escribe se vio enfrentado a otro amargo trance...

Con seguridad, nada de aquello habría acontecido si el confiado Bartolomé, en lugar de detener su desigual paso, hubiera proseguido hacia la ya inminente y ansiada aldea, punto final del viaje. Pero, ¿quién tiene en su mano modificar los designios de la Providencia?

Días más tarde, al retornar al módulo y someter el minúsculo disco magnético alojado en la sandalia «electrónica» al proceso de lectura y decodificación, Santa Claus, nuestro ordenador central, ratificó con escrupulosa minuciosidad el lugar exacto donde se registró el lamentable incidente: a diecinueve kilómetros y quinientos metros del lago de Tiberíades.

En dicho paraje, a la vista de su ciudad natal, Bartolomé, en una muy humana y comprensible explosión de júbilo, detuvo sus cortas e inseguras zancadas. Alzó los brazos y, al caer sobre los hombros, las amplias mangas de la túnica dejaron al descubierto unas extremidades tan menguadas como velludas y musculosas. Y girando sobre los talones nos sorprendió con una de sus inconfundibles sonrisas: franca, interminable y enturbiada por una dentadura negra y ulcerada.

Y como fue escrito en otras páginas de estos diarios, los que caminábamos con Natanael agradecimos la inesperada pausa.

Es posible que los relojes del módulo marcaran casi las cuatro de la tarde cuando María, aprovechando el breve descanso, fue a depositar su hato de viaje sobre las puntas de sus sandalias. Y en un gesto muy femenino, sabedora que Caná se hallaba cerca, procedió a ordenar y alisar los cabellos. Dejó escapar un largo suspiro y, pienso que por casualidad, sus hermosos ojos almendrados fueron a descubrir algo en el manso y dorado oleaje de los trigales, a la izquierda de la senda que nos conducía. Y con su característico estilo —a veces peligrosamente irreflexivo— se encaminó hacia la linde.

Al principio, ni el Zebedeo ni el eufórico «oso» prestaron demasiada atención al súbito alejamiento de la Señora. Y por espacio de algunos segundos permaneció absorta en un cimbreante corro de flores, nacido al socaire de las altas y prometedoras espigas de trigo duro. De inmediato, segura de su hallazgo, se dejó caer de rodillas sobre la roja arcilla. Y su mano izquierda arrancó unos primeros manojos de flores. Le vi aproximarlos al rostro y, entornando los ojos, aspiró la intensa fragancia. La tragedia estaba a punto de consumarse...

Y en un espontáneo y generoso deseo de compartir su descubrimiento nos mostró el cuajado ramillete de flores blancas, exclamando alborozada:

—¡Son lirios!

La alegría de la Señora estaba justificada. Estas flores silvestres, a las que Jesús hizo referencia, gozaban entonces de una excelente reputación, siendo consideradas como «presagio y símbolo de buena suerte». En esta oportunidad, sin embargo, la sabiduría popular no estuvo acertada.

El Zebedeo replicó con una amable sonrisa. Pero no se movió. En cuanto a mí, tentado estuve de salvar los tres o cuatro metros que nos separaban de la Señora y colaborar en la recogida de los *lilium candidum*. Fue Bartolomé quien tomó la iniciativa, precipitándose hacia el trigal. Se liberó del engorroso *chaluk* y, feliz como un niño, se inclinó hacia las flores, apresando, no sólo los lirios, sino también las azules y moradas anémonas y los abundantes y escarlatas ranúnculos que crecían parejos. Ahora tiemblo al imaginar lo que hubiera podido suceder de haberme adelantado al romántico Natanael...

Pues bien, me disponía a interrogar al Zebedeo sobre el posible destino de tan copiosos ramos cuando, de improviso, Bartolomé profirió un ahogado gemido. Se incorporó veloz, soltando el ramillete. Y ante el desconcierto general, desenvainó su *gladius*, lanzando un poderoso mandoble contra el oculto terreno. Una nubecilla de polvo y tallos tronchados se elevó fugaz entre las espigas, moteando la blanca túnica del discípulo. María, a dos metros escasos, palideció. Juan y yo nos miramos alarmados, sin comprender.

El golpe, propinado con ambas manos, fue tan violento que el hierro quedó clavado en la arcilla. Sin embargo, en lugar de recuperarlo, el «oso» dio media vuelta y, tambaleante, se dirigió hacia nosotros. Me asusté. Los ojos se hallaban desorbitados, vidriosos y su faz, como la de la Señora, se había tornado lechosa. Y aterrorizado extendió las manos hacia el Zebedeo, en una muda petición de auxilio...

Juan saltó materialmente sobre él, acogiéndole e interrogándole a gritos. María corrió también hacia la pareja.

Bartolomé, víctima de un fuerte shock, trataba en vano de explicarse, limitándose a mostrar la mano izquierda. Un copioso sudor empezó a rodar por las sienes del discípulo.

Y entre convulsivas respiraciones susurró una palabra que no capté con nitidez. Me pareció hebreo. Algo así como «sisear»...

Y la Señora, menos aturdida que el Zebedeo y que este atónito explorador, tomó entre las suyas la mano del «oso», examinándola. Supongo que, al reparar en aquellas huellas, los tres experimentamos la misma y afilada sensación. In-crédulo, deseando con toda mi alma que «aquello» no fuera lo que imaginaba, procedí también a un examen de la mano del angustiado Natanael. No había duda. En el velludo «triángulo» situado sobre el músculo interóseo dorsal (entre los metacarpianos de los dedos pulgar e índice) aparecían dos pequeños orificios, separados entre sí unos diez milímetros y por los que brotaba una exudación de suero teñido en sangre. Inmediatamente debajo de estas marcas se distinguían sendos círculos sanguinolentos, de unos cuatro milímetros de diámetro cada uno a los que seguían, también en paralelo, cinco o seis incisiones, casi imperceptibles. O mucho me equivocaba o aquellas eran las huellas de la mordedura dejada por los dientes superiores e inferiores de una serpiente... Y lo que era peor: de un reptil venenoso. De haberse tratado de una serpiente aglifa inofensiva, el ataque no hubiera dejado en la piel los orificios de los colmillos ni las áreas circulares sanguinolentas, correspondientes a las bolsas del veneno. El punteado paralelo que se dibujaba a continuación de estas sangrantes perforaciones, tal y como tendría ocasión de comprobar instantes después, eran las marcas de los dientes inferiores, maxilares —no acanalados— y palatales, respectivamente.

El Zebedeo y yo cruzamos una mirada. Asentí con la cabeza, confirmando sus temores. Y como un solo hombre, dejando a Natanael en manos de la Señora, nos adentramos en el trigal donde permanecía la espada.

Ojalá el destino me hubiera ahorrado aquella escena. Pero la suerte —en especial la mía— estaba echada...

Entre los corros de flores tronchadas vimos agitarse, en los postreros estertores, las dos mitades de una impresionante víbora, de unos sesenta centímetros de longitud, con la típica cabeza ancha y triangular y dos blandas protuberancias, a modo de cuernos, sobre la punta del hocico. Y Juan, en un ataque de histeria, comenzó a pisotear la mitad posterior.

Caballo de Troya había dedicado especial atención a nuestro adiestramiento acerca de algunos de los muchos ofidios que infestaban Palestina en aquella época (1). En un primer momento, sin embargo, aturdido por la trage-dia, no supe discernir con claridad si se trataba de una *vipera xanthina* (conocida también como «víbora palesti-na») o de la *cerastes cerastes gasperetti*. A decir verdad, poco importaba la sutileza. Ambos vipéridos son califica-dos como «altamente peligrosos». Y aunque la gravedad de la mordedura de cualquiera de ellas depende de múlti-ples factores —cantidad de veneno inoculado, toxicidad del mismo, localización y naturaleza de la embestida, edad, peso, salud de la víctima, etc.— el riesgo de muerte para Bartolomé, dadas las precarias condiciones médicas en que nos desenvolvíamos, era notable. Los expertos en herpetología saben que los venenos de las serpientes son quizá los más complejos de todos los tóxicos animales (2). Sus efectos, cuando penetran en el sistema sanguíneo o linfático, son devastadores. En este sentido, los estudios de H. A. Reid son categóricos: «Unas quince gotas de vene-no de víbora resultarían fatales para un hombre adulto; tres gotas de veneno de cobra podrían ser igualmente leta-les y una sola gota de veneno de serpiente de mar acabaría

(1)   En tiempos de Jesús, la población de vipéridos, en especial de víboras con fositas sensoriales, era considerablemente superior a la actual. Los tipos, sin embargo, eran prácticamente los mismos. Los es-pecialistas de la operación los clasificaron en ocho grupos principales: *Atractaspis engaddensis, Cerastes cerastes gasperetti, Cerastes vipera, Echis-coloratus, Pseudocerastes persicus fieldi, Vipera bornmullen, Vipera leber-tina obtusa* (también conocida en Europa) y la referida *Vipera palesti-nae. (N. del m.)*

(2)   Estos venenos contienen mezclas de enzimas (proteasas, coli-nesterasas, ribonucleasas e hialuronidasas), así como proteínas de tipo no enzimático, que penetran en los tejidos, siendo absorbidos por el sis-tema sanguíneo y linfático y provocando gravísimas lesiones. Pero son las proteínas no enzimáticas —caso de la «crotamina», con un peso molecular entre 10 000 y 15 000— las que ocasionan mayor daño. En el caso de los elápidos (cobras), el veneno, al tener un peso molecular infe-rior al de las víboras, pasa con gran celeridad al riego sanguíneo, difun-diéndose más rápidamente que el de los vipéridos. Éstos, por regla general, actúan más sobre el sistema linfático. La acción de los venenos

con la vida de cinco hombres» (1). El problema era averiguar cuánto veneno podía haber recibido Natanael y cómo atajarlo.

Me arrodillé junto a la cabeza de la víbora, abriendo cuidadosamente las mandíbulas. Los colmillos se hallaban intactos. (En ocasiones, bien por accidente, enfermedad o cualquier desarreglo en el aparato mordedor pueden quedar inutilizados o desaparecer total o parcialmente, restando eficacia a las acometidas del ofidio.) Las huellas de la mordedura me hicieron pensar que la parduzca víbora —una *cerastes cerastes*, casi con seguridad— había atacado en una característica acción «de puñalada». Cuando las mandíbulas se hallan completamente abiertas, con un arco máximo de 180 grados, los colmillos, que pueden girar hacia atrás y hacia adelante, se colocan como un puñal, clavándose en la presa. Ello hacía más comprometido el estado del discípulo. Poco importaba ya pero, lo más probable es que el impulsivo «oso», al arrancar las flores, hubiera molestado al vipérido y éste, sorprendido en su hábitat (generalmente se mimetizan enterrándose y dejando al descubierto la cabeza), había replicado con una embestida. Es frecuente que, una vez asestado el golpe, la víbora retroceda y se oculte. Pero Bartolomé tuvo tiempo de partirla en dos.

Todo fue vertiginoso. La Señora, con un grito, reclamó la presencia del Zebedeo. Y éste, una vez desahogada su

_____

suele complicarse como consecuencia de la reacción de la víctima, cuyos tejidos se defienden desprendiendo «bradiquinina» e «histamina», de naturaleza inflamatoria. Aunque cada familia de serpientes venenosas puede ofrecer un cuadro diferente, los efectos principales y más generalizados de sus venenos en los vertebrados son los siguientes: neurotóxicos (sobre el cerebro, médula espinal, terminaciones nerviosas, etc.), sobre el corazón y/o el sistema respiratorio, daños al revestimiento de vasos sanguíneos que causan hemorragias, coagulación de la sangre, inhibición de la coagulación de la sangre (ambos efectos pueden ser producidos alternativamente por venenos de serpientes distintas o, incluso, por el mismo veneno en circunstancias diferentes), hemolisis o destrucción de los glóbulos rojos de la sangre y lesiones generales a células y tejidos. *(N. del m.)*

(1)   La mayor parte de los estudiosos estima que la DL_{50} (dosis letal que mata al 50% de un grupo determinado de animales de laboratorio en un tiempo dado) media del veneno de una serpiente es de 0,4 mg/kg. En consecuencia, unos 26 mg de veneno tendrían una probabilidad del 50% de matar a un hombre que pesara 65 kilos. *(N. del m.)*

furia, con el ánimo mejor dispuesto, se reunió con sus compañeros. Natanael, de rodillas en mitad de la senda, seguía sudando abundantemente. Y a los cinco minutos se presentaron unos síntomas nada tranquilizadores. En el lugar de la mordedura, el edema, de propagación rápida, alcanzó los quince centímetros. Y la mano se hinchó aparatosamente. El dolor, a pesar de las dificultades del «oso» para expresarse, debía ser importante. Y surgieron las náuseas. Verifiqué el pulso. No se había debilitado excesivamente. Inspeccioné los ojos. Tampoco aprecié dilatación pupilar. La Señora y el Zebedeo se limitaban a enjugar el sudor de su amigo, observando mis movimientos con inquietud. Fue en una de estas rutinarias exploraciones cuando, de pronto, mis ojos tropezaron con los de Juan. En décimas de segundo fui consciente de mi situación. Arrastrado por un natural deseo de auxiliar a Bartolomé no me había percatado del error en el que estaba incurriendo. Si la mordedura era grave, como así parecía, el discípulo podía fallecer. Si alguno de los vasos de la mano había resultado dañado por la acometida, el veneno podía afectar al mecanismo de coagulación de la sangre. Un efecto particularmente notorio en el emponzoñamiento viperino. Estas lesiones, por otra parte, dependiendo de la resistencia de la víctima y de otros factores, podían acarrear un fallo cardíaco o respiratorio.

Aquélla fue otra batalla interna. Como médico, mi deber era auxiliar. Como miembro de Caballo de Troya, mi obligación estaba perfectamente trazada: observar, absteniéndome de intervenir en los sucesos que pudieran modificar el natural devenir de la existencia humana o de los grupos sociales de aquel «otro ahora». Aunque sólo fuera a título de hipótesis —los evangelios no son claros en este aspecto—, yo intuía que Bartolomé remontaría la crisis, hallándose presente en los futuros acontecimientos de la llamada «ascensión» de Jesús, así como en la fiesta de Pentecostés. Aun así, una vez más, fui fiel a lo establecido. Y retirando mis manos de la extremidad superior del discípulo, cuyo tejido subcutáneo, afectado por el veneno, había empezado a decolorar la piel, tomé la firme y penosa decisión de no actuar, al menos hasta que no apreciara una evolución favorable.

El Zebedeo, perplejo, me interrogó con la mirada. Natanael seguía gimiendo, presa del dolor y, lo que era peor, del miedo. (Se han dado casos de personas atacadas por serpientes venenosas que han fallecido a raíz de un fallo vasomotor, inducido por el terror.) Por toda respuesta me limité a negar con la cabeza. Y Juan, malinterpretando el gesto como un «no hay nada que hacer», estalló, apartándome de un empujón.

—¡Maldito pagano!... ¡Eres un farsante!

La Señora bajó los ojos, compartiendo —no lo sé muy bien— la justificada indignación del Zebedeo. Y yo, herido en lo más profundo, vi cómo se repetía la embarazosa situación vivida en la caravana mesopotámica.

Entre maldiciones, la mayor parte dirigida a este explorador, Juan colocó la mano del «oso» sobre su rodilla izquierda. Y haciéndose con el *gladius* escupió sobre la punta, limpiándola con el filo de la túnica. Ordenó a la mujer que sujetara la muñeca del compañero y, sin pérdida de tiempo, practicó una incisión lineal sobre las huellas de la mordedura, sobrepasándolas ligeramente e hiriendo hasta una profundidad de unos 0,5 centímetros. Bartolomé, aunque amodorrado, reaccionó y, con claros problemas de dicción, pidió a su compañero que utilizase «la piedra». Y el Zebedeo, cayendo en la cuenta de su error, profirió un nuevo exabrupto, culpándome de su despiste. Y mientras María rebuscaba afanosamente en el petate de viaje de Natanael, el «hijo del trueno», ciego de ira, fue a clavar la espada entre mis sandalias, fulminándome con la mirada.

La aparición de una piedra negra, de unos diez centímetros y de naturaleza volcánica en las temblorosas manos de la Señora cortó, momentáneamente, la peligrosa violencia del Zebedeo. Una violencia que, por supuesto, disculpé. Aquel cimbreante *gladius*, a mis pies, representaría la definitiva ruptura entre la mayor parte de los «íntimos» y el «griego de Tesalónica»...

Aquellos hombres, que conocían a la perfección los peligros de los caminos de Israel, viajaban preparados para éstas y otras contingencias. La misteriosa piedra negra era buena prueba de ello.

Juan la tomó en sus manos y situándola sobre las marcas de los dientes friccionó con fuerza la zona, escoriando la sangrante piel. Acto seguido, inclinándose sobre la herida, succionó enérgicamente, escupiendo una mezcla de sangre y de líquido amarillento. En este último reconocí el veneno de la víbora.

Instintivamente pensé en la boca del Zebedeo. Pero me contuve. En aquellas circunstancias no hubiera oído siquiera mis consejos. Si la lengua o encías, por ejemplo, presentaban alguna lesión abierta, el veneno succionado podría ingresar en el organismo, compartiendo los riesgos de su compañero. A primera vista no parecía el caso. (Si el veneno era ingerido involuntariamente y pasaba al estómago, aquél resultaba neutralizado.)

Una y otra vez, por espacio de quince o veinte minutos, Juan de Zebedeo repitió la frenética succión bucal. Ignoro si fue consciente de lo decisivo de su acción pero, a juzgar por los resultados, a pesar de los riesgos de infección que arrastra siempre este procedimiento, una notable dosis de veneno fue rescatada, reduciendo la toxicidad local y general. No puedo estar seguro pero, en mi opinión, Natanael conservó la vida gracias a su amigo. El problema, en aquellos cruciales momentos, era averiguar cuánto veneno se había difundido hacia el antebrazo (1) y qué vasos —sanguíneos o linfáticos— podían verse afectados. Las próximas seis horas resultarían decisivas. Si Bartolomé escupía sangre era señal de que el veneno había circulado por el cuerpo, arrasando órganos internos, tales como pulmones, intestino, etc. En ese fatídico supuesto, dado que no estaba autorizado a suministrarle uno de los antivenenos (2) que

(1)   Los interesantes estudios del científico E. Kochva con la «víbora palestina» han demostrado que el veneno inyectado en cada mordedura oscila notablemente. Kochva indujo a sus víboras a morder a una serie de sucesivos ratones muertos, calculando después la cantidad de veneno presente en cada roedor, ordeñando la serpiente al final del experimento. Los números resultaron elocuentes: en la primera embestida, el ofidio sólo utilizó entre el 4 y el 7% del veneno total disponible. En las siguientes mordeduras, paradójicamente, el volumen de la ponzoña fue superior. *(N. del m.)*

(2)   Entre los fármacos obligatorios en nuestros desplazamientos figuraban dos potentes antivenenos, preparados en Alemania y supervisados por el Paul-Ehrlich-Institut, del Departamento Federal para Sueros y Vacunas. Ambos, convenientemente desecados, habían sido fabricados en base a proteína de caballo (170 mg), conteniendo anti-

figuraba obligatoriamente en mi «farmacia de campaña», la evolución del envenenamiento era impredecible.

Cuando el Zebedeo, después de inspeccionar minuciosamente los últimos salivazos, estimó que las succiones sólo arrastraban sangre, se hizo con el pañolón que le servía de «sudario», practicando un rústico torniquete a unos diez centímetros en sentido proximal a la mordedura. El aspecto del «oso» era preocupante. A la palidez y las náuseas se unieron frecuentes convulsiones y algunas «petequias» o pequeñas manchas en la piel de la mano, formadas por la efusión de sangre. El Zebedeo le animó a levantarse. Pero la debilidad y el shock no se lo permitieron. Me ofrecí a ayudarles. Juan, inflexible, me rechazó, ordenando que le entregara el odre del agua. Así lo hice. María, visiblemente preocupada, susurró algunas palabras de aliento al oído de Natanael, restando importancia a lo ocurrido. Su tacto y prudencia eran encomiables. En tales circunstancias, el proceder más sensato era justamente ése, tranquilizando a la víctima y propiciando que se «olvidase» de la herida. El «oso» bebió abundantemente y, casi a empujones, terminó por ponerse en pie. Y el Zebedeo, pasando el brazo derecho del inseguro y doliente vecino de Caná sobre su nuca, cargó con él, emprendiendo el camino de la aldea. La Señora y yo reunimos los sacos de viaje y, cuando me disponía a desclavar el *gladius* de Juan, éste, girando la cabeza, advirtió a María que no olvidara los restos de la serpiente. La Señora palideció, mirándome suplicante. Comprendí su aversión. Y necesitando sentirme útil, aunque sólo fuera como «recogedor de inmundicias», le ahorré el sufrimiento. Al «empaquetar» las dos mitades de la víbora entre los abandonados lirios me pregunté qué utilidad

---

cuerpos con efecto inmunizante contra 16 tipos de serpientes venenosas, entre las que se hallaban la *cerastes cerastes*, la *cerastes vipera*, la *echis carinatus*, la *vipera xanthina* y la *vipera levetina*. La dosificación establecida por Caballo de Troya, en caso de mordedura, era de 20 a 40 ml en caso de tratamiento inmediato y de 40 a 60 ml o más para tratamiento posterior o cuando se hubieran presentado los síntomas de envenenamiento. Estos sueros, extraídos de caballos que fueron inmunizados con los venenos de las correspondientes serpientes, contenían la inmunoglobina, conseguida mediante el tratamiento y la separación fraccionada de las enzimas. *(N. del m.)*

podía tener aquel traslado. Y tras recuperar la espada me dispuse a seguirles, atacando los escasos dos kilómetros y medio que nos separaban de Caná. Mi ánimo —a qué ocultarlo— se hallaba maltrecho.

Consciente de la importancia de cada minuto, el Zebedeo forzó la marcha. Pero el agresivo camino, en implacable ascenso y la torpeza de Natanael, constituyeron un freno y un sufrimiento añadidos a sus nervios. Le vi detenerse. Tropezar. Recuperar el aliento. Cargar una y otra vez a su debilitado amigo y, finalmente, cuando casi habíamos arañado la cota de los cuatrocientos metros, desplomarse. María, jadeante, corrió en auxilio de ambos. Pero el peso del «oso» colmaba sus menguadas fuerzas. Juan, derrumbado en mitad del estrecho y pedregoso sendero, bañado en sudor, respiraba ruidosa y frenéticamente, derrotado por aquel kilómetro y medio de fatigosa ascensión. Caná, ajena a nuestro suplicio, se distinguía en lontananza, asentada sobre una colina de una altitud similar a la que acabábamos de coronar. Según mis estimaciones, entre aquel punto y el encalado amasijo de casas mediaban aún alrededor de 800 o 900 metros. Un recorrido menos encabritado pero abundante en pequeñas y regulares cañadas que hacían brincar al camino y sufrir al caminante. A pesar de lo irregular y rocoso del paraje, las tierras aparecían exhaustivamente cultivadas. A la derecha, en terrazas escalonadas, crecían el trigo y, en menor volumen, la cebada. Y a la izquierda de la senda, alejándose hacia las cimas de dos suaves elevaciones, ejércitos de olivos y de higueras dominaban el paisaje, haciendo buenas las palabras de Bartolomé acerca de la «dorada abundancia» de su pueblo natal.

Pero la forzada pausa duraría poco. Natanael, de improviso, rompió a vomitar. Y María, asustada, suplicó al Zebedeo un último esfuerzo. Ella misma, predicando con el ejemplo, tomó al desencajado discípulo por las axilas, bregando por levantarlo. En cuanto a Juan, arruinado física y psíquicamente, sólo acertó a gimotear, maldiciendo su mala estrella. La escena me sobrepasó. Y olvidando el estricto código, olvidándolo todo, aparté suave pero firmemente a la mujer, cargando al «oso» sobre mi hombro derecho, como si de un fardo se tratara. Y de esta guisa, poco ortodoxa a decir verdad, emprendí el último tramo, con más decisión que posibilidades. La temperatura del discípulo parecía fluctuar. No había duda: la infección continuaba propagándose. Y apreté el paso, respirando por la boca y, como digo, sostenido más por mi férrea voluntad que por el poder de mis piernas. Así, mal que bien, me hice con los primeros trescientos o cuatrocientos metros. La Señora, pendiente del maltrecho Zebedeo, me seguía a un tiro de piedra.

Aunque no habíamos intercambiado palabra alguna supuse que el lógico destino era la aldea. No fue exactamente así.

Y al salir de una de las vaguadas, el camino se enderezó, apuntando directamente a Caná. Y a derecha e izquierda, protegidos por sendos muretes de piedra de un metro de altura, se presentaron ante este agotado explorador los famosos huertos de granado común que, en aquel tiempo, honraban y hacían célebre a la población. Era ésta, y no el vino, como se cree equivocadamente, una de las fuentes de riqueza de la comarca. En Caná jamás prosperó la vid. Centenares, quizá miles, de *punicum granatum*, mencionados en el *Números* (13, 23), de troncos densamente ramificados y hojas oblongas que no tardarían en poblarse de llamativas flores encarnadas, verdeaban las laderas, ofreciendo cobijo a festivas alondras y a las rezagadas avefrías. En una de mis visitas a Caná, en pleno verano, tendría la oportunidad de contemplar cómo muchos de sus habitantes trabajaban la corteza de este delicioso fruto, preparándola para posteriores labores de tinte.

De pronto, a unos trescientos metros de las primeras casas, María nos rebasó, corriendo y gritando un nombre: «Meir.» Y con el manto flotando en el aire la vi alejarse por el callejón que formaban los parapetos de los huertos de granados, reclamando a voces al tal «Meir».

Sin aliento, percibiendo cómo las rodillas empezaban a doblarse, luché por ganar aquellos últimos pasos. Dios sabe que lo intenté. Pero, como le ocurriera a Juan, las fuerzas se eclipsaron y, antes de que acertara a solicitar ayuda, caí desplomado, arrastrando al «oso». Y la pesada humanidad del discípulo me inmovilizó contra las piedras del camino.

Herido en mi amor propio me revolví, luchando por zafarme. Imposible. De bruces, con los ojos y boca cargados de tierra y resoplando como un galeote, los débiles intentos para apartar al «oso» sólo consiguieron quemar mis últimas energías. Me sentí ridículo.

Al poco, el concurso de Juan y del hombre que vi correr a nuestro encuentro salvarían tan grotesca situación. Cuando acerté a ponerme en pie, mi orgullo presentaba peores síntomas que mi integridad física. Había fallado de nuevo...

Escupí el polvo y la rabia que secaban mi lengua. Y esta vez fui yo quien renegó de su pésima estrella.

La Señora, providencialmente, había alertado a un individuo que ahora, con el auxilio del Zebedeo, ayudaba a caminar a Natanael. Y con el cuerpo y el alma malparados me apresuré a seguirles.

Al dejar atrás los frondosos huertos, los tres hombres, precedidos por María, giraron bruscamente a la izquierda, desapareciendo en un caserón de altos muros. Al fondo del sendero, a unos doscientos metros, Caná se estiraba blanca y silenciosa en un frente de casi un kilómetro. Se trataba, sin duda, de una pujante localidad. En esta ocasión, muy a mi pesar, apenas si llegaría a pisarla. Los próximos acontecimientos iban a desplegarse, fundamentalmente, en aquella aislada y sin par casona, morada de uno de los galileos más respetados y queridos en toda la región y al que había hecho alusión la vendedora del cruce de Lavi.

Y a eso de las cinco y media de la tarde, a una hora del crepúsculo, sin saber muy bien lo que hacía, crucé la cancela de madera, procurando no perder de vista a mis compañeros de viaje. Un viaje que los imponderables habían convertido en una pesadilla. Quizá debiera ahorrar al hipotético lector de esta íntima confesión el relato de tan accidentada travesía hacia Nazaret. Pero, obedeciendo al corazón, he creído bueno que compartiera también las penalidades de este explorador.

¿Los lugares favoritos de Jesús? Hubo muchos. Y aquél fue uno de ellos. ¿Quién hubiera imaginado que al otro lado de aquellos gruesos muros de piedras cúbicas y negras se hallaba uno de los rincones preferidos y habitualmente frecuentado por el rabí de Galilea a su paso por Caná?

Desconcertado, no supe hacia dónde mirar.

Nada más pisar el pulcro embaldosado de yeso, modelado a imitación de la madera, el aire dejó de ser aire, haciéndome olvidar dolores y desconsuelos. Ante mí se abrió un tupido jardín, poblado exclusivamente de rosas. Numerosos macizos escarlatas, blancos, amarillos y rosas desdibujaban los límites de un patio en el que la bíblica «vered», cantada en el *Eclesiástico,* parecía la única flor permitida. Trepando por paredes y cañizos, levantándose sobre una tierra negra y esponjosa, ancladas en ventrudas vasijas, en humildes cuencos de barro o en cisternas de basalto de todos los tamaños, florecían espléndidas rosas de Sidonia, del Sinaí, del monte Hermón, *caninas, phoenicias* y otros ejemplares silvestres que no supe identificar.

Embriagado, casi hipnotizado, por el femenino temblor de los colores y por el sosiego de aquella tormentosa fragancia, a punto estuve de perderme en el angosto corredor que, jugando a laberinto, parcelaba el cuidado lugar.

En la zona oeste del gran solar se levantaba, como digo, un viejo caserón, todo él en piedra, cuya segunda planta hacía las veces de parapeto, protegiendo la delicada plantación de los temibles y abrasivos vientos de poniente. Hacia allí encaminé mis pasos, penetrando en una oscura pieza situada en el piso bajo. Cegado por la claridad exterior no reparé en el alto peldaño que daba acceso a la sala y, torpemente, perdiendo el equilibrio, fui a dar con mis huesos contra el pavimento de suelo batido. Por tercera vez en aquella ingrata jornada rodé cuan largo era, con el consiguiente estrépito. Mi «presentación» ante el venerable Meir no pudo ser más cómica y deplorable... Aturdido y rojo de vergüenza me alcé a la misma velocidad a la que había caído. Pero, a medio camino, la luz amarillenta de un candil me salió al paso. Y una larga y sarmentosa mano, tendida con generosidad, me ayudó a incorporarme. Agradecí el gesto, escrutando el semblante del anciano que tenía ante mí. Los cabellos y barba, casi albinos, enmarcaban un rostro alto y estrecho, ligeramente bronceado y en el que dominaban unos ojos claros y confiados. Sobre la túnica de lana, igualmente blanca, reconocí la «haruta»: la pequeña rama de palmera que distinguía a los médicos —mejor dicho, a los «auxiliadores»— judíos (1). Su nombre era Meir y resultó un viejo conocido y amigo de Natanael y de la familia del Maestro. Sus más de sesenta años habían discurrido, casi en su totalidad, en Caná de Galilea, entregado al estudio de la medicina en general y de las rosas en particular. Su eficacia como *rofé* —aunque él siempre rechazó este título— y su nobleza de alma le habían granjeado la estima y una fama que nadie osaba discutir. Pero esto iría descubriéndolo poco a poco. Primero en esta apresurada visita y, más adelante, cuando el destino quiso que regresara a Caná.

Al percibir mi turbación sonrió tranquilizador, sumando nuevas arrugas a los muchos pliegues de su noble rostro. Y sin pronunciar palabra alguna se perdió en las tinieblas de la estancia. Segundos después, la luz que portaba prendía las mechas de otros candiles, estratégicamente colgados de las paredes. Y la oscuridad fue retrocediendo, permitiéndome explorar lo que constituía el lugar de trabajo del «auxiliador»: una singular mezcolanza de «laboratorio-biblioteca-hospital», reunidos en una galería sin ventanas, de casi veinte metros de longitud por otros seis u ocho de fondo. Los cuatro altos muros, a excepción de la puerta de entrada y de una segunda abertura practicada en una de las esquinas, a la derecha del referido acceso principal, se hallaban conquistados por una red de estanterías de madera, repleta de ollas, jarras, vasijas y recipientes, muchos de cristal, con inscripciones en arameo, griego y hebreo, grabadas o pintadas en sus paredes. Y anárquicamente almacenados entre la cacharrería, decenas de pergaminos, en cuero y piel, así como polvorientas tablillas de madera cubiertas de yeso o de una cera negra y dura. (A diferencia

(1) A diferencia, por ejemplo, de los «médicos» mesopotámicos, los judíos, poderosamente influidos por el ambiente estrictamente monoteísta en el que se desenvolvían, no se consideraban como tales. Para ellos, el único «médico» o *rofé* era Yahvhé. La salud dependía siempre de la voluntad de Dios. De ahí que los que practicaban la medicina se autoproclamasen «sanadores» o «auxiliadores», pero nunca «médicos». Pretender el mismo título que el «Uno» hubiera sido una blasfemia. Por ello, en cualquier pasaje bíblico donde se refiera una curación, debe entenderse como la *vis medicatrix naturae*, emanada del poder divino. *(N. del m.)*

de las denominadas «tabula o tabla rasa», en las que era posible volver a escribir raspando o vertiendo una nueva capa de cera sobre la superficie, estas tablillas eran destinadas a inscripciones permanentes.)

A mi izquierda, próximo al umbral que había traspasado tan «impetuosamente», distinguí a Natanael, recostado en una estera de hojas de palma y reconfortado por sus amigos. Sin las ideas muy definidas respecto a lo que debía o podía hacer, permanecí junto a la puerta, espiando los pausados movimientos del «auxiliador». Cuando la mortecina luz, robada al aceite de oliva, fue suficiente para no tropezar, sin prisas, como si el «problema» de Bartolomé no fuera con él, comenzó a trastear en la mesa de mármol negro que presidía la «biblioteca». Vertió una carga de aceite (alrededor de un decilitro: suficiente para unas seis horas y media) en un candil de yeso, alumbrando el tablero y el desorden que sostenía: redomas, lebrillos y pequeñas ánforas de doble mango con hermosas decoraciones rojas y negras sobre fondos blancos, que adiviné repletos de bálsamos, brebajes, polvos, emplastos e inhalaciones. Entre los útiles del «boticario» llamó mi atención una urna de vidrio, del mejor estilo herodiano, y varias bandejas de arcilla. La primera guardaba dos calaveras y otros huesos humanos, pertenecientes a unas extremidades inferiores. Un «sacrilegio» como aquél sólo era posible en Galilea...

En las bandejas, muy apreciadas por los judíos por su escasa absorbencia, que hacía innecesaria la purificación ritual (1), descansaba el «instrumental» quirúrgico: cuchillos de piedra, hierro y bronce, sierras cortas y dentadas, afilados escarpelos (en metal y concha de tortuga), tijeras de cirujano, fórceps lisos, etc. Y en uno de los extremos de la caótica «mesa de trabajo», dos vaciados circulares, rebosantes de una tinta negra y espesa (2). Al lado, amarradas

(1)   Aunque los galileos no eran tan estrictos en cuestiones religiosas, la ley judía, en el colmo de la sofisticación, fijaba que los utensilios de madera, piel, hueso, cristal, barro y alumbre, si eran lisos, no contraían impureza. En cambio —como informa el *kelim*, orden sexto—, si formaban una concavidad, eran susceptibles de «pecado». *(N. del m.)*

(2)   La tinta utilizada tenía diferentes orígenes. La mayoría se preparaba a base de hollín, procedente de hornos de mármol en los que se quemaba pino de tea. Aquél se mezclaba con cola y, una vez secado al

en un mazo, las plumas habituales: carrizos (los *calamus*) cortados oblicuamente y hendidos, ancestros de las actuales plumas de metal, y esponjas, indispensables para borrar la tinta.

Cumplida la alimentación y el encendido de la lámpara que gobernaba la mesa, Meir, sin perder la sonrisa que le caracterizaba, se arrodilló junto al enfermo. Encomendó a la mujer su pequeño e inseparable candil y, sin más preámbulos, con movimientos calculados, inspeccionó la mordedura y el edema. Lenta, silenciosa y prudentemente fui acercándome al grupo. No deseaba intervenir. Tan sólo presenciar el quehacer del sanador.

Al tomar el pulso y buscar la temperatura, la paz de aquellos ojos azules parpadeó fugazmente. Pero, al punto, con una sabiduría innata o aprendida en sus largos años de combate con la enfermedad, se hizo de nuevo con ella, tranquilizando la incisiva mirada de María. La respiración de Bartolomé, quizá al saberse en manos de Meir, recuperó un ritmo aceptable. Y abriendo los párpados exploró las pupilas. La Señora, atenta, aproximó la lucerna al pálido rostro del «oso». Su pulso, tembloroso, no pasó desapercibido para el anciano. La midriasis o dilatación de ambas pupilas era normal. Aquél era un buen síntoma. Y Meir, retirando con dulzura la mano que sostenía la luz, preguntó a María:

—Hija, ¿quién es el enfermo?... ¿Él o tú?...

La Señora bajó los ojos, disculpándose. Y Juan, devorado por la impaciencia, apremió al «auxiliador» con una insolencia similar a la que yo había soportado en el lugar del incidente. Meir no se inmutó. Y por toda respuesta, sin perder la compostura, le ordenó que calentara agua. El Zebedeo obedeció, dirigiéndose a la esquina izquierda de la estancia. Y quien esto escribe se sintió complacido ante la firmeza y tolerancia de aquel hombre.

El «auxiliador» dirigió las manos a los músculos intercostales y al diafragma del discípulo. Palpó y, satisfecho,

---

sol, adoptaba la forma de bloques, fáciles de diluir. Por lo general, la tinta elegida por los copistas y escribas no contenía cola, sino goma, con una infusión de ajenjo —de sabor amargo—, que protegía los rollos del ataque de los roedores. *(N. del m.)*

bromeó acerca de su glotonería. Supuse que no había hallado signos de curarización o paralización en dichos músculos.

La astucia y conocimientos del *rofé* me entusiasmaron. Las bromas sobre el abultado vientre, amén de relajar la tensión del momento, guardaban otra solapada intención: verificar los posibles trastornos en la dicción. Y el de Caná, con ciertas dificultades en la pronunciación, abusando de su amistad con el anciano, le «envió a los infiernos». Meir se dio por satisfecho. Y regresando a la mesa de mármol tomó un pequeño punzón, flameándolo en la llama de la lucerna. Desinfectado y enfriado se arrodilló de nuevo ante el enfermo, practicando una serie de meticulosos pinchazos en el edema que deformaba la mano. Al tocar el área de la mordedura Bartolomé no reaccionó. La acción neurotóxica del veneno había insensibilizado dicha zona. Afortunadamente no sucedió lo mismo con el resto de la hinchazón. Natanael acusó el dolor. Torció el gesto y maldijo la casta del sanador. Por último, tras inmovilizar la extremidad superior, provocó una minúscula herida incisa en la piel del antebrazo. Unas gotas de sangre, procedentes de los capilares, amanecieron al momento entre la abundante vellosidad. La hemostasia (coagulación) no se hizo esperar. Y Meir, lanzando un suspiro, se dejó caer, sentándose sobre los talones. Observó a Bartolomé y, dirigiéndose a la mujer, formuló una pregunta que, por supuesto, nadie supo clarificar:

—¿Diarreas?

María titubeó. Y el anciano, descubriendo las piernas de Natanael, exploró el estado de su *saq* o taparrabo. Negó con la cabeza y, palmeando cariñosamente el rostro del discípulo, comentó divertido:

—Parece que has tenido suerte..., «tapón de cuba».

Los ojos de María se iluminaron. Y Meir, alzándose, se dirigió al rincón en el que permanecía el Zebedeo. La Señora, entonces, arrodillándose, situó la cabeza del herido sobre su regazo, acariciando sus cabellos e invitándole a descansar. Aunque una taquicardia parecía descartada por el momento, la quietud resultaba muy aconsejable, en orden, sobre todo, a evitar el aumento de absorción producida por la vasodilatación. Y comido por la curiosidad traté de conocer los siguientes movimientos del *rofé*. En el ángulo parpadeaba rojizo un horno de ladrillo de ocho fuegos. En uno de ellos, al cuidado de Juan, bullía una marmita de cobre. El anciano, complacido ante el hervor del agua, indicó al Zebedeo que permaneciera vigilante, evitando que se apagaran las llamas. Acto seguido le interrogó sobre los restos de la víbora. Y, señalando hacia María, le hizo ver que era ella quien los había recogido. La Señora, a su vez, remitió al anciano a este desolado explorador. Y digo bien: desolado porque el manojo de lirios que envolvía al ofidio había desaparecido. Lo más probable es que se hubiera desprendido del ceñidor en la caída junto a los huertos de granados. Mis excusas fueron entendidas y aceptadas por María y el «auxiliador». Juan, en cambio, profundamente dolido con aquel «farsante», resucitó su cólera, descargando una cruel intolerancia para conmigo. Mi aparente mansedumbre terminó de exasperarle, exigiendo a Meir que me arrojara de su casa. Fue la única vez que vi endurecerse el rostro del anciano. Y recriminándole tanta violencia lamentó que hubiera olvidado tan rápidamente las sabias palabras de su «difunto rabí». María y yo nos miramos. El viejo y bondadoso sanador de Caná —que compartía la filosofía del Hijo del Hombre— no parecía informado de los últimos y prodigiosos acontecimientos. Era lógico. Las noticias acerca de la supuesta resurrección del Galileo y de sus apariciones no habían llegado aún a la remota aldea. Y un destello de alegría clareó el verde hierba de los ojos de la Señora. Pero, cuando se disponía a anunciarle la buena nueva, Meir, dando la espalda al confuso Zebedeo, me rogó que disculpara a su fogoso amigo. Asentí sin reservas. Y el *rofé*, recuperando la placidez, me interrogó sobre las características de la serpiente. Simulé no recordarlas con exactitud, deslizando, con toda intención, el detalle de los «cuernos»... Fue suficiente. Identificó la víbora, lamentando la pérdida. Según dijo, esta clase de ofidios, previamente cocinados, daba un excelente resultado como antídoto contra la lepra. Dadas sus notables virtudes como sanador quise creer que el auténtico interés por la *cerastes cerastes* no radicaba exclusivamente en el discutible remedio contra las lepras, sino en las ventajas que, desde un punto de vista médico, podía reportar la identificación y examen del animal.

Y olvidando el incidente, supongo que conmovido por mi docilidad ante el ataque de Juan, tomó la lucerna que había rellenado, indicándome que le acompañara. Se enfrentó a la estantería del fondo de la sala y, paseando la luz arriba y abajo, retiró uno de los rollos. Consultó la inscripción existente en uno de los extremos y, seguro de la elección, regresó a la mesa. El libro, confeccionado en papiro de Sais, más estrecho y económico que el «real o Augusta», se hallaba armado a la manera egipcia: con las hojas cosidas unas a otras, formando una larga tira que se arrollaba en dos palos cilíndricos. Y a la luz de la lámpara lo fue desenrollando con la mano izquierda, revisando la apretada grafía griega, al tiempo que, con la derecha, procedía a arrollar lo que iba leyendo y consultando. A los pocos minutos se detenía sobre una serie de columnas. La «página» en cuestión presentaba varias ilustraciones, que describían las partes más destacadas de las rosas. Al descubrir cómo me inclinaba por encima de su hombro, tratando de leer, Meir, tan curioso como yo, preguntó si me interesaba la ciencia de Cratevas (1). Me retiré prudentemente, asintiendo con la cabeza. Y depositando el rollo en mis manos me invitó a repasarlo. Antes de que acertara a agradecer su confianza dio la vuelta a la mesa, saliendo al jardín.

El libro, por lo que pude leer, era una copia de los fecundos trabajos desarrollados por el mencionado Cratevas sobre botánica y, muy especialmente, en relación a las supuestas propiedades curativas y medicinales de las rosas. En esta fuente se inspirarían otros grandes de la antigüedad, tales como Plinio, Dioscórides, Teofrasto y Galeno, entre otros, así como los herbarios de Grete y Ascham, en 1526 y 1550, respectivamente. Las descripciones del botánico griego, muy ajustadas a la verdad, se me antojaron deliciosas. Clasificaba hasta treinta tipos diferentes de drogas, todas ellas derivadas de las rosas. Como Plinio, las calificaba de «astringentes y refrescantes». Describía los procedimientos para obtener el jugo benéfico, asegurando que eran recomendables para el dolor de oídos, úlceras

(1) Cratevas, de sobrenombre *Rhizotomus* (cortador de raíces), fue un célebre botánico griego, médico del rey Mitrídates Eupator II de Persia (siglo I a. de C.), al que dedicó, en su honor, dos géneros de plantas. *(N. del m.)*

bucales, gargarismos, trastornos rectales, de matriz y esto-
macales, jaquecas por calentura, náuseas, insomnio, irrita-
ciones de la entrepierna, inflamación de los ojos, esputos
sanguinolentos, menstruación dolorosa o irregular, dolor
de muelas, diarreas, hemorragias y un «etc.» tan largo que,
prácticamente, llenaba los seis metros de que constaba el
«libro». Tras apuntar prolijos consejos sobre las virtudes de
estas plantas, horas del día en que era conveniente su recolección, destilación y macerado de los pétalos, Cratevas
consumía decenas de columnas en otros dos singulares
capítulos: la cosmética y la gastronomía. El método para
obtener la célebre «agua de rosas», uno de los perfumes
más solicitados en los tiempos de Jesús, me pareció especialmente interesante. El ingrediente básico eran los pétalos de «damasco», una de las rosas, de origen persa, de olor
más penetrante. «Se colocan en agua clara —rezaba el papiro—, en un recipiente de madera, que se deja destapado
bajo los rayos del sol durante varios días. Las gotas de aceite que suben a la superficie serán recogidas en almohadi-
llas de lana, que luego se exprimirán dentro de un frasco,
sellando el recipiente...»
Por último, las posibilidades «gastronómicas» de las
rosas —hoy prácticamente desconocidas— eran enumera-
das con minuciosidad, elogiando la exquisitez de la miel,
postres y bebidas que de ellas podían obtenerse (1). En un

(1) Uno de los platos más comunes era la compota, ligera y nutri-
tiva. Se confeccionaba con las rosas más fragantes, recogidas —según la
tradición— por la mañana temprano. Se lavaba y secaba a la sombra,
en tiras de lino, añadiendo agua y miel, en proporción al peso de los
pétalos. Se cocinaba después en una vasija, removiendo con una cuchara de madera hasta que espesase. En ocasiones se añadían unas gotas
de limón, a fin de aumentar su astringencia. Esta compota se mantenía
en frascos de cristal o barro, previamente sellados con cera. Los dulces
a base de pétalos en polvo eran otra «especialidad» muy cotizada. Se
preparaba una pasta con agua y unas gotas de limón, calentándose hasta obtener el color deseado. La masa era extendida y cortada en pequeñas pastillas, que se servían en una bandeja de madera. La miel de
rosas —una de las «debilidades» de Jesús de Nazaret— se elaboraba
colocando los pétalos y la miel en sucesivas capas. A continuación se
calentaba la vasija, haciendo que el aroma de las rosas fuera absorbido
por la miel. Transcurrida una semana se retiraban los pétalos. Los
romanos —según cuenta Apicius en su libro de cocina *De re coquinaria*— gustaban de añadir a las sopas, carnes y pescados un polvo de

futuro, este incomparable rollo resultaría de gran utilidad en específicos y muy «especiales» momentos de la operación...

El anciano retornó con una canastilla rebosante de rosas rojas, blancas y otras de un bellísimo color óxido. Cada una —comentó mientras las deshojaba— tiene su valor.

—Éstos —sentenció refiriéndose a los pétalos rojos—, los más fuertes, ayudan a contener un vientre «suelto»... Ésos —señaló a los de tonalidad blanca— tienen un efecto...

La voz autoritaria del Zebedeo, anunciando que el agua se hallaba preparada, vino a interrumpir las cordiales explicaciones del botánico. Y concluyendo el corte de los peciolos o partes más claras de los pétalos, donde se concentra el mayor volumen de humedad, mortero en mano se afanó en un rápido y hábil triturado de las hojas. El paso siguiente fue el filtrado del jugo, volcando la escudilla de madera sobre un grueso paño de lino. El perfumado licor quedó almacenado en un segundo recipiente de bronce, listo para el nuevo proceso. Retiró el agua del fogón y, con gran habilidad, procedió a mezclarla con el «zumo de rosas», hasta que el brebaje adquirió el espesor de la miel. Por último arrojó sobre la pócima trocitos de juncos olorosos, unos puñados de sales y una generosa ración de *etrog* (el limón de la fiesta de los Tabernáculos), que contribuyó a enfriar el remedio. Y ayudando a Natanael a incorporarse le obligó a ingerirlo hasta la última gota.

Le tomó el pulso, recomendando a María que, en caso necesario, le enjugara el sudor. Y frotándose las manos con satisfacción acudió al papiro de Cratevas. Esta vez, pen-

---

pétalos despeciolados, que proporcionaba un exquisito sabor a los manjares. Y otro tanto sucedía con las ensaladas, en las que se incluían pétalos triturados o frescos. También las bebidas, sobre todo en las mesas más lujosas y exigentes, contaban con el concurso del «agua de rosas». Se empleaba, por ejemplo, para diluir el jugo de la granada o para aromatizar los de moras. El té de rosas, por otra parte, era muy apreciado entre los orientales. Lo confeccionaban con pétalos secos. Estos platos, además de su romántico y amable sabor, contenían notables cantidades de vitaminas, sales, fósforo, calcio y hierro. La rosa silvestre *(Canina)*, por citar un ejemplo, encierra 20 veces más vitamina C que la naranja, sin mencionar las A, B, E y K. En cuanto al vinagre de rosas, lo obtenían introduciendo rosas rojas o blancas en un recipiente con vinagre común. *(N. del m.)*

diente de la evolución del discípulo, me limité a observarle a distancia. La flama que se agitaba en la mesa transmutó en oro sus cabellos y el silencio llenó de paz el lugar. Terminada la consulta fue derecho a uno de los sombríos ángulos de la «biblioteca», haciéndose con un panzudo frasco de cristal. Extrajo una porción de pétalos secos y, sometiéndolos al fuego, los redujo a ceniza. Un segundo viaje a la estantería redondeó la manipulación. De una vasija de barro rescató una cucharada de grasa animal, extendiéndola con mimo sobre un pequeño plato de madera. Y las cenizas fueron a mezclarse con la fina y grasienta película. Como era de esperar, la fragancia de los pétalos se adueñó de la manteca. Y con el candil en su mano izquierda y la escudilla en la derecha acudió al encuentro de Bartolomé. Quizá fuera pronto para pronosticar, pero, a mi corto entender y parecer, el mal parecía remitir. Ignoro qué efectos llegó a producir el brebaje en el organismo del enfermo. De lo que sí estoy seguro, como ya mencioné, es de que el verdadero «salvador» fue el Zebedeo...

Y canturreando una serie de citas bíblicas, ayudándose con los dedos, embadurnó la herida con el aceitoso y fragante producto.

«Yahvhé curó a Abimélej» (*Gen.* 20, 17)... «Yo soy la fuerza eterna, Yo soy Yahvhé, tu sanador» (*Ex.* 15, 26)... «¡Ruégote, oh Dios, que lo sanes ahora!» (*Núm.* 12, 13)... «Yo hiero, y Yo curo» (*Dt.* 32, 39)...

Cubierta la mordedura y el edema, el anciano, cuyo afecto por los hombres y la mujer era tan antiguo como la nieve de sus cabellos, captó la coqueta mirada de la Señora y, convirtiendo en pequeñas bolitas los restos de la perfumada grasa, ofreció el plato a la madre del Maestro. Sus ojos chispearon. Y decidida y alegre moldeó con ellas los cabellos de Natanael y, a continuación, su larga mata de pelo negro. Esta costumbre, muy de moda en aquel tiempo, era compartida por hombres y mujeres, indistintamente. El portador, merced a la fragancia de los cabellos, hacía más agradable su entorno.

Al reparar en el Zebedeo y en mí mismo, la Señora se excusó, tendiéndonos la escudilla. Juan, víctima de uno de sus frecuentes cambios de carácter, se desentendió del gentil ofrecimiento. Respecto a mí, no supe qué hacer. Y animado por la sonrisa de la mujer tomé el plato, palpando la grasa con las yemas de los dedos. María, divertida, adivinó mi torpeza. Y ordenando que me inclinara esparció y desmigajó las bolitas entre mis cabellos, frotándolos con ternura. Y mi soledad se vio notablemente aliviada.

Hacia las 18 horas y 39 minutos, el ocaso, puntual, sumió a Caná en una súbita oscuridad. Y el cielo, inquieto y amenazante durante toda la jornada, se abrió finalmente, precipitándose a tierra en una mansa lluvia. Y la marcha a Nazaret quedó aplazada. Bartolomé, más sereno, cayó en un profundo y reparador sueño. Meir se ausentó y, por espacio de una media hora, ninguno de los tres y agotados peregrinos intercambió palabra alguna. El Zebedeo, rendido, terminó por acomodarse cerca del fogón, no tardando en dormirse. Y María y este explorador, sentados uno a cada lado del enfermo, disfrutamos del susurrante lamento de la lluvia sobre las flores. En varias ocasiones sus ojos y los míos coincidieron. Y en un diálogo sin palabras nos interrogamos mutuamente. A diferencia del Zebedeo, en su mirada no latía el rencor. Al contrario: gentil, me respondió con una cálida sonrisa. Pero la valerosa mujer, tan destrozada como los demás, se vio atacada por el sueño y el cansancio, no pudiendo evitar alguna que otra cabezada. Sin embargo, preocupada por el herido, terminaba por despabilarse, vigilando los lienzos que humedecían las sienes de Natanael. Poco faltó para que, en tan grato paréntesis, me decidiera a hablar, confesándole mi verdadera personalidad y propósitos. La sola idea de que mis frustrantes actuaciones en el parto y con la víbora pudieran cerrarme tan vital fuente de información sobre la llamada «vida oculta» de Jesús me tenía obsesionado. Era mucho lo que restaba por conocer y ella y su familia eran los depositarios del gran tesoro. No podía perder su amistad y, mucho menos, su confianza...

El regreso de Meir hizo inviable esta cada vez más firme decisión. Pero juré que, a la primera oportunidad, le abriría mi corazón, explicándole —empeño nada fácil— quién era y el porqué de mi «cobarde comportamiento».

Casi lo había olvidado. Sin embargo, el hospitalario *rofé*

estaba en todo. Era el sagrado momento de la cena. Verificó la temperatura de Bartolomé y, tras invitarnos a las obligadas abluciones, depositó en el piso una bandeja de madera, generosamente surtida. Imité a María, lavando mis pies y la mano derecha (utilizada habitualmente para comer). Aguardamos respetuosamente a que el anciano concluyera una rápida bendición y, desfallecidos, dimos buena cuenta del refrigerio: guisantes hervidos en aceite, tortas de trigo recién doradas, higos, dátiles, nueces peladas —uno de mis frutos favoritos—, queso rancio que, prudentemente, no degusté, pescado salado y vino caliente debidamente aromatizados, cómo no, con esencia de rosas.

Siguiendo la recomendación de María, Juan no fue despertado. Y satisfechas las primeras hambres, la conversación se encauzó hacia el tema predilecto de los allí presentes: el Maestro. A media voz, recreándose en una olorosa copa de vino, Meir lamentó que «un hombre capaz de obrar un prodigio como el de Caná no hubiera evitado una muerte tan injusta y humillante». La Señora y yo nos miramos de nuevo. Y la madre del Nazareno, tomando las manos del sanador, preguntó si estaba al corriente de las «últimas noticias». Asintió con gravedad, relacionando dichas novedades con la crucifixión. La mujer negó con la cabeza, informándole atropelladamente de las apariciones registradas en Jerusalén, Betania y de las más recientes, a orillas del *yam*.

Los ojos de Meir, cargados de experiencia, no se conmovieron ante las entusiastas palabras de su amiga. Escuchó con atención. Formuló algunas, muy pocas preguntas acerca de «ese cuerpo resucitado que ninguna de las mujeres reconoció» y, apurando la copa, resumió su sincero y leal entender:

—Hija mía, llevo cincuenta años entregado al estudio de la medicina y de otros saberes. Sé que el cuerpo humano tiene doscientos cuarenta y ocho huesos y que las venas principales son tantas como días tiene un año. He abierto cadáveres y puedo asegurarte que sus restos —el *rofé* señaló la urna de las calaveras— siguen ahí, conmigo, y ahí continuarán...

María, perpleja, intuyendo las conclusiones de Meir, le interrumpió, protestando. El anciano sonrió con benevolencia. Y acariciando los cabellos de la alterada galilea replicó sin maldad, pero con una contundencia que no admitía discusión:

—...Todos le echamos de menos. Y todos, María, desearíamos volver a verle. Pero, que yo sepa, los muertos no regresan... Ni siquiera los profetas.

La postura del «auxiliador» de Caná, hombre culto, equilibrado y amigo de la familia, constituía el modelo de pensamiento de la mayoría de los hombres y mujeres de aquel tiempo en relación a la resurrección de Jesús. Los creyentes, en base a la lectura evangélica, pueden pensar que el indudable hecho físico de la vuelta a la vida del Galileo fue algo aceptado por la comunidad judía. Grave error. Sólo los muy íntimos, y con dificultades, asimilaron esta ardua realidad. El resto, incluidos familiares, amigos y personas de toda confianza, fervientes seguidores, incluso, del Hijo del Hombre, no pudo o no supo aceptarlo. Y los problemas de los escasos defensores de la resurrección, lejos de disiparse con las apariciones, se vieron dolorosamente complicados. Esta conversación fue el ejemplo de la permanente lucha que deberían sostener los discípulos y la propia Señora. Una lucha que sólo el difícil ejercicio de la fe podía modificar en victoria. Y si ese hombre, como sucedía con Meir, era, además, un «científico», el autoconvencimiento sólo podía esperarse con hechos comprobados; nunca con palabras o testimonios más o menos interesados.

Bien entrada la noche, el ímpetu de María decayó. Y abatida se rindió al sueño, descansando su cabeza sobre el pecho de Natanael. Meir me sugirió que durmiera unas horas. Pero, intrigado por la personalidad y el saber de tan singular personaje, decliné la paternal invitación, incitándole con mis preguntas a entrar en los asuntos que me interesaban. Por supuesto que había oído hablar de las «milagrosas curaciones» de Jesús. Allí mismo, al otro lado del pueblo, en la casa de Nathan, varios servidores y María aseguraron que el agua de seis tinajas de piedra se había convertido en vino.

—Yo, querido y curioso amigo —se sinceró el anciano—, también probé el jugo de la vid. Y puedo asegurarte

115

que era excelente... Pero, aunque reconozco el poder del rabí de Galilea, no logro entender el prodigio. Lo has oído de mis labios: sólo creo en lo que veo..., y lo que veo no merece la pena. Es muy posible que, desde el punto de vista de un hombre que observa y estudia la Naturaleza, muchas de esas curaciones sólo fueran producto de la fe de las gentes. Mis métodos y medicamentos son racionales. ¿O es que me consideras tan necio como para tratar de remediar el mal de Bartolomé tal y como señala el libro sagrado? Eso fue desestimado ya en tiempos de Ezequías...

El sanador había hecho una clara y valiente alusión al *Números* (21, 9) en el que se dice: «Hizo Moisés una serpiente de bronce y la puso en un mástil. Y si una serpiente mordía a un hombre y éste miraba a la serpiente de bronce, quedaba con vida.»

La prudencia y objetividad de Meir, que yo compartía en buena medida, me animaron a bucear en los conocimientos de la medicina que practicaba y que, a grandes rasgos, representaba la ciencia más seria y avanzada de los sanadores judíos contemporáneos de Jesús.

Aunque las influencias mesopotámicas, griegas y egipcias eran innegables, el viejo *rofé* de Caná, botánico, cirujano, sanador e investigador, tenía sus propias y muy personales opiniones, desconfiando, por ejemplo, de la eficacia de muchas de las reglas sanitarias que se imponían al pueblo en forma de ceremonias religiosas y que se remontaban a los oscuros tiempos de Moisés. (De los 613 preceptos y prohibiciones de la Biblia, 213 son de naturaleza higiénico-sanitaria.) Aceptaba, sin embargo, que la sangre podía ser el «vehículo» del alma humana, mostrándose en absoluta concordancia con las doctrinas sumerias.

Con infinito tacto, fingiendo ser un lego ansioso de conocimientos, fui arañando pequeñas y grandes ideas, siempre útiles en nuestra misión. En el capítulo de la sangre, por ejemplo, se mostró conforme con las rígidas prescripciones del *Levítico*, prohibiendo su derramamiento y la ingestión de cualquier alimento o bebida que pudiera contenerla. (De hecho, al menos en la teoría de la ley, toda carne debía ser sangrada antes de su consumo.) Donde no se mostró tan conforme fue en «esos ridículos principios de los astrólogos de Alejandría y Babilonia que fijan los domingos, miércoles y viernes como los días propicios para las transfusiones de sangre».

Animado ante mi supuesta perplejidad siguió arremetiendo, mordaz, contra los que así pensaban:

—¿Sabes cómo justifican semejante necedad? Porque los lunes y jueves —dicen— los tribunales del cielo y de la Tierra se hallan ocupados y Satán, en su condición de príncipe de los demonios, permanece activo como acusador.

—¿Y por qué no los martes? —pregunté con un asombro que le complació.

—Ese día, según estos locos, el planeta Marte se manifiesta especialmente agresivo. Y tienen el descaro de recomendar el viernes como el día ideal porque las influencias astrológicas, en tal fecha, son mínimas, excepción hecha de la hora sexta...

Meir, al igual que la generalidad de los «médicos» judíos, conocía la «hemofilia», descubierta, muy probablemente, en el acto de circuncidar a los recién nacidos. Cuando la enfermedad era detectada, la ley (*Yebamot*, 64ª) prohibía nuevas circuncisiones en dichas familias. Y sabían, por supuesto, que era la madre la transmisora hereditaria del problema.

Al interesarme por los huesos humanos que guardaba en la urna de vidrio, sonriendo pícaramente, manifestó que él era un «auxiliador» que trabajaba, tanto en la teoría como en la práctica. Y confesó haber cocido un esqueleto completo, a fin de estudiarlo. Sus conocimientos anatómicos, sin embargo, dejaban bastante que desear. Llegó a citarme algunas vísceras y ligamentos óseos, pero confundía e identificaba los músculos con «un todo carnoso». El esperma humano, ante mi sorpresa, entraba de lleno en el capítulo óseo, siendo calificado de «hueso imperecedero o de luz». Y aunque gozaban de un notable conocimiento del proceso de gestación, las propiedades del semen, como vehículo de transmisión de la vida, eran prácticamente desconocidas. Con gran orgullo llegó a enumerarme más de cuarenta enfermedades, bien somáticas o funcionales, incluyendo malformaciones y lo que ellos entendían por «enfermedades quirúrgicas» (1). Pero donde mostró mayor

(1)   En el banco de datos de Santa Claus, en base a los cualificados estudios de Sussmann Muntner y otros especialistas, figuraban las siguientes y más destacadas enfermedades bíblicas: epilepsia, *yeracón*

117

locuacidad y entusiasmo fue en el relato de sus ensayos y experimentos. Aquella estancia, como sospechaba, era su *beta de-šaiša* o «sala de operaciones». Allí, según confesó, había llevado a cabo toda suerte de trepanaciones, amputaciones y extirpaciones, incluyendo una cesárea. Aturdido, no me atreví a entrar en detalles. Eso sí, tímidamente, solicité su criterio acerca de la prioridad en caso de riesgo de muerte. En tal supuesto, ¿quién debía ser salvado: la madre o el feto? Astuto, se refugió en la norma, confirmando lo que ya sabíamos a través del escrito *Yebamot*: la vida de la madre siempre tenía preferencia. Naturalmente, su «botica» encerraba abundantes y poderosos narcóticos, tales como las solanáceas belladona, beleño y mandrágora que, merced a su contenido de alcaloides tropánicos, le permitían anestesiar a los pacientes. El audaz *rofé* había suturado centenares de heridas, «refrescando previamente los bordes». Y tenía noticias, aunque no había llegado a semejantes «excesos», de la reciente apertura artificial del ano de un recién nacido. Se había atrevido, eso sí, con la introducción de sondas de fibra vegetal por la garganta y con la castración de cerdas para la ceba, deduciendo, a juzgar por los resultados en los animales, que la extirpación de la

---

(ictericia), *šituc* (hemiplejía), *šahéfet* (tisis), *déver* (peste), *afolim* (leishmaniosis, botón de Oriente), *šehín poreah ava'bu'ot* (pénfigo), *zav* (gonorrea), *réquev 'azamot* (osteomielitis), *šivrón motnáyim* (lumbago), *sanverim* (amaurosis), *doc* (coloboma), *šhavur* (hidrocele, hernia), *harúš* (labio leporino), *pešúa'daká* (ectopia testicular), *acar* (esterilidad), *cašita* (cirrosis hepática), *raatán* (filariasis), *daléquet* (inflamación), *sapáhat* (psoriasis), *gabáhat y caráhat* (alopecia), *šará'at* (lepra), *bahéret* (leucoderma), *yabélet* (acné), *ašévet* (neuritis), *šarévet* (excoriación), *šahéfet* (tuberculosis), *šavur* (fractura conminuta), *harúš* (escisión), *ma'új* (aplastamiento), *natuc* (cortado), *raš ús* (herida contusa), *sarúa* (infectado), *pašúa* (herido), *karut* (castrado), etc. Entre las enfermedades funcionales figuraban también el pesar *(deavón)*, el atolondramiento *(hipazón)*, la sensación de aniquilamiento *(kilayón)*, el nerviosismo *(išavón)*, la ceguera espiritual *(ivarón)*, el dolor lumbar *(šibarón)*, el estupor *(šimamón)*, la embriaguez *(šikarón)*, la alucinación *(šigayón)*, la enajenación *(šiga'ón)* y la manía *(timahón)*. En cuanto a los defectos o malformaciones eran conocidos con nombres que siguen el modelo *pi'el*: tullido *(iter)*, mudo *(ilem)*, calvo *(guibéah)*, jorobado *(guibén)*, redrojo *(guidem)*, tartamudo *(guimem)*, ciego *(iver)*, sordo *(heréš)* y cojo *(piséah)*. A este cuadro había que añadir una no menos extensa relación de epidemias y enfermedades infecciosas. *(N. del m.)*

matriz en la mujer —en contra del pensamiento judío— no era causa de muerte. Según comentó, estos experimentos, como otros muchos, habían sido realizados previamente por médicos y cirujanos de Alejandría.

En contra de lo que hoy podamos imaginar, muchos de estos «auxiliadores», aunque lo ignoraban casi todo sobre la estructura y funciones del cerebro, sabían o intuían que el pensamiento y la razón humanos tenían su sede en dicho órgano. Sin embargo, estaban convencidos de que las cefaleas e infecciones de nariz y oídos tenían su origen en los «malos aires». Creían igualmente que muchas de las enfermedades de pulmón, hígado e intestino se debían a «gusanos». Meir dedicó una larga perorata a la «maldad» de la sal y a los trastornos digestivos, ocasionados —según él— por la falta de líquidos. También la retención de la bilis, confirmó el anciano, era causa de ictericia y la detención de la diuresis, de hidropesía. Hablamos del miedo y de las palpitaciones cardíacas y las alteraciones del pulso que puede ocasionar.

Y mi asombro no tuvo límite cuando, al hablarme de las «funciones de bombeo» del corazón, algo sobradamente conocido en aquel tiempo, el desconcertante galileo me dio a entender que eminentes colegas suyos habían conseguido averiguar el volumen de sangre contenido en el cuerpo humano. No logré que me revelara el método en cuestión pero las cantidades eran bastante exactas: alrededor de diez *log* (unos cinco litros) para el hombre adulto y algo más de seis *log* (unos tres litros) para una mujer de tipo medio. Desafortunadamente, estos datos quedaban oscurecidos por otra creencia, muy poco científica. Para los «médicos» judíos del siglo I el peso del hombre lo integraban, fundamentalmente, el agua y la sangre. «Si el individuo era justo, ambos elementos aparecían a partes iguales. Si, en cambio, era un pecador, el agua dominaba sobre la sangre, convirtiéndole en un "hidrópico". En caso contrario, también a causa de su iniquidad, la persona caía víctima de la lepra.»

En esta caótica red de aciertos y supersticiones, uno de los aspectos mejor conocido por los «auxiliadores» de Israel era la fisiología de la menstruación. Desde muy antiguo, debido a las prohibiciones bíblicas, este tema había sido exhaustivamente investigado aunque, con el paso de los siglos, llegó a convertirse en una pesadilla, al menos para los escrupulosos de la ley (1). Baste decir que la menstruante judía era considerada impura por espacio de siete días, durante los cuales quedaba prohibido el trato carnal.

Hablamos sobre la peligrosidad de las epidemias, transmitidas en ocasiones por las caravanas que cruzaban el país, por los alimentos en mal estado, las moscas y la pésima educación sanitaria de la población, que «no distinguía entre el agua verde de una charca y la pura y cristalina de un pozo».

—La gran mayoría —exageró— muere a causa de sus propios errores y de su desconfianza hacia los «auxiliadores».

Quizá en este último aspecto sí le asistía la razón. Durante mucho tiempo, la profesión de «sanador» figuró entre los «oficios despreciables». Poco a poco, la honradez y eficacia de hombres como el *rofé* de Caná limaron recelos y susceptibilidades, hasta el punto que, tal y como señala el *Sanhedrín*, 17 b, en tiempo de Jesús estaba prohibido vivir en una ciudad, pueblo o comunidad donde no hubiera un «auxiliador». Por supuesto, esta norma jamás llegó a cumplirse al pie de la letra... Sin embargo, la figura del médico fue adquiriendo prestigio y, lo que era más importante, confianza. La ley les asignaba unos honorarios, estableciendo que «un médico que trataba sin cobrar, no valía nada». Había «auxiliadores» destinados a lugares muy concretos, con la exclusiva misión de evaluar las indemnizaciones correspondientes en caso de accidente. El ejercicio de la profesión se hallaba bastante bien regulado. Y aunque la política de «hacer la vista gorda» ya estaba inventada, cada *rofé* necesitaba una autorización especial para ejercer como tal. El caso de los «médicos» extranjeros era aparte. Los judíos más rigoristas clamaban por su persecución y destierro. En el escrito *Baba cama*, 85ª puede leerse a este respecto: «Una persona no debe permitir que le trate un

(1)   El capítulo dedicado en la Misná a la menstruante *(nidá)* abarca un total de diez apartados, repletos de las más absurdas y alambicadas prescripciones, que hoy sonrojarían a los más liberales defensores de los derechos de la mujer. En el caso de las hijas de los samaritanos, el fanatismo religioso judío llegaba a considerarlas «menstruantes e impuras desde la cuna». *(N. del m.)*

médico que atraviese todo el país, proveniente de tierras extrañas, pues éste no conoce suficientemente las características del medio ambiente y las influencias climatológicas.» No les faltaba razón pero, como en todo, entre los «sanadores» paganos los había buenos y malos. Y la gente sencilla hacía caso omiso de la ley, siempre y cuando el extranjero demostrara que conocía el oficio.

Las «consultas» de estos médicos, judíos o gentiles, se hallaban en los lugares más insospechados: en las plazas públicas, en los mercados, en el templo, en las posadas y en el propio domicilio del *rofé*. Hasta allí acudían los pacientes, formando largas colas y, al igual que ocurre en la actualidad en las clínicas y ambulatorios, comentando entre sí las respectivas dolencias. Algunos «auxiliadores», no todos, tenían la costumbre de «visitar a domicilio», convirtiéndose, con el paso del tiempo, en amigos de la familia. Si la población en que se asentaba un médico era lo suficientemente importante, la ley le exigía además un certificado de los vecinos próximos a su «consulta», autorizándole al ejercicio de la profesión en dicho lugar. La razón era obvia: en demasiadas ocasiones, la aglomeración de enfermos a las puertas de la casa del *rofé* provocaba altercados, ruidos y molestias que podían alterar la paz de la vecindad. El índice de enfermedades era tan crecido que no tenía nada de particular que las dolientes masas, al tener noticias de un rabí «hacedor de maravillas», como califica Josefo al Maestro, le acosaran sin tregua. Conviene tener presente este aspecto puntual de la situación médico-sanitaria de la población judía para comprender, en su justa medida, lo que acontecería en la «vida pública» de Jesús.

Por lo que ya sabíamos y por las interesantes manifestaciones de mi nuevo amigo, la medicina judía, desde los tiempos del Antiguo Testamento, podía calificarse de eminentemente preventiva. Y aunque estas medidas estaban cimentadas en normas y principios ético-religiosos, no cabe duda de que, en infinidad de ocasiones, resultaron de gran eficacia. «La limpieza corporal —rezaba un axioma del *Avodá zará*, 20b— lleva a la limpieza espiritual.» En efecto, aunque los médicos serios trabajaban con tratamientos más o menos racionales y «científicos» (dietas, compresas calientes y frías, sudoración, curas de reposo, baños de sol, cambios de clima, gimnasia, sangrías, masajes, hidroterapia, psicoterapia, etc.), la ley vigilaba muy estrechamente el cumplimiento de la pureza, tanto a nivel humano como de animales y cosas. La higiene concernía, incluso, a la construcción de ciudades, estableciendo redes de alcantarillado y parajes muy específicos para el suministro de agua o la construcción de cementerios. En caso de epidemias o enfermedades contagiosas, las poblaciones eran aisladas y las vestimentas y utensilios fumigados, lavados o incinerados. Los judíos sabían que, de surgir la peste, disentería, etc., debían evitar las aglomeraciones en las calles estrechas, la utilización de platos, cubiertos, ropas o alimentos que pudieran haber permanecido en contacto con los infectados, procurando no salir de sus viviendas en cuarenta días. Estaba prohibido cavar pozos en las inmediaciones de los cementerios (*Tosefta, Baba batra,* 1b) y cisternas. El agua debía ser hervida cuando se tenía la menor sospecha de contaminación. La carne, aunque su consumo no era frecuente entre las clases pobres, tenía que ser cocida hasta que los parásitos quedaran destruidos (así reza el escrito *Sanhedrín,* 9ª). Desde tiempos inmemoriales, la carne cocida que no hubiera sido consumida al segundo día debía ser quemada. Naturalmente, quien disponía de semejante «lujo» y no era un fanático de la ley no tenía muy presente la prohibición bíblica...

Otro de los preceptos, muy difundido entre los judíos y que nos llamó la atención a lo largo de nuestra peripecia en Palestina, hacía alusión a los besos en la boca. La Ley «recomendaba» evitarlos, en previsión de contagios. En su lugar estaba bien visto que el hombre besase al hombre en las mejillas, la frente o el dorso de la mano. El beso en los labios a la mujer, al menos en público, era causa de escándalo y, en ocasiones, de repudio.

En este interesante capítulo de la higiene, Meir se dignó ilustrar a este ignorante explorador con una interminable cadena de máximas, extraídas en su mayoría del saber popular y que, con el tiempo, serían incluidas en los escritos rabínicos. He aquí algunas de las que más me impactaron: «El lavado matutino de manos y pies es más eficaz que todos los colirios del mundo» (*Sabat,* 108ª). «El cambio de una costumbre es el comienzo de una enfermedad» (*Ketubot,*

100ª). «Bebe solamente agua hervida» (*Trumot*, 8). «El que exagera el ayuno, será considerado pecador» (*Ta'anit*, 11ª). «Puede profanarse el sábado a causa de las parturientas, lo quieran éstas o no.» «Es exigible y recomendable una limpieza escrupulosa del cuello uterino dilatado» (*Sabat*, 29ª) (1).

La intensa y prolija exposición, por parte de mi anfitrión, de las excelencias médicas de la comunidad hebrea no podía concluir sin un obligado canto a las virtudes medicinales de las rosas, su gran especialidad. El esmerado parlamento, sin embargo, acabaría pronto. Y no porque ése fuera su deseo, sino a causa del agotamiento que terminó por enroscarse en quien esto escribe. Aun así, algo llegué a retener en mi memoria.

El botánico confesó haber hecho buenos dineros con la cosmética y perfumería derivadas de la destilación de los pétalos. Una vez incinerados, la ceniza resultante era muy apreciada para embellecer las cejas.

—El propio Herodes el Grande —insinuó secretamente— tuvo a bien probar mi mercancía... ¡Ah, Jasón, qué sería del mundo sin perfumistas! Todo en la Naturaleza tiende al equilibrio. Nosotros —sentenció—, los perfumistas, somos el regalo de Dios, bendito sea su nombre. Los curtidores, en cambio, ensombrecen la Tierra.

Además del «agua de rosas», obtenida fundamentalmente por destilación, Meir confeccionaba y comercializaba otro producto —la «pomada de rosas»—, igualmente estimado por las mujeres y los hombres. Supongo que, «animado» por el vino, terminó por confesarme el secreto de su fabricación: «Cuatro medidas de cera blanca derretidas en una libra de aceite de rosas. A la mezcla se añade la correspondiente medida de agua y el resultado se calienta a fuego lento hasta que adquiera una naturaleza translúcida. Con ello, ayudado de medio *log* de agua y vinagre de rosas, se da fin al proceso, resultando un ungüento que rejuvenece el cutis.» La pomada en cuestión, a manera de mascarilla, era consumida por hombres y mujeres de las

(1) Muchas de estas curiosas y saludables sentencias serían recogidas años más tarde por el notable judío Semuel ben Aba Hakohén, que vivió en el 165-257 de nuestra era. También conocido como Semuel Yarhinaa, desempeñó el cargo de médico personal del rey persa Shapur. *(N. del m.)*

clases media y adinerada, preferentemente antes de acostarse. También el jabón vegetal, de uso común y al que se le añadía ceniza de madera, presentaba una rica dosis de «agua de rosas», perfumándolo y haciéndolo más atractivo.

Al referirse al método de destilación —un procedimiento que se supone inventado en España hacia el siglo x (1)— le rogué que me ampliara detalles. Meir hizo algo mejor. Con paso tambaleante se aproximó a la mesa de mármol. Le seguí intrigado. Allí me mostró una vasija de bronce. La llenó de agua hasta la mitad y, tras vaciar en ella una pequeña ánfora repleta de pétalos, llevó el recipiente al fogón, calentándolo a fuego lento. Lo cubrió con una tapadera a la que se había fijado un tubo en espiral, también de bronce, de unos treinta centímetros. Al rato, un vapor aceitoso comenzó a circular por el rudimentario alambique, siendo recogido, en forma de gotas, en un frasco que hacía las veces de «condensador». Concluida la destilación, el anciano, orgulloso y agradecido por mi paciente escucha, puso la reducida dosis de «agua de rosas» en mis manos, exclamando:

—Es tuya... Tus mujeres bailarán mañana de alegría.

Y rebosante de felicidad —dudo que alguien le hubiera prestado jamás tanta atención—, inició un lento e instructivo paseo frente a las estanterías. A cada paso señalaba un frasco o una cántara, anunciando su contenido con solemnidad:

«...Hojas secas de rosa para aliviar la inflamación de ojos.»

«...Flores para adormecer y controlar la menstruación... Si se añade vinagre y agua, tanto mejor.»

(1) Según los especialistas, las primeras destilaciones conocidas fueron llevadas a cabo en España por un médico judío: Ibn Zohar, de Sevilla. Otros expertos opinan que el inventor fue Rhazes, de origen árabe. Sea como fuere, lo cierto es que el procedimiento se propagó rápidamente. Primero hacia Francia y después a Marruecos. En el siglo XVII, los turcos sembraron los Balcanes de extensos jardines de rosas, exportando la codiciada «agua de rosas». Bulgaria se convertiría en el siglo XIX en el principal productor. A ésta le seguirían Crimea, Turquía y el Cáucaso. La región de Grasse, en Francia, aprovechándose del invento español, llegaría a ser una gran productora de «agua y aceite de rosas». La verdad, no obstante, es que la destilación, aunque rudimentaria, nació en Oriente. *(N. del m.)*

«...Un ciato de licor de rosas, con tres de vino, para el dolor de estómago.»

«...Semilla de color azafrán. Aún no tiene el año. Ideal para las muelas. No conozco un diurético mejor.»

«...Inhalación para la nariz. Despeja la cabeza y las malas ideas.»

«...Coronas de rosas. Controla las diarreas.»

«...Rosas con pan. Santo remedio para la ardentía estomacal.»

«...Pétalos en polvo. Eliminan el sudor.»

«...Agallas de rosas mezcladas con manteca de oso. No conozco sarna que lo resista.»

«...Savia de rosas. Muy recomendada para el acné juvenil.»

«...Otra vez "agua de rosas". Para heridas y contusiones.»

«...Esencia de rosas. El mejor tratamiento para la locura.»

«...Una rosa blanca, con todos sus pétalos de un solo lado. Proporciona un bálsamo que derrota la apoplejía.»

«...Rosas rojas. Colocadas debajo de la almohada adormecen a los niños inquietos.»

«...Aceite de rosas con polvo de acacia. Frotado en el cráneo termina con las cefaleas.»

«...Aceite de rosas con sangre de cocodrilo y miel. Ideal para el dolor de oídos.»

«...Contra las enfermedades pulmonares, la tos y el resfriado.»

«...Para el control de la sexualidad, los desórdenes del corazón y las borracheras.»

«...Miel, clara de huevo y agua de rosas. Llevo años utilizándolo para curar la ronquera y la falta de voz.»

«...Esta otra ayuda a conciliar el sueño.»

«...Pétalos secos. Si se mezclan con leche y pan alivian el mal de amores.»

«...Perfume de rosas. Para los desmemoriados.»

Soy incapaz de recordar la totalidad de los brebajes y pócimas enunciados por Meir. Muchos de ellos, naturalmente, de dudosa utilidad.

Y poco antes de la «vigilia del canto del gallo» (hacia las 04 horas), tras comprobar que la calentura de Bartolomé había remitido, mi incansable y parlanchín amigo se retiró a sus aposentos, deseándome paz y fulminándome con un comentario que —a qué ocultarlo— me tenía obsesionado:

—Hijo, tu curiosidad me ha recordado a otro viejo amigo, también griego, también llamado Jasón y también fiel seguidor del Maestro.

Y este explorador, sentado a la cabecera del herido, necesitó algún tiempo para conciliar el sueño. El cansancio, las emociones del viaje, aquella inquietante historia sobre el «otro Jasón» y el recuerdo de mi hermano se entremezclaron con tal poder que fue preciso recurrir a una profunda relajación mental y muscular para, al fin, recuperar parte de las fuerzas. ¿Qué me deparaba aquella recién estrenada jornada del martes, 25 de abril?

25 DE ABRIL, MARTES

Mi despertar no tuvo nada de plácido. Estaba a punto de amanecer. Los cronómetros de la «cuna» debían marcar alrededor de las cinco y media de la madrugada. Alguien me zarandeó por los hombros y, sumergido, como estaba, en los abismos del sueño, no tuve conciencia de dónde ni con quién estaba. Y adormilado, con la «vara de Moisés» entre las manos y enganchado aún a las escenas de una terrible pesadilla, en la que el módulo luchaba por atravesar una infernal tormenta (reminiscencias, sin duda, de los graves momentos vividos en el vuelo sobre el mar de Tiberíades), pregunté —¡en inglés!— «si el Maestro se hallaba a bordo».

Al distinguir el perplejo rostro de María, que trataba de despertarme, caí en la cuenta del nuevo e involuntario error.

—Jasón, ¿qué lengua es ésa?... Vamos, es hora de partir.

La pregunta, gracias a Natanael, quedó momentáneamente sin respuesta. De pie, con el semblante fresco como la brisa que irrumpía en la estancia, apoyándose ligeramente en los hombros de la arrodillada mujer, terció en la escena con una de sus habituales bromas:

—Es la primera vez que veo a un maldito griego durmiendo en compañía de un bastón...

Con los ojos fijos en los de la Señora, aunque escuchando la ocurrencia del «oso», me excusé con un amago de sonrisa, más propia de un idiota. No había duda. El discípulo, catorce horas después de la embestida de la víbora, se hallaba francamente recuperado. Superada la crisis volvía a ser el de siempre: charlatán, bromista, soñador e ingenuo como un niño. Él nunca lo supo pero, al verle restablecido, me alegré en lo más íntimo. Y esquivando deliberadamente a la pertinaz e intrigada María me refugié en Bartolomé, examinando su mano izquierda e interrogándole acerca de su estado. El edema inicial casi había desaparecido, aunque reconoció que todavía experimentaba pinchazos y dolores en el área de la mordedura. La temperatura y el pulso, estabilizados, eran otra saludable señal del retroceso de la infección. Lo mismo podía decirse de su dicción y ritmo respiratorio. Pero, cuando me disponía a examinar las pupilas, Juan de Zebedeo, desde el rincón donde crepitaba el fogón, me gritó «que quitara mis cobardes manos de su compañero». Y la tensión del día anterior se espesó en la penumbra de la sala. Obedecí a pesar de la atónita mirada de Bartolomé que, lógicamente, no recordaba lo ocurrido al pie del trigal.

La irrupción de Meir, al que seguían otros cuatro hombres, alivió el trance. Eran hermanos de Natanael. Prudentemente, con la sabiduría que proporciona la experiencia, el anciano «auxiliador» había convenido con la Señora y el Zebedeo que, hasta observar la evolución del herido, resultaba más sensato no dar aviso a la familia. Entre otras razones porque el padre de Natanael, en cama desde hacía meses, había experimentado un preocupante empeoramiento. Unas cuatro semanas más tarde, recientes aún los misteriosos sucesos de Pentecostés, el discípulo recibiría la triste noticia del fallecimiento de su padre.

Feliz, Bartolomé fue besando y abrazando a cada uno de sus hermanos, gastando bromas sobre el reptil que le había atacado y que comparó a «ciertos prebostes de las castas sacerdotales», responsables de la muerte de su Señor. Y haciendo oscilar el mugriento saquito con huevos de langosta, que colgaba de su cuello, se burló cariñosamente de Meir, recordándole el poder de los amuletos. El anciano guardó silencio, dando por buenas las bromas de su amigo. Poco importaba que así lo creyera. Él y yo sabíamos lo cerca que había rondado la muerte...

El reconfortante desayuno —a base de leche caliente con miel y panecillos de trigo— distendió el ambiente, proporcionándome un nuevo dato sobre la escasa o nula acción del tóxico inoculado por la *cerastes cerastes*. Natanael, hambriento, devoró la colación sin el menor signo de disfagia (deglución dificultosa).

Y a las 05.30 horas, los primeros rayos del sol rompieron el horizonte, iluminando el jardín con un halo escarlata. Las recientes lluvias, respetuosas con el «tesoro» de Meir, habían animado los macizos, abriendo decenas de capullos, bendiciendo la tierra y saturando el aire con una sinfonía de olores que, a no tardar, reclamaría a zumbonas partidas de insectos. Y en silencio, sosteniendo la plácida mirada del *rofé,* me prometí volver.

El beso de la paz puso punto final a nuestra estancia en la casa de altos muros. Y a las puertas de Caná, rumorosa y naranja al saludo del alba, Bartolomé y los suyos se despidieron de María, del Zebedeo y de quien esto escribe con un optimista «hasta el viernes». En esa fecha, como fue dicho, estos peregrinos abandonarían Nazaret y, pasando por la aldea del «oso», le recogerían, rumbo al lago.

El cielo, abierto en grandes claros, prometía una jornada calurosa. Fue una lástima no entrar en la población. Aquel pueblo —no hubiera sabido explicar por qué— me atraía intensa y especialmente. Ahora pienso que, en buena medida, la causa se hallaba en mi espíritu científico. Ardía en deseos de «volver atrás» y enfrentarme al supuesto prodigio del vino. Algo tan aparentemente concreto y susceptible de análisis no podía escapar a nuestro método. Pero había más, mucho más...

Juan y la Señora, conocedores del terreno, ahorraron tiempo, bordeando Caná por su flanco este. Y ágiles, con el espíritu pletórico —en especial María—, disfrutando de la fragancia del olivar que nos escoltaba por la izquierda, salvamos los quinientos metros que nos separaban de uno de los tres senderos que unían la aldea al resto del mundo (1).

(1)   En aquel tiempo, Caná de Galilea —cuya ubicación se hallaba a unos novecientos metros al oeste de la actual Karf Kanna— disponía de tres accesos o caminos importantes. Uno situado al norte que, al

Este camino nacía al sur de la población y, sorteando una enrevesada y fértil área de huertos, trepaba en dirección sureste, bifurcándose a cosa de dos kilómetros. En ese punto, el ramal de la derecha giraba cuarenta y cinco grados, perdiéndose en dirección sur.

Nada más pisar la estrecha y descuidada vereda, robada a un monte bajo y espinoso, el terreno, accidentado y convulso en los alrededores de Caná, se tornó tormentoso, preñado de barrancas y en continuo ascenso. El Zebedeo, con razón, forzó la marcha, aprovechando el frescor del amanecer y de las cúpulas verdinegras de los bosques de algarrobos y robles del Tabor que, con sus majestuosas copas de hasta veinte metros de circunferencia, dibujaban continuos «túneles» en los que anidaban asustadizas cochas perdices y escandalosas urracas. Y en pocos minutos, con un Juan impenetrable a la cabeza, cargando el odre de agua del que no había querido separarse, una María en el centro, ilusionada por el retorno a casa y este explorador cerrando el grupo, atento a las posibles referencias geográficas, Caná quedó atrás, como un nido blanco entre verdores. Por nuestra derecha, burlando vaguadas y desafiando las boscosas laderas, nos acompañó durante veinte o treinta minutos una canalización de agua a cielo abierto, levantada a base de coraje y de una blanca piedra caliza resquebrajada, soldada con mortero. La obra, que ascendía hasta una cota de 532 metros, abastecía de agua a las casi 1 800 almas que residían en la ciudad de Natanael y a los huertos y plantaciones próximos; en especial, a los situados en la cara sur. Ni que decir tiene que el oportuno acueducto constituyó una inmejorable referencia a la hora de caminar en una u otra dirección.

A unos dos kilómetros de la población, como venía
_____
igual que el procedente del este, desembocaba en la vía o ruta principal (la de Tiberíades) y un tercero —el que llevaba a Nazaret—, que arrancaba al sur de la población. El asentamiento de la población, propiamente dicha, puede ser localizado en la actualidad en un lugar denominado «Karm er-Ras», existente ya en el período del Bronce. En las primeras décadas del siglo XX tomó cuerpo una versión que intentaba asociar la ciudad del milagro del vino a Kâna el Jelil, al norte de la llanura de El Buttauf. La pretensión era absurda. Kâna el Jelil se halla a once millas al noroeste de Nazaret y a casi cinco de la ciudad de Séforis, en una ladera tan inclinada como rocosa, sin agua y muy poco saludable. *(N. del m.)*

diciendo, el camino se partió en dos. Y el Zebedeo, sin dudarlo, sin mirar atrás, dando por hecho que le seguíamos, tomó el de la derecha. El paisaje no varió sustancialmente. Los bosques de robles del Tabor, que dominaban las colinas hasta una altitud de quinientos metros, fueron escaseando, en beneficio de las cuatro especies de terebinto o pistacia propias de la zona.

A los treinta minutos de nuestra salida de Caná, cuando llevábamos recorridos más de dos kilómetros y medio, la senda desembocó en una menguada planicie, amurallada por el verde luminoso de una colonia de terebintos de cortezas exudadas, en las que la plateada y olorosa trementina espejeaba al sol naciente. El calvero se hallaba presidido por un peñascal, enrojecido por el alba, del que brotaba un caudaloso venero. El manantial se precipitaba desde cinco metros de altura, siendo recogido en un estanque semicircular, a manera de depósito, del que arrancaba el mencionado acueducto. La cota en cuestión —532 metros— permitía la rápida y permanente conducción del agua hasta Caná y su entorno, ubicados a cuatrocientos metros de altitud.

Al socaire de la peña, vencida por los años y los vientos, se sostenía a duras penas una cabaña de troncos, con techumbre de paja y retamas, tan abiertas y desmelenadas que dejaban al descubierto una deteriorada base de tierra apisonada. A la puerta del refugio, un hombre de mediana edad, sentado a la turca, seguía nuestros pasos con recelo. Pero el Zebedeo avanzó seguro, deteniéndose junto al estanque. Saludó entre dientes y el individuo, cortés, replicó con una ligera inclinación de cabeza. Mientras el discípulo se afanaba en el llenado del pellejo, María, desviándose hacia la choza, deseó la paz a su propietario. A renglón seguido, como si de una vieja costumbre se tratara, depositó en sus manos una lepta (un octavo de as: pura calderilla), aguardando en silencio. Y el hombre, que resultó ser el funcionario guardián del servicio de aguas de Caná, desapareció en el interior de la cabaña, retornando de inmediato con un diminuto cuenco de barro en su mano izquierda y un candil encendido en la derecha. Se los entregó a María y poco amante, al parecer, de la palabra, volvió a sentarse a la puerta del cobertizo, pendiente de los tres forasteros. El Zebedeo, con el odre en bandolera, acudió junto a la

Señora y ambos, bajo la atenta mirada del funcionario, cruzaron el calvero en dirección oeste, deteniéndose en el límite del bosque. Allí, entre los troncos de los terebintos más avanzados, se alzaba un rústico altar de un metro de altura, construido con lajas de caliza superpuestas. María extendió el brazo izquierdo hacia el ara, abandonando el cuenco sobre la superficie. El recipiente contenía una sustancia amarillenta, en forma de lágrimas, que, en un primer momento, me recordó el incienso de África. No estaba equivocado. Y pasando el candil al Zebedeo, éste aproximó la llama a las pajizas y semiopacas lágrimas que ardieron al punto con una luz blanca. Y una columna de humo espeso y nevado, de un penetrante y muy agradable olor, se levantó hacia los sagrados terebintos (1). Aquél, en efecto, era uno de los árboles míticos del pueblo hebreo y aquélla una ceremonia no menos ancestral, conservada con respeto y amor por los galileos.

Y Juan, alzando los brazos al cielo, entonó un pasaje del Génesis:

—Así dieron a Jacob todos los dioses ajenos que había en poder de ellos, y los zarcillos que estaban en sus orejas... Y Jacob los escondió debajo de un *elah* que estaba junto a Siquem.

Concluido el breve cántico le tocó el turno a la Señora. Pero, en lugar de recitar un pasaje bíblico, como era la costumbre, se dejó arrastrar por su intrépido y sensible corazón, elevando, con el incienso, una plegaria que, en parte, me resultó familiar:

—...Padre nuestro, que nos has creado, arrancándonos como un destello eterno de tu corazón de oro... Que estás en los cielos... Que estás en los cielos limitados de cada

---

(1) El nombre bíblico del terebinto —*Elah*—, al igual que el del roble —*Allon* o *Elon*— procede de la voz hebrea *El* (Dios) y era asociado al poder y la fuerza. Ambos eran reverenciados y en sus bosques se procedía a sepultar a los seres más queridos y respetados. Numerosos pasajes bíblicos se hallan vinculados al terebinto: un ángel se le apareció a Gedeón bajo un terebinto (*Jueces*, 6, 11); Jacob enterró los ídolos de Labán bajo el terebinto de Siquem (*Génesis*, 35, 4); Saúl y sus hijos fueron enterrados al pie de dicho árbol (*I Crónicas*, 10, 12); David dio muerte a Goliat en el valle del Terebinto (*I Samuel*, 17, 2) y Absalón, hijo de David, murió cuando su cabello se enredó en las ramas de un terebinto (*II Samuel*, 18, 9). *(N. del m.)*

dolor y de cada enfermedad... Que estás en la sangre que se derrama... Que estás en el cielo sin distancias del amor... Santificado sea tu nombre... Santificado y repetido con orgullo, con la satisfacción del hijo del poderoso... Venga a nosotros tu reino... Llegue a los hombres la sombra de tu sabiduría... Venga a nosotros la brisa que impulsa la vela... Venga pronto la señal de tu Hijo, mi añorado Hijo, vengan a nosotros las otras verdades de tu reino... Hágase tu voluntad en la Tierra y en los cielos... Y que el hombre sepa comprenderlo... Que los espíritus conozcan que nada muere o cambia sin tu conocimiento... Que no perdamos el sentido de tu última palabra: «Amaos»... Hágase tu voluntad, aunque no la entendamos... El pan nuestro de cada día, dánosle hoy... Danos el pan de la paciencia y el del reposo... Danos el pan de la alegría de los pequeños momentos... Danos el pan de las promesas... Danos el pan del valor y de la justicia... Y el fuego y la sal de la compañía... Y también el llanto que limpia... Danos, Padre, el rostro sin rostro de tu imagen... Y perdona nuestras deudas... Disculpa nuestros errores como el padre olvida la torpeza del hijo... Perdona las tinieblas de nuestro egoísmo... Perdona las heridas abiertas... Perdona los silencios y el trueno de las calumnias... Perdona nuestra pesada carga de desconfianza... Perdona a este mundo que, a fuerza de soledad, se está quedando solo... Perdona nuestro pasado y nuestro futuro... Y no nos dejes caer en tentación... Líbranos de la ceguera de corazón... No nos dejes caer en la tentación de la riqueza, ni en la miseria y estrechez de espíritu... Líbranos, Padre, de toda certidumbre y seguridad materiales... Líbranos.

Un profundo silencio cerró la oración de María. ¡Qué radical transformación la experimentada por aquella mujer, antaño enfrentada a su primogénito...!

Concluido el ritual reanudamos la marcha. La bella y personal «adaptación» del Padrenuestro me animó a intentar el diálogo con mis acompañantes. Y durante un kilómetro tuve cierto éxito. El Zebedeo volvió a distanciarse pero la mujer, a mi lado, me explicó que la primitiva plegaria —el mencionado Padrenuestro— había sido escrita por Jesús en su lejana juventud y cuando ella, desgraciadamente, tenía los ojos del corazón cerrados a la verdadera misión de su Hijo.

De pronto, cuando apenas llevábamos quince minutos de conversación, Juan se detuvo. El abrupto terreno había descendido ligeramente —quizá nos hallásemos a unos quinientos metros de altitud— y el sendero, a juzgar por el sol, empezaba a enderezarse hacia el oeste. Llegamos a la altura del discípulo y, antes de que pronunciáramos una palabra, señaló hacia la izquierda de la vereda, recomendando silencio y precaución. Inspeccioné intrigado el bosque y la alta maleza que nos rodeaba, siguiendo la dirección apuntada por Juan. Pero no vi nada anormal. Y proseguimos la andadura. Al observar cómo el Zebedeo tomaba a María de la mano me alarmé. ¿Había divisado algún animal salvaje? Estaba avisado de la existencia de osos pardos en los montes de Arbel, algunos de hasta 450 libras de peso, pero no disponía de información sobre la presencia de estas fieras en las abruptas y solitarias colinas de Caná. A decir verdad, los ricos y cerrados bosques que se perdían en todas direcciones, constituían un hábitat ideal para osos, hienas rayadas, chacales, perros salvajes, zorros, numerosos ofidios e, incluso, leopardos. Agucé el oído pero sólo obtuve el habitual ruido de fondo del bosque. Aquello me tranquilizó relativamente. La proximidad de una osa a la que hubieran arrebatado su cría —afición muy extendida entre los judíos y gentiles de entonces, que comerciaban con los oseznos— habría alertado y puesto en fuga a la mayor parte de los «inquilinos» de la espesura.

Procuré no distanciarme, acariciando con mi mano derecha los dispositivos de defensa de la «vara de Moisés». Después del percance con la víbora no podía descuidarme...

El sendero siguió descendiendo, hasta entrar en una hoz de altas paredes que se prolongaba alrededor de quinientos metros. El discípulo aceleró el paso obligando a la Señora a seguirle casi a la carrera. A derecha e izquierda, en los taludes, descolgados terebintos desafiaban la gravedad, auxiliados por grisáceos y no menos audaces matorrales de *ezov*, el nombrado arbusto bíblico, hoy conocido como «hisopo sirio» (1). A los pocos metros, un eco me

(1) El *Éxodo* (12, 21-22), *I Reyes* (4, 33) y los *Salmos* (51, 7), entre otros textos bíblicos hacen referencia a esta planta, el *origanum syriacum*, que se ataba formando una especie de cepillo y con el que se rociaba de sangre los dinteles y jambas de las puertas cuando una casa judía

sobresaltó. El Zebedeo, que debió percibirlo antes que yo, dudó. Aminoró la marcha pero, al instante, tirando de la mujer, emprendió una rápida huida. Desconcertado giré en redondo, a la búsqueda del origen del cavernoso ruido. Pero seguí ciego. El instinto me impulsó a imitar a Juan. Y sin meditarlo dos veces, con el miedo hormigueando en las entrañas, me lancé en persecución de la pareja. No sabía qué estaba pasando y tampoco sentía demasiados deseos de averiguarlo. Sin embargo, las cosas no eran, no iban a suceder como imaginaba...

Apenas iniciada la frenética carrera, una sombra surgió por la izquierda, en pleno terraplén. Y el eco, al llegar a su altura, se hizo claro, profundo y, en esos momentos, escalofriante.

Sólo Dios sabe por qué me detuve. Medio estrangulado por un terror absurdo e irracional, con las pulsaciones desbocadas, retrocedí hasta situarme frente a la «sombra». Mis amigos estaban a punto de alcanzar el final del pequeño desfiladero. El eco, efectivamente, resonaba nítido en el fondo de la cueva que tenía ante mí. La hoz ofrecía en aquel lugar una oquedad de un metro de altura por otros dos de ancho, medio cerrada por el ramaje. Y despacio, muy despacio, fui agachándome, escrutando la oscuridad del agujero e intentando identificar los sonidos. María y el discípulo, a trescientos o cuatrocientos metros, me hacían señales, gritando algo que no entendí. Y cuando me disponía a alejarme, convencido de que podía tratarse de la guarida de alguna alimaña, el eco, más cercano, me erizó los cabellos. Algo reptaba o arrastraba la tierra a su paso, precipitándose hacia la salida. Con la voluntad y los nervios en desorden traté de retroceder. Pero el bastón se me fue de entre los dedos. Al inclinarme para recogerlo, entre los cada vez más cercanos gruñidos creí identificar un sonido humano: algo similar a un grito, mitad lamento, mitad aviso... Algo parecido a «ame»...

---

se veía libre de la lepra. Así lo ordenaba el *Levítico* (14, 4). También era utilizado por los samaritanos para rociar la sangre del sacrificio pascual, en la falsa creencia de que la vellosidad de los tallos evitaba la coagulación. *(N. del m.)*

¡Dios de los cielos! En efecto, era una voz humana. Al sonar en la boca de la cueva, aquel «¡ame!», repetido insistentemente, me hizo comprender lo que tenía ante mí.

Un nuevo «ame» («impuro») precedió a la aparición de unas manos y un rostro, parcialmente fajados con unos lienzos purulentos y destrozados por la miseria. Y los ojos de un anciano, tan asustado como yo, se clavaron en quien esto escribe. A gatas, desde la entrada, el infeliz volvió a gritar aquel «impuro», en tono amenazante. Y una inmensa piedad vino a reemplazar mis terrores. El lugar, cercano a lo que hoy se conoce como Ein Mahil, era el forzado reducto de una partida de leprosos, vecinos en su mayoría de las aldeas y pueblos colindantes. La ley y las costumbres les obligaban a permanecer aislados y, en caso de proximidad a caminantes o núcleos habitados, a proferir los mencionados gritos de advertencia. Lamentablemente, a causa de la ignorancia en materia sanitaria, el término «lepra» (1) se hizo extensivo a enfermedades y dolencias que nada tenían que ver con dicho mal. Como demostró S. W. Baron, bajo esta designación fueron incluidas tuberculosis óseas purulentas, contagiosas elefantiasis, dermatosis, «lepras de cabeza» (probables alopecias), quemaduras graves mal curadas y hasta inofensivas calvicies en las que surgían manchas rojas o lobanillos. En el caso que nos ocupa, el

(1) Haciéndome eco de la cualificada opinión de Muntner, teniendo en cuenta que la mayoría de los términos médicos de la Biblia ha sido pésimamente traducida, no es de extrañar que la palabra «lepra» haya seguido idéntica suerte. Esto se advierte, en especial, en la traducción de *šará'at*, que no equivale a un diagnóstico determinado, sino a un término genérico aplicable a diferentes dermopatías contagiosas o no contagiosas. La culpa hay que buscarla en la traducción de la Septuaginta, donde se atribuye a dicha voz el significado de «lepra». En composición, la citada palabra poseía distintos significados. Por ejemplo: *negá hasârá'at* (infección cutánea); *šará'at or habasar* (chancro duro peneano); *šará'at poráhat* (leishmaniosis); *šará'at nošenet* (sífilis crónica, bejel, frambesia); *šará't broš* (tricofitosis); *šará'at maméret babégued* (parasitosis que se transmite por las ropas); *šará'at habáyit* (contaminación saprofitaria de las casas), etc. En solitario, sin embargo, la palabra *šará'at* también tuvo en alguna ocasión el significado de «lepra» (caso de *šará'at hamesah* o lepra leonina).

En los capítulos XIII y XIV del *Levítico* se proporcionan minuciosas prescripciones sobre las normas a seguir con los leprosos y las que ellos mismos debían acatar. *(N. del m.)*

anciano sí parecía presentar una verdadera lepra. Bajo los harapos, unas manchas lechosas corroían los tejidos de las manos y del rostro, desnaturalizando al individuo. Se trataba, seguramente, de una de las lepras más generalizada en la Palestina de Jesús: la «mosaica» o «blanca», hoy conocida como «anestésica». Aunque, obviamente, no tuve oportunidad de reconocerle, al ponerse en pie y observar las ulceraciones y la parálisis que inutilizaba algunos de los dedos, imaginé que la primera lepra se hallaba asociada a la también infectiva lepra «tuberculoide». Nariz y mejillas —o lo que quedaba de ellas— presentaban unas desiguales nudosidades abolladas, la mayoría reblandecidas, y otras en estado terminal o ulceradas. Su aspecto famélico me hizo pensar también en graves lesiones viscerales. O mucho me equivocaba o aquel desgraciado no tardaría en morir.

Durante un par de minutos el cadáver andante me contempló incrédulo. ¿Por qué no huía? Para cualquier judío, incluso para los menos escrupulosos con la ley, la lepra, además de una impureza, era la más flagrante manifestación del pecado (1). Todo leproso, por el hecho de serlo, era despreciado y repudiado, no sólo por el hipotético riesgo de contagio, sino, en especial, por «haber caído en desgracia ante Dios». «Auxiliadores», sacerdotes, ricos y pobres, judíos o gentiles procuraban distanciarse de estos «apestados», no concediéndoles otro favor que el de, muy de tarde en tarde, arrojar a sus pies alguna que otra hogaza de pan o las ropas usadas. Y aunque Eliseo se referirá a ello en su momento, esta dramática situación hizo más encomiables las audaces aproximaciones del Maestro a los leprosos.

Conmovido ante la insondable tristeza de aquellos ojos

(1) Aunque supongo que en algún momento de estos diarios deberé entrar a fondo en el arduo capítulo de las «impurezas», de gran importancia para comprender al pueblo judío, señalaré ahora, a título de síntesis, las tres categorías principales de «impureza originante» que ejercían un notable influjo en la vida diaria de aquella sociedad: impureza derivada de algo muerto (cadáveres humanos, reptiles muertos, carroña de otros animales), impureza derivada del cuerpo humano vivo (menstruante, mujer con flujo anormal de sangre, parturienta, hombre con flujo [gonorreico], eyaculación del semen y lepra) e impureza derivada de medios de purificación (vaca roja y otros sacrificios expiatorios que deben ser quemados, agua de purificación y macho cabrío de Azazel). (N. del m.)

negros —quizá lo único vivo en semejante despojo— le sonreí e, iclinando la cabeza, balbuceé un saludo. El viejo, al
detectar mi acento, comprendió. Y agradecido por el gesto
de simple humanidad de aquel griego correspondió con
una frase que no he olvidado:

—Tú no necesitas la paz, amigo: la llevas dentro.

No era el momento de polemizar sobre tan discutible
afirmación. Y con una nerviosa despedida me distancié.
Pero, súbitamente, ganado por uno de mis peligrosos impulsos, di la vuelta, depositando entre los muñones de sus
manos el frasco de vidrio, obsequio de Meir. El leproso lo
inspeccionó y, sin comprender, levantó los ojos hacia el
enigmático caminante. Le animé a destaparlo. Y acercán-
dolo a los descarnados labios arrancó con los dientes la tela
de lino que lo sellaba. La fragancia del «agua de rosas» le
desconcertó. Supongo que intentó sonreír. Al no lograrlo
bajó el rostro y las lágrimas corrieron hacia los corrompi-
dos vendajes. Jamás volvería a verle...

Dejé atrás la hoz, impresionado por la triste suerte de
aquel hombre y de los que, con seguridad, compartían cueva y enfermedad. Un Zebedeo colérico me aguardaba al
final de la embocadura. Su compañera, en contra de la opinión del discípulo, había decidido esperarme. No tuve
oportunidad de explicarles... Al verme, Juan estalló tachán-
dome de «necio, inconsciente, lastre inútil y pecador entre
los pecadores». Le dejé vaciarse. Y conforme remontába-
mos un nuevo repecho, en un estéril intento de reconcilia-
ción, admití mi debilidad al detenerme frente a la gruta,
añadiendo que quizá sus palabras no hubieran merecido la
aprobación del Maestro. Fui a herirle en lo más profundo,
consiguiendo, justamente, el efecto contrario. Creo haberlo
dicho. Juan de Zebedeo era un hombre valiente, rápido de
reflejos, imaginativo, astuto, fiel, con frecuentes cambios
de carácter y con un defecto que, a buen seguro, le acompañó hasta la muerte: una desmedida vanidad. Pues bien,
al oír en mis pecadores labios la palabra «rabí» se revolvió
como un gato. Tartamudeó y, aupándose hacia mi metro y
ochenta centímetros, vociferó:

—¿Quién eres tú para mencionar al Santo?... Él me amaba... ¿Puedes tú, griego cobarde y asustadizo, decir lo mismo? Yo y mis hermanos fuimos ordenados en la montaña de Nahum. Somos sus embajadores. Y cuando Él regrese arderás en la *gehena*..., como ese leproso impuro... El que peca contra su Hacedor recibe el castigo de la enfermedad...

María trató de calmarle. Pero, ofuscado, le ordenó que se mantuviera a distancia.

—...Mírame bien, pagano ignorante, porque tienes ante ti a un elegido del reino. ¿Puedes hallar en mí defecto o enfermedad que me haga pecador?

No sé de dónde saqué la paciencia. Escuché en silencio. Sin mover un músculo. Y al entender que había concluido su feroz discurso me concedí la licencia, por primera vez en nuestra aventura, de confundir su soberbia con «algo» que hacía tiempo había descubierto en sus pies. Y señalando a tierra, armado de la más cínica de las sonrisas, pregunté:

—¿Qué me dices de esas callosidades? ¿No son una flagrante señal de la intervención de un espíritu inmundo?

Entre las gentes fanatizadas por las normas religiosas, hasta un simple callo era motivo de vergüenza. «Yavé —proclamaban los rigoristas de la ley— castiga con enfermedades al culpable, ya sea directamente, ya por medio de los ángeles.» Un cuerpo viciado, en suma, era la señal de un alma viciosa. Podía admitirse que el origen de la dolencia no fuese un pecado cometido por el enfermo. En ese caso, el o los culpables había que buscarlos en la familia o en sus antepasados. Ésta, ni más ni menos, fue la filosofía que movió a los discípulos a preguntar al rabí de Galilea cuando, en determinado momento de su vida pública, le presentaron a un ciego: «¿Quién pecó, éste o sus padres, para que naciera ciego?»

Mi sarcasmo debilitó la vehemencia del Zebedeo. Pero, a partir de aquel enfrentamiento, Jasón, el griego, hijo de Tesalónica, fue borrado de su corazón. Y los cuatro escarpados, verdes y luminosos kilómetros que restaban a la aldea de Jesús fueron los más tensos e interminables de nuestra accidentada travesía desde las orillas del lago...

Por mi parte, todo quedó olvidado cuando, a eso de las ocho de la mañana, al coronar una cota de 511 metros, el bosque se abrió y María, gozosa, gritó el nombre tanto tiempo esperado: «Nazaret», la blanca «flor» entre colinas... Jadeantes y sudorosos, obedeciendo un impulso común, nos deshicimos de los sacos de viaje, cautivados por aquel interminable y montañoso verdor. La Nazaret actual y su entorno no guardan el menor parecido con el ondulado vergel que abrazaba entonces a la pequeña aldea en la que creció y vivió Jesús durante veintiséis años. Al descubrir el racimo de casitas, plateadas en la distancia, acurrucadas como una paloma indefensa al pie de una de las elevaciones y materialmente custodiadas y cercadas por toda suerte de plantaciones, huertos y bosques, mis pulsos se aceleraron. Y una íntima y gratificante emoción —preludio de nuevos y notables descubrimientos acerca de la figura del Maestro— colmó el alma de este ansioso explorador. En un radio de un kilómetro, tomando como centro el poblado, llegué a sumar hasta quince suaves colinas, todas arboladas o salpicadas de olivos, viñas, terrazas escalonadas con florecientes y apretados corros de trigo y cebada y decenas de chozas y casas cúbicas, de una sola planta, cuya blancura competía con la de los tres caminos que abrazaban la base del Nebi Sa'in, el monte de 488 metros en cuya falda oriental se refugiaba Nazaret. Esta elevación, la más airosa, uno de los enclaves predilectos del Maestro, al igual que el resto de los montes que la circundaban constituían el desvanecimiento de la sierra de la baja Galilea, totalmente extinguida en las llanuras próximas de Esdrelón, al sur de Nazaret. Uno de los tres senderos mencionados arrancaba justamente al pie de la aldea, rompiendo los huertos en dirección sur, hacia Afula y las referidas y fértiles planicies. A un kilómetro del núcleo urbano, este camino se bifurcaba, desviándose hacia el oeste, a la búsqueda de Jafa y de las arterias que conducían a la costa. La tercera vía importante (sin contar la nuestra, procedente del este) nacía, como la de Afula, a las «puertas» de Nazaret. Y encajonada entre las colinas penetraba hacia el noroeste, rumbo a Séforis, la capital de la comarca. A primera vista, desde la atalaya en que nos encontrábamos, la población se presentaba perfectamente comunicada con el «exterior». Ciertamente, Nazaret no se hallaba en una ruta tan próspera y frecuentada como la de Tiberíades. Sin embargo, la riqueza de su agricultura, los cuidados caminos que partían de su extremo oriental y la relativa cercanía a ciudades más célebres o populosas la habían convertido en un lugar estimado por los comerciantes, caravaneros y «mayoristas» de productos del campo que, con sus reatas de burros, transportaban las cosechas, haciendo de intermediarios con los mercados y «minoristas» de la región e, incluso, con áreas tan alejadas como la Decápolis, la Perea o la propia Ciudad Santa. En este aspecto, como fui comprobando, reunía las ventajas de una aldea recóndita y apacible, al margen de los tumultos de Nahum, por citar un ejemplo, pero, al mismo tiempo, discretamente «enganchada» a lo que podríamos considerar el «progreso y la civilización exteriores». ¡Cuán equivocados están aquellos que suponen o imaginan a Jesús, «desterrado» durante años en un poblacho sin vida y sin relaciones! Y hablando de «equivocaciones», mientras iniciábamos el descenso, acudieron a mi memoria esas absurdas «dudas» de algunos escrituristas y exegetas del siglo XX, en relación a la existencia histórica de Nazaret. El hecho de que no aparezca mencionada en los libros bíblicos —afirman estos sabios con orejeras— hace sospechar que se trata de una «invención evangélica». El argumento, cuando se conocen los estudios e investigaciones de especialistas como Loffreda, Manns, Bagatti, Daoust, Testa, Viaud, Livio, Jablon-Israël, Brunot, Carrez, Brossier y tantos otros, resulta, cuando menos, irritante... (1).

(1) Aunque los directores de Caballo de Troya nunca concedieron excesivo crédito a estas «modernas corrientes» —más cargadas de esnobismo que de fundamento científico— que defienden la «no existencia histórica de Nazaret», varios de los especialistas de la operación se preocuparon de reunir un máximo de información en torno, sobre todo, a los principales hallazgos arqueológicos habidos en el lugar. A título de guía para los escépticos, he aquí uno de los informes, elaborado por el prestigioso S. Loffreda, del Studium Biblicum Franciscanum de Jerusalén: «La presencia del hombre en Nazaret y sus alrededores se remonta a muchos siglos antes de la era cristiana. Ya en el paleolítico medio, entre 75 000 y 35 000 años antes de Cristo, el hombre de Galilea, muy cercano al hombre de Neanderthal, se había agrupado en los alrededores de Nazaret. Restos humanos de aquel período lejano y fascinante, así como utensilios musterienses, han sido hallados en la caverna de Djebel-Qafze. Ese hombre, que precede a la aparición del *homo sapiens*, vivía aún de la caza y de la recolección de frutos salvajes. No conocía el arte de construir casas, y se refugiaba periódicamente en cuevas natu-

En cuatrocientos o quinientos metros, el camino rodó con docilidad desde la referida cota «511», hasta estabilizarse en la altitud mínima de aquellos parajes: los cuatrocientos metros. A partir de esta cota nos condujo rectilíneo, en su polvorienta blancura calcárea, a la meta final. Y des-

---

rales, donde —hecho nuevo y significativo en el hombre del paleolítico inferior— comenzó a sepultar a sus muertos.

»Sobre la pequeña colina que corresponde a Nazaret, los restos más antiguos se remontan al final del tercer milenio. Palestina, que había entrado en la civilización urbana al comienzo de ese período, sufrió, hacia el final del tercer milenio, un sensible retroceso cultural: muchas ciudades fueron destruidas, de modo que los restos arqueológicos provienen en gran parte de muchas tumbas. Se suele opinar, en general, que aquel retroceso está vinculado a la penetración en Canaán de los amorreos. En Nazaret esta fase está representada por algunos vasos de arcilla provenientes de un cementerio. Se trata de pequeñas ánforas de color gris claro, que presentan una base achatada muy ancha, asas horizontales reducidas a mera huella, cuello vuelto e incisiones rudimentarias en la base del cuello.

»En Nazaret, el material procedente del período del segundo milenio, conocido en Palestina con el nombre de Bronce Medio II (2000-1550) y Bronce Nuevo (1550-1200), es mucho más abundante. El período del Bronce Medio, que registra entre otros acontecimientos la entrada de los patriarcas en la tierra de Canaán y constituye, por tanto, el alba de la historia sagrada, es representado en Nazaret por vasos de cerámica muy elegantes, que reflejan un gusto artístico de lo más refinado. Además, algunos alabastros y escarabajos habían llegado ya del lejano Egipto a este territorio. El período siguiente, el Bronce Nuevo, ha dejado igualmente numerosos vestigios.

»Hay que hacer notar que todo ese material del segundo milenio no procede de la ciudad propiamente dicha, sino de algunas tumbas. Una de ellas fue descubierta bajo el pequeño convento de la iglesia bizantina de la Anunciación. Otra al sudeste, inmediatamente contigua al mismo convento y una tercera, más al sur. Puesto que la costumbre de enterrar a los muertos fuera de la zona habitada estaba ya en vigor en el segundo milenio, podemos suponer con toda certeza que la ciudad de Nazaret del Bronce Medio y Nuevo se encuentra más al norte y aún no ha sido alcanzada por las excavaciones.

»Con la Edad del Hierro (1200-587), entramos de lleno en el período bíblico: después del éxodo de Egipto, las tribus israelitas se instalan en la Tierra Prometida, adquieren una fisonomía propia y, a partir de Saúl, se organizan en monarquía. Nazaret pertenecía a la tribu de Zabulón que, con toda probabilidad, nunca bajó a Egipto. Después del cisma ocurrido a la muerte de Salomón (año 922 antes de Cristo), Nazaret formaba parte del reino del norte, que fue sometido por el imperio asirio en el 722.

»En esa época observamos en Nazaret un hecho muy significativo.

pacio, con una María alborozada, traté de retener cada detalle, cada rincón, de aquella vega de medio kilómetro de longitud, no excesivamente ancha y resguardada en sus cuatro costados por muchas de las quince elevaciones ya mencionadas. A uno y otro lado del sendero, los industriosos vecinos habían hecho prosperar un magnífico palmeral, del género *Phoenix*, seguramente importado de la vecina Fenicia. A los múltiples beneficios que se derivaban del cultivo del *tamar* (nombre hebreo de la palmera) y que iban desde la recolección de su vigorizante fruto hasta la elaboración de miel, pasando por la confección de cestos, alfombras, cercas de madera, tejados y balsas, los habitantes de Nazaret habían sumado, con la implantación de aquellos soberbios ejemplares de hasta veinte metros de altura y lánguidas y largas hojas, la nada despreciable realidad de un «paseo» que poco tenía que envidiar a los de Jerusalén.

En el sector meridional de la colina han sido hallados algunos silos excavados en la roca, mientras que la zona de tumbas queda ya desplazada fuera de la colina. Tenemos, por tanto, pruebas arqueológicas de que, a partir de la Edad del Hierro, el flanco meridional de la colina, reservado antes a las sepulturas, se había convertido ya en zona de habitación. Es importante subrayar que esa trasposición se mantuvo después, incluso en el tiempo en que Jesús vivía en Nazaret.

»Es muy posible que ese cambio de tradiciones esté vinculado a un cambio de población, tanto más si se tiene en cuenta que coincide con la última oleada de penetración israelita en Canaán. Hasta hace poco, la cerámica hallada en las excavaciones pertenecía más bien a la última fase del Hierro. Sólo el hallazgo fortuito de una tumba, con un rico surtido de vasos, objetos de metal y escarabajos, prueba que el establecimiento se remonta al siglo XII, es decir, al comienzo del período israelita.

»En los límites de la ciudad, la cerámica del Hierro ha sido hallada en zonas muy dispares. Por ejemplo, en el lado oriental de la iglesia de la Anunciación del tiempo de los cruzados y al noroeste. Es importante recordar también que diversos fragmentos de cerámica del Hierro han sido hallados en las grietas de la roca que forma el techo de la gruta venerada de la Anunciación. Quede claro que las excavaciones son demasiado parciales como para que puedan establecerse los límites extremos de la ciudad israelita de Nazaret. De todas maneras es verosímil que diversas estructuras de uso doméstico, excavadas en la roca, hayan sido utilizadas durante varios siglos a partir de la Edad del Hierro. Sea como sea, la Nazaret antigua jamás dejó de ser una humilde aldea, por lo que no es extraño que nunca la mencione el Antiguo Testamento. No es poco, de todas formas, haber podido constatar la presencia humana por lo menos 2000 años antes de la época evangélica.» *(N. del m.)*

Bajo las copas verdiamarillentas de las palmeras datileras, la vega, en forma de «minifundio», florecía exuberante, surcada por una tela de araña de espejeantes acequias. Allí verdeaban orondas higueras «femeninas» de cinco metros de altura, de hojas palmadas y rugosas. Y a la sombra de su prometedora cosecha, la *luz* (designación aramea del almendro). Toda una nube blanca de «luz», eclipsando las diminutas y verdes flores de los morales negros. Y entre empalizadas de cañizos, disputando cada palmo de tierra, un laberinto de huertos: bancales de habas de un metro de altura, con las hojas dispuestas para un inminente estallido de flores blancas y aladas; garbanzos de peludos y pegajosos tallos; apretados cuadros de puerros, ajos y cebollas; grisáceos macizos de menta, nacidos al filo de las zanjas y canalizaciones de piedra; enanas rudas de flores doradas y oscuras semillas medicinales; perezosas y naranjas calabazas de pradera y la primera de las legumbres mencionada en la Biblia: la *lens culinaris* —la lenteja—, alimento básico en la dieta de toda familia judía.

Y más allá de la vega, escalando laderas, marciales legiones de olivos. Y sobre ellos, recortando sus copas en el azul cristal de la mañana, masas boscosas de algarrobos y nogales. Y en todas partes, acunadas en las vaguadas, asomándose en las terrazas escalonadas o desafiando los espolones rocosos de las pendientes, la auténtica imagen de la abundancia y de la bendición divina para los judíos: la vid. Las había a miles, apuntaladas con estacas de madera de un metro de altura, dispuestas así para sostener y aliviar la futura y, seguramente, granada cosecha.

Mientras cruzábamos el vergel, fuente de vida y de prosperidad de los *notzrim* (nazarenos), algunos de los campesinos más próximos, al reconocer a la Señora, alzaron los brazos en señal de saludo y bien venida. Otros, dejando los azadones y aperos, se apresuraron a correr a su encuentro. Y al pisar el camino, con el rostro grave, comenzaron a batir palmas. El gesto en cuestión nada tenía que ver con lo que hoy, en el siglo veinte, interpretamos como «aplausos». No se trataba de un reconocimiento o de una manifestación de alabanza por el hecho de ser la madre del gran rabí de Galilea. Aquellos hombres, jóvenes y viejos, aplaudían en señal de luto. Era ésta una forma de expresar su condolencia por el reciente fallecimiento de Jesús a cuyo duelo, obviamente, no habían asistido. Y María, emocionada, con los ojos humedecidos, fue abrazando a la mayoría. En Nazaret, como sucediera en la vecina Caná, no se hallaban muy al tanto de la resurrección ni de las apariciones del Maestro. Tiempo habría de verificarlo y de asistir a las polémicas que dichas noticias levantarían entre los humildes y escépticos vecinos.

Y alrededor de las 08 horas y 30 minutos de aquel martes, 25 de abril, me encontré, al fin, a las «puertas» de Nazaret. Y entrecomillo la palabra porque, a decir verdad, sólo se trata de una figura literaria. Al carecer de murallas, la aldea, consecuentemente, no disponía de un acceso principal, propiamente dicho. Las «puertas» las formaban el final —o el nacimiento, según se mire— del «paseo de las palmeras» (así fue bautizado por quien esto escribe), el cruce y arranque de los caminos allí ubicados y un caño de agua que manaba ruidoso a unos veinte pasos a nuestra derecha. El griterío procedente del manantial llamó la atención de María y, sin dudarlo, corrió hacia la fuente. El agua, canalizada desde un venero existente en la cara norte de la cima del Nebi Sa'in, corría impetuosa desde los casi 480 metros de su alumbramiento, abasteciendo a la población y a las caravanas y transeúntes que, forzosamente, debían pasar frente a ella. Aquélla, como comprobaría más adelante, era la única pila de importancia en Nazaret. Todo un mentidero, lugar de tertulias y de obligada y cotidiana reunión de matronas, campesinos, artesanos y viajeros. Prudentemente permanecí junto al Zebedeo, observando las risas, abrazos y la general algazara despertada por la inesperada llegada de la Señora. La gruesa vena de agua brotaba a un metro y medio de altura, atravesando una pared de piedras rectangulares, de naturaleza calcárea sedimentaria (extraídas de las colinas) y permanentemente invadidas por un musgo verdinegro en el que anidaba una notable colonia de moscas. Una «visera» igualmente de piedra, a manera de arco de medio punto, hacía las veces de voladizo, cubriendo la fuente. El chorro se precipitaba directamente sobre el terreno, formando un estanque natural de unos cinco metros de anchura máxima en el que, con el agua hasta las rodillas, chapoteaba la chiquillería, llenaban sus cántaras y odres las mujeres y *felah,* bebían los asnos y lavaban las ropas las risueñas y parlanchinas matronas. A corta distancia, sobre los guijarros y la roja arcilla, se alineaba una maloliente colección de sandalias, violentamente asaltada por los tenaces tabánidos.

No sé si debo utilizar el término «decepción». En el fondo, por las informaciones que obraban en nuestro poder, «aquello» era de esperar. Hoy, generaciones enteras imaginan Nazaret como una «ciudad populosa, de bellos edificios y calles empedradas». Nada más lejos de la realidad. Ávidamente, en tanto que la Señora daba rienda suelta a su alborozo, recorrí con la vista el puñado de casas, la mayoría de una sola planta, que se empujaban en el acusado desnivel de la falda oriental del mencionado Nebi. En un minucioso estudio posterior, desmintiendo los cálculos efectuados desde la cota «511», ratificaría aquella primera y apresurada impresión: la «aldeíta» la integraban entre veinte y treinta casas. Ni una más. Y todas, como digo, estribadas unas en otras y ocupando una superficie que recordaba un triángulo isósceles, con una altura aproximada de 150 metros y 50 o 60 de base. El «vértice» —siguiendo con la comparación— se situaba a las «puertas». En realidad, el «nudo» del que partían los caminos formaba parte de dicho «vértice». Desde el lugar donde nos encontrábamos, las edificaciones, impecablemente encaladas, se asemejaban a una gigantesca escalera o, por utilizar una licencia más acorde con los tiempos actuales, a esos apartamentos u hoteles «escalonados» que pueden contemplarse en las playas de moda. La orientación no podía ser mejor: encarada al este recibía la radiación solar desde el alba a prácticamente el ocaso. En cuanto a los vientos de poniente, el propio monte Nebi Sa'in hacía de parapeto, resguardándola en su regazo. La empinada ladera sobre la que se asentaba, en algunos puntos de hasta un treinta y un cuarenta por ciento de desnivel, no había sido obstáculo para los emprendedores galileos. Las viviendas quedaban niveladas, bien aprovechando el irregular y rocoso subsuelo o merced a muros y cimentaciones, levantados con las piedras robadas a la colina. Pero la Nazaret de aquel tiempo no era sólo lo que aparecía a la vista. Una importantísima e «invisible» área se hallaba justamente bajo tierra. Durante esta y otras visitas tendría la oportunidad de descender a un enmarañado laberinto de grutas —algunas naturales y otras excavadas en la roca— que ocupaba una superficie mayor que la del pueblo. (Ésta fue estimada en unos 3700 metros cuadrados y la de la «ciudad subterránea» en 5000 metros cuadrados.) En tales oquedades —que servían de silos, cisternas y almacenes— discurría buena parte de la vida de aquellas sencillas y, en general, amables gentes. Algo que los evangelistas pasaron por alto y que la arqueología moderna se ha encargado de resucitar. Pero debo controlar los impulsos. No es aún el momento de hablar de estos corredores, cuevas y pasadizos a los que, por descontado, también descendió el joven Jesús... (1).

Varias de las mujeres, ansiosas por conocer las novedades —de primera mano— que portaba la madre del Maestro, la rodearon, asaeteándola a preguntas. Pero el tumultuoso interrogatorio sería breve. Juan, abriéndose paso entre las galileas, reclamó a María y, haciendo oídos sordos a las airadas protestas, tiró de ella, prometiendo, eso sí, una próxima, pública y detallada narración de los sucesos. Y tozudo y autoritario dejó a la complaciente Señora con la palabra en los labios, adentrándose en la aldea.

Es curioso. Aunque lo comprendí, aunque era lógico y natural que María se perdiera en Nazaret, al encuentro de sus seres queridos, este explorador no pudo evitar una amarga sensación de... ¿cómo explicarlo? Quizá de desamparo. A las «puertas» de la aldea, olvidado por el Zebedeo y por María, me vi asaltado por la tristeza. Si, al menos, la mujer hubiera vuelto el rostro y...

Fue cuestión de segundos. Había que actuar. No podía permanecer frente a las casas y la fuente como una estatua. Y decidido a iniciar la siguiente fase de la misión interrogué a la chiquillería acerca de algún lugar donde alojarme.

(1) Los turistas y actuales visitantes no pueden reconocer en la Nazaret de hoy la insignificante aldea de la época de Jesús. No queda nada, a excepción de esa Nazaret subterránea y casi «troglodítica». La próspera ciudad del siglo XX, con sus más de 40 000 habitantes, sigue siendo un enigma. Incluso su nombre, que procede de la raíz semítica *nsr* y que significa «guardar» o «esconder», parece estrechamente vinculado a esas cuevas y túneles rocosos. Quizá algún día la arqueología, al explorarlos, revele al mundo cómo era en verdad la vida en aquella remota población. *(N. del m.)*

Al reparar en aquel extranjero larguirucho, varias de las matronas se unieron espontáneamente a la rueda de los zagales, brindándose, serviciales y encantadas, a acompañarme hasta la posada. Y entre risas, pícaros comentarios y descaradas preguntas sobre mi origen y profesión, las galileas y los muchachos me dejaron a las puertas del albergue. Mis reiteradas inclinaciones de cabeza y sinceros agradecimientos sólo contribuyeron a multiplicar las risas. Y rojo de vergüenza me aventuré en el túnel que, como en el caso de la «posada del tuerto», servía de acceso al edificio. Un lugar, como era de esperar, en el que sería testigo de algún que otro «singular lance»...

Una de las ventajas de Nazaret, acorde con su configuración y humildes dimensiones, era precisamente la no existencia de distancias. Desde la fuente a la posada que me sirvió de refugio, y «cuartel general», durante los tres días de permanencia en el lugar, no habría más de cuarenta metros. Se llegaba a ella por el camino que se abría paso hacia el sur. Unos diez metros antes de alcanzar su esquina este, el sendero, disfrazado de pequeño puente de piedra, brincaba sobre un torrente de mediano caudal procedente del flanco oeste del Nebi Sa'in y que, despreocupado y transparente, saltaba, corría o se deslizaba, fiel a la falda sur de dicho monte. Desde el puentecillo, el arroyo penetraba decidido en plena vega, surtiendo la cuidada red de acequias.

Pero, como iba diciendo, la posada —una de las escasas edificaciones de cierto relieve existente en el «extrarradio» de la aldea— guardaba una extraordinaria semejanza con la que había tenido ocasión de visitar, y padecer, en la reciente marcha. Sus dimensiones eran notablemente inferiores, pero, en cuanto al diseño general, patio a cielo abierto, habitaciones en el piso superior, taberna-comedor, etc., no aprecié diferencias dignas de mención. Los muros de piedra resaltaban sobre el resto de las construcciones por su descuidado y ceniciento revestimiento, antaño blanqueado y ahora roído por las lluvias y vientos.

A la hora tercia (las nueve de la mañana) el corral interior aparecía desierto. Mejor dicho, casi desierto. Bajo la galería porticada que rodeaba dicho patio, en el costado izquierdo (desde mi situación al final del túnel de acceso al albergue), trajinaba un niño entre los cuatro troncos de árboles ahuecados que hacían las veces de pesebres. ¿Un niño? La impresión fue corregida al momento. Aunque la cabeza no sobresalía del perfil de los negros lomos de los asnos allí amarrados, el personaje no era exactamente un muchacho. Al descubrir mi presencia abandonó el forraje y, sacudiendo las manos contra un embreado mandil que casi rozaba el pavimento de ladrillo rojo, me salió al encuentro con una confiada sonrisa. Su menguada talla —apenas un metro—, la frente prominente, la nariz en «silla de montar», las piernas torcidas y una acusada lordosis o curvatura lumbar ponían de manifiesto en aquel individuo una forma de enanismo de extremidades cortas (posiblemente una acondroplasia: uno de los tipos de trastornos hereditarios en los que anormalidades del crecimiento de hueso y cartílago originan el desarrollo inadecuado del esqueleto y, en definitiva, enanismo). Caminando a pequeños y cómicos saltos, no exentos del balanceo a izquierda y derecha, típico en las personas que sufren esta malformación, fue a reunirse con este perplejo explorador, identificándose como «Heqet, posadero-jefe a mi servicio». Su recortado arameo me llamó la atención. Correspondí a la presentación, anunciándome como lo que supuestamente era: un comerciante griego en vinos y maderas, de paso por Nazaret. Y al punto, enterado de mi origen griego, olvidó el rudo idioma de la Galilea, hablándome en una *koiné* más inteligible. Y nuestra primera conversación, como era obligado, se centró en la cuestión doméstica. «Naturalmente que disponía de una habitación para tan ilustre viajero. Pero —apostilló sin rodeos— el pago, como la buena educación, va siempre por delante.» Y extendiendo la corta y regordeta mano derecha solicitó el medio denario (doce ases) de aquella primera noche. Satisfechas sus exigencias, mientras cruzábamos el corral en dirección a la escalera del ángulo izquierdo, me recordó que, si lo deseaba, podía también alimentarme y alimentar mis caballerías.

—Los precios —mintió— son los más bajos de toda la comarca: pan y una medida de vino, un as; carne, dos ases;

forraje, otros dos ases y un cargo a convenir por el uso del retrete.

Al ascender la veintena de peldaños recién baldeados me eché a temblar. Las condiciones sanitarias eran deplorables. Por supuesto que evitaría el excusado o «lugar secreto»...

A pesar del natrón restregado en las escaleras y sobre las desvencijadas tablas que formaban el piso de la galería, el tufo procedente de la planta baja se había adueñado de muros y enseres. Y durante mi estancia en la posada, aquella peste a orines y excrementos de caballerías, a forraje y a local húmedo y deficientemente ventilado terminaría por adherirse a mis ropas, provocando algún que otro mal gesto entre las gentes con las que tuve que relacionarme.

Heqet, que resultó un emigrado egipcio cuyo nombre —«la rana»— le había sido impuesto por los mordaces lugareños a causa de su extravagante caminar, señaló las esteras de paja y los edredones de lana que colgaban en la barandilla, preguntando si deseaba alquilar la «cama». Imaginando lo peor los inspeccioné con detenimiento. El tinte escarlata y violáceo se hallaba devorado por una mugre de difícil identificación. En cuanto al relleno —una paja espinosa y corrompida—, mejor no entrar en detalles. Entre los descosidos pululaban las más variadas y poco recomendables «cuadrillas» de hemípteros...

Renuncié, naturalmente, alegando que mi ropón bastaba y sobraba para dicha necesidad. El posadero no se rindió. Y dispuesto a sacar el máximo provecho del nuevo inquilino fue enumerándome «otros servicios» propios del albergue, igualmente a disposición de los «honorables clientes». A saber: «una burrita con la que calentar la cama» (dos ases por noche), «inspección y cura de los animales de carga» (precio a convenir), «servicio de guía y protección armada, si mi trabajo requería viajar por la comarca» (un denario-día para el conductor e idéntica tarifa para cada hombre de la escolta), «aprovisionamiento» (también a convenir) y, en fin, hasta «mapas de los caminos y parajes de la baja Galilea» (a razón de seis sestercios el ejemplar). Esta última «oferta», por razones que el enano egipcio no podía sospechar, sí fue de mi interés. Y «el rana», complacido, quedó en mostrarme el valioso «género» en cuanto regresáramos a la planta baja.

Aparentó dudar. Recorrió las siete estrechas y negruzcas puertas que se alineaban en uno de los flancos pero, con su habitual teatralidad, me hizo ver que «aquéllas no eran celdas dignas de un hombre ilustrado». Mis temblores arreciaron. ¿En qué clase de «cueva» había acertado a caer?

Y brincando sobre las crujientes y desarmadas traviesas fue a detenerse frente a una habitación situada al oeste del edificio. Buscó bajo el grasiento mandil y con una risita nerviosa me mostró una de aquellas aparatosas llaves, en ángulo recto, con pomo esférico de madera y cinco largos dientes en el extremo de hierro. El cinismo y falsedad del posadero no conocían límites. Si cada una de las veintiocho habitaciones de la posada se abría con su propia llave, y si el egipcio sólo cargaba en su ceñidor la que ahora me enseñaba, ¿a qué tanta duda y miramiento? Debía permanecer muy atento; en especial con la bolsa de los dineros...

La cerradura, pintada en ocre por el óxido, gimió a cada intento. Por fin, con el concurso de un puntapié, la hoja se abrió, rechinando sobre unos goznes ligeramente dormidos. Y doblándose en una exagerada reverencia me cedió el paso. Dos angostos ventanucos de veinte centímetros y poco más de un metro de altura dejaban pasar la claridad de la mañana, suficiente para iluminar una apestosa y desconchada celda de dos metros de lado. Creí morir. En las paredes, entre las junturas de las piedras y en un enlucido mohoso y descascarillado habitaban los auténticos y permanentes «huéspedes» de la posada: chinches rojizos de cuerpos aplastados y elípticos, grandes como lentejas. El «mobiliario», acorde con la húmeda estancia, consistía en una jofaina de barro, ahora vacía y animada por una inquieta familia de cucarachas que, obviamente, veía en peligro sus dominios. Un jarrón de bronce —único «lujo» de la «covacha»— completaba el ajuar que, se suponía, debía servirme para el cotidiano aseo. Junto a la puerta, en una hornacina verdosa, descansaba una lucerna de arcilla con el asa en forma de serpiente (la diosa egipcia Meret-Seger, protectora, como la serpiente de bronce de Moisés, contra toda suerte de ofidios) que prestaba su polvoriento contorno al anclaje de varias y cruzadas telas de araña.

Creí más prudente guardar silencio y no protestar por el

estado de la celda. Mi trabajo, a fin de cuentas, demandaba otros escenarios.

Y dando por hecho que la habitación «era de mi agrado», el posadero cerró la puerta, dejándome solo. Y quien esto escribe, con la pesada llave de treinta centímetros en la mano, sólo acertó a asomar la nariz por las asfixiantes «troneras», en un dudoso afán de respirar un aire menos viciado y, al mismo tiempo, tratando de ubicar la posición del cuarto respecto al exterior y al propio albergue. Ante mí, aparecieron las colinas que cercaban Nazaret por el oeste y, al fondo, la cinta blanca del camino a Jafa. La aldea, a la derecha del ventanuco practicado frente a la puerta, apenas era visible. El «regalo» que me había tocado en suerte ocupaba el ángulo occidental del edificio. A los pies del muro, a unos cinco metros, arrancaba una plantación de olivos.

Y abrumado por la suciedad y estrechez del habitáculo ordené las ideas con más prisas que eficacia. Aquella parte de la misión, como establecía el programa, consistía en la recogida, in situ, de un máximo de datos con los que armar los «años ocultos» de Jesús. La verdad es que lo ignorábamos casi todo sobre el particular. ¿Cuánto tiempo permaneció el Nazareno en la aldea? ¿A qué dedicó esos años? ¿Cuáles fueron sus relaciones con los habitantes del poblado? ¿En qué momento supo de su naturaleza divina? ¿Llegó a gestar algún plan? ¿Por qué abandonó aquellos parajes? Los interrogantes eran tantos y el tiempo tan menguado que, ganado por la impaciencia, decidí actuar de inmediato aunque extremando la prudencia. El deterioro de las relaciones con el Zebedeo me preocupaba.

Y muy a mi pesar, consciente de que la celda podía ser abierta de una patada, tuve que renunciar a cargar con el saco de viaje. Las sandalias de repuesto y la docena de fármacos camuflada en sendas ampolletas de arcilla podían resultar apetecibles para cualquier ladrón. Me encogí de hombros y dejando el asunto en manos de la Providencia me dirigí a la puerta. Al abrirla reparé en unos grafiti, grabados a cuchillo sobre la madera y que, a buen seguro, eran obra de clientes descontentos. En griego y arameo podía leerse: «Al fuego con el enano», «Caminante: no te fíes de la morena», «Heqet: andares de rana y corazón de víbora»...

Lo tendría presente. Y, después de tres o cuatro intentos, un chasquido me hizo suponer que la puerta había quedado cerrada. Y sin prisas, husmeando cada rincón, descendí al solitario corral. Tan sólo el patear de uno de los asnos contra el pavimento quebraba el silencio del lugar. Mi propósito era simple: antes de iniciar la investigación propiamente dicha —que debía fundarse en las conversaciones con María y demás parientes y conocidos del Maestro— recorrería Nazaret, familiarizándome con sus perfiles físicos. Mas, he aquí que cuando cruzaba el rojo enlosado de ladrillo, la voz del posadero me reclamó desde el umbral de una de las puertas. No me dio tiempo a declinar la invitación. Para cuando quise excusarme, «el rana» había regresado al interior. Contrariado pasé de nuevo por delante del pozo central, deteniéndome frente a la oscuridad. Me encontraba, como en el albergue del «tuerto», ante la pieza principal del edificio: una taberna-comedor y, según comprobaría esa misma noche, si las circunstancias así lo pintaban, centro de reunión de cuantos precisaban que se les escribiera una carta, se les recetara un remedio para el ganado o se les extrajera una muela.

Heqet, a la derecha de la sala rectangular y parapetado en uno de aquellos singulares «mostradores» de campanudas ánforas de piedra, señaló uno de los orificios abierto en la plancha de mármol que las cubría, invitándome a probar un néctar llegado desde el mismísimo delta del Nilo. Ante mi asombro, el enano descollaba medio cuerpo por encima de los recipientes. Al aproximarme descubrí el truco: un banco le aupaba, permitiéndole el acceso a las altas vasijas. Una pobre iluminación, consecuencia de la falta de clientes, perfilaba las brillantes y sebosas siluetas de tres largas mesas. El muro a espaldas del «mostrador» presentaba una docena de nichos, repletos de papiros enrollados, cajas de madera de múltiples tamaños, espejos de pulidos «cristales» de bronce y una maraña de artículos, confundida en la oscuridad de las hornacinas, que constituían parte del negocio del egipcio. Mojé los labios en el dulce y espeso vino —«cortesía de la casa»— y el incansable posadero trepó hasta una de las alacenas, saltando a tierra con un manojo de rollos. Descolgó una de las lámparas de aceite y, abriéndolos, la paseó codicioso a un palmo de los rústicos mapas. Me asomé intrigado, comprobando que, en efecto, tal y como había anunciado el dueño, se trataba de una serie de dibujos y anotaciones manuscritas, sin la menor concepción de las proporciones y de las escalas, que recordaba —eso sí— la distribución de las principales ciudades y aldeas de la Galilea, así como las trayectorias aproximadas de los caminos, posadas de relieve (incluida la del «rana»), pozos o fuentes, gargantas y atajos e, incluso, los parajes peligrosos, bien por el riesgo de asalto, por la presencia de fieras o por el asentamiento de colonias de leprosos (1). Al cotejarlos observé que las diferencias eran mínimas. En realidad, estas «guías» parecían copiadas de un primigenio original, aportando —de acuerdo con la posada donde se expendían— el nombre, la ubicación y las «excelencias» (precios incluidos) del albergue en cuestión. En uno de estos mapas «turísticos», para «viajeros con dinero», en trazos infantiles había sido pintada la casa de Heqet (más destacada incluso que Nazaret), con una anotación a pie de mapa que me puso sobre aviso. Rezaba así: «*Swnw* (médico laico en egipcio), ilustre hijo de Athotis.» El embuste no podía ser más flagrante. El tal Athotis, entre otras cosas, era un soberano de la Primera Dinastía. Eso representaba una antigüedad aproximada de 3000 años... De todas formas, como «publicidad», el reclamo resultaba inmejorable. Aboné los seis sestercios (2), adquiriendo el rollo

(1)   Estos «mapas» no eran una novedad en los tiempos de Jesús. Muy posiblemente obedecían a la moda impuesta por un tal Pausanias, autor de una curiosa y divertida serie de «guías» (hoy podríamos calificarlas de «turísticas») para viajar por Grecia. Los mapas de Pausanias eran el equivalente de los confeccionados por Baedeker o Murray y que fueron traducidos por sir James Frazer. Como digo, estos trabajos eran bastante frecuentes en el siglo I. Augusto encomendó un nuevo mapa del imperio a uno de sus altos funcionarios, así como un detallado diccionario geográfico. Tampoco podemos olvidar la expedición geodésica patrocinada por Nerón al Alto Nilo. *(N. del m.)*

(2)   En el complejo entramado de monedas que nos vimos obligados a conocer y a manejar, el denario-plata venía a representar el «patrón monetario». Era el salario-día de un obrero «no especializado» y, a grandes rasgos, guardaba las siguientes equivalencias: seis sestercios o veinticuatro ases. La méah podía cambiarse por un sexto de denario o cuatro ases; el pondion o semiméah era igual a dos ases. En consecuencia, un as era similar a un semipondio. El cuadrante representaba dos leptas (pura calderilla) o un cuarto de as. A su vez, la lepta o leptón, también conocida como proutah, tenía el valor insignificante de un

en el que se avisaba de la posada del rana. Pura diplomacia... Y el posadero, tras contar y verificar con los dientes la bondad de las monedas, se dio por cumplido. Y emocionado me entregué a la aventura llamada «Nazaret»...

Fue sencillo. Y también agradable. Y en determinados momentos, decepcionante. Pero, por encima de todo, aquella primera gira de inspección resultó emotiva. La frialdad de nuestro entrenamiento no pudo con la imaginación. Recorrer la aldea era «ver, oír y sentir» a un Jesús adolescente. A un Jesús artesano. A un Jesús adulto, departiendo en la fuente. A un Jesús vivo y apacible, a las puertas de las casas...

Con una hora fue suficiente.

Poco más o menos a las diez de la mañana cruzaba de nuevo el puentecillo con parapetos de piedra, saliendo al encuentro del vértice del triángulo isósceles que formaba Nazaret. Por allí arrancó mi paseo. La animación en la fuente cubierta había decrecido. Junto a dos o tres campesinos rezagados, más atentos a los chismes que al llenado de los odres, la chiquillería seguía haciendo de las suyas, chapoteando y jugando «a barcos» con las extraviadas sandalias de hierba y paja prensadas de alguno de los adultos. Ninguno habría cumplido más allá de los seis o siete años. Vestían túnicas cortas, oscurecidas por el agua y pegadas a unos cuerpos no demasiado bien nutridos. Como en el resto de las poblaciones que había visitado, las familias tenían buen cuidado de rapar sus cráneos, aliviando así las plagas de piojos y demás parásitos que asolaban a la sociedad judía. Varios pequeños —más adelante ampliaría esta observación con numerosos adultos— se diferenciaban del resto por sus cabellos rubios o rojizos, los ojos celestes y una tez blanca que, a pesar de los churretones, clareaba los

---

octavo de as. Todas estas monedas se hallaban fabricadas en cobre. Respecto a los dineros más cuantiosos, las equivalencias eran distintas. El aureus (denario de oro) representaba treinta denarios de plata. El sekel (siclo, statere, selá o tetradracma) equivalía a cuatro denarios-plata o veinticuatro sestercios. El zouz tirio —que los griegos llamaban dracma— era igual a un denario-plata. Una mina, precio medio de un campo, equivalía, más o menos, a 240 denarios-plata. Por último, el talento era igual a tres mil sekel o siclos (catorce mil cuatrocientos denarios-plata). Toda una fortuna. *(N. del m.)*

semblantes. Ni ellos mismos conocían el origen de esta lámina casi céltica. Muy posiblemente habría que remontarse al tiempo de los amorritas (1), siglos atrás, para justificar este claro alejamiento del fenotipo hebreo, de cabellos, ojos y piel más próximos a la noche que al día.

Recordando la eficacia del joven Juan Marcos en la Ciudad Santa, a punto estuve de solicitar el auxilio, como guía, de alguno de los mozalbetes. Pero, no deseando despertar tempranos contratiempos, elegí caminar en solitario.

Aquella esquina de Nazaret —en el enclave más próximo a los caminos— venía a ser, forzando la imagen, el centro industrial del poblado. Abriéndose en V y escalando la ladera se alineaban entre ocho y diez talleres, habilitados en casas de piedra de una sola planta y encalados con peor gusto que el resto de la aldea. De muy distintas dimensiones aparecían —según la costumbre— con las puertas de par en par. Y bien en el umbral, sentados al tibio sol de la mañana, o confundidos en la penumbra del interior, carpinteros, tejedores, toneleros y entintadores se afanaban en sus menesteres, canturreando los unos, en silencio la mayoría o en interminables parloteos los otros. Sobre la desnuda tierra, al pie de los muros o colgados de las fachadas, se exhibían al público las piezas ya terminadas: mesas, bancos, camas y arcones de todos los calibres, formas y precios; yugos primorosamente curvados y equilibrados; lanzas de tiro y ruedas para los carruajes; aguijones y mangos de arados; puertas y marcos para ventanas; huchas y artesas para las amas de casa; archivadores para los escribas; sólidas vigas desti-

(1) Los amorritas —pueblo semita— se instalaron desde el tercer milenio antes de Cristo al norte de Siria, oasis de Palmira y Babilonia. La Biblia los menciona como descendientes de Amorreo, hijo de Canaán (*Génesis*, 10, 16). Se cree que, entre los siglos XV al XVI, los amorreos penetraron hacia el sur de Siria, alto Canaán y orilla oriental del río Jordán, hasta el Arnón. Al parecer, el pueblo hebreo entró en contacto con ellos durante o después del Éxodo. Cabe la posibilidad de que, en las incursiones de los amorritas hacia el sur de Siria y alto Canaán, numerosas familias y grupos se establecieran en la alta y baja Galilea, dando origen así a individuos de configuración semítica. Nazaret y su entorno, en este supuesto, no habrían sido una excepción en el cruce con los amorritas. Una obra capital del arte amorrita, amén de los «cilindros» que representan a Amurru, dios del oeste y de la tempestad, es la estela con el código de Hammurabi. *(N. del m.)*

nadas a la sujeción de las terrazas que coronaban las viviendas y los propios talleres y almacenes; túnicas y mantos de vivos colores, en lana y lino, chorreando aún el azul, el escarlata o el verde de los tintes; camisas de niño delicadamente tejidas; bolsas de cuero; cestas de mimbre, alfombras y esteras trenzadas en espiral; toneles de diferentes bocas y cubas embreadas para el transporte y almacenamiento de vino o frutos y, en fin, una interminable secuencia de platos, escudillas, cucharas y recipientes de madera.

La excepción entre los artesanos, siempre varones, la constituían los operarios de los telares. Todos eran mujeres. Las jóvenes, sentadas en el suelo, estiraban la lana, extrayéndola de grandes cestos circulares de mimbre. Otras, igualmente jóvenes, hilaban en pie, valiéndose de ruecas y husos. Sólo las ancianas tenían a su cargo la comprometida labor de tejer en los primitivos telares verticales.

Y aunque ardía en deseos de entablar conversación con aquellas gentes comprendí que no debía alterar lo programado por Caballo de Troya. Así que, adentrándome entre las casas, elegí lo que parecía una «calle» y que, a partir de este recorrido inicial, sería bautizada por este explorador como la calle «sur». Nazaret carecía de calzadas propiamente dichas. Las veinte o treinta casas que daban cuerpo a la aldea, como creo haber insinuado, formaban un caótico laberinto de callejones y espacios más o menos abiertos que, en la mayoría de los casos, no conducían a ninguna parte. Pues bien, en un alarde de generosidad, podríamos decir que el humilde núcleo urbano, por puro azar, se hallaba atravesado por dos «vías» o «calles». Una, la que yo había tomado, discurría paralela al lado sur del ya referido «triángulo isósceles». La otra, partiendo del vértice, se escalonaba por el norte. Y en medio, el «corazón» del pueblo: un amasijo de casitas blancas, de estructuras cuadrangulares o cúbicas, con toscas paredes de piedra calcárea de tres a cinco palmos de espesor y tejados planos de madera cubiertos de tierra batida. A dichas azoteas se llegaba merced a sendas escaleras exteriores, construidas a base de gruesos troncos o vigas empotrados en los muros. Muchas aparecían protegidas por una rudimentaria barandilla, también de madera. Desde las «puertas» al límite del poblado, cada palmo era una penosa conquista a la colina. En poco más de 150 metros —longitud máxima de Nazaret—, el perfil de la ladera pasaba de los 400 metros en el lugar de la fuente a los 450. Ello había forzado a los vecinos al levantamiento de continuos terraplenes, parapetos y muros de contención que hacían inútil cualquier intento de trazado urbano. Para colmo, la pavimentación brillaba por su ausencia. Las «calles», patios y callejones se hallaban alfombrados de una incómoda mezcla de tierra, cascotes, restos de vasijas rotas y ladrillos de barro desintegrados. En época de lluvias, semejante desastre tenía que constituir un serio problema para la integridad de las viviendas y de los propios habitantes. De hecho, la casi totalidad de las casas presentaba en las puertas un alto peldaño de piedra, dispuesto para evitar que las torrenteras que podían surgir de lo alto del Nebi inundaran los hogares. Tan sólo en las dos «vías» que he dado en calificar de «importantes» habían sido dispuestas sendas canalizaciones, consistentes en una zanja central de quince centímetros de profundidad por treinta o cuarenta de anchura, según los lugares.

Al principio, en mi proverbial torpeza, perdido una y otra vez entre los estrechos patios y pasadizos, me vi en la necesidad de retroceder, sorteando los cajones de madera que hacían las veces de improvisados fogones y a las mujeres y ancianos que vigilaban los guisotes. Ninguno protestó por la irreverente invasión de sus dominios. En realidad, aunque cada propiedad debía hallarse perfectamente delimitada, la aldea, como ya mencioné, era un todo sin muros ni barreras. La proximidad de las casas era tal que, en infinidad de lugares, dos hombres tenían dificultades a la hora de pasar uno junto al otro. Algunas mujeres, aprovechando el frescor de la mañana, baldeaban a las puertas de las viviendas, arrojando el agua con las manos desde grandes tinajas depositadas en tierra. En otros rincones, sin embargo, las basuras y el lodo formaban grandes y apestosos montones, cubiertos de moscas y de asustadizos gatos negros y atigrados.

Con la permanente visión del Nebi como referencia fui ascendiendo por las rampas y escalones de ladrillo cocido, espiado por las curiosas miradas de las matronas y de los niños. Numerosos callejones se hallaban sombreados por tejadillos de cañizos que volaban de terraza en terraza y, en ocasiones, por los brazos de tupidas parras que daban vida a los ciegos muros, la mayoría sin ventanas. Uno de los aspectos que más gratamente me impresionó de tan humildísima aldea fueron las flores. No había casa que no las tuviera. Alineadas a uno y otro lado de las puertas, llenando patios o trepando fachadas florecían la menta, el jazmín, las enredaderas, los rojos tulipanes de montaña, los narcisos de mar y una pulsante «paleta» de blancas, escarlatas, amarillas y violetas anémonas, ranúnculos y rosas. La fragancia y el colorido de aquellos minúsculos jardines hacían olvidar en parte la suciedad y el abandono de muchos de los recovecos del poblado. Sólo así, experimentando in situ la pequeñez y la modesta condición del lugar, empecé a comprender la fundada frase de Bartolomé: «¿Es que de Nazaret puede salir algo bueno?» En aquel tiempo, no podemos olvidarlo, Caná, muy próxima a la aldea de Jesús, ostentaba el rango y la condición de «ciudad notable», considerablemente más populosa, rica y «civilizada» que aquel perdido puñado de casas, agazapadas en una no menos remota colina. Si Caná podía reunir alrededor de dos millares de habitantes, Nazaret, en cambio, apenas sumaba medio centenar escaso de familias, con un contingente aproximado de trescientas a trescientas cincuenta almas. Eso era todo. En este marco —con sus ventajas e inconvenientes— creció y despertó a la vida el Hijo del Hombre. Al término de su mal llamada «vida oculta» los inconvenientes eclipsaron las ventajas y, como fue apuntado, Jesús se vio en la necesidad de alejarse de aquel entrañable y difícil grupo humano.

En la parte alta del pueblo, aunque mínimas, se apreciaban ciertas diferencias respecto a la zona baja. Las casas, igualmente cúbicas y encaladas, eran en su mayoría de construcción reciente. Disponían de patios más desahogados, cercados por muretes de piedra de un metro de altura en los que se distinguían enormes ánforas, pilas de leña y cupuliformes hornos de ladrillo, alisados en el interior por una capa de arcilla. Algunos, en plena cocción del pan, flameaban por las estrechas bocas, arrojando al cielo azul intermitentes bocanadas de humo blanco. Incluso la pavimentación parecía más cuidada. La tierra de patios y callejones había sido cubierta con reducidos guijarros de torrentera, recibidos con un mortero de dudosa calidad. Quizá por su proximidad al campo y al arroyo que se precipitaba desde la ladera oeste del Nebi, en dirección al puentecillo cercano a la posada, aquel extremo de Nazaret era uno de los parajes favoritos de la gente menuda. Cuando una madre o el cabeza de familia precisaban los servicios de alguno de sus hijos lo habitual era buscarlos en la fuente o en las afueras de la aldea, en la referida zona norte. Dicho «extrarradio», conquistado también por un mosaico de huertos, reunía además un aliciente especial, que descubriría a lo largo de mi estancia en la aldea y que, durante años, excitó la fecunda imaginación del Jesús niño: un pequeño taller de alfarería, a orillas del citado torrente. El anciano propietario, un tal Nathan, ya fallecido, había hecho las delicias de toda una generación de adolescentes. Ahora, sus hijos, tan pacientes y bondadosos como el viejo alfarero, seguían facilitando trozos de barro con los que moldear sueños y jugar a «construir ciudades». Al abrigo de la colina o de los muros, bajo la distante y adormilada vigilancia de engordados gatos, las niñas formaban grupos aparte, jugando chillonas con unas enormes muñecas de barro o trapo (1). Algunos de estos juguetes presentaban brazos y piernas articulados. Y otros, los más lujosos y codiciados, disponían de agujeros en la cabeza por los que asomaban cordeles conectados con las extremidades, de forma que podían imitar el caminar de los humanos. Aunque había visto jugar a los niños de Jerusalén, Betania, Nahum y Saidan, la especial e intensa alegría de la crecida prole de Nazaret no tenía igual. No supe de momento malo para ejercitar su desbordada fantasía. Los vi correr, saltar y trepar toda suerte de muros, apedreando a la nutrida población de gatos —no sé si más numerosa que la de los propios vecinos— o columpiándose entre los añosos olivares. Disponían de aros de madera, rústicas peonzas con un clavo en el extremo, caballos de arcilla provistos de ruedas y pelotas de trapo que golpeaban exclusivamente con las manos, al estilo de los actuales juegos de «cincos».

Un senderillo atravesaba el cinturón de huertos, aleján-

(1) Esta clase de juguetes era habitual entre la chiquillería de Palestina. En Grecia, en el siglo IV antes de Cristo, se tenían noticias de muñecas similares. Jenofonte menciona, incluso, a un actor que trabajaba con marionetas. (*N. del m.*)

dose pendiente arriba, al encuentro de la cima. El monte, a partir de esta menguada y verde frontera, se mostraba áspero, rocoso y poco amigo de dominaciones. Pensé trepar hasta la cumbre. Pero desistí, limitándome a activar los cuatro canales de filmación simultánea alojados en la «vara de Moisés» (1) y que, como en las visitas a los anteriores núcleos humanos, tenían la misión de registrar paisajes, escenas y personajes previamente seleccionados por Caballo de Troya.

Y alrededor de la hora quinta (las once de la mañana), siempre con la referencia del Nebi a mi espalda, alcancé el extremo norte de la aldea iniciando el descenso por el lado septentrional del «triángulo». Una segunda «calle» —que recibiría el nombre de «norte»— zigzagueaba entre las casas, interrumpida a cada paso por los mencionados taludes y murallones de roca. A corta distancia de las viviendas ubicadas en esta zona, burlando la pendiente, corría una ancha canalización de piedra, cerrada con ladrillo, que arrancaba en lo alto del flanco norte del monte, transportando el agua potable hasta la fuente situada a las «puertas» del poblado. En total, según mis estimaciones, alrededor de trescientos metros de acueducto. Todo un prodigio de «ingeniería» para tan «insignificante lugar». (En la Nazaret de hoy cabe la posibilidad de «adivinar» el primitivo recorrido de la torrentera y de la canalización, siguiendo el trazado de las calles que desembocan en el lugar denominado Mensa Christi y en los zocos, respectivamente.)

Otro detalle que no olvido —del que sería consciente al descender a la «ciudad subterránea»— fue la ausencia de entradas a las grutas en las «calles» y callejones. Las bocas de las decenas de silos y cisternas quedaban ocultas en las viviendas. La única forma de acceder a ellas era a través de las habitaciones y patios de las casas. Como veremos más adelante, no es cierto que la población de Nazaret viviera exclusivamente en grutas, como pretenden algunos arqueólogos y antropólogos. Las construcciones en superficie, aunque elementales, eran el hábitat básico. El subsuelo

(1)   Amplia información sobre los complejos dispositivos de filmación de la «vara de Moisés» en *Caballo de Troya* (volumen primero). *(Nota de J. J. Benítez.)*

jugaba un papel importante pero complementario, destinado a bodegas y despensas.

La localización del hogar de María resultó sencilla. En un estrechamiento de la «calle norte» fui a coincidir con un asno que transportaba una pesada cuba de agua. El cuadrúpedo, escaso de modales, a punto estuvo de atropellarme. Detrás, jadeando por la empinada cuesta y el enorme cesto repleto de hortalizas que soportaba sobre las espaldas, apareció un anciano tan encorvado que sus blancas barbas casi rozaban las rodillas. Una correa de tela en las sienes hacía más llevadero el transporte del cargamento. Al interrogarle sobre el paradero de la Señora se detuvo unos instantes. Y sin alzar la vista, con el rostro pegado al suelo y malhumorado por la inoportuna detención, preguntó a su vez:

—¿María?..., ¿cuál de ellas?

La observación, correctísima, me dejó perplejo. En Nazaret, y en todo Israel, el nombre de María era común. Al referirme a Jesús, su hijo, el campesino, como si dialogara con las piedras del camino, insistió con crecida impaciencia:

—¿Jesús?..., ¿cuál de ellos?

Atónito, necesité unos segundos para encontrar el término adecuado:

—...El Maestro..., el Resucitado.

—Aquí, hijo mío —se burló el galileo mirándome las sandalias—, el único que resucita es el sol... Pero supongo que te refieres a ese loco..., el de María, «la de las palomas». No tiene pérdida. Otros locos como él entorpecen el camino ahí abajo..., a veinte pasos.

Debí sospecharlo. En Nazaret no todos habían entendido al Maestro. Para muchos, la revolucionaria filosofía de hermandad entre los hombres —hijos de un Dios-Padre— y, sobre todo, la crucifixión, destino inexorable de asesinos, blasfemos y maleantes, habían manchado el buen nombre de la aldea. Semejante estado de cosas —ignorado también por los textos evangélicos— no me escandalizó. Bastaba con mirar a los íntimos, a los familiares y a la propia madre del rabí. ¿Quién de ellos tenía las ideas claras respecto al especialísimo mensaje de Jesús? Así, ¿por qué extrañarse de la negativa reacción de unos convecinos que le habían visto crecer? ¿O es que alguna vez hubo profeta en su tierra?

Uno de los datos deslizados en la conversación con el

viejo resultó nuevo para mí. En Nazaret, María recibía un sobrenombre: «la de las palomas». Pronto averiguaría por qué.

Al salir de la embocadura, la «calle» se ensanchó hasta los cuatro metros. Allí, en efecto, se concentraba una treintena de individuos, sentados en la rampa de tierra, en pie o recostados perezosamente contra los muros que cerraban la calzada. En su mayoría, mujeres movidas por la novedad, ancianos desocupados y niños lloriqueantes y distraídos. Los adultos tenían la atención puesta en una de las esquinas de la vivienda de mi izquierda. Al aproximarme descubrí al Zebedeo, acomodado en los primeros peldaños de la escalera exterior que conducía al terrado. En una encendida alocución narraba a los boquiabiertos vecinos las recientes apariciones del Maestro en Jerusalén. Si me fiaba de la incredulidad pintada en los rostros de los más viejos, el discurso no parecía discurrir por buen camino...

En lo alto, a unos cuatro metros, sobre el antepecho que cerraba la azotea aleteaban, picoteaban la piedra y se removían inquietas seis o siete palomas duendas y silvestres, de plumaje apizarrado y cuellos verde bronce. Mi corazón se agitó. Aquella casa tenía que ser el hogar de la Señora...

Como el resto de la aldea, los muros de piedra, escrupulosamente encalados, carecían de ventanas. Sólo una puerta, más bien baja, abría los sesenta centímetros de espesor de la fachada. En una primera estimación deduje que el lugar en el que supuestamente había habitado el Hijo del Hombre se alzaba a cosa de ochenta metros de las «puertas» de Nazaret. Es decir, en el barrio bajo: el más antiguo y descuidado. Y me dispuse para el gran momento.

Confuso, sin saber qué partido tomar, observé a los que escuchaban. María no se hallaba entre ellos. Las mujeres que le habían acompañado desde la fuente sí permanecían sentadas muy cerca de la puerta.

¿Qué debía hacer? ¿Entraba? ¿Aguardaba a que Juan concluyera? La situación resultaba comprometida. Dadas las tensas relaciones no podía esperar demasiadas facilidades por parte del «hijo del trueno». Así que, aun a riesgo de cometer una nueva torpeza, opté por penetrar en la casa. Y silenciosa y cautelosamente, pegado al muro y procurando no desviar la atención de los allí congregados, fui ganando los pocos metros que me separaban de la jamba derecha. Es posible que el Zebedeo, desde la esquina y entusiasmado con la proclama, no llegara a verme. Me descalcé y doblando mi humanidad asomé la cabeza, entonando un tímido «la paz sea con los de esta casa». Sinceramente, no distinguí gran cosa. Una voz familiar me reclamó desde la penumbra. Volví a dudar. Pero la Señora, que sabía de mi timidez, insistió con seguridad.

Y mis pies salvaron el alto peldaño de piedra de la puerta, posándose sobre la cálida sequedad de una estera. En el centro de la estancia, medianamente clareada por la luz del exterior, se agrupaban varias personas, sentadas en las alfombras de paja que cubrían el piso. Necesité unos segundos para recomponer las siluetas. Aquella servidumbre de las casas judías —su perpetua tenebrosidad— fue algo a lo que no logré hacerme. María, percatándose de mi «ceguera», acudió presta a uno de los rincones. Atrapó una brasa del hogar que chisporroteaba en el ángulo izquierdo (tomaré siempre como punto de referencia la puerta de entrada), prendiendo un par de lucernas. La nueva luz vino en mi auxilio. Y este aturdido y nervioso explorador pudo contemplar, por primera vez, lo que, en efecto, había sido comedor, dormitorio y sala principal del hogar del Maestro desde su más lejana infancia.

María cruzó sonriente ante mí. Y tras colgar una de las lámparas en el muro de la derecha, se unió a los dos hombres y a las tres mujeres que le acompañaban, depositando el segundo candil sobre una mesa de piedra de un metro de diámetro y veinte centímetros de altura que, a primera vista, me recordó una muela de molino. De entre los presentes sólo reconocí a Santiago, el segundo hijo de María. Los demás, también jóvenes, parecían parientes. Prudentemente continué de pie, en silencio, respetuoso con la conversación que llevaban entre manos. Al parecer —manifestó el hombre que se sentaba al lado de Santiago—, el ambiente en Nazaret se había enrarecido. No era lugar seguro para los simpatizantes y parientes del Maestro y, mucho menos, para la madre del Resucitado.

¡Torpe de mí! Excitado ante la quizá irrepetible oportunidad de contemplar el hogar del Galileo apenas presté atención a la premonitoria información del desconocido: un judío, íntimo de Jesús, que vendría a proporcionarme interesantes y muy secretas páginas sobre aquellos lejanos años de la adolescencia y de la juventud. Y durante algunos minutos, ajeno a la trama de la charla, me enfrasqué en una minuciosa inspección de cuanto me rodeaba.

De no haber sido por lo que representaba, la sala en cuestión hubiera pasado desapercibida. Su distribución, escasos enseres, iluminación, todo era similar a lo ya visto en otras humildes viviendas de Palestina. De acuerdo con la costumbre en los pueblos agrícolas, la pieza —de unos cuatro metros de lado— aparecía repartida en dos zonas bien diferenciadas. En la mitad izquierda, el nivel del suelo se hallaba elevado algo más de ochenta centímetros, formando una plataforma de obra. Esta elevación, como digo, ocupaba la mitad del habitáculo y era destinada a cocina y dormitorio. En su ángulo izquierdo, el albañil —muy probablemente el fallecido José— se había esmerado en la construcción de un fogón de ladrillo refractario de unos cuarenta centímetros de altura que cerraba la mencionada esquina. Los «fuegos» consistían en una plancha de hierro triangular, sólidamente empotrada en los muros, que descansaba sobre el cierre de fábrica. La leña era introducida y avivada por una abertura estrecha y rectangular practicada al pie de la pared de ladrillo. En invierno, la chapa de metal al rojo aliviaba los rigores del frío. Los humos eran expulsados mediante una chimenea, triangular como el fogón, que subía por la confluencia de las paredes, perforando el techo. Teniendo en cuenta que en la mayoría de los modestos hogares judíos los gases y humos resultantes de la combustión escapaban por donde podían, el tiro de la casa de María sí podía estimarse como un lujo.

En el extremo opuesto descansaba una arca de madera en la que, también según la costumbre, solía guardarse la ropa e, incluso, las provisiones. En esa misma pared, a media altura, se alineaban cuatro nichos de fondos redondeados por la cal, repletos de vasijas, ánforas, platos de arcilla y madera y otros útiles de cocina. Y en el muro lateral —entre el fogón y el arcón— colgaban los edredones que servían de cama. En general, a la hora de dormir, los ocupantes de estas casas se tumbaban con los pies en dirección al fuego. Ello explica la cita del evangelista Lucas. Levantarse en plena noche, molestando y pisoteando a la familia no era grato. En cuanto al porqué de la plataforma, la razón era básicamente sanitaria. El nivel inferior solía habilitarse para los animales: cabras, gallinas, asnos, vacas, etc. Era lógico, por tanto, que la mayoría de los campesinos eligiera dormir, cocinar y alimentarse «a cierta distancia» del siempre sucio y maloliente ganado.

Al acomodarme a la penumbra las observaciones se afilaron. Las paredes, todas, se hallaban revocadas con yeso y pulcramente blanqueadas. Cuatro escalones, en el centro de la plataforma, aliviaban el acceso en una y otra dirección.

En el tabique que cerraba la estancia por mi derecha, muy próximo a la puerta principal se abría otro hueco, sin hoja, que conducía, al parecer, a una segunda sala. Pero las tinieblas en dicho lugar eran tan cerradas que no pude apreciar un solo detalle.

Al fondo del muro, en la esquina derecha, se apretaban tres ánforas de piedra. Una de ellas, de grueso vientre, sólidamente anclada en el pavimento y cubierta con una tapa de madera, había protagonizado una célebre historia...

La techumbre no podía ser más rudimentaria. Gruesas y calafateadas vigas de sicomoro (resistente a los gusanos) volaban del muro de la fachada al opuesto, entrecruzándose en ángulo recto con un maderamen más liviano. Sobre esta base se habían dispuesto capas alternas de hojarasca, tierra y arcilla apisonada. En una de mis visitas al terrado pude examinar el rodillo de piedra de sesenta centímetros que servía para afirmar la superficie después de las lluvias. Durante los inviernos, la fragilidad de los tejados castigaba a los moradores a un ingrato y malsano goteo de agua y tierra. El hogar de Jesús, a pesar de las expertas manos de su padre terrenal, contratista de obras, no se vio libre de semejante condena.

—Jasón, amigo, acomódate. Y por favor, cálzate. Estas alfombras no son un lujo.

La acogedora invitación de la Señora vino a sacarme de tan prosaicos cálculos y cavilaciones. Y como uno más fui a integrarme en torno a la mesa de piedra. Una muela, efectivamente, mudo testigo de otro acontecimiento histórico: la famosa «anunciación» del ángel a María.

Digamos que, a su manera, Santiago —con quien había sostenido ya largas conversaciones— me presentó al hombre y a las tres mujeres que compartían el animado parlamento. Los rostros de dos de ellas me resultaron familiares. Sin embargo, aturdido por el sinfín de personas que, directa o indirectamente, había tenido ocasión de conocer durante el primer y segundo «saltos», no terminé de identificarlas hasta que el ahora hijo mayor de María se refirió a ellas como «sus hermanas». Dos, en efecto, lo eran: Miriam y Ruth. La tercera —Esta—, a quien conocí en aquellos momentos, era la esposa de Santiago. Miriam, que lucía los mismos rasgos angulosos y los ojos verde hierba de su madre, había nacido la noche del 11 de julio del año «menos dos». Se hallaba casada con el enigmático hombre que me observaba en silencio: un tal Jacobo, vestido con el tradicional *tsitsit* de amplias franjas verticales rojas y negras. Su aspecto celta, en especial los limpios ojos azules, me llamaron la atención desde un primer momento. No dejaba de mirarme. Al principio con un fondo de recelo. Después, al oír de labios de su cuñado «mi elogioso proceder en las amargas horas de la crucifixión», con gratitud. Aquel personaje, como tantos otros, tenía mucho que decir respecto a los «años ocultos» del Maestro. Hijo de un albañil asociado con José había nacido en la casa contigua a la de María. Creció y se educó al mismo tiempo que Jesús, compartiendo juegos, estudios, problemas y, lo que era más atractivo para este explorador, sus más íntimos pensamientos e inquietudes. Jacobo, ligeramente mayor que Jesús, había sido su amigo íntimo. Al menos durante buena parte de los veintiséis años que residió en Nazaret. Sus revelaciones, como es fácil imaginar, resultarían decisivas para quien esto escribe.

Ruth, que junto con Miriam y la Señora había formado parte del grupo de mujeres que se desplazó a Jerusalén en las jornadas de la pasión y muerte, era la pequeña de la familia. Hija póstuma, había llegado al mundo en la noche del miércoles, 13 de marzo del año nueve de nuestra era. Tenía, por tanto, veintiún años recién cumplidos. Podría decirse que, tanto por su carácter como por el rojo de sus cabellos, constituía una atractiva excepción entre los ocho hermanos. Tímida, de una extremada sensibilidad y dulzura, había sido la mimada de la casa. No podemos olvidar que apareció en el hogar de Nazaret recién fallecido José y cuando el primogénito contaba quince años de edad. De su padre había heredado una profunda y reflexiva mirada. De María, su espontánea humanidad. Su hermano mayor, con el paso de los años, había sabido dulcificar su natural nerviosismo. Me atrevería a escribir que aquella pelirroja de nariz aguileña y cutis transparente, emborronado de pecas, fue una de las personas que más intensamente amó a Jesús y que más padeció con su muerte.

Percibí una extraña mirada, muy intensa. Y Ruth me sonrió levemente. Entonces exclamó:

—¿Jasón, el griego?

Asentí sorprendido. ¿Cómo sabía? ¡Pobre necio!

Ruth bajó los ojos. En esos momentos no comprendí... Y seguí con lo mío

Incómodo por las alabanzas de Santiago —hombre poco inclinado al elogio gratuito—, sosteniendo la mirada de Jacobo, hice retroceder la conversación al punto álgido: los temores de la familia ante la división suscitada en la aldea a raíz de la ejecución de Jesús. Siempre imaginé que la tradicional liberalidad de los galileos no se vería empañada por los violentos sucesos protagonizados por el rabí y su grupo. Imaginé mal. El problema de fondo no residía en compartir o rechazar las enseñanzas de Jesús. Muchos de los vecinos respetaban el estilo del Maestro e, incluso, se habían sentido orgullosos de sus prodigios y de su fama. Pero, entre aquellas gentes las había también envidiosas y rencorosas. Desde antiguo, como narraré en breve, estos grupos minoritarios de Nazaret se habían manifestado abiertamente en contra del «rebelde y engreído hijo de José». Y con el discurrir de los años, a causa de muy determinados sucesos, estos individuos terminarían por intoxicar el clima del poblado, forzando al Galileo a precipitar su salida del mismo. La denigrante ejecución parecía haber dado la razón a los intrigantes. Y envalentonados, amén de ensuciar el nombre de Jesús, se habían dado buena prisa en repudiar a cuantos pudieran defender «la nefasta imagen del loco carpintero». La nobleza de espíritu de gentes como Jacobo, solicitando paz y tolerancia, sirvió de poco. El sacerdote que presidía el reducido consejo de gobierno de la aldea y las funciones religiosas, erigido en bandera y cabeza visible de los enemigos del rabí, supo alimentar la discordia hasta límites insospechados. Muy pronto tendría ocasión de comprobarlo. Curiosamente, el tal Ismael, de la casta de los saduceos, había sido uno de los maestros del joven Jesús. Su animosidad hacia el Hijo del Hombre —cosa que pocos recordaban— nacía de los tiempos de la escuela, cuando el inconformista primogénito cometió el «sacrilegio» de dibujarle en el pavimento de la sinagoga. De esto hacía ya más de veinte años... La anécdota quizá se hubiera borrado del mezquino corazón del sacerdote, de no haber sido por otros acontecimientos protagonizados igualmente por Jesús y que hirieron el patriotismo de Ismael. Pero lo que soltó los perros de su furia fueron las continuas noticias que describían al antiguo discípulo como «enemigo irreconciliable de sus hermanos en la religión, en la codicia y en la corrupción: fariseos, escribas y saduceos». La «desvergüenza» de Jesús, que se había atrevido a calificarlos de «víboras y sepulcros blanqueados», unida a su absurda teología sobre la «resurrección tras la muerte», arrastraron al caduco saduceo (1) a una ciénaga de odio en la que caerían otros resentidos y mediocres.

(1) En el banco de datos de Santa Claus disponíamos de una amplia documentación sobre esta casta sacerdotal —los saduceos—, de tan nefasta influencia en la conjura contra el rabí de Galilea. Resulta decisivo entender su filosofía y estilo de vida para, a su vez, comprender el porqué de sus odios hacia el Maestro. En este sentido, los estudios de especialistas como J. Jeremías, Rolland y Saulnier resultan esclarecedores. El nombre de los saduceos procedía o estaba relacionado con el de Sadoq, que reivindicaba el sacerdocio legítimo (Ez. 40, 46). Y aunque los últimos asmoneos y las familias de la aristocracia pontificia ilegítima —caso de Hircano (130-104 antes de Cristo), Sumo Sacerdote— habían adoptado las ideas saduceas, la verdad es que no se podía considerar dicha casta como un «partido clerical de élite». Aunque en su origen fueron los caudillos de la resistencia contra los impíos, sus posteriores alianzas con Roma y su apertura al progreso y al dinero griegos terminarían por convertirles en la viva imagen del lujo, del buen vivir y de la intolerancia hacia cualquier idea que propugnara la igualdad entre los hombres. Los saduceos formaban un grupo organizado, no excesivamente numeroso como asegura Josefo (Ant. XVIII 1, 4) y en el que no resultaba fácil ingresar. Poseían una halaká o tradición muy especial, basada en el Pentateuco y sólo en él. Una forma de vida que, lógicamente, los diferenciaba del resto de la comunidad. No aceptaban fácilmente a los profetas, culpando a los fariseos de muchas de las here-

Éste, a grandes pinceladas, fue el cuadro que encontró María a su regreso a Nazaret. Un panorama —no me cansaré de repetirlo— del que no se habla en los evangelios y que, sin embargo, fue el detonante que obligó a la madre de Jesús a «autodesterrarse» a orillas del lago, en Saidan.

Todo hay que decirlo. En los primeros escarceos de la conversación, tanto la Señora como Santiago discutieron el parecer de Jacobo, acusándole de «alarmista». María, al menos en aquella radiante mañana del martes, 25 de abril, no contemplaba la idea de abandonar Nazaret. Allí habían sido sepultados José, su esposo, y Amós, el hijo fallecido prematuramente. Allí había sido feliz. Allí estaban sus raíces, su gente, sus palomas...

La vi negar y minimizar las prudentes advertencias de su yerno y de Miriam. Y tozuda como una mula se alzó varias veces, mostrándonos la humilde estancia y recordando a los presentes que «aquel lugar había sido bendecido por el ángel de Dios».

Y en ello estábamos cuando, de improviso, el lejano y prácticamente olvidado parlamento del Zebedeo fue a transformarse en un entrecortado y confuso vocerío. Santiago y Jacobo se miraron alarmados. Ruth y Esta palidecieron, aferrándose al unísono a los brazos de María. La Señora, fría y resuelta, hizo un gesto a su hija Miriam, indicando que se asomara. Y la joven, valiente como su madre,

---

jías recientes. Se afanaban en demostrar una fidelidad casi enfermiza al Dios de la Alianza y de sus antepasados. Fidelidad que, naturalmente, les permitía seguir disfrutando de sus privilegios. Su «teología» es igualmente importante para entender la postura de conservadurismo a ultranza de dicha casta: su estricta observancia de la Torá, en especial en todo lo concerniente al culto y al sacerdocio, les había llevado a profundas disputas con los fariseos, que defendían la tradición oral y un riguroso cumplimiento de la pureza sacerdotal. Negaban violenta y sistemáticamente la resurrección, apoyándose en el concepto tradicional de una retribución inmediata y material. De esta forma justificaban su poder y riquezas: Dios bendice a los justos. La frase de Jesús —«los últimos serán los primeros»— era algo que no podían admitir ni soportar. Aceptar un juicio y un premio o castigo después de la muerte habría colocado en serias dificultades sus lujos y desmanes. Para los saduceos, la santidad y las leyes de la pureza sólo eran exigibles en el templo. En consecuencia, fuera de su recinto, podían comportarse como mejor conviniera a sus intereses, esclavizando incluso al pueblo. La expresión de Jesús —«sepulcros blanqueados»— los retrató a la perfección. *(N. del m.)*

se apresuró a obedecer. Jacobo la dejó llegar a la puerta pero, al oír algunas secas y dolorosas imprecaciones contra su fallecido amigo, saltó como un leopardo, arrastrando en su cólera a Santiago. Y obligando a su esposa a entrar en la habitación se recortó a un palmo de la entrada, hombro con hombro con su cuñado. Despacio y cautelosamente fui tras ellos, asomándome al exterior. Lo que vi y escuché fue un galimatías de improperios y amenazas entre dos grupos. A nuestra izquierda, arropando a un Juan Zebedeo en pie sobre la escalera y fuera de sí, gritaba una decena de vecinos, mujeres en su mayoría, insultando a la veintena restante. Estos últimos, que no iban a la zaga en lo que a maldiciones se refiere, blandían sus bastones en el aire, escupiendo sobre la pequeña franja de tierra que los separaba. Unos y otros, en un vano empeño de aplastar las voces de los contrarios a base de elevar el tono y la corrosión de los insultos, se acusaban de «malnacidos, esclavos de un borracho saduceo, amigos de un carpintero al servicio de Roma, traidores a la ley y visionarios», entre otras lindezas...

Quizá lo más triste de aquella —de momento— batalla dialéctica fue asistir a la total descomposición de la lámina del Zebedeo. No podía creer lo que estaba presenciando. Juan, histérico, con los ojos desencajados, levantó los brazos al cielo y berreando como un poseso «exigió de la justicia divina que arrasara aquel impío pueblo con el azufre y el fuego que abatió a Sodoma». Y lo que no habían conseguido las sensatas y reiteradas peticiones de paz por parte de Jacobo y de Santiago lo alcanzó aquella loca invocación. Las gargantas, todas, se apagaron, como fulminadas. Santiago y su compañero, conscientes de los gravísimos efectos que podía acarrear tan insensata provocación, se abrieron paso entre los silenciosos y perplejos vecinos. Y sin el menor miramiento echaron mano de la túnica del enloquecido Zebedeo, arrastrándole hasta la puerta de la casa. Una vez allí, Santiago, con el semblante descompuesto, se limitó a empujarle, introduciéndole en la penumbra de la estancia. Y al punto, desenvainando la espada, fue a clavarla a sus pies, clamando en los siguientes términos:

—Os ruego que disculpéis la ira de nuestro amigo... No fue ése el espíritu de mi Hermano y Maestro... Pero también os aviso: ésta es nuestra tierra... —Y señalando el *gladius* que cimbreaba plateado añadió con firmeza—: ...Y si es menester, nos defenderemos de los reptiles que anidan en Nazaret.

El espeso silencio fue roto por el súbito lloriquear de algunos de los niños. Y las madres, asustadas ante el feo desenlace de aquel encuentro, se apresuraron a tomarlos en brazos. Pero el desafortunado lenguaje del «hijo del trueno», que volvía por sus fueros a la hora de castigar a sus enemigos, despertaría agazapados rencores. Cuando los ánimos parecían más sosegados, alguien, a empellones, se abrió paso entre la apretada vecindad, encarándose altivo y desafiante a los dos hombres que representaban y simbolizaban a la familia de Jesús. Lejos de reaccionar ante sus empujones, los allí reunidos, al verle, retrocedieron con temor. Y la mayoría inclinó la cabeza en señal de respeto y obediencia. Sólo Santiago y Jacobo se mantuvieron firmes y en guardia. Los acastañados ojos del primero recorrieron la figura del viejo sin poder reprimir un rictus de repugnancia. El «notable», a quien creí identificar por sus vestiduras sacerdotales —túnica blanca de lino apretada a la cintura por tres vueltas de faja y un gorro cónico, de idéntico tejido y color— y por lo avanzado de su edad, replicó con un mudo desdén a la significativa mira-da del hermano del rabí. Y fue más allá que Santiago. Inclinando la cabeza escupió sobre la espada que les separaba, proclamando con voz aguardentosa:

—Y dice Isaías: «La víbora y la serpiente..., si los apretaren, saldrán víboras.»

Quedé tan confuso como mis dos acompañantes. La cita del libro profético (59, 5) parecía sugerir que la espada —semienterrada en la arena— acabaría transformándose en una víbora. En otras palabras: que el odio y la maldad, debidamente incubados, sólo engendran odio y maldad...

Pero Santiago, buen conocedor de las Escrituras, en las que profundizó gracias a su Hermano, vino a replicar con los versículos inmediatamente siguientes a los referidos por el torcido Ismael, el saduceo:

—Y tú, corrompido entre los corruptos, ¿te atreves a hablar así? Oye ahora lo que dice Isaías: «...Camino de paz no conocen, y derecho no hay en sus pasos. Tuercen sus caminos para provecho propio... Por eso se alejó de nosotros el derecho.»

Algunas risitas de complicidad y aprobación, a espaldas del sacerdote, sólo contribuyeron a empeorar las cosas. El jefe del consejo se mordió los labios, acusando el certero golpe. Al suponer que me hallaba ante el viejo profesor de Jesús una excitante curiosidad se apoderó de mi ya revuelto ánimo. Unos inconfundibles signos externos le delataban como cirrótico: una ginecomastia o anormal volumen de sus mamas, que oscilaban bajo la túnica a cada movimiento o respiración agitada; una fuerte demacración o consunción muscular; el enrojecimiento o eritema palmar; la casi total calvicie y una ascitis o acumulación de líquido en la cavidad abdominal. Pero, sobre todo, el «sello» de su más que probable enfermedad hepática crónica aparecía en los nevos «en araña» dibujados en manos y mejillas (vasos dilatados que se disponen en forma radial, como las patas de los arácnidos).

Y lanzando un hedor hepático sobre el rostro de Santiago vociferó, al tiempo que hacía retroceder el brazo izquierdo, apuntando a las gentes allí congregadas:

—...Nazaret jamás fue cuna de reptiles. Tú y los tuyos, con ese Jesús a la cabeza, sí habéis traído la inquietud y la división... Uno ya ha sido castigado. Ahora os toca a vosotros, impíos, que no sabéis desnudar vuestros hombros (1) y que, vencidos y humillados, habéis sido capaces de propalar la mentira de la resurrección de ese carpintero que se creyó el hijo del Divino, bendito sea su nombre...

Jacobo, menos templado que su cuñado, hizo ademán de inclinarse para desenterrar el *gladius* y castigar las duras palabras del saduceo. Pero Santiago, irradiando parte de la

---

(1) Entre los rituales practicados por los judíos en caso de duelo figuraban el de rasgarse las vestiduras y desnudar el hombro. Asimismo, la costumbre de la época obligaba a la celebración de un banquete fúnebre —el «pan de duelo» de que hablan Oseas y Ezequiel (*Os.* IX, 4) y (*Ez.* XXIV, 17)— en el que el vino corría con generosidad, concluyendo la mayor parte de las veces en francachelas. El duelo duraba treinta días. En los tres primeros estaba prohibido todo tipo de trabajo, no pudiendo siquiera saludar a sus conciudadanos. Los muy piadosos y observantes de la ley no se afeitaban ni bañaban, cubriéndose con las ropas más sucias y viejas de la casa. En la Galilea, liberada y liberal, muchas de estas normas eran ignoradas. (*N. del m.*)

serenidad que tanto admiré en el Maestro, sin dejar de sostener la mirada de Ismael, interpuso su brazo derecho entre la espada y su amigo-hermano, renunciando así a toda violencia. Instintivamente, algunos de los vecinos se echaron atrás. Y antes de que Santiago acertara a replicar la maledicencia del sacerdote, éste, ensoberbecido, le desafió con una pregunta que sólo podía conducir a la catástrofe:

—¿O es que te atreves a negarlo?... Dinos: ¿reconoces en Jesús al Hijo del Dios vivo?

Por un instante creí que Santiago renunciaba. Sus largos cabellos destellaron levemente. Pero aquel lento y majestuoso giro de su cabeza a derecha e izquierda no significaba rendición. Se limitó a observar a los expectantes vecinos. Y con voz grave, alto y fuerte para que todos pudieran oírle, sentenció:

—Tú lo has dicho. Le reconozco como tal.

Y estupefacto asistí a una familiar y no muy lejana escena. Ismael retrocedió un par de pasos y convulso y babeante, con una teatralidad muy propia de aquel sacerdocio hipócrita, se volvió hacia la vecindad. Levantó los brazos. Cerró los puños y, en tono cansino, falsamente agotado por el peso de lo que acababa de oír, gimió:

—Todos sois testigos... ¡Ha blasfemado!... ¡Reo es de muerte!...

Un presentimiento —todo parecía repetirse absurdamente— me hizo reaccionar a gran velocidad. Extraje los «crótalos» y, pegado al muro, los ajusté a los ojos, preparándome así para una hipotética defensa personal. Y los dedos se deslizaron hacia el dispositivo que activaba los ultrasonidos (1). Esta vez la fortuna fue mi aliada...

(1) Aunque la descripción de este complejo mecanismo ya fue incluida en volúmenes anteriores, entiendo que, aquí y ahora, su repetición puede ser de interés para el lector. Ésta fue la explicación del mayor:

«Uno de los dispositivos ubicado en el interior del cayado —el de ondas ultrasónicas, de naturaleza mecánica, y cuya frecuencia se encuentra por encima de los límites de la audición humana (superior a los 18 000 Herz)— había sido modificado con vistas a esta nueva misión. Caballo de Troya prohibía terminantemente que sus "exploradores" lastimaran o mataran a los individuos... Pero, en previsión de posibles ataques de animales o de hombres, como medio disuasorio e inofensivo, Curtiss había aceptado que los ciclos de las referidas ondas fueran intensificados más allá, incluso, de los 21 000 Herz. En caso de necesi-

Los colores —que no los sentimientos— «interpretados» por mi cerebro cambiaron drásticamente. Los blancos, en especial la túnica del saduceo, estallaron en un plata fulgurante, mientras las franjas rojas de los mantos cambiaban a un negro fantasmal. Y los verdes de las flores y enredaderas próximas se unieron al dramatismo del momento, sangrando en rojo y naranja.

―――

dad, el uso de los ultrasonidos podía resolver situaciones comprometidas, sin que nadie llegara a percatarse del sistema utilizado. Como expliqué también, tanto los mecanismos de teletermografía como los de ultrasonidos eran alimentados por un microcomputador nuclear, estratégicamente alojado en la base del bastón. La "cabeza emisora", dispuesta a 1,70 m de la base de la "vara", era accionada por un clavo de ancha cabeza de cobre, trabajado —como el resto—, de acuerdo con las antiquísimas técnicas metalúrgicas descubiertas por Glueck en el valle de la Arabá, al sur del mar Muerto, y en Esyón-Guéber, el legendario puerto de Salomón en el mar Rojo. Los ultrasonidos, por sus características y naturaleza inocua, eran idóneos para la exploración del interior del cuerpo humano. En base al efecto piezoeléctrico, Caballo de Troya dispuso en la cabeza emisora, camuflada bajo una banda negra, una placa de cristal piezoeléctrico, formada por titanato de bario. Un generador de alta frecuencia alimentaba dicha placa, produciendo así las ondas ultrasónicas. Con intensidades que oscilan entre los 2,5 y los 2,8 miliwatios por centímetro cuadrado y con frecuencias próximas a los 2,25 megaciclos, el dispositivo de ultrasonidos transforma las ondas iniciales en otras audibles, mediante una compleja red de amplificadores, controles de sensibilidad, moduladores y filtros de bandas. Con el fin de evitar el arduo problema del aire —enemigo de los ultrasonidos—, los especialistas idearon un sistema capaz de "encarcelar" y guiar los citados ultrasonidos a través de un finísimo "cilindro" o "tubería" de luz láser de baja energía, cuyo flujo de electrones libres quedaba "congelado" en el instante de su emisión. Al conservar una longitud de onda superior a los 8 000 angström (0,8 micras), el «tubo» láser seguía disfrutando de la propiedad esencial del infrarrojo, con lo que sólo podía ser visto mediante el uso de los lentes especiales de contacto ("crótalos"). De esta forma, las ondas ultrasónicas podían deslizarse por el interior del "cilindro" o "túnel" formado por la "luz sólida o coherente", pudiendo ser lanzadas a distancias que oscilan entre los cinco y veinticinco metros. El sobrenombre de "crótalos" se debía a la semejanza en el sistema utilizado por este tipo de serpiente. Las fosas "infrarrojas" de las mismas les permiten la caza de sus víctimas a través de las emisiones de radiación infrarroja de los cuerpos de dichas presas. Cualquier cuerpo cuya temperatura sea superior al cero absoluto (menos 273ºC), emite energía del tipo IR, o infrarroja. Estas emisiones de rayos infarrojos, invisibles para el ojo humano, están provocadas por las oscilaciones atómicas en el interior de las moléculas y, en consecuencia, se hallan estrechamente ligadas a la temperatura corporal.» *(N. de J. J. Benítez.)*

Un bronco griterío rubricó la sentencia de Ismael. Santiago, precavido, recuperó la espada y su cuñado, destilando un sudor azul verdoso, consecuencia del miedo, retrocedió hasta el umbral de la puerta. Hice bien en prepararme. Y girando sobre los talones, el sacerdote nos dio nuevamente la cara. Congestionado por la ira, las manchas en forma de «araña» de su rostro temblaron en un negro diabólico. La suerte parecía echada. Y tal y como imaginaba, de acuerdo a la costumbre, sus crispadas manos hicieron presa en el lino de la túnica, rasgándola con un seco y poderoso tirón. Y la caverna verdosa de la boca se abrió como un espanto, chillando como una comadreja:

—¡Muerte!

Algunos de los ancianos y mujeres, aterrorizados, escaparon calle abajo. Pero la veintena de fanatizados vecinos, aullando como lobos, se dobló a un tiempo sobre el terreno, a la búsqueda de piedras. Ismael, sin dejar de entonar su sentencia, se mezcló con el grupo, topando con unos y con otros en la embarullada recogida de rocas. Y sin más, en uno de los más violentos ataques que jamás hubiera llegado a imaginar, una lluvia de piedras, arrojadas desde cuatro, ocho y diez metros, comenzó a golpear los cuerpos de Jacobo y de Santiago, así como el muro de la casa y, por supuesto, a quien esto escribe. Y la palabra «muerte», coreada por los jadeantes energúmenos, se mezcló con el ruido de los impactos sobre la fachada y los irremediables gemidos de dolor de los dos hombres. La crítica situación apenas se prolongaría treinta segundos. El hermano de Jesús, protegiéndose la cabeza con los brazos, ordenó a su cuñado que entrara en la casa. Acto seguido, de un salto, él mismo desapareció de la escena. Y ante mi desolación, la cenicienta puerta fue cerrada y atrancada. Y durante breves instantes, las piedras siguieron cayendo sobre la hoja, acumulándose negras en el umbral. Dios quiso que este asustado explorador supiera y pudiera reaccionar a tiempo. Y el odio de aquella partida se volvió hacia mí. Y sin saber, sin preguntar, unos rostros y manos verdiazules reclamaron mi vida. En realidad, yo era «uno de ellos». Así lo interpretaron y, consecuentemente, la fallida lapidación —más violenta si cabe— me tomó como víctima propiciatoria.

Pero antes de que acertaran a inclinarse de nuevo sobre

la calzada, una primera descarga de 21 000 Herz entraba en la calva color bronce del saduceo, alterando su aparato «vestibular». En centésimas de segundo, el oído interno sufrió la invasión de los ultrasonidos, bloqueando el conducto semicircular membranoso, con la fulminante pérdida de la posición de la cabeza y del cuerpo en el espacio (1). Y con los ojos desorbitados y la lengua colgando se desplomó redondo. La inmovilización estaba garantizada durante algunos minutos. El inesperado derrumbamiento del sacerdote provocó un silencio sepulcral. Y aprovechando la ventaja de la confusión pulsé de nuevo el clavo. Y otro «hilo» infrarrojo penetró implacable en la frente de uno de los ancianos que se había apresurado a auxiliar a Ismael. El segundo desmayo fue decisivo. La tropa, descompuesta, soltó las piedras y, movida por un pánico supersticioso, dirigió los rostros al azul marino del cielo. Y recordé la maldición del Zebedeo. Y en un ayear vergonzoso, atropellándose mutuamente, desaparecieron entre los patios y callejones colindantes. Afortunadamente, ninguno de los esbirros me asoció con el desplome del saduceo y de su compinche. Entre los comadreos que pude escuchar en las intensas horas y jornadas siguientes, algunos, a media voz, atribuían el «mal» que les había «dejado sin pálpito» a una manifestación de la «cólera divina». Otros, en cambio, se burlaban de los atemorizados testigos, recordando que aquélla no era la primera vez que Ismael perdía el sentido..., «a causa del vino de palma». Los más se encogían de hombros, convencidos de la ineptitud y de la falta de valor de los atacantes. Lo cierto es que el incidente marcaría el destino de la familia de Jesús. En especial, el de la Señora. Ni unos ni otros estaban dispuestos a perdonar...

(1)   El efecto de los ultrasonidos, puramente defensivo como ya indiqué, se centraba en el mencionado aparato «vestibular», vital en la percepción de sensaciones y que facilita una permanente información sobre la posición en el espacio del cuerpo y cabeza. Unida a las impresiones visuales y táctiles, da a conocer al sujeto las variaciones de situación que experimenta el cuerpo, desencadenando las correspondientes y automáticas reacciones que tienden al mantenimiento del equilibrio, en colaboración con la contracción sinérgica de los músculos antagonistas. (N. del m.)

Y en la solitaria calle planeó un silencio agrio, mal barruntador, apenas incomodado por el retorno a la azotea de las asustadizas palomas. Y con los yacentes cuerpos a mi espalda me situé frente a a puerta. Antes de llamar me pregunté qué debía hacer o responder ante los presumibles y lógicos interrogantes de los moradores. Quizá había llegado el momento de abrir mi atormentado espíritu —aunque sólo fuera mínimamente— y sofocar así los recelos de María. El cielo tenía la palabra. Y presa de la vanidad —no pude remediarlo— me sentí orgulloso del «trabajo» con los ultrasonidos.

No tuve que golpear la hoja. El repentino y anormal silencio no había pasado desapercibido en la vivienda. Y un susurro cayó desde el terrado. Al levantar los ojos distinguí la cabeza de Jacobo, escondida entre las palomas. Me pidió que aguardase. Y la incertidumbre, como un cuervo, fue a posarse sobre mi corazón. «¿Cuánto tiempo llevaba el amigo de Jesús en la azotea? ¿Había presenciado el desplome de los viejos?» Y con la zozobra navegando en mi mente percibí el nervioso desatranque de la madera. Y la hoja se abrió cuatro dedos. Y unos ojos llorosos —los de Ruth— parpadearon, heridos por la claridad.

Me colé raudo en la estancia, al tiempo que las hijas de la Señora se precipitaban sobre la puerta, apuntalándola con una tranca.

Y acurrucada junto a la mesa de piedra, arrasada en llanto, descubrí a una María nueva para mí. Y antes de que acertara a mover un músculo, aquella mujer, derrotada por la angustia y el miedo, se lanzó en mis brazos, estrechándome entre sollozos y temblores. Y emocionado sólo supe corresponder a su infortunio acariciando los fragantes y sedosos cabellos negros.

El destello de una espada en la oscuridad de la sala contigua me puso en guardia. Respiré aliviado al identificar a su portador. Santiago, con las facciones endurecidas, avanzó hacia nosotros. Al reconocerme devolvió el *gladius* a la faja. Detrás, procedente también de la misteriosa estancia, se presentó el Zebedeo. Le observé sin disimulo. La espada temblaba en su mano izquierda. Sudaba copiosamente y, con la mirada perdida, parecía hablar consigo mismo. Experimenté la necesidad de auxiliarle. Con toda probabilidad era víctima de un shock. Aparté cariñosamente a María pero, cuando me disponía a llegar hasta el impulsivo y malparado «hijo del trueno», el ahora «cabeza de familia» se interpuso y, colocando las manos sobre mis hombros, me suplicó perdón. Me estremecí al recordar aquel gesto... Era uno de los hábitos del Maestro. Pero Santiago no pudo percibir mi emoción. Y negando con la cabeza resté importancia a lo ocurrido. Acto seguido formuló una pregunta que, en buena medida, me tranquilizó:

—¿Qué ha ocurrido ahí afuera?

Eso significaba que Jacobo, ahora vigilante en el terrado, no había sido testigo del último suceso.

Improvisé una respuesta, cumpliendo —en parte— con la verdad.

—Sin causa aparente —manifesté—, dos de los individuos han caído como muertos...

—Pero...

Las dudas de Santiago murieron en la penumbra. El Zebedeo no le permitió terminar. Adelantándose, sin dejar de blandir la espada, comenzó a reír nerviosamente, balbuceando un monocorde «Dios es justo». Santiago, sin inmutarse ante el ataque de histeria de Juan, hizo una señal a su madre. Y María, tragándose las lágrimas, se dirigió al rincón de las ánforas.

—Dios es justo...

El signo de complicidad me hizo pensar que aquella psiconeurosis, con pérdida del control sobre los actos y emociones, no era una novedad para el grupo.

Y en un momento de descuido, el hermano del Maestro hizo presa en la mano que empuñaba el arma. Y con una delicada pero decidida contundencia le arrebató el afilado hierro. El discípulo, ajeno a lo que le rodeaba, no opuso resistencia. Y con los ojos vidriosos cambió de la risa al llanto. Y clavándose de rodillas sobre las esteras prosiguió con su obsesiva retahíla:

—Dios es justo y ha humillado al impuro... Dios es justo.

Auxiliada por Ruth, la Señora abrió la boca del Zebedeo, obligándole a ingerir un vino negro y espeso.

La irrupción de Jacobo, anunciando que la calle continuaba despejada, aceleró los planes de Santiago. Y encomendando a su cuñado la custodia de los suyos obligó a Juan a incorporarse. Y tomándole por un brazo cargó con él, desapareciendo en la negrura de la pieza contigua. Esta, su mujer, con una templanza admirable, besó a María, susurrándole que regresarían de inmediato. Poco después averiguaría que, en previsión de males mayores, la familia había optado por esconder al Zebedeo en la casa de Santiago, al oeste de la aldea, muy próxima al taller del fallecido alfarero.

Y Jacobo, depositando en mí su confianza, anunció que retornaba al terrado, advirtiendo que, bajo ningún concepto, franqueáramos la puerta. Las mujeres asintieron, arropando a su madre. Y en un gesto de hospitalidad —no sé si tratando de compensarme por el involuntario descuido de sus hijos al dejarme a merced de los vecinos—, María, secas las mejillas y controlado el temple, me rogó que tuviera a bien tomar posesión de su humilde casa. Le sonreí, honrado por lo que aquella invitación significaba para mí y feliz por su pronta recuperación. Y de buen grado acepté el tazón de vino que la temblorosa y doliente Ruth tuvo a bien ofrecerme.

No sé por qué lo hice. Pero, dejándome llevar por un íntimo sentimiento, acaricié las largas y finas manos de la muchacha, expresándole con una firmeza impropia de este siempre vacilante pecador:

—No temas. Yo os protegeré..., hasta el regreso de tu hermano.

Ahora lo sé. Yo seguía enamorado de Ruth. Siempre lo estuve...

Quizá me arrepentí un segundo después. Quizá no. Poco importa. Lo único que recuerdo con claridad es que, olvidando las normas, quien esto escribe hubiera dado su vida por salvaguardar las de aquellas indefensas y atemorizadas mujeres.

Y la Señora, al percibir la sinceridad de mis palabras, me invadió con la mirada. Fue la misma que cruzáramos en la caravana de Murashu. Y supe que había llegado el momento. Y ella, quizá antes que yo, también lo supo. Y con los almendrados ojos verdes fijos en mí ordenó a sus hijas que «vigilaran la puerta de atrás».

—Jasón, amigo —manifestó nada más desaparecer

Miriam y Ruth—, eres un hombre extraño. En verdad que ninguno de nosotros acierta a entender tu singular hacer... Además, ¿por qué tengo la sensación de conocerte? ¿Por qué me resultas tan familiar?

La dejé hablar. Su voz gruesa, zancadilleada a ratos por cortos suspiros —lógicos coletazos del reciente llanto—, fue abriendo la escotilla de mis sentimientos. Y así, merced a su intuición, todo fue más fácil.

—...Yo sé que ningún comerciante se comporta como tú.

Sonrió pícaramente, mostrando a la femenina llama que nos separaba aquel marfil alineado y envidiable. Pero yo, con las neuronas en máxima alerta, continué hierático: gélido en mi exterior y ardiendo en lo más profundo.

—...Ningún pagano hace lo que tú. Ningún gentil hubiera arriesgado su vida al pie de la cruz. Sólo Juan, mi querido y a veces infantil Juan, supo tener lo que tiene un hombre...

El lenguaje rudo de María no me escandalizó. Aquella brava mujer, víctima de todo y de todos, en especial de sí misma, manifestaba lo que pensaba. Y la admiré por ello.

—...¿Crees que no supe del profundo amor de mi hijo por ti?

Esta vez sí repliqué:

—El Maestro —le corregí— ama todo lo creado y lo increado.

Las finas cejas se arquearon levemente, acusando la cariñosa enmienda.

—...¿Ama, dices? ¿Eres tú de los que creen que no ha muerto?

—Sí ha muerto —añadí, arriesgando el todo por el todo—, pero también es cierto que ha resucitado..., para vosotros y para nosotros.

La Señora, a sus cuarenta y nueve años, conservaba unos reflejos mentales que para mí hubiera querido.

—...¿No es hora ya, Jasón, que destapes tu corazón? ¿Por qué «vosotros y nosotros»? ¿Quién eres? ¿De dónde vienes? ¿Por qué tengo la seguridad de conocerte de años atrás?

Y suplicándole que aquella conversación fuera guardada en secreto procuré hacerme comprender.

—El Maestro, mi querida y admirada Señora —era la primera vez que la llamaba así—, lo anunció una vez...

Entornó levemente los ojos, tratando de recordar.

—Lo siento —se rindió con una sombra de tristeza—, en aquel tiempo apenas supe de las andanzas de mi Hijo... Yo vivía para otra idea.

—...Jesús lo expresó con claridad —proseguí—. «En el reino de mi Padre hay otras moradas.»

Me miró sin comprender.

—Yo y millones de hombres y mujeres como yo pertenecemos a una de esas «moradas»... La realidad que tú observas y tocas no es la única...

—Comprendo —me interrumpió. Y sus labios se entreabrieron, dejando escapar un miedo recién nacido—. Hace treinta y seis años, en esta misma mesa de piedra, justo donde tú te sientas ahora, «alguien» que no era de aquí me habló y anunció que el «Hijo de la Promesa» estaba por llegar...

La comparación no era correcta. Pero la acepté. Y mis ojos sonrieron, aprobando sus palabras.

—Pero, entonces...

Y aquel escondido miedo creció como una columna de humo, afilando sus ojeras.

—...Tú, Jasón, eres un ángel...

Me apresuré a negar, aunque no sé si fui muy convincente:

—...Si «ángel» significa «mensajero»..., puede. El Gabriel al que tú has hecho mención sí es un verdadero ángel. Yo, querida Miriam, no soy digno de proyectar mi sombra sobre él. Estoy aquí para dar testimonio de tu Hijo. Un testimonio que deberán conocer «otros pueblos»... Gentes de un mundo, de una morada muy lejana... Y el Padre, en su infinita bondad, me ha conferido algunos «poderes» (muy pocos) que tú, quizá, has intuido. Y al igual que lo fue el Maestro, yo también debo ser respetuoso con «vosotros». Mi misión es intentar aproximarme a la verdad que rodeó a Jesús...

—¿Por qué? —preguntó con una ingenuidad conmovedora, fruto de su lógica falta de perspectiva histórica. Tengo que insistir en ello. Hoy, los creyentes han deformado la estampa de la Señora. En aquellos momentos, ni ella ni ninguno de los seguidores del Nazareno podían intuir siquiera las «consecuencias» de la encarnación del Maestro—. Tú lo has visto: mi hijo ha terminado como un delincuente... ¿A quién puede interesar su vida y sus palabras? Mañana sólo será recordado por sus amigos.

Guardé unos segundos de premeditado silencio. Saltaba a la vista que la Señora, por mucho que se esforzase, no estaba en condiciones de asumir la grandiosidad y divina trascendencia del Ser que había llevado en su vientre. Ni yo era quien para violar las limitadas fronteras de su inteligencia...

—Sí —repliqué con una seguridad que la desconcertó—, llevas razón..., en parte. Será recordado por sus amigos. Pero esos «amigos» se multiplicarán como las flores en primavera...

Aquel verde hierba de sus ojos, generalmente manso, se agitó como un trigal mecido por el viento. Y el color se instaló de nuevo en su bronceada tez. Y emocionada pidió detalles.

—...No es fácil que lo comprendas, pero yo soy la prueba de cuanto digo. Yo vengo de un «mundo» remoto para ti. Allí, las gentes también han recibido la noticia de un Jesús de Nazaret. Y muchos le han abierto sus corazones. Otros, en cambio, le ignoran o le rechazan. Yo vengo a «saber» para luego «transmitir». Y lo hago para todos, Miriam. Tu Hijo lo sabía...

—¡Oh, Jasón! Entonces, su muerte no será en vano...

Sonreí de nuevo, no sé si complacido o conmovido.

—Permíteme... Su vida no será en vano. La muerte, la de todos, nunca es en vano. —Y alzando entre mis dedos el cuenco de vino añadí—: Observa este licor. Antes fue el fruto de la vid. Así, como Él profetizó, su cuerpo y existencia terrenales han sido triturados para obtener la esencia: su palabra, su mensaje, su amor... Y la fragancia de ese «vino» ha llegado hasta mi lejano «mundo». Pero nuestra «sed» es tan grande, querida Señora, que mis conciudadanos me han «enviado» para transportar el «vino» de su vida y poder degustarlo. Por ello tú y los tuyos debéis ayudar a este «comerciante en vinos»...

Un llanto sereno destelló a la luz de la lucerna. Y María, agradecida, me aceptó desde la lejana proximidad de su noble alma, ahora asomada a unos ojos humedecidos por la felicidad. Y Dios lo sabe: aquel abrazo invisible me compensó para siempre.

—¿Qué debo hacer, mi querido «comerciante en vinos»? —bromeó apartando las lágrimas.

—Déjalo en las manos del Padre... Y guarda mi secreto.

Y la Señora, impulsiva como siempre, se alzó y rodeando la mesa tomó mi cabeza entre sus manos, estampándome un sonoro y prolongado beso en la frente.

—Dios te bendiga, Jasón, aunque no has contestado a mi última pregunta: ¿por qué tengo la certeza de conocerte de años atrás?

Dudó. Y al instante replicó:

—Pero eso es imposible, lo sé... Aquel griego increíble era un anciano. Tú, en cambio...

Aproximadamente las 13 horas. (Entre la sexta y la nona.)

Nuestra conversación, que de acuerdo con lo convenido empezaba a discurrir en torno a los supuestos «secretos años» de Jesús en Nazaret, fue interrumpida por un confuso y entrecortado ir y venir de pasos. Parecían provenir de la azotea. María, alarmada, tomó la lámpara de aceite y, decidida, se aproximó a la puerta de entrada. Pegó el oído a la madera pero, al parecer, en el exterior seguía reinando el silencio. Levantó los ojos hacia la techumbre y, al notar que el nervioso tableteo sobre la arcilla se había trasladado a la parte posterior de la casa, se precipitó al oscuro hueco en el que yo no había penetrado aún. Recelosa, se detuvo en el umbral. Volvió la cabeza y, al saber que me hallaba a su espalda, se aventuró tensa y de puntillas en las tinieblas. Procuré no distanciarme, entre otras razones para no perder la esquiva luz que nos abría camino. Aquella segunda pieza, negra como boca de lobo, fue una sorpresa. En sus tres metros de lado dormía empolvado y en desorden todo lo necesario para ejercer la profesión de carpintero... En el muro opuesto a la puerta sin hoja por la que acabábamos de cruzar descansaba un banco de unos ochenta centímetros de altura, apuntalado por dos pies en «v» invertida. Y sobre el grueso madero escuadrado que daba forma a la superficie del mismo, un cepillo de doble asa y un tablón a medio labrar. La Señora, sigilosamente, alcanzó la destartalada puerta situada en la pared que se alzaba enfrente de la fachada. Y aproximó la mejilla izquierda a la sucia hoja. En dicho tabique, como en los restantes, colgaban decenas de herramientas, sujetas por listones de madera: sierras, cinceles, compases de bronce y de madera, cizallas, pinzas, clavos de treinta y cuarenta centímetros, punzones, hojas de hacha, cabezas de martillos (con o sin mango), gubias, cuchillas y varios taladros de arco. El suelo, alfombrado de serrín y de rizadas virutas, crujió reseco bajo las sandalias. Era extraño. Los mangos para azadas, los mayales para caballerías y para la trilla y algunos sencillos arados de poco peso —todo a medio terminar y esparcido por los rincones— sugerían un trabajo bruscamente interrumpido. Pero, a juzgar por las telarañas, esa interrupción tenía que haber acontecido tiempo atrás. Por otra parte, aquel cerrado cuartucho, sin acceso directo a la calle, no encajaba en la fórmula tradicional judía. La mayoría de los talleres de carpintería se concentraban en un lugar o barrio concreto de la aldea o de la ciudad, formando un gremio artesanal e, insisto, siempre abiertos al exterior, al cliente. Por último, si la sala contigua presentaba un aspecto pulcro y ordenado, ¿a qué obedecía aquel lamentable abandono? La Señora, única responsable, tenía sus razones...

El cuchicheo al otro lado del muro se hizo más cercano. Y en un movimiento reflejo me asenté con fuerza sobre el blando pavimento, listo para intervenir. De improviso, alguien empujó la puerta y poco faltó para que el impacto derribara a María. Y la claridad nos cegó a ambos. Y la silueta de un hombre atlético, de envergadura próxima a la de Jesús, con destellos de plata en los largos y canosos cabellos se recortó majestuosa en la luz de la mañana. No quiero ocultarlo. Por un instante me sobresalté. ¿Estaba soñando? ¿Tenía ante mí al Resucitado? Y perplejo vi cómo la mujer se arrojaba hacia el desconocido, abrazándole. Respiré aliviado. El supuesto «resucitado» no era otro que Santiago. Detrás, con los semblantes igualmente graves, aparecieron Jacobo y las mujeres.

La puerta del taller fue apuntalada y, con prisas, el hermano del rabí fue a sentarse en el filo de la plataforma de la estancia-dormitorio. Y toda la familia, a excepción del Zebedeo, se sentó sobre las esteras, dispuesta a escucharle. La dudosa estabilidad emocional de Juan había hecho aconsejable que permaneciera recluido en la casa de Santiago y de Esta. En el fondo, él había sido el detonante de la situación.

Al reparar en el siempre equilibrado rostro del ahora hijo mayor de la Señora y descubrir la palidez del miedo comprendí que las cosas habían empeorado. Yo había visto ya ese terror mal contenido. Lo había vivido en el prolongado encierro de los íntimos en el cenáculo de Jerusalén.

Santiago, enroscando su padecer en lo más profundo, procuró disimular. Lo consiguió a medias. Para su madre, aquel distraído acariciarse la barba con la mano izquierda no era buen presagio. Y sin rodeos abordó el problema. Las cosas estaban como estaban y no convenía cerrar los ojos a la dura realidad. Tenían que abandonar la aldea. El intento de lapidación de esa mañana era un peso difícil de llevar. ¿Quién podía pronosticar qué sucedería esa misma noche o al día siguiente?

—...Debemos obrar con prudencia —continuó, dirigiéndose a María—. Con nuestro Hermano y Maestro vivo, el respeto de estas gentes estaba garantizado. Ahora, con su muerte, nos hallamos a merced de los que le odiaron.

Y muy atinadamente recordó a los silenciosos familiares la secreta reunión celebrada por Caifás y sus «ratas» en la noche del domingo, 9 de abril. José, el de Arimatea, miembro del Consejo del Sanedrín, al informarles de la mencionada y urgente asamblea fue muy claro: en vista de la constelación de noticias y rumores que empezaba a circular por la Ciudad Santa acerca de la tumba vacía y de las apariciones del Resucitado, el sumo sacerdote, su suegro, los saduceos, escribas y demás fanáticos que habían propiciado la muerte de Jesús decidieron actuar sin contemplaciones. Y adoptaron dos medidas, especialmente meditadas para el aplastamiento del «desarrapado grupo de galileos que aún creía en el Nazareno».

Por si alguno de los presentes las había olvidado, las recitó al pie de la letra, subrayando algunas de las frases:

—Primera: to-do a-quel que ha-ble o co-men-te (en público o privado) los asuntos del sepulcro o de la resurrección del Maestro se-rá ex-pul-sa-do de las sinagogas.

»Segunda: el que pro-cla-me que ha vis-to o ha-bla-do con el Re-su-ci-ta-do... será condenado... a muer-te.

185

Las contenidas respiraciones sirvieron para enterrar en los ánimos —hasta la empuñadura— las dos últimas palabras:

—¡A muerte!

Los incontenibles sollozos de Ruth desarmaron los nervios de Miriam, su hermana. Y airada recordó a Santiago y a los suyos que la segunda disposición de las «ratas de Jerusalén» no pudo prosperar y que, según el de Arimatea, no llegó a votarse. Y acto seguido acusó a su hermano de «cobarde». Éste, impasible, comprendiendo la rabia y desolación de Miriam, no abrió la boca, limitándose a peinar la barba con los dedos. Pero Esta, indignada ante las injustas acusaciones de su cuñada y la irritante pasividad de su marido, se puso en pie, acusando a Miriam de irresponsable y egoísta. Jacobo, a su vez, trató de calmar a las exasperadas mujeres. Pero, en el fuego cruzado de los gritos e improperios que habían empezado a lanzarse Miriam y Esta, sólo obtuvo un violento empujón por parte de su airada esposa. Y el llanto de Ruth, más intenso como consecuencia de la confusa y lamentable trifulca familiar, vino a desatar el bravo carácter de la Señora. Era la primera vez, si no recuerdo mal, que la veía alzar la voz. Se plantó entre Miriam y su hija política y con los brazos en jarras ordenó silencio. Jacobo, entristecido, se retiró junto a Santiago. Y Esta, perfecta conocedora del firme temperamento de su suegra, guardó silencio, acudiendo en auxilio de Ruth. Pero Miriam, primaria como su madre, se cebó en la Señora, gritando por encima de los gritos de ésta. Fue una escena triste y comprensible. La hija mayor, fuera de sí, recordó a María que «aquél era su hogar y que ningún malnacido le arrancaría de él». La Señora, por enésima vez, la mandó callar. Pero el furor y la desesperación de la hija se hallaban fuera de control. Así que, agotada la paciencia y entiendo que como un mal necesario, María, de pronto, le propinó una sonora bofetada. Santo remedio. Miriam acusó el golpe y el incipiente histerismo se esfumó, dando paso a las lágrimas. Y en segundos, sin rencores ni reproches, madre e hija se abrazaron, en una emotiva y mutua petición de perdón.

Santiago, conmovido como los demás, se lanzó hacia ellas, uniéndose en silencio al abrazo. Y Ruth y Esta, arreciando en sus gimoteos —ahora traicionados por esporádicas risas— se precipitaron igualmente sobre el trío. Con un nudo en la garganta desvié la mirada hacia Jacobo. Una solitaria lágrima se deslizaba hacia la barba. Al verse descubierto bajó la cabeza, pero no se movió del borde de la plataforma. Y quien esto escribe, contagiado por el torbellino de besos, caricias y dulces y tranquilizadoras palabras de los cinco, no pudo evitar que sus ojos parpadearan con frenesí, en una pelea a brazo partido con unas lágrimas casi desconocidas para este solitario entre los solitarios. Y apretando las mandíbulas fui a descargar la tensión en la «vara de Moisés». Con tan mala fortuna que, al crispar los dedos sobre el cayado, pulsé involuntariamente el dispositivo del láser de alta energía, que se proyectó a dos cuartas de las sandalias de Jacobo. Y un humillo blanquecino me dio la pista del impacto. Maldiciendo mi torpeza salté hacia el abstraído esposo de Miriam, pisando y ocultando el pequeño círculo de un milímetro escaso de diámetro que había aparecido en la estera. Jacobo, al encontrarse tan inexplicable y violentamente encarado al larguirucho griego, volvió en sí y, mirándome atónito, buscó una razón. La estúpida mueca que leyó en mi rostro le confundió del todo. Creo que reaccioné, sonriendo. Y la necedad, esta vez, se propagó a mis ojos y lengua.

—¡Aleluya! —grité, soltando lo primero que acudió a mi mente.

La expresión de júbilo —un tanto fuera de lugar— enarcó las cejas del cada vez más perplejo judío. Y, cuando, supongo, se disponía a responderme, un hilo de humo y un desabrido tufo a espadaña quemada afloraron traidores bajo el calzado.

Jacobo, sin dejar de mirarme, olfateó confuso. Creí desmayarme. La potencia del láser de gas —capaz de taladrar una plancha de acero de trece milímetros en cuatro segundos— había destrozado aquella zona de la alfombra.

Lívido, retrocedí. ¿Qué podía hacer? Y el bueno de Jacobo, al descubrir a sus pies el humillo y el negro cerco, se apretó contra el muro de obra. Y, alzando los ojos, buscó el origen del fuego en las oscuras vigas de la techumbre. Al no hallarlo giró la cabeza a uno y otro lado con idéntico éxito. Y entreabriendo los labios fue a posar su mirada en la mía, aullando:

—¡Fuego!

Allí concluyó el abrazo familiar. María y el resto se precipitaron sobre la porción de estera que este inútil, en un nuevo y desesperado intento, trataba de sofocar. Y el cielo quiso que, al fin, el chamuscado cediese. No así la peste. Santiago y las mujeres, inclinados alrededor de la quemadura, no terminaban de entender lo sucedido. Pero María, tras un minucioso examen del orificio, me buscó con la mirada. Palidecí. Y del susto y la perplejidad, mi «cómplice» pasó a una radiante paz. No preguntó el porqué. Y guiñándome un ojo sonrió feliz, segura de que mi «poder y presencia» eran la mejor de las protecciones para ella y los suyos. Tampoco repliqué ni me aventuré en excusa o comentario algunos. Era mejor así. Y batiendo palmas reclamó la atención general. Y retomando el hilo de la exposición iniciada por su hijo se expresó en los siguientes términos:

—Os diré algo...

Me eché a temblar. ¿Es que había olvidado nuestro secreto?

—...Es posible que nos hayamos precipitado. Jesús se esforzó en enseñarnos algo que, ahora, llevados por el miedo y la rabia, hemos estado a punto de olvidar: dejemos que se cumpla la voluntad del Padre de los Cielos. —Y tomando el brazo de Santiago, añadió condescendiente—: Es cierto que debemos permanecer alerta, pero, sobre todo, confiemos... El espíritu de mi Hijo, vuestro Hermano, está con nosotros. Él y sus ángeles —y la serena mirada de la mujer se fundió con la mía— nos acompañan y protegen.

Todos, al unísono, aprobaron sus justas palabras. Y de mutuo acuerdo, con el beneplácito del hermano del Maestro, trazaron un sencillo plan: esperarían. Y lo harían en silencio, sin nuevas manifestaciones, ni públicas ni privadas, acerca de la resurrección o de las visiones. Viejos conocedores de la voluble idiosincrasia de la aldea, confiaban en que, a no tardar, las aguas volvieran a su cauce y cada cual pudiera reanudar su vida y su trabajo. Unos y otros, a excepción de Santiago, trataron de convencerse mutuamente de la «bondad y buena ley de sus vecinos». Sólo tenían que ceder y mostrarse prudentes. En modo alguno debían incumplir las medidas adoptadas por el sumo sacerdote y sus secuaces.

Esta postura era lógica y comprensible..., en aquellos momentos. Entre otras razones, porque ignoraban lo que iba a suceder pocas horas después y, en especial, en la mañana del sábado, 29. Exceptuando la aparición a Santiago, en Betania, en la que el Resucitado le comunicó «algo» muy específico y que el hermano no deseaba desvelar, en las restantes «visiones» conocidas, Jesús se había limitado a desear la paz, constatar su nuevo y prodigioso «estado» e impartir una serie de consejos, más o menos abstractos y difusos. A decir verdad, casi nadie en el grupo sabía a qué atenerse. Sólo el fogoso Pedro había hecho un fallido intento de lanzarse a los caminos a proclamar la buena nueva de la resurrección. ¿Quién de los allí reunidos podía sospechar que en un plazo de veintitrés días, durante la tradicional fiesta de Pentecostés, el Maestro volvería a hablarles y que, a partir de entonces, nada sería igual? Pero la información, por el momento, era de mi exclusiva propiedad. Para María y su gente tales acontecimientos no existían. Sólo contaba el presente. Para muchos creyentes de hoy semejante actitud de la mal llamada «sagrada familia» resulta poco creíble o irreverente. En ese caso olvidan que aquellos hombres y mujeres eran, sobre todo, humanos y sujetos a las presiones de una vida que «seguía, a pesar de todo». La historia —no siempre— disfruta de la ventaja que proporciona el tiempo. Lo malo es cuando esa historia no contempla y contabiliza «todo el tiempo». Y aquellos días de finales de abril del año treinta tampoco aparecen en la mediocre historia de los evangelios...

Y volviendo a ese mediodía, recuerdo que, mientras la Señora y los hijos dibujaban ilusionados «sus» planes de paz, el silencioso Santiago, inexplicablemente, se negó a participar en la última fase de las conversaciones. Fue a retirarse al filo de la plataforma y allí permaneció, cabizbajo y atento a los bienintencionados pero utópicos deseos de su familia. No sé razonarlo pero «algo» —¿la intuición quizá?— me gritó que el hermano «sabía lo que estaba a punto de acontecer». ¿Le había avanzado Jesús la inminente suerte de su madre? ¿Era éste el contenido de la misteriosa «revelación» recibida en la aparición de Betania? Aquél era otro asunto que estimulaba mi curiosidad. Tenía que ingeniármelas para sonsacarle...

Y poco antes de las tres de la tarde (hora nona), perfilado el plan a seguir en las jornadas inmediatas, Santiago y su esposa abandonaron la casa por la puerta principal. Ismael y el anciano habían desaparecido. El lugar, desierto, continuaba anormalmente privado de las gentes que, se suponía, debían frecuentarlo.

Desenvainó la espada y, tras escrutar ambos extremos de la rampa, pasó el brazo derecho sobre los hombros de Esta, tomando la dirección del barrio alto. Su misión era controlar a Juan de Zebedeo y hacerle partícipe de las resoluciones adoptadas en el consejo familiar. Satisfecho el encargo se reincorporarían al hogar de María, a ser posible con el discípulo. Pero las cosas no iban a discurrir tan sencillamente.

Jacobo, cumpliendo las órdenes de su cuñado, regresó al terrado. Al menor signo de amenaza, la totalidad de la familia debería huir por el flanco posterior de la casa y, si fuera viable, refugiarse en la de Santiago. Y María y las hijas, inquietas al principio, fueron recobrando una cierta calma cuando, al tomar asiento junto a ellas y colocar la «vara» sobre mi regazo, les sonreí complacido, animando a la Señora a que prosiguiera con nuestro interrumpido relato sobre los años jóvenes de su Hijo. Ruth y Miriam, que ya habían presenciado algunas de mis largas tertulias en la hacienda de Marta, acogieron aquel repaso a la lejana historia de su Hermano como un bendito y relajante bálsamo, que les haría olvidar, aunque sólo fuera temporalmente, las recientes amarguras.

Y cuando la Señora, tras acomodarse a mi izquierda, se disponía a hablar, la curiosa e imprevisible Ruth descansó sus manos sobre la roca circular que servía de mesa, preguntando a bocajarro:

—Y tú, Jasón, ¿por qué nunca llevas espada?

Quedé descolocado. La sutil observación —raro era el comerciante u hombre de negocios que no portaba algún tipo de arma— demandaba una respuesta no menos estudiada. María y yo nos miramos. Y fue ella quien salió al paso:

—Hija, este hombre... —dudó un segundo. Me observó

de soslayo y feliz con su «secreto» prosiguió— también va armado.

La benjamín, incrédula, inclinó el cuerpo, examinando con descaro mi cinturón y el cayado. Y negando con la cabeza rectificó a su madre:

—Sólo veo un bastón...

La Señora sonrió benévola.

—Las armas de Jasón, querida, son las más poderosas, eficaces y seguras...

Ruth abrió al máximo el verde de su mirada. Su madre jamás mentía. Y quien esto escribe, desconcertado ante la magnífica definición de la naturaleza de los sistemas defensivos de la «vara de Moisés», aguardó el final de la frase con idéntica expectación.

—...porque no matan, hieren o lastiman. Sólo proporcionan confianza...

Ni Ruth ni yo la entendimos del todo.

—...Jasón, mi pequeña ardilla, como tu Hermano, lleva al cinto el «arma» de la confianza en el Padre.

A punto estuve de negar. ¡Ojalá este pobre explorador disfrutara de semejante «arma»!...

—Entonces —refrendó la muchacha, a quien todos en Nazaret conocían como la «pequeña ardilla»— tú también eres un hombre de paz...

En eso sí estaba de acuerdo. Y haciendo mía una frase de Byron en el *Don Juan* plasmé mi idea de las guerras y de la violencia:

—La sangre, hija mía, sirve solamente para lavar las manos de la ambición.

Y aprovechando la coincidencia, partiendo del ejemplo de los «íntimos» del Maestro —casi todos armados—, pregunté a la Señora si Jesús, alguna vez, había empuñado un arma.

Hoy, o en cualquier momento de la historia de los últimos dos mil años, la pregunta sería causa de escándalo. María, en cambio, acostumbrada a los *gladius* —incluso en las fajas de sus hijos—, no replicó con repugnancia o pasmo.

—Hubo un tiempo —rememoró con tristeza— en que sí le fue ofrecida la espada. Y yo, necia, le animé a empuñarla...

Algo sabía de ese interesante pasaje de la juventud de Jesús pero, en beneficio del orden cronológico, y del mío propio, di por zanjado el asunto, suplicando a mi informante que abriera las puertas de la memoria y nos trasladásemos a una de las fechas claves en la vida del Hijo del Hombre: el 25 de septiembre del año 8, un mes y cuatro días después de su catorce cumpleaños... (1).

(1) Entiendo que, en especial para cuantos hayan podido leer los volúmenes precedentes (*Caballo de Troya 2 y 3*), traer aquí y ahora una síntesis —casi «telegráfica»— de los principales acontecimientos registrados a lo largo de los primeros catorce años de la vida de Jesús de Nazaret puede resultar útil. Amén de refrescar los recuerdos nos proporcionará a todos una mejor comprensión de cuanto narra el mayor a partir de estos momentos. Vayamos, pues, con ese resumen:

Año —8.

• En marzo se celebran las bodas de José y Miriam (verdadero nombre de María). Ella contaba 13 años de edad; él, 21.

• Hacia mediados del octavo mes (marješván), en noviembre, al atardecer, la joven esposa recibe la misteriosa visita del ángel Gabriel que le dice: «Vengo por mandato de aquel que es mi Maestro, al que deberás amar y mantener. A ti, María, te traigo buenas noticias, ya que te anuncio que tu concepción ha sido ordenada por el cielo. A su debido tiempo serás madre de un hijo. Le llamarás Yehošu'a (Jesús o "Yavé salva") e inaugurará el reino de los cielos sobre la Tierra y entre los hombres. De esto, habla tan sólo a José y a Isabel, tu pariente, a quien también he aparecido y que pronto dará a luz un niño cuyo nombre será Juan. Isabel prepara el camino para el mensaje de liberación que tu hijo proclamará con fuerza y profunda convicción a los hombres. No dudes de mi palabra, María, ya que esta casa ha sido escogida como morada terrestre de este niño del destino... Ten mi bendición. El poder del Más Alto te sostendrá. El Señor de toda la Tierra extenderá sobre ti su protección.»

• En todo momento, María defendió la concepción «no humana» de su primogénito.

• José, durante algún tiempo, no consigue entender cómo un niño nacido de una familia humana pudiera tener un destino divino. En un sueño, «un brillante mensajero» le tranquilizó con las siguientes palabras: «José, te aparezco por orden de aquel que reina ahora en los cielos. He recibido el mandato de darte instrucciones sobre el hijo que María va a tener y que será una gran luz en este mundo. En él estará la vida y su vida será la luz de la humanidad. De momento irá hacia su propio pueblo. Pero éste le aceptará con dificultad. A todos aquellos que le acojan les revelará que son hijos de Dios.»

• El papel que debería desempeñar aquel «hijo del destino» provocaría un grave confusionismo entre los allegados a José y María. La mayor parte de sus familiares acogió la noticia con escepticismo. Erróneamente, la Señora —como la llama el mayor— identificó a su Hijo con el Mesías o Libertador político.

Año —7.

• En febrero, María visita a su prima lejana Isabel. En junio del año

Como fue escrito en este diario, a partir de aquel martes, la nave de la joven y prometedora vida de Jesús se vio azotada por nuevos y racheados vientos. Sepultado su padre, con catorce años recién estrenados, no tuvo opción. Todos los proyectos —los suyos, los de su madre y los de la

---

anterior, el ángel Gabriel se había aparecido igualmente a Isabel, comunicándole lo siguiente: «Mientras tu marido, Zacarías, oficia ante el altar, mientras el pueblo reunido ruega por la venida de un salvador, yo, Gabriel, vengo a anunciarte que pronto tendrás un hijo que será el precursor del divino Maestro. Le pondrás por nombre Juan. Crecerá consagrado al Señor, tu Dios y, cuando sea mayor, alegrará tu corazón ya que traerá almas a Dios. Anunciará la venida del que cura el alma de tu pueblo y el libertador espiritual de toda la humanidad. María será la madre de este niño y también apareceré ante ella.»

Tres semanas más tarde, la futura madre de Jesús regresaba a Nazaret, definitivamente convencida del «papel político y libertador» que desempeñarían su Hijo y Juan, su lugarteniente.

• El 25 de marzo nace Juan.

• Al recibirse en Nazaret la orden de empadronamiento, José dispone el viaje a Belén, pero en solitario. María lo convence para que viajen juntos, a pesar de encontrarse casi «fuera de cuentas».

• Al amanecer del 18 de agosto emprenden el camino, por el Jordán, hacia la ciudad de David.

• Al atardecer del 20 de agosto entran en Belén, alojándose en los establos de la posada. Esa misma noche experimentaría los primeros dolores.

• Hacia las doce del mediodía del 21 de agosto se producía el alumbramiento de Jesús: el *bekor* o primogénito de María.

• Cuando el bebé contaba escasas semanas recibe la visita de unos sacerdotes astrólogos procedentes de Ur de Caldea. Zacarías les informa del lugar donde se encuentra «el rey de los judíos» y, tras contemplar al niño, retornan a Jerusalén, siendo interrogados por Herodes el Grande. El «edomita» intenta engañar a los «magos» pero éstos desaparecen, rumbo a su país. Los espías de Herodes buscan afanosamente al niño. José, advertido por Zacarías, oculta a Jesús en la casa de sus parientes. Angustiosa situación de la familia. José duda entre buscar trabajo e instalarse en Belén o huir.

AÑO —6.

• Desesperado ante la infructuosa búsqueda del «otro rey», Herodes ordena el registro de la aldea y la ejecución de cuantos varones menores de dos años pudieran ser hallados. El aviso de un «funcionario» próximo a la corte del «edomita» permite que José, María y el niño escapen a tiempo. En la matanza —ocurrida en octubre— pierden la vida 16 niños. Jesús contaba 14 meses de edad.

• La familia se instala en la ciudad egipcia de Alejandría, bajo la protección de unos acaudalados parientes de José. Allí permanecen por espacio de dos años. José aprende el oficio de contratista de obras. La

esperanzada aldea— fueron inhumados con el cadáver de José. Y la Providencia, siempre sabia, le forzó a «barloventear contra sí mismo». Sus cada día más lúcidas ideas para «revelar a los hombres la maravillosa realidad de un Padre celestial» terminaron arrinconadas —que no muertas— en

---

comunidad judía termina por conocer el secreto de María y José e intenta convencer a los padres del «Hijo de la Promesa» para que Jesús crezca y sea educado en Alejandría. Le regalan un ejemplar de la traducción griega de los textos de la ley, de gran importancia en la posterior educación del joven Jesús.
• María se obsesiona por la integridad física de su hijo.
AÑO —4.
• En agosto, tercer aniversario de Jesús, la familia embarca con destino al puerto de Joppa, a unas 300 millas de Alejandría. Primer viaje por mar de Jesús.
• A finales de ese mes de agosto, vía Lydda y Emmaüs, llegan a Belén. Permanecen en la aldea durante todo septiembre. María es partidaria de educar a su hijo en Belén. José, en cambio, se opone, sugiriendo el regreso a Nazaret. El carácter violento del nuevo tetrarca —Arquelao—, sucesor de su padre, Herodes el Grande, decide a José por la baja Galilea. María tiene que ceder. A primeros de octubre emprenden por fin el viaje hacia Nazaret. Al llegar a la aldea se encuentran la casa ocupada por uno de los hermanos de José.
AÑO —3.
• En la madrugada del 2 de abril nace Santiago.
• A mediados de ese verano, José consigue uno de sus sueños: montar un taller cerca de la fuente pública. Se asocia con dos de sus hermanos. Los negocios prosperan. Reúnen una cuadrilla de obreros y recorren las aldeas y ciudades próximas, trabajando, sobre todo, en la construcción de edificios. Poco a poco, José abandona las labores de carpintería.
• Jesús empieza a oír los relatos de los viajeros y conductores de caravanas que acuden al taller de su padre terrenal.
• En julio, una epidemia intestinal obliga a María a salir del pueblo con sus dos hijos, refugiándose durante dos meses en la granja de uno de sus hermanos, cerca de Sarid. Jesús hace una especial «amistad» con una oca.
AÑO —2.
• En la noche del 11 de julio nace Miriam. A punto de cumplir cinco años, Jesús pregunta por primera vez sobre el misterio de la vida y del nacimiento de los seres vivos. Su curiosidad insaciable ocasiona problemas a cuantos le rodean.
• El 21 de agosto, en su quinto aniversario, Jesús, de acuerdo con la ley, pasa a depender de José en todo lo concerniente a su educación moral y religiosa. Y empieza a aprender el oficio de su padre. María le inicia en el cuidado de las flores. Jesús garabatea sus primeras letras.
• Primera gran desilusión del pequeño. Ese verano, un temblor

lo más íntimo de su ser. Y Jesús se vio al frente de una familia numerosa a la que había que alimentar, educar y sacar adelante.

Cambiando impresiones con María y los suyos sobre este trascendental giro fui cayendo en la cuenta de algo que

---

sacude Nazaret. Sus padres no saben explicarle el porqué del seísmo. Su continuo río de preguntas obliga a José a esconderse, huyendo así de las embarazosas cuestiones que plantea su incansable Hijo.

Año —1.

• María recibe la visita de Isabel. Primer encuentro de Juan y Jesús. Durante una semana, las familias hacen «planes» para el Libertador y su «segundo». Juan habla a su primo de Jerusalén y de su grandeza. Desde entonces no cesó de preguntar: «¿Cuándo viajaremos a Jerusalén?»

• Jesús manifiesta un «blasfemo» deseo de hablar directamente con Dios. Y le llama «Padre». José y María, aterrorizados, tratan de disuadirle de semejante idea.

• En junio, José toma la decisión de ceder el taller a sus hermanos, lanzándose de lleno a la contrata de obras. María se opone. Pero los ingresos de la familia mejoran considerablemente.

• Jesús acompaña a José en muchos de los viajes de negocios por la región.

Año 1.

• Su pasión por los juegos paganos y los continuos paseos por la colina del Nebi Sa'in le valen una dura reprimenda. José le hace ver que debe someterse a la disciplina del hogar.

• En el *shebat* (enero-febrero), recibe una de las más agradables sorpresas de su corta vida: Nazaret está nevado.

• En julio, el primogénito rueda por los peldaños de la escalera adosada a uno de los muros de la casa, cegado por una tormenta de arena. El percance resucitó en María los viejos temores.

• El miércoles, 16 de marzo, nace el cuarto hijo: José.

• En agosto, al cumplir los siete años, siguiendo la costumbre, Jesús ingresa en la escuela. Los «estudios elementales» se prolongaban hasta los diez años.

• Jesús continúa escuchando a los peregrinos y caravaneros. Ello le permite perfeccionar el griego. Su madre le enseña a ordeñar, a preparar el queso y a tejer.

• Por aquellas fechas, el Jesús niño y su amigo íntimo, Jacobo, descubren el taller del alfarero Nathan.

Año 2.

• El buen hacer de Jesús en la escuela le supone una «licencia»: librar una de cada cuatro semanas. Y el muchacho dedica esas «vacaciones» a la pesca, a orillas del *yam*, y a la agricultura, en la granja de su tío. Su primera experiencia con una red tendría lugar en mayo.

• Aquel año aparece en Nazaret un misterioso profesor de matemáticas, oriundo de Damasco. El enigmático «sabio» le inicia en el mundo de los números y, sobre todo, de la Kábala.

me emocionó y que, al ser ignorado por los evangelistas, no ha podido ser apreciado en dos mil años. La mayoría de los creyentes y no creyentes supone o imagina a un Jesús perfectamente arropado en su infancia y juventud por unos padres que, a su manera, dulcificaron la existencia del Hijo

---

• Jesús enseña a su hermano Santiago los rudimentos del abecedario.

• Los maestros pierden la paciencia ante sus inquietantes y, a veces, «sacrílegas» preguntas. Todo le interesa. Todo lo cuestiona. A su alrededor se gesta un ambiente de rechazo y antipatía por parte de determinados círculos de la aldea.

• El deslenguado Zacarías revela a Nahor, profesor de una de las escuelas rabínicas de Jerusalén, la existencia en Nazaret del Mesías. Nahor examina primero a Juan y, posteriormente, se traslada a la Galilea. Aunque el «descaro» de Jesús en temas religiosos no es de su agrado decide proponer su traslado a la Ciudad Santa, con el fin de que estudie. José no ve claro el proyecto. María, en cambio, presiente que aquello puede ser la culminación de la «carrera política» de su Hijo. Ante el desacuerdo de los padres, Nahor consulta al interesado. Jesús decide permanecer en Nazaret.

• En la noche del viernes, 14 de abril, llega al mundo Simón, el tercero de los hermanos varones.

• Jesús vende el queso y la mantequilla que él mismo preparaba. Con el dinero se costea sus primeras clases de música.

AÑO 3.

• Jesús conoce las habituales enfermedades de la infancia. Su desarrollo físico es espectacular, destacando entre la población infantil de la aldea.

• En invierno se registra un grave incidente. Jesús, excelente dibujante, comete el «sacrilegio» de pintar el rostro de su maestro en el pavimento de la escuela. El consejo de Nazaret se reúne y José es amonestado. La ley judía prohibía todo tipo de representaciones humanas. El díscolo jovencito es amenazado con la expulsión de la escuela. Jesús no volvería a pintar ni a modelar arcilla.

• En compañía de su padre escala por primera vez el monte Tabor.

• El 15 de septiembre nace Marta, la segunda de las hermanas. El alumbramiento obliga a José a ampliar la vivienda.

• Jesús trabaja ese año en labores de siega, en la granja de su tío. María se indigna al saber que su Hijo ha manejado una hoz.

AÑO 4.

• A punto de cumplir los diez años, la corpulencia física y la agilidad mental de Jesús le convierten en el jefe de una «banda» de siete amigos. Jacobo, su vecino e íntimo amigo, es uno de ellos. Jesús experimenta un rechazo natural ante la violencia. Ello le ocasiona serios conflictos con sus compañeros de juegos.

• El 5 de julio tiene lugar un «suceso» que confunde a sus padres. Ese sábado, en uno de los habituales paseos por el campo, Jesús condel Hombre. Y «llegada su hora» —siguen reflexionando los hombres y mujeres que no le conocieron— se despidió de Nazaret, lanzándose a la predicación que, peor que bien, nos ha sido transmitida. Craso error. Jesús de Nazaret apenas si tuvo adolescencia. Si uno de los cometidos de su

---

fiesa a José «que sentía que su Padre de los cielos le reclamaba y que él no era quien todos creían que era». A partir de esa fecha se tornaría taciturno y solitario, frecuentando la compañía de los adultos.

• En agosto ingresa en la escuela superior. Sus «impertinentes preguntas» fueron a más, provocando que el consejo llamara al orden a sus padres. Y los enemigos de Jesús le acusaron de «soberbio, descarado y presuntuoso».

• Su afición a la pesca crece. Hasta el punto que comunica a su padre que, en el futuro, «desea ser pescador».

AÑO 5.

• A mediados de mayo, Jesús acompaña a su padre a la ciudad helenizada de Scythópolis, en la Decápolis. La grandiosidad de los edificios y la belleza de los juegos que presencia le entusiasman. José se ofende y llega a zarandear a su hijo en una acalorada discusión.

• El miércoles, 24 de junio, María da a luz a Judas. A raíz de este parto, la Señora cae enferma. Jesús se ve obligado a suspender las clases en la escuela y a cuidar de su madre y hermanos pequeños. Los juegos y distracciones se espacian. Las dudas sobre su verdadera «identidad» siguen atormentándole.

AÑO 6.

• Jesús vuelve a los estudios. Su forma de ser cambia: de las constantes preguntas pasa al silencio. Sus padres no entienden este extraño giro. María se desespera. No comprende por qué su primogénito, «Hijo de la Promesa», no atiende y comparte sus directrices «para alzar a la nación judía contra Roma». Las discusiones entre los esposos, en este sentido, son continuas. Jesús guarda silencio y se refugia en la música y en el cuidado de sus hermanos.

• A final de año, a causa del demoledor «sometimiento» a las rígidas y absurdas pautas religiosas de la comunidad, Jesús cae en un profundo abatimiento.

AÑO 7.

• Jesús entra en la adolescencia. Su voz y cuerpo se modifican.

• En la noche del domingo, 9 de enero, nace Amós.

• En febrero, el espléndido joven supera su abatimiento. Conjugaría, de momento, las férreas creencias de sus mayores con el secreto proyecto que seguía germinando en su corazón: «iluminar a la humanidad, hablándole de su Padre celestial».

• El 20 de marzo, tras una reposada y pulcra lectura en la sinagoga, el pueblo se siente orgulloso de aquel hijo de Nazaret. Y resucitan los viejos planes para que estudie en Jerusalén. Acudiría a la Ciudad Santa al cumplir los quince años.

• A primeros de abril recibe el diploma por sus estudios. José le

encarnación fue «experimentar por sí mismo la vida de sus criaturas», a fe mía que, a partir del referido 25 de septiembre, lo alcanzó con creces. Esa misteriosa Providencia torció incluso los «sueños» de un Dios, que no sabía que lo era, en beneficio del enriquecimiento moral de un hombre.

---

anuncia que, como adulto ante la ley, asistirá a su primera Pascua en Jerusalén.

• El lunes 4 de ese mes de abril, un grupo de 130 vecinos emprende la marcha hacia la Ciudad Santa. En este viaje, la familia de Nazaret entabla amistad con la de Lázaro, en Betania. En el atardecer del jueves, día 7, Jesús contempla Jerusalén desde el monte de los Olivos.

• Al día siguiente José llevó a su primogénito a una de las prestigiosas academias rabínicas.

• 8 de abril: esa noche, un ángel aparece ante Jesús y le dice: «Ha llegado la hora. Ya es el momento de que empieces a ocuparte de los asuntos de tu Padre.» Y el Hijo del Hombre, muy lentamente, va adquiriendo conciencia de su origen y naturaleza divinos.

• El sábado, 9 de abril, es consagrado en el templo como «hijo de la ley». Jesús sufre una profunda decepción ante la teatralidad y el derramamiento de sangre que acompañan a los ritos religiosos. Los desacuerdos con sus padres van en aumento.

• El domingo, Jesús «descubre» las discusiones entre los rabinos y doctores de la ley. Antes de la partida hacia Galilea queda fijado su ingreso en la escuela rabínica para agosto del año 9. Jesús continúa asistiendo a las conferencias del templo, pero no interviene.

• El 18 de abril, lunes, los peregrinos se concentran en las proximidades del templo y parten hacia Nazaret. María y José descubren la desaparición de su hijo al llegar a Jericó.

• El mediodía de ese lunes Jesús toma plena conciencia de la marcha de la caravana. Pero decide quedarse y seguir asistiendo a las discusiones del templo.

• A la mañana siguiente, al pasar por el Olivete, Jesús llora amargamente a la vista de Jerusalén. José y María regresan a la Ciudad Santa y le buscan desesperadamente.

• En esa jornada, el adolescente habla por primera vez ante los rabinos, provocando con sus preguntas y comentarios las más dispares reacciones.

• La tercera jornada de Jesús en el templo constituye un gran triunfo para el joven de Nazaret. La noticia de un niño galileo, dejando en ridículo a los presuntuosos escribas y doctores de la ley, se difunde por la ciudad.

• El jueves, 21 de abril, José y María deciden buscar fuera de Jerusalén. Acuden al templo para interrogar a Zacarías y José reconoce la voz de su hijo entre los asistentes a uno de los debates. Esa misma tarde, en mitad de una fuerte tensión, inician el retorno a la Galilea. El abismo entre las ideas de María y las de su primogénito se hace casi insalvable.

Y como millones de humanos tuvo que doblegarse a la disciplina de la miseria, de la soledad y del miedo. Bien puede hablarse de un Jesús «anterior» a la muerte de su padre y de «otro», forzosamente distinto, que amanecería sobre los restos de José.

Y como sucede con los valientes, repuesto de la sorpresa, lejos de humillarse, asumió su nuevo papel, tomando las riendas del entristecido y desolado hogar. Y en la aldea ya nadie acarició la posibilidad de verle convertido en «rabino de Jerusalén». Estaba escrito: Jesús no sería discípulo de nadie.

—El golpe fue tan inesperado —prosiguió la Señora con la serenidad que proporciona el tiempo— que necesitamos meses para despabilar los cuerpos. José se había ido sin hablarnos. Sin darnos su bendición. Las heridas, mortales, le arrebataron la vida antes de que yo entrara en Séforis. Y a pesar del consuelo de las gentes de esta aldea, la casa ya no fue la misma.

• Al entrar en Nazaret, Jesús prometió a sus padres que jamás volverían a sufrir por su causa. «Esperaré mi hora», manifestó. Y la Señora reavivó sus sueños nacionalistas. Pero Jesús se encerró en un cerco de silencio, frecuentando, cada vez más, la cima del Nebi.

• El «éxito» de Jesús en Jerusalén fue celebrado por sus profesores y convecinos. Y muchos compartieron las ilusiones políticas de su madre: «de Nazaret saldría un brillante maestro y, quizá, un jefe de Israel». Año 8.

• El joven Jesús se convierte en un hombre de gran belleza. Siguió trabajando como carpintero. Y su mente fue abriéndose a la realidad divina. Pero los solitarios paseos y el acusado distanciamiento de las ideas de su madre hicieron dudar a María del prometido destino de su Hijo. Además, el siempre pensativo carpintero «no hacía prodigios».

• A pesar de la tensa situación familiar, José lo dispuso todo para el próximo ingreso de su primogénito en la escuela rabínica de Jerusalén. El futuro parecía prometedor.

• El 21 de agosto, al cumplir los catorce años, su madre le regala una espléndida túnica de lino, confeccionada por ella misma.

• Pero en la mañana del martes, 25 de septiembre, la vida de Jesús y de toda la familia sufrió un doloroso cambio: José había resultado herido, al caer de una obra en la residencia del gobernador, en la vecina ciudad de Séforis. El contratista de obras y padre terrenal del Hijo del Hombre falleció poco después, cuando contaba treinta y seis años. Curiosamente, casi a la misma edad en que fue crucificado Jesús. Al día siguiente fue sepultado en Nazaret.

(Nota de J. J. Benítez.)

Al preguntar el lugar donde reposaban los restos de su marido respondió con un impreciso y mecánico movimiento de cabeza. Deduje que se refería a la colina. En mi «agenda» figuraba también una gira de inspección por las faldas y cumbre del Nebi. Y me propuse localizar la tumba.

—...¿Comprendes, amigo Jasón, por qué mi familia sigue confiando en los vecinos de Nazaret?

No supe a qué se refería.

—...En tan dramáticos momentos, muchos de ellos nos abrieron las puertas de lo poco que tenían, regalándonos consuelo y amistad. Eso no se olvida.

—Pero —presioné señalando hacia la calle—, esta mañana...

Aun reconociendo que me asistía la razón la noble María insistió:

—Ésos, unos pocos, se alegraron entonces de la muerte de José y ahora con la de Jesús... —Y dirigiéndose a sus hijas añadió rotunda—: Conocemos sus nombres y el porqué de su mezquino comportamiento. Pero no todos son así.

Miriam y Ruth asintieron. Y quien esto escribe se quedó con las ganas de interrogarles acerca de ambos asuntos: la identidad de los agresores y las razones de su cólera. Mas, no deseando interrumpir el hilo principal de la narración, elegí esperar e ir comprobándolo por mí mismo.

—Los lazos entre el pueblo y nuestra familia se anudaron de tal forma que, durante aquel invierno, rara era la noche que la casa no se veía invadida por gentes que acudían a hacernos compañía, a oír a Jesús en sus habituales lecturas de las Escrituras o, sencillamente, a disfrutar de su música.

En efecto. En aquellos difíciles días, el joven Jesús combatió su natural amargura, refugiándose en los suyos y en su arpa. Yo tenía conocimiento de la existencia de este pequeño instrumento musical —probablemente un *kinnor*—, a raíz de mis conversaciones en Betania. Y a decir verdad, no sé explicar por qué, desde el primer momento me sentí atraído hacia él. Tenía que averiguar dónde se hallaba, qué había sido del entrañable «compañero» del Maestro... Esta obsesiva búsqueda del «arpa» me conduciría, a no tardar, a una de las situaciones más penosas en las que me vi envuelto en toda la aventura palestina... Pero vayamos por partes. Al oír la palabra «música» interrumpí a mi confidente, interesándome por el paradero del viejo instrumento. María, compartiendo mi curiosidad, se encogió de hombros. Ni ella ni sus hijas lo habían vuelto a ver. Cuando la falta de recursos económicos les acorraló el propio Jesús se desprendió del *kinnor*, «vendiéndolo por la mísera cantidad de un par de denarios de plata».

—De eso, querido y curioso amigo —sentenció la Señora, dando por perdido el asunto—, hace ya muchos años...

La fugaz alusión al dinero me dio pie a preguntar sobre otro capítulo, aunque prosaico, no menos importante: ¿en qué situación les había dejado José?

—Buena, Jasón... Mi marido había ahorrado una sustanciosa cantidad. Y de eso fuimos viviendo. Mi Hijo se destapó como un prudente administrador. Era generoso, pero ahorrativo. Además, tal y como establece la ley, imaginamos que el gobernador de Séforis fijaría una importante suma en concepto de indemnización...

La Señora esbozó una irónica sonrisa. Tal indemnización, reclamada algún tiempo después por Jesús al tetrarca de Galilea, el tristemente célebre Herodes Antipas (el «viejo zorro»), no llegó jamás. Este nuevo «golpe» precipitaría «otros acontecimientos».

—...Al no contar con esos dineros, que nos correspondían en justicia, todo se desmoronó. Antes de un año, los fondos acumulados por mi esposo se agotaron. Y no tuvimos otra opción que sacar a la venta una de las casas propiedad de José y del padre de Jacobo. Ello nos permitió un respiro. Pero nuestro destino estaba escrito con la tinta de la pobreza...

Certeras palabras las de María. Si la existencia de Jesús y la de los suyos podía calificarse, hasta esas fechas, de «medianamente acomodada», al entrar en su quince cumpleaños se hundiría en el pozo de la miseria. Los creyentes que «visten» a Jesús de Nazaret de pobreza no saben hasta qué punto aciertan. El Maestro, así, experimentó también la estrechez y, quizá, algo peor: la impotencia ante la estrechez de los demás.

He pasado mucho tiempo meditando sobre esos angustiosos meses del Hijo del Hombre. ¡Necios evangelistas! ¿Puede haber una estampa más próxima, humana y aleccionadora en la vida del joven Jesús? ¿Es que esa etapa de su existencia terrenal no merecía unas líneas? ¿Cuál fue el panorama en el que tuvo que moverse el Galileo en los arranques de aquel año nueve? Sólo de imaginarlo me estremezco: una madre abatida y embarazada, siete hermanos que alimentar y, por todo bagaje, ¡catorce años!

En la noche del 13 de marzo llegaría al mundo la hija póstuma de José: la «pequeña ardilla». Al rememorar el acontecimiento, María se fundió con Ruth en una cálida melancolía. Durante algunos segundos habló el silencio. Y creí descifrarlo. Aquella temerosa criatura, que no conoció a su padre, tuvo la fortuna y la desgracia de aparecer en el hogar de Nazaret en mitad del más encrespado oleaje. «Desgracia», por lo ya mencionado. «Fortuna» porque, en ausencia de José, encontraría en su Hermano el más dulce, paciente y amoroso de los «padres».

Al interrogar a la pelirroja sobre sus recuerdos, las manos de madre e hija fueron a encontrarse en el centro de la mesa de piedra. Y se entrelazaron mudas y elocuentes. Pero Ruth, haciendo caso omiso de mis requerimientos, se negó a contestar. Lo comprendí. Era su «tesoro». Y María, haciéndome un guiño, solicitó paciencia. La intuición de la madre no se equivocó. Y aliviando mi fallido intento desvió la conversación hacia un tema que provocaría la hilaridad de las hijas.

—Fue el juguete de la casa, Jasón. Dios, bendito sea su nombre, quiso suavizar nuestra tristeza y envió a Ruth. Fue un terremoto. Todo lo removía y mordisqueaba. Su rincón favorito era el taller de Jesús. Cada vez que me daba la vuelta escapaba gateando y se ponía perdida con el serrín...

Al referir las diabluras de la «pequeña ardilla» giró la cabeza hacia el descuidado cuartucho situado a mi espalda. Empecé a comprender.

—Entonces —la interrumpí—, ese sucio lugar...

La Señora encajó mal el apunte.

—¿Sucio?...

A destiempo, como siempre, quise rectificar. Pero María, dolida en su orgullo de dueña, no lo permitió.

—Te diré algo que tampoco sabes, Jasón.

El tono, recio e inmisericorde, me hizo presagiar una secreta revelación.

—...Cuando mi Hijo abandonó definitivamente Nazaret, «su» taller de carpintería (ese que has visto) quedó tal cual..., por expreso deseo de María, «la de las palomas». Y así seguirá. Tú no puedes saber con qué coraje, con qué tenacidad, con qué sudor trabajó Jesús en ese «sucio cuartucho»...

Enrojecí de vergüenza.

—...para sacar adelante a sus hermanos. Mientras los otros jóvenes de la aldea disfrutaban de su tiempo libre, él se quedaba ciego sobre el banco. ¡Benditas telarañas! No quiero olvidar el pasado, Jasón...

Despegué los labios, buscando disculparme. No me fue concedido. Y la Señora, abierta la caja de su temperamento, se vació. Y yo, en el fondo, agradecí la involuntaria indiscreción.

—...Con quince años en puertas madrugaba como yo. Y se encerraba en el «sucio taller» —su mordacidad era de temer— hasta más allá del ocaso. Al principio entraba y le reprendía. Tuve que rendirme. Desde entonces, cada vez que le importunaba, era para ofrecerle un cuenco de leche o animarle con un beso. Y tanto esfuerzo, ¿para qué?... ¿Sabes cuál fue su salario hasta que cumplió los dieciséis años? A veces no llegaba a veinticuatro ases al día...

Hice cálculos mentales. Teniendo en cuenta que una libra de carne oscilaba alrededor de los dos ases y que el número de bocas a satisfacer era de diez, el margen no era muy tranquilizador.

—...¡Qué angustia, Jasón! Antes de que finalizase el año tuvimos que recurrir a la dolorosa venta de las palomas que cuidaba Santiago. ¡Mis queridas palomas! Pero Jesús era emprendedor. Y en mitad de nuestra miseria, en contra de mi voluntad, se empeñó en adquirir una vaca. Era audaz y obstinado como su padre...

—Y como su madre —terció Miriam con excelente tino.

María sonrió, encajando la justa ocurrencia de su hija mayor.

—Nunca supe cómo se las arregló para ir pagándola. El caso es que, al poco, tuve que reconocer su acierto. Y Miriam, cada mañana, con frío, calor, agua o hielo, se encargaba de la venta de la leche. Aun así, las cosas no mejoraron. El pago de los impuestos, al año siguiente, nos hundió definitivamente. Medio siclo para la escuela-sinagoga, otro medio para el templo... En fin, el desastre. Y, para colmo, esa víbora...

Mi perplejidad no pasó desapercibida para la Señora.

—Has escuchado bien: víbora. Al pan, pan... Ese saduceo hipócrita que ha rasgado sus vestiduras, en tiempos maestro de Jesús, amenazó con embargarnos si no pagábamos las tasas. Y rencoroso, con el único afán de herir a mi Hijo, mencionó el arpa...

El «rompecabezas», con las palabras «odio» e «Ismael», empezaba a encajar lentamente.

—¿Sabes cómo replicó Jesús a los desmanes de esa serpiente?

Cómo podía saberlo.

—...El día de su quince cumpleaños se presentó en la sinagoga e hizo donación de su querido ejemplar de la traducción griega de las Escrituras. Cuando, indignada, le pregunté por qué lo había hecho, respondió guiñándome un ojo: «Madre, ceder a tiempo es vencer.»

Y aunque las necesidades del hogar se vieron drásticamente recortadas durante meses, el esfuerzo colectivo —las ventas de leche de Miriam; los esporádicos trabajos de Santiago en el almacén de aprovisionamiento de caravanas, ahora propiedad de un hermano de José; la ropa hilada y confeccionada por María y el jornal del joven carpintero— terminó por dar fruto. Y la familia, mal que bien, inició una lenta recuperación. Por mediación de sus familiares Jesús consiguió que le cediesen una parcela de tierra en la falda norte del Nebi. E ilusionado la dividió en pequeños huertos, encomendando su cuidado al resto de los hermanos. Y el convenio de aparcería les proporcionó, si no dinero, al menos un complemento a la dieta diaria.

—La fantasía juvenil de mi Hijo —aclaró la Señora—, dormida en parte por las estrecheces, volvió a brillar fugazmente. Al ver trabajar a sus hermanos entre legumbres y hortalizas me confesó que le gustaría disponer algún día de una granja propia. Ya ves, el destino le reservaba otros planes...

¡Ah, Jesús, consuelo de los idealistas decepcionados!

—...Y quizá lo hubiera logrado, Jasón.

—¿Jesús agricultor?

María afirmó con la cabeza. Y me proporcionó una nueva prueba del enigmático y encadenado «hilar» de la Providencia.

—¿Adivina quién lanzó por tierra las fundadas ilusiones de mi Hijo?

No era fácil. Pensé en el saduceo. ¿O fue la propia María?

—...El «zorro». Ese malnacido...

—¿Quién? —pregunté sin reflejos.

—Herodes Antipas...

Y la mujer, que no atrancaba cuando tenía razón, me relató el interesante y decisivo encuentro entre el hijo de Herodes el Grande, a la sazón dueño y señor de aquellas tierras, y el joven muchacho de Nazaret. Al parecer, a la muerte del contratista de obras, el tesorero del consejo de Séforis —capital de la baja Galilea— adeudaba a José una serie de salarios. Estos dineros, unidos a la indemnización por fallecimiento en «accidente laboral», hubieran permitido a la familia la compra de la referida granja. Pero el funcionario en cuestión ofreció una cantidad ridícula que, por supuesto, rechazaron. Y los hermanos de José apelaron al mismísimo tetrarca. Cuando, al fin, Herodes recibió a Jesús y a sus familiares en el palacio de Séforis, la sentencia arruinó los sueños del carpintero. «Que venga el muerto —rió el corrupto Antipas— y que reclame.» Y el primogénito regresó a la aldea con la ansiedad que contagia la injusticia. A partir de entonces retiró su confianza en Herodes. Y la Providencia, como digo, le obligó a «soñar» en otra dirección.

—A los pocos días —añadió con orgullo—, Jesús había olvidado a Antipas. Y despacio, midiendo cada lepta, consiguió lo que yo no hubiera logrado en años. Sus labores de carpintero gustaban; en especial los yugos. Y los campesinos y caravanas se los disputaban. De esta forma, al cumplir los diecisiete años, había reunido tres vacas, cuatro carneros, un burro, un buen puñado de gallinas y un perro.

—¿Un perro?

La noticia, tan inesperada como insólita, nos condujo a un terreno que no agradó a Ruth.

—¿Le gustaban los animales?

205

—Desde siempre —avanzó María. Y tras recordarme la pasión del Jesús niño por una de las ocas de la granja de su hermano, animó a la «pequeña ardilla» a que me hablara de Zal. Al oír este nombre, la muchacha, sobresaltada, bajó los ojos, rompiendo a llorar. Quedé en suspenso. ¿Quién era Zal? Y antes de que la Señora acertara a consolarla se retiró de la mesa, refugiándose en el oscuro taller. Miriam intentó levantarse para acudir en su ayuda. Pero María, conociendo la extrema sensibilidad de Ruth, le recomendó que la dejara a solas.

—Zal —aclaró Miriam— fue uno de los mejores amigos de Ruth..., y de Jesús. Tanto el primero como el segundo...

—Sobre todo el segundo —terció la Señora.

Me interesé vivamente por este nuevo personaje. Y al requerir mayor información, la Señora, intuitiva, se apresuró a descabalgarme de lo que, sin duda, llevaba camino de convertirse en una lamentable equivocación.

—Jasón: no te precipites... Zal no era un ser humano, aunque, en ocasiones, sobre todo el segundo, demostró mayor nobleza, lealtad e inteligencia que muchos que se dicen hombres. ¿Jesús no te habló de él?

—No lo recuerdo...

—Hubo dos perros. Ambos se llamaban Zal. El primero apareció en la casa de Nazaret cuando Jesús contaba 17 años. Fue un gran compañero. El segundo Zal fue más importante. Fue un hermoso perro, inseparable compañero de mi Hijo en sus últimos años. Aquel otro Jasón lo conoció.

Parpadeé atónito. Ni remotamente hubiera imaginado al Maestro, acompañado por un perro... Es más: por lo que llevaba visto y por la información acumulada en nuestro banco de datos, el perro, en general, no era bien visto por la sociedad judía (1). Se los consideraba carroñeros, des-

(1) Desde los tiempos bíblicos, el perro fue despreciado, siendo estimado únicamente en su papel de guardián del ganado y como carroñero, encargado de la limpieza de las ciudades. Merodeaba en la noche por las murallas (*Salmos*, 59, 6), devorando, incluso, los cuerpos humanos (*Reyes*, I, 14-12) y comiendo la carne que aborrece el hombre (*Éxodo*, 22, 31). En *Salmos* (22, 16-20) se les compara a los violentos. Era, en suma, el mayor de los ultrajes (*Sam.*, I, 22, 14), (*Sam.*, II, 3, 8), (*Reyes*, II, 8, 13) e (*Isaías*, 66, 3). En el lenguaje popular la palabra «perro» servía para designar a un enemigo. *(N. del m.)*

preciables y peligrosos. Y aunque la mayor parte de las veces no se trataba del *canis familiaris,* sino de chacales, lobos, perros asilvestrados o un cruce de unos con otros, la verdad es que, según la ley, «sólo los cachorros eran admitidos en las casas de los hebreos». Una norma, claro está, que respetaban los muy ortodoxos... El pueblo, en especial los que vivían en el campo, sabía aprovechar las muchas cualidades de estos animales. Una vez más, aquel jovencito había predicado con el ejemplo, colocándose del lado de la Naturaleza. Pero el instinto me llevó a cortar en seco la historia de *Zal.* Ahora me alegro. Este personaje, ignorado por los textos «sagrados», llegó a conmovernos. De haber entrado en detalles en aquellos momentos, de seguro que hubiera destinado menos tiempo al fundamento de la misión en Nazaret. Y antes de avanzar en ese crucial año 9 les expuse un par de cuestiones que no aparecían claras en mi ansioso corazón. En primer término, si las arcas domésticas se hallaban tan exhaustas como aseguraba la Señora, ¿cómo entender que la familia pudiera adquirir «tres vacas, cuatro carneros y un asno»?

María, que disfrutaba con la sinceridad, aceptó de buen grado mi objeción.

—Quizá me he explicado mal. En un primer momento no fueron comprados, sino alquilados. El burro, a razón de tres denarios-plata por mes. Las vacas, algo menos...

La segunda duda, menos embarazosa, fue resuelta con idéntica sencillez.

—No, Jasón, mi Hijo no perdió su interés por las novedades que siempre portan los viajeros y las caravanas. Pero, como comprenderás, su trabajo en el taller no le permitía acudir al almacén de aprovisionamiento o a la posada. Y se las ingenió para aprovechar los continuos viajes de Santiago a ambos lugares y las numerosas visitas de sus clientes, informándose así de cuanto acontecía en el exterior.

—¿No hubiera sido más cómodo y rentable montar la carpintería en el barrio de los artesanos?

La Señora parecía estar esperando la pregunta.

—La familia de José se lo insinuó en diferentes ocasiones. Siempre se negó. De esta forma (decía) podía velar en todo momento por la seguridad de sus hermanos y por mis propias necesidades.

Era curioso. ¿Quién hubiera imaginado que el sencillo carpintero se sintiera tan intensamente magnetizado por las noticias y acontecimientos del mundo? El Hijo del Hombre fue, es y seguirá siendo una inagotable y fascinante fuente de sorpresas para quien esto escribe...

Y puesto que menciono el título de «Hijo del Hombre», bueno será que no olvide que, justamente en aquel año, se produciría el «descubrimiento» de tan acertada denominación. Más de una vez me lo había preguntado: ¿de dónde arrancaba?, ¿cómo y por qué surgió la designación de «Hijo del Hombre o de los Hombres»? ¿Fue otro acierto personal del Maestro? ¿Se debió quizá a una luminosa revelación de alguno de sus discípulos?

Santiago, en Betania, se encargó de sacarme de dudas. Y, ahora, Miriam y su madre lo ratificaron. Fue en el transcurso de dicho año 9 cuando, en una de sus periódicas visitas a la biblioteca de la sinagoga, «tropezó» con un texto que le impresionó vivamente. Pero, con el fin de aproximarnos al máximo al íntimo valor de semejante hallazgo, conviene dedicar primero unas reflexiones al complejo entramado que bullía en aquel entonces en la mente humana del adolescente de Nazaret. Por un lado —no podemos olvidarlo—, su madre se había encargado de recordarle que «era el hijo de la Promesa». En otras palabras, el futuro Mesías o Libertador de Israel. Al mismo tiempo, aunque muy gradualmente, la inteligencia del muchacho iba «despertando» o «tomando conciencia» de otra realidad, que nada tenía que ver con las muy humanas pretensiones de María. Para colmo, Jesús creció en una Palestina conmocionada como nunca por la creencia de una inminente llegada del Mesías (1). Sin embargo, casi

(1) Basta con echar un vistazo a la amplísima bibliografía existente en torno al Mesías judío para percatarse de lo delicado del momento elegido por el Maestro para su encarnación. He seleccionado los estudios de Rops, por su claridad y concisión, como el ejemplo que certifica las afortunadas palabras del mayor. Veamos algunos de los conceptos y creencias que, en relación al ansiado Mesías, florecían en la sociedad en la que tuvo que desenvolverse el Hijo del Hombre:

«Esa esperanza —dice D. Rops— de una era más feliz que el tiempo presente estaba cristalizada alrededor de una imagen grandiosa de un ser providencial investido del cargo capaz de promoverla. En las cercanías de la era cristiana se designaba a ese ser con el título que la

de forma natural, el joven carpintero había ido forjando un plan que no guardaba relación con los sueños nacionalistas y patrióticos de la Señora, ni tampoco con el común denominador de las creencias populares. Durante varios años, fruto de este ambiente, Jesús, confuso, dudó. Su her-

---

Escritura santa aplicada a hombres providenciales que Dios había utilizado especialmente para servir sus designios, reyes de Israel, sumos sacerdotes, hasta soberanos extranjeros que habían hecho bien al Pueblo elegido, como Ciro, rey de los persas: "ungido" del Señor, *meshiah* en arameo y *christos* en griego. Una poderosa corriente de fervor desembocaba en esa misteriosa figura, una inmensa esperanza que, desde generaciones y generaciones, henchía el pecho de los creyentes.

»Esa esperanza jamás fue tan viva, tan apremiante la espera, como en ese período de tristeza y de sorda angustia. (Rops se refiere al sometimiento de Israel al yugo de Roma.) Que el Todopoderoso había de asegurar el triunfo de su causa, vengarse de la maldad de sus enemigos y al mismo tiempo devolver a Israel sus derechos y su gloria, ¿cómo no había de creerlo, con todas sus fuerzas, ese pueblo que desde hacía siglos vivía de la Promesa divina? Precisamente porque estaba humillado, sometido al yugo romano, la salvación estaba cerca. Mil signos prueban cuán viva estaba, en el momento en que nacía Jesús, esa espera mesiánica. "La redención de Israel —como escribe san Lucas (I, 68; II, 38 y XXIV, 21)— ¿era para mañana?" El Evangelio, en numerosos pasajes, atestigua el fervor de esa esperanza. Se nota en la pregunta planteada a Juan Bautista: "Tú, ¿quién eres?" ("¿Eres tú el Mesías?") (*Juan*, I, 19). En la sencilla afirmación de la samaritana: "Yo sé que el Mesías está por venir" (*Jn.*, IV, 25). En el mensaje que el Bautista manda transmitir a Jesús: "¿Eres tú el que viene o esperamos a otro?" (*Lc.*, VII, 19). En la impaciente pregunta planteada a Jesús por unos peregrinos en el templo: "¿Hasta cuándo vas a tenernos en vilo? Si eres el Mesías, dínoslo claramente." (*Jn.*, X, 24). O en las aclamaciones de la muchedumbre en la entrada triunfal de Jesús en Jerusalén. (*Mc.*, XI, 10). Ese sentimiento era tan imperioso que Jesús se ve obligado a moderar el excesivo entusiasmo de la multitud, dispuesta a proclamarle rey y Mesías de Israel. (*Jn.*, VI, 15).

»La lectura de los Apócrifos, que constituían la literatura judía fuera de la Escritura, no es menos reveladora. El *Libro de Enoc*, el *Testamento de los Doce Patriarcas*, los *Salmos de Salomón*, etc., hablan de él, casi siempre matizando su historia con muchas maravillas, para señalar mejor sus caracteres sobrehumanos. En los *Apocalipsis*, esos tratados misteriosos que revelaban lo que sería el fin del mundo, intervenía el Mesías; por lo demás, no se distinguía muy bien la diferencia entre su reinado y "el siglo por venir" que vería el triunfo de Dios, pues algunos pensaban que el reinado mesiánico tendría una duración de tiempo limitada —de sesenta a mil años, según unos u otros—, mientras otros admitían que se confundiría con la eternidad o con el Paraíso. Un vasto conjunto de nociones complejas, hasta contradictorias, habíase

mano Santiago y el propio Jacobo, que vivieron de cerca las dudas en el corazón del joven, fueron los encargados de mostrarme las claves. María, en honor a la verdad, no estaba muy al tanto. Sus enfrentamientos dialécticos con su Hijo terminarían por sellar los labios de Jesús. El futuro

---

amontonado, pues, alrededor de la figura del Mesías, de donde surgían algunas certidumbres: la era mesiánica inauguraría una felicidad perfecta. Israel volvería a encontrar la plenitud de su gloria y la justicia de Dios regiría el mundo.

»Sin embargo, había escépticos. Algunos se mofaban de las fábulas populares según las cuales, en el reinado mesiánico, ni siquiera habría necesidad de cosechar, ni vendimiar para tener siempre trigo y vino en cantidad, donde los granos alcanzarían el tamaño de riñones de buey. Una locución usual decía "a la llegada del Mesías" o "al regreso de Elías" para expresar la idea que traduce nuestra irónica fórmula "para la semana que no traiga viernes". Un fariseo desengañado aseguraba: "Si estás preparando una estaca y en ese momento te anuncian el Mesías, termina tu estaca: ya tendrás tiempo de ir a su encuentro." De un modo general, parece que la espera del Mesías era más viva en el común del pueblo que entre los ricos y poderosos. Para la gente sencilla llegaría a convertirse en una fiebre. Desde hacía siglos Dios parecía callar. "El tiempo se alarga —había dicho Ezequiel—; toda visión queda sin efecto." Quinientos años habían transcurrido desde que, muerto Zacarías, no se había oído una gran voz inspirada anunciar la Palabra divina. Se repetían las palabras del Salmista: "Ya no hay ningún profeta, ni nadie entre nosotros que sepa hasta cuándo." (*Sal.*, LXXIV, 9.) ¿En qué fecha llegaría, pues, el Salvador de Israel? Escrutaban ansiosamente los textos para obtener una respuesta. Les aplicaban cálculos complicados, jugando con la significación numérica de las palabras. Josefo habla en varias oportunidades de los aventureros que hallaron crédito entre el pueblo judío, haciéndose pasar por Mesías. Y en la *Guerra de los Judíos* (VI, 5) anota que "una profecía ambigua, hallada en las santas Escrituras, anunciaba a los judíos que en ese tiempo un hombre de su nación sería el señor del universo". Tanto como sobre las condiciones de la llegada del Mesías, se interrogaban sobre sus caracteres. Se alcanzaba la unanimidad cuando se hablaba del teatro de su retorno en gloria: no podía ser sino Jerusalén, la Ciudad Santa entre todas, y una tierra prometida, maravillosamente renovada, donde, como se decía en el apócrifo de *Baruc,* un maná inagotable alimentaría a los hombres hasta el fin de los tiempos. Pero cuando se trataba de representar los episodios sobrenaturales de la llegada del Ungido, o lo que era casi lo mismo, su personalidad, estaban lejos de ver claro...

»Pero, ¿cómo establecería su reino? En ese punto, hay que reconocerlo, la gran mayoría de los documentos dibujaba una imagen singularmente distinta de aquella en la cual los cristianos tienen la costumbre de reconocer al Mesías. Algunos pasajes de los apócrifos eran terribles. Insistían sobre el carácter guerrero del rey Mesías, sobre el

rabí de Galilea estudió a fondo las Escrituras y cuantas profecías guardaban relación con el Mesías. Concluida la «investigación», el muchacho estaba prácticamente convencido de que «aquél no era su destino». La «llamada interior» que le alimentaba y sostenía no «hablaba de conducir ejércitos o rescatar el trono del rey David». Él era un libertador, sí, pero de otra naturaleza. Estaba llamado a «educar», pero lejos del silbido de las flechas. Él, quizá, era el «anti-mesías»...

Las cosas, no obstante, no resultaron tan sencillas como hoy, privados de estas sutiles informaciones, imaginamos. Este proceso, insisto, no fue espontáneo. Llevó su tiempo. Y, sobre todo, no debe ser confundido con «otro paso», infinitamente más grandioso: la adquisición por parte del Jesús hombre de la plena conciencia de su divinidad. Esto tendría lugar años después...

No podemos ni debemos engañarnos: la influencia de su madre en el capítulo mesiánico fue importante, apagando durante un tiempo los flashes interiores del adolescente. Él lo repitió muchas veces: «debo ocuparme de los asuntos de mi Padre». Sin embargo, la Señora —que guardaba en su alma la promesa de Gabriel— confundió los términos y a su Hijo. Ni Santiago ni Jacobo se atrevieron a confesarlo pero estoy seguro que, durante los primeros años, Jesús, movido por el entusiasmo de María, pudo llegar a creer que, en efecto, era el Ungido. Los argumentos de la Señora, en base a lo que le había sido revelado junto a aquella mesa de piedra y a las minuciosas precisiones que hacían las Escrituras acerca del Mesías, se hallaban cargados de razón. El Libertador —rezaban esos textos proféti-

---

aplastamiento de las naciones paganas, sobre las cabezas destrozadas, los cadáveres acumulados, las agudas flechas clavadas en el corazón de los enemigos. El cuarto libro de *Esdras* lo asimilaba con un león devorador. El apócrifo de *Baruc* comparaba su llegada con un terremoto, seguido de incendio y luego de hambruna, para todas las naciones excepto el Pueblo elegido. Reacciones que no dejan de ser sino muy comprensibles: Israel humillado esperaba un vengador o en todo caso un libertador que le devolvería su lugar en la tierra. Era lo natural. A tal punto que los mismos discípulos permanecían fieles a esa imagen y en varias oportunidades le preguntarán si no llegará, por fin, a establecer su reino en la tierra, si no los asociará a su reinado glorioso...»

(Nota de J. J. Benítez.)

cos— nacería de la estirpe de David. Ella lo era. Isaías lo dice en su capítulo XI, al hablar del futuro rey (1). Otros anunciaban que sería «hijo de José». Jesús lo era. «Y será llamado "Emmanuel" o "Yavé sidqenu"» («Yesua» o «Dios con nosotros»), según Isaías o Jeremías, respectivamente. Ése era Jesús... Ante tanta coincidencia, ¿qué podía pensar Miriam, «la de las palomas»? Y el corazón de aquella brava y patriótica galilea se identificó plenamente con uno de los salmos apócrifos de Salomón (el XVII), en el que se retrata al Mesías: «Ese rey, hijo de David, suscitado por Dios para purificar de paganos a Jerusalén, puro de todo pecado, rico de toda sabiduría, depositario de la Omnipotencia, quebraría el orgullo de los pecadores como cacharros de alfarería, en tanto que reuniría al pueblo santo y lo conduciría con justicia, paz e igualdad...»

Recuerdo que aquella tarde, al sincerarme con la Señora sobre estos delicados capítulos de la juventud de Jesús, bajó los ojos dolida consigo misma, declarando «su torpeza».

—Ahora comprendo —susurró estremecida por el peso de una «culpa» que soportaría hasta la muerte— el porqué de sus solitarios paseos por el monte y su negativa a dialogar conmigo sobre estas cuestiones... —Suspiró, lamentándose—...Mi tozudez y «aires de grandeza» (¡imagínate, Jasón: yo, la madre del Libertador!) le forzaron a un mutismo casi total. Durante mucho tiempo no conseguí arrancarle una sola opinión sobre el mundo, sobre mi pueblo o sobre la cantada venida del Mesías. Me miraba en silencio, con cierta tristeza en los ojos, y se perdía en ese «sucio taller»... Yo sabía de sus inquietudes, de sus blasfemos deseos de hablar cara a cara con «su Padre» y supongo que, para no hacerme daño, eligió lo más difícil: cargar él solo con su pesada lucha interior. En la aldea, esta poco habitual forma de ser de Jesús no pasó desapercibida. Y muchos de sus amigos y conocidos le acusaron de «trivial».

(1) En dicho capítulo, Isaías dice: «Saldrá un vástago del tronco de Jesé (padre de David), y un retoño de sus raíces brotará. Reposará sobre él el espíritu de Yavé...» En ese mismo libro profético, Isaías (cap. VII) vuelve a profetizar: «...el Señor mismo va a daros una señal: he aquí que una doncella está encinta y va a dar a luz un hijo, y le pondrá por nombre Emmanuel.» *(N. del m.)*

—Pero —me atreví a hurgar—, ¿no había nadie a quien pudiera confiar sus pensamientos y tribulaciones?

Miriam y su madre se miraron, intercambiando una ruidosa tristeza.

—Suponemos que no... ¡Era un adolescente, Jasón!

Y de nuevo caí en la precipitación.

—¿Qué me decís de Jacobo o de Santiago?

Los ojos de María se encendieron. Y recibí lo que merecía:

—No preguntes lo que ya sabes... En este, y en otros asuntos, tú, ángel de los demonios, sabes más que nosotras.

Miriam recogió el cariñoso y certero «venablo». Y tras repasar mi atuendo como sólo saben hacerlo las mujeres pidió explicaciones a la madre. Pero ésta, sin inmutarse, dobló la peligrosa curiosidad de la muchacha, desvelándole algo que era rigurosamente cierto: «aquel griego anónimo había sabido conquistar el corazón de Jesús, sosteniendo con Él largas conversaciones. Y que, en consecuencia, sabía cosas que ellas ignoraban.»

—Entonces —me sorprendió Miriam— es cierto que deseas escribir la historia de mi Hermano...

Nunca supe de dónde había sacado tan peregrina idea. Pero, al «regresar a mi mundo», la misteriosa y providencial aseveración de la joven fue decisiva a la hora de iniciar cuanto llevo entre manos.

Asentí, guiado en buena medida por el interés. Y arrimando el agua de tan favorables circunstancias a mi molino, les recordé que para llevar a buen puerto mi misión precisaba de todos sus secretos y recuerdos. Y de esta guisa retorné al punto del gran hallazgo del título de «Hijo del Hombre». Y esto fue lo que supe:

En ese año 9, como había empezado a relatar, la Providencia condujo al todavía confuso carpintero hasta uno de los rollos almacenados en la sinagoga: el libro de Enoc. Y aunque era público y notorio que el mencionado manuscrito podía tener un carácter apócrifo, Jesús lo leyó y releyó, impresionado por uno de los pasajes. En él aparecía la expresión «Hijo del Hombre». El autor hablaba con precisión, retratando a un Hombre que, antes de descender al mundo para iluminarlo con su palabra, había cruzado los umbrales de la gloria celestial, en compañía del Padre Universal, «su» Padre. Y decía también que el «Hijo del Hombre» había renunciado a su majestad y grandeza, en beneficio de los infelices y perdidos mortales a quienes ofrecería la revelación de la filiación divina. Y el corazón del adolescente vibró como pocas veces lo había hecho. De entre las profecías y referencias mesiánicas, aquélla era la que más se aproximaba a sus íntimas inquietudes. Y a sus catorce años Jesús de Nazaret se hizo la firme y secreta promesa de adoptar para sí tan hermoso título. Ciertamente, y yo fui testigo de excepción, el Maestro tenía la facultad infalible y envidiable de reconocer la verdad, allí donde estuviera y vistiera el ropaje que vistiera...

Y llegó el 21 de agosto...

Como dije, el rompecabezas del odio y de la envidia seguía encajando. Al cumplir los quince años, el entonces jefe de la sinagoga de Nazaret —Ismael el saduceo— se apresuró a mover una nueva pieza en el tablero de su corazón de hiena. Veamos cómo ocurrió.

En esa señalada fecha Jesús fue autorizado a dirigir el oficio del sábado. (A partir de los doce-trece años, la ley permitía a los varones libres de Israel la lectura de la sagrada Torá —el Pentateuco— en las sinagogas.) Y aunque el adolescente ya había leído las Escrituras en otras oportunidades, en aquel momento, al *sabbat* siguiente a su cumpleaños, al ser requerido oficialmente por el consejo, el acto guardaba una solemne significación. La aldea entera se hallaba reunida en la *beth- hakeneseth*. Y el joven, vistiendo su blanca túnica de lino, regalo de María, se dirigió a los asistentes, leyendo un pasaje especialmente escogido por su simbología:

—El espíritu del Señor Dios está en mí, ya que Él me ha ungido y enviado para llevar a los bondadosos la buena nueva, para curar a aquellos que sufren, para anunciar la libertad a los cautivos y abrir las cárceles a los prisioneros. Para proclamar el año en favor del Eterno y un día de venganza para nuestro Dios. Para consolar a los afligidos y darles el aceite de la alegría en lugar del luto y un canto de alabanzas en vez de un espíritu abatido, con el fin de que sean llamados árboles de rectitud, plantados por el Señor y destinados a glorificarle...

»Buscad el bien y no el mal, para que viváis y el Señor,

el Eterno de los Ejércitos, sea con vosotros. Odiad el mal, amad el bien. Estableced el juicio justo en las asambleas de la puerta. Tal vez el Señor Dios usará de su gracia con los restos de José.

»Lavaos y purificaos. Quitad la maldad en vuestras acciones ante mis ojos. Cesad de hacer el mal y aprended a hacer el bien. Buscad la justicia, aliviad al oprimido. Defended al que ya no tiene padre y proteged la causa de la viuda.

»¿Cómo me presentaré ante el Señor? ¿Cómo me inclinaré delante del Dios de toda la tierra? ¿Tendré que ir ante Él con holocaustos, con bueyes de un año? ¿El Señor gozará con miles de moruecos, con decenas de miles de carneros o con ríos de aceite? ¿Daría a mi primogénito por mi transgresión o el fruto de mi cuerpo por el pecado de mi alma? No, porque el Señor nos ha enseñado lo que es bueno. ¿Qué os pide el Señor? Únicamente, ser justos, amar la misericordia y caminar humildemente hacia Él.

»¿Con quién comparáis al Dios que domina toda la órbita de la tierra? Levantad los ojos y ved quién ha creado estos mundos que producen legiones y las llama por su nombre. Hace todas estas cosas gracias a la grandeza de su poder. Y dada la fuerza de su poder, nadie se equivoca. Da vigor a los débiles y aumenta la fuerza a los que están cansados. No temáis, pues estoy con vosotros ya que soy vuestro Dios. Os ayudaré. En efecto os sostendré con la mano derecha de la justicia, pues soy el Señor vuestro Dios. Os daré mi mano, diciendo: "No temáis, ya que os ayudaré."

»Tú eres mi testigo, dijo el Señor y el servidor que he escogido con el fin de que todos me conozcan y me crean, al tiempo que sepan que soy el Eterno. Yo, sí yo, soy el Señor..., y fuera de mí no hay Salvador.

Miriam, que idolatraba a su Hermano, dio cumplida cuenta de la reacción del pueblo:

—Regresaron a sus casas impresionados. La lectura de Jesús, solemne, dulce, varonil, rotunda, les llenó de paz y de esperanza...

—Y de odio —medió la Señora, aportando un dato que ya flotaba en mi mente—. Odio entre los de siempre... Odio en los corazones de los que asociaron aquella lectura con mis sueños mesiánicos. El saduceo, sobre todo, que siempre menospreció nuestras creencias en el Mesías, interpretó las últimas frases de mi Hijo como una blasfemia solapada. Él sabía que Jesús era considerado «el niño de la Promesa». La noticia, inevitablemente, terminó por correr de boca en boca. Y el atrevimiento de Jesús le pareció intolerable. «¿Quién se cree este engreído carpintero? (llegó a murmurar). Suponiendo que el Ungido aparezca, ¿es que no sabe que primero será designado sumo sacerdote?»

»Querido Jasón: ¿entiendes ahora cuán viejas y profundas son las raíces del odio en esa víbora?»

Me hacía cargo. Y una nueva inquietud parpadeó en mi ánimo. La circunstancia de haber sido maestro del Jesús niño me obligaba a interrogarle. Pero, dada mi condición de «amigo de la familia», ¿aceptaría recibirme? De momento opté por congelar la cuestión. Tiempo al tiempo...

—Imagino que Jesús sabía de estos odios...

—Sobradamente —puntualizó la madre—. Pero había «algo» en él que desconcertaba. Desde muy niño le repugnaba la violencia. Y no era un problema de falta de valor o de vigor físico. Todos le vimos cargar maderos de dos y tres «efa». —Considerando que un «efa» equivalía a unos 43 kilos, la expresión de la madre se me antojó un tanto exagerada. Pero todo era posible en aquel soberbio ejemplar humano—. Nadie le vio retroceder ante una amenaza o arrugarse como una mujer en la oscuridad. Era bravo y valeroso..., pero lo demostraba con sencillez, sin alardes. Y cuando llegaban a sus oídos las maledicencias o calumnias de los de siempre, sonreía o acudía a su frase favorita: «nada se mueve si no es por la voluntad de mi Padre. Incluso la lengua del áspid».

—Hasta tal punto es cierto lo que dice mi madre —subrayó Miriam— que esa misma tarde, haciendo oídos sordos al venenoso comadreo del saduceo, eufórico como hacía tiempo que no le veíamos, tomó a Santiago y se dedicó a pasear por la colina. A la vuelta nos sorprendió a todos. Antes y después de la cena no dejó de cantar, al tiempo que escribía los diez mandamientos sobre dos planchas de madera pulida...

—Correcto —exclamó la Señora, que parecía haber olvidado la pequeña anécdota—. Por cierto, ¿qué fue de las maderas?

La hija refrescó de nuevo la memoria de la madre, proporcionándome, de paso, una información que, en esos momentos, no alcancé a entender.

—¡Mamá María!..., ¿es que ya no te acuerdas? Marta les dio color y tú misma las colgaste en el taller...

La Señora, en silencio, fue corroborando las explicaciones de la muchacha.

—¿Y qué fue de los «mandamientos»? —intervine, felicitándome ante la fascinante posibilidad de acoger entre mis manos una «obra» escrita por el Maestro.

Miriam se encogió de hombros y, resignada, me fulminó:

—Mi Hermano, años más tarde, se encargaría de destruirlo...

Creí no haber captado bien la última palabra. E insistí:

—¿Destruyó los «mandamientos»?

—No, Jasón: destruirlo..., todo.

¿Qué era «todo»? Confuso y contrariado solicité una explicación.

—Todo lo que había escrito, dibujado o pintado. ¡Todo! Incluso la tabla de cedro, con su primera oración...

—¿Por qué? —susurré sin poder dar crédito a lo que me anunciaban. Ninguna supo responder. Sencillamente: era un enigma. A pesar de la obstinada oposición de María y de sus hermanos, el primogénito, de la noche a la mañana, incendió cuanto llevaba escrito o creado. Mis posteriores indagaciones cerca de Santiago y de Jacobo no arrojaron mejores resultados. Recordaban el incidente pero no sabían la razón o razones. Este explorador tuvo que aguardar al tercer «salto» para descubrir las motivaciones del Maestro. Unas «motivaciones» plenamente justificadas —cómo no—, desde su punto de vista..., que no del mío. Pero no adelantemos ni un átomo de la fascinante aventura que supuso acompañarle durante su «vida de predicación».

—...Incluso la tabla de cedro, con su primera oración.

La confesión de Miriam, deslizada sin querer, me proporcionó un nuevo y emotivo «hallazgo». En ese mes de octubre, a sus flamantes quince años, aquel joven singular, movido por unas circunstancias muy concretas, tuvo la genial ocurrencia de poner por escrito la que sería una de las plegarias más recitadas y certeras del orbe cristiano: el célebre «Padrenuestro». Nunca, hasta ese instante, me había detenido a reflexionar sobre dicha oración. Es más —dado su contenido—, imaginé que era una obra de ma-durez. De hecho, si la memoria no me traiciona, los evangelistas la mencionan en plena vida pública. Pues no. El Maestro seguía desconcertándome.

—Suponemos —terció María— que la idea del «Padrenuestro» nació a causa de nuestra escasa imaginación...

—No entiendo.

—Es fácil —aclaró, impacientándose ante mi impaciencia—. Desde siempre, mi pueblo y mi familia se habían limitado a recitar de memoria las oraciones que marca la ley y la tradición. Pero Jesús, empeñado en que compartiéramos sus locas pretensiones de «hablar directamente con Dios», bendito sea su nombre, insistía en que «era bueno improvisar y comunicar al Padre todas nuestras inquietudes y problemas». ¿Te imaginas, Jasón? ¿Cómo podía ser eso? Por mucho menos habían lapidado a otros. ¿Hablar, de tú a tú, con el Divino?... Las amonestaciones de José, cuando vivía, y las mías, en todos esos años, fueron como zumbidos de moscas en sus oídos. Mis hijos, que le adoraban, lo intentaron. Pero, temerosos ante «el qué dirán» o amarrados a la fuerza de la costumbre, acababan en la recitación memorística. Y un buen día...

—Una noche, mamá María... —corrigió Miriam.

—Una noche, tienes razón, cansado de solicitar espontaneidad, fue a sentarse aquí mismo y tomando una de las maderas sobrantes del «sucio taller»... —esta vez acompañó la indirecta con una pícara sonrisa— ...se puso a pintar...

—A escribir, mamá María... —rectificó la hija.

—El cielo me valga, Jasón... Ya no hay respeto en este mundo...

Agradecí la precisión. Como era lógico y natural, la Señora no podía comprender lo importante que era para mí la exactitud, la milimétrica exactitud, en todo lo concerniente a su Hijo. Y aunque el hecho de equivocar la palabra «escribir» por la de «pintar» pueda ser estimado como vanal, no quiero pasarlo por alto. La razón no es tan vanal... Nos hallábamos en abril del 30. Habían transcurrido veintiún años desde la creación del Padrenuestro. Si una de las protagonistas del importante suceso no retenía con nitidez los pormenores del mismo, ¿qué podía esperarse de los llamados evangelistas, que se aventuraron a redactar sus recuerdos y los de terceras personas bastantes años después?

—...Muy bien, se puso a escribir... Esta deslenguada y yo trasteábamos junto al hogar, preparando la cena. Y los más pequeños, si no recuerdo mal, jugaban fuera o quizá en el terrado, con las cajas de arena...

María, suspicaz, arqueó las cejas y abriendo las manos interrogó a la hija con la mirada. Pero Miriam, maliciosamente, le hizo ver que su memoria no llegaba tan lejos.

—Y de pronto, Ruth, que apenas contaba seis meses, rompió a llorar. Alcé la vista y vi cómo Jesús arrimaba la cuna a la mesa. Me sonrió y, canturreando, prosiguió con su escritura, al tiempo que balanceaba a la «pequeña ardilla». Era matemático. En cuanto alguien la acunaba, la muy pájara cesaba en sus lloros... Y así, inclinado sobre esta muela, haciendo traquetear la cuna con la mano derecha, entre el vocerío de la gente menuda y el trasteo de platos y vasijas, le dio cuerpo a esa «maravilla»...

El silencio arropó la certera calificación. Y los tres nos abandonamos en brazos de aquella escena. ¡Cuán sencilla es a veces la gestación de las grandes obras!

—Terminada la cena reclamó la atención general y, amoroso, nos leyó la plegaria. Los más pequeños —Judas, Amós y Ruth— se durmieron en los brazos de sus hermanos. Y en paz, a la parpadeante luz de una lucerna como ésta, mi Hijo fue leyendo, comentando y respondiendo a las dudas de todos nosotros...

La Señora titubeó. Y sus labios temblaron, vencidos por una melancólica tristeza.

—Fue hermoso, Jasón —le relevó Miriam, mientras escondía entre las suyas las largas manos de su madre—. Hermoso aunque no le comprendiéramos...

—¿Por qué? —interviene sin reflexionar.

—Él hablaba y decía cosas extrañas, casi prohibidas por la ley...

—Por Dios —le animé—, hazme partícipe de esas cosas extrañas...

La muchacha sonrió, gozosa ante alguien que tampoco cedía con facilidad.

—Fue recitando lo escrito y..., pero mejor será que lo oigas.

Y entornando los ojos fue recordando.

—Padre nuestro...

»Y recorriendo nuestros asombrados ojos aclaró:

»Porque Él nos ha creado en verdad, como la ola que, sin desprenderse, se desprende del mar...

»Que estás en los cielos...

»Y guiñándonos un ojo señaló al pecho de Santiago. Y dijo:

»En los cielos del corazón.

»Santificado sea tu nombre...

»Y todos asentimos. Pero él, sin dejar de sonreír, negó con la cabeza. Y aclaró:

»Santificado, no sólo porque lo ordene la ley. Santificado porque nunca duerme. Santificado porque nunca hiere. Santificado porque ahora, seguramente, sonríe ante los problemas de mamá María y de este pobre carpintero...

La Señora me traspasó con la mirada. Aquel verde hierba hubiera sido suficiente para iluminar la estancia.

—Venga a nosotros tu reino...

»Y Santiago le interrumpió: ¿Es que Dios es rey?

»Y mi Hermano, señalando hacia el patio, alzó la voz. Y dijo:

»El único, oídme bien, capaz de armar el rojo de una rosa. ¿Podrías tú, Santiago, o tú, Miriam, o tú, José, fabricar la geometría de las estrellas?

»Nadie replicó. Y con una seguridad que daba miedo sentenció:

»Pues ése es el reino de nuestro Padre: el de la belleza visible e invisible.

»¿Belleza invisible?, saltó Simón, que a sus siete años era tan irritantemente curioso como Jesús.

»Sí, pequeño: la que se adivina debajo de la justicia; la que sostiene un beso de amor; la de los hombres que jamás reclaman; la que regala al mundo sus cosechas; la que concede antes de que se abran los labios para rogar. Ése es nuestro reino...

»Y hágase tu voluntad en la tierra y en los cielos...

»Esperó un momento. Y en plena expectación anunció lo que menos imaginábamos:

220

»Ya sé que, a veces, el Padre de los Cielos parece como si se hubiera ido de viaje... No temáis: es el único que jamás viaja...

»¿Nunca?, terció Marta con los ojos muy abiertos. Eso no es verdad... ¿Y qué me dices de Moisés? ¿No viajó con él por el desierto?

»Atrapado, Jesús se rindió a la candidez de mi hermana.

»Lo que quiero decir, niña intrigante, es que nuestra voluntad no siempre coincide con la suya. Pero Él, como mamá María, sabe bien lo que te conviene. Hacer la voluntad del Padre —siempre, a cada instante, aunque no la comprendamos— es el pequeño-gran secreto para vivir en paz.

»Y mi Hermano continuó:

»El pan nuestro de cada día, dánosle hoy...

»Pero, ¿quién nos lo da: mamá María, tú o Dios?

»El responsable y racional Santiago nunca tuvo pelos en la lengua.

»Mamá María y yo, por supuesto..., porque Él nos lo ha dado primero.

»El razonamiento, a sus once años, no le satisfizo.

»Y mi Hermano añadió solícito:

»El Padre es sabio. Conoce a cada uno de sus hijos por su nombre. Y dispone todo lo necesario para que, en forma de trabajo, de suerte o de casualidad, ni una sola de sus criaturas quede desamparada. La codicia, la ambición y la usura, queridos, no son sólo pecados contra los hombres. Son estupideces, muy propias de los que han olvidado o nunca supieron que tienen un Padre..., inmensamente rico.

»Y perdona nuestras deudas.

»Y Jesús dijo:

»Sobre todo, las que nadie conoce.

»Y tú —me atreví a preguntarle, aclaró Miriam—, ¿también tienes deudas con el Padre?

»Se puso serio. Y me asusté.

»Tantas como virutas en mi taller...

»Pero nadie le creyó porque esas virutas estaban rizadas por el sudor de su frente. Y es difícil hallar la maldad en alguien que lo antepone todo a su interés.

»Y no nos dejes caer en la tentación.

»Y bajando el tono de voz nos hizo partícipes de otro secreto:

»...No en la tentación de violar el sábado o las casi siempre interesadas leyes de los hombres. Decid mejor: «no nos dejes caer en la tentación» de olvidarte, Padre de los cielos. Si el peor de los pecados es menospreciar o ignorar a los que nos han dado la vida terrenal, ¿qué clase de afrenta será renunciar al Padre de los padres?

Tras conocer este olvidado pasaje de su vida me reafirmé en la idea de que Jesús, desde muy temprana edad y en contra de la imagen ofrecida por la historia, se manifestó como un «rebelde». Algo así como un «anarquista de los conceptos». Sus «revolucionarias» doctrinas del período de predicación escalaron las techumbres de las leyes e instituciones judías. Pero, como las enredaderas de los muros de su casa de Nazaret, habían echado raíces mucho tiempo antes. He aquí una justificación más que sobrada para haber exigido a los evangelistas el relato completo de su vida.

Y desconfiado, como si no hubiera oído a Miriam, pregunté de nuevo por el paradero de la famosa plancha de cedro, con el Padrenuestro original. Y la intuición, como un perro guardián, se puso en pie. Aquel relampagueante ir y venir de las miradas de las mujeres me dio que pensar. ¿En verdad había sido quemado por el Maestro?

—No sabemos... Todo fue destruido —insistió la hija mayor en un tono menos convincente—. Al menos, nadie ha vuelto a verlo...

Miriam no decía toda la verdad.

El final de aquel año y el siguiente podrían considerarse como el definitivo y siempre conflictivo salto de la adolescencia a la juventud. Merced a las minuciosas explicaciones de los que compartieron su techo y corazón pude reconstruir ese retazo de la vida de Jesús, de acuerdo con el siguiente esquema:

Conforme fue consumiendo los quince años, el sufrido carpintero entendió y aceptó que, a pesar de su «llamada interior», debía soportar primero la dura carga de la supervivencia de los suyos. Ésa, sin duda, era la voluntad de su Padre de los cielos.

Al mismo tiempo, en el natural despertar a la virilidad, el joven se vio zarandeado por nuevos vientos. Estaba alejándose de la orilla de la pubertad para desembarcar en el escabroso acantilado de los adultos. Y exactamente igual que los jóvenes de hoy, y de siempre, se sintió solo, desamparado, incomprendido, soñador, inseguro y especialmente sensible. Y como ellos, durante meses, hizo del silencio y de la soledad del Nebi su verdadero refugio. Y como tantos otros «hombres en proyecto» esquivó los bienintencionados acosos de su madre, «que no le entendía».

—Nunca supe del porqué de aquellos largos paseos por la colina —confesó María con idéntica desolación a la de las madres que hoy puedan recurrir a un psicólogo—. Para mí sólo era un niño... Deseaba protegerle, mimarle... Pero él, arisco, me evitaba. Y lo que era peor, raramente me abría su corazón. Muchas veces me pregunté si la necesidad de aportar dinero al hogar, arruinando así sus acariciados proyectos de estudiar en Jerusalén, pudo ser la causa de su mutismo...

Obviamente se equivocaba. Como en la actualidad, el corazón de aquel joven era más cristalino y generoso de lo que los adultos, intoxicados por la experiencia, solemos pensar. Sencillamente, ése era el proceso a seguir: el «descubrimiento» de la vida, como el hierro en la forja, es generalmente penoso. Y raro es el hierro que, en plena incandescencia, manifiesta su dolor vociferando contra el herrero. Jesús, por puro instinto humano, fue aprendiendo que sólo los éxitos parciales y el contentarse son las llaves de horizontes más prometedores. María, como digo, se equivocaba. Su Hijo la amaba profundamente. Quizá con más intensidad que nunca. En los jóvenes de nobles sentimientos, aunque no lleguen a exteriorizarlo, una tragedia o un revés familiar purifica los afectos. Pero también sería justo comprender su lucha y desasosiego interiores. Como todo hombre de quince o dieciséis años, Jesús tenía proyectos. Uno de ellos, en especial, le consumía. Y tal y como vemos en la sociedad del siglo veinte, tuvo que aprender la lección de la paciencia. Es cierto que, al contrario de lo que hoy se repite con demasiada frecuencia, aquel muchacho no vio mermado «su derecho» a cargar con sus propias responsabilidades. Y María, aunque forzada por las circunstancias, se vio libre, como digo, de ese error en el que suelen incurrir los padres de hoy: apartar a los hijos de toda suerte de responsabilidades. Jesús, afortunadamente para Él, recibió y encajó la responsabilidad de una familia. Una obligación, si se me permite, excesiva para sus cortos años. Su fuerza moral —ni mayor ni menor que la de cualquier joven— hizo el resto. ¡Cuán despistados estamos respecto al poder espiritual de los «nuevos hombres»! ¡Y cómo se desperdicia ese «tesoro», innato en todos los jóvenes, por el miedo de los «viejos hombres», que ya no recuerdan sus etapas de juventud!

Así entró el Hijo del Hombre en el año 10, el de su dieciséis cumpleaños: inquieto, responsable y confiado. Intuyendo que la fiera salvaje y agazapada de la vida sólo puede ser evitada con un suave y tranquilo caminar. Replicando sin replicar. Dejando hacer, sin dejar de hacer. Sonriendo cuando nadie sonríe. Hoy diríamos: «caminando con las manos en los bolsillos». Sólo así cabe esperar la gracia del pensamiento creador.

Si los evangelios, aunque deformados e irritantemente parcos, reflejan la imagen de un Hombre sometido a duras pruebas, su juventud no fue mejor. Y aunque lo repitió hasta cansarse —«el Hijo del Hombre no debe ser tomado como ejemplo»—, quien esto escribe, desobedeciendo su consejo, se atreve a recordar a los jóvenes insatisfechos o heridos que «hubo una vez otro joven que no le hizo ascos a la sabia aunque incomprensible "violencia" del destino». Y cargó con una responsabilidad que hoy haría palidecer a muchos.

Cuando me interesé por la aparente frivolidad de su aspecto físico, su hermana Miriam tomó la iniciativa, ante la complacida mirada de la madre:

—¡Guapo, Jasón!... ¡Guapísimo!...

Comprendí su exagerado fervor, aunque es justo reconocer que el Galileo, desde un prisma netamente estético, era un ejemplar muy próximo a la perfección.

—...Ese año se hizo hombre..., en todos los sentidos. ¿Me comprendes?

María, encendida como una anémona, negó con la cabeza. Fue una negación tan sutil que casi se me escapa. E interrumpiendo a Miriam la interrogué con un levísimo movimiento de mis dedos. Sólo logré ruborizarla hasta las cejas.

—Fue antes... —replicó, casi para sí.

Quedó claro. Y la hija prosiguió con su particular retrato de Jesús. Un dibujo que no se apartó excesivamente de la verdad:

—...Era viril. Musculoso. Muy alto para su edad. Con el vello dorando la barba y los brazos. Y los ojos, Jasón..., siempre dulces pero traspasando como espadas. A la luz del día se aclaraban como la miel. Una sonrisa suya era como el calor en el invierno. Pero lo que volvía locas a las jovencitas eran sus pestañas...

—Y no olvides su voz —terció María.

—Sí, por aquel entonces cambió. En casa le tomamos el pelo...

—¿Por qué?

Miriam sonrió, convencida de que, en el fondo, todos los hombres son deliciosamente ingenuos.

—Al principio parecía salir de una cripta. Después se asentó, grave y musical. Pasaba por la aldea como la brisa fresca, despertando cariño, admiración...

—Y envidia —redondeó la Señora con una sinceridad muy de agradecer.

—¿Fue un joven sano?

La pregunta ofendió a las mujeres.

—Duro como el granito —me arrojó la madre en pleno rostro—..., a pesar de los pesares.

—No entiendo...

—¡Ay, hijo, a veces pareces tonto!

Y recuperando la sonrisa me hizo ver que la escasez de dinero no les autorizaba a grandes lujos en la dieta diaria.

—Carne, una vez por semana y no siempre. Leche en abundancia. Pan de trigo o cebada, según... Legumbres, hortalizas y frutos de acuerdo con las épocas y mis postres: la debilidad de Jesús.

—¿Y pescado?

—Menos de lo aconsejable. El transporte desde el *yam* lo hacía casi prohibitivo. Sólo cuando Él empezó a frecuentar el lago en compañía de uno de mis hermanos disfrutamos de un suministro más regularizado.

Debo aclarar que mi afán por desmenuzar la dieta del

joven Jesús no encerraba únicamente un interés documental. Una información pormenorizada de los alimentos que ingería regular y habitualmente podía proporcionar a Caballo de Troya un cuadro ilustrativo de las posibles deficiencias nutricionales y metabólicas del Hijo del Hombre, si es que las tuvo. En los análisis efectuados con motivo de la pasión y muerte, las noticias en este sentido habían sido muy tranquilizadoras. Pero, aun así, convenía cerciorarse en la medida de lo posible. Pues bien, en base a los datos obtenidos, considerando su edad (15 años), peso aproximado (60 a 66 kilos), estatura (alrededor de 1,76 metros) y actividad desplegada en dichas fechas (intensa), los resultados no pudieron ser mejores: ni sombra de desnutrición y un más que aceptable funcionamiento metabólico. Tanto en vitaminas liposolubles como hidrosolubles y minerales, la dieta era correcta (1). No voy a silenciarlo. Para los espe-

(1) A juzgar por los alimentos recibidos en su infancia- adolescencia-juventud, el cuadro —siempre estimativo— de los principales micronutrientes (vitaminas y minerales) de Jesús de Nazaret fue calificado de «satisfactorio». He aquí una síntesis de los resultados obtenidos por los especialistas:

Vitamina A: procedente, presumiblemente, de la mantequilla, huevos y vegetales de hojas verdes o amarillas que ingería con regularidad. Una deficiencia hubiera provocado ceguera nocturna, hiperqueratosis perifolicular, xeroftalmia y queratomalacia: hipertrofia de la piel, opacidad y reblandecimiento de la córnea, respectivamente.

Vitamina D: recibida a través de la leche, mantequilla, huevos y radiación ultravioleta. Reguló la absorción del calcio y fósforo, además de la mineralización y maduración de la colágena ósea. Su deficiencia hubiera provocado raquitismo (en ocasiones con tetania).

Grupo de la vitamina E: asimiladas por Jesús de Nazaret a través del trigo, aceites vegetales, huevos, leguminosas y verduras foliáceas. Su deficiencia hubiera podido acarrear hemólisis de glóbulos rojos, depósito de ceroide en músculos y creatinuria (presencia de creatina en la orina).

Ácidos grasos esenciales (linoleico, linolénico y araquidónico): extraídos de aceites de semillas de vegetales. Su ausencia hubiera frenado el crecimiento, ocasionando también dermatosis.

Ácido fólico: contenido en vegetales frescos de hojas verdes y frutas. Una deficiencia del mismo es causa de pancitopenia o escasez de todos los elementos celulares de la sangre.

Niacina: se obtiene del pescado, carne, leguminosas y cereales de grano entero. Entre otros problemas, una deficiencia de la misma hubiera sido motivo de pelagra: síndrome caracterizado por trastornos digestivos, dolores raquídeos, debilidad y, posteriormente, eritema y alteraciones nerviosas.

cialistas de la operación y para quien esto escribe, la excelente salud del Maestro —siempre desde un punto de vista dietético— fue algo incomprensible. Me explico: entre las clases sociales judías no acomodadas, es decir, la inmensa mayoría, la dieta diaria pecaba de insuficiente y desequili-

---

Riboflavina (vitamina B_2): procede del queso, leche, carne, huevos e hígado. La ausencia hubiera ocasionado en Jesús la queilosis o afección de los labios, la vascularización corneal y dermatosis sebácea, entre otros problemas.

Tiamina (vitamina B_1): el joven Jesús la obtuvo de los cereales, carne y nueces. Una deficiencia hubiera ocasionado insuficiencia cardíaca, síndrome de Wernicke-Korsakoff o estado de debilidad mental, neuropatía periférica, etc.

Vitamina B_6 (piridoxina): este grupo aparece contenido en los cereales, leguminosas y pescado que recibió Jesús. Su ausencia podría haberle acarreado, entre otros trastornos, convulsiones durante la lactancia, anemias, neuropatía y lesiones cutáneas de tipo seborrea, así como un estado de dependencia.

Vitamina B_{12} (cobalamina): las fuentes principales, de las que se suministró el organismo del Maestro, fueron las carnes, leche, huevos y productos lácteos. La deficiente presencia de la misma hubiera podido ser causa de anemia perniciosa, síndromes psiquiátricos y ambliopía nutricional.

Calcio: obtenido por Jesús a través de la leche, queso, mantequilla, carne, huevos, pescado, frutas, verduras y cereales. Ello favoreció la formación de los huesos y dientes, la coagulación de la sangre, la irritabilidad neuromuscular, la conducción miocárdica y la contractilidad muscular.

Fósforo: extraído de la leche, queso, carnes, aves, pescado, nueces, leguminosas y cereales. La falta o escasez del mismo habrían originado irritabilidad, trastornos de células de la sangre, debilidad y disfunción renal y del tubo digestivo. Tanto la formación de sus huesos y dientes como el equilibrio de ácidos y bases y el componente de ácidos nucleicos nos hizo sospechar que, entre los once y dieciocho años, recibió una dieta diaria saludable (alrededor de 1200 mg).

Yodo: muy posiblemente su organismo se nutrió a base de los productos derivados de la leche, pescado, sal yodada y agua. De haber carecido del yodo suficiente su organismo podría haber padecido bocio simple, cretinismo o, incluso, sordomudez.

Hierro: partiendo del hecho de que tan sólo se absorbe un veinte por ciento, pudo obtenerlo de algunas carnes (riñones e hígado) y determinados frutos y leguminosas. La falta del mismo hubiera deteriorado la formación de la hemoglobina, mioglobina y enzimas.

Magnesio: en especial se extrae de las nueces, cereales y hojas verdes. Es dudoso que Jesús consumiera marisco. Este elemento, consumido a razón de unos 400 mg/día, permitiría la adecuada formación de huesos y dientes, así como la conducción nerviosa, contracción muscular y activación enzimática.

brada. El raquitismo, deficiencias digestivas, circulatorias, problemas nerviosos, renales, retrasos en el crecimiento, etc., tenían su origen, en gran medida, en la ausencia de vitaminas y minerales. La carne y el pescado, por ejemplo, salvo en determinadas áreas, se consumían muy de tarde en tarde. Y la familia de Nazaret, cuyos recursos económicos experimentaron notables altibajos, no fue una excepción. En buena lógica, reflexionando desde un ángulo estrictamente humano y científico, el satisfactorio desarrollo físico de Jesús (que alcanzaría 1,81 metros de estatura) fue algo anormal e «ilógico». Mientras la leche, productos derivados de la misma (queso, mantequilla, etc.), verduras y frutas, cereales y huevos fueron repartidos a lo largo de su infancia y juventud en una proporción y frecuencia aceptables, no puede decirse lo mismo de las carnes y del pescado. En ambos casos, un plan dietético diario básico señala el consumo, para un adolescente, de una o dos raciones, con una media de noventa gramos por ración. Jesús de Nazaret, según todos los indicios, al igual que el resto de la comunidad en la que le tocó crecer, pudo ingerir del orden de una a dos raciones por semana (a veces, ni eso). Pues bien, esa alarmante carencia de carnes y pescado —los expertos lo saben bien— tendría que haberle provocado, a su vez, un deficiente ingreso de vitamina A, D, tiamina, riboflavina, niacina, vitamina B_6, B_{12}, biotina, sodio, calcio, fósforo, hierro, yodo y cobre. En otras palabras: una merma tan gigantesca como peligrosa que, de acuerdo con las leyes de la medicina, podría haber configurado un Jesús diferente al que todos hemos imaginado y al que en verdad fue.

Ante semejante excepcionalidad caben dos posibles explicaciones. Una: que el resto de su dieta y la propia Naturaleza equilibrasen el evidente desajuste. Dos: que su organismo se hallase «salvaguardado» de forma extraordinaria... Incluso, cabría una tercera: una sabia simbiosis de ambas. La primera es racional y científica. La segunda y la última, en cambio, no lo son. Pero, ¿es que podía sorprenderme a

---

Cinc: A razón de unos 15 mg por día, pudo ser obtenido, en especial, de los vegetales, favoreciendo las funciones de desarrollo de enzimas e insulina, cicatrización de heridas y crecimiento en general. *(N. del m.)*

estas alturas? ¿En qué lugar había quedado mi espíritu científico ante la realidad de la tumba vacía o de las reiteradas apariciones? ¿Qué podía decir la ciencia ante su «cuerpo glorioso»?

Pues bien, nuestras sorpresas apenas sí habían empezado...

A los dos años de la muerte de su padre, el carpintero de Nazaret empezó a destacar en su oficio. Pocos yugos, arados, aperos de labranza y enseres de madera en toda la comarca guardaban la finura que sabía imprimir aquel Jesús de dieciséis años. Amén de cumplir con su obligación, sacando adelante a tan numerosa prole, el joven artesano disfrutaba con su trabajo. Santiago, su hermano, que pasaría muchas horas a su lado, ayudándole, era uno de los que más y mejor le conoció en este interesante capítulo de su mal llamada «vida oculta». Un capítulo en el que, a poco que se profundice, aparece ya el Jesús del futuro. La nula información de los evangelios en este sentido ha privado a la humanidad de algunas pinceladas dignas de mención. La historia ha imaginado al Jesús carpintero como un obrero más o menos rutinario, obligado por el mayorazgo a desenvolverse en un oficio oscuro y aburrido. Lamentable error. Aunque es cierto que desde los cinco años empezó a trastear a la sombra de su padre, entre vigas, herramientas, virutas y maderas de muy diversa índole, Jesús tenía la capacidad innata de identificarse y «hacerse uno» con lo que llevaba entre manos. En este sentido, la madera —supongo que no por casualidad— constituyó durante años un íntimo y gratificante modo de expresarse y de expresar lo que latía en su sensible corazón. Jesús encontró en cada paso de este bello oficio —desde la simple tala hasta el más pulcro acabado— un reto hacia sí mismo. Fue y no fue un artesano que trabajaba por encargo. Cumplía los pedidos pero, lo que muy pocos supieron es que, en cada banco, en cada arca, en cada yugo, en cada puerta o mango de azada que remataba se había «ido» un girón de su alma. El Jesús ebanista y el Jesús fabricante de pesadas vigas para terrados acariciaba la madera, respiraba al ritmo de la sierra y de la garlopa, espiraba al tiempo de cortar y escuchaba el ronroneo de las gubias. Sabía que la madera tiene corazón y, en consecuencia, le hablaba. Quizá pueda parecer una figura retórica. Yo no lo creo. Aquel carpintero, poco a poco, llegó a «descubrir» en el duro e impermeable roble la naturaleza de muchos seres humanos: granítica en el exterior y de fibras largas, rectas y flexibles, fáciles de manejar. Y del nogal aprendió también que, a pesar de su resistencia al hacha, su corazón era como una malla de oro. Y como sucede con otros hombres, «vio» en el avellano una madera flexible, semidura, tenaz..., pero de escasa duración. Aquel «corazón» ni daba fuego ni ceniza... Y quizá asoció el olivo con esos humanos que, retorcidos por el dolor y las miserias, precisan de un «secado» especialmente delicado...

¡Lástima que los evangelistas no nos hayan recreado con aquel carpintero que hizo de la verticalidad de la madera un esperanzado y horizontal camino!

No, Jesús no fue un aburrido artesano. Como sucedería con los oficios que iría desempeñando, fue humilde en el aprendizaje y alegre en la madurez. Y equilibró la dureza de los mismos con un permanente descubrir. Cada nuevo encargo era un no saber, un enigma, un desafío...

Merced a la magia de su pensamiento, el luto de hierro de la familia de Nazaret fue a sublimarse en un cálido recuerdo. Y a pesar de las estrecheces y de su aparentemente frustrado «gran plan», el sosiego terminó por acomodarse en el hogar de la Señora como uno más.

Y fue en aquel año 10 cuando —según confesión de Santiago— tomó una de sus primeras e importantes decisiones. Una determinación que afectaba a su futuro y al de los suyos. Una resolución que no compartió con su madre porque, entre otras razones, difícilmente le hubiera comprendido. Jesús, consciente de su grave responsabilidad para con la familia de la que era «padre» y principal soporte, decidió esperar...

—Lo había meditado largamente —explicó su hermano—. Aguardaría a que todos estuviésemos en condiciones de valernos por nosotros mismos. Entonces, sólo entonces, emprendería su ministerio como educador de la verdad.

—¿Qué verdad? —pregunté simulando escepticismo.

—La suya —replicó certeramente—. A sus dieciséis años, aunque su pensamiento se hallaba todavía confuso, tenía muy clara la idea de «su Padre Celestial». No me preguntes cómo pero ese asunto había echado unas profundas raíces en su inteligencia. Y nadie pudo con Él: ni maestros, ni sacerdotes, ni amigos, ni siquiera María... ¡Pobre mamá María! ¡Cuánto padeció con sus silencios!... Y ése, Jasón, fue el sueño y el ideal que le sostuvo durante años: liberarse de los compromisos familiares para anunciar al mundo que hay un Padre que nada tiene que ver con el Yavé de nuestros mayores.

Dicho así, contemplado en la distancia de dos mil años, el asunto puede desdibujarse. Y corremos el riesgo de minimizar lo ocurrido en el corazón de aquel Hombre. Jesús controló, frenó y congeló su más bello proyecto durante más de doce años. Si uno se para a pensar lo que son y lo que pueden significar doce largos años de trabajo, y en una aldea como Nazaret, no puede por menos que reconocer que su voluntad, paciencia y salud mental eran dignas de un coloso. A decir verdad, acabo de cometer un semierror. No fueron doce los años de espera, sino catorce. Cerrados esos 4 380 días (doce años), una vez que sus hermanos contrajeron matrimonio y encauzaron sus respectivas existencias, el Maestro abandonó la Galilea..., para viajar. Y lo hizo durante dos años. En total, por tanto, la «puesta a punto» de su misión exigió más de cinco mil días. Evidentemente, la aparición en público del Hijo del Hombre no fue algo repentino, ni fruto de una «súbita iluminación», como pueden creer algunos. En el desarrollo del tercer «salto» iríamos descubriendo el apasionante prolegómeno que constituyó el fundamento de su gira de predicación.

¡Qué demoledora lección para los impacientes!

Y durante ese dilatado período, salvo Santiago y su amigo íntimo, Jacobo, nadie supo de su «sueño». Es más, envuelta en la rutina del hogar, la Señora llegó a dudar del carácter mesiánico de su Hijo. Si exploramos la situación con frialdad y detenimiento, la postura de la madre no es descabellada. Doce años, insisto, son demasiados para cualquiera, incluyendo a la patriótica Señora. Doce años en los que Jesús se negó, sistemáticamente, a compartir los ideales nacionalistas de María. Doce años en los que jamás habló como profeta. Doce años sin realizar un solo prodigio. Doce años de silencio, de aparente monotonía en su taller... ¿Qué podía pensar la desolada mujer?

Y sin embargo, en ese tiempo, como iré desmenuzando, Jesús experimentaría «su» gran metamorfosis. El Jesús hombre, en mitad de una terrorífica lucha interior, descubriría que, además de humano, era parte y todo de esa divinidad. «Algo» que removería sus cimientos. «Algo» que, por supuesto, la Señora no supo hasta la resurrección..., y no con excesiva claridad. No era de extrañar, por tanto, que el Hijo del Hombre se refugiara en el silencio. Ni siquiera sus más íntimos podían comprenderle y comprender a lo que estaba llamado. Si ha habido alguna vez un hombre SOLO, ése fue Jesús de Nazaret...

Y conviene observar que, aun sabiendo que no era el Mesías, a partir de aquellos años de juventud, Jesús eligió la postura del no enfrentamiento con su pertinaz madre. La dejó soñar. Respetó su errónea creencia y aguardó. ¿De qué habían servido los desmentidos anteriores? Sólo para avivar la discordia y, en suma, para atormentar a María y a los escasos familiares que creyeron la aparentemente fantástica historia del ángel, incluyendo a los seis hermanos de mayor edad. Porque, si los choques más agrios fueron con su madre, con éstos también se vio forzado a razonar y discutir. Era lógico. Desde niños, la Señora les hizo partícipes del «gran secreto familiar»: el hermano mayor era el «Hijo de la Promesa». Y crecieron en ese ambiente, convencidos de que Jesús «portaría la enseña del trono de David y arrojaría al mar a los invasores». Su confusión no tuvo límite al comprobar que el primogénito rechazaba las armas y la violencia. ¿Cómo era posible que no se sintiera orgulloso ante el prometido mesianismo? Tenía que estar loco para negar que fuera el Mesías. Por ello, cumplidos los dieciséis años, tras adoptar la ya referida gran decisión de «aguardar su hora», el carpintero selló sus labios. Sólo los mencionados Jacobo y Santiago supieron de sus avances e inquietudes. Pero tampoco le comprendieron.

Ese año 10 fue también el del ingreso de Simón en la escuela. Y en el hogar se planteó un nuevo problema: la educación de las hermanas. ¿Qué hacían con Miriam y

Marta? La primera había cumplido once años. La segunda haría los siete en septiembre. La Señora y Jesús lo discutieron...

—Desde el principio coincidimos —apuntó María sin disimular su complacencia—. También las niñas tenían derecho a estudiar y a conocer la ley. El problema era cómo hacerlo.

No tuvo que explicarme el porqué. En aquella sociedad, como creo haber mencionado, las mujeres eran «ciudadanos de segundo orden». Se las educaba para el matrimonio, el trabajo y la sumisión. Debía a su marido fidelidad absoluta, aunque no podía exigir lo mismo del esposo. Uno de los mandamientos de Yavé había sido manipulado por los doctores y exegetas, de forma que pudiera satisfacer «el gusto de los varones». Decía así: «No desearás la casa de tu prójimo, ni la mujer de tu prójimo, ni su siervo, ni su sierva, ni su asno, ni su buey, ni nada de cuanto le pertenece.» (*Ex.*, XX, 17 y *Deut.*, V, 21.) Pues bien, los astutos judíos, a raíz de esta prescripción del Yavé bíblico, estimaron que la mujer les «pertenecía», al igual que un asno, una viña o unas sandalias. Tan cierto era que, cuando se efectuaba la venta de un esclavo, la mujer de éste iba incluida en la operación, tal y como señala el *Éxodo* (XXI, 3). En uno de los escritos rabínicos —*Menakhoth*, XLIII, b.— se proclamaba con el peor de los descaros que «todo hombre debía agradecer diariamente a Dios que no le hubiera hecho mujer, pagano o proletario».

Desde un punto de vista legal, la mujer recibía la consideración de «menor de edad»; es decir, «irresponsable». En consecuencia, cualquier acuerdo, convenio o negocio que pudiera efectuar o pactar podía ser reprobado por el marido. En ese caso, la «parte aceptante» no tenía derecho a reclamar. Eran calificadas de «mentirosas por naturaleza», careciendo del derecho a heredar ni por parte del padre ni tampoco del esposo. En buena medida, esta degradante situación se hallaba justificada por los sagrados textos bíblicos: lamentable antología de la misoginia. Raro era el profeta que no había lanzado sus dardos contra las hembras... Isaías las llama «voluptuosas, perversas y ridículamente vanidosas». Amós las califica de «crueles». En cuanto a Jeremías y Ezequiel, por no alargar tan lamentable lista, las estiman «llenas de duplicidad». Algunos rabíes aseguraban que «entre los hombres que no verían la *Gehena* (el infierno) se hallaban los que hubieran tenido en la tierra una mujer mala: habrían cumplido su castigo por anticipado...».

Este desprecio por la mujer repercutía, lógicamente, en el capítulo religioso y de la enseñanza que, a decir verdad, se confundían en un todo único. En relación a los preceptos de la Torá, la siguiente regla resume la situación: «Los hombres están obligados a todas las leyes vinculadas a un determinado tiempo; las mujeres, por el contrario, están liberadas de ellas» (*Qid.*, 17 y *Sota*, II, 8). En otras palabras: no estaban sujetas a recitar el *Schema*, ni tampoco a ir en peregrinación a Jerusalén durante las fiestas de la Pascua, Pentecostés o los Tabernáculos. Se hallaban libres de asistir a la lectura de la ley, habitar en las tiendas y agitar el *lûlab* durante la mencionada fiesta de los Tabernáculos, hacer sonar el *sopar* el día de Año Nuevo, leer la m^e *gillah* (el libro de Ester) en la fiesta de los Purim, portar las filacterias o lucir las franjas verticales en los vestidos.

Su «estatuto» en la legislación religiosa aparece perfectamente configurado en una fórmula que los sacerdotes se encargaban de repetir sin cesar: «Mujeres, esclavos (paganos) y niños (menores); la mujer, igual que el esclavo no judío y el niño menor, tiene sobre ella a un hombre como dueño. Es por ello que, desde el punto de vista religioso, se halla en inferioridad ante el hombre» (*Ber.*, III, 3 y *Sukka*, II, 8).

Sus derechos religiosos, en efecto, habían sido violenta e injustamente recortados. Podían entrar en el gran templo de Jerusalén, sí, pero sólo al atrio de los gentiles, entre los paganos, cambistas, traficantes de mil pelajes y prostitutas y al llamado «de las mujeres». Durante la purificación mensual tenían terminantemente prohibido el acceso al templo: por espacio de cuarenta días después del nacimiento de un varón u ochenta si se trataba de una niña. Tampoco el ritual de la inmolación era usual entre las hembras de Israel. Y si alguna vez recibían autorización para «sacudir las porciones en los sacrificios o imponer las manos sobre las cabezas de las víctimas» era única y exclusivamente «para calmarlas». (*Hag.*, 16 b). Y menos mal que el

Deuteronomio (31, 12) expresaba con claridad que las «mujeres y los niños» debían congregarse, al igual que los hombres, frente a Yavé, para oír su palabra. Esto supuso la posibilidad de que entraran a las sinagogas aunque, eso sí, separadas por un enrejado o una barrera... Incluso se llegó a construir una tribuna especial para ellas, provista de una entrada particular (1). Ni que decir tiene que hacer uso de la palabra en dichas sinagogas era algo «inconcebible». ¿Una mujer leyendo la palabra de Dios? Hubiera sido como imaginar a un perro profetizando...

Sobre sus espaldas, en cambio, recaía todo el peso del trabajo en el hogar, amén de hilar, tejer o atender multitud de faenas agrícolas. Ellas eran las responsables de la diaria fabricación del pan. Debían triturar el grano en los molinos caseros, transportar la artesa con la masa fermentada y proceder a la cocción. Una labor dura que exigía una considerable fuerza y resistencia físicas. Y eran las mujeres las que, habitualmente, tenían a su cargo el cotidiano transporte de agua, cargando toda suerte de tinajas. Ellas, en fin, lavaban, cocinaban, amamantaban, vestían y aseaban a los hijos, zurcían, atendían la limpieza general de la casa, vigilaban la sagrada llama que debía arder todo el sábado, servían la mesa y el vino al marido e, incluso, estaban obligadas a lavar sus pies. La suerte de las niñas judías, en general, estaba trazada desde su nacimiento: eran educadas para servir al macho. En una primera etapa, al padre y hermanos. Después, a partir de los doce años y medio, al marido. Y como cantaban las mordaces galileas, «nunca se sabía qué era peor». Y hablando de las galileas, aunque estas severas e insultantes leyes y tradiciones rezaban igual para la totalidad del país, en la «patria chica» de Jesús no todo era tan tenebroso para las féminas. En la práctica —de puertas adentro—, tanto el hombre como la mujer

(1) Santa Claus nos proporcionó la siguiente información: «La sinagoga mesopotámica de Dura-Europos, descubierta en 1932, carece de tribuna.» Según Kraeling «tenemos en ella un tipo de sinagoga más antiguo que el de la Galilea, construidas entre los siglos III al VII». Watzinger, por su parte, remonta a la era helenística la sinagoga con tribuna, apoyándose en la descripción del Talmud de la sinagoga de Alejandría, llamada *diplostoon*. Nosotros, sin embargo, no llegamos a descubrir una sola sinagoga con tribuna. *(N. del m.)*

se dejaban guiar por el sentido común y, naturalmente, por el amor. Sólo los muy ortodoxos mantenían esas diferencias, con el consiguiente rechazo y las justificadas burlas del resto de la población. A la hora de la cotidiana e implacable realidad, la mujer —como siempre—, bien por su intuición, experiencia o buen hacer, era la que aconsejaba y acertaba. En algunas de las viviendas que llegué a visitar observé en las paredes, a manera de nuestros cuadros, tablas policromadas con inscripciones como éstas: «Dichoso el marido de una mujer buena: el número de sus días será doblado.» «La mujer de valer alegra a su marido, cuyos años llegarán en paz a la plenitud.» «La mujer de valer es una fortuna. Los que temen al Señor la tendrán. Y sea rico, sea pobre, su corazón será feliz.» «La gracia de la mujer es el gozo del marido. Su saber le vigoriza los huesos.» «Un don de Dios es la mujer callada, y no tiene precio la discreta. Y no tiene precio la mujer casta.» «Sol que sale por las alturas del Señor es la belleza de la mujer buena en una casa en orden.» «Mujer buena es buena herencia.» «No des salida al agua, ni a mujer mala libertad de hablar.»

La Señora, por la educación recibida en su infancia y juventud, por su arraigado respeto a la libertad de ideas y creencias y por las relativamente cómodas circunstancias de haber vivido en una Galilea tolerante y liberal, era un avanzado ejemplo de lo que hoy se conoce como «feminista». Jamás la vi salir a la calle con el rostro cubierto, tal y como fijaba la ley, o ruborizarse porque un vecino o un extraño pudieran dirigirle la palabra. Cumplía con lo establecido a la hora de acudir a los servicios de la sinagoga pero, por supuesto, no estaba conforme con el «sistema». Por ello, al plantearse el difícil problema de la educación de sus hijas Miriam y Marta, no lo dudó un segundo: «serían instruidas en la Torá..., pública o secretamente».

Ni siquiera a la abierta Galilea había llegado aún la «perversa costumbre griega y romana» de admitir en las escuelas a las hembras. E, intrigado, me interesé por el sentido de la palabra «pública». ¿Qué había querido decir la impulsiva María con «instruir a sus hijas de forma pública»?

—Exactamente lo que estás pensando —replicó la Señora—: intentar que fueran admitidas en la sinagoga...

Miriam siguió sus palabras con indulgencia.

—Lo hablé con Jesús y, a pesar de sus sensatos argumentos, caí en una de esas crisis de tozudez. ¿Por qué no dar el paso?

Los argumentos del joven «cabeza de familia» no podían ser otros que los de la triste realidad: «no era lo acostumbrado». Pero la mujer, intuyendo que la justicia le asistía, fue animando a su Hijo. Y un buen día se presentaron ante el hazán, el jefe de la escuela-sinagoga.

No quise interrumpirla. Sin duda se trataba del saduceo.

—Dialogamos, discutimos y, claro está, reñimos. Esa víbora...

Había acertado. Y María se removió inquieta sobre la estera.

—... Esa serpiente se dobló de risa al saber nuestras pretensiones. «Antes muerto (sentenció) que violar la ley de Moisés.» ¿Violar la ley? ¡Menudo sinvergüenza! Si este pueblo hablara... Era el momento esperado. Al mentar la ley, yo misma se la recordé. Y le solté en su cara lo que reza la mismísima Torá. Escucha y dime si no llevaba razón...

María era imprevisible. Así que fui todo oídos.

—...Y Moisés puso la ley por escrito y se la dio a los sacerdotes... Y les dio esta orden: «Cada siete años, tiempo fijado para el año de la Remisión, en la fiesta de las Tiendas, cuando todo Israel acuda, para ver el rostro de Yavé tu Dios, al lugar elegido por él, leerás esta ley a oídos de todo Israel. Congrega al pueblo, hombres, mujeres y niños, y al forastero que vive en tus ciudades, para que oigan, aprendan a temer a Yavé vuestro Dios, y cuiden de poner en práctica todas las palabras de esta ley. Y sus hijos, que todavía no la conocen, la oirán y aprenderán a temer a Yavé nuestro Dios todos los días que viváis en el suelo que vais a tomar en posesión al pasar el Jordán.»

Más que el contenido de aquel pasaje del *Deuteronomio* lo que me impactó fue el hecho de que conociera la Torá. Quizá, como otras mujeres, había sido «secretamente» instruida en su hogar.

—Y ahora dime: ¿guardaban justicia mis palabras?

Asentí, claro.

—Pues bien, conforme recitaba la letra santa, el muy bribón, a quien Dios confunda, fue cambiando de color.

Y del blanco pasó al rojo y luego al verde. Algo tramaba. Y mi Hijo, conociendo sus maquinaciones, me hizo un gesto para que cesara el discurso. Pero María, «la de las palomas», no es mujer a la que se le pueda imponer un injusto silencio. Aquel saduceo me escucharía hasta el final. Y al concluir, dirigiéndose a Jesús, con la lengua atropellada por la ira, balbuceó: «¡Tú y tus irreverentes ideas...! ¡Más valdría que buscaras marido para esta viuda deslenguada!»

»A partir de ese momento, el muy venenoso ni siquiera me miró. Mis posibles culpas cayeron sobre las espaldas de Jesús. E invocando la palabra del Divino acometió de nuevo: "¡Muchos han caído a filo de espada, mas no tantos como los caídos por la lengua! Yugo mal sujeto es la mujer mala..."

»Y Jesús, una vez que el hazán hubo vaciado su ponzoña, replicó con la sabiduría del Eclesiástico: "Tres clases de gente odia mi alma, y su vida de indignación me llena: pobre altanero, rico mentiroso y viejo adúltero, falto de inteligencia."

»¡Dios bendito!, el saduceo (altanero, mentiroso y adúltero) se puso lívido. Y arrojando hiel y fuego por los ojos arremetió contra mi Hijo: "¿Quién le ha enseñado la ley? ¿Quién ha cometido el sacrilegio de abrir la santidad de la Torá a esta pecadora? ¿Has sido tú, Mesías de madera? ¿Sabes que podría expulsarte de la sinagoga?"

»Pero Jesús, sonriendo valientemente, le dijo algo que entonces, con el señuelo del Mesías Libertador en mi corazón, interpreté de forma equivocada: "Mide bien tus palabras, Ismael. También yo, el último, me he desvelado, como quien racima tras los viñadores. Por la bendición del Señor me he adelantado, y como viñador he llenado el lagar. Mira que no para mí sólo me afano, sino para todos los que buscan la instrucción. Deja a esta viuda con la pena de su viudez y no olvides lo que reza la ley que tanto defiendes: el corazón obstinado se carga de fatigas. Y hay quien se agota y apresura en beneficio de la santidad de un libro, llegando tarde a la suya propia. Si por buscar el ingreso de la justicia en la sinagoga pretendes mi expulsión de la asamblea, ¿no será que estás condenando al justo?"

»"¿Justo? ¿Te atreves a proclamarte justo?"

»El saduceo, fuera de sí, le hubiera abrasado en su mirada. Y cuando Jesús se disponía a responder estalló entre hipócritas lamentos: "¡Halaga a tu hijo y te dará sorpresas! ¡Juega con él y te traerá pesares! ¿Por qué tuve que instruirte? ¿Has olvidado quién te enseñó? ¿Eres tú más justo que el que imparte la justicia?"

»Esta vez, mi Hijo no permitió que le sellara los labios. "No lo he olvidado —respondió—. Pero no habría estado en tu mano, de no ser por expreso deseo de mi Padre..."

»Ismael —aclaró María innecesariamente— confundió las palabras. "José, tu padre, era un hombre sin doblez, pero blando. Te consintió en exceso y éste es el fruto: un hijo libertino."

»"Está escrito: el que instruye a su hijo (rechazó Jesús) pondrá celoso a su enemigo. Y ante sus amigos se sentirá gozoso. En cuanto a mis pecados, no olvides que los vástagos de los impíos no tienen muchas ramas... Y dime: ¿acaso las ves en este Mesías de madera?"

»"¿Cómo te atreves a llamarme impío? (vomitó el sacerdote). Yo soy el custodio de la ley..."

»"El que guarda la ley (le desarmó Jesús) controla sus ideas."

»"Mis ideas, desagradecido y presuntuoso jovencito (clamó el hazán atropelladamente) nacen de la ley. Las tuyas, para tu perdición, mueren en la ley. Siempre te expresaste como un necio y sólo a los necios consolarás. Mas, no te confundas: yo no soy tal."

»"Ismael (manifestó Jesús con una paciencia y dulzura que me sacaron de quicio), tú, ahora, tienes el corazón en la boca. Y yo, algún día, enseñaré lo contrario: que el corazón sea la boca de los sabios."

»"¿Algún día?... Primero tendrás que aprender la humildad. Y aun así, ¿quién oirá a un desarrapado carpintero?"

»Jasón, tuve que contenerme. Le hubiera sacado los ojos... —Pero aquel Hijo del Hombre en proyecto empezaba a brillar con luz propia. Y tuvo la respuesta justa—: "Quien es estimado en la pobreza, ¡cuánto más en la riqueza!"

»"¡Ah!, ¿pero tú serás rico?", se burló el saduceo.

»Y mi Hijo volvió a sonreír. Y señalando con el dedo a los cielos trató de aclarar su idea de la "riqueza". Pero la víbora era ciega.

»"Mi riqueza, Ismael, es hacer la voluntad del Padre. Cuanto mayor es mi fe en Él, más grande mi crédito en la tierra... Y en cuanto a aprender la humildad, ésa, amigo mío, no se aprende: se nace o no se nace con ella."

»"Dice la Escritura: ensálzate con moderación."

»El reproche del sacerdote no hizo mella en Jesús. "Y dice también (le replicó al punto): estímate en lo que vales. Porque, al que peca contra sí mismo, ¿quién le justificará? ¿Quién apreciará al que desprecia su vida?"

»"Y tú, infeliz, ¿en qué puedes estimarte?"

»Cargada como una tormenta no pude contenerme. Y fui yo quien le dio cumplida réplica: "Es estimado en el amor que guarda y que otorga. ¿Puedes tú decir lo mismo, que sólo has ganado la amistad de los sin amor?"

»Jesús trató de apaciguarme. Pero, furiosa, le restregué por la cara lo que todos pensaban y muy pocos se atrevían a declarar: "Tu boca amarga, lejos de multiplicar amigos, sólo sabe menguarlos. Tu poder es el del miedo. Te sientas a las mesas de las gentes de esta aldea, pero jamás has abierto tu bolsa ante la adversidad de los demás. Sólo tú te estimas, confundiendo el brillo del lujo con el beneplácito divino. ¿Es que no sabes que el corazón modela el rostro del hombre? Pues bien, mírate y juzga..."

»Mis palabras, lo reconozco, fueron despiadadas. Y Jesús, tirando de mí, me obligó a regresar a casa. Desde aquella disputa, Ismael, el saduceo, no dejó de intrigar para perdernos. Y mis hijas tuvieron que ser instruidas secretamente. Santiago, y en ocasiones Jesús, cuando su trabajo lo permitía, fueron los maestros.

«Jesús de Nazaret maestro.» Como es natural no resistí la tentación y pregunté sobre las características y el estilo de tan singular «profesor». Hubo unanimidad. El viejo y extendido lema de los hazanes judíos —«odia a su hijo el que da paz a la vara»— fue fulminantemente reprobado por el primogénito.

—La vara de avellano —repetía a los que no compartían su «método pedagógico»— puede empuñarla cualquiera. La de la paciencia, sólo los auténticos maestros.

Las enseñanzas a Miriam y Marta, y por extensión a todos sus hermanos, tuvieron un cemento común: las Escrituras. Así estaba fijado por la tradición y Jesús, siempre respetuoso, no quiso apartarse de ellas. Y aunque la sabiduría era la propia Torá, el joven maestro procuraba alternar las repetitivas y memorísticas recitaciones de los libros sagrados con incursiones a las ciencias de la geografía, las matemáticas, la astronomía o la historia, por citar algunos modelos. Unas disciplinas que en aquel tiempo se hallaban abiertamente reñidas con la investigación. Al menos para los rigoristas de la ley. El Talmud lo recoge con precisión: «No hagas objeto de tus investigaciones lo que es demasiado difícil. No sondees lo que está oculto.» Jesús, como fue dicho, no era de este parecer. Sus continuas e inquietantes preguntas le revelaron como un curioso o, si se prefiere, como un investigador nato. Y llegado a este extremo, bueno es dejar constancia de algo que, en mi opinión, entraña un gran interés. Las enseñanzas del futuro Hijo del Hombre a sus hermanas y hermanos ponen de manifiesto que a sus dieciséis años no era consciente de su naturaleza divina. De lo contrario, ¿por qué estimar la Biblia como la fuente de toda sabiduría? ¿Por qué enseñarles que «sería menester vivir quinientos años para recorrer la distancia de la tierra al cielo que está inmediatamente por encima de nosotros»? ¿Por qué decirles que «ese mismo intervalo separa ese cielo del siguiente y que ésa es la distancia entre las extremidades de todo cielo, cruzado en su espesor»? Si Jesús hubiera dispuesto de su «memoria divina» —las palabras siguen limitándome—, ¿a qué venía enseñarles que el número de cielos es de siete? La razón es obvia. Su combate interior no había concluido. Él pensaba como hombre. Y como tal había aprendido que hay siete cielos: el *Pentateuco* —decían los rabíes— utiliza siete palabras diferentes para referirse al cielo. En consecuencia —enseñaban los hazanes— el número de cielos es de siete. (Pablo de Tarso hace una alusión a ese «séptimo cielo».)

Si aquel maestro llamado Jesús hubiera sido consciente de su origen divino, ¿por qué iba a afirmar que la tierra, por la misma razón, estaba formada por siete capas superpuestas? (Hoy sabemos que los antiguos eruditos de Israel no se hallaban tan descaminados en sus apreciaciones.

Incluso, algunos kabalistas dividen los tres elementos en SI-AL-SI-MA-NI-FE.)

—Él nos enseñó lo que reza la tradición en torno a la creación del mundo. Pero tenía sus dudas...

Miriam fue sincera. Ésa tradición, recogida en el escrito rabínico *Yoma*, LIV, 6, dice que en el templo de Jerusalén se veía la piedra que Yavé echó al mar primigenio, con el fin de que la tierra fuera formándose a su alrededor.

—...Él nos dijo que ésa era la creencia más extendida y que debíamos considerarla y conocerla, aunque sospechaba que podía haber otra explicación más lógica.

—¿Y llegó a expresarla? —le interrogué con gran curiosidad.

—No. Mi Hermano no era como los otros maestros. Cuando no sabía una cosa lo confesaba abiertamente. Y eso no tenía respuesta para Él.

También les habló de la «misteriosa línea que rodea el Universo».

—En efecto —prosiguió la hermana mayor—, la que separa la luz de las tinieblas. De ella habla el profeta Isaías cuando dice: «Echará Yavé sobre ella las cuerdas de la confusión y el nivel del vacío.» (*Is.*, XXXIV, 11.)

En el capítulo de la geografía Jesús llegó hasta donde pudo. Los conocimientos de la sociedad judía eran más románticos y nacionalistas que científicos. Los «expertos» creían que el mundo era un plano circular. (Creencia basada también en la Biblia: *Isaías*, XL, 22.) Y que todo él se hallaba rodeado de agua. (*Eroub*, XXII, b.) «Y Dios, como atestigua el *Libro de los Proverbios* (VIII, 26), se sienta sobre ese círculo, trazado por él mismo.» Lógicamente, Israel ocupaba el centro. Y muchos rabíes llamaban al resto del mundo conocido como «los países del mar».

—Él nos transmitió entonces lo que todos creían: que nuestra nación estaba bañada por siete mares: el Grande (el Mediterráneo), el *yam* (actual mar de Tiberíades), la Samoconita (el lago Hule), el Salado o mar de Sodoma, el mar de Aco (golfo de Acaba), el Schelyath y el Apameo. (Muy probablemente se refería a dos pequeños lagos, ya desaparecidos, ubicados en tierras de Idumea y a los que hace alusión Diodoro de Sicilia.)

Y tomando como referencia los textos bíblicos y lo que

había aprendido de las caravanas y viajeros, Jesús se atrevió a pronosticarles que la tierra era mucho más grande de lo que oficialmente se creía. Y que el número de montes, ríos, lagos y animales iba más allá de lo que enumera la Escritura. Pero también les aconsejó que fueran prudentes a la hora de hablar de estas cosas con sus amigos y compañeros de Nazaret. La credibilidad del carpintero entre las «fuerzas vivas» de la aldea no se hallaba muy crecida...

—Al estudiar el mundo de los animales —apuntó Miriam con nostalgia—, nuestro querido Hermano se hizo lenguas, elogiando la sabiduría de su Padre de los cielos. Y casi en secreto nos comunicó que Él no creía demasiado en la división sagrada de «animales puros e impuros». Y dijo que, por ejemplo, la langosta y otras criaturas con patas que habitan en el mar y que el libro llama «impuras» no podían ser tales. En todo caso, manifestó, dependerá del tiempo que medie entre la captura y su consumo. (Acertadísimo veredicto del joven maestro de Nazaret. En un lugar como el desierto del Sinaí, con temperaturas que podían rebasar los cuarenta grados Celsius, la conservación del marisco resultaba dudosa en extremo, pudiendo perjudicar la salud del pueblo elegido. De ahí que, con una astuta «visión sanitaria», Yavé los incluyera entre los animales que no debían ser destinados al consumo.)

—...Y nos contaba cuentos.

Al rogarle que hiciera memoria, Miriam miró a su madre. Y la Señora, sin dudarlo, recordó el del asno.

—Cada vez que lo incluía en sus lecciones —añadió María con regocijo— los más pequeños terminaban escapando a la calle, a la búsqueda de un burro.

La fábula en cuestión era la siguiente: «Un día, el asno acudió a la presencia de Dios y presentó sus quejas. "No trabajaré para el hombre —manifestó— si no recibo una justa compensación." Y amenazó con propagar su especie si el Divino no recompensaba su dura labor con un salario justo. Y Dios le dijo que satisfaría sus deseos "cuando su orina formara una corriente capaz de mover un molino y sus excrementos tuvieran la fragancia de las flores". De ahí que, desde entonces, el burro tenga la costumbre de oler sus heces y orinar a continuación.»

—Y regresaban —subrayó la madre— con los ojos encendidos, admirados de la «precisión» de Jesús. Y mi Hijo disfrutaba mucho más que sus hermanos.

—Cuando se refería a los perros —recordó Miriam—, mi Hermano se enfadaba. Él tenía uno en la huerta y lo quería. Por eso no aceptaba que se fabricaran amuletos con sus ojos, dientes y lengua. Se ponía frenético...

El enojo de aquel gran amante de los animales estaba justificado. Entre los supersticiosos judíos existía una creencia generalizada que aseguraba que «colocándose la lengua de un perro debajo del dedo gordo del pie, en el interior del calzado, podía evitarse que los perros ladrasen». Otros, con este mismo fin, confeccionaban amuletos con los ojos de un perro negro y vivo. Incluso, si alguien obtenía los dientes de un perro rabioso que hubiera mordido a un hombre o a una mujer y, una vez atados con cuero, los colgaba de su hombro, «podía pasearse con toda paz entre una manada de perros rabiosos». Naturalmente, no todos eran tan incautos...

Como profesor de matemáticas, Jesús no fue más allá de lo estrictamente necesario. Tampoco se precisaban grandes conocimientos para el cotidiano rodar de la vida en una aldea como Nazaret: números, operaciones rutinarias y elementales, pesos y medidas y algo de geometría, básicamente enfocada a la agrimensura o medida de las tierras.

—Era curioso —manifestó Miriam, hablando casi para sí—. Recuerdo muy bien los ojos de Jesús cuando tocábamos el mundo de los números. Se iluminaban. Flotaba en ellos el amarillo de la llama... Todos sabíamos que le entusiasmaban. Pero nunca quiso entrar en honduras. Los llamaba la «secreta correspondencia de su Padre de los cielos». ¿Qué podía querer decir?

Guardé silencio, simulando que lo ignoraba. Pero quien esto escribe intuía ya por aquel entonces que el Maestro lo era también en el prodigioso universo de la Kábala. Posiblemente, en aquellos años de juventud, le fueron desvelados los primeros misterios. Y con el discurrir del tiempo, esa secreta afición del Hijo del Hombre llegaría a convertirse en una «pasión y fuente de sublimes conocimientos esotéricos». Fue una pena —lo he lamentado siempre— no haber conocido e interrogado al enigmático «profesor de matemáticas procedente de Damasco» que recaló un buen día en la aldea... Pero, a fin de cuentas, lo que importaba eran los resultados. Y «ésos» —lozanos y sugerentes— serían descubiertos en el «tercer salto» (1).

Jesús se preocuparía igualmente de otro capítulo, vital para el futuro buen desenvolvimiento de los suyos: los idiomas. El trato con los caravaneros influyó en esta encomiable y universal visión del Galileo. Como en decenas de costumbres del cerrado círculo social judío, el joven Jesús no compartía la regresiva obsesión de los «sabios» de Israel por levantar obstáculos al progreso. En este caso, esa «modernidad» tenía un nombre concreto: el griego. «El que lo enseña a su hijo —se dice en *Sota*, IX, 14 y en *Antigüedades Judías* (XX, 11), de Josefo— es maldito, al igual que el que come cerdo.» El hebreo o *leshon ha kodesh*, la «lengua de los sabios» y «de la santidad» desde que las Escrituras fueran redactadas en dicha lengua, terminó por utilizarse fundamentalmente en los oficios religiosos, en las plegarias, en las enseñanzas de los doctores de la ley y en las citas de naturaleza bíblica que podían venir a cuento en el lenguaje diario y coloquial. Algo así como el latín escolástico o litúrgico en la Edad Media y en la actualidad, respectivamente y que, a decir verdad, sólo emplean los eruditos. La inmensa mayoría del pueblo judío hablaba el arameo. De hecho, en las sinagogas existía casi siempre un *targoman* o

(1) Una de las «especialidades», singularmente reconocida, respetada y admirada en la sociedad del tiempo de Jesús era la del cálculo matemático aplicado a la Biblia. Estos expertos eran llamados *soferim* o «contadores». En sus estudios alcanzaron resultados que hoy sólo serían viables con los ordenadores. Por ejemplo: llegaron a contabilizar las letras de todos los textos sagrados, en riguroso orden canónico, descubriendo que el vocablo que ocupaba justa y misteriosamente el centro exacto del Antiguo Testamento era el verbo «buscar». Y los «numerólogos» y «kabalistas» del momento, con razón, lo interpretaron de mil maneras. Estas matemáticas esotéricas —convirtiendo a números las letras y viceversa— harían de Moisés, supuesto autor del *Pentateuco,* un «iniciado», capaz de la más faraónica obra: escribir la ley en dos «lecturas». Desde este interesante ángulo, la palabra de Yavé en los escritos bíblicos guardaba un significado oculto, sólo asequible a los rabíes privilegiados. Al parecer, visto así, el *Pentateuco* vendría a ser un «documento cifrado», repleto de secretos cosmológicos, metafísicos y proféticos. Muchos de los escribas de la época del Hijo del Hombre eran depositarios de este conocimiento esotérico al que, como digo, no fue ajeno Jesús. *(N. del m.)*

«traductor», encargado de hacer comprender el hebreo de las Escrituras a las gentes que no lo entendían o que lo dominaban con dificultad. El galilaico occidental —arameo hablado por Jesús y los suyos— era más recio y oscuro que el comúnmente hablado en el sur de Israel. Aunque la comparación no sea exacta, algo así como el inglés de Oxford (Judea) y el de Texas (Galilea).

Para el carpintero de Nazaret era obvio que un hombre que no dominara la lengua «internacional» de su tiempo, el griego, era un ser «limitado»; lamentable y absurdamente «limitado». Y puso especial énfasis en que sus hermanos lo conocieran. Éste, sin duda, fue otro de los grandes triunfos de aquel maestro de dieciséis años. Lo había visto en José, su padre en la tierra: sus negocios y viajes le exigieron aprenderlo. Lo percibió desde el primer instante en los viajeros que llegaban a la Ciudad Santa y a la propia Nazaret. Lo tenía presente en María, su madre. Y a pesar del obstruccionismo de los ciegos rabíes, preclaros doctores de la ley se habían visto obligados a acudir a la lengua de Alejandro Magno. Raro era el comerciante que no lo hablaba. Las «importaciones y exportaciones», los viajes y el continuo trasvase cultural habían hecho de él una ayuda imprescindible en un mundo dominado por Roma y Grecia. Era, eso sí, un griego simplificado (1), a veces «portuario»,

(1)   Los estudios de Carrez en este aspecto son muy ilustrativos. Antes de Deissmann, en el siglo XIX, el griego bíblico parecía una lengua aparte. El hallazgo de documentos pertenecientes a la lengua común, en especial papiros griegos, demostró que los autores de la traducción griega del Antiguo Testamento, los famosos «Setenta», y los del Nuevo Testamento no hicieron más que aprovechar la lengua común en la redacción de sus escritos. Esta «lengua común» se derivó, a su vez, de la ática, convirtiéndose, desde las conquistas de Alejandro Magno (356-325 a. de C.) en el idioma «internacional». Merced a Alejandro, el griego se habló desde Atenas a Éfeso, pasando por Egipto, Antioquía, Pérgamo y el desierto de Palmira. Al formarse esta lengua común se produjo una fusión de los dialectos, proporcionándole un carácter auténticamente helenístico. Era la lengua de todas las clases sociales, resultando difícil la distinción entre la culta y la vulgar. En aquel tiempo presentaba dos características, derivadas de su misma situación: era un «compromiso» entre la lengua que fue en su origen la más poderosa —el ático— y el resto de los dialectos. En segundo lugar, en una consecuencia lógica, se vio forzada a admitir numerosos giros y modificaciones en el estilo, sintaxis y vocabulario. Las culturas sometidas a la influencia griega reaccionaron

con altos índices de contaminación lingüística, procedente de los cuatro puntos cardinales. Con unos cientos de vocablos, la eliminación de términos difíciles y dejando a un lado las particularidades de las declinaciones y conjugaciones era posible entenderse con un funcionario egipcio, un notario de Chipre, un sanador de Mesopotamia, un comerciante en vinos y maderas de Tesalónica, un poeta de Roma, un vendedor de papiros mágicos de Éfeso o un conductor de caravanas de la meseta de Anatolia.

Jesús no hablaba el griego de Platón o de los inmortales trágicos. Tampoco lo necesitaba. El que manejaba era suficiente para que su palabra llegara limpia y sin errores a oídos del gobernador romano, del centurión de Nahum que solicitó la curación de uno de sus siervos o de los muchos griegos y paganos que tuvieron la fortuna de cruzarse en su camino. Hoy resulta paradójico que determinados exegetas y escrituristas nieguen el bilingüismo del Maestro y, sin embargo, les parezca natural que su supuesto representante en la tierra se dirija a las masas en diferentes idiomas. ¡Cuán equivocados están respecto a la figura y a la inteligencia de aquel Hombre!

Pero, en tan animada e instructiva conversación con las mujeres, algo había quedado en el aire. Algo que en «nuestro tiempo» podría parecer absurdo e, incluso, irrespetuoso. Sin embargo, en aquellas circunstancias, en una sociedad que bendecía y primaba a la familia como un bien nacido del cielo y, sobre todo, teniendo en cuenta que la realidad del Jesús de hoy no podía ser intuida siquiera por su madre, hubiera sido normal y, como había expresado el saduceo, hasta deseable. Me refiero, claro está, a la posibilidad de que la Señora pudiera haber contraído segundas nupcias. Insisto con todo el respeto de que soy capaz: hoy, sabiendo lo que sabemos, y con una estampa tan deformada de María, la hipótesis puede sonar blasfema. No obstante, al exponer la idea, «la de las palomas», con su habitual sinceridad, manifestó algo lleno de sentido común:

---

con esta natural «venganza». Y así fueron apareciendo en el griego común o internacional —el que habló Jesús— toda suerte de «semitismos» y «latinismos». Entre los primeros cabe destacar los «hebraísmos», «arameísmos» y «septuagintismos» (concepto que designa el estilo de los «Setenta»). (*N. del m.*)

—¿Volver a casarme?... —Y rió con ganas—. No te mentiré, Jasón. Hubo un tiempo, cuando éstos eran pequeños, que lo medité. Nunca me asustó el trabajo. Pero los hombres (y supe de más de uno que me miraba con buenos ojos), ¡pobrecitos míos!, son asustadizos como palomas. El peso de una familia tan numerosa fue decisivo. ¿Quién hubiera tenido el valor de aportar su dote a una casa así? No, amigo, esa posibilidad estaba en las manos de Dios, bendito sea su nombre, y ya ves...

Los razonamientos eran correctos. María enviudó cuando contaba veintiocho años de edad. Al margen del problema económico —fundamental en aquella y en todas las épocas—, aunque su belleza no se había extinguido, era ya una mujer «vieja». No olvidemos que la expectativa media de vida hace dos mil años, en Palestina, oscilaba alrededor de los cuarenta años para el varón y poco más para la mujer. Y aunque ella no lo mencionó existía otro obstáculo. Un «impedimento» que, en general, los hombres suelen considerar en extremo. La Señora, despierta por naturaleza, de una inteligencia que se derramaba en cada mirada, educada muy por encima de lo habitual entre las hebreas, hubiera necesitado a su lado a un hombre de idénticas o parecidas características. Y la verdad es que en Nazaret no abundaban. José había sido una excepción. Yo diría que una «providencial» excepción. Esa pulcritud de alma, su liberal concepción de la vida y el fortísimo temperamento la singularizaban de tal forma que la mayoría de los presuntos pretendientes hubiera quedado eclipsada. Por último, y no menos importante: se había casado enamorada. Y ese amor no resultaba fácil de enterrar... Habría sido muy distinto si la Providencia —situación que, obviamente, no entraba en los planes divinos— no les hubiera concedido descendencia. La llamada ley del matrimonio *yibbum* (1)

_____

(1) Este tipo de matrimonio se hallaba perfectamente legislado desde los tiempos bíblicos. En el extenso tratado sobre «las cuñadas» *(yebamot)*, la Misná contempla un sinfín de posibilidades legales, derivadas de una situación de viudez sin hijos. Cuando dos hermanos —decía la ley— habitan uno junto al otro y uno de los dos muere sin descendencia, la mujer del fallecido no se casará con un extraño. Su cuñado irá a ella y la tomará por mujer, y el primogénito

o del levirato, de la palabra «levir»: cuñado, establecía que, en este supuesto, la viuda debía casarse con el hermano del difunto. En primera instancia, con el mayor y, en segundo lugar, con el inmediato en la cadena de edad. El hermano en quien recayese esta sagrada obligación tenía que haber sido engendrado por el mismo padre y haber vivido, al menos un período, contemporáneamente al fallecido. Si la viuda, caso de María, tenía sucesión, esta clase de matrimonio estaba prohibido por la ley.

Conforme fui conociendo al Hombre —si es que existe alguien capaz de llegar al santuario de un alma—, y a los que le rodearon, más cercana me pareció la mano de la Providencia. Todo en aquella familia se hallaba trenzado con los sutiles hilos de una Inteligencia que mi juicio de científico no puede poner en duda. Jesús nace en primer lugar. Como primogénito hereda el oficio del padre. Y como tal debe sostener a su familia. Si su nacimiento hubiera ocurrido en segundo, tercer o cualquier otro puesto, la responsabilidad como «nuevo padre» habría quedado invalidada. Incluso, si el Maestro —como pretenden muchos— hubiera sido hijo único, la posibilidad de un nuevo matrimonio de su madre podría haber cobrado especial fuerza. ¿Y qué decir de la abrumadora experiencia obtenida en esos doce años, desde la muerte de José? Esa Inteligencia fue a colocarle en el «ojo del huracán» de las dificultades y estrecheces económicas. Y tuvo que saber del trabajo y del angustioso «vivir al día» y de la educación, de los sueños y de las miserias ajenos. Y todo ello, quiero creer, con una finalidad justa y escrupulosamente medida: ser hombre, hasta sus últimas consecuencias. Y en ese estudiado laberinto que

que de ella tenga llevará el nombre del hermano muerto, para que su nombre no desaparezca de Israel. En el caso de que el hermano se negase a tomar por mujer a su cuñada, subirá ésta a la puerta, a los ancianos, y les dirá: mi cuñado se niega a suscitar en Israel el nombre de su hermano; no quiere cumplir su obligación de cuñado, tomándome por mujer. Los ancianos le harán venir y le hablarán. Si persiste en la negativa, su cuñada se acercará a él en presencia de los ancianos, le quitará del pie un zapato y le escupirá en la cara, diciendo: «esto se hace con el hombre que no sostiene a la casa de su hermano». Y su casa será llamada en Israel «la del descalzado». A partir de ese momento, la viuda quedaba libre para contraer matrimonio con cualquiera. Sin haber contraído el matrimonio del levirato o haber efectuado la ceremonia *jalutsá* (quitar), la viuda no podía volver a casarse. *(N. del m.)*

fue su vida en la tierra, todo le fue conduciendo —a veces sin piedad, a veces gratificantemente— a su destino. Como Hijo de un Dios imaginó y jugó como un niño, sufrió y se reveló como un adolescente, trabajó y se angustió como un obrero sin fortuna y, finalmente, aceptó valiente el papel de «revelador de su Padre». ¿Quién puede dudar de la experiencia humana del Hijo del Hombre? Pero estas cosas no fueron desveladas por los evangelistas. Y la humanidad, así, perdió cuatro y medio de los cinco ciclos que formaron sus treinta y seis años de vida... Unos períodos, como seguiré narrando, cada vez más apasionantes.

Y cuando me disponía a abordar el turbulento año 11, una no menos desordenada entrada de Santiago en la estancia nos dejó perplejos. Le seguían Ruth y Jacobo. María y Miriam se alzaron de inmediato. Y yo, prudentemente, permanecí en una de las esquinas, junto a las ánforas. Los acastañados ojos del hijo mayor brillaban inquietos en la penumbra. Antes de hablar, como si necesitara tiempo para reflexionar, subió a la plataforma, se hizo con un cuenco de madera y, descendiendo al nivel en el que nos encontrábamos, se encaminó al ángulo donde, casualmente, había ido a situarme. Destapó la gran vasija y se sirvió una ración de vino. Al llevarlo a los labios su mirada tropezó con la mía. Supongo que no fui el único que detectó la gravedad de su semblante. Al reparar en mi presencia carraspeó nerviosamente. Algo había sucedido. Algo que yo no debía oír. Así, al menos, lo interpreté. Y en silencio me dirigí a la apuntalada puerta principal. Pero la Señora, ágil y atenta, me salió al paso y, reteniéndome por el brazo, rompió el embarazoso suspense:

—¿Qué ha ocurrido? —La pregunta, dirigida a Santiago, no obtuvo respuesta. Y presionando mi antebrazo con los dedos reclamó mi atención—: Jasón, ¿qué pasa? ¿Por qué te marchas?...

No hubiera sabido responderle. Pero tampoco me dio oportunidad. Y aproximándose a su hijo le exigió una explicación. Le vi dudar. Aquello me extrañó en Santiago. Su confianza en mí era irreprochable. Bajó los ojos y, al punto, alzándolos de nuevo, fijó en mí su penetrante mirada.

Después lo comprendería. Aquel noble corazón trataba de evitarme un disgusto. Pero, presionado por su madre, introdujo la mano izquierda en la faja que ceñía la túnica, rescatando un pequeño trozo de cerámica: una *ostraka*. Y en silencio se la entregó a María. Ésta la aproximó a la lucerna que presidía la mesa de piedra y tras examinar la breve inscripción garrapateada en la arcilla me miró incrédula. Y negando con la cabeza se la devolvió a su hijo.

—No lo creo... —fue su comentario.

Intrigado y perplejo asistí entonces a un lacónico e indescifrable diálogo entre ambos:

—¿Quién ha podido escribir una cosa así? —clamó furiosa.

—Es su letra... —replicó el galileo.

—Eso no basta. ¿Es que no sabes que le aborrece?

Y María, abortando la tensa situación, le arrebató la *ostraka*, cediéndomela. Durante algunos segundos todas las miradas fueron a posarse sobre este confuso explorador. A Dios gracias, mi pulso no tembló. Leído el mensaje, sin perder la calma, se lo devolví a María. Y supongo que mis ojos hablaron con mayor precisión que mi garganta. Y los de la mujer se iluminaron, radiantes ante la muda confirmación. Pero, al oír mis palabras, su júbilo se marchitó.

—Es cierto —declaré sin rodeos—. Soy amigo de Poncio...

Y antes de que estallasen adelanté lo que entendí que debía manifestar: la verdad. Las precipitadas frases en el trozo de cerámica decían textualmente: «Jasón es un traidor. Lleva un salvoconducto del asesino.»

—Nunca miento —manifesté sosteniendo la atónita mirada de Santiago—. Le he visitado en Jerusalén. Lo sabéis porque en una de las entrevistas fui gentilmente acompañado por José, el de Arimatea. Él puede dar cumplida cuenta de lo que allí se habló... Y en cuanto al salvoconducto... —Y procedí a sacarlo de la bolsa de hule que colgaba del ceñidor—. También es cierto.

Un murmullo de desaprobación escapó de los labios de Miriam y de Ruth. Pero mi inmediata intervención vino a tranquilizarles..., relativamente.

—Fue solicitado —les dije sin titubeos— con el fin de cumplir mi misión sin impedimentos. En mis planes figura entrevistarme con el centurión que solicitó de Jesús la curación de su siervo... —La firmeza de mis palabras no dejaba lugar a dudas. Y añadí—: Y por el amor de Dios, os ruego que no me preguntéis por esa misión. —Y descansando en la confianza de la Señora, subrayé—: Sólo vuestra madre la conoce. Confiad en mí, como lo hizo Jesús.

La rotunda e intencionada alusión al Maestro fue decisiva. Y María, con los ojos humedecidos, me abrazó feliz, susurrándome al oído:

—¡Gracias, amigo!... Y perdona nuestra torpeza.

Jacobo, con su proverbial sentido de la oportunidad, formuló la pregunta clave:

—¿Quieres decir de una vez qué demonios ha sucedido?

Y Santiago, satisfecho con mis explicaciones, le enseñó la misteriosa *ostraka,* aclarando los hechos:

—Juan Zebedeo ha desaparecido.

La noticia causó mayor impacto que el injurioso escrito.

—...Cuando Esta y yo regresamos a la casa no había rastro de él. Mejor dicho —rectificó con desagrado—, sí dejó un rastro: esa leyenda.

En aquellos momentos, desbordado por los acontecimientos, no fui capaz de desentrañar el misterio. ¿Cómo sabía el discípulo que portaba el salvoconducto? ¿Pudo informarse a través de José, el de Arimatea? Sea como fuere, lo cierto es que el odio del Zebedeo hacia mi persona había colmado todas las previsiones... Y el triste hecho me sumió en amargas reflexiones.

—No comprendo... —terció María, traduciendo nuestros pensamientos.

—Ni tú, mamá María, ni nadie —confirmó Santiago.

—¿Y dónde puede estar?

La pregunta de Miriam quedó sin respuesta. El hijo mayor —según manifestó— había recorrido la aldea, pero nadie supo darle razón.

—¿Y qué me dices de la víbora?

La Señora, con su aguda intuición, había acertado. Pero ninguno de los presentes concedió crédito a la aparentemente absurda sugerencia. ¿Por qué razón iba a visitar a Ismael, el saduceo?

Y durante un buen rato, con las opiniones encontradas, se limitaron a discutir las posibles alternativas seguidas por el impulsivo y extraño Juan.

—Quizá haya vuelto al *yam*.

María rechazó la hipótesis de Jacobo. ¿Qué motivo había para hacerlo y mucho menos sin informarles previamente?

—¿Y si hubiera sufrido un accidente o un ataque de esos desalmados?

Santiago se opuso a la tesis de su madre. De haber ocurrido algo así, alguien en el pueblo le habría dado cuenta. Además, sus órdenes habían sido rotundas: «esperar en la casa».

—Podría haberse trasladado a Séforis.

La idea de Ruth fue igualmente desestimada. No tenía sentido. Pero, en vista de la excitación que padecía el «hijo del trueno», ¿qué era lo sensato? Podía haber tomado cualquier rumbo o la más loca de las decisiones. Haber desobedecido a Santiago era todo un síntoma.

Y, enfrascados en el enigma, los primeros golpes pasaron desapercibidos. Fue Ruth la que reclamó silencio. En efecto, en la parte posterior de la casa sonaron unos impactos, como si alguien aporreara una puerta con un bastón.

La Señora, a la pregunta de su hijo, se encogió de hombros. Y los «aldabonazos» se repitieron lejanos pero claros, siguiendo una secuencia de tres golpes y silencio. Aquello parecía una contraseña. Y Santiago, más tranquilo, pidió calma. Y con paso cauteloso lo vi dirigirse al taller. Me fui tras él. Alivió la hoja del madero que la apuntalaba y entró en la claridad. Hasta ese momento no había tenido ocasión de pisar la tercera y última dependencia del hogar de Nazaret.

El galileo, extremando las precauciones, fue a detenerse en mitad del patio rectangular que cerraba la vivienda por el flanco norte. Y espada en mano esperó una nueva secuencia de golpes. Casi frente por frente a la puerta que acabábamos de dejar atrás se abría una modesta cancela de tablas, que cerraba con un cordel semipodrido. Resultaba un tanto absurdo —pensé— atrancar los accesos principal y del taller cuando, de una patada, hubiera sido viable el ingreso por el patio. Como en la mayoría de las casas rurales aquella pieza constituía una especie de desahogo: en una superficie de siete por cinco metros, a cielo abierto, se amontonaba toda suerte de enseres y cachivaches que, por conveniencia, habían sido desterrados del hogar. Un muro de piedra sin encalar, con la roca anclada por un mortero anciano y erosionado por la climatología, cerraba la totalidad del corral, elevándose algo más de dos metros. En la pared de mi derecha (siempre en relación a la puerta exterior del taller de carpintería) se alineaban un telar vertical de 1,80 metros de altura (ahora en claro desuso), un mortero de negro basalto y, formando cuerpo con la esquina, un horno de ladrillo rojizo de un metro de altura y del tipo cupuliforme. El mortero o «molino» casero, seguramente adquirido en la alta y volcánica Galilea, era sencillo en extremo. La verdad es que los había visto más lujosos. La losa rectangular, de unos sesenta por cuarenta centímetros, que hacía de base, aparecía desgastada por el ininterrumpido y dilatado uso. Sobre ella descansaba la segunda y complementaria pieza: un pesado cubo de treinta centímetros de lado que servía para moler el grano. La cara superior de dicho prisma presentaba un orificio, en forma de embudo, por el que se introducía el cereal. Para desplazarlo, labor nada cómoda a juzgar por el peso de la mole basáltica, había sido dispuesto un delgado pero sólido palo cilíndrico de roble, de medio metro de longitud, perfectamente ajustado en dos hendiduras practicadas en los extremos de la mencionada cara superior del cubo. Para la obtención de la harina, por tanto, era menester arrastrar el prisma arriba y abajo, frotando ambas piezas. ¿Cuántas veces habría contemplado Jesús la enojosa pero necesaria operación? Quizá él mismo lo hubiera manejado en muchos amaneceres... Y no pude evitar una dulce emoción.

El horno, con claros signos de no haber sido encendido en días o semanas, me recordó una colmena de piedra, antaño primorosamente blanqueado y ahora devorado por estrechas lenguas de hollín que escapaban como una negra estrella por la boca situada al pie.

A mi izquierda, adosada al muro más corto, descubrí una curiosa construcción en madera. Los cinco por dos metros habían sido aprovechados para la ubicación de un palomar. El «albergue» se hallaba dispuesto en tres «pisos», meticulosamente cerrados con tablas y un trenzado de junquillos y divididos, a su vez, en cuatro departamentos o celdas por planta, con las correspondientes puertecillas o «gateras». María, «la de las palomas»... Allí estaba la explicación al sobrenombre que distinguía a la Señora. En lo alto del palomar y en su interior dormitaban o zureaban algunas de sus queridas aves. No demasiadas, a decir verdad.

El resto del patio, pavimentado a base de una tierra sucia y batida, presentaba la misma y lamentable cara de abandono. Junto a la pared en la que se abría la cancela reposaban un abrevadero de piedra y un pesebre de madera, con pies en forma de «tijera». Y frente a ellos, separado por un estrecho corredor que llevaba al palomar, un paño de tierra de tres metros escasos de lado que, tiempo atrás, pudo ser un huerto y que ahora, sembrado de tinajas, cestos y algunos aperos de labranza encendidos por la herrumbre, se había convertido casi en un estercolero, acosado por el negro zigzagueo de las moscas. La reciente tragedia podía adivinarse, incluso, en el desorden del lugar. Aquél, por supuesto, no era el «estilo» de la Señora...

Y la esperada secuencia de golpes —tres exactamente— se repitió al otro lado de la desvencijada portezuela, agujereada por la vejez.

—¿Quién va?

El imperativo grito de Santiago no obtuvo respuesta. Y decidido salvó los tres pasos que le separaban de la cancela, espiando por uno de los descarnados nudos. Y un cansino golpeteo hizo temblar de nuevo el maderamen. Pero, al segundo bastonazo, la puerta se entreabrió entre crujidos. Y el hermano del Maestro, seguro de la identidad y de las honradas intenciones del visitante, le indicó que entrara. Era un anciano de barbas deshilachadas que colgaban como un sauce, casi hasta la cintura. Al verme aproximó los labios al oído de Santiago, susurrando algo que, naturalmente, no alcancé a escuchar. El hijo de la Señora fue asintiendo con la cabeza y, terminado el cuchicheo, formuló una sola pregunta:

—¿Cuándo?

Pero el viejo, sordo como la tapia que le contemplaba, necesitó de un segundo y de un tercer intento.

—Que digo que cuándo... —vociferó el desesperado Santiago, metiendo la boca entre las greñas del tal Jairo.

Y el amigo de la familia, porque su arriesgada acción bien merecía la licencia, rogó de nuevo que se inclinara, musitando una frase que sí capté:

—Vencida la nona. (Rebasadas las tres de la tarde.)

Santiago le besó en ambas mejillas y, acto seguido, le vi desaparecer. Un minuto después daba a conocer la noticia que acababa de suministrarle el anciano vecino:

—Parece que esa víbora intenta llegar hasta el final. Un miembro del consejo ha partido hacia Séforis, vencida la nona, con el fin de solicitar instrucciones al tribunal...

Las palabras de Santiago cayeron como plomo fundido. Sólo la «pequeña ardilla», en su candidez, se atrevió a intervenir:

—¿Instrucciones? ¿Sobre qué?

María acarició sus cabellos, aconsejándole que guardara silencio.

—... Al parecer, la fallida lapidación de esta mañana le ha humillado y exige que seamos castigados.

No hubo preguntas. Todos suponían que el castigo podía ser colectivo.

—¿Y quién ha sido el emisario?

La cuestión suscitada por Jacobo guardaba más importancia de lo que pueda parecer. Dependiendo de quién y cómo se expusiera el pleito, la decisión del tribunal podía variar sensiblemente. En este caso, Séforis, capital de la baja Galilea, disfrutaba de una de las cuatro cortes de veintitrés jueces en que había sido dividido el país desde los tiempos del legado Gabino (1). Casi todas las poblaciones menores —caso de Nazaret— disponían también de un «pe-

(1)   Como establece Flavio Josefo en *Antigüedades Judías* (XIV, 5), Israel, como provincia romana, había sido «descentralizada» del poder judicial de Jerusalén en tiempos del legado romano Gabino. El Gran Sanedrín de la Ciudad Santa era el «eje» de la legalidad judía. Algo así como la Corte Suprema, con competencias que afectaban, sobre todo, a la religión. Para asuntos de «menor gravedad» bastaba con la reunión de 23 de los 70 miembros que formaban dicho Sanedrín. El resto del país se hallaba dividido en otras cuatro cortes: Jericó, Séforis, Amat y Gadara. El derecho, como en los países regidos por el Corán, era eminentemente religioso, fundamentado en tres códigos principales: el contenido en el *Libro de la Alianza* (capítulos XX al XXIII), en el *Deuteronomio* (capítulos XXI al XXVI) y una parte esencial del *Levítico*, «puesta al día» durante el exilio de Babilonia. Sobre este *Corpus juris divini* y sus 613 preceptos se tejieron cientos de nuevas normas y leyes que, con el paso de los siglos, serían recogidos en el Talmud. Y sobre esta intrincada red de textos de jurisprudencia, un mandamiento rey que inspiraba todo el Derecho judío: «Sed santos, porque santo soy yo.» *(N. del m.)*

queño sanedrín», integrado por siete, tres o, incluso, un solo juez. Pero estos consejos o tribunales locales se limitaban a despachar causas de escasa importancia. Cuando, como en el caso de la «blasfemia» cometida por Santiago, el asunto entrañaba una mediana gravedad era transferido a la corte inmediatamente superior, llegando en muchos casos al Gran Sanedrín de la Ciudad Santa.

—Jairo ha mencionado a Judá.

La aclaración de Santiago fue acogida con un espontáneo «¡malnacido!», que escapó de los labios de Miriam.

El tal Judá, miembro del consejo local, era una especie de alguacil y verdugo, encargado de las flagelaciones y mano derecha del saduceo. Un personaje, en definitiva, malencarado y tan rastrero como su «jefe». (La denominación de estos funcionarios de las cortes de justicia —*hazzam*— tenía su equivalente en los *hiperetas* o «remeros de segunda», como los designaban los griegos con justa ironía.)

—Pero, ¿de qué se nos acusa? —terció María que, en el fondo, sabía o podía intuir la respuesta.

Nadie se atrevió a pronunciarse. ¿Blasfemia? ¿Desobediencia al Gran Sanedrín al violar las normas especiales acordadas en la noche del domingo, 9 de abril? En cualquier caso, el castigo por dichos delitos se hallaba perfectamente tipificado. Con mucha suerte, si el tribunal se mostraba indulgente, Santiago, «cabeza visible» de la familia y responsable directo de la injuria al Todopoderoso, podía ser expulsado de la sinagoga con carácter temporal o perpetuo —«excomunión» que encerraba un halo vergonzante—, azotado, encadenado o desterrado, con la consiguiente pérdida de sus bienes y propiedades. Si, por el contrario, los jueces aplicaban la ley con rigor, la sentencia era de muer-

(1) Dado el carácter sagrado de casi todas las instituciones judías, el peor de los delitos no podía ser otro que el de rebelarse contra Dios. Y más dañino que éste era el de declararse «igual a Dios» (caso de Jesús). Para la sociedad de entonces era el equivalente a los actuales crímenes contra la seguridad del Estado. Sólo cabía la muerte. En este capítulo se estimaba como «supremo delito» la idolatría, la blasfemia (incluso el hecho de invocar en vano el nombre del Altísimo), la violación del sábado, la magia y adivinación, abstenerse de celebrar la Pascua y no presentar al hijo varón a la ceremonia de la circuncisión. Existían después otras categorías de crímenes que, en síntesis, se agrupaban de la siguiente forma: atentados contra la vida humana, con una

te (1). El «ejemplo» del Hermano mayor, tan reciente, no dejaba lugar a dudas... De ahí que la familia, inquieta, se deshiciera en un océano de especulaciones. Y el pesimismo fue desgastándoles hasta que, vencidos, cayeron en un oscuro mutismo. Todos confiaban en Santiago y hacia él volvieron las miradas y los corazones. El tribunal de Séforis no se reuniría en sesión oficial hasta el jueves. Tenían, pues, un margen para deliberar y adoptar la resolución que estimasen correcta. La presencia del odioso Judá ante el «Consejo de los 23» no era un buen augurio. Pero, aun así, siempre cabía la esperanza de una defensa y de unos jueces imparciales. Ante la alocada propuesta de Jacobo de huir de la aldea, la Señora y Santiago se negaron rotundamente. No tenían nada que ocultar. Al menos, a los ojos de los justos... Y el hermano mayor, después de acariciar su barba, se pronunció en el sentido de extremar la cautela. Como primera medida —informó a los suyos— debían conocer las acusaciones de que eran objeto. Para ello, de momento, se imponía la necesidad de acudir ante Ismael. Miriam y su marido protestaron. Pero la Señora, haciendo de tripas corazón, otorgó la razón a su hijo. Consumado este forzoso y desagradable paso, tiempo habría de trasladarse voluntariamente a Séforis y enfrentarse al problema. Jacobo y María se ofrecieron para acompañar a Santiago. Pero, con buen criterio, no deseando crispar los ya castigados ánimos y recelando del tempestuoso carácter de su madre, declinó los ofrecimientos. Iría solo. «Y todos —remachó sin paliativos— esperarán mi regreso en

---

perfecta y minuciosa distinción entre homicidio voluntario y por imprudencia; golpes y heridas, con una exhaustiva subdivisión, de acuerdo a la gravedad; atentados a la familia y a la moral, con una interminable casuística (desde la bestialidad a la violación de una hija por parte del padre, pasando por los matrimonios consanguíneos o la maldición pública o privada de un hijo contra su progenitor); daños a la propiedad, estimados como crímenes cuando se trataba de robo a mano armada o con nocturnidad y defraudación en el peso o cambios en los mojones que delimitaban los campos. Muchos de estos delitos podían acarrear la pena capital o poner en funcionamiento la célebre «ley del talión»: «ojo por ojo, diente por diente, mano por mano, pie por pie, quemadura por quemadura, contusión por contusión, herida por herida y vida por vida», como rezan el *Éxodo* (XXI, 23), el *Levítico* (XXIV, 19) y el *Deuteronomio* (XIX, 21). *(N. del m.)*

la casa.» En la orden quedó flotando un nombre: Juan de Zebedeo. La opinión generalizada apuntaba a que la inexplicable fuga del discípulo sólo acarrearía nuevas complicaciones. No se equivocaban...

Y faltando una media hora para el ocaso, el voluntarioso Santiago nos abandonó por segunda vez. Y quien esto escribe se vio envuelto en una atmósfera nuevamente enrarecida por las circunstancias. Jacobo, desanimado, ni siquiera hizo mención de volver a su puesto de observación en la terraza. Y permaneció sentado en el filo de la plataforma, observando a las mujeres y atrapado en un mar de procelosas reflexiones. Pero la poco recomendable atmósfera se extinguiría en minutos, merced —cómo no— a la acerada voluntad de aquella mujer, la Señora, que no estaba dispuesta a ser devorada por el desaliento y, mucho menos, a permanecer impasible ante la desolación de los suyos.

Primero la vi ascender al nivel superior y trastear con los enseres de la cocina. Pero, al reparar en la triste escena, soltó los platos y cuencos de madera con estrépito. Todos volvimos las cabezas, asustados. Y secándose las manos con los bajos de la túnica salvó los peldaños, acomodándose junto a la mesa de piedra. Y, haciéndome una señal, exclamó:

—Jasón, prosigamos...

La miré atónito. Al poco comprendí. La conversación con aquel curioso, incansable y a veces torpe y divertido griego era el mejor remedio para distraer la tristeza. Y la secundé encantado.

Al principio de esta nueva tanda de conversaciones, ni las hijas ni Jacobo demostraron un especial interés por la narración de la Señora. A lo largo de aquel año once, al igual que en el precedente, Jesús, el carpintero, prosiguió con su agotador trabajo en el taller. Cuidaba de sus hermanos, de su educación y velaba por la seguridad de «mamá María». En el fondo, los desacuerdos con la madre se veían equilibrados por el intenso amor que se profesaban.

—Una cosa eran sus ideas y las mías respecto al Mesías —dejó claro la mujer— y otra muy distinta nuestro mutuo amor.

259

Ese afecto, sin embargo, iba a cruzar un nuevo desierto en este período: el de su diecisiete cumpleaños. La Señora, que ya me había hablado del incidente con los zelotas, no le concedió la importancia que realmente tenía. Su postura era muy humana y disculpable. ¿A qué entrar en profundidades en un lance tan enojoso?

—Mejor será que lo olvidemos.

Me vi atrapado. El trato con ella y con el resto debía ser exquisitamente discreto. No era aconsejable forzar el repaso a la historia de la mal llamada «vida oculta» del Maestro. Y a punto de resignarme, Miriam salió en mi ayuda.

—Si este hombre intenta averiguar la verdad sobre nuestro Hermano —declaró con frialdad— conviene que también le ofrezcamos nuestros errores.

—Mi error —rectificó María, asumiendo la totalidad de la culpa.

—No. En todo caso, el tuyo, el de Santiago y el de los varones, que hicieron causa común con tus manías...

—¿Manías?

La Señora le miró de hito en hito, irritada.

—Disculpa. No es ésa la expresión adecuada... —y atacándola sin piedad añadió—: ¡Delirios de grandeza! ¡Absurdos alardes de gloria!

Y la mujer, que sabía encajar la verdad, no tuvo más remedio que reconocerlo con humildad.

—Empecemos por el principio —medié en un afán por engrasar el áspero correaje de la conversación. Y Jacobo, enrolado en el tema desde el principio, se hizo con la palabra.

—Sí, contemos los hechos tal y como ocurrieron y no como nos hubiera gustado que fueran...

Fue así como supe lo que ya constaba en el banco de datos de Santa Claus. La historia proporciona interesantes y prolijos datos acerca del cada día más floreciente movimiento de insurrección judía contra el invasor romano. Jerusalén y la Judea fueron los primeros escenarios de esa corriente político-religiosa que empezaba a soplar con fuerza hacia todo Israel. Tiempo atrás, de la secta de los fariseos, que no dudaban en proclamarse como los «santos y separados», los verdaderos nacionalistas y depositarios del aplastado patriotismo, se desgajaría lo que hoy podríamos llamar un «partido de extrema izquierda» —los zelotas—, fanatizados, radicales y violentos. Una especie de «brazo armado» del fariseísmo. Algo que hoy, aunque con otras motivaciones, resulta harto y tristemente conocido por la sociedad de Europa, que padece un terrorismo esencialmente «gemelo» al de los zelotas. Pues bien, no admitiendo sino a Dios como único dueño y señor, pretendían la expulsión y aplastamiento de los paganos por la fuerza. La diplomacia, el diálogo, la negociación y la paciencia no figuraban en su vocabulario. Y cuando digo «paganos» incluyo a todos los gentiles, aunque, claro está, Roma y sus representantes ocupaban una especial preferencia en sus objetivos. En el seis de nuestra era, cuando Jesús contaba doce años, ya se había producido un grave intento de sublevación. Un galileo llamado Judas de Gamala y un fariseo de nombre Saduc lograron lo que parecía un imposible: arrastrar a miles de judíos contra las legiones romanas. Lógicamente fracasaron. Pero la semilla estaba sembrada. Y desde entonces, los zelotas —cuya traducción era equivalente a «celosos» por la ley—, con el apoyo de buena parte de la población, que los ocultaba, alimentaba y pagaba un secreto «impuesto revolucionario» para la adquisición de equipos y de armas, actuaron en guerrillas, acosando a los ejércitos y funcionarios romanos y cometiendo toda suerte de crímenes y vilezas, «en nombre de la causa». Eran conocidos también como «sicarios», a causa del «sica», un puñal corto y temible que escondían bajo el ropaje y con el que daban cuenta de los que juzgaban traidores, infieles o colaboracionistas. Lo malo, como siempre, es que, amparándose en supuestas traiciones al pueblo y al Dios de Israel, estos zelotas satisfacían sus venganzas personales o las de aquellos que decían simpatizar con ellos. Y el hombre de bien, en definitiva, se vio envuelto en una atmósfera de miedo y de permanente desconfianza. Pues bien, este amenazante oleaje de alzamiento nacional contra el usurpador de la Tierra Prometida fue encrespándose con los años. Y a no tardar, en el 70, desembocaría en la gran rebelión que movilizaría a Roma, con las consecuencias de todos sabidas. La Galilea, por sus especiales características geográfico-estratégicas y por su reconocida liberalidad social y religiosa fue siempre un reducto muy apreciado por los zelotas o «bandoleros», como también se les motejaba (1). Y aunque en vida de Jesús no llegaban a alcanzar la virulencia de los años inmediatamente anteriores al cerco de Jerusalén por Tito, era innegable que su fuerza y presencia constituían una realidad para los ciudadanos. Inquietante para muchos, esperanzadora para otros y peligrosa para todos. Entre sus íntimos —algún día tendré que referirme a ello—, el Maestro acogió a Simón, apodado *el Zelota*. No lo olvidemos. En la Galilea, además, se daba otro factor que sólo conocen los historiadores. Algo que contribuyó extraordinariamente al irreversible fenómeno del crecimiento zelota. Me refiero a la fiebre de compra de terrenos y propiedades por parte de los extranjeros. Media Galilea, incluyendo las ciudades helenizadas, se hallaba en manos de los comerciantes griegos, fenicios, romanos y egipcios. Esta «vergüenza nacional» estimuló aún más la ferocidad de los guerrilleros.

Y ocurrió que en dicho año once, de acuerdo a las tácticas nacidas en Jerusalén y la Judea, algunos de los «representantes» del «brazo armado» en la Galilea comenzaron a «peinar» la región, a la búsqueda de nuevos simpatizantes y afiliados con los que poder formalizar y construir «comandos» de refresco. Y, naturalmente, Nazaret no fue una excepción.

Es curioso. Y entiendo que no debo ignorarlo. A través de las informaciones que me proporcionó la familia, y casi por sentido común, supe que antes de que los zelotas arribaran a la aldea, «ya sabían quién era el joven carpintero y hasta dónde llegaba su influencia entre la juventud del pueblo». Algo muy normal, por otra parte, si consideramos que los «servicios de información» de dicho movimiento patriótico se ramificaban hasta los rincones más apartados. Al parecer, la campaña de los «celosos» en la Galilea

_____

(1) El calificativo de «bandidos» y «bandoleros», con los que se diferenciaba igualmente a los zelotas, arrancaba de años atrás. Concretamente del 47 antes de Cristo, cuando Herodes el Grande, entonces gobernador de la Galilea, llevó a cabo una limpieza de las bandas de salteadores de caminos que infestaban las montañas. Muchos de estos atracadores terminarían por sumarse al movimiento guerrillero. De ahí que Barrabás y los mal llamados «ladrones», crucificados con Jesús, fueran designados como «bandidos» cuando, en realidad, eran zelotas. (*N. del m.*)

había sido un rotundo éxito. La juventud, masivamente, se había puesto de su lado. Pero, al entrar en Nazaret...

—Todo su engreimiento se desmoronó.

Jacobo, ante el respetuoso y significativo silencio de María, continuó sin rodeos ni medias tintas. Nunca podré agradecer suficientemente su amor a la verdad.

—Se entrevistaron con Jesús. Le expusieron sus ideales, sus planes, su fervor patriótico. Y el joven carpintero, mi amigo, supo oírles hasta el final. La verdad es que aquella venta del producto era innecesaria. Todos sabíamos quiénes eran y lo que pretendían.

—¿Y por qué eligieron a Jesús —pregunté, simulando no conocer la razón—. Supongo que no era el único hábil y despierto...

—Hablas con verdad. El Maestro no era el único. Pero sí alguien que, a fuerza de trabajar, de reflexionar, de estudiar y de escuchar a los demás había sabido ganarse las simpatías de buena parte de los jóvenes. Su palabra y consejo eran apreciados por todos...

—Además —terció Ruth, que no perdía detalle—, era el más fuerte y el más guapo...

—Bueno —le recriminó Jacobo—, hablemos con seriedad. Aquella gentuza...

La Señora desvió la mirada hacia su yerno, reprochándole el epíteto:

—¿Gentuza?... ¿Porque deseaban la libertad para nuestro pueblo?

Jacobo, no demasiado convencido pero deseando la paz, rectificó a regañadientes:

—Aquella gente sabía desde un primer momento que si Jesús y los otros «jefes» entraban en el partido, otros muchos les imitarían. Y la operación se habría consumado con un evidente ahorro de tiempo y de esfuerzo. Pero se equivocaron. Jesús les hizo muchas preguntas y, finalmente, se negó a ingresar en sus filas.

Observé a María. Sus facciones, salpicadas por los recuerdos, se habían endurecido. Pero, de momento, siguió muda.

—¿Por qué? ¿Cuál fue su razón?

—Ahora, amigo Jasón, resulta fácil entender y aceptar. Al menos para los que hemos creído en su palabra. Entonces, hace diecinueve años, como podrás imaginar, la situación era otra.

Y Jacobo, llegados a este punto, invitó a su suegra a que tomara el timón de la conversación. No aceptó.

—No es una situación dócil para mí —confesó el hombre en un gesto que le honraba y que tuve muy presente—. Debo contártelo tal y como ocurrió, con la pesada losa del conocimiento de hoy. Él, como te decía, «declinó el honor» —ésas fueron sus palabras—, refugiándose en la verdad: «sus obligaciones familiares estaban por encima de cualquier otro compromiso».

No fui capaz de contenerme.

—¿Un honor servir entre los zelotas?

Y quien esto escribe también fue blanco del mudo reproche de la Señora.

Jacobo sonrió irónico. Y su mujer, Miriam, recogió el expresivo gesto, haciéndolo suyo con las siguientes palabras:

—Mi Hermano no era tonto... Sabía del poder, de las venganzas y de la crueldad de tales partidas. Una negativa áspera podría haber sido fatal para toda la familia. ¿Comprendes?

Perfectamente. Y en mi fuero interno elogié la hábil diplomacia del carpintero.

—Y el pueblo comprendió sus razones. La familia, tú lo sabes, es sagrada.

Miriam le interrumpió.

—¿Estás seguro?

Jacobo, como yo, no captó la intención de su esposa.

—¿Estás seguro —insistió— de que «todo el pueblo» lo entendió y respetó?

Una fugaz mirada a la Señora traicionó a Jacobo.

—En fin —titubeó—, digamos que la mayoría...

—¿La mayoría? —atacó de nuevo la reticente Miriam.

Y el galileo, atrapado, terminó por reconocer que «la mitad de la juventud fue a situarse del lado de Jesús; el resto, junto a los zelotas».

Aquel relativamente importante «desliz» del amigo íntimo del Maestro —que acababa de expresar su voluntad de narrar toda la verdad— merece un leve apunte: ¿cuántos de los escritores sagrados no se dejarían llevar en sus evangelios por esa misma y comprensible inercia de suavizar lo que no resultaba grato?

A decir verdad, Jesús no había mentido. Su madre y hermanos justificaban su actitud, desde todos los puntos de vista. Pero imagino —esto no lo supieron aclarar mis interlocutores— que, además, el tímido e incipiente Dios que seguía germinando en su interior borró de su voluntad la posibilidad de empuñar las armas para defender a su pueblo. Sin embargo, como digo, la excusa de la familia fue perfecta. Lo que no podía sospechar el honrado carpintero era que su decisión llegara a levantar semejante polvareda en Nazaret.

—Ya puedes suponer —prosiguió Jacobo— quién arremetió con mayor encono contra el Maestro...

—¿La víbora?

Todos rieron mi espontánea respuesta-pregunta. Mejor dicho, todos menos María.

—Durante algunos días —añadió el galileo con los ojos cargados de sorpresa— fue la locura. Los unos discutían con los otros. Entraban y salían de esta casa, y del taller, vociferando, clamando a los cielos y negando y afirmando sin ton ni son. Y el saduceo, claro está, pasando por alto su natural repugnancia hacia todo lo que fuera contra Roma, se sumó al bando de los zelotas por puro odio hacia Jesús. Oímos de todo, Jasón. Lo más benévolo fue «cobarde» y «renegado». Y mi Amigo, que se negaba a discutir en público, sufrió lo que nadie puede imaginar...

En aquel relato, fiel a la verdad, faltaba «algo». Yo lo sabía. Todos los allí presentes lo sabíamos. La palabra clave era «María». Y antes de proseguir obedeceré al impulso que me domina. Haré un paréntesis. Y lo haré porque, si es la voluntad de Dios que estos diarios lleguen algún día al mundo, debo advertir a los pusilánimes que la imagen de la Señora que me dispongo a reflejar está encontrada con la que la tradición ha ido fomentando, en base a un ideal digno de elogio, pero irreal. Descansado mi corazón, proseguiré.

María, en efecto, tenía mucho que decir en este turbulento pasaje de la vida de su Hijo. Pero, ¿cómo conseguir que interviniera? Y aprovechando una breve pausa, en la que Ruth sirvió agua a su cuñado, le solté a quemarropa:

—En «mi mundo» tenemos sed de Jesús. No te avergüences porque, en su día, fuiste fiel a ti misma... ¿O es que crees que tu Hijo no supo comprenderlo?

La «pequeña ardilla», que no captó mis palabras en su integridad, se apresuró a tenderme la vasija con el agua, exclamando voluntariosa:

—¿En tu mundo tenéis sed? Toma..., bebe. Mi madre jamás ha negado un cuenco al sediento.

El delicioso error de Ruth tuvo más fuerza que mil discursos. Y la Señora, enternecida ante la transparencia de su hija, habló así:

—Supongo que, muerto mi Hijo, poco importa lo que yo hiciera o dejara de hacer...

Tuve sumo cuidado en dejar que pensara lo que estimara conveniente. Hubiera sido arduo y laborioso sacarle de su tremenda equivocación.

—...Tú lo sabes, Jasón, porque alguna vez lo hemos comentado. En aquel tiempo, mis ideas sobre el Mesías Libertador eran claras y rotundas. Tenía que venir y sacar a mi pueblo de la esclavitud. El Ungido del Señor —dice la Escritura— surgirá el día de misericordia y bendición y utilizará su cetro para infundir el temor del Señor a los hombres y encaminarlos a obras de justicia...

Excelente buceadora en los textos bíblicos que cantaban la esperanza mesiánica nos recordó el capítulo once de Isaías.

—...A raíz de la presencia del ángel —prosiguió con cierta tristeza— esos sentimientos cristalizaron en mi corazón. Jesús era el Hijo de la Promesa.

La interrumpí. No podía dejar pasar la interesante alusión a Gabriel:

—¿En qué momento se refirió el ángel a un Mesías Libertador?

Me miró confusa. Y rememorando el anuncio —grabado a martillo y cincel en su memoria— enumeró las expresiones que, según ella, habían alimentado sus ilusiones:

—...«Tu concepción ha sido ordenada por el cielo»... «Le llamarás *Yavé salva*... E inaugurará el reino de los cielos sobre la tierra y entre los hombres...» «Isabel prepara el camino para el mensaje de liberación que tu hijo proclamará con fuerza y profunda convicción a los hombres»... «Esta casa ha sido escogida como morada terrestre de este niño del destino.»

Y sus ojos, violetas ahora por la pesadumbre, esperaron

alguna aclaración. Y quien esto escribe se atrevió a proporcionársela. Para ello entoné primero otra no menos célebre súplica de naturaleza mesiánica, contenida en las Escrituras:

—Escucha, oh Señor, pon sobre ellos a su rey, el hijo de David...

»Y cíñele de fuerza, que pueda destruir a los jefes injustos...

»Que con vara de hierro los aniquile...

»Que destruya a las naciones impías con el aliento de su boca...

»Y que reúna un pueblo santo...

»Y ponga las naciones paganas bajo su yugo...

»Será rey justo, instruido por Dios...

»Y en sus días no habrá iniquidad en su reino...

»Pues todo será santo y su rey el Ungido del Señor.

Acto seguido pregunté:

—¿Es que Jesús fue un destructor de jefes injustos? ¿Aniquiló con vara de hierro? ¿Destruyó naciones? ¿Es que no hubo iniquidad durante su vida? ¿Fue todo santo? ¿Qué relación guarda esto con la buena nueva del ángel?

Miriam, sorprendida por mis «conocimientos bíblicos», hizo de defensora de su madre:

—Gabriel habló de un mensaje de liberación para los hombres...

Asentí, complacido por la oportunidad de su comentario. Y puesto que el Maestro se había cansado de insistir en ello, les recordé algo que no interfería en «su ahora»:

—Ese mensaje, hija, que muy pocos han comprendido, nada tiene que ver con un Mesías Libertador. No es fuego, ni armas, ni guerra, ni esplendor humano o político lo que ha traído tu Hermano a la tierra. Es algo así como un correo especial, directamente de los cielos...

La Señora tomó mis manos y, besándolas, exclamó radiante:

—¡Dios te bendiga!

Las retiré al momento. Y confuso concluí como pude:

—...Un correo que, más o menos, le recuerda a la humanidad que hay un Padre en los cielos...

El gesto de María me descompuso. Y no supe terminar.

—Pero entonces —reemprendió la conversación con

renovados bríos—, como ha dicho Jacobo, las cosas no eran así. Al conocer la negativa de mi Hijo pasé de la sorpresa a la vergüenza y a la indignación. ¿Jesús un traidor? Nada de eso. Le hablé, le expuse las excelencias de aquel movimiento patriótico, me deshice en argumentos para que comprendiera... Inútil. De acuerdo a su natural docilidad me escuchó hasta el final. Pero, tozudo como una mula, se negó. Y lloré amargamente. Llegué, incluso, a recordarle la promesa hecha a su padre y a mí misma, a la vuelta de Jerusalén, cuando tenía doce años. Nos había jurado acatamiento total y, en consecuencia, esta postura (rechazando la causa nacionalista) era una grave insubordinación. Y así se lo hice saber.

—¿Qué respondió?

—Sus ojos, tú lo sabes, hablaban por Él. Me miró sin pestañear. Y un calor muy extraño me sofocó. Entonces se limitó a decir: «Madre, ¿cómo puedes pensar eso?»

»Ahí mismo me retracté y le pedí perdón.»

Pero la Señora no era mujer fácil de convencer. Y en aquellos agitados días, un inesperado suceso le hizo concebir nuevas esperanzas. El desorden en la tranquila población y las maniobras de los zelotas movieron a un rico judío de Caná a intervenir en el problema. A instancia de los guerrilleros, el tal Isaac, que había amasado una fortuna concediendo préstamos a los gentiles (1), se presentó en Nazaret, proponiendo una solución difícil de rechazar: él correría con todos los gastos de manutención de la familia del carpintero si éste, a cambio, aceptaba ponerse al frente de los patriotas de la población. La posición de Jesús ante sus vecinos se vio dramáticamente comprometida. Y el cerco se vio espesado cuando, al saber las intenciones de Isaac, su madre, su hermano Santiago y uno de sus tíos —Simón, hermano de María, que simpatizaba con los zelotas y que

_____

(1) Este tipo de prestamista, mitad banquero, mitad usurero, era muy frecuente en los tiempos de Jesús. Eran conocidos como *foeneratores* y *daneistai* y, a pesar de las prohibiciones bíblicas de prestar dinero con interés, hacían de las suyas secretamente, en especial con los gentiles. A éstos, según el *Deuteronomio* (XV, 3), sí era lícito prestar dinero con intereses. En el caso de que el prosélito se circuncidara y entrara a formar parte del «pueblo elegido», el acreedor debía liquidar los intereses. La realidad, sin embargo, era otra. *(N. del m.)*

algún tiempo después formaría parte activa del grupo— volvieron a presionarle para que «inaugurara su destino».

—La oportunidad —recordó la Señora— era magnífica. Y de común acuerdo le hicimos ver que quedaba gustosamente relevado de sus obligaciones como cabeza de familia. Y Jesús, según su costumbre, se retiró a la colina. «Tenía que meditar (dijo) y conocer la voluntad de su Padre.» Y yo, Jasón, volví a vivir. Esta vez no podía negarse. Todo estaba de su lado. La oferta no se repetiría. Mi Hijo, al fin, abrazaría la causa nacionalista y se pondría al frente de los ejércitos, liberando a mi pueblo de la opresión de los impíos. La hora del Hijo de la Promesa había llegado.

Aquélla fue otra decisión dolorosa. Jesús tuvo que echar mano de toda su habilidad. El panorama creado a raíz de la aparición de los zelotas no resultaba muy reconfortante: buena parte de la aldea —los jóvenes en particular— esperaba su determinación final. La propia familia, con la Señora a la cabeza, le instaba para «alistarse» en un movimiento de índole política y reconocidamente sanguinario. Y el Hijo del Hombre tuvo que «maniobrar» con astucia, sin perder la brújula de la verdad. Tomara la postura que tomara sería igualmente criticado. Él lo supo y, por primera vez en su corta existencia, actuó como un político. No tenía sentido hablarles de su futuro gran plan, de su sueño dorado. Así que, tras informar primero a los suyos, se reunió de nuevo con el prestamista y los guerrilleros. Y se mantuvo en los principios iniciales:

—No era una cuestión de dinero (manifestó con una serenidad y cordura que conmovió a sus interlocutores). La responsabilidad de un buen padre va más allá de lo estrictamente económico.

Y la Señora prosiguió con la satisfacción reflejada en el rostro:

—Ahora me siento orgullosa de un Hijo así. «Ninguna causa (les dijo abiertamente) puede justificar mi ausencia. Mi madre viuda y mis ocho hermanos precisan del consuelo, del cariño y del consejo de un guía de su misma sangre. Y el dinero, amigos míos, no arropará a los más pequeños en las noches de invierno, ni consolará la soledad de María. Lo siento. La solemne promesa hecha a mi padre muerto no será rota.»

269

»Y después de agradecerles sus desvelos se retiró al taller. Desconsolada, asistí impotente a su irrevocable renuncia y, lo que fue peor, a las críticas y maledicencias de los de siempre, con la víbora a la cabeza...

—No todos le criticaron —protestó Miriam.

—Sí, querida —reconoció María, resignada—, pero «los de siempre» portaban veneno. ¿De qué sirvió que muchos de los vecinos elogiaran su honesto comportamiento? La familia es santa, de acuerdo, pero también lo era Israel.

Y los zelotas, derrotados, abandonaron Nazaret. A decir verdad, este incidente no moriría con la salida de los guerrilleros. Aún restaba una no menos delicada segunda parte.

El regreso de Santiago —antes de lo previsto— cortó la confesión de la familia. A mi entender, una revelación bastante más destacada que la del Jesús de doce años entre los doctores de la ley, única referencia de los evangelistas a la infancia-juventud del Maestro. Y cabe preguntarse algo. Si los responsables de la narración evangélica supieron del incidente con los zelotas, ¿por qué lo ocultaron? Puede que la explicación sea sumamente sencilla. Buena parte de esas «memorias» —llamadas después evangelios— fueron confeccionadas por judíos y para judíos. ¿Interesaba sacar a la luz la imagen de un Nazareno que se había atrevido a rechazar una causa nacionalista?

La entrada del hermano en el hogar me permitió comprobar que el ocaso, que debía producirse a las 18 horas y 39 minutos, aproximadamente, hacía tiempo que se había retirado de las calles de la aldea. La oscuridad en el exterior era total.

La familia aguardó impaciente a que se acomodara junto a la roca circular que servía de mesa. Todos exploramos su semblante. Traía la mirada opaca del frustrado. Y al verle peinar la barba, María, sentada a su izquierda, fue a posar la mano derecha sobre el hombro. Él la observó fugazmente. Y en un esfuerzo por aliviar el lastre de los suyos «peinó» también la voz, restando importancia a lo sucedido en la casa del saduceo.

—Me ha recibido, sí, y ha confirmado el envío de un mensajero al tribunal de Séforis.

—Y bien...

La impaciencia de Jacobo se estrelló contra el temple de su cuñado. Sencillamente, se encogió de hombros.

—¿Eso es todo? —preguntó incrédula la Señora.

—Sí y no. Cuando le he interrogado acerca de las acusaciones ha escupido a mis pies y, furioso, se ha limitado a responder que «al igual que el otro, yo también era pasto de la *Gehena*». Y me ha dado con las puertas en las narices.

—¡Malnacido! Esa víbora...

Las imprecaciones de Jacobo fueron abortadas por el autoritario gesto de María. Alzó la mano izquierda ordenando calma y, pasando por alto el desplante de Ismael, fue directamente al asunto que había llamado su atención:

—¿Al igual que el otro? ¿Qué otro?

El elocuente silencio del hijo y su intuición bastaron y sobraron para que ella misma se respondiera:

—¡Juan!

Santiago asintió sin despegar los labios.

—¿Cómo lo sabes? —intervino su cuñado sin comprender.

—Dios misericordioso —explicó el hermano de Jesús— ha guiado mis pasos...

—¿Tus pasos? ¿Hacia dónde?

Miriam, irritada ante las continuas interrupciones de su marido, ordenó que se callase. Y la Señora solicitó paz.

—Antes de regresar a vuestro lado he sentido el impulso de volver a mi casa. Esta, muy excitada, me ha comunicado que uno de los sirvientes del saduceo, al igual que el viejo Jairo, había llegado secretamente, refiriéndole lo de Judá..., y algo más.

La buena voluntad de Santiago, que trataba de no preocupar inútilmente a su familia, casi se vino abajo. La voz se quebró y la madre, rápida, lo percibió. Pero, ahorcando la canosa barba con los dedos, se dominó.

—El criado —manifestó escuetamente— dice haber visto al Zebedeo. Entró en la casa del saduceo y supone que habló con él.

—¿Supone? ¿Qué quiere decir «supone»?

Santiago no pudo aclarar las dudas de su hermana Miriam.

—Imagino que ésa pudo ser la intención de Juan. ¿Por qué si no iba a acudir a la casa de Ismael?

Ahí concluyeron las noticias del enviado de la familia. No sabía nada más. A pesar de haber recorrido la aldea por segunda vez, el paradero del discípulo seguía siendo un enigma. Si, como era de suponer, había abandonado la mansión del saduceo después de la entrevista, ¿por qué no daba señales de vida? ¿Qué estaba pasando? Y la familia, olvidando por el momento el grave asunto de Séforis, discurrió hasta el agotamiento acerca de la suerte de su amigo. La lógica se impuso y los allí reunidos, a excepción de la Señora, se inclinaron a creer que el Zebedeo, en uno de sus conocidos arrebatos, había tomado el camino de la capital, dispuesto a entrar en el pleito. Sin embargo, aun admitiendo la crisis emocional por la que atravesaba Juan, había un par de detalles que no encajaban. Y María, fría y calculadora, los expuso en un tono nada tranquilizador:

—Primero: si es cierto que ha llegado a hablar con el saduceo y conoce la intención de esa víbora, ¿por qué no se ha apresurado a darnos cumplida cuenta?

»Y segundo: desde la casa de Ismael hasta el camino que lleva a Séforis hubiera tenido que cruzar el pueblo de un extremo a otro. ¿Por qué nadie le ha visto? ¿No será que no se ha movido de aquí?

Los sagaces interrogantes tuvieron escaso eco. Sólo Miriam, intuitiva como su madre, se atrevió a llegar más allá:

—¿Qué insinuas, mamá María?

Pero la mujer, asustada ante sus propios pensamientos, hizo un gesto de renuncia, dando a entender que olvidáramos cuanto había sugerido. Quien esto escribe, sin embargo, no pudo olvidarlo. Una vez más, el fino instinto femenino se reveló como el mejor de los «detectives». En aquellos momentos una negra pesadilla se cernía sobre el discípulo. Y serían necesarios dos días para descubrirlo...

Respecto al delicado tema del tribunal de Séforis poco o nada pudo hablarse. Alguien apuntó la posibilidad de viajar a la ciudad e interesarse por la cuestión. Santiago, siempre prudente, se reafirmó en su idea de «recibir a los acontecimientos». En el supuesto de que la causa fuera aceptada, los jueces deberían movilizar a los testigos de una y otra parte. Eso requería tiempo. Resultaba más inteligente esperar y no obrar con precipitación.

—Después de todo —recordó el cabeza de familia con una ingenuidad conmovedora—, no he cometido blasfemia alguna. Sencillamente, me he limitado a repetir las palabras de mi Hermano y Maestro...

Jacobo no perdonó la sutileza:

—Repetir no. Querrás decir, ratificar.

Pero la Señora de la casa no estaba dispuesta a soportar otra batalla dialéctica. Y zanjando la cuestión con un imperativo «es hora de cenar», abandonó mesa y conversación, seguida de sus hijas. Y este explorador, movido por un resorte, se puso igualmente en pie, dispuesto a regresar a la posada. Y cuando procedía a despedirme de los hombres, María suspendió el atizado del fogón y, señalando la mesa de piedra con el dedo índice izquierdo, suplicó que aceptara la hospitalidad de aquella humilde casa. Y antes de que pudiera reaccionar, exclamó pícara y oxigenante:

—He pensado darte una sorpresa... Siéntate, Jasón. Aquí eres bien venido. Y tú, Santiago, alegra esa cara. Y hazme un favor: este griego entrometido (a quien Dios bendiga) está empeñado en saber lo de los zelotas. Sigue tú...

El galileo abrió los ojos espantados.

—¿Los zelotas? ¿Están aquí?

Jacobo, sonriendo con benevolencia, pasó a explicarle de qué se trataba y en qué punto nos habíamos apeado de la conversación. Y con no demasiado entusiasmo, abrumado quizá por la incierta suerte del Zebedeo, pasó a referir la segunda parte de la historia de los guerrilleros.

Asumida la decisión de no participar en el movimiento de liberación, Jesús se vio envuelto en lo que podríamos definir como la «resaca de un temporal». Sus enemigos —«los de siempre»— jamás le perdonaron el desplante. Y lejos de apaciguarse, los ánimos siguieron encontrados. Desde aquel año, el ambiente en la recóndita Nazaret fue enrareciéndose lenta pero inexorablemente.

—Algunos, incluso —explicó Santiago— le retiraron el saludo. Otros, movidos por el odio de Ismael, pretendieron expulsarle de la sinagoga. Y, durante un tiempo, hasta los encargos en el taller escasearon. ¿Qué podíamos hacer? Mi Hermano se negaba a hablar del tema. Así que un día, cansado de tanta injusticia y comadreo, reuní a los jóvenes y, en presencia del saduceo y del resto del consejo, me aventuré a prometer algo que, como bien sabes, jamás llegaría a cumplir. Lleno de fervor patriótico aseguré que no debían preocuparse. «En el momento en que mi edad me permita asumir las responsabilidades propias del cabeza de familia —les dije sin rodeos—, Jesús se pondrá al frente de los ejércitos de Israel. Entonces Nazaret contará con un jefe nacional y con otros cinco valientes soldados.»

—¿Cinco?

Y mostrando el puño izquierdo fue extendiendo cada uno de los dedos, citando a los «cinco esforzados patriotas»:

—Santiago, José, Simón, Judas y Amós.

En otras palabras, solicitó tiempo y paciencia. Y mal que bien, el discurso del joven Santiago, que apenas contaba trece años de edad, surtió efecto. Y la tempestad amainó, al menos durante una temporada. Pero, como decía, la herida estaba abierta y jamás llegaría a cicatrizar...

Y todo volvió a la normalidad. Santiago concluyó sus estudios elementales y, poco a poco, fue ocupando el puesto del primogénito en el taller. Jesús, entonces, dio un nuevo paso, ampliando el negocio familiar. Su pasión por la ebanistería le impulsó a trabajar en interiores y, según sus familiares, con notables resultados.

A mi pregunta sobre los pensamientos e íntimas inquietudes de aquel joven, a lo largo de su diecisiete aniversario, ni Jacobo ni su cuñado supieron responder con precisión. Y pecando quizá de una extrema crudeza planteé la cuestión de otra manera:

—¿Hubo algún comentario, una señal, cualquier indicio que le hiciera pensar que no era quien todos creían que era?

Santiago se tomó su tiempo. La pregunta —difícil— fue respondida con el elocuente silencio.

Y negando con la cabeza vino a aclarar algo que hoy podría ser tachado de inconcebible. Como he repetido hasta la saciedad, en el año 30 todo se hallaba demasiado próximo para que aquellas gentes pudieran calibrar, en su justa medida, las palabras y la obra de Jesús. Hoy, casi todo juega a nuestro favor.

—Jasón, amigo, si te refieres a su divinidad, procura no confundirte. Es posible que tú y otros muchos podáis creer que un hombre es en verdad el Dios de los cielos. Yo y los que te acompañamos, aunque tarde, hemos creído en su palabra. Pero danos tiempo. Las raíces de nuestros antepasados se hallan aún hundidas en los pobres corazones de estos hombres y mujeres. Si Él lo dijo, yo le creo, aunque debí respaldarle mucho antes... Pero mi inteligencia, como un asno testarudo, se rebela y cocea. ¿Jesús el Dios vivo? Sólo en un acto de fe puedo responderte que sí. Y eso, merced a sus prodigios y testimonio. Mi Hermano jamás fue un loco ni un mentiroso. Pero, compréndeme, cuando éramos jóvenes, esa idea jamás pasó por mi cabeza...

—No he preguntado si pasó por tu mente —traté de rectificar la trayectoria de su planteamiento—, sino por la suya.

Volvió a negar con la cabeza. Y añadió sincero:

—Lo ignoro, Jasón.

—En aquellos años —intervino Jacobo en un cordial intento de satisfacer mi sed—, por si ello arroja luz sobre tus dudas, el tema favorito de conversación con nosotros, sus íntimos, era su Padre Celestial.

Ésa era una buena pista. Y supliqué que profundizara.

—Hablaba de Él a todas horas. Con el menor o más vanal de los pretextos. Era una obsesión. Su Padre estaba en todo. E intentaba convencernos de que éramos sus hijos. No importaba la raza, la condición social o el grado de bondad. Para nosotros no era fácil. El único Dios que habíamos conocido era el de Moisés: justiciero, abrasador a veces, conquistador y tan remoto que sólo el sumo sacerdote tenía acceso al «santo de los santos» y una vez al año. ¿Cómo podíamos hablar de tú a tú con ese Dios? La blasfemia era flagrante. Pero Él lo vivía y explicaba con una lógica y naturalidad que infundían miedo. Santiago y yo lo comentamos muchas veces: si las ideas de Jesús llegaban a oídos del consejo podía ser fulminado. Decía, incluso, que «nuestro Padre» amaba lo feo, lo impuro y lo deforme. Nos mostraba una flor, un trozo de madera de su taller o a su perro y exclamaba entusiasmado: «¿Sabéis de hombre alguno que haya logrado una perfección semejante?»

»Algunas veces le preguntamos por el rostro de ese Dios. Nos miraba con dulzura y decía: «¿Podéis describirme el de la música? ¿Qué facciones tiene el amor? ¿Quién será capaz de dibujar la cara de la sabiduría? ¿Tiene ojos la ternura o la tolerancia o la fidelidad? Pues bien, hermanos míos, así es el Padre de los cielos: sin rostro y con los mil rostros de la belleza, del perdón, de la risa, del poder, de la paz y, sobre todo, de la misericordia.

Para quien esto escribe, el hallazgo en el alma humana de Jesús de un Dios-Padre tan opuesto a la concepción judía era ya un aviso. Él tenía muy claro que una de sus grandes misiones consistiría en intentar deshacer el error. La humanidad arrastraba en aquel tiempo la cadena de mil dioses o, en el mejor de los casos, de un único Dios (Yavé), que nada tenían que ver con ese concepto de filiación divina. De ahí a la plena toma de conciencia de su naturaleza celeste había sólo un paso.

Y, de pronto, el familiar y casero aroma del aceite de oliva al fuego fue adueñándose del recinto. Las mujeres, en lo alto de la plataforma, se agitaban de un lado a otro, abriendo el arcón, troceando verduras y vigilando la madera que alimentaba el fogón. De vez en cuando pasaban a nuestro lado, dirigiéndose al rincón de las ánforas o al corral. Y retornaban a la «cocina» con pequeños cántaros de agua o manojos de cebollas y ajos. Y el clima entró en una sosegada y relajante paz. Ruth, a petición de su hermano, dejó sobre la roca una jarra de barro cocido. Y el vino fue acompañado con una escudilla repleta de aceitunas en vinagre y una porción de insectos, desecados «a la sal», que, al carecer de las membranosas alas, me costó reconocer. Se trataba de uno de los «aperitivos» más usuales entre las gentes de humilde condición: langostas de robustas patas que, muy a mi pesar, tuve que degustar. La hospitalidad de los orientales tenía estas servidumbres. Rechazar lo único que tenían y que brindaban de todo corazón hubiera sido una grave afrenta.

Al comprobar cómo me detenía en la inspección de los pequeños y grisáceos ortópteros, Santiago, disculpándose por la modesta entrada, vino a culpar a los impuestos.

—Desde la llegada del invasor —añadió en clara referencia a los romanos— no hay familia honrada que acierte a levantar cabeza (1). Ya en aquellos años, cuando mi Hermano se hizo cargo del taller, las pesadas cargas civiles y religiosas nos obligaron a numerosas estrecheces y, lo que fue peor, a la liquidación de los bienes que había reunido mi padre con el sudor y el trabajo de toda su vida.

(1) Desde tiempo inmemorial la sociedad judía se veía sometida a dos tipos fundamentales de impuestos: los civiles y religiosos. Los primeros se remontaban al período de Salomón que, astuto, dividió el reino en doce cantones. Y cada uno se hallaba obligado a satisfacer sus necesidades, bien en dinero o en especie. Después del exilio de Babilonia, estos impuestos cambiaron de manos y los judíos se vieron forzados a entregar parte de sus ganancias a los odiados invasores: persas, egipcios, griegos y romanos. Más recientemente, con el cruel y despótico rey Herodes el Grande, las cargas tributarias se hicieron insoportables. Y el «edomita» se vio obligado a suspender más de una recaudación, ante la amenaza de una sublevación popular. Para que nos hagamos una idea, algunos de sus hijos —caso de Arquelao y Antipas— llegaron a percibir, sólo en impuestos directos, las cifras de 600 y 200 talentos, procedentes de Judea y Samaria y Galilea, respectivamente. (Un talento era equivalente a unos 14 000 denarios.) Con la llegada de Roma, estos impuestos civiles se multiplicaron. Eran percibidos por múltiples conceptos: peajes en puentes y carreteras, derechos de aduanas, de entrada en los puertos, por el consumo de agua, por el uso de tierras de titularidad pública, por la propiedad de casas, industrias, talleres o esclavos, etc. Pero los más sangrantes eran los denominados de «capitación». Se fundamentaban en los censos y, desde un principio, fueron tomados como el símbolo de la vergonzosa dominación extranjera. Tanto las tierras como las propiedades eran evaluadas regularmente, asignando a cada titular el tributo correspondiente. Y se les exigía la décima parte de las cosechas de cereal, así como un quinto de las de vino. Además debían abonar un tanto proporcional del valor de los efectos personales o profesionales. Si el industrial, campesino, pescador o comerciante tenía asalariados estaba obligado a retener una parte del jornal, en concepto de impuestos de «capitación». A este funesto cuadro había que añadir las obligadas tasas religiosas, fijadas ya en el *Génesis* (XIV, 20), que presumían que «el diezmo de todo pertenecía al Altísimo». Dichos impuestos permitían el sostenimiento del templo de Jerusalén y, naturalmente, de los miles de sacerdotes a su servicio. Cada judío mayor de doce años estaba obligado a contribuir con medio siclo (dos denarios), amén de la contribución exigida por las sinagogas de las respectivas ciudades y aldeas. Pero este tributo era insignificante al lado del que se denominaba «diezmo». La ley establecía que la décima parte de toda cosecha, rebaño, pesca y, en general de cualquier producto del suelo, debía ser entregada al culto de Jerusalén. La ambición de los sacerdotes llegaba a extremos insospechados. Diezmaban todo lo imaginable: desde los huevos de un gallincro a las modestas hierbas utilizadas para cocinar o la leña destinada al invierno. ¡Y pobre de aquel que ocultase sus propie-

»La última de estas propiedades —informó el galileo— fue una parcela en la vecina Nahum. Un terreno sobre el que ya había gravitado una hipoteca. Con el producto de la venta fue posible el pago de los impuestos, la adquisición de nuevas herramientas y acometer otro de los proyectos de Jesús: la compra del viejo almacén de aprovisionamiento de caravanas que en su día había pertenecido a José y a sus hermanos.

»Pagamos un primer plazo —siguió recordando con nostalgia— y, aprovechando el respiro económico, mi Hermano se tomó unos días de descanso.

Conviene anotar que entre la sociedad judía menos favorecida por la fortuna, el actual concepto de vacaciones no existía. Un viaje de negocios o una peregrinación, por ejemplo, encerraban un significado similar.

—... Y pocos días antes de la Pascua me hizo partícipe de la gran noticia: me llevaría a Jerusalén. Era mi primera visita a la Ciudad Santa. Ya puedes suponer mi alegría...

Y en la primavera de ese año 12, prescindiendo de la multitudinaria caravana que debía partir de Nazaret, marcharon en solitario, tomando la ruta que atravesaba la Samaria. Y al igual que hiciera José con el primogénito, Jesús se sintió feliz al ir explicándole la historia de los lugares por donde pasaban. No cabe duda de que buena parte de la formación de aquel galileo se debía al solícito carpintero de Nazaret. Santiago era un hombre religioso, a su manera. Respetaba las tradiciones pero, lentamente, influenciado por su Hermano, fue cuestionando muchas de las rígidas y absurdas normas religiosas que estrangulaban la vida diaria. A pesar de ello, durante años, alentó la vieja idea de su madre de ver convertido a Jesús en un líder. Y llegó a darle la espalda a partir del año 26, a raíz de la elección de los

---

dades a los levitas enviados a la requisa! Un producto no diezmado era calificado de «impuro» y, en consecuencia, su propietario caía en la ignominia del pecado. Aun así, la picaresca estaba a la orden del día. A partir del 15 de *adar* (mes que precedía a la Pascua), largas caravanas de carros con los diezmos afluían a la Ciudad Santa desde todos los rincones de Israel, transportando las «primicias» y lo más granado de la producción. Y los responsables del templo, claro está, se frotaban las manos de satisfacción. El sustento anual de todos ellos —y algo más— estaba garantizado, «en nombre de Dios». *(N. del m.)*

doce íntimos. Pero ésa es otra historia... y a la muerte del Hijo del Hombre fue uno de los grandes desengañados.

—En aquel viaje —confesó entusiasmado con su propia narración— aprendí a estimarle en verdad...

—No entiendo.

—Verás. Fueron muchas horas de convivencia. Y lejos y apartados de las obligaciones habituales. En Nazaret no era tan sencillo. Además, al salir de la aldea, mi Hermano se transformaba. ¿Cómo podría explicártelo?... Era como si recobrase la libertad. Como si entrara en el mundo que, en verdad, le pertenecía y esperaba. Sus cabellos al viento, su mirada alegre y segura, su paso firme y confiado, todo, le convertía en un triunfador. ¿Te cuento un pequeño secreto?

Casi me atraganté con una de las langostas.

—...Yo sólo tenía catorce años recién cumplidos pero, a raíz de aquella peregrinación, le «vi» como un «jefe». Yo supe que mi Hermano estaba llamado a grandes empresas. Eso se nota en algunos rasgos de las personas. Son concretos. Inconfundibles.

—¿Y cuál de los rasgos de Jesús te movió a creer una cosa así?

—La palabra y los ojos. Ambos llevaban el sello de la predestinación.

Antes de llegar a la Ciudad Santa Jesús recordaría a su hermano la solemne decisión adoptada dos años atrás: esperar a la mayoría e independencia de los suyos para «revelar al mundo la única verdad que debería figurar en letras de oro: la existencia del Padre».

La tradicional cena de Pascua tendría lugar en Betania, en la hacienda de Lázaro. Simón, el cabeza de familia, había sido enterrado recientemente y, de acuerdo con la costumbre, Jesús presidió la mesa.

—Fue una jornada intensa e inolvidable. Terminado el cordero, mi Hermano habló mucho y animadamente. Pero, al igual que sucedía en Nazaret, sus ideas sobre el Padre Celestial no fueron comprendidas por Lázaro y sus hermanas. Pero le querían.

A la mañana siguiente, consumada la ceremonia de aceptación de Santiago como miembro de pleno derecho en la comunidad de Israel, los hermanos, de regreso a Betania, hicieron un alto en la falda occidental del monte de los Olivos. Y, durante un tiempo, el recién estrenado ciudadano se deshizo en elogios y alabanzas hacia la esplendorosa Jerusalén.

—Jesús, en cambio, guardó silencio. Miraba la ciudad y callaba. No fue posible abrir su corazón. Y a partir de esa mañana se tornó silencioso y taciturno. Más aún: nada más entrar en la casa de Lázaro me comunicó que debíamos volver a Galilea. Y yo, casi de rodillas, supliqué que esperásemos un día más. Quería volver al templo y asistir a las discusiones entre los doctores de la ley. Y Jesús, acariciando mis cabellos, sonrió con cierta tristeza, aceptando. ¿Sabes una cosa? No le dije toda la verdad...

—¿Le mentiste?

Santiago se sonrojó.

—Más o menos. Era cierto que deseaba contemplar a los sabios. Lo que me guardé fue que me moría de ganas de verle discutir con ellos...

—¡Repugnante constructor de yugos! —le amonestó Jacobo cariñosamente—. Sólo a ti se te podía ocurrir una cosa semejante.

Sin embargo, las secretas intenciones de Santiago se verían frustradas. Jesús, en efecto, le acompañó al templo y permanecieron largo rato escuchando las discusiones. Pero, a pesar de las indirectas de su hermano, el Hijo del Hombre se mantuvo al margen.

—Yo le miraba y no terminaba de entender. Estaba triste. Lo que oímos allí no debió de gustarle. Aquello no era lo que me había contado mi madre. Y al final, muerto de curiosidad, le pregunté por qué no se había decidido a intervenir. Su respuesta, tantas veces oída en las discusiones con mamá María, me dejó como antes: «No ha llegado mi hora.» Y pasando su brazo sobre mis hombros nos dirigimos a Betania.

Al día siguiente, al alba, abandonaban la aldea, dirigiéndose a Nazaret por el camino del Jordán.

—Fue en ese viaje de regreso a casa cuando Jesús, al relatarme lo ocurrido en su primera peregrinación a la Ciudad Santa, cuando sólo contaba doce años, se puso especialmente serio y me hizo prometer que, si Él faltaba algún día, yo velaría por los más pequeños.

Esta revelación de Santiago vino a confirmar lo que

siempre sospeché: la famosa «escapada» del Jesús niño, a pesar de los pesares, tuvo que dolerle en lo más profundo. En frío, cuando fue consciente de la angustia que había provocado en sus padres durante cuatro días, no tuvo más remedio que sentirse culpable.

A punto de cumplir los 18 años, la vida del modesto carpintero experimentó un pequeño y agradable cambio. Con su hermano al frente del taller, Jesús se dedicó de lleno al almacén de aprovisionamiento de caravanas, ubicado en el diminuto barrio artesanal, muy cerca de la fuente. Esta nueva actividad le proporcionaría algo de lo que se había visto privado desde el fallecimiento de José: las tertulias e intercambio de información con los viajeros y comerciantes llegados desde todo el país y de más allá de las fronteras de Israel.

—Y te diré una cosa, Jasón. Aquellas buenas gentes, paganos en su mayoría, agradecían este trato. Mi Hermano les hacía multitud de preguntas y la espera resultaba infinitamente más agradable. No todos los albergues y almacenes recibían a los prosélitos con el mismo cariño y simpatía. Y el saduceo, enterado de lo que él consideraba «una debilidad impropia de un judío», le amonestó en repetidas ocasiones. Pero Jesús le contestaba siempre lo mismo: «Grandes trabajos han sido creados para todo hombre. Una sonrisa y una palabra amable hacen más ligero el yugo.»

—¿Y qué vendía en ese almacén?

—Lo acostumbrado: cordelería, forraje, odres para el agua y el vino, canastos, toda suerte de ropas de abrigo, cayados labrados por Él mismo, víveres (a veces cocinados por mamá María), las ánforas de Nathan, mis propios yugos y trabajos en cuero... En fin, de todo.

Y el almacén, como antaño ocurriera con el taller de carpintería, fue convirtiéndose en algo más que un simple negocio. Allí recalaban cada año decenas de buhoneros, burreros, traficantes de grano, vino y especias y un variopinto mosaico de caravaneros y comerciantes —minoristas y al por mayor— de todas las razas y credos.

—Y muchos de ellos, viejos amigos, terminaban la noche en esta casa, compartiendo, como tú, lo poco que teníamos o lo mucho que traían. De esta forma, Jesús y todos nosotros supimos de otras costumbres, pueblos y creencias. Y gracias a Él aprendimos la difícil lección de la tolerancia.

Antes de terminar el año —hacia el mes de septiembre— la familia de Nazaret recibiría una gratísima sorpresa.

A las dos semanas de haber celebrado su 18 cumpleaños, Jesús vio entrar por la puerta a Isabel y a su hijo Juan. Fue el mejor regalo. Hacía mucho tiempo que no se veían y aquélla, sin percibirlo en su auténtica dimensión, resultaría una reunión histórica. Su primo lejano, que más adelante recibiría el sobrenombre de «el anunciador», se hallaba confuso. Desde la muerte de Zacarías no tenía muy claro su futuro. Isabel, como sucediera con la Señora, seguía trazando excelsos planes para él. Ocuparía el segundo escaño, en gloria y dignidad, al lado del futuro Mesías Libertador. Sin embargo, la oposición de Jesús a estas ideas mesiánicas le condujeron a un mar de dudas. E Isabel informó a María de los locos proyectos de su hijo, el futuro «anunciador»: «quería retirarse a las montañas de Judá y dedicarse por entero a la agricultura y a la cría de carneros». La Señora, desolada, se refugió en su prima y ésta, a su vez, en María. ¿Qué podían hacer con aquellos varones, que rechazaban el máximo honor a que podía aspirar un judío? Y al verlos nuevamente reunidos ambas concibieron la misma idea: quizá, al trabajar unidos, al permanecer codo con codo en Nazaret, sus sentimientos cambiasen. Una vez más, sin embargo, los proyectos de las mujeres naufragarían ante la rotunda negativa de los hijos. Juan y Jesús sostuvieron largas conversaciones, analizando sus respectivas concepciones del Mesías, del Padre de los cielos, así como sus planes personales. Pero, según mis informadores, las divergencias en aquellos momentos eran tales que, de mutuo acuerdo, decidieron separarse «hasta que llegase la hora». Juan, más impulsivo que su primo, no hubiera tenido inconveniente en lanzarse a los caminos en aquel mismo instante. Pero entendió la postura de Jesús. Sus responsabilidades, con una madre a su cargo y una granja para sobrevivir, no eran las mismas que las del «jefe de un almacén de aprovisionamiento», con nueve personas a su cuidado y unos recursos económicos limitados. Hubiera sido interesante presenciar estas entrevistas entre el futuro Hijo del Hombre y «el anunciador». Lo cierto es que si Jesús llega a ceder, admitiendo a sus parientes en Nazaret, el destino del llamado Juan el Bautista quizá habría sido otro... Y aquel gigante de dos metros de altura y su madre retornaron a la Judea. Ya no volverían a verse hasta el célebre y «manipulado» bautismo en las proximidades del río Jordán. Esa Inteligencia que todo lo rige fue inflexible, una vez más.

Y Santiago, inexplicablemente para mí, detuvo la narración. Apuró el vino y por espacio de un largo minuto permaneció con los ojos bajos, como si un pesado fardo acabara de aplastarle contra la mesa de piedra. Interrogué a Jacobo con la mirada. El cuñado me hizo un casi imperceptible gesto, recomendándome calma. Y con pulso firme y templado llenó el cuenco del abatido galileo. Alertado por el borboteo del vino alzó los ojos agradeciendo nuestro prudencial silencio. Y al fin, reduciendo el tono de la voz, Jacobo le interrogó en los siguientes términos:

—¿Deseas hablar de Amós?

Negó con la cabeza.

—Está bien. Si me autorizas, yo puedo continuar.

Santiago dudó. Pero, al reparar en mi transparente y limpia expectación, entornó los ojos, asintiendo. Puso una condición. Que su madre no oyera el relato. Desvié la vista hacia la plataforma. María y las hijas, parloteando y afanadas en los preparativos de la cena, se hallaban ajenas a nuestros asuntos. No acertaba a comprender el misterio. Jacobo lo aclararía de inmediato.

—Ese año, cuando los asuntos materiales y económicos empezaban a enderezarse lentamente, una nueva desgracia se abatió sobre esta casa...

Dado el bajo tono de voz de mi confidente tuve que inclinarme sobre la roca circular. Santiago continuaba con el rostro y el alma entristecidos.

—...Ocurrió al atardecer de un sábado de diciembre.

Jacobo se detuvo, intentando recordar la fecha exacta. No lo consiguió. Y su cuñado, que a pesar de las apariencias se mantenía atento, susurró el dato que faltaba:

—Tres.

—Eso es —confirmó el narrador—. El tres de diciembre... Sí, hace 18 años... Entonces, la cólera de Dios se cebó en la que muy pronto sería mi familia.

Santiago protestó.

—¿Por qué aseguras lo que no sabes? Mi Hermano nos enseñó que el Dios de los cielos nunca es vengativo ni colérico.

—Entonces —replicó Jacobo con asombro—, ¿cómo explicas lo sucedido?

No hubo respuesta. Y este explorador, confuso e impaciente, tuvo que sujetarse la lengua.

—¿Cómo interpretas tú, Jasón, la súbita muerte de un niño de cinco años?

Esta vez fui yo quien se refugió en el cuenco de vino.

—¿Una muerte? ¿De quién? —pregunté como un estúpido.

—De Amós.

Y antes de intentar contestar al difícil interrogante de Jacobo le rogué que se extendiera en los detalles.

—La enfermedad, fulminante, se lo llevó en una semana. Ni siquiera el «auxiliador de las rosas» pudo hacer nada por él...

Al saber que el viejo Meir había visitado al más pequeño de los varones de la familia supuse que el mal, al no ser atajado por el excelente *rofé*, tenía que haber sido de difícil control. La primera descripción de la enfermedad —«fiebres malignas»— no me ayudó gran cosa. Bajo ese título cabía un sinfín de problemas. Y a pesar de lo doloroso del momento me arriesgué a solicitar pormenores sobre la sintomatología. Y poco a poco, creo, fui aproximándome a la verdadera naturaleza del mal que terminó con la corta existencia de Amós. De la noche a la mañana, aquel niño sano, feliz y travieso se vio asaltado por un intenso dolor de garganta, fiebre alta y ronquera. Y en cuestión de horas apareció una disfagia (dificultad en la deglución) y una aparatosa y alarmante insuficiencia respiratoria, con unos signos que apuntaban a lo que hoy se conoce en medicina como «epiglotitis aguda» (1): babeo, estridor inspiratorio

(1) Infección grave, rápidamente progresiva, de la epiglotis (lámina fibrocartilaginosa, delgada y flexible, situada encima del orificio superior de la laringe, al que cierra en el momento de la deglución) y

(sonido agudo, parecido a un silbido), disnea o dificultad en la respiración y una angustiosa taquipnea o ritmo respiratorio superficial y acelerado.

La expresión de Jacobo fue acertada —«el niño parecía un moribundo»—. Y la angustia estranguló el hogar de Nazaret. Ni las pócimas, ni las fricciones de aceite, ni las sangrías de Meir surtieron efecto. Para salvar la vida del niño hubiera sido necesario, amén de los antibióticos específicos, una rápida apertura de una vía aérea, preferentemente de naturaleza nasotraqueal (intubación por la nariz) o, en forma alternativa, mediante una traqueotomía (operación que supone la abertura de la tráquea). Nada de esto llegó a suceder. Y el indefenso Amós siguió presentando el veloz y alarmante cuadro que le conduciría a una horrible muerte: retracciones inspiratorias profundas suprasternales (encima del esternón), supraclaviculares, intercostales y subcostales (entre y debajo de las costillas). La faringe, con seguridad, aparecería inflamada y la epiglotis, rígida y tumefacta, se asemejaría a una cereza roja. Si el bueno de Meir hubiera dispuesto de algún antibiótico parenteral (a suministrar por vía distinta a la digestiva o intestinal), caso del cloranfenicol y la ampicilina, los resultados quizá habrían sido diferentes. Pero eso, obviamente, era soñar.

Y el destino fue implacable. Amós, nacido el 9 de enero del 7, moriría cuando le faltaban cinco semanas para cumplir los seis años. Era la segunda muerte en poco más de cuatro años.

—María casi le sigue a la tumba —susurró Jacobo—. Si

---

tejidos vecinos, que puede resultar mortal en breve plazo. La epiglotis inflamada ocasiona una súbita obstrucción respiratoria. El agente patógeno suele ser con frecuencia el *Haemophilus influenzae* del tipo B. La epiglotitis no es extraña en niños de dos a cinco años, pudiendo presentarse a cualquier edad. La infección, fácilmente asumible por las vías respiratorias, puede ocasionar al principio una nasofaringitis, propagándose después hacia abajo e inflamando la epiglotis e, incluso, el árbol traqueobronquial. Esta inflamación de la epiglotis obstruye mecánicamente las vías respiratorias, ocasionando retención de CO_2 e hipoxia. Asimismo dificulta la eliminación de las secreciones inflamatorias. La consecuencia última es una asfixia mortal. Una muerte, salvando las lógicas distancias, relativamente próxima a la que padeció Jesús. *(N. del m.)*

la desaparición de José fue un hachazo, la del niño la destrozó física y moralmente. Y todos clamamos a Yavé. ¿Por qué? ¿Qué pecado habíamos cometido? El único que se mostró entero (¡bendito sea su nombre!) fue Jesús. Nadic le vio llorar. Pero tampoco consintió que sus familiares portaran el cadáver de su hermano hasta la colina. Él mismo, con una serenidad y majestad envidiables, lo tomó en sus brazos, presidiendo el cortejo fúnebre. Y al depositarlo junto a los restos de José le besó y clamó con gran voz: «Padre mío, ésta es tu voluntad. Amós es tuyo y a ti vuelve. Y ahora líbranos de la tristeza: la verdadera muerte.»

»Y durante semanas esta casa fue una garganta desierta. El pueblo desfiló por ella de puntillas. Nadie hablaba. Y a pesar de los esfuerzos y la permanente presencia de Jesús, María se negaba a comer. Y llegó un momento en que temimos por su salud. Hasta que, cariñoso pero firme, su Hijo posó las manos sobre sus hombros y le dijo: "Madre, la pena no puede ayudarnos. Hacemos cuanto podemos, pero no es suficiente. El Padre, ahora, nos pide el tributo de una sonrisa. Concédenos la tuya. Así, todo saldrá mejor. Y no pierdas la esperanza. Él sabe lo que nos conviene. También en el dolor está su mano."

»Y consiguió lo que parecía un milagro. Su optimismo, paciencia y sentido común fueron como un bálsamo. Y mamá María, muy despacio, recuperó el color y las ganas de vivir. Y a partir de aquel duelo fue unánimemente reconocido como un jefe valeroso.

No quise penetrar en el análisis de una de las «lecturas» de este dramático suceso. Pero, al reflexionar sobre ella, me reafirmé en la creencia de que, en tales fechas, cuando Jesús sumaba 18 años, todavía no era consciente de su poder y naturaleza divinos. De haber sido así, ¿hubiera dejado morir a su querido hermano? Sabiendo lo que sé sobre su vida de predicación apuesto a que no. Fue la ternura lo que «provocó» muchas de aquellas curaciones. Algunas, a fe mía, bastante más difíciles que una epiglotitis aguda. Pero debo contenerme. No es la hora de referir hasta dónde llegaba la compasión de aquel Hombre.

No puedo soslayarlo. Contemplando la vida del Maestro desde esta privilegiada atalaya —casi como en una película—, hasta el más escéptico tendría que reconocer conmigo que esa Inteligencia Superior, démosle el nombre que queramos, fue colocando al Hijo del Hombre frente a las más dispares y corrosivas pruebas a las que pueda encararse un ser humano. Sólo aquellos que hayan padecido el infortunio de perder a un hijo podrán aproximarse a lo que trato de sugerir. Pues bien, hasta en eso me vi desbordado por el temple de aquel Hombre de 18 años. ¡Cuán cierto es que el hacha del destino abre los corazones! Y que sólo entonces se descubre el interior del árbol humano. El verdadero héroe no se destapa únicamente en la trinchera o en el arriesgado juego de la salvación de una víctima. El coraje y la entereza, como en el caso de aquel Jesús con el cadáver de su hermano en los brazos, se demuestran, sobre todo, en la oscura espiral de un hogar enlutado o en la tormenta anónima del «cada día». Jesús —héroe sin medallas durante 28 años— también puede ser el consuelo de los permanentemente apaleados por la fortuna. Y para lograrlo —desde mi corto conocimiento—, el Maestro puso en movimiento un «motor principal» y «dos auxiliares»: su fe en la voluntad del Padre Celeste, su paciencia para con los demás y la fuerza de su inteligencia, concentrada como un láser en la resolución de los problemas, uno a uno. Esta inteligente armonización de fe, tolerancia y sentido práctico le permitiría «volar» —siempre como hombre— más alto, más lejos y más veloz que nadie, sin atropellar y sin atropellarse. Y predicando con el ejemplo, no sólo se puso de nuevo al frente del negocio sino que, ante la sorpresa de propios y extraños, aceptó con gusto participar en un ciclo de discusiones filosóficas para jóvenes, organizado por el consejo de la sinagoga. «El luto —respondía a los que criticaban su abierta actividad social— pesa más en el recuerdo que en las maneras.» Y estas periódicas reuniones con la juventud de Nazaret le devolvieron parte del prestigio perdido a causa de los zelotas.

—¡Ah! —exclamó de buenas a primeras Jacobo, alzando la voz de forma que todos en la estancia pudieran oírle—, entonces no conoces la historia de Rebeca...

—¿Cómo dices?

¿Qué significaba aquel giro en la conversación? Estábamos hablando de la muerte de Amós...

Y Jacobo, señalando con los ojos a mi espalda, me ayudó a comprender. Ruth acababa de depositar sobre las esteras una ancha vasija de bronce.

—Rebeca —improvisé—, sí claro... Mejor dicho, no...

¿Quién demonios era Rebeca? Fue preciso dar tiempo al tiempo. La «pequeña ardilla» nos proporcionó los lienzos necesarios y, por indicación de Santiago, sólo procedí a lavar mi mano derecha. (La que supuestamente utilizaba, al igual que los judíos, para limpiarme después de una defecación.)

Y la Señora, triunfante, anunció desde el fondo de la plataforma:

—Estamos listas. Abrid paso...

Y Miriam, sonriente, cargando un robusto lebrillo, fue descendiendo los peldaños con especial lentitud, cuidando de no derramar el contenido. Y de nuevo este torpe explorador estuvo a punto de cometer otro error. Al reparar en el peso que transportaba hice ademán de levantarme para auxiliarla. Medio en pie recordé que no era lo acostumbrado. Y cuando me disponía a sentarme, Jacobo, atento a todo, sugirió que le acompañase. Él también precisaba del «lugar secreto»... La errónea interpretación no fue desestimada. A decir verdad lo necesitaba desde hacía tiempo. Y el galileo, tomando una de las lucernas, indicó que le siguiese. Salimos al corral y, aproximándonos al palomar, mi gentil guía procedió a abrir una portezuela medio camuflada en el frontis del «albergue», junto al ángulo izquierdo. Y cediéndome la lámpara me invitó a pasar. Quizá me he excedido en el término «pasar». El cubículo, de metro y medio de altura por apenas un metro de lado, no garantizaba mi verticalidad. Un característico olor me recordó la índole del lugar. Lo inspeccioné a la débil luz del aceite, descubriendo su más que rústica configuración: un pozo «negro», meticulosamente cubierto por una plancha de madera, con un orificio en el centro. Eso era todo. Aquel excusado nada tenía que ver con el lujoso aseo que había visitado en la casa de Elías Marcos, en Jerusalén. Y encorvándome como Dios me dio a entender alivié mi «problema». Acto seguido, Jacobo, con bastante más naturalidad que un servidor, efectuó su micción y, sonriente, volvió a abrirme paso hacia la casa. Y cuando estábamos a punto de salvar el estrecho corredor, un atropellado alejarse de pasos me hizo girar la cabeza hacia la cancela. Fue vertiginoso. Algunas de las palomas, asustadas, ensayaron un corto vuelo, tableteando sobre el patio. Mi acompañante también se detuvo. Y echando mano del *gladius* abrió la puerta de un golpe, asomándose impetuosamente. La oscuridad era absoluta. Y convencido de que podía tratarse de una falsa alarma retornó al corral, invitándome a regresar con la familia. Yo, al menos, había percibido aquel ruido de pasos con total nitidez. La tranquila postura de Jacobo no me sirvió de consuelo. Algo extraño sucedía en los alrededores de la casa.

Tras una segunda y obligada ablución tomé asiento frente a un humeante lebrillo. Y mi compañero de excusado hizo lo propio, frotándose las manos de satisfacción. Y no percibiendo la menor sombra de preocupación en su rostro por lo que acababa de ocurrir en el exterior, me dispuse a dar buena cuenta del estofado de verduras que había situado Miriam en el centro de la roca. Santiago bendijo la cena y, en contra de lo acostumbrado por los rigoristas de la ley, las mujeres se acomodaron a nuestro lado, compartiendo el excelente guisote, en el que descubrí ajo, cebolla, lentejas, puerros, alcaparras y algunas olorosas y pellizcantes hojas de hierbabuena y de *jeezer* (una de las variantes de romero silvestre). Ruth, solícita, fue repartiendo los cubiertos: unas exageradas cucharas —casi cucharones— de madera de pino. Al recibir la mía, la Señora, atenta a mis movimientos, percatándose de mi curiosidad, vino a adivinar lo que estaba pensando:

—En efecto, Jasón..., obra de mi Hijo.

Un temblor me traicionó y a punto estuve de dejar caer la oscura y ajada cuchara.

María sonrió divertida. Y dirigiéndose a Jacobo sacó a la superficie el olvidado asunto de Rebeca.

—De eso quien más sabe es Miriam...

Hecho un lío intenté introducir el cubierto en el lebrillo. De acuerdo a las normas de urbanidad de aquellas gentes tuve que esperar mi turno. Cuando se trataba de un recipiente común, así lo exigían los buenos modales. Coincidir con otro comensal a la hora de meter la cuchara era una grosería y hasta señal de mal augurio. Y la familia, testigo de mi inicial torpeza, rompió a reír, contagiándome su alegría. Y las risas saltaron en cascada cuando, de improviso, el guisado, al atravesarse en la garganta de Jacobo, fue catapultado como lluvia de perdigones sobre los comensales. El inocente y pueril alborozo terminó de descongestionar los cargados humores, favoreciéndome en extremo. Y Miriam, ansiosa por destapar el misterioso tema de Rebeca, no se hizo de rogar.

—¿Por dónde empiezo? —interrogó a su madre.

—Por lo guapo que era —intervino Ruth con los ojos saturados de luz.

Y la Señora, moviendo la cabeza en señal de desaprobación, me rogó que disculpara a la impulsiva pelirroja.

—...Tiene razón, mamá María —aprobó Miriam—. A sus dieciocho años era un magnífico ejemplar...

La Señora, irritada ante lo que consideró una vulgaridad, recriminó a su hija. No sirvió de gran cosa.

—Era alto, fuerte, guapo...

—¡Guapísimo! —se deslizó de nuevo la «pequeña ardilla».

—...Su prudencia, buen hacer y brillantez —prosiguió Miriam en un tono más serio— no pasaron desapercibidos a los ojos de los hombres y de las mujeres. Y una de esas jóvenes de Nazaret... —Empecé a sospechar— ...se enamoró de Jesús.

Esta vez fui yo quien se atragantó. Y las risas eclipsaron las últimas palabras de Miriam. Me excusé entre golpe y golpe de tos.

Hoy no comprendo mi extrañeza. Aquello era lo más natural y hermoso.

—...Yo fui la primera en saberlo —manifestó Miriam con orgullo—. Rebeca tenía dos años menos que Jesús. Era de Nazaret. Todos la conocíamos. Su familia, aunque mejor situada que la nuestra, era noble y cariñosa.

—¿Mejor situada? —exclamó Jacobo con ironía—. El viejo Ezra guardaba muchos talentos (1) en la banca de Jerusalén... Jasón, el padre de Rebeca era dueño de medio pueblo.

«Un buen partido», pensé para mis adentros.

—...Y un día me confesó sus sentimientos hacia mi Hermano. Para mí, que entonces tenía catorce años, la noticia (mejor dicho, la confidencia) me llenó de sorpresa. Entre

_____

(1) Un talento —toda una fortuna— equivalía a unos 3 000 siclos (alrededor de 14 000 denarios). *(N. del m.)*

los chicos y chicas del pueblo siempre había rumores. Todas sabíamos quién gustaba a quién. Pero lo de Rebeca, ni idea... No supe qué decirle.

—¿Respecto a qué?

Mi pregunta, con segundas intenciones, fue captada al vuelo por las mujeres. Los hombres, en cambio, se quedaron en blanco.

—¡Hombre, Jasón! —me reprochó Miriam—. ¿Sobre qué iba a ser? Yo ignoraba los sentimientos de Jesús respecto a Rebeca. Ella, tímida y prudentemente, quiso cerciorarse primero. Por eso me interrogó. Los hombres, a veces, parecéis tontos...

Busqué los ojos de María. Su placidez me indicó que todo era correcto. Y me atreví a lanzar una sonda que empezaba a quemarme en el corazón:

—¿Alguien, alguna vez, supo si Jesús se sintió atraído hacia alguna muchacha?

Miriam miró a su madre. Y ésta, a su vez, intercambió otra significativa mirada con Ruth. Las tres, casi al unísono, reconocieron que no lo sabían. Santiago y Jacobo negaron igualmente con la cabeza. Si el joven Jesús experimentó en su adolescencia o juventud este hermoso sentimiento, tan propio de la edad, jamás lo exteriorizó.

—Mi Hijo —intervino entonces la Señora— tuvo la desgracia de saltar casi de la niñez a la responsabilidad de un padre. ¿Cómo iba a pensar en esas cosas?

Y aunque no compartía su criterio, preferí escuchar.

—E hice lo único que podía hacer —subrayó la esposa de Jacobo—: Hablar con mamá María. Le conté el encuentro con Rebeca y su secreta confesión.

Por un momento no supe a quién mirar. Y la Señora, tomando la palabra, hizo más fácil la cuestión.

—Al principio quedé desconcertada. Después me puse como una loba. Aquello no entraba en mis planes. ¿Jesús casado? ¡Ni hablar! Era el «Hijo de la Promesa»: el futuro Mesías. ¿Cómo hipotecar mi sueño con una boda?

Santiago movió la cabeza en un casi imperceptible gesto de desacuerdo. Pero la madre lo captó, replicando sin contemplaciones:

—¡Ahora es fácil criticarme! Entonces, tú pensabas lo mismo.

El silencio del hijo zanjó el asunto. Y María, ajustándose a los hechos, continuó el relato, lanzando furtivas y desconfiadas miradas a Santiago.

—...Además, ¿qué iba a ser de nosotros? Jesús era el jefe y principal sustento de la familia.

En eso tampoco le faltaba razón. Si Jesús hubiera consentido en el matrimonio con Rebeca la fundación de su propia casa habría supuesto una grave merma en los ingresos de los suyos. La impulsiva mujer, ante la seria amenaza que rondaba su hogar, adoptó la postura que creyó justa: hablaría con la muchacha, en un intento de frenar el peligroso proceso. Y de acuerdo con Miriam lo haría en secreto, procurando por todos los medios que no llegase a oídos de su Hijo. Y así fue:

—Tuvimos una larga charla. Rebeca, en efecto, fue sincera. Amaba a Jesús. Y yo, Jasón, me eché a temblar. ¿Sabes de lo que es capaz una mujer enamorada?

No pude responder. Nunca lo supe.

—...Quizá lo peor no era que estuviera profunda y sinceramente enamorada de mi Hijo. Lo terrible es que, en cierto modo, se parecía a mí. Era leal y obstinada.

—Cosas del amor —terció Miriam con sabiduría.

—Naturalmente —aprobó la Señora—. Rebeca no era una niña. Sabía lo que quería. Y estaba dispuesta a defenderlo con uñas y dientes. ¿Te digo una cosa? De no haber sido por los muchos problemas que ello traía consigo, la hubiera animado. Me gustan las mujeres y los hombres que luchan por lo que desean. Y en vista de lo áspero de la situación, no tuve más remedio que confesarle la verdad. Y le anuncié lo que era un secreto a voces en la aldea: que Jesús, su amado, era el «Hijo de la Promesa»; seguramente el Mesías esperado por toda la nación. Su matrimonio podía poner en peligro la gloriosa carrera del Libertador...

Miriam cortó de nuevo el relato.

—¿Le confesaste la verdad o parte de ella?

La Señora acusó el golpe. Pero fue sincera.

—En esos momentos, el problema económico pesaba lo suyo. Pero el destino de Jesús tenía preferencia. Hice lo que debía hacer.

E impaciente me interesé por la reacción de Rebeca. Pero un lebrillo vacío y el voraz apetito de los hombres pudieron más que mi curiosidad. Y las mujeres retornaron a lo alto de la plataforma, regresando con dos escudillas de madera y seis platos de barro cocido. Una de las vasijas, en manos de María, aparecía cubierta con una tapadera, también de madera. Repartidos los platos, la escudilla descubierta fue situada en el centro de la mesa. Contenía una enigmática pasta, de una tonalidad lechosa, distraída por dorados regueros de miel líquida. Fue lo único que identifiqué. Alrededor del contenido había sido dispuesta, con delicioso amor, una serie de «redondeles» (las típicas y crujientes tortas de trigo). Y la Señora, con una pícara sonrisa, permaneció en pie, con la escudilla entre las manos. Y yo, torpe distraído, no reparé en el femenino gesto de la cocinera. E intrigado pregunté sobre la pasta que tenía a la vista. La explicación de Ruth me dejó sin apetito: me encontraba ante una nutrida colección de langostas «peregrinas» —una de las cuatro especies habitualmente consumidas por los israelitas—, previamente descabezadas y desmembradas, secadas al sol y trituradas hasta el estado de polvo. La masa era mezclada con flor de harina y finalmente encurtida en miel. A veces solía macerarse en vinagre.

Supongo que palidecí. Y María, que continuaba expectante, se interesó por mi salud. Fue entonces cuando reparé en su actitud. ¿Por qué permanecía como una estatua? Al percibir cómo la miraba de arriba abajo su taimada sonrisa se propagó a los ojos, burlándose de mi despiste. Y unas risitas mal contenidas, cruzadas entre las hijas, me hicieron sospechar que algo tramaban. Busqué auxilio en los hombres. Pero, tan ignorantes como yo, se limitaron a encogerse de hombros. El «secreto», adiviné, debía estar en la escudilla que sostenía entre las manos.

Y al fin, con el suspense bien cuajado, se decidió a hablar:

—¡Sorpresa, Jasón!

Cierto. Lo había olvidado. Aquella cocinera llamada María, «la de las palomas», lo había anunciado al iniciar los preparativos de la cena.

E inclinándose por encima de la mesa de piedra extendió hacia este explorador la vasija tan celosamente sellada. Y Ruth, divertida, la destapó. Y los tres hombres, devorados por la curiosidad, nos alzamos a un tiempo y con tan mala fortuna que nuestras cabezas fueron a topar las unas con las otras. El encontronazo provocó la hilaridad de las mujeres y, a renglón seguido, la de los aturdidos y torpes varones.

Al comprobar el contenido de la escudilla quedé perplejo. Era la primera vez que lo veía en nuestra aventura palestina. Y al interrogar a María se limitó a recordarme «que Nazaret no era el fin del mundo». Acto seguido fue sirviendo las correspondientes raciones. Al recibir la mía, incrédulo, la tanteé con la cuchara. Y Jacobo, soltando una carcajada, me recordó que «aquello» no se comía como yo pretendía. Y, proporcionándome uno de los «redondeles», me invitó a degustarla con el socorro del pan. El manjar no era otra cosa que una humilde fritada de huevos batidos: una tortilla. Hoy no hubiera supuesto sorpresa alguna para nadie. En aquel tiempo causaba furor entre los gastrónomos y las clases populares. El «invento», al parecer de origen romano (aunque las malas lenguas aseguraban que Apicius (1), «padre de la criatura», lo había copiado de los iberos), resultó tan socorrido, sabroso y nutritivo que se propagó como el viento por todo el imperio. Y María, tan atenta como cualquiera a las modas, quiso sorprenderme con lo «último» en cocina. Y a fe mía que lo consiguió. Y de esta forma, el amargo sabor de las «primas» del saltamontes fue discretamente conjurado.

—Y bien —caí de nuevo sobre la Señora, que asistía complacida a su éxito culinario—, ¿qué dijo Rebeca?

La mujer se sirvió una ración de vino y, mojando los labios, aclaró la voz.

—¡Ay, Jasón!... Déjame respirar.

Pero su afán por rememorar aquellos años era tan intenso como el mío.

(1)   Según nuestros datos, el tal Apicius, afamado gastrónomo de Roma, propagó la receta de la tortilla hacia el año 25. Algún tiempo después escribiría un libro —De re coquinaria—, de gran éxito entre los aficionados a la cocina elaborada, en el que evoca los festines del emperador Claudio. Séneca le criticó agriamente, quejándose de que sus artes culinarias corrompían a los jóvenes, alejándoles de los estudios de filosofía. Plinio, en cambio, elogió sus recetas, asegurando que las de hígado de cerdo y lengua de flamenco eran auténticas obras de arte. Previamente, claro, había que engordar a los animales con higos y vino endulzado con miel. (N. del m.)

—... Sabía oír. En eso se parecía a Jesús. Y cuando hube terminado me miró fijamente. Después se echó a llorar...

—Y mi madre —terció Miriam con una media sonrisa— creyó que había ganado la batalla.

La Señora, que tenía respuesta para todo y para todos, no se arrugó.

—¡Niña deslenguada! Es posible que perdiera aquella batalla, pero no la guerra...

—¿Qué insinúas?

—Rebeca era sincera —aclaró María— y dura de pelar... Se emocionó ante mis explicaciones. Pero, concluido el llanto, nos dejó de piedra. ¿Sabes cuáles eran sus pensamientos? ¡Lástima de mujer!... —Aguardé sin poder imaginar la conclusión—... «Ahora más que nunca (nos comunicó desde el fondo de su amor) estoy decidida a correr su misma suerte. Si él me acepta seré la esposa de un jefe nacional. Y compartiré su carga. No hay más que hablar.»

Regresamos a casa con el corazón en un puño. El remedio, Jasón, había sido peor que la enfermedad. Y esa noche, mientras cenábamos, Jesús percibió que algo sucedía. Miriam se puso roja y yo, atolondrada, dejé que se quemaran los buñuelos...

—¿Los harás de postre?

Jacobo nos descolocó a todos. Pero la mujer, haciendo caso omiso de la apetitosa sugerencia de su yerno, se adentró en la segunda e inesperada «secuencia» de aquella historia.

—A los pocos días, a petición de Rebeca, celebramos una nueva entrevista. Era lista como el aire...

—No, mamá María —puntualizó Miriam—. Rebeca le quería.

—Era lista —siguió en sus trece, como si no la hubiera oído—. Aunque tuvimos especial cuidado en no mencionar nuestra difícil situación económica, ella debió intuirlo. ¡Qué malas somos las mujeres, Jasón! —Reí la broma, simulando que estaba de acuerdo—... Y llegó a la reunión con todas sus armas desplegadas.

—¡Mamá!

La amonestación de Miriam tampoco sirvió de mucho.

—...Rebeca, previa consulta a su padre, nos hizo saber que estaba autorizada a decirnos que el dinero y la dote no eran problemas. Que su familia estaba dispuesta a renunciar a dicha dote y a compensarnos generosamente.

Conviene aclarar que, al contrario de lo que suele ocurrir en los tiempos modernos, la sociedad judía establecía que el *mohar* (la dote) debía ser satisfecho por el padre o la familia del novio y no al revés. Así lo menciona el *Génesis* (XXXIV, 12), *I Sam.* (XVIII, 25) y el *Éxodo* (XXII, 16) (1). Según el *Deuteronomio* (XXII, 27), cincuenta siclos de plata —unos doscientos denarios— era lo acostumbrado. La ceremonia de la fijación del *mohar* entre las respectivas partes resultaba tan destacada como la propia boda. Constituía un compromiso formal de matrimonio —con un contrato perfectamente legalizado— que, en el caso de una doncella, debía cumplimentarse en miércoles. Además de la dote, el novio estaba obligado a regalar a su futura esposa lo que denominaban el *matan*: una especie de bienes viudales que debían ser conservados para el momento de la viudez. Pues bien, la propuesta de Rebeca alteraba todas las normas y tradiciones, dejando a la Señora en una situación comprometida.

—Agradecimos el gesto —añadió María—, pero no aceptamos. Ciertamente, ese dinero nos hubiera sacado del apuro. Pero, como te digo, no era lo más importante. Y rechazada la oferta dimos el asunto por concluido. Esa noche sí me sentí feliz y descargada de tan angustioso fardo...

Ruth y Miriam intercambiaron una maliciosa mirada. Aquello me hizo sospechar que la Señora no había ganado la guerra..., todavía.

—¡Ay, amigo mío! ¿Sabes qué es peor que una mujer tonta?

Prudentemente me reservé la respuesta.

Y abriendo los ojos como platos sentenció:

—Una mujer enamorada.

Las hijas protestaron. Y la Señora, dando cuenta de la reacción de Rebeca, se reafirmó en su sentencia:

—La muchacha volvió a intentarlo. Hablamos y habla-

---

(1)   Según el *Éxodo* (XXII, 15), el llamado «*mohar* de las vírgenes» era exigible por ley. Esta norma recaía sobre la familia de cualquier seductor. Éste, obligado a casarse con la seducida, no podía negarse al pago del citado *mohar*. *(N. del m.)*

mos. Imposible, Jasón. Rebeca, perdidamente enamorada, estaba dispuesta a todo. Sentí miedo. Y el corazón no me engañó... Me asusté. ¿De qué podía ser capaz una mujer enamorada?

—Muy sencillo —intervino Miriam, aprobando la audaz iniciativa de Rebeca—. Yo, por este ganso, habría hecho lo mismo.

Jacobo se hinchó como un pavo.

—...Desesperada —continuó la madre—, convenció al bueno de Ezra para visitar a Jesús. Y allí se presentó. Debo reconocer que fue valiente. Mi Hijo, que ignoraba nuestras maquinaciones, se quedó como la mujer de Lot. Primero escuchó al padre. Después sostuvo una larga entrevista con la muchacha. Y Rebeca, por lo poco que sabemos, le confesó su amor.

La última aclaración me dejó intranquilo. ¿No conocían lo tratado entre los dos jóvenes?

—Muy poco —terció Santiago, respondiendo a mi solicitud—. Jesús se lo reservó en lo más profundo. Lo único que podemos trasladarte es lo que manifestó a Ezra: «ninguna suma de dinero le apartaría de su familia y del sagrado compromiso que había asumido».

»Y el rico hacendado de Nazaret puso punto final a la entrevista y a las aspiraciones de su hija. Y antes de regresar a su casa visitó a María, dándole cuenta de lo ocurrido en el almacén de aprovisionamiento. Y con el corazón en la mano le manifestó: "No podemos tenerlo como hijo. Es demasiado noble para nosotros."

La «pequeña ardilla», que no conocía la historia en su totalidad, comenzó a sollozar, emocionada. Y su madre, levantándose, la abrazó, besándola. Y en la garganta de quien esto escribe se hizo un nudo. En parte me sentí culpable de las lágrimas de la sensible Ruth. Y durante algunos segundos maldije mi trabajo. Pero el hielo de nuestro entrenamiento enfrió las fugaces reflexiones. Algo había quedado en la niebla de los recuerdos: la conversación entre Jesús y Rebeca. Tenía que hacerme con ella. Pero, ¿cómo? ¿Quién podía llenar ese hueco? ¿Por qué el Maestro lo había silenciado? ¿Qué fue de Rebeca?

¡Qué cierto es que el tiempo rectifica el rumbo de los corazones! ¿Quién le hubiera dicho a María que, en el discurrir de los años, la Rebeca que tantos quebraderos le había ocasionado cuando Jesús contaba diecinueve años terminaría por convertirse en una de sus más íntimas y leales amigas? Las cosas, como siempre, ocurrieron en su momento.

Decapitadas las esperanzas —nunca su amor—, la joven de Nazaret hizo lo único inteligente que cabía en tales circunstancias: abandonar la aldea. Y al poco, consumida por la tristeza, su padre se vio en la necesidad de trasladarla a la vecina Séforis.

—¿Llegó a casarse?

—¡Jamás! —replicó Miriam, indignada por mi atrevimiento—. Durante años recibió numerosas solicitudes de matrimonio. Las rechazó todas. ¿Sabes por qué? —No era difícil imaginarlo—. Pues te equivocas —se adelantó a mis cavilaciones—. Su amor por mi Hermano creció y se sublimó. Pero no fue ésa la razón. Ella era joven y rica. Podía haber fundado un hogar... —La verdad es que no comprendía. El alma de las mujeres fue siempre un incomprensible «tablero de mandos» para mí. Prefería enfrentarme a un oso...— ...Te parecerá extraño pero Rebeca, a diferencia de muchos de nosotros, sí entendió en profundidad la misión de Jesús.

—¿Como Mesías?

—No, Jasón. Sabes bien a qué me refiero...

Y Miriam, arropada por los suyos, me explicó cómo, al iniciar su carrera de instructor, Rebeca lo dejó todo, siguiéndole en la sombra. Fue una de las primeras convencidas —mucho antes que sus íntimos— del divino papel del Maestro. Y vivió con orgullo sus momentos de triunfo. Y aunque se supone que Jesús no llegó a saberlo, ella estuvo también muy cerca de la cruz.

—Yo sí lo supe —manifestó la Señora con piedad—. Y sentí sus dedos sobre mi brazo cuando expiró. De entre las mujeres que conocieron y admiraron a mi Hijo, Rebeca es la que más le amó.

—Luego vive...

Y antes de que confirmaran mi suposición les adelanté que deseaba conocerla. Durante breves segundos se produjo un secreto cruce de miradas. Pero nadie despegó los labios. Y quien esto escribe, sin elementos de juicio, interpretó mal el breve silencio. Por alguna razón que desconocía, esa petición era inviable. Pero yo tampoco era hombre que se rindiera con facilidad...

Y aunque espero mencionarlo cuando se presente el más bello de los capítulos de nuestra aventura en Palestina —la vida pública de Jesús—, entiendo que no debo dejar pasar el triste y emotivo suceso protagonizado por Rebeca sin hacer una rápida alusión al sutil e involuntario «favor» que le hizo con su enamoramiento. Me explico. En la moderna literatura sobre el Maestro, consecuencia de la ignorancia acerca de las costumbres de la época o del desvarío de algunos de estos escritores, es frecuente encontrar hipótesis que vinculan sentimental o carnalmente a Jesús con algunas de las mujeres que le rodearon. La Magdalena es uno de los ejemplos más tópicos y repetidos por esa mancha de locos. Pues bien, amén de no conocer el pensamiento y el estilo del Hijo del Hombre en ese sentido, demuestran, como digo, una insultante ignorancia respecto a una de las tradiciones, fielmente respetada por aquel pueblo. Cuando una mujer —como fue el caso de Rebeca— expresaba su amor por un hombre y esa devoción era del dominio público, el resto de las hebreas, aunque las bodas no llegaran a consumarse, no osaba penetrar los sentimientos de la «otra», a no ser, claro está, que la enamorada contrajera matrimonio. Por supuesto, el amor de la muchacha de Nazaret por Jesús no tardó en propagarse. Y esto, en suma, resultaría providencial. Desde entonces, ni una sola de las mujeres que siguieron los pasos del Galileo se atrevió siquiera a confesarle su amor aunque, de hecho, pudiera estar enamorada de Jesús. Y el Maestro no volvió a encontrarse en la siempre amarga situación de tener que rechazar a nadie. Al menos, por estos motivos. Desde sus diecinueve años, a efectos del pueblo, el nombre de Jesús estuvo ligado al de Rebeca. La Gran Inteligencia, una vez más, había sabido actuar como tal...

La historia de aquel amor imposible tuvo, además, otra positiva derivación. Las defectuosas comunicaciones entre madre e Hijo mejoraron sensiblemente. La Señora, como Miriam, sorprendidas por la decisión de Jesús, multiplicaron su admiración y cariño hacia Él. Y las relaciones experimentaron una notable dulcificación. A partir de esas fechas, María se mostró más reservada y prudente en todo lo relacionado con el Mesías. Y Jesús, sin duda, se lo agradeció. Sin embargo, remontado el problema de Rebeca, no tardaría en surgir otra complicación.

Jacobo, de ideas fijas, arremetió por segunda vez:
—¿Hay buñuelos?
—El postre favorito de Judas. ¡Pobre mío!
Y la Señora, tras el lacónico comentario, movilizó de nuevo a las hijas, sirviendo los postres. En esta ocasión no hubo buñuelos —otra de las especialidades de la excelente cocinera—, sino un sabroso pastel, en forma de cilindro, cortado a rodajas y alfóncigos (pistachos) ligeramente tostados. El dulce, por el que Jesús se desvivía, era una pequeña obra maestra: el corazón lo formaban higos, dátiles y pasas de Corinto prensados, embutidos en una masa de harina de trigo, leche, huevos, canela y el obligado sustituto del azúcar: la miel. Nos hizo suspirar a todos.

El lamento de María en relación a su hijo Judas, su ausencia y la de los otros tres hermanos (José, Simón y Marta) me animaron a preguntar por ellos. Se hallaban ausentes. La vida les había llevado por otros derroteros. Jude o Judas «había sentado definitivamente la cabeza», instalándose en Migdal, a orillas del lago. Aquel hijo, que en el 13 contaba ocho años de edad, parecía llegar al ánimo de la Señora con especial intensidad. Y no por los buenos recuerdos que pudiera conservar de él. Al contrario. Justamente desde esas fechas, el nervioso y voluble Judas se destapó como la «oveja negra» de la familia. Aquél era otro capítulo desconocido para mí. Y Santiago y Jacobo, que padecieron, al igual que Jesús, las irreflexivas acciones del «rebelde», accedieron a desvelarme algunos de los pormenores de la «triste mancha» que cayó sobre el hogar de Nazaret.

—Fue como una maldición de los cielos...
—¡Santiago —le recriminó su madre—, tu hermano no es una maldición!

—Ahora no, mamá María. Pero entonces...

—¡Y entonces tampoco! —le defendió como una pantera.

Santiago arrugó el ceño. Y exclamó, al tiempo que buscaba los ojos de su cuñado:

—Tú no sabes...

La Señora, celosa con todos sus hijos, protestó de nuevo.

—¿Cómo no voy a saber? Lo que ocurre es que nunca le has querido...

El hijo, con razón, trató de intervenir. La polémica, por mi culpa, empezaba a desbordarse. Aun así, aquella natural y espontánea discusión terminaría beneficiándome. María no le permitió hablar.

—...¿Crees que no sé que te opusiste a la venta del arpa?

—¡Naturalmente! —replicó Santiago—. Porque no era justo. Había otros procedimientos para costear los estudios de Judas..., y ya ves de qué sirvió. ¿Tengo o no tengo razón, Jacobo?

El cuñado, entre dos fuegos, no se atrevió a pestañear.

—Muy bien —desvió la Señora su indignación hacia el hijo político—, ¡atrévete a darle la razón!

—Pero yo...

La voz de Jacobo se apagó antes de arrancar. Y cayendo en la cuenta de lo que había insinuado Santiago poco antes, María hizo un quiebro en la pelea, interrogándole:

—¿Yo no sé? ¿Qué es lo que no sé?

El galileo suspiró ruidosamente. Y se encarceló en un elocuente silencio. Saltaba a la vista que no quería hablar. Y la madre, moviendo la cabeza afirmativamente, se dio por enterada. Creo que fue una de las pocas veces que hice de moderador. Tomé un trozo de pastel y, partiéndolo en dos, lo ofrecí sonriente a cada una de las partes en litigio, declarando conciliador:

—Veamos. Quizá ambos lleváis razón...

—¡Claro! —fue el autoritario refrendo de la mujer.

—Claro —musitó el hijo con el convencimiento del que cree saber.

—Bien, en ese caso —maquiné a mi favor—, dejemos que sea Jacobo quien exponga los hechos.

La solución fue aprobada por unanimidad. Y así supe que, casualmente, antes de que finalizara aquel año 13, Jesús se vio forzado a vender su arpa. Jacobo, temiendo provocar el huracanado temperamento de su suegra, fue avanzando con cautela. Afortunadamente se limitó a los hechos. Y María, que sabía respetar la objetividad, guardó silencio. En una de mis conversaciones anteriores —creo que con las tres mujeres— se había mencionado la venta del instrumento musical que tanto agradaba a Jesús. Me hablaron, incluso, de los dos miserables denarios que le entregaron por el *kinnor*. Lo que no recordaban era la identidad del comprador. Jacobo sí lo mencionó: Ismael, el saduceo. No fui capaz de reprimir mi extrañeza. ¿Desde cuándo el viejo maestro hacía favores a Jesús?

—No fue ningún favor —prosiguió Jacobo, enganchando mi sorpresa al relato—. Era algo sibilino. El ingreso de Judas en la escuela de la sinagoga costaba dinero. Y Jesús, ese año, debía cumplir con los impuestos civiles y religiosos. Además estaba la cuota mensual por el almacén. Esa víbora lo sabía y volvió a amenazarle con el embargo. Toda la aldea estaba al tanto de la afición del Maestro por la música y por su arpa. En los momentos de agotamiento le relajaba. Y muy astutamente se adelantó a las turbias intenciones del sacerdote. En público, de forma que hubiera testigos, apareció un buen día por la sinagoga, ofreciendo su *kinnor*. E Ismael, que perseguía desde hacía tiempo el único entretenimiento de Jesús, aceptó codicioso. Cualquiera de las magníficas piezas labradas del taller de carpintería hubiera resuelto el problema. Pero el arpa guardaba un significado especial. Y el gesto de Jesús impidió al jefe del consejo el embargo de la casa o de los negocios. Nunca dos denarios resultaron tan rentables...

—Tristemente rentables —maticé casi para mí—. ¿Y no trató de recuperarla?

Jacobo sonrió maliciosamente.

—Cada año, mientras permaneció en Nazaret. Y siempre, casi como un ritual, poco antes del pago de los impuestos. —Comprendí la malévola sonrisa del galileo—. ...Jesús, conociendo al saduceo, sabía de antemano la respuesta a su petición. E Ismael disfrutaba con la negativa. De esta forma, inteligentemente, le mantuvo a raya mientras pudo. Ya ves, una sencilla arpa nos salvó del embargo durante años...

—¿Y sigue conservándola?

Mi pregunta quedó en suspenso. Desde la partida del Maestro nadie se había preocupado del instrumento. Y una idea empezó a rondar en mi corazón. Pero tuve sumo cuidado en no revelarla.

Las comedidas explicaciones de Jacobo sobre la venta del arpa y las segundas intenciones de Jesús dieron la razón a madre e hijo. Como es frecuente en casi todas las discusiones, una y otro no se habían explicado con claridad. Y Judas, en efecto, pudo cursar los estudios básicos. Y con toda la prudencia de que fui capaz, procurando rodear la polémica, solicité de Jacobo algunos datos sobre la personalidad del «rebelde». Inteligentemente, detectando mi afán apaciguador, no fue al grano de la cuestión. Primero se extendió en los principios que gobernaban la filosofía educativa de Jesús. La estrategia dio resultado. Nadie alzó la voz ni se sintió ofendido. A grandes rasgos, ésta era la situación de la sociedad hebrea cuando emprendió su revolucionaria política pedagógica: arraigada en los textos bíblicos, la doctrina del común de los judíos a la hora de educar a sus hijos se basaba en el principio de la negatividad. Cumplir la voluntad de Dios significaba «no matar», «no robar», «no levantar falso testimonio», etc. El temor a Yavé, en definitiva, era la corriente imperante en el pueblo elegido. Así había sido desde tiempo inmemorial. El profeta Isaías lo había dejado perfectamente claro: «su profunda alegría era el temor del Santo» (XI, 2). Y los salmos y los proverbios se encargaban de recordarlo a todas horas. El amor a Dios, aunque defendido por algunas escuelas y rabíes, caso de ben Cheta o Zakkai, no había podido con el temor a ese Dios. Incluso los paganos que abrazaban el judaísmo eran llamados «temerosos de Dios». Y he aquí que en ese turbulento y humillado creer de un Israel que no se atrevía ni a pronunciar el nombre de Yavé (1), surge un

---

(1) Aunque Dios había revelado su nombre a Moisés en el Sinaí, unos mil trescientos años antes de Cristo, los rigoristas de la ley empezaron a recomendar su «no pronunciación». Y el célebre y kabalístico tetragrama —«J H W H» (las vocales no existen en hebreo)—, «traducido» como «Yavé», sufrió un curioso «peregrinaje». A Dios, entonces, se le llamó «Adonai», traducido al griego por los Setenta como «Kirios» o «Señor». Y ese temor, que fue aumentando con el tiempo, llevó a los judíos a prescindir de otros tradicionales vocablos con los que se desig-

humilde jefe de un no menos humilde almacén de aprovisionamiento de caravanas, de una humildísima aldea, que empieza a predicar todo lo contrario. Primero, en su hogar, con los hermanos. Después, a cara descubierta. He aquí otro rasgo del mensaje de Jesús que, obviamente, llamó la atención desde el principio. ¿Quién era este atrevido que rompe la tradición y clama en beneficio del amor divino? ¿Cómo podía alzarse sobre las leyes, llamando a Dios «Abba» (Padre)? Pero esta filosofía del Maestro —y vuelvo a la ineficacia de los evangelistas— era algo asentado en su corazón desde la lejana juventud. Sus hermanos fueron los primeros testigos. Aquel «cabeza de familia» de diecinueve años, quebrando el mohoso molde de la costumbre, enseña a usar la fórmula del «positivismo». (De los 613 preceptos del judaísmo, «encomendados por el Señor a su pueblo», 365 tenían un carácter negativo.)

El «no harás» es sustituido por «el harás». E inteligentemente, desterrando las prohibiciones, fue restando importancia al mal, en beneficio del bien. Éste fue el ambiente que procuró crear en la casa.

—Tenía una frase que le encantaba repetir —manifestó Jacobo con placer—. «No seáis como esos lacayos que siempre esperan una propina; servid al Padre gratuitamente.»

La fórmula fue genialmente engarzada con la del Padre Celeste.

—Piensa en lo bueno —enumeró algunas de las enseñanzas y consejos de aquel Jesús del año 13— porque el Padre sólo tiene memoria para lo bueno.

»Ignora la maldad del soberbio y del engreído porque el Padre le mostrará el camino, a su debido tiempo.

»Camina en la confianza de que todo ha sido creado para el equilibrio.

»Elige pensar bien de los demás. El Padre siempre concede el beneficio de la duda.

---

naba a Yavé: Elohim y El. «Todo el que pronuncia el Nombre —reza el *Pesikta* (CXLVIII, a)— es pasible de muerte.» En este ambiente de recelo y temor hacia ese Dios colérico y vengador, el pueblo de Israel terminó llamando a Yavé con términos como los siguientes: «el Nombre», «Cielo», «el Lugar», «la Estancia», «la Morada», «la Presencia o Chejina», «la Gloria», «la Majestad», «la Potencia», «el Altísimo», «el Santo Único», «el Misericordioso» y «el Eterno». *(N. del m.)*

—¿Nunca experimentó la humana necesidad de rebelarse?

La espontánea cuestión fue comprendida y compartida. Y Jacobo, tomando el ejemplo de Judas, se expresó así:

—Jamás. Ése fue otro motivo de polémicas. Salvo Judas y José, todos entendieron el principio de «no agresión» y de «no violencia». Él dejaba a la vida el «cobro» de las injusticias. «¿Para qué perder tiempo y salud en venganzas (predicaba con gran tino) si de eso se encarga la Naturaleza?» Pero Judas era diferente. Aceptaba, sí, la línea de su hermano y padre, de puertas adentro. En la aldea era una tormenta de arena. Sus peleas estaban a la orden del día. Tenía un gran corazón, como su madre, pero era impulsivo y carecía de tacto.

La Señora asintió, muy a su pesar.

—...Jesús era enemigo natural de los castigos. Sin embargo, al menos en tres ocasiones, se vio en la necesidad de sancionar al desobediente, desafiante e irreflexivo Judas.

—¡Sólo tenía ocho años! —clamé en su defensa.

—Estamos de acuerdo. Pero las infracciones fueron a más. Y así continuó durante años. Y algunas, como sabe Santiago, verdaderamente graves...

Esperé en vano que alguien me hablara de esas irregularidades.

—¿Y en qué consistieron los castigos? —pregunté finalmente, reservando el asunto anterior para una mejor oportunidad.

—Antes de proceder, Jesús exigía que el inculpado reconociera públicamente su error. Después, si el caso lo merecía, eran los hermanos mayores y él mismo quienes adoptaban la sanción pertinente. Judas, en este caso, debía aceptarla. Que yo recuerde, uno de los castigos fue la limpieza de la casa durante una semana...

Ante las lógicas lagunas de Jacobo, Santiago acudió en su auxilio:

—En otra ocasión tuvo que acarrear el agua...

Era suficiente. Y al interesarme por las reacciones del resto de los hermanos, María se adelantó a Jacobo:

—Todos (yo la primera) comprendíamos que en una casa tan numerosa debía existir un mínimo de disciplina y solidaridad.

Y en siete pinceladas dibujó el carácter y el sentir de cada uno de sus hijos respecto a la filosofía de Jesús:

—Santiago, equilibrado, fue su brazo derecho.

»Miriam, noble, le veneraba.

»José, trabajador incansable pero poco inteligente, nos hizo padecer.

»Simón, siempre en las nubes, no entendía nada de nada.

»Marta, la más estudiosa y seria de la familia, acusaba a su Hermano de blando.

»Judas, ¡pobrecito mío!, inestable y agresivo, tenía grandes proyectos. Necesitó años para comprender que teníamos razón.

»Y Ruth, un rayo de sol. Lo malo es que nunca sabes por dónde va a salir.

Quizá convenga hacer un alto en estas memorias. Por lo que sabíamos y gracias a la preciosa información que fui acumulando en Nazaret, aquel Jesús, a punto de cumplir veinte años, podía ser considerado como «hombre» adulto, ignorante aún de su doble naturaleza. Era un trabajador incansable. Paciente. Analizador y metódico. Capaz de tomar grandes decisiones. Con unas ideas religiosas, teológicas y filosóficas diametralmente opuestas al común de los judíos. Consciente de su responsabilidad para con los suyos y, al mismo tiempo, con un ideal de futuro lenta pero sólidamente anclado en el corazón: «hablar de su Padre Celeste a la confusa humanidad». Un proyecto que, de acuerdo con la voluntad de ese Padre, se materializaría «en su momento». La condición humana era de una singular sensibilidad: amaba la Naturaleza, todas las expresiones artísticas y cuanto podía rodearle. Como buen Leo era audaz, generoso, alegre y con un notable sentido del humor (1).

(1)   He dudado a la hora de incluir esta documentación sobre Jesús. No en vano soy Virgo... Pero, finalmente, en honor a la memoria de Eliseo —autor del trabajo— he creído oportuno complementar cuanto llevo dicho con, al menos, una síntesis de un curioso «horóscopo» (el término no era del agrado de mi hermano, más versado que yo en estas cuestiones esotéricas) elaborado con la ayuda del ordenador central de la «cuna». Nunca pregunté cómo lo había logrado. Sólo recuerdo que un buen día, durante el «tercer salto», se enfrascó en su realización, suministrando a Santa Claus cuantos datos llevábamos recogidos. El fruto de su entusiasta labor me dejó

Era justo, tenaz y respetuoso con las ideas de los demás. Procuraba vivir, haciendo mayor uso del «sí» que del «no». Y por supuesto, como veremos a continuación, sentía debilidad por los viajes. Como había referido su hermano Santiago, «salir al mundo», abandonar Nazaret, aunque

atónito. Quién sabe si el presente resumen puede resultar de utilidad para algún otro «loco maravilloso». La documentación decía lo siguiente:

HORÓSCOPO NATAL DE JESÚS DE NAZARET. Autor: Santa Claus. (Mi hermano prefirió camuflarse bajo el nombre de guerra de la computadora.) Belén (Judea). 21 de agosto del año «menos siete». Hora local (se refiere al nacimiento): 11 horas 43 minutos y 09 segundos. (Otro inciso: a mi vuelta creo que he sido el único ser de este planeta que ha celebrado la Navidad en dicha fecha y hora.) Datos generales: longitud (35° E 12′), latitud (31° N 43′), domificación (Plácidus, Geocéntrico, Tropical). Hora universal (Greenwich): 9 horas 22 minutos y 21 segundos. Hora sideral: 9 horas 33 minutos y 07 segundos. Casas (Domificación) [En su día, Eliseo fue explicándome el significado de cada uno de estos vocablos. La verdad es que, al no prestarle demasiado interés, lo he ido olvidando]: Casa I (Ascendente: 15° 25′ Escorpión). Casa II (14° 49′ Sagitario). Casa III (17° 06′ Capricornio). Casa IV (Bajo Cielo: 21° 06′ Acuario). Casa V: (23° 32′ Piscis). Casa VI (21° 40′ Aries). Casa VII (Descendente: 15° 25′ Tauro). Casa VIII (14° 49′ Géminis). Casa IX (17° 06′ Cáncer). Casa X (Medio Cielo: 21° 06′ Leo). Casa XI (23° 32′ Virgo) y Casa XII (21° 40′ Libra).

PLANETAS	LONGITUD		DECLINACIÓN	VELOCIDAD
Sol	25° 03′ 14″	(Leo)	13° N 16′	0° 58′ 42″
Luna	1° 19′ 00″	(Cáncer)	28° N 09′	13° 00′ 58″
Mercurio	6° 45′	(Virgo)	9° N 45′	1° 39′
Venus	11° 33′	(Libra)	6° S 45′	1° 01′
Marte	3° 32′	(Escorpión)	13° S 59′	0° 41′
Júpiter	22° 36′	(Piscis)	4° S 33′	0° 06′ R
Saturno	20° 33′	(Piscis)	6° S 15′	0° 04′ R
Urano	4° 15′	(Piscis)	10° S 49′	0° 02′ R
Neptuno	2° 55′	(Escorpión)	10° S 52′	0° 02′
Plutón	9° 18′	(Virgo)	23° N 08′	0° 03′
Kirón	10° 38′	(Aries)		
Nodo	00° 53′	(Tauro)	11° N 54′	

ASPECTOS

CONJUNCIÓN	0°	♂
SEMISEXTIL	30°	
SEMICUADRATURA	45°	∠

sólo fuera durante unas horas, le «transformaba». «Algo» en su interior le reclamaba. Le hacía «ciudadano del horizonte». Y bien que lo demostraría...

De momento, aquel año 14, obedeciendo ese magnético

SEXTIL	60°	⚹
CUADRATURA	90°	□
TRÍGONO	120°	△
SESQUICUADRATURA	135°	⬓
QUINCUNCIO	150°	⊼
OPOSICIÓN	180°	☍
PARALELO	0°	‖

SOL
- ☌ Medio Cielo
- △ Nodo
- ∠ Venus
- ⊼ Júpiter
- ☍ Urano

LUNA
- ⚹ Mercurio
- △ Marte
- ⚹ Nodo
- ⚹ Urano
- △ Neptuno
- △ Asc
- ⬓ (Asc)

MERCURIO
- ⚹ Luna
- ⚹ Marte
- ⚹ Neptuno
- △ Nodo
- ☍ Urano
- ☌ Plutón

VENUS
- ∨ Plutón
- ∠ Sol
- ‖ Saturno

MARTE
- ☌ Neptuno
- ⚹ Mercurio
- △ Luna
- △ Urano
- ☍ Nodo
- ⬓ Saturno

JÚPITER
- ☌ Saturno
- △ Ascendente
- ⊼ Sol
- ⊼ Medio Cielo

SATURNO
- ☌ Júpiter
- △ Ascendente
- ⬓ Neptuno
- ⬓ Marte
- ⊼ Medio Cielo
- ‖ Venus

URANO
- △ Luna
- △ Marte
- △ Neptuno
- ⚹ Nodo
- ☍ Sol
- ☍ Mercurio
- ☍ Plutón

NEPTUNO
- ☌ Marte
- △ Urano
- ⚹ Mercurio
- △ Luna
- ⬓ Saturno

PLUTÓN
- ☌ Mercurio
- ☌ Nodo
- ∨ Venus
- ☍ Urano

Jesús de Nazaret. Este informe, más que una carta astral para la persona de Jesús, debe estimarse como una representación simbólica de su relación con el mundo. A través del signo Escorpión —que guarda el misterio de la resurrección— nos habla de su misión en la tierra, dejando un «mensaje escrito» en simbología astrológica. Aun así, puede ser estudiado también como un ser humano.

Análisis de la carta astral de su nacimiento. Sorprende la posición de todos los planetas —a excepción de Saturno y de los exteriores—, en sus domicilios. Ello es excepcional. Indica que Jesús representaba todas las fuerzas cósmicas en equilibrio: el hombre perfecto, el Hombre-Dios.

Saturno y Urano no aparecen en sus domicilios. Se hallan en Piscis: hecho altamente significativo. (Se trata del signo místico por excelencia. El «pez», su símbolo, sería utilizado posteriormente por los cristianos.)

En esta carta domina el elemento «agua». El hombre «de agua» vive a nivel psíquico. Se siente como un extranjero en el mundo de la realidad. Siempre termina apartándose de lo material.

La influencia de este elemento proporciona un alto grado de sensibilidad. El nativo siente la necesidad de vivir intensamente.

impulso de viajar, Jesús se regaló un pequeño «lujo». Y estrenada la primavera se dirigió en solitario a la Ciudad Santa.

—Me pareció lo más aconsejable —apuntó la Señora—. Después de tan intensa experiencia, un «cambio de aires» le vendría bien. —Deduje que se refería a Rebeca—... Además, hacía tiempo que le notaba inquieto. Yo sabía de su

---

Escorpión, signo del Ascendente (grado de la Eclíptica que figura en el horizonte del lugar natal en el momento del nacimiento), domina su carta. Además de representar al pueblo hebreo, es el símbolo de la muerte; de una muerte voluntariamente asumida que permitirá renacer en un Amor Superior que trasciende los sentidos físicos.

La energía más fuerte del hombre «escorpión» es la de su deseo. En él, «altamente evolucionado», su fuerza sexual no actúa en lo erótico: se convierte en fuerza conductora. Es una fuente rejuvenecedora para la humanidad; un «médico», en el más amplio sentido de la palabra. El hombre del que emanan fuerzas curativas. Estas fuerzas poseen, a su vez, el don de la fascinación. Raro es el hombre «escorpión» que no reúne a su alrededor un grupo de personas, magnetizado por su irresistible atractivo personal.

Plutón, regente del signo Fijo de Agua Escorpión, asume la regencia de esta carta. Se halla mejor situado y más fuerte que Marte, el otro regente del signo.

Plutón representa la transformación. Se le compara a una fuerza o poder invisibles. Su influencia facilita la revelación de los poderes del subconsciente. Pone a disposición del nativo medios para promover y despertar en las masas el tipo de sensibilidad que desee. Influye sobre la conciencia colectiva.

Cuando Plutón se vincula a un signo de fuego (el signo de posición del Sol) acentúa poderosos y urgentes estímulos de orden emocional y concede una extraordinaria capacidad dramática.

Plutón en Virgo, como aparece en esta carta, conduce a fanatismo de orden social e intensifica al máximo el poder arrollador de las masas. Acentúa también la fuerza del subconsciente y proporciona una personalidad sugestiva y fascinadora.

Cuando Plutón se une a Mercurio confiere capacidad de persuasión y un agudo sentido de la observación. Su fuerza espiritual es irresistible. Bajo esta influencia, el nativo desarrolla una intensa penetración, así como una excelente habilidad diplomática.

El signo de posición del Sol es el Fijo de Fuego (Leo), que representa el principio de la voluntad (la manifestación de vida del Yo).

El hombre Leo altamente evolucionado emana tal aura de positivismo que, a su alrededor, se olvidan los sufrimientos. Es optimista y cree firmemente en el bien. El triunfo del bien sobre el mal —piensa el Leo— es una ley inmutable.

Es frecuente que aparezca dotado de tal serenidad que su supremacía resulta incuestionable. No es fácil que la crítica le doblegue. Todo ello le conduce a un notable grado de majestad y grandeza.

amor por los caminos. Así que reunimos algo de dinero y partió.

—¿Cuánto?

Me miraron sin comprender. Sólo Santiago captó el prosaico interrogante. Y ejecutando con los dedos índice y

---

Uno de sus mandamientos interiores es sustentar moralmente a los demás, siempre con el ejemplo y sin órdenes ni prohibiciones.

El Sol aparece como el planeta dominante en su carta. Es el vivo símbolo de lo infinito, de lo divino, del creador, de la luz, del espíritu organizador del Universo, de lo sublime y de la libertad, en contraste con el destino que personifica Saturno.

Es la individualidad. El Yo inmortal, en contraposición a la personalidad que simboliza la Luna.

El Sol representa al genio creador. Y proporciona sentimientos profundos y estables, criterios firmes, persuasión y gran voluntad. Es magnánimo y generoso. Inspira admiración y simboliza el más elevado estado de conciencia. Su principio es el del poder.

En el mundo instintivo es la inclinación hacia todo lo que contribuye a la elevación vital. En el afectivo «reina» sobre sus satélites y disfruta de la veneración que le profesan. Sus puntos de vista son amplios, objetivos y sistemáticos, con una excelsa filosofía.

Aquí, el Sol se manifiesta a través de las «vibraciones acuáticas» de Escorpión. Y gana en fortaleza, intuición, nobleza, tenacidad y honradez. Y neutraliza las «influencias ígneas» propias de Leo, apareciendo menos optimista, vehemente y autoritario. El Agua le sensibiliza y proporciona la emotividad de la que carece Leo. Mantiene el impulso de dirigir a los demás, pero a través del sentimiento y no tanto por medio de la autoridad, característica del nativo de Leo.

El signo de Piscis también se fortalece al albergar a tres planetas lentos: Urano, Saturno y Júpiter. Es el símbolo que envuelve profundamente en lo psíquico. Resulta extremadamente sensible a cualquier oscilación del espíritu. Padece la vida propia y la ajena.

Júpiter es el planeta transmisor de las fuerzas correspondientes a la radiación de Piscis. En esta carta se halla posicionado en dicho signo, ejerciendo todo su poder. Júpiter suministra el empuje para liberarse de toda influencia que lo amarre a lo material, otorgando alas que lo eleven a los planos espirituales. Le libera de su destino —representado por Saturno—, lo que muestra simbólicamente la cúspide de la Casa V entre ambos planetas. Dicha Casa representa el cumplimiento de una meta a través de la muerte.

El Nodo Norte Lunar en Tauro señala el objetivo de su encarnación: experimentar, vivir la vida humana en la materia que representa el signo de «tierra»: Tauro. En este signo llega al final de su recorrido por el Zodíaco, en su movimiento simbólico de retrogradación. Es el último signo de «tierra» que deberá recorrer para desligarse de su vínculo con la materia y, conociéndola, regresar a «su» órbita de Fuego, donde inició el camino.

pulgar el internacional gesto del «dinero» transmitió la idea a su madre.

—¡Ay, Jasón!... ¿Cómo voy a acordarme?

La increíble memoria de su hijo resolvió el dilema.

—Alrededor de veinte denarios...

Plano físico.   Individuo de enorme fortaleza física, ya que Plutón, su regente, dota de insospechado poder para resistir el dolor. El signo del Sol (Leo) aclara el color negro del cabello que proporciona Plutón, así como el de los ojos. Acastañado. Ojos color miel.

Rostro de frente amplia y tez clara. Expresión profunda, que irradia gran seguridad.

Cuerpo bien proporcionado. Elevada estatura y amplia capacidad torácica. De actitud decidida y manifestaciones rotundamente masculinas.

Acuario establece un origen «cósmico» y un nacimiento «original». (Ignoro a qué podía referirse Santa Claus con el término «original».)

Su vida —reza la carta— se veía repentinamente truncada. Mercurio se une en conjunción al regente natal Plutón, causando una muerte violenta y provocada, en cierta medida, por Él mismo.

La Luna (indicador de los nacimientos) en la Casa de la muerte, señala un «nacimiento» a través de la muerte: la resurrección. Indica igualmente una muerte pública a manos de «militares». (Los romanos lo eran.)

Plano mental.   Mercurio, el planeta de la razón, se halla muy elevado en su carta, ejerciendo una fuerte influencia sobre su persona. Hace sospechar que la razón desempeñó un importante papel en su misión (situado en esa Casa).

Gran facilidad de palabra y filosofía profunda. Expresión en términos enérgicos. Acometía verbalmente con dureza contra sus enemigos, aunque utilizando de todas sus artes. Cada planeta, desde su domicilio, le proporcionaba las cualidades necesarias para la obtención del resultado apetecido.

Su filosofía.   En esta carta, la filosofía de Jesús aparece reflejada a través de la simbología astrológica en el siguiente mensaje:

«La luz, la unión con el Padre: objetivo final de la vida.»

Los medios con que cuenta el hombre para conseguirlo —gracias a la Naturaleza— aparecen en las doce Casas. El orden natural del Zodíaco, que arranca en el grado cero de Aries, brinda un cuadro puramente material, con Capricornio en el Medio Cielo, limitándonos a un destino. Aquí, la rueda gira y sitúa a Escorpión como principio: la encarnación. Pero la encarnación de un Ser que tiene su verdadero origen, no en el seno materno, como señala Cáncer en el Zodíaco natural, sino en el Cosmos y cuya máxima aspiración es retornar a él.

He aquí, Casa por Casa, el «mensaje astrológico» que dejó el Hijo del Hombre:

Casa I (Escorpión): «Cómo es el hombre.»   El hombre hace su incursión en el mundo bajo las «vibraciones acuáticas» del signo de Escorpión. En

La verdad es que no era mucho. Y tomando la ruta de Meguido y Lydda, imagino que con el corazón radiante, puso rumbo a Jerusalén.

—Su intención —prosiguió María— era permanecer en la casa de Lázaro. No sabes el afecto que le había tomado a la familia.

---

su constitución física el elemento predominante es el agua. Es un ser intuitivo por naturaleza, cuya vida se manifiesta a través del plano psíquico, representado por los signos de agua. En esta existencia deberá perfeccionarse y alcanzar el equilibrio entre sus dos naturalezas: la material y espiritual. El ser humano perfecto es la consecuencia de un conjunto astrológico armónico, en el que cada planeta está en su propio domicilio. A través de sus signos vibran positivamente, dotándole de las características necesarias para su evolución.

Casa II (Sagitario): «Qué posee.» Esta Casa representa lo que logra con su esfuerzo. Aquí, en lugar de manifestarse en Tauro, como en el Zodíaco natural, significando los bienes materiales, se sitúa en Sagitario: el símbolo de la sabiduría.

A la sabiduría divina no se llega por el experimento físico o la prueba material, sino merced a los conocimientos abstractos representado por Sagitario. Él introduce el elemento Fuego (acción) en forma de «sabiduría», que a través de la actividad simbolizada por el segundo signo Fuego-Aries (trabajo) conduce a la meta: tercer signo de Fuego (Leo).

Casa III (Capricornio): «La mente concreta.» Capricornio es el primer signo de Tierra que aparece en esta carta y que coloca al hombre en contacto con la realidad, gracias a la mente. Le hace consciente de lo ajeno (segundo signo de Tierra [Tauro] en VII). Al percibir ese mundo real que le circunda cobra conciencia de que su actuación requiere de la participación de los demás y ello se lleva a la cooperación, simbolizada en el tercer signo de Tierra en la Casa de la amistad.

Casa IV (Acuario): «El origen del hombre.» El hombre procede del Cosmos, representado por el signo de Acuario. Su origen material se establece por Cáncer: signo de la maternidad y que en el Zodíaco natural es la Casa IV. Aquí, en cambio, lo sitúa en el «océano cósmico». La madre está representada por el Cosmos. El padre es el creador: el Sol. El final de la vida es el retorno al punto de origen. El hombre entra en el plano mental por el signo de Acuario. Ahí espiritualiza la experiencia, de la mano de la razón, representado por el segundo signo de Aire: Géminis.

Casa V (Piscis): «Su obra.» Después de hacerse consciente de la realidad y de haber entrado en el plano mental comienza a crear, gracias al plano emocional y a la sensibilidad que le proporciona Piscis. Los hijos, reflejados en la quinta Casa astrológica, son la obra del hombre. Ellos perpetúan la especie. La mente, en cambio, perpetúa su obra intelectual. Y ello se consigue por el plano intuitivo, representado en este sector. No existe creador sin intuición ni sentimientos.

Casa VI (Aries): «El trabajo.» Por este signo de Fuego, el hombre reci-

La siguiente pregunta —estúpida en apariencia— no lo fue tanto para la familia.

—Claro que viajó solo. ¡Menuda pelea tuvimos a cuenta de ese asunto!...

—¡No exageres, mamá María! —recomendó Jacobo.

---

be la energía que le impulsa a la acción. Comienza a actuar por iniciativa propia y se hace consciente de la realidad del plano de Fuego: la lucha por la vida. Y tiene que contribuir con su trabajo físico y mental a la vida. Es la energía vital al servicio de la humanidad.

Casa VII (Tauro): «El enemigo del hombre.» Esta Casa simboliza «lo ajeno», así como las fuerzas que actúan en contra de la iniciativa humana. El signo de Tierra (Tauro) encarna el amor por los bienes materiales, el arraigo por lo material. Y señala aquí al más peligroso y sutil enemigo del hombre: el afán por las riquezas, el lujo y el placer material. El hombre debe superar la ley de los contrarios y vencer la tentación del placer.

Casa VIII (Géminis): «La muerte.» La Luna —que simboliza los nacimientos— se coloca en esta Casa señalando que la muerte no es otra cosa que el nacimiento a una nueva vida. La palabra (el verbo), la vibración sonora, desempeña un papel primordial en la creación y en el proceso evolutivo vinculado al renacimiento a esa vida nueva. El objetivo final de la muerte, simbolizado por la cúspide de Piscis, marca la separación del cuerpo físico del espíritu. El primero vuelve a la materia (Saturno). El segundo, como un viajero (Júpiter), emprende otros «viajes» hacia planos o niveles de existencia. El Gran Trígono (Luna, Marte y Urano) habla de realización mediante un ciclo que se origina en el Cosmos, seguido del nacimiento, de la muerte y de la resurrección.

Casa IX (Cáncer): «La mente abstracta.» Después de asimilar los conocimientos por la mente concreta, que suministra al hombre el cuadro de la realidad, deberá canalizarlos a través del sector intuitivo. Esta Casa representa la mente superior, la filosofía y la religión. Cáncer introduce el elemento «imaginación» en el proceso mental superior. La intuición de Escorpión, la sensibilidad de Piscis y la imaginación de Cáncer constituyen los tres elementos básicos para desarrollar la vida psíquica del hombre. Y de ahí emana la sabiduría divina. Esta Casa simboliza también «los sueños», ese proceso, todavía enigmático, que aquí aparece como una herramienta para aprender y adquirir conocimientos superiores.

Casa X (Leo): «La meta.» El objetivo de la existencia, simbolizado aquí por el Sol: la luz. Llegar a Dios —alcanzar la sabiduría completa— ésa es la meta del hombre. El tercer signo de Fuego (Leo) representa la voluntad. Adquirida la sabiduría teórica, es por la voluntad como pueden ponerse en práctica los conocimientos y alcanzar la superación; es decir, el control absoluto del Yo inferior y del Yo superior.

Casa XI (Virgo): «Los aliados del hombre.» He aquí los amigos, los protectores, todo aquello que ayuda al hombre a cumplir su misión. Venus indica dónde puede hallarse la fuerza para llegar a la meta: en el amor espiritual, basado en el equilibrio materia-espíritu, como señala Venus en Libra. Esta Casa representa las «asociaciones voluntarias» y enseña

La Señora le ignoró.

—Se lo dije mil veces. No era conveniente que se aventurase por esos caminos sin la compañía de alguien. Pero él se limitaba a sonreír. Le recomendé que esperase alguna caravana. Y esgrimió, con razón, que podían pasar días. Entonces le sugerí que viajara armado. ¡Ay, Jasón! Se puso serio y replicó: «Madre, qué mejor escudo que el cielo azul de mi Padre.» Como siempre se salió con la suya... Sólo el Todopoderoso sabe cómo me quedé yo.

Miriam hizo una señal. La madre exageraba. Sin embargo, a la vista de lo que había presenciado y protagonizado en la marcha del *yam* a Nazaret, no tuve más remedio que ponerme de su lado. Naturalmente que tenía razones para inquietarse y discutir con el confiado Jesús. Pero la suerte sería su sombra en aquellos cuatro días de camino. ¿O no debo hablar de suerte?

Y Santiago, el único que supo de los detalles de éste, su primer viaje en solitario, se hizo con el gobierno del relato.

—No sé si hemos comentado en otras oportunidades el profundo desagrado que experimentaba Jesús cada vez que visitaba el templo...

En efecto. El tema había sido tocado en las conversaciones desplegadas en Betania.

—...Pues bien, en esta tercera entrada en Jerusalén (según me confesó a la vuelta) el repulsivo espectáculo de los sacrificios y el descarado comercio en el atrio de los Gentiles destaparon sus antiguos sentimientos. «Aquello es una vergüenza (dijo). Paganos, sacerdotes y judíos han convertido la fiesta de la Pascua en un latrocinio. Sólo les interesa el dinero.

---

al hombre su tercera realidad (tercer signo Tierra-Virgo): en la unión reside la fuerza. El hombre, en solitario, no puede lograr su meta final. Es preciso participar en la evolución colectiva de la humanidad.
Casa XII (Libra): «La enfermedad.» Este sector representa la enfermedad incurable, el error, los impedimentos, las penas, el misterio y el enemigo oculto del hombre. El tercer signo de Aire-Libra en la Casa XII advierte del peligro que representa el enemigo oculto: «la cultura». Cuando el hombre, en su proceso educativo, desprecia la intuición y la sensibilidad que conducen a planos elevados de conciencia cae en una «intelectualidad enfermiza», incapaz de reconocer la capacidad emocional. Su «cultura» es falsa y le incapacita para intuir siquiera la verdad. El hombre, entonces, termina convirtiéndose en un esclavo de sus propias pasiones; es decir, un desequilibrado (Libra: la balanza). *(N. del m.)*

Y tienen el atrevimiento de justificar su repugnante actuación "en el nombre de Yavé". ¿A qué clase de Dios creen que sirven? ¿Es que el derramamiento de sangre sirve para algo más que para truncar la vida de un animal y revolver el estómago de los sensibles? Mi Padre no es un Dios de sangre.» Y se entristecía, Jasón. Esta concepción de un Yavé al que había que aplacar le resultaba pueril y propia de un pueblo primitivo. Ésa, como sabes, fue una de sus permanentes batallas.

Y movido por esta natural repugnancia propuso a Lázaro y a sus hermanas lo que, a partir de ese año 14, se convertiría en un símbolo: festejar la Pascua prescindiendo del cordero.

—La familia de Betania —continuó Santiago—, que no esperaba la visita de mi Hermano, quedó estupefacta. ¿Celebrar la solemne fiesta rompiendo con la tradición? Y Jesús les explicó que esta suerte de rituales carecía de importancia. Que nada tenían que ver con el Padre de los cielos. Y por primera vez, aunque en secreto, un grupo judío quebró la sagrada ley de Moisés. En la mesa de Lázaro sólo hubo pan ácimo y vino con agua. Y en un apasionado discurso, Jesús llamó a esos manjares el «pan de la vida» y el «agua viviente».

Era, efectivamente, la inauguración de dos conceptos que, con el paso del tiempo, sufrirían la misma deformación que el célebre cordero pascual de los hebreos.

—...No sabemos cómo lo consiguió pero, desde aquel año, cada vez que Jesús asistía a una Pascua en Betania, sus amigos respetaban sus sentimientos y prescindían del ritual.

—Y aquí —pregunté con curiosidad—, ¿estableció la misma costumbre?

Santiago trasladó el problema a su madre.

—Aquí hubo de todo...

El tono de María me dio a entender que la revolucionaria idea de su Hijo no fue tan bien acogida como en la hacienda de Lázaro.

—...Hablamos mucho sobre el particular. Pero Nazaret no es Betania. Allí, en aquellas fechas, Jesús era un desconocido. Además, romper con una costumbre de toda la vida no era tan simple. Al principio me opuse. Después fui comprendiendo. Tenía razón. Pero, aun así, por prudencia, seguimos celebrando la Pascua «según la ley de Moisés».

Su veinte aniversario discurriría sin mayores sobresaltos. Según los datos recogidos de la familia, aquellos meses se distinguieron por una anormal placidez, apenas rota por tres hechos de cierta relevancia. Uno de ellos, de especial preocupación para María: la incógnita de la soltería de Jesús. Y la Señora sostuvo con Él una larga y trascendental conversación. ¿Qué planes tenía al respecto? ¿Cómo pensaba enfocar su vida, una vez liberado de las obligaciones familiares? Estas cuestiones —que hoy, con la perspectiva de veinte siglos, pueden parecer insensatas— no lo eran tanto en el 14 de nuestra era. María, tengo que insistir, no podía imaginar siquiera el rumbo que iba a tomar su primogénito. En su corazón anidaba aún la creencia de que Jesús llegaría a ser el Mesías prometido. Pero ello no implicaba, ni mucho menos, el celibato. Y en la sociedad que le tocó en suerte al Maestro la soltería no era precisamente el estado perfecto. El *Génesis* (I, 28), con el mandato de Yavé —«creced y multiplicaos»— había hecho del celibato algo anormal y siempre discutido. «Un célibe —clamaban los rigoristas de la ley— no es verdaderamente un hombre.» Tan sólo las sectas de los esenios y de los nazireos o nazir (a la que pertenecía Juan el Bautista) practicaban el voto de castidad y, en muchas ocasiones, de forma temporal. El matrimonio —conviene no olvidarlo— era la máxima bendición. Y, más aún, la prole. Una familia numerosa, a ser posible cargada de varones, era lo aconsejado por aquel Yavé bíblico y autoritario. «Don del Único son los hijos y es merced suya el fruto del vientre», rezaba el *Salmo* (CXXVII y CXXVIII). Uno de los usuales juegos de palabras entre los hebreos —*banim* (niños): *bonim* (constructores)— ponía de manifiesto esta arraigada costumbre. Los hijos eran como los jóvenes olivos. Las sucesivas dispersiones del pueblo elegido hacían aconsejable —casi necesario— el incremento demográfico. De hecho, aunque en la época de Jesús se había reducido notablemente, la poligamia era una situación legalmente aceptada. En caso de esterilidad (curiosamente sólo se reconocía la femenina), uno de los máximos oprobios, el marido podía tomar concubinas o procrear con las esclavas y sirvientas. (Así ocurrió con Abraham y con Jacob.) Y con el tiempo, lo que había nacido por estrictas razones de esterilidad, terminaría convirtiéndose en un hábito, al menos para los pudientes. Los pobres, como es lógico, no podían aspirar a mantener a dos o más mujeres. Reyes como David y Salomón (este último con unas caballerizas que albergaban a más de cuarenta mil caballos) habían dispuesto de harenes con cientos de mujeres. Pero, sin llegar a estos extremos, el ideal aconsejaba que el hombre tomara mujer «una vez cumplidos los dieciocho años». Era lógico, por tanto, que la Señora, a pesar de la negativa de su Hijo a contraer matrimonio con Rebeca, se sintiera preocupada por su futuro. Jesús, con veinte años, podía ser blanco de las críticas de sus convecinos. El texto rabínico *Kiddouchim* (XXIX, 6) lo expresa con claridad: «el Santo Único (bendito sea) maldice al hombre que no se ha casado a los veinte». Algunos rabíes alargaban esta edad «límite» a los veinticuatro. Pero la madre, como era de esperar, saldría de la conversación tal y como había entrado: sin una idea clara de lo que le reservaba el destino. El «jefe» de la familia fue rotundo: «su deber estaba allí, en la casa de Nazaret. En consecuencia, poco había que hablar».

Un Jesús de veinte años —ajeno aún a su divinidad— dialogando acerca del matrimonio se me antojó especialmente interesante. Y traté de profundizar en la referida conversación.

—No sé, Jasón. A decir verdad, le vi dudar. Tuve la clara impresión de que no se había parado a reflexionar sobre el particular. ¿Celibato o boda? Ambas situaciones eran irrelevantes para él en aquellos momentos. «Estas cosas (manifestó con su habitual calma) llegarán..., de la mano del Padre.» Los asuntos importantes siempre dependían de su Padre de los cielos. «No ha llegado mi hora.» Ésta era su frase preferida. Y a mí, más de una vez, me sacaba de quicio. Sólo pude hacer una cosa: resignarme.

El resto de los hermanos vino a confirmar las palabras de la Señora. Durante años, nadie supo de sus pensamientos.

—El trabajo que su Padre le tenía destinado —añadió Santiago— marcaría su destino. De ahí no había forma de moverle. Y te diré más: si el Dios de los cielos le hubiera revelado que debía casarse, mi Hermano lo habría hecho con toda felicidad. Ninguno de los dos estados le repugnaba. Era soltero pero sabía del peso y de la responsabilidad de una familia. En eso, una vez más, se comportó con tanta paciencia como sentido común. ¿A qué angustiarse con algo lejano?

—¿Y qué era «lejano» para Jesús?

María y sus hijas sonrieron. Y dieron la respuesta certera:

—Para aquel Hombre maravilloso sólo existía el presente. El futuro, el mañana, eran la voluntad del Padre.

El segundo acontecimiento digno de mención en los postreros meses de aquel año 14 tuvo nombre propio: Zebedeo. De la lectura de los evangelios parece deducirse que el Maestro conoció al clan de los Zebedeo durante el relativamente corto período de predicación. Los evangelistas, por enésima vez, prestarían un flaco servicio a los creyentes y a la historia. Fue a sus veinte años cuando Jesús trabó conocimiento con la próspera familia de Saidan. La Gran Inteligencia actuaba de nuevo...

En esa época, el jefe del almacén de aprovisionamiento de Nazaret recibiría una agradable sorpresa: una modesta cantidad de dinero, procedente de la venta de la casa de Nahum, última propiedad de José. El inmueble en cuestión había sido adquirido por un tal Zebedeo, dueño de uno de los astilleros ubicados en las orillas del *yam*. A partir de entonces, las relaciones entre Jesús, Zebedeo padre y los hijos de éste irían a más. Y lo que en un primer momento fue una transacción comercial desembocaría en un mutuo y entrañable cariño. La amistad del Hijo del Hombre con los Zebedeo se remontaba, por tanto, al mencionado 14. Cuando Jesús decide inaugurar su vida de instructor hacía más de doce años que sabía de la existencia de Juan y de Santiago, «los hijos del trueno». El hecho, como se verá más adelante, tuvo su importancia.

El tercer suceso, de indudable relevancia para la modesta economía familiar, lo constituyó el ingreso de José —el tercero de los varones— en el taller de carpintería. Finalizados sus estudios en la sinagoga, de mutuo acuerdo, fue a ocupar el puesto de aprendiz al lado de Santiago. Eran ya tres los hombres que ganaban un salario en el hogar de Nazaret. Sobre el papel de los sueños las perspectivas mejoraron.

—Jesús, optimista por naturaleza, depositaba sus manos sobre mis hombros y a mis insinuaciones sobre la posibilidad de salir de la pobreza replicaba: «Madre, nunca hemos sido pobres...» —La Señora, al recordar estas palabras, pronunciadas dieciséis años atrás, se estremeció—. ...¡Lástima no haberle comprendido!

Y el destino, compasivo también con Jesús y los suyos, vino a otorgarles un período de paz y de asentamiento. A lo largo del siguiente año (15 de nuestra era), todo en Nazaret discurrió con normalidad. Con una sospechosa tranquilidad...

Jesús, con su proverbial discreción, siguió al frente del almacén, velando por la educación y la seguridad de sus hermanos más pequeños. El único «lujo» de aquel período, el de su veintiún cumpleaños, lo constituyó el acostumbrado viaje a la Ciudad Santa; esta vez en compañía de José, que cumpliría los catorce años en la mañana del miércoles, 16 de marzo. Con el precedente de Santiago, al que había llevado a Jerusalén en la Pascua correspondiente a su «mayoría de edad ante la ley», el jefe de la familia comprendió que no podía hacer excepciones. Y tomando al joven aprendiz le condujo por el valle del río Jordán hasta la bulliciosa capital de Israel. Y allí, como en las anteriores ocasiones, fue a celebrar la fiesta en la compañía de sus leales amigos de Betania. José, menos inteligente e intuitivo que sus hermanos, se limitó a escuchar sus historias, casi siempre relacionadas con los lugares por los que cruzaban. A su regreso a la aldea, el futuro Hijo del Hombre, buscando nuevos alicientes en cada viaje, eligió un camino nuevo: la margen izquierda del Jordán, a través de la ruta que pasaba por la ciudad cabecera de la Perea (Amato), a unos ocho kilómetros del referido cauce. Aquélla, como digo, sería la primera incursión de Jesús por las tierras del este.

¡Cuán difícil es lo que me propongo! Carezco de palabras, de inteligencia y de fuerzas. No obstante, esa misteriosa «luz» que parece guiarme en la redacción de estos recuerdos hace días que parpadea como un faro. Es como un aviso. Debo intentarlo. Me confiaré a ella.

Por razones obvias, que creo haber mencionado, la familia y los íntimos de Jesús tuvieron acceso a sus pensamientos..., hasta cierto punto. Pues bien, a partir de los años en que nos encontramos (20-21, aproximadamente), la vida interior del futuro rabí de Galilea fue experimentando una decisiva mutación. Los suyos lo percibieron, aunque no con total claridad. Cada vez que intenté sondearles, las respuestas fueron las mismas: «Era un pozo oscuro e inaccesible.» «Sólo hablaba de su Padre de los cielos.» «¿Jesús el Hijo del Dios vivo? Jamás le oímos hablar de ello.» «¿Sus poderes? Ni los mencionó ni hizo uso de ellos.» «Naturalmente que era diferente a los demás.» «Había algo en él, sí, pero no supimos verlo.»

En mi opinión, esos diez-doce años que mediaron hasta su bautismo en las proximidades del río Jordán sí podrían ser calificados de «vida oculta». El único período —siempre a nivel interior— de comprometida «reconstrucción». Y aunque sólo sea a base de torpes pinceladas, quien esto escribe quiere acometer la ardua y penosa empresa. Para ello sólo existe una vía: acudir al propio y personal testimonio del Maestro, el único que, lógicamente, estaba en condiciones de arrojar luz sobre el complejo y oscuro proceso. Hacerlo ahora puede reportar un estimable beneficio, permitiendo una más completa y profunda comprensión de su forma de vivir y de actuar durante los últimos tiempos en Nazaret. La «información» que me dispongo a intercalar no procede, como es lógico, de mi aventura en la aldea. Fue obtenida mucho después, en algunas de las numerosas y fascinantes conversaciones sostenidas en su período de predicación.

Para empezar —siempre partiendo del testimonio del Maestro— es básico que puntualicemos lo siguiente:

Jesús se encarnó en la tierra con una doble-gran finalidad. Él, como uno de los «Hijos» de ese gran Dios o Padre Celeste, ya había conocido la gloria de la divinidad. (Las palabras, lo he dicho, son mi enemigo. Haré lo que pueda.) Pero quiso «descender» hasta unos de los más primitivos niveles de las criaturas dotadas de voluntad. Nunca lo comprendí, pero ésas fueron sus palabras. Él, como Soberano y Creador de esas mismas criaturas (llamadas seres humanos), deseaba compartir su existencia. Para ello, el «mejor sistema» era hacerse hombre y vivir como tal. Y lógicamente, para lograrlo en plenitud, este «Hijo» del Padre tuvo que renunciar —durante muchos años— a su, digamos, «memoria celeste», y a su poder y naturaleza divinos. En otras palabras: por expresa voluntad, Jesús nació, creció, aprendió, sufrió y experimentó como cualquier individuo de la raza humana y absolutamente ajeno a su verdadera identidad. Punto éste de difícil comprensión, pero decisivo, para entender esos años de supuesta «vida oculta». «Sólo así —dijo— era posible que mi Padre reconociera mi absoluta soberanía sobre mi universo.» (Palabras enigmáticas que mi corto entendimiento no ha podido resolver, aunque las acepto.)

Concluida esta experiencia en la tierra —algo que, sorpresivamente para nosotros, tuvo lugar en vísperas de su etapa de predicación—, Jesús podía haber «vuelto» al Padre. Su misión, al parecer, se hallaba culminada. Había «conocido» a los hombres y hubiera obtenido —de pleno derecho— la referida y misteriosa entronización como Soberano. Pero, y he aquí otro «mágico» aspecto de la encarnación del Hijo del Hombre, desde muy joven, sin saber muy bien qué se pretendía de Él, esa Superinteligencia se había encargado de mantener el fuego sagrado de un «ideal»: revelar la existencia de ese Padre-Dios a la humanidad. He aquí la segunda gran finalidad de su «visita» a la tierra. Durante muchos años, curiosa o paradójicamente, Jesús fue consciente de este segundo «ideal», aunque ignoraba quién era en verdad y por qué había nacido. Hoy podríamos definir la situación como «un empezar la casa por el tejado». Pero no me cabe la menor duda de que Dios es «inteligente»... Y «planear» las cosas así, en el fondo, resultó lo más sensato y natural. Imagino que un Jesús plenamente consciente de su divinidad, allá por su infancia o juventud, hubiera resultado un caos. La vida, su experiencia humana, debían discurrir como algo normal. La prueba es que, hasta mediados del año 25 de nuestra era, Jesús tuvo una única manifestación de índole celeste o sobrenatural: a los casi trece años, en su primera visita a Jerusalén. En dicha ocasión —si se me permite la licencia—, la Gran Inteligencia «despertó» en Él la realidad de un Padre de los cielos. Ese «fuego», por supuesto, no se apagaría jamás. Pero, ¿en qué momento se «abrió» su inteligencia humana al «hallazgo de los hallazgos»? Tuvo que haber una fecha, un período, en el que el Maestro tomara plena y definitiva conciencia de su origen y naturaleza divinos. A decir verdad nunca ocurrió con la simpleza que lo estoy planteando. Desde la mencionada etapa de juventud hasta el histórico retiro en la montaña del Hermón, en el verano del año 25 (pasaje ignorado y confundido por los evangelistas con el posterior segundo retiro en el «desierto» de la actual Jordania), el proceso de «apertura» a la divinidad fue irritantemente lento y gradual. Creí entenderle que, a partir de la experiencia en las cumbres del Hermón (actual sur del Líbano), ÉL SUPO QUIÉN ERA. Pero, hasta esos días, su corazón e inteligencia se debatieron en un océano de dudas. Sabía que era un hombre, nacido de mujer. Y tenía perfectamente transparente la idea de un Padre Celeste que, en su momento, le reclamaría a un «especialísimo trabajo». Y a partir de sus veinte-veintiún años, la mente de aquel Hombre entró en una demoledora crisis. Una angustia celosamente guardada de la que nadie supo nada. «Era como un incontenible torrente interior que, poco a poco, me iba arrastrando a la más absurda de las ideas: que yo tenía mucho que ver con esa Divinidad, que era parte de Ella...» La tragedia del Hijo del Hombre durante esos diez-doce años hubiera pulverizado a cualquiera. Pero Jesús, inteligentemente, no se precipitó. Su casi suicida confianza en el Padre le salvó de la locura o de algo peor. Y se limitó a seguir el curso de los acontecimientos y de la vida cotidiana. La frase tantas veces repetida —«No ha llegado mi hora»— resultó providencial. Otra prueba de cuanto afirmo se halla justamente en el hecho de que, sólo después del bautismo en «Omega», en las cercanías del río Jordán, plenamente seguro de su poder e identidad divinos, empezó a aceptar de sus amigos y discípulos el título de Señor e Hijo de Dios. Antes de ese año 26, nadie, jamás, pudo favorecerle con semejantes títulos. Aunque en muchos momentos, en especial en los años próximos al decisivo retiro en el Hermón, llegara a intuir o sospechar su doble naturaleza, se guardó muy bien de manifestarlo o de hacer uso de los poderes que, sin duda, germinaban ya en su interior. Su madre, incluso, como creo haber mencionado, llegó a dudar de su papel mesiánico; entre otras razones, a causa de la ausencia de prodigios.

En resumen: la autoconciencia de su divinidad fue un

lento, gradual y, sin duda, doloroso «parto» de treinta y un
años de gestación.

Cerrado el paréntesis, prosigamos con su vida humana...

Llegada la vigilia de medianoche el cansancio hizo es-
tragos entre mis anfitriones. Ruth cayó dormida sobre el
regazo de su madre y Jacobo, a pesar de los esfuerzos, cabeceaba lastimosamente. Así que, de forma tácita, dimos
por cerrada la tertulia. Y Santiago, alzándose, invitó a los
suyos a entonar la oración de la noche: el *Schema*. Y los
cinco, vueltos hacia el sur —en dirección a Jerusalén—, en
este caso frente a la puerta principal, levantaron los brazos
y recitaron al unísono la plegaria extraída del *Deuteronomio* (VI, 4-7 y XI, 13-21) (1):

—Oye, Israel: Yavé nuestro Dios es el único Yavé.
Amarás a Yavé tu Dios con todo tu corazón, con toda tu
alma y con toda tu fuerza. Queden en tu corazón estas
palabras que yo te dicto hoy. Y si vosotros obedecéis puntualmente a los mandamientos que yo os prescribo hoy,
amando a Yavé vuestro Dios y sirviéndole con todo vuestro
corazón y con toda vuestra alma, yo daré a vuestro país la
lluvia a su tiempo, lluvia de otoño y lluvia de primavera, y
tú podrás cosechar tu trigo, tu mosto y tu aceite; yo daré a
tu campo hierba para tu ganado, y comerás hasta hartarte.
Cuidad bien que no se pervierta vuestro corazón y os des-
carriéis a dar culto a otros dioses, y a postraros ante ellos;
pues la ira de Yavé se encendería contra vosotros y cerraría
los cielos, no habría más lluvia, el suelo no daría su fruto y

(1)   A partir de los trece años, todo judío libre se hallaba obligado
a rezar, al menos dos veces al día: en la mañana y en la noche. Las mujeres, esclavos y niños estaban exentos. Los más ortodoxos se envolvían
en el *taled,* una especie de chal que, cubriendo la cabeza, caía hasta la
cintura. Debían ir provistos de los *tefilín* o filacterias —tal y como dice
el *Deuteronomio*—, amarrados a la frente y en la palma de la mano. Era
extraño que se arrodillasen, salvo en casos extremos. Lo habitual era
permanecer de pie, con las palmas de las manos extendidas hacia el cielo. Las actuales representaciones de Jesús o de María con las manos
unidas, en oración, proceden del siglo v de nuestra era. Quizá fuera una
costumbre originaria de Bizancio o de las tribus germánicas. Era
corriente también que se rezase en voz alta y golpeándose el pecho. *(N.
del m.)*

323

vosotros pereceríais bien pronto en esa tierra buena que Yavé os da. Poned estas palabras en vuestro corazón y en vuestra alma, atadlas a vuestra mano como una señal, y sean como una insignia entre vuestros ojos. Enseñádselas a vuestros hijos, hablando de ellas tanto si estás en casa como si vas de viaje, así acostado como levantado. Las escribirás en las jambas de tu casa y en tus puertas, para que vuestros días y los días de vuestros hijos en la tierra que Yavé juró dar a vuestros padres sean tan numerosos como los días del cielo sobre la tierra.

Y quien esto escribe se mantuvo a un lado. Me resultó extraño ver y oír a estas personas, tan próximas a Jesús, recitando una plegaria bíblica que, en definitiva, imploraba los favores de un Dios justiciero, tan alejado de las ideas del Maestro. Ciertamente, ninguno de los varones hizo uso de las filacterias. Ni tampoco cubrieron las cabezas con el *taled*. Pero, muy a su pesar, la tradición judía les pesaba como un ancla.

Y Santiago, deseando la paz a los que se quedaban, tomó una lucerna, desatrancando la puerta.

La noche, con su jeroglífico de estrellas, nos recibió tibia y amiga. Y la aldea, sin una sola antorcha en los muros, se presentó ante mí como un pequeño-gran conflicto. La distancia que me separaba de la posada no era excesiva. Aun así, aquel laberinto negro y sin referencias se atravesó en mi ánimo como una espina.

Cerrada y apuntalada la puerta, cuando me disponía a despedirme, Santiago me interrogó sobre mi hospedaje. Al hablarle del albergue del «rana» torció el gesto, mostrando su desagrado. Y durante un par de minutos, supongo que con razón, me acusó de «mal amigo» y de «falta de confianza para con él y su familia». Agradecí la hospitalidad y buenas intenciones pero, tratando de molestar lo menos posible, argumenté que mi habitación ya había sido pagada por adelantado. Dudó. Y respetuoso con mi decisión no insistió. En compensación, eso sí, se brindó a escoltarme, recomendándome que, en lo sucesivo, procurara caminar en la noche provisto de una tea o de una lámpara.

Y en silencio fuimos descendiendo por la «calle norte», al encuentro de las «puertas» del poblado. Nazaret, dormida y sin luna, era campo de batalla de los inmundos y fantasmales murciélagos de cola corta que caían sobre el lugar como una puntual cuadrilla de basureros, animando en negro los callejones y abriendo las eléctricas pupilas de decenas de gatos. A través de los escasos ventanucos se adivinaba el oscilante amarillear de los obligados candiles nocturnos. (Ninguna familia judía dormía a oscuras.)

De pronto, al salvar una de las rampas de tierra, un maullido cruzó entre nuestras piernas. El susto nos inmovilizó. Y desde un tenebroso pasadizo situado a nuestra derecha, por el que había volado el inesperado gato, percibimos un lejano cuchicheo. Al aguzar los oídos creímos escuchar voces humanas, apagadas por la distancia y por un sospechoso e intencionado deseo de pasar inadvertidas. El callejón, muy angosto, apenas permitía el paso de un solo hombre. Y Santiago, entregándome la lámpara, desenvainó el *gladius*. Instintivamente relacioné aquellos susurros con el atropellado caminar que había captado desde el corral de la casa de María. Pero no tuve tiempo de advertir a mi compañero. Decidido se adentró en el corredor, dispuesto a despejar la incógnita. Y este confuso explorador, tras unos segundos de vacilación, se fue tras él. El lugar, cargado de inmundicias y tan apestoso como otros rincones de la aldea, no parecía conducir a ninguna parte. Se trataba, sencillamente, del hueco natural entre dos viviendas. A los tres o cuatro pasos Santiago se detuvo. Y reclamando el candil lo alargó hacia las tinieblas. El cruce de voces se hizo más nervioso y agitado. Y al fondo, precariamente desvelada por la llama de la lucerna, distinguimos la precipitada huida de dos individuos. Al parecer intentaban trepar por el muro que clausuraba el callejón.

—¡Malnacidos!

Y devolviéndome la lámpara, Santiago, que empezaba a comprender las razones de la intempestiva presencia de aquellos personajes, se arrojó sobre las sombras. Uno consiguió saltar al otro lado del muro. El segundo, en cambio, fue atrapado por un pie, justo en el momento en que se disponía a desaparecer. Si la situación era comprometida para el que trataba de huir, la mía no lo era menos. ¿Qué debía hacer? El destino —a Dios gracias— fue inmisericorde. Al verse sujeto, el individuo, lejos de achicarse, reaccionó veloz y contundente. Y soltando un furioso puntapié sobre el pecho de mi acompañante fue a derribarle, escapando como un felino. Santiago se incorporó al punto. Y lanzando un mandoble contra la pared gritó de forma que pudieran oírle desde el otro lado:

—¡Te he reconocido, maldito esbirro!

Y más dolido en su orgullo que en su integridad física se hizo de nuevo con la luz, abandonando el callejón. Al llegar a las proximidades de la fuente rompió su mutismo, confesándome algo que ya sospechaba:

—Esa víbora, Jasón, está sedienta de venganza... Extrema la prudencia.

Y en justa correspondencia le puse al tanto de la extraña presencia detectada por su cuñado y por mí mismo en los alrededores de la casa. La noticia no le alarmó. Todo aquello parecía formar parte del estilo del peligroso saduceo. Lo que no terminaba de comprender era el porqué del seguimiento. Pero no pregunté. Muy pronto lo averiguaría y experimentaría «en propia carne»...

La proximidad de la posada nos tranquilizó relativamente. Las peripecias en aquella noche, sin embargo, no habían concluido. Y cuando cruzábamos sobre el puente de piedra, con las luces del albergue a la vista, Santiago, haciendo presa en mi antebrazo izquierdo, me obligó a detener la marcha. Y señalando el camino que se abría ante nosotros reclamó mi atención. En la oscuridad distinguí un par de sombras que, a la carrera, se dirigían a nuestro encuentro o, al menos, llevaban la clara intención de atravesar el puentecillo. Rápido de reflejos empuñó de nuevo la espada, situándola disimuladamente a su espalda. Los desdibujados personajes —uno de ellos de baja y fuerte complexión— siguieron en su precipitado alejamiento del albergue. No cabía duda de que habían salido de los dominios de Heqet. Pero, ¿a qué tanta prisa?

Mi amigo, prudentemente, se hizo a un lado del sendero. Y de pronto fue a descubrir la lucerna que protegía bajo el amplio ropón, de forma que pudiera ser vista por los ya cercanos individuos. La aparición de la débil luz surtió el efecto imaginado por ambos. La pareja frenó la carrera, sorprendida por la súbita presencia de los dos «aparecidos». Avanzaron un par de pasos y, deteniéndose de nuevo, cambiaron algunas palabras. Su actitud, desde luego, era sospechosa. Ignoro si nos reconocieron. Lo cierto es que, siguiendo lo acordado en aquel breve parlamento, se separaron a gran velocidad. El más alto se adentró en la plantación de olivos que rodeaba la posada. El otro tomó la dirección opuesta, saltando hacia los huertos que se extendían a nuestra izquierda. Santiago, presumiendo la torcida intencionalidad de los individuos, dejó la lucerna en tierra, saliendo en persecución del primero. En el momento de la separación de la pareja me pareció ver cómo soltaban o perdían algo. Y recogiendo el candil me apresuré a inspeccionar aquella parte del camino. En efecto, sobre el polvo había quedado abandonado un pequeño hato. Al descubrirlo quedé estupefacto.

Santiago, convencido de lo inútil de su persecución, no tardó en reunirse conmigo. Y al verme en cuclillas frente al hato, revisando el contenido, se situó a mi lado, examinándolo con idéntica curiosidad. Al comprobar la naturaleza del mismo me miró sin comprender. Y antes de proporcionarle una explicación formulé una única pregunta:

—¿Esbirros del saduceo?

Perplejo vino a reconocer que «era más que probable».

—¿Cómo lo has adivinado?

Y mostrándole las sandalias que se escondían en el hato indiqué que el calzado en cuestión era de mi propiedad y que, a todas luces, lo habían sustraído de la habitación de la posada. Indignado hizo mención de entrar en el albergue y denunciar al «rana». Prudentemente le aconsejé que frenara sus impulsos. Aunque la verdad es que alguien —presumiblemente los dos individuos dados a la fuga— se había deslizado hasta mi saco de viaje, tomando las delicadas sandalias «electrónicas», en esos momentos ignorábamos la identidad de los ladrones y, lo que era más importante, si el enano era o no cómplice del hurto. Santiago aceptó a regañadientes las sensatas recomendaciones y vino a formular la pregunta clave:

—¿Por qué a ti? ¿Qué tienes tú que ver con las amenazas que flotan sobre mi familia?

No supe responder. De todas formas, meditando con lógica, el problema no era tan difícil. Ismael, el sacerdote, sabía de mi existencia. Me había visto junto a Jacobo y Santiago. Y dado su retorcido y venenoso proceder, no tenía nada de particular que deseara averiguar quién era aquel extranjero y a santo de qué se había presentado en el pueblo, al lado de la odiada familia del Galileo. Pero estas reflexiones quedaron en mi corazón. Y agradeciendo muy sinceramente el favor prestado por el galileo le animé a retornar a su casa.

—Una vez en el albergue —manifesté sin demasiada convicción—, mi seguridad no corre peligro.

Y con la firme promesa de acudir al hogar de su madre en las primeras horas del día siguiente, reanudando así nuestras conversaciones, le vi alejarse hacia el cruce de caminos que arrancaba a las «puertas» de la aldea. Y una incómoda inquietud me acompañó hacia la posada. ¿Regresaría con bien a su domicilio? En ese sentido, poco podía hacer. En cuanto al robo, aunque no había tenido oportunidad de inspeccionar mi cuarto, di gracias al cielo por la providencial recuperación de las sandalias y del instrumental que contenían. De haber terminado en poder del saduceo, quién hubiera podido imaginar su reacción. E inquieto me adentré en el túnel de entrada.

El patio a cielo abierto permanecía solitario. Cuatro antorchas, suspendidas a metro y medio del suelo en cada una de las esquinas, crepitaban olvidadas, caracoleando con la barandilla superior y apestando de brea y resina el lugar. Nuevas caballerías avisaban sobre el incremento de la clientela. Unos huéspedes que, a juzgar por las risotadas que escapaban de la taberna, no se habían retirado a descansar.

Como primera medida me dirigí al piso superior. Antes de establecer reclamación alguna era preciso asegurarse. Y cautelosamente, tratando en vano de esquivar las crujientes y traidoras maderas de la galería, fui a situarme frente a la puerta de mi habitación. Fue absurdo que recuperara la llave que colgaba del ceñidor: la hoja se hallaba ligeramente abierta. Me apoderé de una de las lucernas que se esforzaba en alumbrar el corredor y, con toda clase de precauciones, valiéndome del cayado, empujé la mugrienta y destartalada madera. Y antes de que hiciera tope en el muro, un agudo chillido y una sombra —no sé quién precedió a quién— se deslizaron entre mis sandalias. El contacto con aquel pelaje áspero me erizó los cabellos. E irritado ante la repugnante presencia de la rata le arrojé el candil de barro que, naturalmente, rodó sobre el entarimado, cayendo con estrépito en el pavimento del patio central. Repuesto del susto permanecí unos segundos junto a la barandilla, observando cómo se consumía la ración de aceite de la malograda lucerna. Y en vista de que el golpe había pasado inadvertido a los animados clientes de Heqet me hice con una segunda lámpara, penetrando en el cuartucho. No me equivocaba. El saco de viaje, abierto y vacío, vino a confirmar lo que ya suponía. Un rápido vistazo al lugar puso de manifiesto que el ladrón o ladrones se habían apoderado igualmente de los doce fármacos de «campaña», meticulosamente camuflados en otras tantas ampolletas de arcilla. Por más que inspeccioné el piso, amén de cucarachas, no logré detectar rastro alguno de los medicamentos. El hecho de hallarse perfectamente sellados hacía muy difícil su derramamiento. Todos ellos habían sido dispuestos en estado de polvo, bien en procesos de desecación o de liofilización. La pérdida del «botiquín» —de especial importancia en un medio tan agresivo— me dejó preocupado. De haber podido retornar al módulo, el incidente hubiera carecido casi de importancia. Pero, en la situación en que me encontraba y con la ineludible circunstancia del viaje de vuelta hasta el *yam*, el problema representaba un grave trastorno. Por otra parte, el posible uso de los mismos era una preocupación añadida. Aunque la mayoría tenían un caracter prácticamente inocuo, otros, en cambio, podían intoxicar y acarrear complicaciones al hipotético consumidor (1). Llevado del

(1) Algunos de los analgésicos de gran potencia (a base de codeína), varios de los antibióticos de amplio espectro (tetraciclina, cotrimoxazol y amoxicilina, entre otros) y, en especial, los sueros antiponzoñosos polivalentes podían representar un peligro potencial para el consumidor. Por citar un ejemplo diré que, en el caso de la tetraciclina, nuestros laboratorios habían confirmado la existencia de efectos secundarios: superinfecciones del aparato digestivo, trastornos gastrointestinales (para dosis diarias de dos o más gramos), coloración de los dientes, lesiones renales y hepáticas, hipertensión intracraneal benigna (en caso de recién nacidos: protrusión de la fontanela anterior), vértigo y provocación de lupus sistémico. Todo ello, naturalmente, dependiendo de las dosis ingeridas, de la edad, constitución física, etc., del hipotético y,

sentido común rechacé esta última posibilidad. ¿Quién podía ser tan insensato como para degustar las extrañas sustancias? Aun así continué inquieto. Tenía que recuperar las ampolletas. Lo más probable es que estuvieran ya en manos del saduceo, suponiendo que no hubieran corrido la misma suerte que las sandalias. Traté de consolarme. La pérdida del calzado había sido un accidente, consecuencia de la súbita fuga. Estaba decidido. A la mañana siguiente, con la excusa de los fármacos me presentaría en la casa de la víbora... En cuanto a denunciar el robo, ¿qué sentido tenía? En principio, salvo complicaciones, me limitaría a observar. Mi paso por Nazaret, de acuerdo con lo programado por Caballo de Troya, debía ser lo más discreto posible. Y con estas santas intenciones me encaminé a la taberna. Mi deseo, como digo, era elemental y simple en extremo: tratar de averiguar si el «rana» o alguno de los huéspedes sabían algo.

La estancia aparecía más concurrida de lo que había sospechado. Dos de las tres largas mesas que presidían la taberna-comedor se hallaban repletas de individuos que, a juzgar por los ropajes, parecían griegos y fenicios. Discutían, bebían sin límite, reían con estrépito y, a cada desfallecimiento de una jarra, protestaban a Heqet. El «rana», sentado en la tercera mesa, parecía absorto y sumamente ocupado. A su lado distinguí a un joven con una túnica corta y un calzado típicamente romano: el *solea* (una especie de sandalia con suela y sujeta a base de correas de cuero que enlazaban el dedo pulgar con el empeine). En un extremo del tablero descansaba una amplia prenda —parecida a un capote— de gruesa lana y que, en un primer momento, identifiqué con la toga romana. (Una de las vestimentas que, precisamente, distinguía a todo ciudadano romano y cuyo uso estaba prohibido a los extranjeros.) Al otro lado de la mesa, frente al posadero y formando una hilera, aguardaba media docena de hombres, ancianos en

---

como digo, insensato consumidor. Afortunadamente, dado el estado de liofilización de algunos de los fármacos, era poco probable que llegaran a perjudicar a los poseedores. Estas sustancias, en forma de polvo extremadamente poroso y muy higroscópico, recuperan sus propiedades al añadirles un determinado volumen de agua; justamente el que se les ha quitado en el tercero de los procesos: la desecación secundaria. *(N. del m.)*

su mayoría y vecinos de la aldea. Uno de ellos, casualmente, había sido víctima de mis ultrasonidos. Detrás de las tinajas que hacían de mostrador parloteaban dos mujeres que, a la vista de su indumentaria, o debería decir de su «falta de indumentaria», identifiqué con las «burritas» o prostitutas de turno. Una de ellas cubría la parte superior del cuerpo con una especie de chal. La otra, en cambio, aparecía con el pecho desnudo y coloreado en amarillo. Ambas se exhibían con el más absoluto descaro, «cubriéndose» de cintura para abajo con una túnica o gasa transparente. Y a cada solicitud de vino, las meretrices acudían a las mesas, colmando las jarras. Entre la clientela distinguí a varios buhoneros o vendedores ambulantes, con unas gruesas y enormes perchas de madera repletas de ropa y amontonadas en desorden sobre el piso de la sala. El resto parecía pertenecer a la próspera profesión de los *rokel* (comerciantes que caminan en todas direcciones) y de los *sitônes* (compradores de grano al por mayor y, muy frecuentemente, de «cosechas en verde»). Estos individuos, al igual que los llamados *monopôles*, que «monopolizaban» toda clase de productos —agrícolas o manufacturados—, revendiéndolos después a los minoristas, eran muy frecuentes en la Galilea y en especial en las aldeas o ciudades que, como Nazaret, disfrutaban de una rica variedad agrícola. Adquirían las cosechas a precios abusivos, reteniéndolas en sus almacenes hasta que los precios se disparaban. Eran odiados por los sufridos campesinos o artesanos que, lamentablemente, tenían que dar salida a sus productos.

Al verme junto a la puerta, una de las «burritas» cuchicheó al oído de su compañera. Y despegándose de las ánforas se aproximó con un provocativo contoneo de caderas. Lucía en las sienes una estrecha cinta de seda blanca que realzaba el negro de los cabellos. A ambos lados del estrecho y pintarrajeado rostro caían sendos cordones con un total de veinte leptas, groseramente perforadas. (Perder alguna de estas monedas era señal de mala suerte. Parece ser que la moneda extraviada en la célebre parábola de Jesús podía tratarse de una de estas leptas.) Cejas (meticulosamente depiladas), pestañas y párpados aparecían emborronados en una tonalidad verdeazulada, probablemente a base de sulfuro de plomo o carbonato de cobre. Y los labios y uñas de las manos y de los pies, rojos rabiosos, merced al licor extraído de las hojas trituradas de alheña. Al llegar a mi altura, un mareante perfume —quizá de cilantro o de casia— estuvo a punto de hacerme estornudar. Y levantando sus bien cumplidos treinta años hacia mis hombros trató de abrazarme, al tiempo que susurraba un «bien venido a la casa de Heqet». La detuve a tiempo y, poco acostumbrada a los desplantes, me inspeccionó de abajo arriba. Y cambiando de táctica sonrió, terminando de estropear su indudable atractivo físico: la infeliz padecía una piorrea alveolar, con la consiguiente inflamación purulenta del periostio de los alveolos dentarios, una fea necrosis y un casi redondo desprendimiento de los dientes. Correspondí a la sonrisa y antes de que prosiguiera con sus zalamerías zanjé el incómodo encuentro, interesándome por el posadero. La mujer, rindiéndose, señaló con desgana la mesa en la que, por supuesto, ya sabía que se acomodaba el atareado «rana».

Al descubrirle embarcado en su afición favorita —contar monedas— poco faltó para que diera media vuelta y desistiera de mis propósitos. Pero la curiosidad me sujetó a la mesa. La escena era nueva para mí. Por riguroso turno, cada uno de los vecinos de la aldea iba dictando al joven situado junto a Heqet lo que parecía una carta. El individuo en cuestión, provisto de pluma, tinta y hojas de papiro de unas ocho a diez pulgadas y de un grano y colorido bastante más groseros que los habitualmente utilizados entre los escribas (probablemente se tratase del papiro siciliano), sin prisas y sin inmutarse ante las emocionadas frases de los humildes y analfabetos vecinos, iba redactando, en arameo, los pequeños secretos, las peticiones o los sabrosos comentarios de sus «clientes». En pleno trasiego, el escribano alzó los ojos y, confundiéndome con un nuevo solicitante de sus servicios, me indicó que aguardara turno. El «rana», al identificarme, palideció. Y simulando gran contento puso al socio al corriente de «mi alta cuna y mejores riquezas». La palidez aparecida en su semblante y el anormal titubeo fueron suficientes. Heqet estaba al tanto del robo. Dado el número de clientes que llenaba la posada, sólo una información precisa podía haber conducido a los esbirros de Ismael a la habitación exacta. Lejos de alterarme opté por seguirle la corriente, como si ignorase lo sucedido con el saco de viaje. Y aceptando la invitación del enano fui a sentarme en el extremo de la mesa, asistiendo a la redacción de las últimas cartas. La mayoría iba destinada a parientes que residían al norte, en las orillas del lago y en la alta Galilea. Uno de los ancianos se dirigía a su hijo, enrolado en los barcos de guerra de Roma y en respuesta a una misiva del joven le hacía saber su satisfacción por haber cubierto con bien su primera singladura, así como por las tres piezas de oro recibidas del emperador en concepto de paga. El buen hombre le rogaba en secreto que acudiera a los pintores de puerto y que le hiciera llegar un retrato. El desaprensivo posadero, al oír la petición, detuvo la mano del escribiente e hizo saber al sumiso padre de familia que «aquello estaba prohibido por la ley» y que, de incluirlo, le costaría dos leptas más. El anciano, sabiendo que la ley mosaica rechazaba todo tipo de representaciones pictóricas, no tuvo más remedio que aflojar la bolsa, depositando en las miserables manos de Heqet la cantidad extra requerida. Ello subió la tarifa a un denario y dos leptas.

Otro de los vecinos trataba de convencer a un hermano, residente en Nahum, de que no tuviera contemplaciones con su sobrino (el hijo de aquél) y de que si los tirones de orejas no le hacían entrar en razón, que hiciera uso de la vara.

Concluida la carta, el escribano procedía a una rápida lectura en voz alta y, si el «cliente» se mostraba conforme, era enrollada y depositada en un amplio saco de cuero. El calzado y la vestimenta me hicieron sospechar que me hallaba ante un «correo». Posiblemente, un funcionario al servicio de Roma. Lo que ya no resultaba tan ortodoxo es que el joven dedicara parte de su tiempo a la redacción de documentos o misivas «privados» que, presumiblemente, debería entregar a los correspondientes destinatarios. Y digo «presumiblemente» porque la corrupta sombra del posadero planeaba incluso sobre la «tinta» utilizada por el romano. Aquel doble «tintero» me llamó la atención desde el principio. Uno de los cuencos de barro contenía leche. El segundo, una estudiada mezcla de jugo de limón y cebolla. La escritura, aunque débil, era perfectamente legible. Lo que no sabían los incautos vecinos es que, al poco, se hacía «invisible». El truco de la llamada tinta «simpática» —que hubiera precisado de la proximidad del calor al papiro para hacer visible la escritura— hacía de la operación un negocio redondo. Era evidente que, una vez abandonada la aldea, el «correo» se desentendía de las misivas, aprovechando el material para nuevas y fraudulentas maniobras.

Cuando el último de los «clientes» se hubo retirado, el egipcio contó las ganancias por enésima vez. Y satisfecho las partió en dos. El «correo» recibió lo acordado y el negocio fue celebrado con una generosa jarra de vino. La «burrita» que me había recibido cumplió con prontitud la orden de su jefe. Y escanciado el licor, deslumbrada por los denarios que rodaban en las manos del escribano, se dejó caer sobre sus hombros y apretándose contra la espalda le preguntó si «deseaba algo más». Heqet, que no parecía dispuesto a contentarse con la mitad de aquellos dineros, se adelantó a los deseos del «correo». Y ordenó a la mujer que —«para empezar»— surtiera a su amigo con la cena especial de la casa. Sonriente, la meretriz me hizo un guiño, desapareciendo de la taberna. Y sin proponérmelo, con la inestimable colaboración de los vapores del vino, el romano fue tomándome simpatía, respondiendo a mis preguntas con el calor del que se siente halagado por su trabajo. De esta forma averigüé que, en efecto, pertenecía al *cursus publicus* (1) o «servicio de correos» del imperio y

(1) Organizado por Augusto, este importante departamento oficial, que formaba parte de una especie de «Ministerio del Transporte», abarcaba una compleja red de funcionarios, responsables del traslado de los documentos y misivas oficiales. Estos funcionarios podían hacer uso de los vehículos, transportes y albergues de forma gratuita. Recibían un salario del gobierno central, no pudiendo comerciar por su cuenta. En general, estos correos oficiales utilizaban las rutas marinas, siempre y cuando los puertos se hallaran abiertos. De Roma a Siria, por ejemplo, un envío podía demorarse hasta cien días. Cuando los temporales hacían inviables los viajes por el Mediterráneo, los funcionarios se veían obligados a seguir las rutas terrestres, más seguras pero, en general, más penosas. En este caso, los mensajeros imperiales a las provincias orientales viajaban por Macedonia y Tracia, cruzando en ocasiones de Brindisi a Durazzo y posteriormente por el Helesponto o el Bósforo. Entre Roma, Siria y Egipto hacían dos cruces: uno en el referido Brindisi y otro en Neapolis, en el puerto de Filipos. He aquí algunos tiempos

que tenía asignada la ruta de Tiberíades, con prolongación hasta Cesárea. En determinadas poblaciones (Migdal y Nahum entre otras) eran controlados por los inspectores o supervisores. Pero, según sus propias palabras, éstos eran tan corruptos como los propios mensajeros. Sólo así podía entenderse el irregular trabajo «extra» de mi interlocutor.

Al rato, secas la segunda y la tercera jarra, entró en escena la «burrita». Y con toda clase de reverencias fue a depositar ante los nublados ojos del «correo» una bandeja de madera, con la «especialidad» de la casa: una suculenta carne de cordero, intencionadamente aderezada a base de pimienta molida, semillas de ortiga, cebollas, col silvestre y huevos. La copa de vino recibió, además, el complemento de una prudencial dosis de resina de granado. La cena, con semejante mortífera carga de afrodisíacos, se hallaba meticulosamente estudiada para «estos casos». Lo más probable es que, una vez devorada por el huésped y con la decisiva ayuda de los vapores etílicos, la prostituta y el «rana» no tuvieran excesivas dificultades para «desplumar» al ingenuo cliente.

La «amistad eterna» que, en su embriaguez, llegó a jurarme el «correo» fue derivando hacia una agobiante pesadez, muy propia de los borrachos. Por fortuna, uno de los viajeros que alborotaba en la mesa contigua —alertado sin duda por Heqet sobre mis supuestas riquezas— vino a rescatarme temporalmente de los efusivos abrazos del escri-

---

y distancias, cubiertos por estos «correos»: de Roma a Brindisi, 360 millas; de Brindisi a Durazzo (hoy Durrës), dos días; de Durazzo a Neapolis, 381 millas; de Neapolis a Tróades, alrededor de tres días y de Tróades a Alejandría —vía Antioquía y Cesárea—, unas 1670 millas. Los mensajeros empleaban 63 días por la ruta del norte, desde Roma a Alejandría y 54 de Roma a Cesárea. La velocidad media de un «correo» a caballo oscilaba entre cinco y diez millas-hora. Es decir, una jornada podía suponer alrededor de 50 millas romanas. (Cada milla romana era equivalente a mil pasos o 1481 metros.) Los viajes por mar se hallaban sujetos, como digo, a otras exigencias. Por el Mediterráneo, la época más segura y frecuentada era desde el 26 de mayo al 14 de septiembre. Entre el 10 de noviembre y el 10 de marzo, el tráfico se paralizaba casi totalmente y los mensajeros imperiales debían seguir las rutas terrestres. En los períodos dudosos (del 10 de marzo al 26 de mayo y del 15 de septiembre al 10 de noviembre), la marinería sólo se arriesgaba a cubrir trayectos cortos: en el norte de África o con la isla de Cerdeña. *(N. del m.)*

bano. El fenicio, de cabellos teñidos en un rubio casi albino y modales afeminados, se presentó como el «más grande inventor de Tiro». Por un momento no supe cuál de aquellos compañeros de taberna y albergue era más temible. Y armándome de paciencia escuché su discurso, encaminado a la venta de un curioso artilugio que, con grandes misterios, se dignó depositar ante mis narices. No puedo negar que el «invento», aceptando que fuera de su creación, me desconcertó. La pequeña caja de madera de pino contenía en su interior un total de cinco pequeñas ruedas metálicas dentadas, sabiamente engarzadas entre sí por siete ejes igualmente de hierro. Según explicó, una vez acoplada a los radios de la rueda de un carro, permitía medir las distancias recorridas por el transporte. Un sencillo mecanismo bastaba para que, a cada milla, de la caja principal se desprendiera un diminuto guijarro que iba a parar a un segundo recipiente. De esta forma, concluido el viaje, el conductor sólo tenía que contabilizar las piedras almacenadas en la segunda caja, estableciendo el costo del servicio. Algo así como un primitivo pero ingenioso «taxímetro».

Prometí reflexionar sobre la tentadora oferta. ¿Qué otra cosa podía decirle? Y cuando me disponía a retirarme, tan agotado como harto de esperar la oportunidad de interrogar al posadero acerca del robo, un inesperado y triste incidente vino a precipitar los acontecimientos.

En uno de los múltiples ir y venir de la solícita «burrita», que no concedía cuartel a la jarra del «correo», éste, al filo de la inconsciencia, terminó por desplomarse pesadamente sobre Heqet quien, desprevenido, perdió a su vez el equilibrio. Y posadero y escribano, cómica y confusamente trabados, fueron a rodar por el piso, arrastrando en el cataclismo el banco de madera en el que asentaban sus vacilantes posaderas. Con tan mala fortuna que, en la caída, sorprendieron los andares de Débora, la meretriz, que fue a estrellarse y, lo que fue peor, a estrellar los dos litros de vino de la jarra que portaba contra su «jefe». La clientela estalló divertida, mofándose del enano. Y el egipcio, rojo de ira y negro de vino, se escurrió como un reptil de entre los pesados remos del inconsciente socio, emprendiéndola a puntapiés con el igualmente caído cuerpo de la moabita. Y los huéspedes, a cual más borracho, comenzaron a batir palmas, coreando cada patada. No pude evitarlo. Y en un arranque, apartando con el pie el petate de cuero que contenía los papiros, hice presa en las correas que sujetaban a la espalda el mandil del odioso «rana» y levantándolo en el aire lo arrojé contra el pavimento. Mi acción fue igualmente vitoreada por la parroquia que, a decir verdad, no distinguía muy bien quién era quién. La mujer, con los labios rotos y ensangrentados, se apresuró a desaparecer de la estancia. Y en su carrera, como un «milagro», pisoteó y terminó de esparcir por el suelo las enrolladas cartas. Uno de los papiros, medio abierto, vino a resolver el comprometido problema al que acababa de engancharme. Estaba visto y comprobado que este impulsivo explorador tenía mucho que aprender... Heqet, conmocionado, necesitó varios minutos para reponerse. El margen fue suficiente para que la Providencia me hiciera reparar en el «invisible» contenido del papiro. Al hacerme con él confirmé las sospechas. Y una sibilina idea acudió en mi auxilio. Los huéspedes, concluido el «espectáculo», optaron por retirarse. Y quien esto escribe esperó a que el egipcio se recuperara. Una vez en pie, incapaz de precisar quién le había asaltado por la espalda, paseó la vidriosa mirada por la taberna, en un intento de localizar al agresor. Y puñal en mano, babeando de ira, terminó por fijar su atención en el único cliente que permanecía en pie en la sala. El «correo», roncando como un bendito, yacía en el piso, entre el enano y este explorador. Y adivinando sus menguadas intenciones deslicé los dedos hacia los dispositivos de defensa. A saltos, balanceándose de un lado al otro, fue a situar la daga a un metro de mi vientre. Y con la lengua prisionera del vino y de la rabia me exigió la identidad del «malnacido que le había atacado». Por toda respuesta me limité a mostrarle el papiro. No fue precisa ni una sola aclaración. Arrebatándomelo lo observó detenidamente. Después, desviando los incendiarios ojillos hacia el saco de cuero, se transformó en un cordero. Guardó el arma y tratando de pensar a gran velocidad me invitó a «negociar». Acepté de buen grado. Él sabía que mi «descubrimiento», si llegaba a oídos de la población, podía acarrearle una cadena de gravísimas dificultades, amén de tener que satisfacer las muchas tarifas abonadas por los confiados vecinos.

A cada propuesta fui negando con la cabeza.

—Entonces —clamó fuera de sí—, ¿qué pides a cambio? No quieres dinero, tampoco mujeres ni alojamiento gratis...

Lacónico y rotundo exclamé:

—Una información.

Y recuperando el papiro exigí que escribiera el nombre del individuo que había maquinado el robo. Su mueca de consternación fue borrándose ante el hierro de mi mirada. Pero, en un postrer intento, arrojó la pluma sobre la mesa, negándose. No insistí, ni alteré la gravedad de mi semblante. Con toda naturalidad extraje de la bolsa de hule el salvoconducto firmado por Poncio y di lectura a su breve contenido. Ante la velada amenaza de poner el asunto en conocimiento del sanguinario gobernador, Heqet se apresuró a recoger el *calamus*. Y tembloroso lo hundió en el cuenco de leche, garrapateando la siguiente leyenda:

Ismael, jefe del consejo, ordenó el registro en la habitación y propiedades del griego llegado de Tesalónica.

Me di por satisfecho, a pesar de la sutileza de la palabra «registro». Y tras la firma del documento di por zanjado el enojoso lance.

Pero el egipcio, inquieto ante una confesión que no le favorecía desde ningún punto de vista, se arriesgó a preguntar sobre mis inmediatas intenciones. Le aseguré que se trataba de un asunto personal y que, para su tranquilidad, nadie sabría de aquel escrito. Una vez más, el ingenuo fui yo. Razonar con un indeseable es como parlamentar con una serpiente venenosa. Lo ideal es mantenerla a distancia. Y en un gesto de buena voluntad, mostrándole la casi imperceptible grafía, añadí que, en breve, en cuanto la leche se secase, la escritura desaparecería. Lo que no le dije, aunque supuse que no era tan necio como para no contemplarlo, es que, en caso de necesidad, bastaba un poco de ceniza o polvo de carbón para que la «invisible tinta» apareciera en relieve.

A juzgar por la cínica sonrisa que me regaló, las explicaciones le tranquilizaron..., a medias. Debía permanecer alerta. El posadero era capaz de todo. Más aún: a la vista del crudo desenlace de la jornada lo prudente hubiera sido abandonar el albergue en aquel mismo momento. Una noche en aquel cuartucho, con un posadero sin escrúpulos y rezumando odio, no parecía la mejor de las alternativas. Pero el agotamiento y un pueril exceso de confianza en mí mismo sofocaron la siempre sabia intuición. Y con el alma encogida por la incertidumbre me alejé de la solitaria taberna. Necesitaba dormir y reponer fuerzas. Y atrancando la puerta con la «vara de Moisés» fui a sentarme entre las troneras, en compañía de una modesta lucerna y de una lujosa soledad. Y el cielo me bendijo con un profundo sueño. Pero el descanso sería breve.

26 DE ABRIL, MIÉRCOLES

Fui un inconsciente. Ahora, al recordar aquel amanecer, comprendo lo cerca que estuve del fin.

Próxima la vigilia del canto del gallo, faltando unas dos horas para el alba, un breve y temeroso repiqueteo en la puerta me puso en pie. Necesité unos segundos para hacerme con la situación. Los sentidos no me habían engañado. Los tímidos golpes, como si alguien evitara llamar la atención del resto de los huéspedes, se repitieron de nuevo. Casi sin tocar el suelo me acerqué a la madera, tratando de averiguar quién se hallaba al otro lado. Y una voz de mujer reemplazó esta vez la apagada señal. Sólo capté dos palabras: «griego» y «despierta». Y con idéntico sigilo me apoderé del cayado, acariciando el clavo del láser de gas. Si era una trampa debería actuar con diligencia. El instinto —supongo que con razón— dibujó el rostro y la daga de Heqet en la penumbra de la galería. ¡Estúpido de mí! Tenía que haberlo imaginado. ¿O sí lo hice? Para el caso era lo mismo. Las circunstancias eran aquéllas y no otras. Y despacio, midiendo cada paso, fui a situar la «vara» entre la puerta y mi cuerpo. Y con nerviosa lentitud entreabrí la hoja. El personaje que asomó por la rendija no supo nunca lo cerca que estuvo de recibir una descarga.

—¡Griego de los infiernos!... El vino ha cegado tus oídos.

No repliqué. Débora, la moabita, con los labios hinchados y el rostro deformado por los hematomas, me conminó a que saliera de la habitación. Desconfiado franqueé la puerta, inspeccionando el solitario corredor. La «burrita», a primera vista, no parecía acompañada. La galería respiraba silencio. Sin embargo, dada la escasa iluminación, no era difícil que alguien se hallara agazapado detrás de las esteras y edredones que colgaban de la barandilla. Y con evidentes prisas susurró que tomara mis cosas y la siguiera. El tono —sincero— me animó a obedecer sus órdenes. Y ante mi sorpresa la vi recoger del suelo un abultado fardo y unas mantas. Y cargando con el lío fue a depositarlo en una de las esquinas de la habitación. La seguí intrigado, comprobando que el enorme saco no era otra cosa que un tenso y bien repleto pellejo de vino. Lo cubrió con las mantas y, apagando la lámpara que me había alumbrado durante el descanso, tiró de mí, cerrando la hoja con especial cuidado. Estaba claro. Por razones que empezaba a intuir, la audaz prostituta había reemplazado al «dormido griego» por un «dormido odre». Un escalofrío terminó por despabilarme.

Cruzamos el corredor como dos sombras, deteniéndonos al otro extremo, frente a la habitación que se abría al norte. Alguien aguardaba con la puerta entreabierta. Y en silencio se hizo a un lado. Débora me precedió. Durante unos instantes, temeroso, no supe qué partido tomar. ¿Y si me hallaba ante una encerrona? La «burrita», en cambio, no lo pensó dos veces. Y atrapándome por el manto me arrastró al interior, al tiempo que maldecía su suerte. El cuartucho, poco más o menos como el mío, se diferenciaba tan sólo por una ventana desnuda y bastante más desahogada que las troneras. Al pie del hueco se distinguía un jergón y en su cabecera, junto a una vasija y un jarro de bronce, la lanza amarilla y afilada de una llama, incomodada por la brisa de la noche. La mujer que nos había franqueado el paso —la segunda meretriz que acompañaba a la moabita en la taberna— fue a sentarse sobre el lecho. Y Débora, entretanto, volvió a la puerta, espiando la desierta galería a través de uno de los vaciados nudos del entablado. Aturdido traté de asomarme al ventanuco. La compañera de la moabita me lo impidió. ¿Qué demonios ocurría? Y Débora, confiando en el momentáneo silencio de la posada, me explicó con un hilo de voz que Heqet y los esbirros del saduceo tramaban lo peor. ¿Qué significaba todo aquello?

Impaciente ante mi torpeza me hizo ver que su jefe, por alguna razón que ignoraba, había salido precipitadamente del albergue, regresando con cuatro de los incondicionales y viciosos sirvientes de Ismael. Reunidos en la taberna, ella y su amiga habían tenido que servirles, descubriendo así los planes del egipcio. Las órdenes del posadero eran tajantes: «acuchillar al griego y hacer desaparecer el cadáver». No había tiempo que perder. Y señalándome la ventana me invitó a huir.

Conmovido ante la generosidad y valentía de las «burritas» no supe qué responder. Y Débora, apremiándome, resumió y justificó su actitud con una frase:

—Pocos hombres hubieran hecho por mí lo que tú en la taberna.

—Pero, ¿qué será de vosotras?

No hubo respuesta. El crujido del entarimado de la galería la dejó en suspenso. Y la mujer, llevando su dedo índice izquierdo a los castigados labios aconsejó silencio. Alguien había irrumpido en el corredor. Débora se abalanzó sobre la puerta, tratando de controlar el oscuro lugar. Al punto, girando sobre los talones, nos informó de la presencia de los cinco individuos en el extremo opuesto del pasillo. Y agitando las manos me instó a que saltase. Pero, inexplicablemente, movido quizá por el deseo de identificar a los agresores, aparté a la moabita y abrí la hoja, lo suficiente para ver cómo derribaban la puerta de mi habitación, penetrando en tropel en el habitáculo. De no haber sido por las súplicas de la prostituta es casi seguro que, llevado de la indignación y de la inconsciencia, me hubiera aventurado a hacerles frente. La mujer tenía razón. Si el enano y su gente me localizaban en el cuarto de las meretrices, o saliendo de él, la vida de mis salvadoras podía correr grave peligro.

Y cerrando la puerta me dirigí a la ventana. La distancia al suelo, de unos cinco metros, no me preocupaba tanto como la suerte de aquellas esforzadas e infelices rameras. Y a punto de saltar, tras agradecer su gesto, eché mano de la bolsa de hule y, rescatando uno de los saquetes con pepitas de oro, lo lancé a las manos de la nerviosa Débora. Una sonrisa y un «Melqart te bendiga» fue lo último que vi y escuché. Y arrojando la «vara» en la oscuridad traté de

341

interpretar el tipo de tierra que me esperaba. Un golpe seco y amortiguado me anunció que estaba sobre campo, posiblemente en zona de labranza. Décimas de segundo después me precipitaba al vacío, cayendo, en efecto, sobre la arcillosa base de la plantación de olivos que circundaba buena parte del edificio. A decir verdad, salvo algunas contusiones de escasa trascendencia, tuve suerte. De haber caído tres o cuatro metros más a la izquierda, las ramas y los retorcidos brazos de uno de aquellos olivos podrían haberme lastimado. Minutos después, a la carrera, salvaba el puentecillo de piedra, dirigiéndome hacia la fuente. La aldea, próximo el amanecer, no tardaría en despertar. Y tras comprobar que no era seguido me detuve al pie del rumoroso caño de agua. ¿Hacia dónde dirigía mis pasos? ¿Intentaba refugiarme en el hogar de la Señora? ¿Me ocultaba en alguno de los rincones del poblado? ¿Esperaba allí mismo las luces del alba? ¿Qué podía hacer con el saduceo? Y abrumado por la situación, reparando de pronto en el cristalino salto de agua, me decidí por la más sensata de las alternativas. Como decía el Maestro, «los problemas, de uno en uno».

El «ala del pájaro», como llamaban popularmente a las fuentes, se hallaba lógicamente desierto. Haciendo justicia a esta plástica descripción (en los pozos y manantiales de uso público se congregaba a diario la población intercambiando las novedades y comadreos), el lugar no tardaría en llenarse de madrugadoras matronas y de campesinos perezosos que aprovecharían el paso por el estanque para abrevar sus jumentos y llenar las calabazas y pellejos. Actué con celeridad. Me desnudé y situándome frente a la fría vena de agua disfruté de la improvisada «ducha». El baño —otra de las servidumbres difíciles de paliar en nuestras circunstancias— fue una bendición. Y relajado y fresco como una rosa, tras secarme con el ropón, me dispuse a atacar aquella segunda jornada en Nazaret. El contacto con el líquido elemento debió aclarar también mis emborronadas ideas. Aguardaría la claridad para ponerme en marcha. Mi primera «visita», por supuesto, sería al saduceo. Entendí que sobraban motivos para intercambiar algunas palabras con el peligroso sacerdote y jefe del consejo. A ser posible, aunque no tenía claro cómo, intentaría recuperar los fármacos. Por otra parte, en honor a la objetividad y dada su condición de viejo profesor de Jesús, no estaba de más que le formulara varias cuestiones al respecto. Y hambriento rebusqué en el exhausto saco de viaje. Los ladrones habían despreciado los frutos secos, sabia y providencialmente incluidos por mi hermano en el modesto «ajuar». La partida de higos prensados, pasas y nueces —de alto poder calórico— redondeó mi ánimo. Y extrañamente tranquilo asistí complacido a mi primer amanecer en la aldea del Maestro. Y al unísono, como si se tratase de un mismo fenómeno, el orto naranja del sol y el ronquido de la molienda del grano fueron empujando oscuridades y silencios, devolviendo la luz y la vida al poblado. Puntual y matemáticamente hicieron acto de presencia las mujeres, cargando vasijas sobre las cabezas o abrazándolas contra las caderas. Y con ellas, los primeros *felah*, descargando el malhumor del madrugón con los pacientes asnos. No tuve dificultades para obtener la información que precisaba. La casa de Ismael, pareja a la sinagoga, se levantaba al norte de la aldea, en la orilla izquierda de la torrentera que jugaba a río en la falda sur del Nebi. No tenía pérdida. De acuerdo con la tradición aparecía aislada del resto de las construcciones. Y con la amable sencillez que caracteriza a las gentes humildes, dos de las matronas, que seguían poco más o menos el mismo camino, se brindaron a acompañarme hasta el lugar. El barrio de los artesanos y la «calle sur» —itinerario seguido hacia la esquina noroeste de la aldea— fueron iluminándose con la promesa de un día tan radiante y caluroso como el anterior. A las puertas de las casas, en los patios y callejones, dueñas y jovencitas ponían a punto las hornadas, canturreando al ritmo de la molienda, barriendo y baldeando el empedrado y alimentando las blancas columnas de humo de los fogones y hornos de pan que, sin querer, venían a trazar en el celeste del cielo una Nazaret vertical, ondulada y optimista. Una Nazaret ajena a las miserias de hombres como Heqet y sus secuaces. Era increíble. A juzgar por los alegres y limpios saludos de los vecinos, nadie parecía al tanto de los turbulentos sucesos de la noche que acababa de retirarse.

En el cinturón de huertos que hacía de frontera entre la colina y las últimas casas, las risueñas mujeres, con las ánforas sobre las cabezas, me dejaron prácticamente encaminado en la dirección de la sinagoga. El edificio, en piedra, asentaba sus reales en una mediana explanada, abierta a cosa de medio centenar de pasos de la aldea. En principio, excepción hecha de los bloques de roca —cenicientos y desgastados por la erosión—, la construcción no sobresalía del resto de las viviendas. Un casi imaginario senderillo rodeaba la casa por el flanco oriental, llevando directamente a las dos puertas que se abrían en la cara norte. Ambas se hallaban cerradas. Imaginé que se trataba de las entradas a la sinagoga propiamente dicha. En esa misma fachada norte, de unos quince metros de longitud, ocupando la esquina occidental, aparecía una construcción de menor envergadura y claramente diferenciada por el encalado de los muros. Presentaba también un portalón, semiclausurado por una cortina de lana escarlata. Y frente a la que supuse vivienda del saduceo, a cuatro metros de la entrada, un pozo provisto de un trípode metálico del que colgaba un húmedo y balanceante cubo de madera. Amarrada al brocal me observaba indiferente una pareja de asnos de pelaje negro y ensortijado.

No supe qué hacer. ¿Rodeaba el edificio a la búsqueda de sirvientes? Estremecido recordé que los esbirros contratados por el posadero para mi eliminación eran justamente servidores o lacayos del viejo sacerdote. Quizá el encuentro, a plena luz y en los dominios de la víbora, no fuera tan dramático. La reflexión no era de buena factura. Así que, con mil precauciones, caminé hacia el oeste de la fachada. En dicha esquina el paso aparecía cortado por un abrupto desnivel —casi un precipicio— que moría en la torrentera, a unos veinte metros de donde me hallaba. El muro occidental de la vivienda quedaba convertido así en un lugar de difícil acceso. De hecho, como si el saduceo hubiera deseado convertir aquel flanco en un bastión, la pared carecía de puertas. En cuanto a la media docena de ventanas practicada en el blanco enlucido, la más próxima a tierra quedaba separada por tres dilatados metros. Un poco más al norte, siguiendo el curso del arroyo, se alzaban un par de casitas, recostadas una en la otra. A las puertas de una de ellas, besando las rápidas aguas, se distinguían varios hombres, afanados en lo que me pareció un trabajo de alfarería. Sin saberlo estaba descubriendo el taller de los descendientes de Nathan. Súbitamente, el roce de unas sandalias contra la tierra apisonada fue a sacarme de mis observaciones. La baja y fuerte complexión del individuo que se acercaba me resultó familiar. Si la memoria no fallaba, era el mismo, o muy semejante, al que había salido del albergue y que terminó dándose a la fuga por los huertos próximos al puente de piedra. Aquel elemento, en compañía del segundo —al que persiguiera Santiago—, podía ser uno de los artífices del robo. Y la mano derecha de este cada vez más desconfiado explorador fue al encuentro del mecanismo activador de los ultrasonidos. No fueron necesarios. Al reconocerme soltó la horca de tres púas que portaba en la mano izquierda y, descompuesto, berreando como un becerro, dio media vuelta, precipitándose hacia el cortinaje rojo. Atónito ante la incomprensible y desmedida reacción del esbirro no acerté a entender. «A no ser...» Sonreí sin ganas. Y el estómago me dio un vuelco. «A no ser que aquel desalmado hubiera participado en el apuñalamiento del "dormido griego"...»

Alertados por el escándalo no tardaron en aparecer otros dos hombres. Y detrás, castigando las prominentes mamas con el balanceo de las prisas, el saduceo, insomne y visiblemente irritado por el alboroto. Dios hizo que me quedase quieto. Y de esta guisa, sin mover un músculo, tratando de iluminar mi inteligencia con alguna brillante y oportuna idea, esperé el desenlace de la escena. El sacerdote, embutido en una túnica cuya blancura lastimaba los ojos, penetró como un carro de guerra en mitad del confuso trío. Oyó la sofocada y lastimera versión del acólito y, sin quitarme ojo, ordenó que se retiraran. Aquello me sorprendió. Pero, sin perder la serenidad, continué en mi papel de estatua. Sólo podían ocurrir dos cosas: que el viejo cirrótico aprovechara la soledad del lugar y me lanzara a sus esbirros o bien que diera media vuelta y me dejara plantado. Pues bien, sucedió lo que menos podía imaginar: Ismael, astuto, pensaba con gran rapidez. Y en segundos, desconcertado quizá ante mi supuesta audacia, le dio la vuelta al colérico semblante, tensando los nevos «en araña» de las mejillas con una artificial sonrisa. Y abriendo los brazos en señal de paz caminó hacia quien esto escribe. Como es de suponer, aquel cambio emanaba un inconfundible tufo a traición. Pero, dispuesto a conquistar los objetivos que me había trazado, decidí ponerme a su altura.

—El Único, bendito sea, favorece a los valientes.

El saludo, arrojándome el podrido aliento, confirmó mis impresiones.

—Sé bien venido a la casa de Ismael. Supongo que me buscas... —Y con una desfachatez difícil de igualar me tomó por el brazo, invitándome a caminar a su lado—... Presiento —añadió mirándome de soslayo— que nuestro encuentro estaba escrito en los cielos.

«No puedes imaginar hasta qué extremo», pensé para mis adentros.

—...Es muy posible que ambos hayamos cometido errores. Sin embargo, no hay nada que no pueda resolver la palabra y una oportuna medida de vino. Te ruego aceptes la hospitalidad de este anciano.

Creí estar al tanto de su error. Pero, ¿cuál era el mío? E instantáneamente me vino a la memoria la crítica escena de la «blasfemia» de Santiago. Yo estaba allí.

Al traspasar el umbral, el rústico exterior de la vivienda desapareció. Cruzamos un pequeño *hall*, todo él revestido en piedra travertina y, falsamente reverencioso, el miserable jefe del consejo me franqueó el paso a una segunda sala, sin ventanas, en la que se respiraba un penetrante perfume a incienso. Atento a mis movimientos se mostró satisfecho ante el asombro que pintaba mi rostro. La decoración daba cumplida cuenta de su desmedido amor por el lujo. Resultaba poco menos que inconcebible que en una aldea de tan modestas gentes y pretensiones pudiera alzarse una vivienda que, a no dudar, habría sido la envidia del mismísimo gobernador. Las paredes, del suelo a la techumbre, aparecían forradas de bronce. Y en el centro geométrico de cada una de ellas, incrustados en las planchas, brillaban sendos candelabros sagrados de medio metro de altura, trabajados en una especial piedra de Capadocia (algo similar al cristal de cuarzo). La transparencia de los siete brazos de cada *menorah* era tal que, incluso sin ventanas, destellaban como diamantes. Dos enormes lucernas en forma de media luna y en un delicado repujado en hierro colgaban de las vigas de la techumbre, cubriendo la estancia de una luz dorada. Suspendidas aproximadamente a la altura de mi cabeza (algo menos de 1,80 m), las lámparas quemaban las mechas por sendos «cuernos», dejando escapar los hilos de incienso por el centro. El piso, deliciosamente fresco bajo mis pies descalzos, se hallaba armado con losas de «breccia» egipcia —el codiciado alabastro de color miel—, transportada desde el Dshébel Urakan. Y en mitad de la «sala de estar», otra joya cuyo exorbitante precio sólo podía estar al alcance de aquel corrompido representante de la ley: una mesa de casi metro y medio de diámetro y poco más de cuarenta centímetros de altura, fabricada con láminas circulares de limonero (1). (Entre los romanos, estos muebles alcanzaban cotizaciones millonarias. Se cuenta, por ejemplo, que Cicerón poseía una de estas mesas, valorada en quinientos mil sestercios.) Las patas, de marfil, habían sido guarnecidas con aplicaciones de concha y pequeñas lágrimas de oro y plata.

Y, replicando a mis pensamientos, comentó devorado por la soberbia:

—Dios, bendito sea, otorga poder y gloria a quien lo busca.

E indicando los mullidos almohadones de seda persa que rodeaban la mesa me suplicó que tomara asiento. Y el saduceo se dirigió al *hall*, intercambiando algunas frases con uno de los sirvientes. Pero, ignorando mis gustos, se volvió desde la puerta preguntando si deseaba vino. Decliné la invitación. Sin embargo, ante la empalagosa insistencia, no tuve más remedio que sugerir una ración de leche caliente. Sonrió despreciativamente y, transmitida la oportuna orden, fue a desplomarse entre jadeos sobre los voluptuosos cojines y, entre dientes, se quejó de una punzante artritis.

(1)   Las planchas circulares y vistosamente veteadas de esta madera —una especie de «tuya» que crecía en las proximidades del Atlas— eran muy buscadas por los patricios y millonarios de la época. Resultaba difícil que los troncos de este árbol alcanzasen el espesor necesario para la fabricación de dichas mesas. Aun así, algunos afortunados llegaron a comprar ejemplares de hasta cuatro pies de diámetro. Con el correr de los años, algunas mesas de limonero se cotizaron a razón de 1 300 000 sestercios. *(N. del m.)*

—Y bien...

El malicioso Ismael descansó las sanguinolentas manos en el abultado abdomen, esperando mis razones. Sin saber qué decirle ni por dónde empezar me limité a pasear la mirada por la millonaria estancia.

—No debe asombrarte —medió corrosivo—. Estas pequeñeces se hallan inspiradas en la gloria de Grecia. Porque tengo entendido que eres de Tesalónica...

Asentí, comprobando que Heqet se había dado una especialísima prisa en informarle.

—¿Y qué hace un rico comerciante tan lejos de su patria?

Reptante, de acuerdo a su condición, fue llevándome hacia donde deseaba. Lo que no sabía es que yo también le arrastraba hacia uno de mis objetivos.

—He sabido de un profeta llamado Jesús —dejé caer con maldad— y busco información...

Al oír el nombre de su antiguo discípulo se mordió los labios. E incontenible y agrio balbuceó:

—¿Un profeta?... ¿Ese loco presuntuoso?

Acababa de tragar el cebo. Ya sólo era cuestión de ir recogiendo el sedal.

—...Yo fui su maestro.

—Eso tengo entendido —le interrumpí fingiendo una ardiente curiosidad—. Y sé que tus labios hablarán con verdad. Dime: ¿es cierto que fue un alumno sobresaliente?

La víbora abrió las fauces. Y la ponzoña me hirió en lo más profundo. Pero, haciendo de tripas corazón, soporté la embestida.

—Un afeminado sobresaliente. —Presa de la ansiedad del alcohólico chasqueó la lengua. Y añadió roído por el resentimiento—: Más le hubiera valido casarse con Rebeca y olvidar sus sueños de grandeza. Después de todo, ¿quién fue su padre? ¿Quién era él? ¡Carpinteros ignorantes que no tenían donde caerse muertos!...

—¿Afeminado? —tercié descendiendo a su nivel—. Tú tampoco te has casado...

La ojerosa mirada se nubló en rojo. Y midiendo las fuerzas de su contrincante meditó la respuesta. Pero el odio hacia Jesús era como un océano. Ni mil vidas lo hubieran secado. En cada palabra, gesto o silencio batía ronco y destructor.

—Yo he consagrado mi vida al Todopoderoso, bendito sea. Y no voy a consentir que me insultes. Y menos en mi propia casa...

—Ni yo que insultes a mis amigos.

La tensión fue sofocada por la entrada de uno de los sirvientes. No fui capaz de reconocerle. Yo sabía que, al menos uno entre los servidores del saduceo, había demostrado lealtad a la familia de Santiago, advirtiéndoles en secreto de la marcha de un mensajero al tribunal de Séforis. El individuo, joven y enjuto, me miró con una descarada curiosidad. ¿Podía ser aquél el «contacto» con los familiares del Maestro?

El viejo recibió el vino con desasosiego. Y atrapando el vaso múrrino antes de que la bandeja llegara a la mesa lo apuró convulso, con la sed sin fondo de los alcohólicos. Observé con desconfianza la ración de leche, igualmente servida en una de aquellas espléndidas copas múrrinas —una especie de ágata—, puestas de moda entre las clases adineradas a raíz de su introducción en Roma por Pompeyo después del triunfo sobre Mitrídates.

Un cavernoso eructo relajó la ansiedad de Ismael —que no la sed— quien, vaciada la dosis, alargó la temblorosa mano, exigiendo el inmediato llenado del vaso. El sirviente, con la jarra de bronce corintio dispuesta, parecía esperar la orden. Escanció el espumoso y ligero néctar y, como un autómata, depositó el recipiente en el suelo, al alcance de su mano. El saduceo percibió mis recelos. Y desbordado en una risa de hiena, incapaz de articular palabra, hizo señas al joven para que probara la leche. La fría y dócil sumisión del individuo —que cumplió la orden de inmediato— me dejó perplejo. Aquél parecía otro triste hábito de la infernal vivienda.

—¡Griego insolente! —clamó cuando el criado se hubo retirado—. ¿Me crees capaz de envenenar a un amigo del gobernador? Te diré algo: admiro tu valor...

La mano del «rana» seguía flotando en aquel desapacible encuentro.

—...Sabes defender a tus amigos. Y eso no es moneda común en estos tiempos. Pero dime: ¿por qué te interesa un profeta muerto?

Rió su propia gracia.

—Quizá —improvisé— porque supo enfrentarse a los corruptos.

—En eso reconozco una cierta verdad —replicó con cinismo—. El carpintero tenía la audacia de los ignorantes. Desde niño demostró una enfermiza inclinación al desafío y a la polémica. El consejo, y yo mismo, tuvimos que amonestar a su familia en numerosas ocasiones. Introvertido, ególatra y blasfemo se empeñaba en hablar con el Único (bendito sea) como si fuera su padre. Estaba poseído. Violaba el sábado y su palabra era fuente de continuas querellas entre la juventud. Siendo un despreciable crío llegó a ponerme en ridículo. Se atrevió a dibujar el honorable rostro de su maestro en las losas de la escuela...

Con toda la frialdad de que fui capaz seguí tirando del engaño.

—Dicen que obró prodigios. En Caná...

La carcajada de aquel malnacido quebró el blanco pincel del incienso.

—¡Caná!... ¡Agua en vino! —Y mostrándome la copa escupió en su interior—. Si en esta comarca hay alguien que entienda de vinos, ése soy yo... —No lo puse en duda—... ¿Quién presenció el prodigio?

—Tengo entendido que su madre y...

—¡Tú lo has dicho! —vociferó arrojando los restos del vino sobre el piso—. ¡Su madre!... ¡Y nadie más! Jesús sólo hacía maravillas delante de los suyos...

—No comprendo.

—Estimado griego —descendió a un tono paternalista—, otros, menos inteligentes, se han dejado embaucar por supuestas resurrecciones, falsas curaciones y multiplicaciones de panes y peces. Me alegra que tú, mucho más sensato, preguntes también a sus «enemigos». Escucha esto: en cierta ocasión, ese desagradecido se dejó caer por este, su pueblo. Yo mismo le interpelé, desafiándole a que hiciera brotar vino añejo de mi pozo. —Movió la cabeza, descalificando al Maestro—... Acobardado huyó a Nahum. A otros es posible; a los que le vimos crecer no podía engañarnos.

—Nunca hubo profeta en su tierra.

—Los profetas —replicó autoritario— jamás se proclamaron hijos de Dios. —Y colmando el torturado espíritu con una tercera copa dejó el asunto visto para sentencia—. En fin, ya ves cómo ha terminado. De haber seguido mis consejos quizá hubiera sido un hombre útil y honorable. Mañana, nadie le recordará... En cuanto a su familia, yo me encargaré de liquidarla y de limpiar la aldea de tanta inmundicia.

Poco más podía esperar de aquella ciénaga. Y aprovechando la insinuación me arriesgué a interrogarle acerca de sus intenciones inmediatas. El reptil no cayó en la trampa. Y en un inequívoco tono de advertencia recomendó que, por mi seguridad, «cambiase de aires».

—O mejor aún —rectificó en un sibilino intento de utilizarme—. Estaría dispuesto a enjugar tu error, siempre y cuando me tuvieras al corriente de los proyectos de esos indeseables...

Tratando de pensar a su misma velocidad y de conocer sus turbios manejos simulé no haberle comprendido.

—¿Mi error?

—Tu ingenuidad me conmueve. Precisamente tu condición de extranjero viene a colocarte en una delicada situación... —En esta ocasión, ciertamente, no alcancé a entender el significado de sus amenazas—. Supongo que estás enterado de una de las acusaciones que le llevaron a la ejecución. Ese renegado se declaró «rey de los judíos»... Pues bien, sus partidarios son igualmente enemigos del César. ¿Te conviene convertirte en sospechoso de conspiración contra Roma?

Despejada la duda sobre «mi error», empecé a evaluar la «oferta». Quizá resultase altamente beneficioso que me «rindiera» a sus propósitos...

Me dejó reflexionar.

—Mi trato —redondeó con astucia— puede salvarte de la ignominia y de algo peor...

Mientras permaneciera en la aldea —y mi retorno al *yam* estaba previsto para la mañana del viernes 28— el único riesgo calculado que en verdad corría este explorador ya había sido apuntado por el saduceo y ensayado por el egipcio. En este sentido debía obrar con pies de plomo. Era menester ganar tiempo y aplacar las iras del jefe del consejo, en la medida de lo posible. La operación no podía verse comprometida a causa de las intrigas de aquel indeseable. Si obtenía una «tregua» —a ser posible hasta el mencionado viernes—, mi labor en Nazaret resultaría beneficiada. Por supuesto, no se trataba de traicionar a mis amigos. Ni el estricto código de Caballo de Troya lo permitía, ni yo lo hubiera consentido. Si el viejo buscaba información acerca de los planes de la familia de Jesús, yo se la daría..., a mi manera. Establecer una secreta «relación» y estar al tanto de sus movimientos podía ser positivo para mis propósitos.

—¿Y qué obtendré a cambio? —repliqué, fingiendo no haber captado sus amenazas.

El alcohol le otorgó una momentánea lucidez. Y convencido de que tenía delante a un estúpido de solemnidad se aventuró a desvelar:

—El Sanedrín de Séforis decidirá mañana la suerte de Santiago, de su familia y de cuantos proclaman la resurrección del carpintero. Aquí, todo pasa por mis manos. Si aceptas, no habrá cargos contra ti y podrás volar en libertad...

Al pronunciar la palabra «volar» fue arrastrado por una risita nerviosa y preñada de funestos augurios. Y quien esto escribe equivocó el sentido de la siguiente y enigmática frase del saduceo:

—A partir de hoy, muy pocas palomas disfrutarán de esa libertad.

—Está bien —proclamé, deseando terminar la correosa entrevista—. Pero exijo algo más... —Sus ojos se abrieron como los de un búho al acecho—... Te ofreceré la más exhaustiva información, siempre y cuando, además de mi seguridad, me garantices la devolución de lo robado en la posada y...

No me permitió concluir.

—¡Hecho! Tu prudencia es propia de los hombres sabios. Hemos hablado de tu error y creo que también deberíamos hablar del mío. —El tono, condescendiente e impropio de un reptil, me puso en guardia—... Debes comprender a este viejo y celoso guardián de la ley. Vivo por y para Yavé, bendito sea, y para estas sencillas e infelices criaturas a mi cargo...

«Repugnante hipócrita», grité en mi fuero interno.

—...Por ello, y te ruego que me disculpes, di las órdenes oportunas para que registraran tu habitación. Otro, en mi lugar, hubiera hecho lo mismo. La pureza de la doctrina es lo primero. Y tú, no puedes negarlo, has irrumpido en la aldea como amigo y partidario de ese peligroso revolucionario, afortunadamente muerto. De haber sabido que eras un hombre sensato y, por añadidura, amigo de Poncio, esta conversación habría tenido lugar mucho antes. Cuando te entrevistes con el gobernador (porque sé que lo harás), háblale de Ismael y de su celo... —Empecé a palpar las segundas intenciones de aquel más que supuesto reconocimiento de su culpabilidad—. Mañana, si me haces el honor, podrás apreciar el refinamiento de mi cocina. Y estaré encantado de restituirte lo que es tuyo, siempre y cuando —matizó congelando las palabras en el aire— el honorable griego cumpla lo acordado...

—Hay algo más.

Consumado actor e impenitente embustero fingió sorpresa. Y tratando de sacar partido de la idea que acababa de deslizar le mostré algo que ya conocía: el salvoconducto de Poncio.

—...La agudeza de tu inteligencia —tercié con idéntica teatralidad— podría perderse en un lugar tan remoto como éste. Es cierto que el gobernador me aguarda en Cesárea. Y no es menos cierto que podría hablar de tu celo y mejor hacer, no sólo a Poncio, sino a los grandes rabinos del Sanedrín de Jerusalén y, en breve, al mismísimo Tiberio...

La codicia y ambición asomaron traidores por el congestionado rostro. Y apurando la última gota de la jarra, babeando de placer, rogó que ampliara detalles. Y tal y como suponía, el malévolo plan de este explorador cayó en terreno abonado...

—Podría hacer llegar tu informe a la máxima autoridad del imperio. A cambio, sólo deseo de tu probada magnanimidad un par de minucias...

—¿Minucias? ¿Informe? ¿A qué te refieres?

Con estudiada frialdad fui explicándole mis pretensiones. ¿Quién mejor que él para redactar un informe sobre la figura de Jesús y las «blasfemas y revolucionarias actividades» que empezaban a detectarse en Nazaret? Mi exposición, adornada con un incesante canto a su honorabilidad,

353

terminó de vaciarle. Y respirando vanidad aceptó, aunque insinuó con desconfianza:

—Te concederé lo que pidas, salvo una cosa: el perdón para esos miserables.

Haciéndome cómplice de su odio le aseguré que no era ésa mi intención.

—Tu palabra ha abierto mis ojos. No deseo modificar el rumbo del destino. Como te decía, sólo pretendo un par de «minucias»...

—Habla, pues.

Y midiendo cada sílaba le hice ver que, «por razones estrictamente personales deseaba vengarme de uno de los discípulos del profeta». Pero, incomprensible y sospechosamente, había desaparecido. Y sin descender del cinismo al que me había encaramado le expresé mi fingido temor.

—Cabe la posibilidad —manifesté humillando la voz— que ese engreído y venenoso Juan de Zebedeo haya huido a Séforis y trate de perjudicarme, denunciándome a los funcionarios de Antipas. En el camino hacia Caná me negué a curar a uno de sus compañeros y ha jurado perderme.

El dato, infiltrado con absoluta premeditación, no podía haber llegado a oídos del saduceo. Y admitiendo que pudiera verificarlo, el «rasgo de honradez», a no dudar, jugaría a mi favor.

Desconfiado y astuto me dejó terminar.

—...Es mi intención acabar con él, antes de que acierte a enredarme en un siempre enojoso pleito.

—¿Y la segunda «minucia»?

—Tengo entendido (corrígeme si me equivoco) que hace años, el propio Jesús te vendió una arpa de su propiedad...

Sin adivinar hacia dónde me dirigía frunció el ceño, luchando por recordar...

—...Pues bien, si fue así y si aún la conservas, quisiera examinarla y entregársela a Procla, la esposa de Poncio.

La cadena de improvisadas mentiras le dejó fuera de combate.

—¡El arpa!... Sí, claro que lo recuerdo. Pero, no entiendo...

Más asombrado que el saduceo ante mi capacidad para la invención proseguí en los siguientes términos:

—Se trata de un sueño. La víspera de la crucifixión, la mujer del gobernador tuvo una visión. En ella aparecían el profeta y el arpa... Lo siento, no puedo decirte nada más.

Permaneció en silencio y confuso. Parecía obsesionado, buscando clandestinas intenciones a mis propuestas. La segunda, aparentemente de menor rango, quedó en suspenso.

—¡El arpa! Dame tiempo. Tendré que buscar...

Acepté comprensivo.

—Mañana recibirás una respuesta. En cuanto a ese Zebedeo... —Me observó ladinamente. Y enroscado en su maldad sentenció con irritante parquedad—: Quizá tu «minucia» haya sido ya satisfecha...

Me vi asaltado por un presentimiento. ¿Qué había querido decir? ¿Cuál era la relación entre aquel miserable y la inexplicable ausencia del discípulo? ¿Por qué mi falso deseo de venganza se hallaba cumplido? Y con aire distraído presioné.

—Ahora soy yo el que no entiende.

No mordió el anzuelo. Y tirando del abdomen bregó por ponerse en pie. La entrevista tocaba a su fin.

—Mañana, astuto griego, daré respiro a tu curiosidad. Tendrás preparado el informe y, además del arpa y una suculenta cena, compartirás conmigo otras sorpresas...

La prudencia me obligó a desistir. Aquel individuo era más escurridizo y peligroso de lo que había supuesto. Tendría que calcular todos mis movimientos. Y al abandonar su guarida —no sé cómo explicarlo—, el instinto se agitó, advirtiéndome de algo terrorífico. Quizá me había precipitado al acudir a la casa del saduceo. Y la intuición, sutil, me puso sobre aviso: no debía volver...

Los pies, ajenos a mis pensamientos, terminaron llevándome al hogar de la Señora. ¿Por qué había experimentado aquel desasosiego al despedirme del viejo rufián? ¿Era por mí o por el Zebedeo?

La puerta abierta me devolvió a la realidad. Era extraño. ¿A qué obedecía el cambio en las rigurosas precauciones de la familia? Al asomarme comprobé que la estancia se hallaba desierta. Y alzando la voz traté de advertirles de mi presencia. Nadie respondió. Repetí el saludo con idéntico resultado. Y temeroso de abusar de la hospitalidad de mis amigos rechacé el inicial impulso de adentrarme en la vivienda. Retrocedí algunos pasos, inspeccionando la solitaria calle. La ausencia de vecinos en las inmediaciones se me antojó igualmente anormal. ¿Qué había sucedido? Y sobrecogido aún por las enigmáticas y nada tranquilizadoras palabras de la víbora me vi asaltado por un torbellino de suposiciones. Pero, cuando me disponía a llamar a la puerta contigua, domicilio de Jacobo, una voz me reclamó desde la terraza. Respiré aliviado. Era Santiago. Y haciéndome una señal me indicó que esperase. Al poco aparecía por el hueco del taller. Me invitó a pasar y, cerrando la puerta, se dedicó a dar cortos paseos por la habitación. En un primer momento lo atribuí a la lógica falta de sueño. Las ojeras y los ojos enrojecidos no podían tener otra explicación. Era correcto, en parte.

—¿Qué ocurre?

Y el galileo, advirtiendo mi ansiedad, fue directamente al problema.

—Juan...

—Ha aparecido —me atreví a insinuar, demostrando mi alegría.

—Ése es el asunto —replicó casi sin voz—, que sigue sin dar señales de vida. Esta mañana, uno de los burreros que transporta el lino desde Séforis me ha comunicado que nadie le ha visto en la ciudad.

—Entonces...

—Anoche, al regresar junto a mi familia —completó la explicación—, uno de los criados del saduceo, fiel a las enseñanzas de mi Hermano, se presentó de nuevo en la casa, confirmando su primera información: el Zebedeo había solicitado una entrevista con esa víbora. Ismael cambió algunas palabras con él. Ahí desaparece su rastro. Jasón: ese inconsciente de Juan tiene que estar aún en la casa...

—No lo creo. Mejor dicho —me apresuré a rectificar ante la atónita mirada de mi interlocutor—, creo que no es posible...

—¿Por qué?

—Acabo de salir de la madriguera de ese reptil y, según he apreciado, el Zebedeo no está en la mansión.

Leyendo en su faz la lógica sorpresa me adelanté a sus pensamientos, refiriéndole parte de mi encuentro con el jefe del consejo, así como la pactada segunda reunión, prevista para el atardecer del día siguiente. Creo que entendió y admitió mis razonamientos. Por supuesto tuve especial cuidado en silenciar las tenebrosas intenciones del saduceo respecto a su familia. Aunque, a decir verdad, tampoco constituían novedad alguna.

Durante breves instantes se distrajo, acariciando la barba con los dedos. Por último, moviendo la cabeza negativamente, no ocultó su disgusto.

—No me gusta. —Y retrocediendo a una de las claves de mi exposición comentó a la sombra de la incertidumbre—: Mi madre tiene razón. Es posible que tu «supuesta venganza» haya sido ya satisfecha.

—¿Qué insinúas?

Me miró compadecido.

—Amigo Jasón: tú no conoces a ese hombre... Si Juan ha cometido el error de desafiarle...

Eligió el silencio. Para él, la dramática culminación de aquel pensamiento era algo vivo y factible. Para mí, que conocía «el futuro», un fin trágico para el Zebedeo en el año 30 no tenía fundamento. Sin embargo, aunque ardía en deseos de tranquilizarle, contuve mi lengua.

—¿Cuáles son tus planes?

Sonrió lastimeramente.

—Buscar un cadáver...

—Pero...

No admitió la protesta.

—Aquí, Jasón, las noticias vuelan. ¿Crees que no estamos informados de lo ocurrido esta madrugada en el albergue? Toma buena nota: ése es el estilo de Ismael y sus lacayos. ¿Imaginas que Juan ha podido correr mejor suerte? —Ni podía ni me dejó intervenir—... No, Jasón. Prefiero afrontar los hechos. La visita al jefe del consejo y su desaparición parecen una misma cosa.

El silencio fue la más elocuente respuesta. Y guiado de su sentido de la prudencia solicitó que aquella conversación no trascendiera.

—En especial —añadió con una rabia mal contenida— después de lo ocurrido esta noche...

Supuse que hacía alusión al intento de asesinato tramado por Heqet. El siguiente y espontáneo comentario de Santiago fue a sacarme del error.

—...¡Hijo de mala madre! No respeta ni a los animales...

—¿De qué hablas?

—Ven y lo verás.

Y conduciéndome al corral se dirigió al ángulo derecho. Allí, tomando la delantera, ascendió hasta el terrado, sirviéndose de una escalera de mano. Una vez arriba, percatándose de mi vacilante actitud, me apremió a que le siguiese. Al poner los pies en el terrado quedé estupefacto. Miriam, al fondo de la azotea —justamente en la zona situada sobre la cocina—, parecía consolar a su madre. La Señora, sentada sobre el pavimento, tenía la cabeza entre las rodillas. A la izquierda de las mujeres, Jacobo, en cuclillas, examinaba algo con gran atención. Santiago se incorporó al grupo. Y quien esto escribe, intrigado, se fue tras él. Al descubrir en el suelo el motivo de la minuciosa observación de Jacobo comprendí el porqué de la desconsolada actitud de María y algo más... Y en mi memoria surgió la estampa del saduceo, con aquella risita nerviosa y la frase que —¡torpe de mí!— había interpretado erróneamente: «A partir de hoy, muy pocas palomas disfrutarán de esa libertad.»

—¿Por qué?..., ¿por qué?

La Señora, arrasada en llanto, formulaba la pregunta una y otra vez. Ninguno de sus hijos supo responder. Y mis ojos fueron a cruzarse con los de Santiago.

—Amigo Jasón —manifestó con una justa amargura—, tú no conoces a ese hombre...

En el terrado yacían quince palomas, muertas. María, al descubrir esa mañana el triste hallazgo, se había apresurado a avisar a los suyos. Curiosa, y sospechosamente, el autor o autores de la mortandad no actuaron sobre el palomar existente en el patio posterior. Era menos comprometido ascender por las escaleras exteriores, adosadas al muro, y eliminar a los inofensivos ejemplares que se guarecían en un anexo del referido palomar, dispuesto al fondo de la azotea y armado en pequeñas jaulas, al socaire del contrapecho. Por fortuna, la veintena de aves que anidaba habitualmente en el corral seguía zureando y alegrando la casa con sus vuelos blancos, negros y verdiazulados.

Al examinar los animales muertos observé restos de vómitos sobre la arcilla apisonada. Jacobo mostró a su cuñado uno de los tazones de madera que servía de comedero. Junto al grano que constituía el alimento habitual se apreciaban restos de una raíz, minuciosamente troceada. Santiago tomó algunos de aquellos minúsculos y negruzcos trocitos, olfateándolos.

—No hay duda —comentó en voz baja—. Envenenadas.

Le pedí que me mostrara el extraño elemento. Pero fui incapaz de identificarlo. Y al rogar que me aclarara el misterio, lo hizo con una sola palabra:

—Acónito.

Me estremecí. En efecto, yo había observado esta planta entre la maleza que crecía en las colinas. Sus raíces contienen una alta concentración de alcaloides. Y entre esos principios activos: la «aconitina», uno de los venenos más rápidos que se conocen. Ni siquiera en la actualidad se ha descubierto un antídoto específico (1). La raíz, el «napelo», es confundida en ocasiones con los rábanos picantes. Eran suficientes cuatro o cinco miligramos para provocar un fatal desenlace en un ser humano. En el caso de las palomas, la dosis letal, por supuesto, podía ser notablemente inferior.

—¡Hijo de mil rameras!

(1) El *Aconitum napellum* es frecuente en las regiones montañosas. Sus flores, azules oscuras, en forma de casco medieval, la hacen inconfundible. En el siglo XX, la única forma común del veneno (extracto P_1D_1) aparece en un linimento comercial cuyo nombre —dada su peligrosidad— prefiero pasar por alto. La dosis letal provoca en el ser humano los siguientes síntomas y signos: hormigueo y entumecimiento de la boca, sensación de constricción en la garganta, dolor de estómago, vómitos y sialorrea e irregularidades en el pulso, que se va haciendo lento. La víctima va perdiendo fuerza en todos los músculos voluntarios, brazos y piernas y la fonación y respiración quedan obstaculizadas, presentándose una insuficiencia respiratoria y, por último, el colapso. El tratamiento exige un rápido lavado gástrico, a base de leche o del antídoto «universal». La atropina tiene una acción antídoto directa, debiendo suministrarse de uno a dos miligramos, con repetición a los veinte o treinta minutos. *(N. del m.)*

Jacobo se mordió los puños. Todos, sin necesidad de mayores explicaciones, nos mostramos de acuerdo sobre la identidad del miserable que había maquinado tan repugnante acto. Pero nadie pronunció su nombre. Tampoco hacía falta ser muy despierto para entender que aquel envenenamiento era una advertencia. Y por segunda vez en la luminosa mañana del miércoles, 26 de abril, quien esto escribe se arrepintió de haber pactado con el saduceo.

Las palomas fueron introducidas en un saco, juntamente con la totalidad del pienso existente en los comederos. Al parecer, el palomar del corral ya había sido revisado por Miriam y su marido, no encontrando nada anormal. Y María, secándose las lágrimas, fue invitada a abandonar la terraza. En compañía de Santiago fui el último en descender al patio. Al aproximarme al murete de piedra de medio metro de altura que cercaba y protegía el terrado reparé en dos cajas de madera de pino. Sin querer me entretuve unos segundos. No había duda. E inclinándome las inspeccioné con tanta curiosidad como emoción. El cabeza de familia, con un pie en la escalera, observó la maniobra y, en silencio, aguardó mi reacción. Estaba seguro. Aquellas cajas rectangulares, de sesenta por cuarenta centímetros, ennegrecidas por la humedad y cargadas de una arena sucia y salpicada de excrementos de paloma, tenían que ser las utilizadas por Jesús en sus juegos. La Señora, amorosa como siempre, las había conservado. Tomé un puñado de arena y se lo mostré a Santiago. La luz que debió percibir en mi semblante le hizo olvidar por un momento el disgusto del envenenamiento. Y sonriendo agradecido confirmó mi intuición. En aquel terrado, con aquellas cajas, la fantasía y la imaginación del Jesús niño se habían desbordado durante largas y felices jornadas.

Dos minutos después, el risueño rostro de mi amigo volvió a la aridez del momento. La familia, con la ausencia de Ruth, trató en vano de serenarse. Miriam, justamente acalorada, propuso convocar al consejo del pueblo y dar cuenta a los vecinos de la maldad del saduceo. Santiago rechazó la idea, argumentando con sobrada razón que «no era preciso demostrar algo que todos conocían de antiguo». Por otra parte, la noticia del envenenamiento —amén de haberse propagado ya por Nazaret— no era motivo suficiente para reunir a Ismael y al resto de los ancianos. ¿A quién denunciaban? ¿Cómo demostrar que se trataba de una acción premeditada? No había pruebas ni testigos. Las raíces del acónito podían haber llegado a los comederos de mil formas.

Miriam protestó. Hasta los niños sabían de la mortífera acción de esa planta. ¿Quién podía confundirla y mezclarla con el grano?

Santiago, a pesar de la sensata exposición de su hermana, le hizo ver que la crueldad del jefe del consejo terminaría revolviéndose contra tales argumentos, empeorando la ya delicada situación de la familia. Era menester que los siguientes pasos fueran y estuvieran minuciosa y cuidadosamente estudiados. Y después de varias e infructuosas discusiones —desestimada una vez más la sugerencia de Jacobo de abandonar la aldea—, el grupo tuvo que resignarse a lo acordado en la jornada precedente: esperar el desenlace de la sesión del tribunal de Séforis, prevista para la mañana del día siguiente.

—En estos momentos —añadió Santiago cancelando la reunión— conviene conservar la calma y esforzarnos para encontrar... —Dudó unos instantes. Y mirándome de reojo modificó su pensamiento. De haber hablado del «cadáver» de Juan sólo habría añadido leña seca al ya voraz fuego que consumía a los presentes—... a nuestro amigo. El Zebedeo —comentó sin poder apagar del todo su preocupación— tiene que estar en alguna parte.

La Señora, al oír el nombre del discípulo, dibujó una amarga sonrisa. Pero tampoco dijo nada. Y quien esto escribe creyó leer sus pensamientos. ¿Qué podía esperarse de un individuo sin entrañas, capaz de acabar con la vida de unas inocentes palomas?

Y cargando el saco, Jacobo se dispuso a seguir a su cuñado. Y este explorador, aunque no había sido invitado, decidió acompañar a los dos hombres. Al observar mi disposición, Santiago me miró fijamente, planteándome una sola cuestión:

—¿Estás seguro de querer unirte a nosotros? Los ojos del saduceo están en todas partes...

Y aproximándome le susurré al oído:

—No olvides que soy su cómplice.

Sonrió con desgana. En aquellos momentos debíamos rondar la «tercia» (las 09 horas). Y ordenando a su madre y hermana que fueran a reunirse con Esta dio media vuelta, dispuesto a iniciar la búsqueda. Pero, con los dedos en el pasador del cerrojo, una voz le retuvo desde la mesa de piedra. La Señora, despegando al fin de su melancolía, cruzó la sala como un meteoro, arrebatando el saco de arpillera de manos de su yerno.

—Esto es cosa mía —exclamó sin mirar a nadie.

Jacobo se encogió de hombros. Y Santiago, conociendo la tozudez de la mujer, dio por buena la iniciativa.

—Después de todo —manifestó resignado— son sus palomas.

Miriam accedió a quedarse. Recogería a sus hijos y, a no tardar, emprendería el camino de la casa de su cuñada.

Ya en la calle, el hijo advirtió a María sobre dos cuestiones puntuales. Primera: nada de escándalos ni provocaciones. Segunda: las aves serían enterradas en la colina, en el momento oportuno. Y en un tono que no admitía «peros» le aconsejó que cumpliera sus órdenes. La Señora no respiró. Y a cuestas con sus palomas y su tristeza emprendió la marcha detrás de los hijos. Este explorador, para no perder la costumbre, cerró el insólito duelo.

A decir verdad, la búsqueda del cadáver del Zebedeo se me antojó un empeño estéril. Pero, con los labios sellados, ¿qué podía hacer? «Después de todo —me consolé— quizá la "excursión" resulte instructiva.» Sabia reflexión la mía...

Los galileos, a buen paso, sabiendo sin duda hacia dónde se dirigían, tomaron dirección oeste. Pues bien, a pesar de las claras recomendaciones de Santiago, la Señora, haciendo oídos sordos a los llamamientos y al enfado de su hijo, no tuvo el menor reparo en detenerse media docena de veces, mostrando el contenido del saco a cuantas vecinas —curiosas y parlanchinas— le salieron al encuentro, interrogándole acerca de la matanza. Y a todas ellas, con una bravura lindante en la inconsciencia, les gritó el nombre del «asesino»: Ismael, el saduceo. El suplicio se prolongó hasta el límite del poblado. Y no por falta de ganas en la impetuosa Señora, sino de vecinos.

Al comprobar que se dirigían hacia la explanada de la

sinagoga me eché a temblar. Si María acertaba a pasar por delante de la casa del jefe del consejo, aquello podía convertirse en un terremoto. Me equivoqué. Los «guías», imaginando lo mismo que yo, evitaron el lugar. E introduciéndose en el cinturón de huertos esquivaron el paraje y la tentación. En repetidas oportunidades se detuvieron a conversar con varios de los *felah*. Las preguntas, siempre las mismas, giraban en torno a la suerte de Juan. Pero ninguno —ignoro si con verdad— supo darles razón. Y adentrándose en uno de los senderillos que parcelaban las pequeñas fincas fueron descendiendo por la falda occidental del Nebi, en un claro intento de reunirse con la torrentera. La Señora, aturdida y desmadejada como pocas veces la había visto, tropezó en dos ocasiones. En la última, al caer de rodillas, se lastimó. Y el saco rodó por la pendiente. Me apresuré a auxiliarla, recogiendo la liviana carga. Me negué a entregarle las palomas. Y brindándole mi brazo le recomendé que se apoyara en él, simplificando así el áspero y pedregoso terraplén. No dijo nada. Pero la intensa presión de sus dedos sobre la «piel de serpiente» fue el más rotundo signo de su angustia.

Al borde de la rumorosa, veloz y más que mediana avenida de agua, Santiago y su compañero dedicaron unos minutos a la inspección de los juncos y cañizos que vigilaban el estrecho cauce. Desalentados prosiguieron corriente arriba hasta dar alcance a un rústico y nada seguro puentecillo de troncos, ensamblados a base de una cordelería tan deshilachada que, sólo con mirarla, podía rendirse. Decididos salvaron los tres «voluntariosos» metros de puente —casi «milagrosos», diría yo— encaminándose hacia la pareja de casas que había observado desde la explanada de la sinagoga.

La Señora, cojeando y con el rostro crispado por el dolor, se detuvo frente a los troncos. Parecía como si las fuerzas le fallasen. Y compadecido, sin mediar palabra, la tomé en brazos, sonriéndole. Me dejó hacer. Y encomendándome a los cielos fui tanteando la base del húmedo y podrido armazón. Aquello podía venirse abajo en cualquier momento. Uno, dos, tres crujidos me pusieron los pelos de punta. Al cuarto, arruinado por el peso, uno de los troncos cedió y la pierna izquierda de este explorador se precipitó con estrépito por el hueco. Resistí el golpe, sujetando a la mujer contra mi pecho. Lamentablemente, el saco de viaje que colgaba de mi hombro izquierdo fue a precipitarse a la corriente, desapareciendo en segundos. Y con él, las sandalias «electrónicas»... Jamás volvería a verlas. Si alguno de los habitantes de Nazaret llegó a tropezar con ellas y acertó a descubrir el complejo mecanismo de la suela, sus preguntas —sin respuesta— tuvieron que ser múltiples.

María, pálida, sugirió que la dejase sobre el entablado. Sólo así podría liberarme de tan ridícula y comprometida situación. No tuve que reflexionar en exceso. Los habitantes de las casas alertaron con sus gritos a Santiago y a Jacobo, que acudieron al punto hasta el puentecillo. A salvo la Señora, ayudándome con la «vara de Moisés», logré «desatascar» el torpe remo, saltando como un gamo sobre tierra firme. Jacobo, a la vista de mi palidez, sonrió divertido. Lo que no sabía es que aquella falta de color tenía un origen distinto al que suponía. En la agitación del «mal paso» no me había percatado de algo que hubiera sido realmente grave. Dios quiso que el precioso cayado no escapara de mi mano derecha y sí el saco de viaje. La pérdida de la «vara» habría representado una desgracia irreparable...

Santiago condujo a su madre hasta el portalón de una de las viviendas. Allí, tomando asiento en un banco de piedra, recibió las atenciones de los tres alfareros, hijos del fallecido Nathan y viejos amigos de la familia. Jacobo, cariñoso, le devolvió el saco con las palomas, mientras otro de los jóvenes le proporcionaba un cuenco de agua. Y tras una breve conversación, en la que los artesanos afirmaron no disponer de noticia alguna sobre el Zebedeo, los hijos se dispusieron a reanudar el rastreo. Sin embargo, la buena voluntad de la mujer no fue suficiente. Su rodilla derecha, inflamada a causa de la caída en el terraplén, no aconsejaba demasiados movimientos. Santiago, contrariado, se dejó caer a su lado. Y durante un corto espacio de tiempo se limitaron a observarse mutuamente. María, abrumada, fue rodando hacia el desconsuelo, consciente de que su obstinación, una vez más, era fuente de contratiempos y preocupaciones. Y acabó humillando el rostro. El noble galileo no lo consintió. Y arrojando el malhumor por la borda tomó las manos de la madre, besándolas.

—No te aflijas, mamá María —exclamó a caballo entre la súplica y la sonrisa—. Ya sé lo que vamos a hacer.

La mujer le miró agradecida. El verde hierba de sus ojos había vuelto a empañarse.

—Enterraremos tus queridas palomas aquí mismo, junto al río.

Dicho y hecho. Y Santiago, acompañado por uno de los alfareros, se perdió en la primera de las construcciones, habilitada como taller, almacén y horno. Y el resto de los hermanos volvió a sus quehaceres. Frente al mencionado portalón, entre un estático y campanudo oleaje de cacharros de barro de mil formas y tamaños, se hallaban emplazados dos tornos. Ambos, a orillas del torrente, eran alimentados por una conducción de madera —en forma de Y— que arrancaba de una no menos primitiva noria de metro y medio de diámetro, anclada en un remanso del arroyo. El empuje de la corriente, al menos en aquella época, bastaba para mover y cargar la docena de arcaduces claveteada a la estructura de la rueda. Y mansamente, amaestrado, el líquido se derramaba sobre las masas de arcilla depositadas en las ruedas superiores de los referidos tornos.

Aquel oficio, bendecido desde antiguo por Yavé, tenía algo de mágico y subyugante. No era de extrañar que Jesús y su amigo Jacobo pasasen las horas muertas frente al anciano Nathan, viendo girar las chorreantes pellas de barro. Y fascinado, imaginando los encendidos ojos de aquel Jesús niño, aguardé el regreso del galileo, disfrutando del espectáculo de aquellas hábiles manos que acariciaban, herían, frenaban y moldeaban la masa en una invisible y perfecta coordinación con el impulso proporcionado al disco inferior. Los pies descalzos, generalmente el izquierdo, eran el «motor» del torno. Al empujar la rueda, manos, ojos, cuerpo y alma se hacían un todo, obrando el milagro de la belleza. ¡Cuán equivocados están los que creen y proclaman que los israelitas no sobresalieron en el arte de la cerámica! La técnica fue heredada de los sirios pero, a partir del siglo X a. de C., la sensibilidad de sus formas destacó y se propagó como una fresca brisa. Para evitar que el barro quedara excesivamente pegajoso, en lugar de servirse de la arena, cuarzo o sílice, aquellos artesanos recurrían a la caliza pulverizada, cociendo después las piezas con sumo cuidado y a temperaturas inferiores a las habitualmente exigidas para los preparados con sílice. Su destreza aparecía sustentada en un minucioso conocimiento de las técnicas. Mientras uno fabricaba toda suerte de vasijas, platos, ánforas o lebrillos —pieza a pieza—, el segundo trabajaba «en serie». Situaba una carga de barro en la rueda superior y, accionando la inferior, la convertía en una pieza cónica. Seccionaba entonces el pico del cono con un fino cordel que colgaba de la muñeca derecha, obteniendo así el cuerpo de un pequeño jarro. Y sin dejar de impulsar el torno preparaba un segundo ejemplar. Estos jarritos y vasos de especial finura y acabado —empleados generalmente en cosmética— llevaban el específico sello de la alfarería judía: el engobe; es decir, una delicada capa de barro de la mejor calidad que se aplicaba a pincel, o merced al baño, en las partes de la vasija que se deseaba decorar (1).

Al reparar en mi leal interés, el artesano que fabricaba los jarros sonrió comprensivo. Y sin detener la manipulación de la chorreante arcilla preguntó si era amigo de la familia. Mi respuesta le tranquilizó. A juzgar por su lámina, fronteriza con los cuarenta o cuarenta y cinco años, aquel hombre tenía que haber sido compañero del Jesús niño o adolescente. Y recordando las explicaciones de la Señora sobre las infantiles aficiones de su Hijo por el modelado en general y aquel taller en particular me arriesgué

---

(1) Este tipo de engobes consistían en barro muy tamizado y rico en contenido de hierro, disuelto en agua hasta darle una consistencia cremosa. Si se deseaba obtener un tono rojo intenso se añadía ocre, a fin de elevar el contenido de hierro. Por razones religiosas, los judíos apenas decoraban su cerámica, excepción hecha de algunas bandas rojas o blancas en la parte superior de la curvatura de las vasijas o hacia la mitad de las tinajas y jarros. La decoración se reducía al uso del «engobe» o del pulimentado. Esta última técnica —como describe G. E. Wright— consistía en un minucioso cierre de los poros de la superficie, pasando por ella un pulidor de piedra, hueso o madera, una vez que el barro se hallaba seco y siempre antes de la cocción. A partir del siglo IX a. de C., esta operación se llevaba a cabo mientras la vasija giraba en el torno. Si no se aplicaba un calor excesivo, el pulimento se conservaba brillante, proporcionando al recipiente un hermoso efecto. Los típicos tazones israelitas de aquel tiempo recibían un engobe rojo en el interior y sobre el borde. Son los denominados de «pulimento circular». *(N. del m.)*

a interrogarle acerca de estos pormenores. Fue asintiendo en silencio. Conocía la historia.

—Mi padre —comentó refiriéndose al anciano Nathan— sentía una especial predilección por Jesús. Rara era la tarde que no aparecía por aquí... —Y señalando con la cabeza a Jacobo, que aguardaba junto a María, añadió sin esconder su nostalgia—: ¡Qué tiempos! A este pobre siempre le tocaba lo peor: el amasado del barro. Mi padre trabajaba aquí mismo, en este torno. Y Jesús y Jacobo se sentaban donde tú te encuentras ahora... Y ahí permanecían horas y horas, viendo girar las ruedas. De vez en vez, cuando desaparecía en el taller, ambos se disputaban el lugar y, a sus espaldas, hacían girar las pellas. La aventura terminaba siempre con una regañina...

Santiago y el tercero de los hermanos, provistos de sendos azadones, cambiaron impresiones a las puertas del almacén. Y seguidos por un Jacobo apesadumbrado y por el renco caminar de una María, que trataba en vano de beberse la amargura, rodearon el segundo caserón, deteniéndose frente a una vieja amiga de Nathan: una frondosa higuera de casi cinco metros de altura, de ramos frescos y domesticados por la reciente primavera. Elegido el lugar, turnándose en la labor, la emprendieron con el arcilloso y dócil terreno, abriendo dos fosas de casi medio metro de profundidad. Durante el tiempo invertido en la dolorosa obligación, el silencio, brotando de los corazones, sólo fue desdibujado por los impactos de las herramientas y el jadeo de los «sepultureros». Las avispillas responsables de la polinización de la higuera (la *Blastophaga psenes*), tan desconcertadas como este explorador ante lo insólito del duelo, optaron por retirarse hacia las cabelleras emplumadas de las altas cañas de la ribera.

Y Jacobo, ceremonioso, en un intento de abreviar, fue alineando las palomas frente a las «tumbas». Santiago y el alfarero, apoyados en los largos mangos de las azadas, aguardaban la decisión de la mujer. Y María, arrodillándose con dificultad frente a sus queridas aves, no demoró la operación. Tomó la primera con ambas manos y llevándola a los labios la besó. Acto seguido, con el silencio como quinto testigo, fue a depositarla con dulzura en el fondo de la fosa.

—*Pinta*..., mi pequeña *Pinta*...

Al oír la susurrante despedida, Jacobo hizo crujir la mandíbula y asaltado por la rabia se separó del grupo, soltando el enojo junto al arroyo.

—*Enamorada*..., mi querida *Enamorada*.

Con la tercera paloma, las lágrimas, incontenibles, se mezclaron con los besos. Santiago inclinó la cabeza.

—...*Perezosa*..., descansa en paz...

Cuando la última de las aves fue a reposar en el agujero, el hijo, ayudando a la madre a incorporarse, la encomendó a mi tutela. Y sin más rodeos, descargando la tensión en cada palada, las sepultó. No sé si mis caricias sirvieron de algo. La Señora amaba intensamente a sus palomas. Y tal y como habían acordado —posiblemente en la conversación sostenida en el taller— el alfarero amigo se responsabilizó de María, prometiendo auxiliarla hasta la casa de Esta. Elogié la prudente decisión. Su rodilla no hubiera resistido el periplo que, con seguridad, nos aguardaba. Y dócil, aplastada por unos pensamientos que nada tenían que ver con los de su hijo, aceptó sin rechistar.

Minutos después nos distanciábamos de la industriosa familia, remontando la margen derecha de la torrentera. La estribación occidental de la colina, como la práctica totalidad del Nebi, era un paisaje inculto salpicado de rocas y monte bajo, trenzado de retamas, armuelles sorprendidos por la humedad del riachuelo, cortinas negras e impenetrables de almajos y decenas de matorrales de cardos de flores violáceas y escarlatas, abiertas al sol y a las motorizadas e incansables escuadrillas de abejas. Y con un no menos tenaz Santiago en cabeza fuimos peinando el oeste.

A las dos horas, con las piernas heridas, el rostro sofocado y los bajos del manto perdidos entre los espinos, el paciente Jacobo se derrumbó sobre uno de los espolones calcáreos, calificando la búsqueda de «ridícula». Y se negó a continuar. Sobrado de razón interpeló a Santiago, exigiendo una aclaración. Si buscaban a un vivo, ¿por qué hacerlo entre roquedales y zarzas?

A no ser —siguió argumentando ante el grave semblante de su cuñado— que tú sepas algo que los demás ignoramos. —Y sin más circunloquios le emplazó a que hablara sin tapujos—. ¿Buscamos un cadáver?

Santiago, obligándole a jurar que guardaría el secreto, le confesó sus temores. Y ante la hipótesis de que el Zebedeo hubiera sido asesinado y arrojado a los caminos o barrancas de la zona, el fiel y voluntarioso Jacobo no tuvo más remedio que reconocer el sensato y discreto proceder de su amigo y hermano. Y resignado a su suerte, ciñendo el ropón y la túnica a los riñones, se fue tras él, en dirección a la cumbre. Yo era el menos indicado para hacérselo ver pero, en el supuesto de que el saduceo hubiera segado la vida de Juan, ¿por qué arriesgarse a soltar el cuerpo en las laderas del Nebi o al borde de los caminos que entraban y salían de Nazaret? Un reptil como Ismael tenía otros medios para resolver el problema. Obviamente, como era mi obligación, continué en mi papel de «convidado de piedra»...

Y hablando de piedras, a los diez o quince minutos, cuando nos hallábamos a corta distancia de la cima, la zigzagueante e infructuosa exploración se vio interrumpida por un extraño cántico. Mis compañeros, agachados entre la maleza, hicieron señales para que me ocultase. Obedecí alarmado. Y gateando fui a pegarme a sus espaldas. Jacobo, temblando de pies a cabeza, indicó la boca casi triangular de una gruta que se abría a unos treinta metros. Y susurró un nombre:

—Koy.

Si mi entrenamiento no fallaba, el vocablo venía a significar «animal de especie no identificada». No acertaba a comprender. ¿De qué sentían miedo? ¿Quién habitaba la caverna? ¿Desde cuándo una fiera entonaba versículos del capítulo 22 del *Eclesiástico*? Presté atención. Del interior de la oquedad, en efecto, partía una singular recitación. El responsable repetía algunas palabras, así como las últimas sílabas:

—El duelo por un muerto... «to»... dura siete días... «días»..., por el necio y el impío... «pío»..., todos los días de su vida... «da»...

Y la cantinela volvía monótona y machacona.

Jacobo sugirió rodear la cueva, evitando así a Koy. Santiago se negó.

—¿Qué mejor lugar para ocultar un cadáver...?

En blanco respecto a la identidad del tal Koy, y sobre los manejos de los galileos, no tuve otra alternativa que armarme de paciencia y esperar. Y Santiago, reprochando a su compañero la descarada falta de valor, se puso en pie, llamando a gritos al extraño inquilino. Por lo bajo, Jacobo acompañó el vocerío con otras tantas maldiciones.

Al poco, el cántico se hizo presente a la meridiana luz del día. Y con él, un «animal perfecta y tristemente identificado»: un viejo esquelético, desnudo de cintura para arriba, con una cabellera y barbas pastosas como el cemento y tan crecidas que hubiera podido anudarlas a la cintura. Y sin apearse de la monocorde plegaria observó al intruso. De pronto, prescindiendo de los versículos bíblicos, se enzarzó en una sistemática y aparentemente burlona repetición de la última palabra pronunciada por su interlocutor.

—Koy —preguntó Santiago por segunda vez—, ¿sabes algo de un muerto?

—Muerto —exclamó el infeliz.

—Sí, un muerto.

—Muerto...

—¡Maldita sea!... ¡Koy!...

¡Koy!, devolvió el esqueleto, divertido con el juego. Y sentándose inició una rítmica contracción tónica del tronco —hacia adelante y hacia atrás— que puso en evidencia el posible mal del individuo. La catatonía y los síntomas expresados en las repeticiones de las palabras (ecolalia) y de las últimas sílabas o vocablos (logoclonías) me hicieron sospechar que el pobre Koy padecía alguna esquizofrenia o una demencia precoz (quizá lo que hoy se conoce como enfermedad de Alzheimer) (1). Desafortunadamente, en aquel tiempo, los trastornos mentales, incluyendo retrasos de grado menor y simples problemas de dicción, llevaban emparejado el fulminante destierro del enfermo. La mayo-

---

(1) Este tipo de demencia senil era bastante común en la época de Jesús. A principios del siglo XX fue descrita por Alois Alzheimer, al estudiar a una paciente de 51 años que presentaba los signos típicos: trastornos de memoria, tendencia a la desorientación, ideas delirantes de celos (celotipia), empleo de palabras impropias (parafasias) y, en general, dificultades práxicas y de comprensión. De evolución continua e irreversible ha sido dividida en tres fases o estadios. Koy, muy posiblemente, se hallaba en las postrimerías de la enfermedad, con una incontinencia esfinteriana y una ostensible prosopagnosia o dificultad para reconocer las caras. (N. del m.)

ría de estos hombres, mujeres, ancianos y niños quedaba «etiquetada» bajo el epígrafe de la «locura» y, en consecuencia, calificados de «impuros», «posesos», «peligrosos» e «indignos de vivir al amparo de la ley». Éste era el caso del tal Koy, el «loco» o «tonto» oficial del pueblo: un individuo sin familia, posiblemente bastardo, de edad imposible de precisar, que jamás había abandonado aquella gruta o sus inmediaciones, de piel correosa como el hule y que sobrevivía a base de raíces, miel silvestre y de la caridad de algunas buenas gentes de Nazaret. En otras palabras: un milagro de la Naturaleza.

—...¿Has visto un cadáver?

—Cadáver.

Jacobo, impacientándose, llevó el dedo índice a las sienes, aclarando lo que resultaba evidente: que no se hallaba en sus cabales. Y tirando del manto de su amigo solicitó que olvidara la grotesca conversación. Pero Santiago, empecinado, insistió.

—Koy, ¿podemos ver la cueva?

—Cueva...

—¡Déjame entrar!

—Entrar.

—Este loco...

—Loco.

Y Santiago, harto de lo que para él sólo representaba una burla, avanzó hacia el viejo, decidido a inspeccionar la gruta.

—¡Loco! —gritó Koy, incorporándose sin demasiado acierto y entre crujidos de huesos.

Y desplomándose sobre las posaderas aulló de nuevo la palabra «loco», al tiempo que echaba mano de algunas piedras. Y pasando de los gritos a una risa sardónica retrocedió hasta el umbral de la cueva, levantando los brazos amenazadoramente. El hermano de Jesús se detuvo. Y cuando estaba a punto de desistir, su cuñado, perdiendo los nervios, emergió entre las retamas, desequilibrando con sus improperios el escaso juicio del demente. La visión del segundo «intruso» desencadenó el miedo de Koy y mis compañeros y este agazapado explorador recibieron una —supongo— justificada lluvia de piedras. Asustados como conejos emprendimos una veloz y más que comprometida carrera de obstáculos. A un centenar de metros, sudoroso y desencajado, con alguna que otra pedrada en costillas y piernas, el acobardado trío puso fin a los brincos y caídas, que no al miedo, tratando de recomponer el resuello y la vergüenza. Ninguno comentó el desafortunado incidente. Koy, desatado, seguía arrojando piedras y aullando lastimeramente.

Y Santiago, con lógicas prisas, mirando hacia atrás cada diez o quince pasos, puso tierra de por medio. Y de esta guisa, en un embarazoso silencio, maltrechos los cuerpos, los ropajes y, lo que era peor, los ánimos, terminamos de rodear el flanco oeste del monte, desembarcando en la cima con el sol en el cenit. La cumbre del Nebi, estrecha, aceptablemente plana y estirada cual «portaaviones» de suroeste a noreste, nos recibió en soledad. El terreno era un convulso amasijo de lajas calcáreas, redondeadas y desintegradas por la erosión, entre las que se abría paso el mismo y espinoso monte bajo de las laderas que acabábamos de sufrir. El único respiro en aquel pedregal corría a cargo de un indómito bosque de durillo *(Viburnum tinus)*, expulsado por el blanco roqueo al extremo norte del «portaaviones». Los pequeños árboles, de flores plateadas y negras y azuladas bayas, mecían su belleza al compás de una ligera brisa del norte, haciendo honor a la descripción judía de este ornamental especimen, conocido entonces como la «gloria del Carmelo».

La búsqueda en las alturas del Nebi Sa'in fue breve. Mientras los galileos merodeaban por la plataforma, quien esto escribe, simulando colaborar en el examen del terreno, trepó a una de las moles pétreas que erizaban el centro de la cima, solazándose con la espléndida panorámica.

Si nuestras informaciones eran correctas —y procedían de las mejores fuentes— aquél era uno de los parajes favoritos de Jesús. Allí acudía desde niño. Allí, de la mano de José, despertó a la Naturaleza. Allí, al norte, a la vista de la cinta azul del Mediterráneo, pudo soñar una de sus más queridas aficiones: viajar. Allí, ante el verdinegro mar de colinas sin horizontes debió acortar distancias con su Padre Celeste. Allí, quién sabe, al imaginar otros pueblos, intuyó y labró su futuro gran plan. Allí, como el invisible y mágico florecer de los narcisos entre la adusta cara de las rocas, pudo presentir su otro rostro: el de la divinidad. Allí, apostaría lo que me queda de vida, luchó y se rebeló contra el negro vuelo de la duda. Allí hablaría, sin protocolos ni servidumbres, con el Padre Azul. Y lo haría devorando estrellas. Devorando los perfumes de los bosques, ensartados sin querer en las espuelas de los vientos. Allí, en su buscada y multitudinaria soledad interior, descubriría la «otra soledad»: la de una humanidad perdida en multitud. Hoy, en la casi irreconocible Palestina que recorrió Jesús, el Nebi sigue siendo un lugar tan destacado como desconocido.

Dos estrechos y descuidados senderos recordaban la proximidad de la presencia humana. Uno saltaba desde el filo oriental de la cumbre, descendiendo en sierra hacia el cinturón de huertos de la referida falda este. El otro, oculto entre los durillos, se precipitaba por el flanco norte, desembocando en la ruta que unía Séforis con Nazaret. De este último no fui consciente hasta que nos adentramos en el bosque. Y bajo el permanente influjo de la fijación de referencias, este explorador terminó reuniéndose con la primera de las veredas, estudiando su trayectoria y disfrutando de una inmejorable vista de la aldea. Con una satisfacción casi infantil fui reconociendo las construcciones, los caminos y la fuente. La fortuna, en esta ocasión, se mostró propicia. El recorrido por los aledaños del poblado —al margen de los contratiempos ya señalados— enriqueció nuestras informaciones, proporcionándonos una visión más completa y ajustada de aquella Nazaret del año 30. Ni buscándolo hubiera salido mejor. Así que no tuve más remedio que agradecer la misteriosa desaparición del Zebedeo. Una ausencia, la verdad sea dicha, que empezaba a inquietarme...

Jacobo, desde el extremo norte del «portaaviones», reclamó mi atención. La búsqueda proseguía.

Es casi seguro que, de no haberme aproximado al límite de la cima, «aquello» hubiera pasado inadvertido para quien esto escribe. Al encaminarme hacia mis amigos y sortear uno de los muñones calcáreos, la vista, pendiente del atormentado terreno, fue a tropezar con una laja plana y ligeramente inclinada, repleta de inscripciones. Eran nombres propios cincelados groseramente con algún material o instrumento punzante. No había duda. Las parcas frases parecían la obra de adolescentes o jóvenes del lugar. Todas asociaban —«amorosamente»— a varones y hembras:

«Jonás y Miriam»... «El alfarero ama a la tejedora»... «Judá será de Ester»... «José y la moabita»... «Goliat y Salomé»...

Fascinado traté de hallar algún nombre familiar. En una de las esquinas, más deteriorada que las treinta inscripciones restantes descubrí lo que interpreté como un juego del enamorado Jacobo:

«Miriam, la más bella y su albañil.»

No hubo tiempo para más. El «enamorado» volvió a gritarme desde el bosquecillo. Era increíble. Las formas del amor apenas si han cambiado en veinte siglos...

A punto estuve de comentarles «mi hallazgo». Pero, al detectar un creciente malhumor en los semblantes, me incliné hacia el silencio. Quizá se presentase un mejor momento.

Nada más penetrar en el claro oscuro del solitario bosque de durillos, una escandalosa bandada de cornejas despegó de las copas. Y Jacobo, que me precedía, cruzó los dedos, murmurando con recelo:

—Esta necedad terminará mal...

Santiago, algo distanciado, no escuchó al supersticioso cuñado. Tenía prisa. El caminillo rodaba entre los árboles, acusando los casi treinta grados de desnivel de aquel extremo del Nebi. El descenso fue practicado ayudándonos con los resinosos troncos, que hacían de anclaje y parapeto. A ochenta o cien metros el bosque se agotó. Y el resto de la falda norte apareció primorosamente roturado y colonizado de olivos. El sendero, aliviado, recobró una aceptable horizontalidad, abriendo surco entre la roja arcilla. Abajo, lamiendo la falda, corría blanca y polvorienta la ruta hacia Séforis.

Más o menos a mitad de la ladera, Santiago, siempre en cabeza, torció a la derecha, despreciando el camino. Minutos después, respetuoso, el olivar se quedó quieto, cediendo parte de sus dominios al lugar santo del Nebi. Y ante los atónitos ojos de este explorador se abrió un cuadrilátero de unos cincuenta metros de lado, «amurallado» en su totalidad por las paredes, ora verdes, ora plateadas, de los olivos.

En suave declive, hipotecando el terruño e intencionadamente orientadas al sol naciente, se alzaban alrededor de ochenta estelas de piedra de una radiante blancura. Casualmente había ido a parar al cementerio de Nazaret. Un recinto deliciosamente abierto y, al mismo tiempo, escondido con celo. Los asaltos a las tumbas se hallaban a la orden del día. Oculto en lo más profundo del olivar, el camposanto quedaba a salvo de las posibles codiciosas miradas de los caminantes.

El intenso encalado de las lápidas obedecía a una razón eminentemente preventiva y religiosa. El estallido de luz constituía un sutil aviso. Para los judíos, al menos para los ortodoxos, el contacto con cadáveres era causa de grave impureza ritual. Pero mis compañeros, galileos a fin de cuentas, prescindieron de tales rigorismos, adentrándose entre las tumbas y en dirección a una cabaña de paja y adobe que se levantaba en el extremo opuesto, fuera del cuadrilátero.

Intenté seguirles pero, excitado ante la quizá irrepetible oportunidad, caí en la tentación y, nervioso, fui revisando los monumentos funerarios. Allí debían reposar los restos de José. Las estelas, de cuarenta a sesenta centímetros de altura, aparecían escrupulosamente grabadas. Se adivinaba la mano de un experto cantero. En la parte superior presentaban el dibujo de una, dos o tres rosetas, cerradas en un círculo o en un cuadrado. Y debajo, en caracteres hebreos —el griego era menos frecuente—, el nombre o nombres de los sepultados, el origen de la familia y, en algunos casos, breves apuntes de la vida del difunto. A juzgar por las coincidencias, muchos de los enterrados parecían parientes. Uno de los nombres más repetidos era Yejoeser. Otros —caso de Miriam, Simón, Judá o Nathan— resultaban igualmente comunes. Las inscripciones, sencillas en su mayoría, reproducían frases como éstas:

«Yejoeser hijo de Yejoeser.» «Teodoto, liberto.» «Yejoeser hijo de Eleazar.» «Miriam esposa de Judá.» «Menajem hijo de Simón.» «Miriam hija de Nathan.» «Salomé esposa de Yejoeser.» «José y su hijo Ismael y su hijo Yejoeser»...

Uno de los epitafios me sorprendió. Hacía referencia a un tal Samuel, imagino que de corta talla, y decía textualmente:

«Se debe llorar por él. Se debe uno apenar por él. Cuando los reyes mueren dejan su corona a sus hijos. Cuando los ricos mueren dejan sus riquezas a sus hijos. Samuel, el Pequeño, tomó los tesoros del mundo y siguió su camino.»

En el centro del cementerio se abría el *kokhim*, una fosa de cuatro metros de lado, a medio llenar con los huesos y calaveras de los que habían sido exhumados. Transcurrido un tiempo prudencial, los restos depositados en la tierra eran removidos y arrojados al lóculo u osario común (1). El terreno de la Galilea, unido a las intensas lluvias y al alto grado de humedad no hacían recomendables los enterramientos en sarcófagos de madera. Cuando se trataba de gentes humildes, sin recursos para adquirir una cripta, los cadáveres eran depositados directamente en fosas poco profundas y rodeados de piedras. Luego se cubrían de tierra, clavando la correspondiente estela a la cabecera de la tumba.

El cielo tuvo piedad de este ansioso explorador. Allí estaba mi objetivo. Y las manos, no sé si por el baño de sol o por la emoción, empezaron a sudar. En la hilera número once, cerca del final del camposanto, aproximadamente en el centro de la fila de tumbas, reposaban los restos del malogrado contratista de obras y de su hijo.

«José y su hijo Amós.»

Así rezaba la leyenda. Y debajo, un expresivo epitafio:

«No desaparece lo que muere. Sólo lo que se olvida.»

Dado el tiempo transcurrido desde el fallecimiento del padre terrenal de Jesús, casi veintidós años, supuse que sus restos, así como los de Amós, habrían ido a parar al fondo del *kokhim*. La proverbial discreción de aquel hombre bueno se hizo extensible, incluso, más allá de la muerte. Hoy, suponiendo que un equipo de arqueólogos excavara la

(1) Esta práctica, conocida como *ossilegium*, obedecía no a razones de espacio en los cementerios, sino a creencias religiosas. La *Misná*, en su texto «Semahot» (12, 9), en palabras del rabino Eleazar bar Zadok, refleja esta costumbre: «Así habló mi padre cuando llegó la hora de su muerte: Hijo, primero me enterrarás en una fosa. Cuando transcurra un tiempo, recoge mis huesos y colócalos en un osario, pero no los toques con tus propias manos.» Cuando se llevaba a cabo el *ossilegium* no había lamentaciones fúnebres y el luto duraba un solo día. *(N. del m.)*

ladera norte del Nebi y acertara a descubrir el osario, los huesos de José —posiblemente desintegrados— seguirían en el anonimato y en ese segundo plano que siempre ostentó. ¡Bendito sea su nombre!

Y empujado por un inexplicable impulso, quien esto escribe —a pesar de su manifiesta y declarada falta de religiosidad— bajó la cabeza, recitando sin palabras la oración que había creado el Hijo de la Promesa. Y posiblemente por primera y única vez, un Padrenuestro se elevó hacia el azul del cielo, en memoria, honor y gratitud hacia el desaparecido, que no olvidado, José.

Una mano en el hombro vino a sacarme de mis reflexiones. Santiago, al percibir mi respetuosa actitud ante la lápida de su padre y hermano, me envolvió en su gratitud. Y exclamó bajando la voz:

—Ya no están aquí. Vamos...

Jacobo esperaba junto a la choza. El sepulturero de Nazaret, que guardaba los útiles de trabajo en la mencionada cabaña, se hallaba ausente. Una mujer envejecida y desastrosamente maquillada se sentaba a la puerta, conversando con nuestro amigo. Por lo que pude deducir, la galilea del «antifaz» azulón en los ojos residía en el cobertizo. Ejercía como plañidera profesional en los funerales y, de paso, como prostituta de cementerio; algo parecido a las célebres *bustuariae* romanas, que ejercían el doble y singular «trabajo» de llorar a los muertos y alegrar a los vivos... Una costumbre que «resucitaría» en Francia catorce siglos después, en pleno apogeo del culto a la muerte.

La «burrita», como era de esperar, nada sabía sobre el Zebedeo. Aun así, el incansable Santiago dio la vuelta a la choza, inspeccionando una escondida pared rocosa que se levantaba al sur del camposanto. Cinco grandes piedras circulares cerraban otras tantas criptas. Eran los panteones de los ricos del pueblo. La imposibilidad física de mover las muelas —para ello se necesitaba el concurso de, al menos, cuatro hombres— le hizo desistir. En algo sí llevaba razón: cualquiera de aquellas criptas hubiera sido el lugar ideal para esconder un cadáver. Pero, tarde o temprano —me dije a mí mismo rechazando la hipótesis del galileo— podía ser destapada y descubierto el «cuerpo del delito». No, aquello no era verosímil.

Al dejar atrás el camposanto, Jacobo preguntó a su cuñado por sus inmediatos planes. Y señalando la dirección del manantial que abastecía al pueblo y que manaba algo más arriba, a corta distancia del filo oriental de la cima, le sugirió que lo inspeccionara y que recorriera el acueducto. Él, por su parte, descendería hasta el camino de Séforis, reuniéndose en el «ala del pájaro». A regañadientes, estimando que le había tocado el capítulo más incómodo, inició la ascensión, perdiéndose en el olivar. Y quien esto escribe, sin saber muy bien por qué, se unió a Santiago, descendiendo a campo a través.

A medio centenar de metros de la senda que unía Nazaret con la capital de la baja Galilea la plantación de olivos quedó definitivamente cortada, incapaz de congeniar con el blanco roqueo que gobernaba el estribo norte del monte.

Mi compañero, que podría haber caminado por aquellos parajes con los ojos vendados, siguió un angosto paso, desviándose hacia la izquierda. La maniobra me desconcertó. Los racimos de piedras no eran excesivamente ariscos ni elevados. Bastaba con trepar por ellos para ganar el camino principal en cuestión de minutos. Y al aproximarse a uno de los peñascos más sobresalientes, superior a los dos metros de altura, se volvió, indicándome con la mano izquierda extendida que me detuviera. Después, llevando el dedo índice a los labios, ordenó silencio. Ni me moví ni respiré. Y cautelosamente, procurando que las sandalias apenas rozasen el suelo, fue rodeando la peña hasta desaparecer de mi vista. Y aunque agucé los oídos, a excepción de los lejanos graznidos de los córvidos del bosque de durillos, no registré un solo sonido que me advirtiera lo que existía al otro lado del murallón. El noble ejercicio de la espera nunca fue mi fuerte. Así que, desobedeciendo a mi compañero, seguí sus pasos con idéntica o mayor prevención, eso sí, asomando la nariz por el perfil de la piedra. A diez metros, el terreno formaba un pequeño anfiteatro. Y al «descubrirlos» en mitad del calvero el susto dobló mis rodillas. Instintivamente me eché atrás, recostándome en la pared. ¿Estaba soñando? Cerré los ojos y al abrirlos comprendí que no. Nada había cambiado. La «vara» continuaba en mi mano derecha. El sol corría sin ganas hacia el oeste. La dureza de la roca era intuida bajo la «piel de serpiente». Entonces, esa «visión»...

Y tragando la escasa saliva que había sobrevivido al susto, el miedo y yo nos deslizamos por segunda vez, paralelos a la peña, en un vano intento de asegurarnos de que todo se debía a una alucinación.

Esta vez fue el corazón el que protestó. ¡Uno de los fantasmas portaba una corta tea! Evidentemente no estaba soñando. Frente a mí, en el centro de aquel paisaje lunar, se erguían dos altas figuras cubiertas hasta los pies con sendos lienzos blancos. Y una de ellas, como digo, presentaba en la mano izquierda una suerte de hachón que humeaba aparatosamente, aunque sin vestigio alguno de fuego. En segundos, la humareda fue dominando el lugar, embriagándome con un tufo irritantemente dulzón.

¡Necio de mí! ¿Cómo es posible que no me diera cuenta?

Los «fantasmas» parecían dialogar. Pero lo hacían en un tono extremadamente bajo. ¡Dios mío! ¿Y Santiago? Por más que exploré el circo rocoso no pude dar con él. Debo confesarlo. Por un momento pensé que mi mente seguía los infortunados pasos de Koy. Y aunque, en cierto modo así era, nunca imaginé que el fatal desenlace fuera tan fulminante...

La inesperada y desasosegante escena vino a demostrar que, a pesar de nuestro adiestramiento, dejábamos mucho que desear. Y el temblor de las rodillas, en contra de mi voluntad y para mi deshonor, fue propagándose hasta los cabellos. Y presa de la agitación, el cayado fue a escurrirse entre los dedos, golpeando la roca y alertando a los «aparecidos». Ambos se volvieron al unísono y quien esto escribe creyó desmayarse. E intoxicado por el terror asistí a la lenta y pausada aproximación de uno de ellos. Retrocedí espantado, no tardando en tropezar con los espolones calcáreos. Pensé en la «vara de Moisés». Imposible. El «fantasma» acababa de llegar a su altura. El lienzo que le cubría, de una textura similar a la gasa, dejaba traslucir algunos rasgos del rostro. Sin embargo, cegado por el pánico, no pude puntualizar su identidad. Y ridículamente derribado por la piedra y por el miedo presencié la recogida del cayado por parte de aquel ser de «ultratumba». Y alzándose lo extendió hacia mi persona. Supongo que, al percatarse de la humillante situación, se apiadó de mí. Y tomando los bajos de vaporoso tejido fue levantándolo con una estudiada y más que premeditada lentitud. El rostro desvelado, lejos de apaciguarme, remató mi humillación. Y avanzando trató de contener la risa que bullía a presión. Al tenderme la mano y ayudarme a recuperar la verticalidad no pudo más y el siempre equitativo y grave Santiago abrió las compuertas de las carcajadas, saltando y doblándose como un niño. Un minuto después, secándose las lágrimas, tuvo que retirarse a un rincón y orinar. Más calmado, deshaciéndose del largo lienzo, me contempló conmovido y señalando el segundo «fantasma» aclaró el misterio con una sola palabra:

—Abejas.

Esta vez fui yo quien rompió a reír, definitivamente acabado.

En uno de los bastiones rocosos, en efecto, mimetizadas en los huecos, se alineaban seis o siete colmenas de un metro de altura, confeccionadas en mimbre y cortezas de árbol, que guardaban una relativa forma de campana. El apicultor y propietario de las mismas había sido sorprendido por mi prudente y teatral amigo en plena labor de descarga. La belicosa naturaleza de las abejas —hoy clasificadas como *Apis dorsata*— explicaba los lienzos protectores y la humeante antorcha resinosa. Bien mirado, sustos aparte, debía mostrarme agradecido. Un ataque de aquella especie asiática hubiera resultado difícil de evaluar. Enormes como abejones disponen de un aguijón que recuerda un puñal. Y mi cabeza, manos y pies —no debía olvidarlo— no se hallaban protegidos por la «piel de serpiente». Si uno de los enjambres hubiera caído sobre este explorador sólo la rápida administración de antihistamínicos y corticosteroides habría frenado el cuadro tóxico.

Ni qué decir tiene que el dueño de las «dorsatas» no prestó mayor ayuda a Santiago. Del Zebedeo no había ni rastro. Y tras rodear el peligroso calvero, desalentado, abordó finalmente la ruta de Séforis. Recorrimos poco más de medio kilómetro en dirección a la ciudad del lino, interrogando a los campesinos que limpiaban las erguidas viñas, aseguraban las estacas que las apuntalaban o dormitaban al pie de las torres de vigilancia de los viñedos. Estos curiosos e imprescindibles edificios circulares o cuadrangulares, de hasta diez metros de altura, permanecían habitados día y noche durante los períodos de vendimia, impidiendo así los robos de las cosechas. Nadie sabía nada. Nadie le había visto. O, para ser exactos, nadie quería comprometerse...

La cara de Jacobo era un poema. Sentado al filo del estanque del «ala del pájaro», con los pies en el agua, se entretenía arrojando piedrecitas a los orondos traseros de las matronas que llenaban las ánforas. Y las felices galileas replicaban al pícaro juego con mordaces expresiones, algunas referentes a la soberana paliza que le aguardaba como Miriam se enterase del «deporte» practicado por su marido.

Al vernos llegar, encendido como una amapola, cambió de táctica y de semblante, simulando que refrescaba las arañadas piernas. Al parecer, aburrido, hacía tiempo que había abandonado la búsqueda.

—Como si se lo hubiera tragado la tierra —resumió impotente y definitivamente harto.

Sin saberlo, Jacobo acababa de pronunciar las palabras exactas. Dramáticamente exactas...

Pero sigamos el hilo de los acontecimientos.

Santiago, convencido de que la búsqueda —al menos por el momento— tocaba a su fin, imitó a su cuñado. Se descalzó y solicitó alivio de las frescas aguas. Y durante un tiempo, paseando los doloridos pies por la piscina, permaneció ensimismado, reflexionando quizá sobre la nada tranquilizadora suerte del discípulo. Aunque en el camino de vuelta a la aldea había manifestado su propósito de prolongar el rastreo por la ruta que llevaba a Caná, el infecundo trabajo de aquella mañana y el comprensible desánimo de su hermano político terminaron por desarbolarle, renunciando momentáneamente.

Y en ello estábamos cuando, muy próxima la «nona» (las 15 horas), el griterío y la algazara de las mujeres naufragaron en las revueltas aguas. Y con prisas, refunfuñando y renegando, cargaron las vasijas, desalojando el mentidero. Sentado junto a Jacobo, de espaldas al camino que llevaba al puentecillo de piedra, trasladé mi interrogación a Santiago, que seguía chapoteando arriba y abajo. Un gesto de su cabeza, señalando el mencionado sendero, explicó el repentino y unánime abandono de la fuente. Al volverme comprendí. Una mujer se acercaba al manantial. Una mujer maldita. Procedía de la posada y cargaba sobre su cabeza un ánfora de medianas dimensiones. Al contrario de las galileas, mis acompañantes no se movieron. Y la providencial Débora, tocada con una peluca de un amarillo rabioso —prenda obligada a toda meretriz que abandonase el lupanar y que servía para diferenciarlas de las doncellas, viudas y casadas supuestamente respetables— siguió caminando hacia nosotros. Al distinguir a los tres hombres dudó unos instantes. Me puse en pie y, al reconocerme, pareció animarse. Y sin pronunciar palabra, con los ojos bajos, penetró en el estanque, depositando la cántara al pie del rumoroso chorro. Santiago salió del agua y procedió a calzarse las sandalias. Y quien esto escribe, comprobando las dificultades de la mujer para levantar el ánfora hasta el lienzo plegado sobre su coronilla y que debía amortiguar la pesada carga, se apresuró a simplificar el trabajo. Una vez asentada sobre su cabeza, la «burrita», lanzando una esquiva y recelosa mirada a los galileos, me agradeció el gesto con una sonrisa. Y aturdida se dispuso a retirarse. Pero, reteniéndola, dejándome llevar por la intuición, me atreví a suplicarle un nuevo favor. Débora me observó atónita. Y en voz baja me arriesgué a advertirle de la entrevista que tenía concertada con el saduceo, del riesgo potencial que ello representaba para mi persona y, por último, como digo, le rogué que mantuviera los oídos despejados, haciéndome llegar cualquier información sobre el desaparecido Zebedeo.

Oyó mi parlamento con nerviosismo, como si temiera que alguien pudiera sorprenderla con aquel extranjero, y, por toda respuesta, replicó con un «haré lo que pueda». Y con una habilidad circense, sin tocar la vasija con las manos, se alejó rauda hacia el albergue.

Discretos, ninguno de mis amigos se interesó o preguntó acerca de la casi clandestina conversación. Ni ellos ni yo podíamos sospechar la extrema trascendencia de aquel fugaz encuentro. La Providencia, el destino, esa Superinteligencia que todo lo controla —poco importa el nombre— actúa sin actuar. Es tan sutil que el torpe corazón humano raramente se percata de sus certeros susurros. Y cuando sobrevienen los acontecimientos, la mayoría de los hombres atribuye los, a veces, alambicados desenlaces a la «casualidad». Creo recordar que fue mi admirado Julio Verne quien escribía que esa palabra constituye la más agria calumnia contra Dios... En todo caso, parafraseando al genial autor del capitán Nemo, «es Dios quien, burlón, gusta disfrazarse de "azar"».

Mi propia vida y la continuidad de la operación iban a depender de aquella prostituta. La Providencia lo sabía y, «casualmente», condujo nuestros pasos hasta el «ala del pájaro»... Por cierto, si en la posada existía un pozo, ¿por qué la mujer se aventuró hasta la fuente? ¿De nuevo la casualidad?

No podía ser de otra forma. La aventura llamada Caballo de Troya fue un frenético galope a lomos del suspense, de la tensión, de la prudencia, del dolor y, sobre todo, del mágico y reconfortante corazón del Maestro. Mi capacidad de asombro —indicador clave del estado de juventud de toda mente humana— se vio colmada para el resto de mis días. Pues bien, la siguiente sorpresa de aquel miércoles estaba al caer. La jornada, si el Padre Azul no cambiaba de opinión (curiosamente empezaba a contagiarme del lenguaje de Jesús), estaba hecha. El estéril periplo dejó en seco a los galileos. Y en silencio, cargados de impotencia, se adentraron en el barrio artesanal, dispuestos a recogerse en la casa de Esta.

El martilleo de los carpinteros y toneleros y el fatigoso respirar de los entintadores trajo a mi memoria algo que no deseaba pasar por alto. Y reclamando la atención de Santiago le rogué que me mostrara el viejo almacén de aprovisionamiento de caravanas. Sentía una viva curiosidad por visitar el lugar donde el Hijo del Hombre había fraguado tan interesantes y cosmopolitas amistades. Y el hermano de Jesús, condescendiente, dio media vuelta, deshaciendo lo andado. En las mismísimas «puertas» de la aldea, a un suspiro de la fuente, se alzaba un recogido caserón, de paredes oscurecidas y atacadas por un moho verde-parduzco (la «lepra» de las piedras del *Levítico*). Nos situamos frente al portalón y, expectante, aguardé a que tomaran la iniciativa e irrumpieran en la oscura sala. No fue así. Santiago, con escasos deseos de rememorar el pasado, me hizo saber que no merecía la pena. El entrañable almacén había ido pasando de mano en mano y ahora proporcionaba trabajo a los fabricantes y remendadores de redes. El hallazgo de una artesanía de esta índole en Nazaret me dejó perplejo. Siempre creí que estas industrias, al igual que la cordelería y la confección de aparejos para la pesca, radicaban a orillas del *yam*. Jacobo, haciéndose cargo de mi desilusión, animó a su hermano político a que me mostrara el lugar. Y añadió algo que venció su resistencia:

—Quizá tengan noticias de Séforis.

A partir de ese momento fui de sobresalto en sobresalto. La empresa de burreros que había comprado el almacén a la familia del Maestro volvió a venderlo. Y por uno de esos caprichos del destino, el nuevo propietario resultó ser el padre de Rebeca, la joven enamorada de Jesús. Desde hacía dos años, como digo, había sido rehabilitado como almacén, taller y entintadero de artes de pesca.

No pude contenerme y, ante la posibilidad de conocer a la referida joven, tiré de la manga de Jacobo, interrogándole sobre su paradero. No supo responder. Pero prometió informarse. Algunas de las remendadoras y caravaneros que transportaban el lino desde Séforis estaban al tanto de los movimientos de la familia propietaria.

Cruzamos el oscuro salón en el que ondeaban las embreadas redes y, siguiendo los pasos de Santiago, desembocamos en un espacioso patio descubierto, pavimentado con blancas losas rectangulares sobre las que se extendían largos y estrechos paños de redes. Quedé impresionado. La «cadena de producción» aparecía minuciosa e inteligentemente dibujada. En uno de los ángulos del recinto, en el suelo y sobre varios cobertizos, se apilaban los mazos de lino, libres de hojas y semillas. Al cabo de algunos días, una vez secadas al sol, las plantas eran empozadas en grandes cubetas de metal y sometidas al imprescindible proceso de enriado o maceración (1). Las cisternas, apuntaladas a medio metro

(1)   Esta fórmula, basada en reacciones quimicobiológicas, permitía disolver la pectosa (sustancia intercelular) mediante la acción de

del piso, eran caldeadas con leña, hasta que el agua sobrepasaba el punto de ebullición (aproximadamente 120 o 125 grados Celsius). Esta técnica, más eficaz que el enriado «al rocío o al agua corriente», llevaba el complemento de una disolución a base de sosa y orines humanos o de caballerías, ricos en urea. La industriosa «plantilla» sometía después el lino a las operaciones de agramado y espadado, golpeándolo con mazos y espadillas y separando los haces fibrosos de la corteza y demás porciones leñosas. Concluido el espadillado, las fibras entraban en el definitivo proceso de hilatura. La existencia de materias pécticas en los filamentos autorizaba a las tejedoras al sistema del «hilado húmedo», con el consiguiente ahorro de tiempo. Salvo el enriado, el resto de las operaciones corría a cargo de mujeres.

Una vez que los finos hilos se hallaban trenzados y dispuestos entraban en acción las habilidosas «rederas». Sentadas a uno y otro lado del patio, en animada cháchara o al ritmo de canciones inspiradas en los *Salmos*, cosían las mallas con el socorro de cuerdas de fibra de palmera y agujas de doble punta, muy parecidas a las usadas hoy en los puertos del Mediterráneo. Más que tejer y entrelazar, aquellos instrumentos de hueso y madera de diez a treinta centímetros, teñidos en rojo o amarillo, danzaban y volaban en las manos de las galileas. Como pájaros cautivos revoloteaban sobre el lino blanco-pajizo, alumbrando en cuatro o cinco jornadas las sólidas e impecables redes de «trenzado», de «barredera» o los «ambatanes» que, una vez entintados, partirían hacia la costa y las flotas pesqueras del *yam*. ¿Quién lo hubiera imaginado? La Nazaret agrícola y carpintera se enorgullecía también de su prestigiosa industria redera...

Santiago se reunió con el capataz. El hombre, con el torso pintado por los vapores que fluían del tanque, le escuchó con atención, sin dejar de remover el lino. Y Jacobo,

---

diastasas secretadas por bacterias aerobias y anaerobias. Como es sabido por los especialistas, las fibras textiles se encuentran en la zona liberiana del tallo del lino, cementadas y unidas por materias pécticas (del griego *pēktikos*: que puede ser fijado). De ahí la necesidad de someter los mencionados tallos al proceso de enriado, liberando las fibras. Desde el punto de vista químico, el lino está formado casi exclusivamente por celulosa. Su blanqueo, en consecuencia —total o parcialmente—, resulta bastante cómodo. (*N. del m.*)

pinchado por la curiosidad, no tardó en incorporarse a la conversación. En cuanto a mí, elegí el centro del patio, absorto en el preciso y marinero «lenguaje» de las manos de aquellas «rederas de tierra adentro».

El individuo que trajinaba en el enriado asintió con la cabeza en dos o tres oportunidades. Y, de pronto, el cuñado de Santiago se despegó de la cisterna, saltando bullicioso sobre los paños de redes. Y antes de que acertara a abrir la boca pasó —o debería decir «voló»— a mi lado, desapareciendo en el almacén. Su júbilo y meteórica carrera fueron tales que, en uno de los brincos, perdió el manto. Posiblemente no se enteró. Y desconcertado procedí a recogerlo, saliendo tras él. Vano intento. Cuando me disponía a retornar al interior, la figura de Santiago entre los cuerpos dormidos y embreados de las redes me detuvo.

Aguardé alguna aclaración. El galileo, sin embargo, con el semblante crispado, se olvidó de mí. Y a grandes zancadas se internó en la aldea. No podía entender actitudes tan opuestas. Uno, radiante. El otro, descompuesto. E instintivamente, esforzándome por seguir la presurosa marcha de mi amigo, asocié su angustia a las posibles nuevas llegadas de Séforis. ¿Habían localizado al fin a Juan de Zebedeo? ¿Era ésta la causa de la explosiva alegría de Jacobo?

El sobresalto fue lógico. Tras cruzar Nazaret de sur a norte, Santiago tomó la dirección de la sinagoga. Mi mente se negó a elucubrar. Pero no. Quien esto escribe estaba en un error. El indignado hermano del Maestro no tenía intención de rozar siquiera la casa del saduceo. La elección de aquel rumbo obedecía a una sencilla razón: su domicilio se levantaba justo en el vértice oeste del «triángulo» que formaba la aldea. Paradójicamente era vecino de Ismael. Ambas construcciones se hallaban separadas por un centenar escaso de metros. Y sin mirar atrás —en realidad no lo había hecho ni una sola vez en todo el recorrido—, penetró en la vivienda como un huido. La casa, distanciada del barrio alto, era notablemente más moderna que la de su madre. Construida en piedra, y enlucida con una cal refulgente, presentaba una configuración gemela al resto del poblado: una sola planta, una escalera de troncos adosada a uno de los muros laterales y la obligada azotea.

Demasiado intrigado para reparar en pequeñeces imité al dueño, colándome en el interior sin descalzarme. A diferencia del hogar paterno, el de Santiago y Esta sumaba dos únicas estancias. La primera, en la que acababa de penetrar, podía calificarse de vivienda habitual: un rectángulo de ocho por seis metros, dividido —como en la residencia de la Señora— en los tradicionales niveles. El más alto (la plataforma), a la izquierda de la puerta principal, servía, como fue dicho, de cocina y dormitorio. El inferior, de unos cinco metros de longitud, pavimentado con una sucia y maloliente tierra batida, aparecía sin muebles ni esteras. A mi derecha, amarradas a una herrumbrosa argolla, miraban desconcertadas tres cabras de poderosas ubres y pelo de hollín. Al pie del muro había sido dispuesto un pesebre de piedra, bastante mermado en lo que a forraje se refiere. Uno de los rumiantes, arisco y cismático, de grandes cuernos nudosos vueltos hacia atrás, me dio la bienvenida arremetiendo de un salto. La cuerda, al tensarse, le respondió por mí.

El lugar, olvidando a los maleducados *hircus,* se encontraba desierto. A través de la puerta que se abría en el tabique frontal se oían voces, risas infantiles y lo que, en principio, me pareció un ronco maullido, impropio de un gato doméstico. Y dispuesto a disolver la irritante mancha de interrogantes avancé hacia la claridad. Aquélla era la segunda pieza de la vivienda: un patio-corral descubierto, mejor cuidado que el aposento situado a mis espaldas. Un altivo y encalado muro lo cercaba en su totalidad. En cuanto al piso, enlosado con anchas lajas blanco-azuladas, matemática y pulcramente «encamadas» en mortero, esa misma noche recibiría la explicación a su bella factura.

En un primer momento todo fue confusión. E inmóvil junto a la puerta, siguiendo la costumbre, inspeccioné el recinto, procesando sus principales características. La familia, al completo, aparecía agrupada a mi derecha, conversando atropelladamente a la sombra de un joven pero cumplido moral negro (un *Norus nigra*), que velaba con sus hojas dentadas y sus florecillas verdes y colgantes buena parte del ángulo norte del patio. Este flanco, tan espartanamente amueblado y decorado como el resto de la vivienda, presentaba una mesa rectangular de casi tres metros de longitud, toda ella en un centelleante y ceniciento granito. A su alrededor, satelizando la roca, cuatro bancos de sesenta centímetros de alzada, alumbrados en idéntico material. La presencia de esta piedra dura y compacta me llamó la atención. Santiago era la clave.

A la izquierda, hipotecando los siete metros del muro del fondo, se distinguía un cobertizo de tablas en el que se apretaban tinajas, una decena de losas de idéntica naturaleza a las que alfombraban el corral, herramientas propias de cantero, algunas redes colgadas de la pared y dos jaulas de medianas dimensiones, cerradas con gruesos barrotes de madera de pino. En torno a estos armazones parloteaba, reía y chillaba una excitada partida de niños y niñas, entusiasmados con los «inquilinos» de las referidas jaulas. Deduje, y no me equivoqué, que se trataba de los hijos de Miriam y de Esta. A pesar de su frenética movilidad llegué a contabilizar hasta diez. Los mayores debían rondar los ocho o nueve años. Dos de ellos, al cuidado de las niñas más crecidas, se limitaban a gatear, lloriqueando y mordisqueando con rabia a sus hermanas, en un inútil afán de aferrarse a los barrotes. Vestían túnicas cortas y, tanto unas como otros, habían sido rapados sin misericordia.

Y en vista de lo acalorado de la discusión de los adultos opté por aproximarme a la gente menuda. Al descubrir el «contenido» de una de las solicitadas jaulas me estremecí. Por fortuna, los palitroques que la cerraban parecían sólidos. En el interior, cargado de razón ante el acoso de la chiquillería, se revolvía inquieto un soberbio ejemplar de *Felis chaus*, el salvaje gato de los pantanos; un felino de setenta y cinco centímetros de longitud, «primo-hermano» del *Felis Iybica* o gato africano, de cola corta, pelaje gris pardo y sendos penachos de pelos en las puntiagudas orejas. El «pequeño tigre», poco amigo de bromas, replicaba a cada salivazo de los más audaces con el destello de sus temibles incisivos y los broncos maullidos (casi rugidos) que había oído minutos antes. En la segunda jaula, menos concurrida, dormitaba aburrido un anciano hurón de espeso y albino abrigo que, muy de tarde en tarde, comprendiendo quizá las justificadas quejas de su compañero de cautiverio, se dignaba abrir los ojillos escarlatas, lanzando despreciativas miradas al molesto «público».

Las redes dispuestas bajo el voladizo y la presencia del mustélido —un cazador de acreditada fama, domesticado desde hacía siglos por los griegos y mesopotámicos— fueron suficientes para intuir una de las aficiones favoritas del dueño: la caza.

Una ávida hiedra, decorando en verdinegro cada palmo de muro, completaba el cuadro que se ofrecía a mi vista.

Al reparar en aquel larguirucho desconocido que les observaba en silencio, los niños cesaron en sus juegos. Cuchichearon y se interrogaron mutuamente y, al no hallar respuesta, fueron retirándose del cobertizo. Las niñas, tomando a los bebés en brazos, eligieron la frescura del moral. Los varones, indultando provisionalmente al encarado gato asilvestrado y a su distraído «compadre», pasaron la página de aquel divertimento, escurriéndose entre «gritos de guerra» por un agujero de un metro de diámetro practicado junto al muro norte, muy próximo al mencionado cobertizo. Aquello era nuevo para mí. ¿Qué significaba esta abertura en el enlosado? Y, curioso, me asomé al negro pozo. La verdad es que no acerté a distinguir gran cosa. Apenas unos escalones, labrados en la roca del subsuelo. El túnel, si nuestras informaciones eran correctas, debía conducir a las cavernas tradicionalmente utilizadas por los vecinos como cisternas, silos y almacenes de grano, forraje, etc. Descender y aventurarme en aquellos momentos en los subterráneos de la casa de Santiago no me pareció oportuno ni prudente. Después de todo, ¿qué podía encontrar? Además, mi verdadero trabajo se hallaba en la superficie, al lado de la revuelta familia. Esperaría una mejor ocasión para explorar ese oculto mundo que se abría bajo mis pies...

—...Os digo que no. Debemos ganarle por la mano...

La voz grave y la templanza de Santiago coronaron el tormentoso vocerío. Miriam, como siempre, fue la última en ceder. Y cuando las voces menguaron, el señor de la casa prosiguió en los siguientes términos:

—...Comprendedlo. Las noticias de Séforis son esperanzadoras. Bueno es que el tribunal aparezca dividido...

Miriam y su esposo, empecinados, negaron con la cabeza sin atreverse a interrumpir al hermano mayor. Detrás de aquéllos, veladas entre las sombras del moral, escuchaban María, la «pequeña ardilla», Esta y una quinta mujer cuyo rostro me resultó familiar.

—...Tenemos que ser tan astutos como el saduceo y ganarle por la mano. Mañana, a la vista de las acusaciones, no tendrán más remedio que solicitar la presencia de testigos y de las partes en litigio...

Jacobo cargó contra los razonamientos de su cuñado, recordándole algo que, al parecer, ya había sido sometido a debate y que este atolondrado explorador no alcanzó a oír.

—¿Y qué nos dices de Juan? ¿Por qué se rumorea en Séforis que «ya ha sido ajusticiado»?

Santiago, acusando el impacto, perdió momentáneamente la luz, oscureciéndose. Aquel hielo en la faz era el mismo que había observado a la salida del taller de redes. Y quien esto escribe cayó en la cuenta del porqué de la súbita crispación que le arrastró en volandas hasta su hogar. El capataz, haciéndose eco de las noticias recién llegadas de la capital, le puso al corriente de la posible suerte del Zebedeo.

—¿Ajusticiado? ¿Por quién? ¿Cuándo?...

Los interrogantes que culebreaban en mi mente fueron expulsados —a medias— por la lógica y el recuperado temple del jefe del clan.

—...Dices bien, Jacobo: sólo son rumores. La maldad de esa víbora es de sobras conocida. Podría tratarse de una argucia para amedrentarnos y obligarnos a huir. Si Ismael se atreviera a terminar con la vida de Juan, el tribunal no le concedería tregua. Y nosotros tampoco...

—Pero tú, esta mañana...

La insinuación de Jacobo acerca de la búsqueda del cadáver fue abortada sin contemplaciones. Su cuñado, adivinando la dirección y el sentido de las palabras, le segó la hierba bajo los pies, evitando así males mayores.

—Esta mañana, viejo deslenguado —le amonestó Santiago incendiándole con la mirada—, hemos cumplido con nuestra obligación..., preguntando dentro y fuera de la aldea. Y ya ves: nadie le ha visto...

Jacobo, advertido y consciente de su juramento, enmudeció.

—En resumen —concluyó el hermano del Maestro oxigenando la enrarecida atmósfera familiar—, nadie se presentará en Séforis hasta que no sea reclamado por la justicia. La verdad, queridos hermanos, nunca tiene prisa por demostrar su inocencia. Al malvado, en cambio, le falta tiempo y le sobran argumentos. Él nos enseñó a confiar en el Padre de los cielos. Su verdad, como sabéis, goza de tan buena salud que no precisa de bastones. Confiemos, pues, que se haga su voluntad. ¡Y alegrad esas caras!

La Señora fue la primera en poner en práctica la juiciosa arenga de su hijo. Y sentándose en uno de los bloques de granito tomó de la mano a la quinta y desconocida mujer, llamándome a su presencia en un tono cariñosamente burlón:

—Jasón, mi torpe y voluntarioso ángel salvador, acércate...

Miriam y Esta, avisadas por las niñas de la masiva escapada de los hijos varones a los subterráneos, pusieron el grito en el cielo. Y precipitándose hacia la boca del túnel les reclamaron en una furiosa mezcolanza de nombres, improperios y amenazas. Improperios que chorrearon igualmente la atónita cara de Jacobo, acusado por Miriam de «padre inútil y descuidado, incapaz de vigilar a sus hijos».

María, acusando el dolor, despegó la mano de las de la bella desconocida, presionando la rodilla derecha. No me atreví a preguntar, pero deduje que la inflamación continuaba presente.

—Mamá María, por favor, deja que te alivie...

La voz de terciopelo de la anónima galilea, no exenta de cierta tristeza, me hizo desviar la mirada. ¿Dónde había visto aquellos llamativos y rasgados ojos celestes? No podía espolear la memoria...

Y la Señora, sobreponiéndose, fue a lo que le interesaba.

—No es nada, hija...

¿Hija? Ruth y Miriam estaban allí. En cuanto a Marta, yo la recordaba.

—... Escucha —prosiguió María estrechando de nuevo las estilizadas manos de la bellísima «hija»—. Este griego de buen corazón, entrometido, fisgón como una mujer, misterioso como la noche y valiente como *Zal*, conoció a Jesús e hizo algo que a todos nos maravilló...

Los ojos de la «hija» —un azul robado del cielo— se posaron en los míos y, a pesar de mis continuas negativas a los elogios de la Señora, parpadearon curiosos.

—... Se plantó bajo la cruz y no se movió hasta que fue sepultado. Ahora dice que quiere llevar la palabra de mi Hijo a su mundo...

¡La cruz! De pronto se hizo la claridad en mis recuerdos. Era allí, entre las mujeres, donde había visto la grácil, oscura y humillada figura de la desconocida. Pero, ¿cuál era su nombre? ¿Por qué María le llamaba hija? ¿Se trataba de un simple y cariñoso título? ¿Me hallaba ante alguno de sus parientes? Su edad, muy próxima a la de Santiago —alrededor de los treinta y tres o treinta y cinco años— me despistó. Y durante algunos minutos, prendado de su belleza, fui un tonto inútil, incapaz de razonar. El cabello sedoso y azabache, flotando en libertad y consentido hasta media espalda, estrechaba un rostro de medidas y perfiles casi perfectos. Sólo unas profundas ojeras, abiertas sin duda por la amargura —un abismo femenino al que el hombre jamás podría descender—, desequilibraban el blanco de la piel.

Y las aletas de la respingona nariz oscilaron levemente, traicionadas por la ansiedad.

—...También le hemos hablado de ti —añadió la Señora sin percatarse de mi escandaloso despiste—. Quizá puedas aclarar algunas de sus dudas...

—¿Dudas?...

Mi pregunta fue como una aguja en un globo. Y María, advirtiendo mi desconcierto, se desinfló contrariada.

—¡Jasón!... ¿No sabes de quién te hablo?

—Sí..., mejor dicho, no.

La balbuceante respuesta no tapó mi torpeza.

—¿Jasón? —preguntó la hermosa y misteriosa mujer—. ¡Qué extraña coincidencia!... —Y dirigiéndose a María redondeó su exclamación—: Su voz es idéntica, pero...

Y la Señora, llevando las manos de la desconocida a sus labios, las besó con dulzura. Después, mirándome como a un niño, sonrió desde el verde hierba de sus ojos. Y exclamó un nombre, llenando con él su corazón y sus labios:

—Es Rebeca.

No sé si palidecí o enrojecí. La cuestión es que permanecí mudo y, a juzgar por el espontáneo fuego cruzado de las risas, mi cara se transformó en un poema. Ni siquiera me percaté de la afilada insinuación sobre mi voz.

—Jasón, es Rebeca —subrayó María sacudiéndose la risa—. Llegó esta mañana de Séforis...

Aquello explicaba igualmente la bulliciosa carrera de Jacobo desde el viejo almacén. La fiel enamorada de Jesús había sabido ganarse el afecto de la familia. Su generoso servicio a la causa del Maestro fue más allá de lo que podían exigir e imaginar. En el desarrollo «cuarto salto en el tiempo», Eliseo tendría oportunidad de comprobarlo y de maravillarse ante la admirable renuncia de aquella galilea...

—¡Jasón!, ¿me estás oyendo?

—No..., mejor dicho, sí.

¡Dios de los cielos! ¡Qué providencial y oportunísima casualidad! Efectivamente, Rebeca podía sacarme de algunas y delicadas dudas. La conversación privada, sostenida en el año 13 entre ella y Jesús, permanecía inédita. Ni la madre ni los hermanos del Maestro consiguieron desvelarla. Y ahora, como un regalo de la Providencia, aparecía ante este turbado explorador y de la mano del mejor y más indicado de mis valedores: María, «la de las palomas». Pero, ¿cómo abordar tan íntimo y reservado capítulo? ¿Aceptaría confesarme sus secretos? Pésimo intérprete de la intrincada psicología femenina decidí no precipitarme. Y el destino, misericordioso, acudió en mi ayuda.

Mis calamitosos monosílabos resultaron afortunadamente interrumpidos por un nuevo y lastimero quejido de la Señora.

—Mamá María, tienes que cuidar esa rodilla.

La mujer no prestó atención al justo consejo. Pero este explorador, haciendo un guiño a la solícita y amante Rebeca, solicitó su complicidad, poniendo en marcha un inocente truco. Una argucia que, al fin y a la postre, beneficiaría a la Señora y a este «chantajeador» de medio pelo. En tono enérgico y buscando el respaldo de Rebeca hice ver a María que, si no se doblegaba y nos autorizaba a examinar la rodilla, no habría conversación alguna y tanto la «hija» como «este griego entrometido» abandonarían la casa de inmediato. La de Séforis comprendió al punto, reafirmándose en lo dicho. Y «la de las palomas», lista y rápida como el gato de los pantanos, cedió entre sordas protestas, simulando no haber captado el ingenuo juego.

Con la ayuda de Ruth fue conducida al interior de la vivienda. Allí, una vez acomodada en lo alto de la plataforma, la «pequeña ardilla» prendió un par de lucernas y, como primera medida, me dispuse a examinar y evaluar la lesión. Mi acción, por supuesto, no estuvo exenta del riesgo ya conocido: si el problema —cosa poco probable— entrañaba algún tipo de trascendencia, quien esto escribe se vería forzado a retirarse de nuevo.

La palpación y los reconocimientos iniciales —afortunadamente para todos— no reflejaron señal de fractura, ni tampoco la presencia de un cuerpo extraño intraarticular (por ejemplo, la avulsión de un fragmento cartilaginoso). El golpe contra las piedras del terraplén, aunque fuerte, había sido amortiguado por la túnica. La rodilla, en definitiva, presentaba lo que estimé como una contusión de segundo grado, con dolor intenso, hematoma provocado por la rotura de vasos de pequeño calibre y la consiguiente equimosis o extravasación de la sangre debajo de la piel.

Valiente como ella sola cerró los ojos, soportando el dolor añadido por la palpación. Los movimientos de la rodilla, normales en toda la amplitud de su juego habitual, no parecían indicar derrames internos (bastante comunes en pacientes con esguinces) ni luxaciones traumáticas. Estas lesiones habrían afectado al movimiento hacia atrás de la tibia sobre el fémur (luxación posterior), al de la tibia hacia adelante (luxación anterior) o al movimiento lateral. En mi opinión, a la vista de lo explorado, no existían indicios de rotura de los ligamentos laterales y cruzados, ni tampoco desgarro de la cápsula articular. En cuanto a posibles luxaciones posteriores, las lesiones del nervio ciático poplíteo externo y de la arteria del mismo nombre nos lo hubieran advertido con notoria rapidez. Con toda probabilidad, si la rebelde e inquieta Señora aceptaba guardar un cierto reposo —al menos durante 24 a 48 horas—, la hinchazón, el enrojecimiento y el dolor remitirían sin tardanza.

Ultimada una primera y elemental cura de urgencia —a base de suaves compresiones con un pequeño lienzo— solicité de Ruth algo más complejo y comprometido: nieve o, en su defecto, agua fría y algunas porciones de «meliloto» o «caléndula». Cualquiera de estas plantas —muy abundantes en la región— podía sustituir, con cierto éxito, a nuestros actuales antiinflamatorios.

La pelirroja dudó. Las plantas medicinales —siguiendo las orientaciones de la propia Señora— no eran difíciles de localizar. El problema lo constituyó la nieve. Y muy a mi pesar, la familia, congregada a nuestro alrededor y atenta a cada uno de mis movimientos, se enfrascó en una nueva y ácida discusión. Me arrepentí de haber mencionado el dichoso hielo. Un «lujo» de aquellas características —transportado generalmente desde las cumbres del Hermón— sólo podía hallarse, con suerte, en la surtida despensa del saduceo o en la no menos peligrosa guarida de Heqet, el posadero. Traté de mediar en la cuestión, argumentando que los lienzos podían ser empapados en agua fresca o a la temperatura ambiente. Fue inútil. Miriam, deseando lo mejor para su madre, se hizo con la voluntad general, planificando la búsqueda. Ruth bajaría al pueblo y regresaría con las plantas. En cuanto a la nieve, el litigio, para sorpresa de los hombres, pasó a la órbita femenina. Esta y Miriam darían los pasos oportunos. La resuelta decisión de la hija mayor, calco casi perfecto de la Señora, dejó sin armas a los galileos. Uno y otro sabían de las «malas pulgas» y de la audacia de la mujer. Y estimando que la petición de un puñado de nieve no tenía por qué significar una batalla campal cedieron inteligentemente. Y las tres abandonaron la casa. Por su parte, Jacobo y Santiago, obedeciendo a Rebeca, reunieron a la revoltosa prole, haciéndola desfilar hacia el patio. El ocaso no tardaría en pregonar sombras y María, previsora, intuyendo una noche larga e intensa, recomendó a sus hijos que fueran organizando las cenas de los más pequeños. Y quien esto escribe lamentó no disponer de su «farmacia de campaña». Una dosis de cualquiera de los analgésicos hubiera aliviado los dolores y, sobre todo, habría evitado aquel inquietante éxodo. Ojalá mi involuntario error no fuera causa de males mayores. Y la Señora, extrañamente sumisa, acató —de momento— la orden del «entrometido griego»: reposo absoluto. Su lengua, en cambio, no tardó en zascandilear. Y la pregunta —recta como su corazón— volvió a enredarme.

Recostada contra el arca de las provisiones y amarrando entre las suyas las manos de Rebeca me lanzó de improviso:

—¿Por qué lo has hecho?

Supuse que hablaba de la modesta cura. La segunda parte de la cuestión —como una carga de profundidad— encerraba la clave del astuto planteamiento.

—... ¿Por qué conmigo y no con Bartolomé?

Aquel verde hierba que tanto me complacía se alzó hacia el celeste de su amiga y compañera. La resultante fue un violeta tormentoso...

—Jasón de Tesalónica, que así dice llamarse este «ángel del más allá», alivió al padre de los Zebedeo de sus horribles dolores y, sin embargo, ensució el *saq* a la vista de un sencillo parto.

Rebeca me miró, sin comprender el malicioso alcance del inexacto comentario. (Inexacto en lo del *saq*.)

—Es muy simple —me defendí—. Este «ángel» sabe un poco de maderas y vinos, algo de medicina y nada de mujeres. El golpe en tu rodilla y la cera en los oídos del anciano Zebedeo han sido asuntos de poca monta. La víbora y el alumbramiento, en cambio...

La psicología femenina —«supersónica» respecto al torpe vuelo de la inteligencia masculina— practicó un impecable «picado», «colimando» a este piloto. Y la «geometría de armamento» de la Señora me tuvo a su merced.

—... Así que no sabes nada de mujeres —repitió María capciosamente, renunciando al resto de mi exposición—. ¿Y cómo explicas, pícaro griego, que Débora te haya salvado la vida?

Y ambas, sonriendo maliciosamente, dejaron que me estrellara. De seguro que mi defensa sólo hubiera empeorado las cosas. Debí sonrojarme. Y la Señora, lanzando un cable, posiblemente sin querer, me permitió aterrizar en el alma de Rebeca. La psicología masculina, esta vez, se hizo con los mandos, planeando sobre la femenina. O, al menos, eso me hicieron creer...

—Tú, como mi Hijo, ¿también antepones «otros asuntos» al amor y al matrimonio?

Asentí, no sin cierta tristeza, añadiendo:

—Mis asuntos jamás podrán igualarse a los de tu Hijo. Rebeca —me arriesgué— lo comprendió. ¿O no fue así? Y la enamorada, bajando los ojos, respondió afirmativamente. Pero guardó silencio. Y como en un vuelo de reconocimiento me vi obligado a mantener el alto nivel de crucero, avanzando sin luces y casi sin motores. El más pequeño desliz podía arruinar la operación.

—La obligación del Maestro para con su familia —proseguí intentando una nueva aproximación— era sagrada. ¿Es que la renuncia a su propio yo humano no vino a demostrar la calidad de su amor?

Rebeca encendió las luces de pista, marcándome el rumbo.

—No te equivoques, Jasón: Jesús nunca me amó...

Mis palabras no fueron interpretadas correctamente. Y el balizaje azul de su mirada se apagó. Pero no me esforcé en deshacer el equívoco. No me interesaba.

—...Al menos —añadió casi para sí— no me amó como yo y cualquier mujer hubiera deseado.

—Sé que demostraste un gran valor.

Sus ojos parpadearon y las tupidas pestañas se negaron a levantarse.

—Fue honesta —terció la Señora, tratando de enderezar el frágil velero— y luchó por su amor...

—A veces, el amor que llama al amor —sentencié apropiándome de la sabiduría de Amiel-Lapeyre— sólo escucha su propio eco.

Y Rebeca, desde la tormenta de los recuerdos, decidió hacerse con el gobierno de la nave, evitando así los peligrosos escollos de los malentendidos.

—Te equivocas de nuevo, Jasón. Mi amor sí era un clamor. El suyo, en cambio, un silencio...

Y su corazón se iluminó definitivamente. Y quien esto escribe descendió en él sin tropiezos.

—...Cuando al fin aceptó hablar conmigo supo oírme. Y desde el primer momento, desde que mis labios le confesaron mi amor, supe que todo era inútil. Él tenía diecinueve años. Yo, diecisiete. Y con una seguridad que sólo contribuyó a multiplicar mis sentimientos hacia Él agradeció mi valor y sinceridad, explicando que primero eran los suyos. Me defendí y, estúpida de mí, le exigí el nombre de mi rival... —María sonrió con benevolencia—... Jesús (yo lo sabía) no sentía predilección por ninguna de nosotras. Su trato siempre fue correcto. Sus deferencias hacia unos y otras eran escasas. Pero una mujer herida es imprevisible. Y yo, lo confieso, cometí la torpeza de preguntar por su secreta enamorada.

—¿Y qué respondió?

—¿No lo imaginas? Se puso serio y me habló de algo que, en aquel entonces, me crispó los nervios: de su Padre de los cielos. «Por encima del amor que profeso a mi madre y hermanos (manifestó) está mi inexpugnable deseo de cumplir la voluntad de "Abba".» —Rebeca, cuya bravura hubiera hecho palidecer a la Señora, se vació—. ¡Su «Abba»! ¡Aquel tonto prefería a su Padre! Años más tarde, al seguirle, comprendí que la tonta era yo... Pero, Jasón, ¿qué quieres? A los diecisiete años y perdidamente enamorada era difícil entender. Sin embargo, con una paciencia infinita, aguardó a que me calmara. Y siguió hablándome de su Padre Azul y del posible destino que le esperaba. No te mentiré. Al principio me costó creerle. Y rabiosa le propuse algo de lo que mamá María ya estaba al tanto: aceptaba ser la esposa del Mesías. Un hombre poderoso, intrépido y predestinado necesita a su lado una mujer leal y valiente. Pero Él, negando con la cabeza, me desarmó: «Más adelante lo comprenderás. Ahora, Rebeca, acepta la verdad. Me siento halagado. Y esto (puedes estar segura) me da valor y me ayudará en todos los días de mi vida.»

»Y astuta, a punto de perder la batalla, eché mano de mi última arma: las lágrimas. Jesús no dijo nada. Se mantuvo firme. Y yo, derrotada, supe que todo había terminado..., sin empezar. Pero, a pesar de mi dolor, he sido afortunada... —Y el celeste de su mirada se sublimó. Y la verdad habló por ella—: ...Yo, Rebeca, hija de Ezra, he amado al Hombre más grande de la Tierra.

Observando a tan espléndida y castigada mujer recordé una afortunada frase de Schiller:

«Solamente conoce el amor quien ama sin esperanza.»

—¿En qué momento dejaste de amarle?

Mi nueva pregunta, sólo comprensible en el miope espectro de la psicología del varón, fue recibida como a un necio e indeseable visitante. Se miraron y, finalmente, con la piedad del vencedor, María se adelantó a Rebeca:

—Hijo, ¿tú nunca has conocido el amor?

Poco faltó para que abriera mi desierto corazón. Por fortuna, la enamorada intervino:

—El amor, amigo Jasón, el auténtico, como el áloe, sólo florece una vez. Los hombres tenéis dificultades para comprendernos. Vosotros, a lo largo de vuestras vidas, amáis poco y muchas veces. Una mujer ama una sola vez y para siempre. ¿Responde esto a tu ingenua cuestión?

—Entonces, ¿aún le amas? Creí que después de aquella entrevista...

La transparencia de mi intención —sin asomo de doblez— debió conmoverlas.

—A veces pareces un niño —me recriminó María con afecto—. Rebeca te lo ha explicado. El amor (el que yo le profesé a José) no es una túnica que se quita y se pone. Ni el propio Jesús podía aniquilar los sentimientos de esta criatura. ¿Es que no sabes que el amor se nutre de la esperanza?

—¡Qué difícil palabra! Esperanza: el mejor médico que conozco.

El comentario, tomado de Dumas padre, no pasó inadvertido para la enamorada.

—Dices bien, Jasón. Fue la esperanza la que me sostuvo. Ella alimentó mis sueños. Me daba la vida. Me hablaba de milagros. Poco importa que no fuera correspondida. El amor es una gracia sublime que, incluso, acierta a vivir en soledad. Tres años después de aquella conversación en el almacén de aprovisionamiento, mis esperanzas, intactas, recibieron un cálido rayo de luz...

—No comprendo.

La Señora amonestó mi impaciencia.

—Déjale expresarse. Se refiere a la estancia de mi Hijo en Séforis...

Obedecí. Pero, atrapada en la trampa de los recuerdos, delegó en María. Así fue como pude reconstruir aquel nuevo año de la mal llamada «vida oculta» de Jesús: el de su veintidós aniversario (16 de nuestra era).

Antes de escribir la página del mencionado traslado a la capital de la baja Galilea, la madre —con buen tino— me puso en antecedentes del porqué de dicho y temporal cambio de residencia de su Hijo.

—No fue un capricho. Los tiempos eran regulares. Simón, recién terminados sus estudios, se unió a su hermano Santiago en la cantera...

¿Santiago cantero? Las herramientas del cobertizo y el excelente acabado de las losas y de la mesa del patio empezaron a encajar.

—...Jesús, siempre previsor, había manifestado en repetidas ocasiones la necesidad de diversificar los oficios. De esta forma, de común acuerdo, José se responsabilizó del taller de carpintería y Santiago fue especializándose en la piedra. Como te decía, los tiempos no eran buenos. Nazaret, y en concreto los carpinteros, atravesaban momentos de sol y sombra. El paro, como un lobo, asomó varias veces en el pueblo y mi Hijo convino que era más práctico e inteligente romper la tradición familiar. Con un ebanista en la casa era suficiente.

—¿Y Jesús?

—Siguió en el almacén de aprovisionamiento de caravanas. Pero algo hervía en su cabeza. Yo, como siempre, fui la última en saberlo. A lo largo del año se las ingenió para que Santiago alternara la cantera con el almacén. Simón era un buen trabajador y no tuvo problemas a la hora de sustituir a su hermano. Y a finales de ese año, ante mi sorpresa, Jesús convocó una reunión familiar. El muy ladino lo había planeado a la perfección... Él y Santiago, que por aquel entonces contaba dieciocho años, se entendían con la mirada. Por supuesto que habían hablado a mis espaldas... —María suspiró resignada—... Y Jesús, tomando como excusa las nuevas y apremiantes circunstancias económicas, manifestó su irrevocable voluntad de trasladarse temporalmente a la vecina Séforis. Creo recordar que fui la única que protestó.

—¿Por qué? Si no he entendido mal, el trabajo escaseaba en la aldea...

—Cierto —replicó buscando acomodo en otra excusa—.

Pero, ya sabes cómo son las madres. Yo presentía que detrás de aquel primer distanciamiento serio del hogar se escondían otras razones y no precisamente de orden económico. Te hemos hablado mucho y repetidas veces de su frustrada vocación de viajero...

El argumento no me satisfizo.

—María, no exageres... Séforis está a poco más de una hora. Tampoco era el fin del mundo.

—Bueno —concedió a medias—, no sé qué decirte. En los seis meses que permaneció ausente sólo le vimos el pelo dos docenas de veces. A visita por semana, hijo. Pero no era de eso de lo que quería hablarte. En esa histórica asamblea de familia hubo algo más. «Algo», precipitado e impaciente amigo, que apuntaba lejano pero claro como la luz del alba. «Algo» que no guardaba relación con las penurias monetarias y que una madre, a poco que se precie de despierta, sabe distinguir en la lejanía...

Este explorador era todo oídos. María, en cambio, para mi desesperación, suspense líquido...

—...Viajar, te lo he dicho, le fascinaba. Aunque sólo fuera ahí arriba, a la cumbre del Nebi. ¿Qué placer podía experimentar en cambiar de aires? Pues bien, fue como un presentimiento. La marcha a Séforis era una señal. Y aquella noche, mientras hablaba, el cielo me iluminó y supe que los días de mi Hijo como «padre y jefe» de la casa del fallecido José estaban medidos y bien medidos. A excepción de ese otro tunante —la Señora señaló hacia el patio—, todos quedamos boquiabiertos. Jesús, adoptando un tono solemne, declaró que, en su ausencia, Santiago ocuparía su lugar. A partir de ese momento desempeñaría las funciones de «jefe segundo». ¡Qué buen diplomático! La verdad es que Santiago nunca fue un «jefe segundo». Desde el día en que mi Hijo salió hacia Séforis fue el «jefe primero». Todo cayó bajo su exclusiva responsabilidad. Y Jesús hizo prometer a sus hermanos (uno a uno) que le obedecerían y respetarían en todo instante y circunstancia.

La calificación fue afortunada. Las informaciones recogidas con posterioridad dieron la razón a María: aquella «cumbre» familiar fue histórica en verdad. Aquel mes de *kisleu* (noviembre-diciembre) del año 16 debería recordarse como el de la suelta de las «primeras amarras de un velero que cabeceaba inquieto frente a la bocana». Ella no quiso o no supo admitirlo pero, a poco que se conociera la línea de aquel «buque», saltaba a la vista que sus espaciadas visitas a Nazaret obedecieron a un plan meticulosamente estudiado. De esta forma, aunque el hogar no se vio privado del salario semanal del Maestro, Santiago tuvo la posibilidad real de ejercer como auténtico cabeza de familia. Y el Hijo del Hombre —cada vez más cerca de su destino— se vio lenta y progresivamente liberado de sus ataduras y obligaciones domésticas.

—...Conociéndole como le conocía —añadió la Señora, en mi opinión sin demasiado acierto: ni siquiera después de la muerte y resurrección tuvo claras las ideas respecto a su Hijo—, no intenté disuadirle. Sólo le formulé una pregunta: ¿a qué pensaba dedicarse en Séforis? —La aclaración me dejó atónito—... A la fundición de metales...

—¿Trabajó durante seis meses en una fragua?

—Eso dijo —confirmó la Señora—. Y ahora que lo mencionas, me doy cuenta que jamás llegué a verle con el mandil de forjador...

El relativamente largo período que Jesús vivió entre hornos y yunques esclarecía otro de los enigmas, detectado en los análisis de los cabellos. Al someterlos al microscopio Ultropack, entre los elementos inorgánicos, además de los habituales —silicio, fosfatos, plomo, etc.— mi hermano y yo descubrimos altos índices de hierro y yodo [1]. Allí estaba la explicación. El hierro que contaminaba sus cabellos sólo podía proceder de ese intenso contacto con la forja de Séforis. El yodo, naturalmente, obedecía a «otras circunstancias»...

—...Mi Hijo tenía muchos y buenos contactos y no me extrañó que uno de aquellos talleres le admitiera a su servicio.

Duro trabajo a fe mía. Si la memoria no cojeaba, hasta ese año 16, Jesús había trabajado como carpintero, ebanista de exteriores, jefe de un almacén de aprovisionamiento de caravanas, forjador y, ocasionalmente, como labrador, pescador en el *yam* e instructor o maestro «particular» de

[1]   Amplia información sobre dichos análisis en *Caballo de Troya* 2. (*N. del a.*)

sus hermanos. Todo un récord que, por supuesto, no quedaría ahí. Y sigo en mis trece: flaco favor el de los evangelistas al mostrarnos a un Hijo de Dios básicamente carpintero. En su afán por conocer y compartir la existencia humana, el Maestro fue desempeñando —a veces sin querer— un buen número de oficios, a cual más fatigoso y representativo.

—¿Y por qué lo dejó?

—Él hablaba siempre de ganar la vida por etapas. Según manifestó a su vuelta, la experiencia en Séforis, ciudad de gentiles, se hallaba cumplida. Herodes Antipas, además, no le inspiraba confianza...

Rebeca, que asistía en silencio a la narración, intervino fulminante:

—Sí y no.

María se revolvió, inquieta.

—¿A qué te refieres?

La pregunta de la Señora quedó gravitando en la penumbra de la plataforma. La «pequeña ardilla», sudorosa y jadeante, hizo acto de presencia, volando a nuestro encuentro. Detrás, dejando en el umbral la proximidad naranja del ocaso, aparecieron sus hermanas. Ruth, sin resuello, confió a mis manos un pequeño tarro de arcilla. Contenía una abundante reserva de florecillas liguladas de caléndula, secas y pajizas. Los pigmentos florales de esta asterácea contienen interesantes principios medicinales. Y felicitándola por su eficacia y rapidez le di las instrucciones oportunas: verter entre uno y dos log (medio a un litro) de agua en un recipiente, a ser posible de metal. Machacar la caléndula y, una vez que el líquido empezase a hervir, arrojarla en la vasija.

—¿Y después?

La dificultad para hacerle comprender un concepto que hoy no encierra mayor complicación —«quince minutos»— me forzó a aplazar la segunda parte del preparado. Y acariciando sus rojizos cabellos salvé la situación, indicándole que me avisara cuando el sol se hubiera ocultado en el horizonte. En aquellos momentos debíamos estar muy cerca de las seis y media.

Miriam y Esta —para sorpresa de todos— mostraron orgullosas una regular palada de nieve, cuidadosamente arropada en hojas de helecho. A preguntas de la concurrencia aclararon que procedía de la casa del jefe del consejo. Jacobo y Santiago, alarmados ante la insólita generosidad de Ismael, exigieron detalles. Pero, ocupadas en cumplir mis indicaciones, dieron la espalda a sus respectivos maridos, aplazando la inquietante cuestión. Cuando los lienzos rezumaron una aceptable frialdad fui aplicándolos a la rodilla de la Señora, que no tardó en experimentar el esperado alivio. El frío, además de calmar el dolor, provocó una vasoconstricción, disminuyendo así la extravasación sanguínea y el edema. La operación, sencilla en extremo, iría repitiéndose regularmente hasta la total extinción de la nieve. Y el dormido optimismo de María despertó con brusquedad. Con un delicioso ímpetu... En un descuido, mientras asistía complacido al rápido aprendizaje del cambio de compresas por parte de Miriam, la espontánea Señora fue a estampar un sonoro beso en la mejilla de este explorador. El cariñoso gesto terminaría propagándose en forma de risas y aplausos.

Hacia las 18 horas y 40 minutos, con la caída del sol, Ruth me condujo hasta el perol que bullía en el hogar. Lo aparté y, tras unos minutos en reposo, le mostré cómo empapar los lienzos en la pócima, alternándolos con las compresas de nieve. La infusión de caléndula, muy apropiada para golpes y contusiones, completó mi modestísima aportación, remediando en parte lo que —a buen seguro— no hubiera demorado en sanar por sí mismo.

Los hombres, impacientes, siguieron presionando. Y Miriam pasó a exponer la parca historia del «hielo». El responsable de la entrega había sido el criado que ya les había informado en dos ocasiones y secretamente. Pero Jacobo y Santiago no terminaban de ver claro. «¿Y el saduceo?»

Todo tenía su explicación. Al parecer —ésas fueron las palabras del «espía» de la familia—, Ismael se hallaba ausente desde primeras horas de la mañana. Por alguna razón desconocida había partido hacia Séforis y con notorias prisas.

Como era de prever, el asunto desencadenó una marejada de opiniones. Esta, de acuerdo a su natural condición, no despegó los labios. Jacobo habló de «sospechosos enjuagues». ¿Cómo explicar sino el repentino viaje de la víbora? Santiago permaneció pensativo, sin saber a qué atenerse. Y resumió sus cavilaciones con tanto acierto como escasa brillantez:

—Puede ser tan bueno como malo.

Miriam y Rebeca, más intuitivas, se mostraron pesimistas. Las intrigas del sacerdote cerca del tribunal podían resultar nefastas. Ruth y la Señora, perplejas, se limitaron a oír y a solicitar cordura y paz. Debían permanecer unidos.

Curiosamente, ninguna de las interpretaciones dio en el blanco...

No había razón para convertir la marcha del saduceo en una tragedia.

—Los problemas, como las deudas —sentenció María haciendo suyo un pensamiento de su Hijo—, de uno en uno.

E, imperativa, solicitó de los hombres que aliviaran su traslado al patio. Santiago me consultó con la mirada. Supongo que una negativa no hubiera doblegado la acerada voluntad de la mujer. Y tragándome la severidad me encogí de hombros. En cierto modo, María trataba de no desequilibrar excesivamente el ya escorado clima de la casa. El nivel superior de la estancia debía ser utilizado, a no tardar, como dormitorio de la numerosa prole. La noche, benigna, se puso de parte de la Señora. Y el corral, milagrosamente libre de niños, exhaló aliviado, atrayendo las últimas y fragantes respiraciones de anémonas, manzanillas y tulipanes de monte que se disponían a cerrar sus flores.

La Señora, entre las inevitables risas de la chiquillería, fue transportada en volandas hasta la cabecera de la mesa de granito. Allí, sometida a la débil custodia de este explorador, fue besando, uno a uno, a cada nieto. Concluida la ceremonia, el agotador tropel, peor que bien, fue recluido en el interior de la vivienda, bajo la implacable tutela de Miriam y Esta. La «pequeña ardilla», arrodillada junto al bloque de piedra que servía de asiento a su madre, se mantuvo vigilante, reemplazando las compresas. Rebeca trató de auxiliar en el arduo ministerio de desnudar y alimentar a la gente menuda. En su calidad de huésped fue gentilmente despedida de la cocina. Y para descanso y beneplácito de este pecador fue a sentar su hermosura junto a María. En cuanto a Santiago, saltando de improviso sobre la losa de granito, procedió a colgar del moral una lámpara de aceite que, con el esforzado brillo de otras dos lucernas, depositadas por Jacobo sobre la mesa, pretendían burlar la negra y estrellada noche. Una noche —lo intuía— cargada de buenos y malos presagios. Buenos para quien esto escribe. No tan saludables, en cambio, para la familia que se dignaba acogerme con tan exquisito afecto. Pero trataré de ir por partes.

A decir verdad, entre unas cosas y otras, Rebeca y yo casi habíamos olvidado el brusco final de nuestra conversación con María. Aquel «sí y no» de la enamorada, colocando en tela de juicio las explicaciones de la Señora acerca del abandono de Séforis por parte de Jesús, seguía flotando en el contrariado ánimo de la madre. Y antes de que el dueño de la casa terminara de anudar el candil a la rama del árbol, le abordó sin miedo ni concesiones:

—Explícate. Tú estabas allí. ¿No fue por causa del odioso Antipas?

El duelo no tuvo desperdicio. Si María era rectilínea en pensamiento y obra, Rebeca tenía poco que envidiarle.

—Mamá María, ya veo que nunca lo supiste...

—¿Nunca supo qué? —terció Jacobo sin comprender. Pero la Señora, agitando con impaciencia su mano derecha, ordenó que se sentara y que no interrumpiera.

—... Jesús, en efecto —prosiguió Rebeca sin acelerarse—, habló y te habló con verdad. Su experiencia en Séforis, sus contactos con los gentiles y el conocimiento de sus costumbres, se vieron satisfechos. Y no es menos cierto que sus discrepancias con Herodes Antipas aceleraron su vuelta a Nazaret. Como sabes, el grupo para el que trabajaba aceptó participar en la construcción de varios edificios oficiales. Tanto los de Séforis como los de Tiberíades eran sufragados por el gobernador. Después de la injusticia cometida tras la muerte de José, Jesús se negó. No trabajaría para el «viejo zorro»...

Rebeca hizo una pausa. Llegué a creer que se arrepentía de haber hablado. Mi desconocimiento acerca de las mujeres (toda una «raza aparte») podría llenar la biblioteca del Capitolio...

—Eso lo sabemos —confirmó la madre sin pestañear y buscando la «razón oculta» que ya amanecía en los ojos de su interlocutora.

—Ha pasado mucho tiempo y no tiene sentido ocultarlo... La pálida línea de los labios de la Señora osciló temerosa.

—Yo provoqué su marcha. —Y adelantándose a la carga de María añadió tranquilizadora—: No te alarmes. Sabes que soy incapaz de hacer daño a nadie. Mucho menos a Él. Pero, al saber que trabajaba en la fragua, me las ingenié para observarle sin que me viera. Y así viví mi gran ilusión, semana tras semana y escondida en la penumbra de una ventana...

—¡Rebeca!

Aceptó el reproche. Pero, combatiendo de igual a igual, no tardó en desarmar a su fingido enemigo.

—¿No hubieras hecho lo mismo por José?

Con astucia, la Señora la ató en corto.

—¿Qué más?

Aquel celeste parecía esperar la sutil andanada. Pero no se enturbió.

—Nada más... Ni siquiera me fue dado hablar con Él.

María, desconfiada, leyendo más allá de las palabras, la acosó.

—¿Estás segura? Según tú, ¿qué fue lo que provocó su marcha?

Rebeca dudó, provocando un temblor general.

—Hubo algo más.

Y la madre, desviando sus dardos hacia quien esto escribe, me previno:

—No lo olvides, «niño Jasón»... «Mujer enamorada: hiedra trepadora.»

—Sí —repliqué en defensa de Rebeca—, una hiedra que perfuma lo que toca.

Jacobo, divertido ante mi insolencia, lanzó un codazo a su cuñado. Y María le desintegró con la mirada.

—...Cuando supe que Jesús se disponía a cancelar su contrato con la fragua —prosiguió tratando de evitar nuevos conflictos familiares— quise verle... —La Señora, ajena a estas pequeñas historias, quedó en suspenso—... Mi padre cedió y acudió al taller, invitándole a nuestra casa... —El susto cubrió de nieve el rostro de María—... Jesús declinó la invitación. Y el rayo de luz que templaba mis esperanzas se eclipsó. Al día siguiente, antes de lo previsto, abandonó la ciudad. Yo provoqué su marcha.

Nadie suspiró. Y los primeros luceros, en lo alto, fueron fijando posiciones, a la espera de la siempre rezagada flota de estrellas.

Hubiera deseado consolarla. Explicarle que, a buen seguro, como aquellos planetas primerizos, sus temores no reflejaban la verdad. Ésta, como la noche, es siempre una construcción intrincada. El ser humano, desde tierra, debe limitarse a contemplarla. Poseer la verdad —como las estrellas— es todavía un sueño. Si el Maestro decidió partir de Séforis no fue por su causa. Y la Señora, leyendo en mi firmamento interior, restableció el orden.

—Te equivocas, criatura. Destierra esa idea absurda. Mi Hijo (tú lo aprendiste en los años de predicación) actuaba movido por la voluntad de su Padre; nunca por temores humanos.

Me dieron ganas de devolverle el beso. Difícilmente podía simplificarse con tanto acierto. Mi sonrisa, en la que hubieran podido instalarse todas las constelaciones, lo suplió con creces. Y embarcado como un polizón en el excelente humor de la Señora me aproveché de él, arrastrándola a las aguas que me convenían. La intuición —ese infalible semáforo del alma— no dejaba de parpadear en ámbar. Hacía tiempo que me gritaba la importancia de aquella serena y concurrida noche. Con el alba, con el jueves y con la asamblea del Pequeño Sanedrín de Séforis mi suerte podía remontar el vuelo.

Y alzando el rostro hacia el violáceo y moribundo perfil del Nebi, mi providencial valedora inspiró y se bebió la fragancia que huía de las laderas. Y con los ojos entornados, sin desviar la proa de sus pensamientos de la montaña, fue hablándome despacio. Recreándose. Agradeciendo. Llamando a los recuerdos. Dejando que se posaran, como sus palomas, en las ramas de su corazón. Y así, serenamente, recibí las claves que me permitieron escribir las últimas páginas de la estancia del Hijo del Hombre en la recóndita Nazaret.

Rematada su experiencia en la fragua reanudó el trabajo al frente del almacén de aprovisionamiento. Y cumplió lo estipulado: Santiago siguió ostentando la jefatura del hogar.

El amanecer del siguiente año —17 de la actual era cristiana— fue uno de los más luminosos y esperanzadores para la familia. El lobo del desempleo se alejó de la aldea y los jornales de los cuatro hijos mayores enmendaron el azaroso rumbo de la economía doméstica. Miriam y Marta, a su vez, la primera con la venta de la leche y de la mantequilla y la segunda ayudando a la madre en el telar, auparon la menguada talla de los dineros. Más de un tercio del costo del almacén de aprovisionamiento se hallaba satisfecho y, por primera vez en años, disponían de unos ahorros. Este merecido respiro alivió tensiones y autorizó a Jesús a cumplir con una de las tradiciones familiares: acompañar a su hermano Simón, el cantero, a la fiesta de la Pascua. Desde el fallecimiento de su padre en la tierra, el Hijo del Hombre no había dispuesto de tanto tiempo libre. Y supo aprovecharlo. Como era habitual eligió un viaje inédito: la Decápolis, Pella, la Gérasa del sur, Filadelfia (actual Amán), Jesbón, Jericó y Jerusalén.

En este recorrido, atravesando las tierras situadas al este del río Jordán, los hermanos entablaron amistad con un hombre que, pocos meses después, se convertiría en la cuarta «gran tentación» de Jesús. Cuando leo a los evangelistas y me detengo en las famosas «tentaciones del retiro al desierto» no puedo por menos que maravillarme ante la solemne ingenuidad de los pésimos relatores de la vida del Maestro. «Piedras que están a punto de transformarse en pan», «vuelos sin motor hasta el pináculo del Templo»... En fin, bellas y preocupantes fantasías orientales, muy propias de gentes que «habían oído campanas» y que, lamentablemente, no supieron hacerse con una información rigurosa. El Hijo del Hombre, en cuanto hombre, por supuesto que fue tentado. Pero, desde mi corto conocimiento, con maniobras y proposiciones más sibilinas y —valga la redundancia— tentadoras. A lo largo de su vida terrenal tuvo que elegir. ¿Existe una fórmula más diabólica de tentación? Le fue ofrecida una «carrera»: una educación refinada en las escuelas rabínicas de la Ciudad Santa. Pudo cubrirse de la dudosa gloria humana, participando en el movimiento zelota. Le fue dada la atractiva posibilidad de salir de la pobreza contrayendo matrimonio con Rebeca. El siguiente «canto de sirena» —más peligroso que los anteriores— fue entonado por la cultura. Para ser exactos, por el señuelo de la enseñanza.

A su paso por Filadelfia, el Maestro y Simón conocieron a un próspero y noble mercader de Damasco, dueño de cuatro mil camellos y ágil negociante, con intereses y mejores dineros repartidos por todo el imperio. Se dirigía a Roma y, al ingresar en Jerusalén, tuvo a bien invitar a Jesús a su casa. La notable instrucción y los dilatados saberes de aquel impenitente viajero cautivaron al Hijo del Hombre. A su vez, el oriental recibió una fuerte impresión. Aquel galileo de veintidós años destilaba «algo» especial... Y cuando Jesús se despedía, rumbo a Betania, el banquero le ofreció un puesto en sus negocios de importación. Debería acompañarle a Damasco y, posteriormente, por el resto del mundo conocido. El Nazareno rechazó la oferta, escudándose en su familia. Pero el mercader tampoco era hombre que se rindiera con facilidad. Y algún tiempo después volvería a la carga, con una «tentación» de diferente corte.

Simón entró en la legalidad judía y, por espacio de una semana, él y su Hermano disfrutaron de la libertad. Jerusalén, en plena fiesta, era un torbellino de lenguas, colores y costumbres. Y el curioso Jesús se dejó llevar por aquel oleaje, participando en decenas de cónclaves. En uno de esos encuentros con gentiles y peregrinos fue a tropezar con un griego que hacía su primer viaje a la Ciudad Santa. Era el martes de Pascua. Lugar: el espléndido palacio de los Asmoneos. Pues bien, el griego en cuestión —que recibía el nombre de Esteban— quedó conmocionado ante el estilo y las ideas de Jesús. Y durante cuatro horas polemizaron sobre lo humano y lo divino. La revolucionaria filosofía del Galileo acerca del Padre Azul le dejó fuera de combate. Nunca más volverían a verse ni a saber el uno del otro. Sin embargo, aunque no puedo demostrarlo, tengo fundadas sospechas de que el joven y fogoso griego pasaría a la historia como aquel Esteban que sería lapidado a las puertas de Jerusalén hacia el 36 de nuestra era. Es decir, alrededor de veintiún años después de esta providencial conversación. Una muerte de la que, como es sabido, nacería a la fe

410

el no menos célebre Saulo o Pablo de Tarso, verdadero «fundador» del Cristianismo (1).

El regreso a Nazaret, al domingo siguiente a la semana de Pascua, transcurrió por escenarios igualmente nuevos: Lidda, la ruta de la costa, Joppe y Cesarea y, rodeando el monte Carmelo, Akkó (Ptolemaida) hasta la aldea. De esta forma, el incansable Jesús completó su conocimiento de la Palestina ubicada al norte de Jerusalén.

La entrada en el hogar, como en cada viaje, fue un maravilloso caos. Simón permaneció horas relatando a la familia los pormenores de la aventura. Y una vez más, la Señora —al saber de los contactos de su Hijo con aquellas gentes lejanas y extrañas— resucitó los antiguos miedos. ¿Por qué aquel afán por viajar y, sobre todo, por relacionarse con gentiles tan ajenos a la religión y a las formas judías?

Aunque creo haberlo mencionado, a fuerza de rutina, de años y de los cada vez más herméticos silencios de Jesús respecto a su papel como Mesías, la madre, en cierto modo, fue perdiendo la noción de un primogénito libertador y jefe nacional. Para colmo, aquella fiebre por los viajes terminaría de desconcertarla. Sólo de tarde en tarde, la incombustible imagen del ángel en la anunciación agitaba su alma, sepultándola en un océano de dudas. Pero, como todas las madres, fue haciéndose a la idea: más tarde o más temprano, Jesús «volaría» de su lado...

Y el tímido salto a la cercana Séforis encontraría pronto su segundo eslabón: Damasco.

Jesús, jefe de una escuela de filosofía religiosa...

Ésta fue la cuarta «gran tentación». Pero seguiré el hilo de los acontecimientos, tal y como los recibí de la familia.

Unas ocho semanas después de celebrar su veintitrés cumpleaños, entrado ya el mes de *kisleu* (noviembre-diciembre), aquel Jesús hecho y derecho recibiría una grata embajada. Un mensajero del rico comerciante de Damasco se presentó en Nazaret con el encargo de invitar al jefe del almacén de aprovisionamiento a trasladarse a la referida y

---

(1)   Para más amplia información sobre la supuesta fundación de la Iglesia por Jesús el lector puede consultar la obra *El testamento de San Juan. (N. del a.)*

411

próspera ciudad oriental. La Señora fue la única que se opuso al proyecto. Pero el destino estaba trazado y el Maestro partió. Aquella separación se prolongaría durante los últimos meses del mencionado año 17.

¿Por qué aceptó Jesús? ¿Había cambiado de criterio respecto al mundo de los negocios? La razón fue otra: el mercader deseaba levantar en Damasco una escuela filosófica capaz de hacer sombra a los prestigiosos centros de Alejandría. Y para llevar a cabo tan ambicioso proyecto pensó en aquel joven singular, culto y profundo que había conocido en Filadelfia y Jerusalén. En un primer momento, la idea entusiasmó al Galileo. Y su perplejidad no tuvo límite cuando, al llegar a Damasco, el banquero puso a su disposición una fuerte suma con la que hacer frente a los primeros gastos. Para arrancar, el jefe de la futura «universidad» debía visitar los más nombrados foros culturales y pedagógicos del orbe mediterráneo, bebiendo en la esencia de sus doctrinas y enseñanzas. La seriedad del magno proyecto se vio refrendada por otros doce banqueros que se comprometieron a financiar la operación, siempre y cuando Jesús se dignara dirigirla. Aquellos meses pesaron peligrosamente sobre el Hijo del Hombre. La tentación de enseñar y difundir la cultura se hizo casi insoportable. Finalmente desistió. Su acariciado «gran sueño» —revelar al mundo la existencia de su Padre— apuntaba ya como un cegador amanecer. Trabajó en la planificación del centro, ayudando a su amigo y benefactor. Tradujo numerosos documentos y devoró cuantos libros y manuscritos cayeron en sus manos. Y a punto de finalizar el año, ante el desconsuelo del mercader y de sus amigos, emprendió el regreso a Nazaret. La tentación había sido vencida.

Las dos primeras e importantes ausencias de Jesús —Séforis y Damasco—, aunque dolorosas, fueron inmunizando a la familia. La Providencia, sin prisas, seguía levantando el escenario en el que debería representarse el último acto de la vida del Hijo de la Promesa. Los hermanos y la madre, a su manera, empezaron a intuir que Nazaret era un «nido» extremadamente pequeño para la envergadura de tan espléndida «águila dorada». Sus «vuelos», cada vez más altos y prolongados, anunciaban un no muy lejano y definitivo éxodo. De acuerdo con la sabia Naturaleza, ese despegue se forjó sin traumas y al compás del reloj de las necesidades humanas. En aquellos años previos a la llamada «vida pública», a pesar de la inteligencia y del magnetismo que le adornaban, nadie sobre la tierra hubiera podido sospechar que aquel bello ejemplar de 1,81 metros, complexión atlética y trabajador y viajero infatigable estaba llamado a modificar la brújula de la historia. Como mucho, los más optimistas le auguraban un futuro discretamente brillante y atrincherado en la enseñanza. De hecho, su fama como instructor corría ya de boca en boca. En la primavera del año 18 quedaría demostrada la solidez de esta realidad. Una semana después de la Pascua, un joven judío residente en Alejandría visitó la casa de Nazaret, proponiendo «algo» que el Maestro aceptó con placer: un cambio de impresiones con una selecta representación de los sabios y rabinos que trabajaban en la referida metrópoli egipcia. Y en junio, a dos meses de su veinticuatro aniversario, se sentó en Cesarea frente a cinco eminentes profesores. Las conversaciones giraron alrededor de dos ideas y una propuesta. Para aquellos judíos, Alejandría estaba llamada a ocupar el centro cultural del mundo. Las corrientes helénicas imperaban en la cuenca mediterránea, habiendo desbordado el pensamiento y la filosofía babilónicos. En cuanto a la propuesta, no cabe duda de que constituyó una quinta y atractiva tentación: Alejandría le ofertaba un puesto de profesor y ayudante del decano de la sinagoga principal. Para ello, obviamente, debería residir en Egipto.

A lo largo de esta «cumbre» con la flor y nata de la sabiduría judía en el exilio, el Hijo del Hombre tuvo ocasión de oír un pronóstico que, años después, con plena conciencia de su divinidad, convertiría en profecía: la destrucción de Jerusalén y del templo. Los rabinos, tratando de ganarle para su causa, no dudaron en hacerle partícipe de los preocupantes rumores que circulaban dentro y fuera de Palestina. La rebelión —dijeron— era inminente. La nación sería aplastada por Roma en un plazo máximo de tres meses. Los hombres prudentes debían abandonar Israel.

¿Qué mejor momento para Él y su familia? Alejandría le abría los brazos.

En estimación de Santiago y Jacobo —principales informantes de esta secuencia—, Jesús volvió a sufrir ante la nueva y tentadora proposición. Meditó despacio y, «tras retirarse a consultar con su Padre de los cielos», respondió a los embajadores de la cultura judía en Alejandría con una frase que no esperaban: «Mi hora no ha llegado aún.» Y confusos, momentos antes de partir, trataron de compensar el tiempo perdido por el Galileo con una suculenta bolsa. El Maestro la rechazó igualmente, añadiendo: «La casa de José nunca aceptó limosnas. No podemos comer el pan ajeno mientras yo tenga buenos brazos y mis hermanos puedan trabajar.»

Y muy pronto, la quinta gran tentación descansó en el olvido. María y sus hijos, sin embargo, no comprendieron el porqué de la renuncia. Y durante un tiempo la polémica volvió a instalarse en el hogar de Nazaret. ¿Qué pretendía aquel extraño primogénito de veinticuatro años, que se atrevía a rehusar lo que la mayoría hubiera estimado como la culminación de una vida? La Señora recordaba con añoranza su estancia en la bella ciudad egipcia y fue la más ardiente defensora del traslado. Empeño estéril. Jesús guardaba silencio y continuaba sus labores, aparentemente grises, como modesto jefe de un casi perdido almacén de aprovisionamiento. Y los últimos seis meses de aquel año 18 transcurrieron en paz, con el único sobresalto de la noticia proporcionada en secreto por Santiago.

—Yo había cumplido veinte años —expuso el dueño de la casa ante la nostálgica mirada de su madre— y estimé que aquel mes de diciembre era el momento oportuno para hablarle de mis proyectos. Sabiendo de las inquietudes de mi Hermano y de sus repentinos y dilatados viajes no quise arriesgarme a esperar. Tuve entonces una conversación privada y le manifesté mi deseo de casarme...

A pesar de los doce años transcurridos desde la referida y secreta entrevista con Jesús conservaba en la memoria hasta el último detalle. Y como buen cantero cinceló la escena con los golpes justos:

—Mi Hermano palideció. Su luminosa percepción en

asuntos de peso cojeaba y aparecía como distraída en los negocios más caseros. Ni por un momento imaginó que yo podía estar enamorado.

—Así que era distraído.

Jacobo se adelantó a su cuñado, satisfaciendo mi curiosidad:

—Cuanto más sabio, más distraído. Nunca recordaba dónde dejaba las cosas...

—El sabio —terció Rebeca en una innecesaria defensa de Jesús— es superior al rey.

—Sí, ya sé —reconoció Jacobo, cerrando la sentencia que pregonaban los rabinos y que acababa de perfilar la de Séforis—: un sabio que muere es insustituible. Para el trono de un rey, en cambio, siempre hay candidatos.

—¿Y qué respondió? —abordé de nuevo a Santiago.

—Cuando bajó de las nubes se mostró complacido. Y al saber el nombre (Esta) me abrazó dichoso. Entonces vino lo peor... —El cuñado, haciendo causa común, asintió con la cabeza—... Como es natural queríamos casarnos cuanto antes. Mi Hermano dijo que no. Para obtener su definitiva bendición puso dos condiciones. Primera: que esperásemos dos años. Segunda: teniendo en cuenta que a José le faltaban tres meses para cumplir los dieciocho y que, en consecuencia, podrían reemplazarme en la dirección de los asuntos familiares, me exigió que le fuera preparando para tal menester. Mis protestas sirvieron de poco. Este impaciente enamorado no acertaba a ver más allá de sus narices...

—¿Qué insinúas?

La pregunta, lo confieso, tampoco fue un alarde de perspicacia.

—Estamos hablando de hace doce años. No lo olvides, Jasón. Él sabía lo que quería. Necesité mucho tiempo para comprenderlo. Fue a los dieciséis cuando adoptó aquella gran decisión. ¿La recuerdas?: «Esperar a que todos nosotros encauzáramos las vidas para acometer su gran sueño.» Minucioso y responsable no le gustaban los cabos sueltos... Y acepté, claro. ¿Qué otra cosa podía hacer?

El beneplácito del jefe moral de la casa a las bodas de su hermano con la discreta hija de Nazaret desencadenaría un segundo e inesperado suceso. Animada por la positiva reacción de Jesús, la hermana mayor —Miriam— se apresuró a comunicarle que también ella se hallaba enamorada.

Los ojos de Jacobo clarearon los recuerdos. Y enarcando las cejas resumió con un lamento el embarazoso lance que le tocó en suerte:

—Hubiera preferido una semana a pan y agua.

La Señora le amonestó, tachándole de exagerado. Él siguió a lo suyo:

—Conocí a Jesús desde que nació. Había vivido a su lado día y noche. Pared con pared. Sabía de sus risas y lloros. Participé en sus juegos. Le defendí y protegí. Me senté a sus pies y aprendí. Le quería como a un hermano. Pero, cuando Miriam me comunicó la decisión de Jesús, las rodillas me temblaron. Debía presentarme a Él y solicitarla oficialmente en matrimonio. ¿Te imaginas? Yo, Jacobo, su amigo y confidente, vestido de solemnidad, pidiendo a Miriam... Como era de esperar, a la segunda palabra me entró la risa. Contagiado me abrazó y me llamó «cuñado». Doblados por las carcajadas tuvimos que huir de la casa, perseguidos a escobazos por mi futura y por mi suegra...

—Sí —recalcó María burlándose—, toda una tragedia. ¡Menudo par de liantes!

Simuló no haberla oído.

—Con otras palabras —se lamentó Jacobo— nos anunció lo que ya sabíamos por Santiago: deberíamos esperar. Y Miriam, por su parte, se comprometió a preparar a Marta en lo referente a las tareas domésticas que desempeñaba como hija mayor.

—Entonces, lo de «Miriam, la más bella y su albañil» fue cosa tuya.

El súbito comentario de este explorador, recordando la inscripción en la roca de la cima del Nebi, descolocó a Jacobo. Tartamudeó y ante las risitas de Ruth y Rebeca, sin perder de vista a la perpleja suegra, se excusó con un endeble «no sé...».

La Señora exigió detalles sobre el particular. Pero Santiago, cubriendo a su amigo, restó importancia al hecho, calificándolo de «chiquillada propia de enamorados». Y la madre, resignada, se refugió en una de sus frases favoritas:

—Siempre soy la última en enterarme...

María estaba en lo cierto. Y si aquello no trascendía la frontera de lo meramente anecdótico, no podía decirse lo mismo del grave incidente protagonizado por Judas al siguiente año y que, con buen criterio, le fue silenciado...

Se dice pronto. Once años necesitó la familia para liquidar sus deudas. El «reflotamiento» de la economía, iniciado en el 18, concluiría en el 19 de nuestra era. El finiquito del pago del almacén de aprovisionamiento constituyó un alivio que sólo los que se han enfrentado alguna vez a la liquidación de un crédito, de una hipoteca o de una compra «a plazos» podrán entender en su justa medida. La casa fue una fiesta. La esquiva fortuna había hecho un alto en Nazaret. Los hermanos más pequeños estaban a punto de concluir sus estudios, todos gozaban de una excelente salud, en las arcas sonaban algunos ahorros, el trabajo seguía alimentando sueños y un par de parejas hacía oscilar la herrumbrosa rosa de los vientos de las ilusiones de la Señora. Las bodas quedaron definitivamente fijadas para finales del 20. El destino del Hijo del Hombre, en una inexorable espiral ascendente, le arrastraba hacia las postreras y azules térmicas. Pero, como reza el viejo y sabio adagio, «en la casa del pobre, la felicidad nunca es completa».

Tres meses después del feliz y doble compromiso matrimonial, Jesús puso en conocimiento del hermano más pequeño su deseo de mostrarle la Ciudad Santa. Judas, que el 24 de junio de ese año 19 alcanzaría su catorce aniversario, recibió gozoso la invitación. Pocos días antes del 14 de *nisán* (marzo-abril), fieles a la costumbre, se pusieron en camino hacia Jerusalén.

Santiago, conductor del relato, interrumpió la narración. Se inclinó hacia Jacobo y, grave y misterioso, le susurró algo al oído. Hasta Ruth, con uno de los lienzos en la mano, quedó en suspenso. Los hombres observaron a María. Y tras unos segundos de vacilación, el albañil imitó a su cuñado, cuchicheándole un comentario o una respuesta que tampoco alcanzamos a descifrar.

—¿Qué tramáis? —estalló la «pequeña ardilla», materializando el sentir general.

Jacobo pareció mostrarse conforme con la idea de su amigo-hermano. Y éste, espesando el suspense, se dirigió a la madre en los siguientes términos:

—Mamá María: ¿prometes no enojarte?

El verde hierba viajó veloz de Jacobo a Santiago y de éste, de nuevo, a su yerno. Y la curiosidad —cómo no— la doblegó.

—Pues bien —anunció su hijo no demasiado convencido de la docilidad de la Señora—, en ese viaje ocurrió algo que, en nuestro deseo de no disgustarte, decidimos pasar por alto...

María hizo tamborilear los dedos sobre el granito de la mesa. Y Jacobo, oteando la borrasca, terció conciliador:

—¡Han pasado once años!

Pero la tormenta silbaba ya bajo el moral.

—Continúa, Santiago.

El hijo recogió velas.

—... Nada más llegar a Jerusalén, mi Hermano condujo a Judas al templo. Y en una de esas casualidades de la vida fueron a tropezar con Lázaro de Betania. Se entretuvieron conversando, no prestando demasiada atención al eufórico y deslumbrado rebelde...

El calificativo no agradó a la Señora.

—No empecemos de nuevo...

Santiago contemporizó con desgana.

—Está bien. El caso es que en las inmediaciones del atrio de los Gentiles se hallaba apostado uno de los romanos de guardia. Y al parecer, según la versión de Judas, gastó algunas palabras de mal gusto al paso de una muchacha judía. La reacción de nuestro hermano no se hizo esperar. Con la insolencia que le distinguía increpó al mercenario, llamándole de todo... —A Ruth se le cayó la compresa de las manos. Y María, atónita, empezó a intuir el desenlace del delicado asunto—... Lázaro y Jesús intervinieron al punto, tratando de calmar al vehemente Judas y de secar la cólera del soldado. El mal estaba hecho y el jovencito, como era de prever, fue detenido en el acto. Los razonamientos de mi Hermano (que posiblemente hubieran fructificado) se vinieron a pique cuando, de improviso, en lugar de guardar silencio, Judas se encaró de nuevo con el centinela, manifestando con rabia sus sentimientos patrióticos y tachando a Roma de «ramera». Allí terminó la disputa. Ambos fueron detenidos y conducidos a las mazmorras de la fortaleza Antonia...

—¡Yavé nos asista!

A pesar del tiempo transcurrido, María vivió el secreto incidente como si acabara de ocurrir. En cuanto a mí, más que la suerte de Judas, lo que encendió mi interés fue la insólita presencia del Maestro en una cárcel romana.

—... Déjame terminar —ordenó el cantero, intuyendo el tropel de preguntas que asomaba en la mirada de la madre—. Jesús, como comprenderéis, no quiso separarse de su hermano. E intentó acelerar el interrogatorio de Judas. Sus buenas palabras no sirvieron de mucho. Y se vieron obligados a «celebrar» la cena de Pascua a pan y agua, en los mugrientos y húmedos calabozos de Antonia...

—¡Dios Todopoderoso! Mis hijos encarcelados por esos miserables...

El furor de la Señora rodaba ya como una ola.

—... Lo peor no fue eso. —Santiago, comprometido hasta la médula, no atrancó—... Judas no pudo asistir a la ceremonia de su mayoría legal.

—Entonces —clamó María— me engañasteis por partida doble...

—Entendimos que era lo menos malo. Pero no te alarmes: Judas pasó su *Bar Mizva* algunos años después, cuando se alistó en el movimiento zelota.

Esta vez fui yo quien le interrumpió.

—¿Fue un zelota?

Asintió en silencio.

—¿Y Jesús lo supo?

Los hombres, al unísono, colmaron mi lógica curiosidad con sendos y afirmativos movimientos de cabeza.

—¿Quieres que prosiga, mamá María?

La Señora, que había pasado del susto y la indignación a la tristeza, permaneció enclaustrada en el mutismo. Y Santiago, buen traductor de silencios, concluyó la exposición:

—Al segundo día, mi Hermano, en representación de Judas, fue conducido a la presencia del magistrado y sometido a interrogatorio. Ofreció toda clase de disculpas, invocando en su defensa la extrema juventud del muchacho y el innegable carácter provocativo del incidente. El juez romano aceptó los razonables argumentos. Y al ponerles en libertad advirtió a Jesús sobre algo que, lamentablemente, era cierto: «Debes vigilar a tu hermano. Su ciego comportamiento puede ocasionar nuevos y muy graves trastornos.»

—¿Ciego comportamiento? —la voz de la madre, herida en su patriotismo, resonó como un trueno—. ¿Porque fue un leal hijo de Israel?

Nadie quiso arriesgarse en las arenas movedizas del nacionalismo. Y la Señora, dispuesta siempre a batirse por su patria y por sus hijos, se vació ante la prudencial templanza de todos los presentes:

—¡Escuchadme bien! Yo, María, «la de las palomas», hubiera actuado del mismo modo...

Recuperó el aliento y captando el rechinar de algunos de los pensamientos los abordó —como siempre— con su temible carro de la verdad por delante.

—...Leo el reproche en vuestros corazones. ¿Creéis que no estuve de acuerdo con mi Hijo sobre la no violencia? Os diré algo: no me gusta la guerra. En la paz son los hijos los que sepultan a los padres. En las revueltas, lo sé, ocurre lo contrario. Pero tampoco me agradan la vergüenza y el deshonor. Ésta es mi tierra. Y mientras viva defenderé su libertad.

No sé si para bien o para mal —no soy quién para juzgar—, aquellas ideas acompañarían a la Señora hasta su tumba. Y el ingrato capítulo de la «oveja negra» de la familia fue cerrado. El magistrado romano de la fortaleza Antonia pronosticó con acierto: Judas, irreflexivo, ególatra y violento, proseguiría su carrera de desmanes, haciendo temblar las cuadernas de la casa. Pero tiempo habrá de volver sobre ello. La visita del Maestro en la primavera del año 19 a Jerusalén, en compañía del díscolo hermano, sería la última de esta naturaleza, marcando el comienzo de la definitiva ruptura del Hijo del Hombre con los lazos de la carne y de la sangre. El destino acampaba ya detrás de las colinas de Nazaret, dispuesto a reclamar lo que era suyo.

¡Bendita criatura! En un minuto terminó con los negros pensamientos. Ninguno de los presentes —desazonados con la revelación de Santiago— le vio infiltrarse hacia el asiento que ocupaba la absorta Rebeca. El caso es que, en mitad de un plomizo silencio —lógica resaca tras el oleaje provocado por la Señora—, la de Séforis lanzó un alarido. Y braceando como una marioneta, ayeando y saltando del banco de granito, hizo palidecer a la parroquia. Jacobo, a su derecha, fue el primero que descubrió al atrevido truhán. Ruth y Santiago, alarmados, se precipitaron en auxilio de la mujer. Y Jacobo, sospechando del pequeño Judá, su primogénito, hizo presa en una de sus orejas, reclamando una rápida explicación. Los gritos y pataleos del niño, las exigencias e improperios del padre, los aullidos de Rebeca, las maniobras de Ruth tratando en vano de introducir el brazo por el cuello de la túnica de la de Séforis, las confusas preguntas de Santiago y las atropelladas recomendaciones de calma y serenidad por parte de la Señora convirtieron el lugar en un «corral de locos» en el que, excepcionalmente, hurón, gato de los pantanos y quien esto escribe ostentaron la máxima cordura...

La atolondrada escena remitió cuando la «pequeña ardilla», casi a empellones, se hizo con la perdida voluntad de Rebeca, empujándola hacia el interior de la vivienda. En la puerta, Miriam y Esta, alarmadas ante el galimatías, tuvieron el tiempo justo de hacerse a un lado.

El meteórico arranque de las mujeres distrajo a Jacobo y el diablillo, arriesgando el todo por el todo, logró zafarse de la cólera paterna, refugiándose entre sollozos en los brazos de su abuela. El albañil avanzó hacia el sospechoso, dispuesto a salir de dudas. Pero María, maternal, le paró los pies.

—Déjame a mí...

Y tomando entre las manos la churretosa cara de Judá secó sus lágrimas, recomendándole que fuera sincero.

—Sólo era un grillo —confesó al fin el causante del desaguisado.

María alzó los ojos hacia sus hijos y, esforzándose por reprimir la risa, terminó abrazando al pequeño contra su pecho, indicando a Jacobo que volviera a sentarse y que no perdiera los estribos. Santiago, retirándose al cobertizo, dio rienda suelta a las carcajadas que se empujaban en su ánimo, descargando de paso la tensión provocada por el asunto de Judas.

—¿Por qué lo has hecho?

El tono fingidamente severo de la abuela no obtuvo otra respuesta que un indescifrable mohín, seguido de un mecánico encogimiento de hombros. María insistió. Finalmente, el hijo mayor de Jacobo y Miriam confesó algo que borró la tolerante mirada de la abuela:

—El tío Jesús lo decía...

—¿El tío Jesús te enseñó a meter grillos en las ropas de la gente?

—¡Judá! —le amonestó su padre—, ¿por qué mientes?

No mentía. Sencillamente, no le habían dejado terminar. Y protestó al amparo de la Señora.

—El tío Jesús lo decía: si un grillo se aleja de su casa, jamás vuelve a cantar...

—Pero...

La abuela intercedió de nuevo, rogando a Jacobo que no interrumpiera. La historia era simple en extremo. El «tío Jesús», como le llamaba Judá, había contado que los grillos aman tanto su tierra natal que si, por cualquier circunstancia, se ven lejos de su hogar deciden no cantar. Y según explicó, aquel grillo era oriundo de Séforis. Su prima Raquel, hija mayor de Santiago, lo había traído al principio de la primavera.

—¿Qué mejor oportunidad para devolverlo a su casa —razonó Judá— que al cuidado de Rebeca?

La Señora, Jacobo y este explorador seguimos la narración espantados.

—¿Y no se te ocurrió negociarlo con la pobre Rebeca?

El argumento de María fue desestimado por el «salvador de grillos».

—Imposible.

Y llevándose las manos a la rapada cabeza se rascó con saña. Al aproximarme para reponer una de las compresas percibí en el pequeño un tufo acre, mezcla de vinagre y áloe púrpura. Probablemente, uno de los remedios caseros contra los piojos. Aquella sociedad, como la casi totalidad de los pueblos del mundo, padecía una horrible invasión de *Pediculus capitis*, *Pediculus vetimenti* y *Pediculus pubis* (insectos «especializados» en las cabezas y en los cuerpos, respectivamente).

—... A Rebeca no le gustan los grillos.

—Muy bien —replicó la Señora cerrando el conflicto—. Castigado sin cenar.

Jacobo pareció complacido con la sanción impuesta al revoltoso. Y la abuela, con gesto grave, indicó que fuera en busca de la «víctima» y que pidiera perdón. Judá obedeció sumiso y cabizbajo. Pero, a medio camino, revolviéndose y con una maliciosa sonrisa le gritó a María:

—No importa... Ya he cenado.

El regocijo del travieso infante se malogró allí mismo. Su tía Esta, a la cabeza de las mujeres, le sorprendió *in fraganti*. Y la oreja que permanecía inédita «entró en calor», siendo conducido de esta guisa a la plataforma donde sus hermanos y primos —a trancas y barrancas— empezaban a desfallecer entre risas y fiestas.

Rebeca retornó a la mesa, roja como una amapola. Y discreta ocupó el puesto de Ruth, arrodillándose a los pies de María. Miriam, auxiliada por la «pequeña ardilla», entró en escena, portando una humeante y ancha cazuela de barro. Jacobo se frotó las manos, asomándose al borboteante guisado. La esposa, con los brazos en jarras, le dejó hacer. Y ocurrió lo que imaginamos. El albañil, vencido por el hambre, introdujo los dedos en la hirviente cena, soltando la pieza entre aullidos.

—Además de tonto, ciego...

Jacobo, aliviando las achicharradas pinzas en la boca, aguantó escéptico el malicioso comentario de Miriam.

Vino, pan de trigo, queso y miel de dátiles fueron arropando el plato principal.

Y cuando Ruth se disponía a servirnos, su cuñada Esta, desde la puerta, reclamó su presencia.

—Quieren que les cuentes una historia...

Y la pelirroja, cediendo los trastos a Miriam, acudió encantada.

El requerimiento de la gente menuda y la noticia apuntada por Judá me animaron a plantear una incógnita que hacía tiempo revoloteaba por mi cabeza. ¿Cómo era el «tío Jesús» con los niños? ¿En qué consistían esos cuentos que, al parecer, hacían las delicias de la chiquillería? Yo le había visto jugar con ellos y tenía una cercana idea de su debilidad por los «pequeñuelos». Pero quise cerciorarme.

—¿Sabes cómo llamaban al almacén de aprovisionamiento? —abrió el fuego Jacobo—. La «casa encantada». Jesús convirtió el recinto en un lugar mágico, abierto a las fantasías infantiles. Sentía tal apego por ellos que, durante años, nada más abrir el negocio, sacaba a la calle un laberinto de maderas, cestos y cuerdas en desuso. Y como si de un rito se tratase, los niños acudían a las puertas, jugando y fantaseando con los cachivaches. Cuando se cansaban, los más audaces irrumpían en el interior y espiaban al «jefe». Si adivinaban que no se hallaba demasiado atareado le tiraban de la túnica y entonaban la frase clave: «Tío Jesús, sal y cuéntanos una historia.» Y allí lo tienes, sentado al pie del muro, con los más «enanos» entre las rodillas y cercado por un enjambre de ávidos y nerviosos soñadores...

—Y tú, bribón, ¿cómo sabes esas cosas?

La oportuna pregunta de María le descubrió. E implorando compasión confesó su «delito»:

—Me escondía para oírle.

—Debí imaginarlo —reparó Miriam—. Así que, en lugar de trabajar...

—No era el único... —se defendió el albañil.

—¡Tunante! Eres peor que tus hijos...

La esposa, sin dejar de rezongar, fue sirviendo las raciones de lo que resultó ser un magistral guisote de ancas de rana (de la familia «esculenta», muy abundante en los perfiles de la torrentera), bañado en un caldo sustancioso y pellizcado a placer con manojos de hierbabuena, mostaza, ajo y cebolla.

Jacobo, advertido y respetuoso, aguardó el regreso de Ruth, relamiéndose e invadiendo con la punta de la nariz el apetitoso tufillo que ascendía desde el plato de madera. Dormida la incombustible tropa, la «pequeña ardilla» se incorporó al festín que —con total premeditación— fui timoneando, con el socorro de Jacobo, hacia el relajante y curioso capítulo de los cuentos e historias que gustaba decir el Maestro y que ocupó muchos de sus ratos de ocio.

—El de la rana —manifestó el albañil aprovechando la coincidencia— sirvió para que esos diablillos aprendieran a respetarlas. Al menos durante unas horas. Jesús les contaba que Dios las creó sin dientes para que no devorasen a otros animales acuáticos. Y los muy tontos se lo creían...

—Y tú también —replicó la Señora, dejando al desnudo la cristalina ingenuidad de su yerno.

—Sólo al principio. Y decía que la rana poseía poderes mágicos y una gran sabiduría. Y que fue uno de estos animalitos quien enseñó la *Torá* al rabino Hanina y también las setenta lenguas del mundo y los idiomas de las aves y de los mamíferos. Para ello escribía las palabras en un trozo de papiro y el discípulo se lo tragaba.

—Cuenta la del leviatán...

Ruth, testigo de excepción de las fantásticas narraciones de su Hermano a la chiquillería de la aldea, vino en mi ayuda. Y Jacobo, en clara referencia a los hipopótamos que en aquel tiempo disfrutaban de la jungla del Jordán, habló así:

—Era una de las historias preferida por los «enanos»...

—Y por otros no tan «enanos» —incordió Miriam.

—...Jesús explicaba que el behemot era la criatura más grande de la tierra. Y recordándoles el libro de Job aseguraba que ni mil montañas eran suficientes para alimentarle. Y los pequeños, entusiasmados, le oían decir que «todo el agua que arrastraba el Jordán en un año era un solo trago para él». Para saciar su sed, el Todopoderoso había hecho brotar el Yubal, una corriente que brotaba directamente del Paraíso.

Al reparar en las caras de los comensales descubrí con satisfacción que los que descansaban en la plataforma no eran los únicos «niños» de la casa...

—...El patrón llamaba a los gallos «la trompeta matinal»...

Al referir el nuevo apólogo de Jesús atribuyó al «patrón» del almacén una definición de Horacio. Obviamente, el Maestro había leído al poeta latino.

—...Y en tono misterioso les contaba que el gallo, al cantar en la última vigilia, advierte a los demonios y a los espíritus errantes de la noche para que se retiren. Es curioso —meditó el devorador de ancas de rana—. No sé cómo se las arreglaba pero en casi todas sus historias aparecía el Padre Azul.

Rebeca, indulgente, se lo explicó como si la duda hubiera brotado del pequeño Judá:

425

—Si el sol pudiera hablar, ¿cuál crees que sería su tema favorito de conversación?

No sé qué le encandiló más: si el ejemplo o el celeste marino de los ojos de la mujer. Y recuperando el hilo concluyó:

—...Y añadía que el gallo es el «cantante de Dios» porque repite sus alabanzas siete veces.

—Ahora la del águila...

La «pequeña ardilla» las conocía todas. Y el hambriento Jacobo, pendiente de una segunda y merecida ración, le cedió el «testigo».

—¡Prepárate! —me advirtió la Señora—. La pelirroja puede agotarnos a todos. ¿Sabes que no se dormía si Jesús no le contaba uno de esos cuentos? Nunca supe de dónde sacaba tanta paciencia e imaginación...

—¿Y bien?

—Pues verás. Él nos hablaba de muchas clases de águilas (la de «patas cortas», la «cazadora de serpientes», la «imperial») pero su preferida era la «dorada»...

Supuse que el Hijo del Hombre, excelente observador de la Naturaleza, se refería a la *Aquila Chrysaetos,* enorme, oscura, majestuosa, capaz de prolongar sus vuelos durante horas y que construye los nidos en los picachos.

—...Un día, el rey Salomón encontró una bella fortaleza. Pero, ¡oh, cielos!, carecía de puertas. Y buscando y buscando... —María hizo una señal para que me aproximara. Y emocionada me susurró al oído: «Lo cuenta como Él.»—... fue a tropezar con un águila dorada. El rey le preguntó dónde estaba la puerta y ella, que tenía sólo setecientos años, le envió un poco más arriba, al nido de su madre, que contaba novecientos. Pero tampoco supo darle razón y le indicó un tercer nido (más alto que el suyo), habitado por su abuela, que había cumplido mil trescientos años. El águila abuela le dijo que, en efecto, su padre le contó cómo, en la antigüedad, existía una puerta por el oeste. Y el rey, caminando y caminando, halló una entrada de hierro, sepultada en el polvo de los siglos. Y en la puerta se decía: «Nosotros, los moradores de este palacio, vivimos durante años con lujo y riquezas. Pero sobrevino el hambre y nos vimos obligados a fabricar el pan con harina de perlas. Pero no sirvió de nada. Y cuando estábamos a punto de morir, legamos este lugar a las águilas.» ¿Lo has entendido?

La Señora repitió el gesto, revelándome otro pequeño secreto:

—Eso era lo que preguntaba mi Hijo al concluir la historia.

Y la revuelta constelación de pecas cambió de longitud y latitud, empujada por una sonrisa sin fin.

—Es fácil —manifestó haciendo suyas las palabras de su ídolo—. Sólo las águilas poseen la inmortalidad. Cuando envejecen vuelan hasta la casa del Padre Azul y Éste, una a una, les cambia las plumas...

—¿Y no te explicó cómo enseñan a sus crías a mirar al sol?

Santiago, buen cazador, sonrió ante mi pregunta. Y fiándome de una cita de Plinio aclaré que, según algunos sabios, estas aves obligan a sus polluelos a mirar fijamente el disco solar.

—Sólo así crecen sus alas. Y si alguno lagrimea, el águila madre los mata.

—Mi Hermano nunca destruía a los protagonistas de sus cuentos.

Encajé el reproche de Ruth. Y rogué que prosiguiera.

—La del zorro también me gustaba... —En aquel tiempo, el llamado *Vulpes vulpes niloticus* o «zorro rojo» constituía una auténtica plaga—... Mi Hermano contaba que, después de Adán, el ángel exterminador comenzó a lanzar al mar una pareja de cada especie animal. Y cuando llegó al zorro, éste se puso a llorar amargamente. Y el ángel, curioso, preguntó a qué venía aquel llanto. Entonces la astuta raposa replicó que lo hacía por su amigo. Y señalando la superficie del agua mostró al ángel su propio reflejo. Y el exterminador le dejó marchar.

Y la «pequeña ardilla» —inagotable— pasó a referir un nuevo sucedido.

—Una noche Jesús me preguntó si sabía por qué los cuervos caminan a saltos y desgarbadamente. Al responderle que nunca me había fijado se puso a imitarles. Y me entró la risa. Después, sentándose a mi lado, aclaró el misterio: «En cierta ocasión, los cuervos, envidiosos de las palomas, trataron de copiar sus andares. Y casi se rompieron los huesos. Y todas las aves se burlaron de ellos. Cuando finalmente quisieron caminar como lo hacían en un principio observaron con horror que se les había olvidado. Por eso, desde entonces, lo hacen a saltitos y siempre tropezando.» Y mi Hermano añadió: «Aprende de los cuervos. El que trata de arrebatar lo que no le pertenece puede perder hasta lo poco que tiene.»

El repaso a las fantásticas leyendas que narrara el «tío Jesús» a los más pequeños de Nazaret se prolongó hasta bien entrada la noche. Y los comensales —yo el primero— disfrutamos con aquella tierna estampa.

La capacidad de desdoblamiento de aquel Hombre dejaba entrever el oro de su corazón. Sabía negociar barbudos dilemas filosóficos y, al mismo tiempo, adueñarse de las blancas voluntades de los más inocentes..., imitando los cómicos andares de un cuervo. ¿Por qué los evangelistas no prestaron atención a estas pequeñas-grandes anécdotas? En los textos llamados «sagrados», su amor por los niños no aparece suficientemente dibujado. Pero, ¿merece la pena lamentarse? A estas alturas de la investigación, el feroz recorte a la vida del Maestro no era una novedad.

Y la conversación, como las estrellas, fue describiendo una inexorable curva, precipitándose hacia el horizonte interior. Jacobo, agotado, fue el primero en apuntalar la cabeza con las manos en un esfuerzo por rechazar el sueño. Por fortuna para quien esto escribe, el final de esta fase de la misión se hallaba cercano. En realidad, el siguiente año (20 de nuestra era) marcaría un hito en la carrera humana del Hijo del Hombre: su veintiséis aniversario sería el último a celebrar en Nazaret. Después de veintitrés años de estancia prácticamente ininterrumpida en la aldea —recordemos que los tres primeros transcurrieron entre Belén y Alejandría— Jesús se disponía a cambiar de lugar de residencia, de trabajo, de amigos y de proyectos. La paciencia, el sometimiento a sus obligaciones familiares y, en definitiva, a la voluntad de su Padre Celeste habían dado los frutos apetecidos: sus hermanos gobernaban ya sus propias vidas y el rumbo del hogar paterno. En consecuencia, su presencia no era imprescindible. Y el destino llamó a las puertas del Galileo.

Y consciente de su próxima partida dedicó buena parte de aquel año a largas e intensas conversaciones con cada uno de los miembros del clan. Y poco a poco les fue preparando para algo que era un secreto a voces. Su madre, que seguía sin entender el extraño y blasfemo ideal de revelar al mundo la realidad de un Padre-Dios, fue la que más padeció con este postrero vuelo en círculo sobre la carne y la sangre.

Y el destino, con unas lógicas prisas, tendió una alfombra roja a las puertas de la aldea: las saneadas finanzas de la familia se vieron súbitamente bendecidas por el regalo del padre de Esta. Santiago y su prometida recibieron, en concepto de dote, una confortable casa a las afueras del poblado. Jacobo y Miriam, por su parte, resolvieron la cuestión sin merma alguna para las arcas familiares: fallecido el progenitor del albañil, antiguo socio de José, la pareja decidió instalarse en la vivienda contigua a la de María.

La única espina en el ánimo de Jesús tenía nombre propio: Judas. A pesar de sus múltiples entrevistas con el rebelde, el comportamiento de aquel muchacho de quince años parecía no tener arreglo. Se negaba a trabajar. Sus peleas y pendencias estaban a la orden del día. Era egoísta, ladrón, mentiroso y descarado. A mediados de año el ambiente en la casa se enrareció de tal forma que Santiago, jefe y cabeza de familia, llegó a proponer su definitiva expulsión. Jesús no lo consintió. «Es preciso que seáis pacientes —aconsejó el Maestro— y consecuentes en vuestras propias vidas para que, de esta forma, él pueda reconocer el camino de la honradez.» La prudente actitud del Galileo evitó una peligrosa ruptura en el seno familiar. Aun así, Judas necesitaría ver las orejas al «lobo de la vida» para rectificar su equivocado proceder. Poco antes de la siega, en su afán de limar las ásperas aristas del déspota y espinoso hermano, Jesús le condujo al sur de Nazaret, a la granja de su tío. La sumisión fue breve. Concluida la recolección huyó de la custodia del hermano de María. Y la familia sufrió un nuevo quebranto. Semanas después, Simón lograba localizarle a orillas del *yam*, enrolado en una barca de pesca. Al retornar a casa, lejos de recriminar su comportamiento, el Hermano mayor le tomó consigo y, astutamente, se lo llevó a la cima del Nebi. Allí, sin pretensiones ni acaloramientos, Judas le confesó su secreta pasión: quería ser pescador. Dos días después, en compañía del Maestro, el rebelde entraba en la ciudad costera de Migdal, al servicio de otro de sus tíos, dueño de una pequeña flota pesquera. La decisión resultó providencial. A partir de ese momento, el estilo del joven cambiaría radicalmente. En noviembre de ese año veinte, tras el feliz y doble acontecimiento de las bodas de sus hermanos, Judas sostuvo una sincera conversación con José, el flamante nuevo jefe de familia. Y le prometió cumplir con su deber. Y así fue. La felicidad entró a raudales en la numerosa y asentada prole de José, el contratista de obras. Y el destino tocó en el hombro del Maestro. Su hora estaba próxima.

—Fue doloroso —prosiguió Santiago—. Al día siguiente de las bodas, mi Hermano me llamó al almacén de aprovisionamiento. Y me hizo una innecesaria confidencia: se disponía a dejarnos. Su corazón era una vasija repleta de agua. La euforia cantaba contra las paredes. Pero, al mismo tiempo, un aceite espeso flotaba en la superficie. La tristeza le cambió la voz. Y con su habitual generosidad cedió la propiedad del negocio a mi nombre, designándome «jefe protector de la casa de su padre». A manera de compensación me rogó que, a partir de su marcha, corriera con la total responsabilidad de las finanzas de la familia, descargándole así de dicho compromiso. «En la medida que sea posible (añadió) seguiré enviándote una ayuda mensual..., hasta que llegue mi hora. Emplea esos fondos como estimes conveniente.»

Es obvio que, a pesar de los conflictos y de las enemistades, Jesús amaba aquella aldea. Allí se habían abierto sus ojos de adolescente. Nazaret fue el primer encuentro serio con otras lenguas y, otros pueblos. En sus campos y colinas, de la mano de José, aprendió a oír la música verde y oro de los trigales y, en el Nebi, los blancos acordes de las velas en el horizonte marino. En las noches serenas, tumbado en la cima, intuyó a su Padre Azul bajo el armiño de las estrellas. Al ritmo del cepillo de carpintero fue labrando la madera de su único sueño. Y en la penumbra del taller desnudó su juventud para vestir una prematura madurez. En la falda de aquella montaña bebió sus dos primeras calaveras. Ambas tan amargas como prematuras: las de José y Amós.

Allí, entre gentes erguidas por la nobleza y encorvadas por la envidia y la maldad, tomó su primera gran decisión. Allí, en suma, había reído, llorado, amado y renunciado... Allí se hizo hombre. La decisión de cortar la última amarra fue como morir un poco.

La Señora, por su parte, lloró en secreto. Pero no dijo nada. No opuso resistencia. No preguntó. Por primera vez se mostró extrañamente dócil. Y su Hijo, que evitaba siempre las despedidas, guardó aquella generosa mirada hasta el fin de sus días.

Y una lluviosa mañana de enero del 21 de nuestra era, a sus veintiséis años, tras besar a su madre, se perdió en el camino de Caná. La Gran Inteligencia —su Padre Azul— acababa de abrir las puertas de su penúltima etapa en la tierra: cuatro intensos, radiantes y viajeros años, lamentablemente ignorados por los evangelistas...

27 DE ABRIL, JUEVES

El reparador sueño al socaire del moral fue bruscamente interrumpido por unos goterones gruesos y ruidosos. A mi lado, envuelto en el ropón, Jacobo roncaba y silbaba, ajeno a lo que se nos venía encima. No tuve ocasión de despertarle. La estela de truenos de una chispa eléctrica sobre el Nebi le sacó del manto y, con un ojo abierto y otro cerrado, equivocó la dirección, yendo a topar con el tronco del árbol. Mal despertar, a fe mía.

Por el este clareaba ya un jueves, malamente encarado y vestido de tormenta. Un inoportuno frente frío procedente del Mediterráneo había asaltado la comarca con nocturnidad. La masa frontal se deslizaba preñada de oscuridades, con los «yunques» de los «Cb» (cumulonimbus) altos como torres y una base media de poco más de seiscientos metros. El aire cálido, potencialmente inestable, había sido empujado por el frío y el resultado no se hizo esperar: aquello fue el diluvio. Y la aldea, pésimamente preparada para una contingencia de este orden, dejó de ser un lugar aceptablemente apacible para convertirse en una furiosa torrentera de cien brazos y otros tantos saltos de agua que fluían y escapaban por rampas y callejones, minando terraplenes e inundando muchas de las primitivas casonas. Las mujeres, en pie desde hacía rato, ultimaban la molienda del grano, asomándose de vez en cuando al corral y mostrándose preocupadas por la suerte de Santiago. Al parecer, el impenitente cazador, acompañado de su «ayudante» —el hurón— había partido con la última vigilia. María, recostada en la plataforma, tan acostumbrada como Esta a las frecuentes salidas de su hijo, restó importancia a la lluvia. En las colinas no era difícil guarecerse de la tormenta.

Concluido el ordeño de las cabras por Judá y su prima Raquel fue servido el desayuno. Exploré la rodilla de la Señora y, satisfecho con su evolución, me dispuse a seguir a Jacobo y a la dueña de la casa. El agua empezaba a embalsarse en el corral y, según comentaron, convenía revisar la cisterna y las ánforas almacenadas en el subterráneo. Esta me rogó que les acompañase. En caso de necesidad, el traslado de las vasijas requería del concurso de un par de hombres. Y protegiendo una de las lucernas bajo el ropón, el albañil corrió hacia la boca del túnel. Esta hizo lo propio y, por último, cerrando la «expedición», quien esto escribe se deslizó igualmente por los peldaños labrados en la roca.

Mi primera visita a la segunda y escondida Nazaret me dejó perplejo. Una decena de toscos escalones nos llevó a una cámara de casi cuatro metros de longitud por dos de anchura y poco más de 2,60 de altura, excavada a fuerza de pico y voluntad en una de las venas calcáreas sobre las que se asentaba el poblado.

Dos nuevas lámparas, sabiamente dispuestas en las hornacinas practicadas a derecha e izquierda del cubículo, vinieron a animar el amarillo de la flama que sostenía Jacobo. Y las sombras se entrecruzaron en la caverna, poniendo en fuga a una patrulla de ratas. En las alacenas, a un metro del suelo, descansaban numerosas vasijas y cántaras de arcilla, meticulosamente selladas con mazos de lino y estopa. Supuse que se trataba de una reserva alimenticia.

Y precedido por un par de sonoras maldiciones —estrechamente vinculadas a los progenitores de los roedores—, el albañil encorvó su humanidad, introduciéndose en una segunda oquedad. El acceso lo proporcionaba un angosto agujero de un metro de alzada, abierto en el extremo opuesto a los peldaños. Allí fui a encontrarme con una especie de silo en forma de pera, de unos tres metros de altura por dos de diámetro mayor. La cripta, de paredes groseramente amacheteadas, reunía a lo largo del perímetro nueve avejentadas y estiradas ánforas de piedra, firmemente enterradas en el suelo rocoso. Era el almacén de grano, vino y frutos secos.

Nada más ingresar en el estrecho recinto las llamas oscilaron peligrosamente. Fue necesario protegerlas con las manos. El parpadeo obedecía a una débil corriente de aire, provocada por algún conducto que no acerté a descubrir. La mujer examinó las vasijas. Todo se hallaba en orden. Y a una señal de Esta, Jacobo se inclinó sobre una de las panzudas ánforas. Trató de desplazarla pero, al no conseguirlo, rogó que le echara una mano. Y al arrancarla de la fosa circular en la que descansaba apareció ante nosotros la negra boca de un pasadizo. Al final del mismo —fui incapaz de precisar a qué distancia— se oía el inconfundible sonido del agua, precipitándose con violencia en alguna suerte de pozo. Jacobo explicó que debía aguardar en compañía de su cuñada. El menguado calibre del túnel —alrededor de sesenta centímetros— obligaba a penetrarlo a gatas. Mi presencia, amén de innecesaria, hubiera sido un estorbo. Y ciñéndose la túnica a los lomos se adentró con decisión en la asfixiante «tubería». Las aclaraciones de la mujer me proporcionaron una idea aproximada del lugar al que se dirigía Jacobo y del porqué de dicha inspección. El boquete que tenía ante mí, horadado en la roca, llevaba a un depósito natural en el que se almacenaba el agua de lluvia. El brocal se hallaba en superficie, a corta distancia del muro norte de la casa. Si las precipitaciones eran copiosas y continuadas, el nivel podía subir haciendo peligrar las provisiones del silo. Para evitarlo bastaba con clausurar el extremo del pasadizo con una trampilla, dejando que el agua corriera libre por cualquiera de los dos ramales que perforaban igualmente el subsuelo, partiendo de este canal principal. Como han puesto de manifiesto las modernas excavaciones arqueológicas, la secreta y troglodítica Nazaret era un diabólico laberinto de túneles y contratúneles. Según Esta, los aliviaderos en cuestión conducían a su vez a otros silos y cavernas —la mayoría abandonados y repletos de ratas— y éstos a otros. De esta forma, si alguien tuviera el coraje suficiente para aventurarse en aquella tela de araña de cuevas, podía entrar por un extremo del pueblo y salir por el opuesto. Suponiendo, claro está, que no pereciese en el loco intento...

Al asomarme a la boca del túnel, algunos esporádicos y lejanos reflejos amarillentos en las húmedas paredes me dieron a entender que el audaz albañil debía hallarse ya sobre su objetivo. Pero la oscuridad del corredor era tal que no acerté a distinguir las formas de Jacobo. Ante mis dudas, la esposa de Santiago aclaró que —aunque ella jamás había pasado del silo—, según los hombres, la «tubería» hacía un codo, doblándose hacia la derecha. En ese segundo pasadizo se abrían otros dos o tres conductos. Pues bien, uno de ellos llevaba directamente a la cisterna.

Y esperamos. Con medio cuerpo en el interior del corredor me esforcé por distinguir algún sonido familiar. La escasa ventilación me trajo un pútrido olor, mezcla de humedad y excrementos de ratas. Y como única referencia, el ya mencionado martilleo de los ríos de lluvia cayendo en el pozo. De pronto, el entrechocar de las aguas fue difuminado por una rápida secuencia de golpes. Parecía el ajuste de una madera o de algo similar contra el túnel. Lo interpreté como el cierre de la trampilla. Y respiré aliviado. Debo ser sincero. Aquel lugar no me inspiraba confianza. Carecía de motivos, lo sé, pero el instinto raras veces se equivoca...

Me retiré del apestoso pasadizo y di por hecho que nuestro amigo no tardaría en aparecer. Me equivoqué.

Esta empezó a impacientarse. Es difícil contabilizar los minutos en esas circunstancias. Puede que transcurrieran diez o quince. No más. Era un tiempo más que sobrado para que el albañil hubiera asomado la nariz o los pies. A decir verdad, ignoraba si en el corredor existía espacio suficiente para dar la vuelta.

Y la mujer, intranquila, se arrodilló junto al boquete, llamando a su cuñado. Silencio. Insistió y con fuerza. Nuevo silencio. Nos miramos sin comprender. La tercera llamada —teñida de angustia— rodó hasta el fondo de la caverna. El «Jacobo» quedó desmembrado por un eco puntual.

—¡Dios santísimo!

No pensé en una segunda alternativa. Y apartando a la compungida mujer me colé en el túnel, dispuesto a todo. Con el cayado en la derecha y la modesta luz de aceite en la izquierda fui reptando a gran velocidad, imaginando lo peor. ¿Se había precipitado al tanque de agua? ¿Permanecía inconsciente a causa de algún golpe?

Cuando llevaba recorridos unos seis u ocho metros la lucerna me advirtió del inminente recodo. La galería, en efecto, giraba a la derecha. Traté de devolver el convulso corazón a su lugar. Y durante algunos segundos me mantuve en un expectante silencio. La cascada llegaba como un rumor. Eso significaba que Jacobo había conseguido cerrar la cisterna. Pero, ¿dónde estaba? Un resbaladizo y chorreante musgo, tapizando el suelo y las paredes del corredor, me anunció la relativa proximidad del agua. Y decidido a esclarecer el enigma reemprendí el penoso gateo. A cuatro o cinco metros la situación se complicó. A la izquierda se abría otro tenebroso agujero. Asomé la lámpara y el resplandor dibujó la huida de una nutrida colonia de ratas, enormes como conejos. La cercanía de los roedores me inclinó a creer que el albañil no había tomado esa dirección. De haberse aventurado por aquel túnel, lo lógico era que los repugnantes inquilinos del subterráneo hubieran escapado hacia el fondo. Pero, ¿qué era lo lógico en semejante lugar?

La solución, a Dios gracias, no tardaría en presentarse. Media docena de metros más allá apareció ante este descompuesto explorador un «espectáculo» difícil de olvidar. Lo primero que llamó mi atención fue un resplandor. Era más poderoso que el suministrado por las insignificantes llamas de las lucernas. Parecía originado por un fuego. Me asusté. Y en la precipitación imaginé que, por alguna razón desconocida, la lámpara de Jacobo había prendido sus ropas. Mientras avanzaba observé que la oscilante luz rojiza tenía su origen en otro túnel perforado a la derecha. Y a dos metros de la confluencia de ambos corredores me detuve aterrado. Frente a mí, en la boca de dicho agujero, se agitaba, estremecía y pulsaba como un monstruo informe una «bola» de ratas, histéricas, coleando como serpientes, haciendo brillar sus ojillos en la semioscuridad, chillando desaforadas y mordisqueando con furia «algo» que, en un primer momento, no pude diferenciar. Mi primera reacción, lo confieso, fue retroceder y escapar de aquel amasijo de voraces ratas negras, muchas de ellas superiores a los veinte centímetros de longitud. Pero, cuando la temblorosa flama de la lucerna se aproximó al chirriante raterío —aún no me explico de dónde saqué el valor—, el descubrimiento de una destrozada sandalia entre los *Rattus rattus* me hizo reaccionar.

—¡Jacobo!

Y a punto de aplicar el láser de gas a la redonda y peluda «sombra», una mano se deslizó de improviso desde el interior del túnel, arrojando una tela ardiendo sobre las ratas. El fuego, persuasivo, despejó la boca del corredor en un abrir y cerrar de ojos. Y los roedores —algunos incendiados— huyeron en todas direcciones. Enloquecidas, varias de las ratas tropezaron con quien esto escribe, lanzando dentelladas a diestro y siniestro. Una vez más, la «piel de serpiente» cumplió su cometido.

—¡Jacobo!

La segunda llamada animó al albañil. Y tras asomar un pálido rostro por el agujero, escapó del improvisado refugio, pasando incluso por encima de este explorador.

Al poner el pie en el silo, el traumatizado galileo, sentado en tierra, con media túnica arruinada y sin sangre en las venas, miraba a Esta con los ojos desorbitados e incapaz de explicarse. La mujer, al verme, sin poder contener el llanto, exigió una explicación. Preferí no dar detalles. Y siguiendo mi consejo le suministró un generoso cuenco de vino. Yo, por supuesto, no me quedé atrás y apuré ansioso otra ración. Pero, con la taza a medio terminar, unas voces nos reclamaron desde la entrada de la endemoniada caverna.

Reconocí la voz de Miriam. Llamaba a su marido con prisas. Esta se asomó por la oquedad que comunicaba ambas salas y, prudente, silenciando lo ocurrido, gritó un lacónico «ya vamos».

No fue tan sencillo. Jacobo, presa de temblores en cadena, sudando copiosamente, ni oía ni veía. Los esfuerzos de la mujer por levantarlo resultaron baldíos. El pobre se hallaba aún bajo los efectos del choque emocional. Pero la galilea era brava. Y retrocediendo medio metro le lanzó una bofetada tal que le abrió la comisura de los labios. Santo remedio. El albañil, con un hilo de sangre tiñendo las barbas, recuperó parte del temple, alzándose como si tuviera delante la «pelota» de ratas. Y «voló» del subterráneo, aullando como un poseso.

Al regresar al patio, bajo una furiosa lluvia, Miriam, Ruth y Rebeca trataban de auparse sobre los berridos del albañil. Ni las unas escuchaban a Jacobo, ni éste se hallaba en condiciones de entender el triple, confuso y no menos acelerado griterío de las mujeres. La aparición de Esta desvió la atención de sus cuñadas quienes, dejando al galileo por imposible, la abordaron con idéntico frenesí. En mitad del desbarajuste llegué a captar las palabras «Juan» y «ajusticiamiento». Sin perder los nervios, la dueña les invitó a proseguir la destartalada conversación en el interior de la casa. Tuvo que arrastrarlas. Y durante algunos minutos interminables aquello fue el caos. Jacobo, en un rincón, circundado por una chiquillería muda y estupefacta, saltó de los aullidos a una verraquera que, como era de prever, terminó contagiando a los más pequeños. Miriam y Ruth se pisaban los gritos, cada vez más enfurecidas por la lógica incomprensión de Esta. Las cabras, tan histéricas como los supuestamente racionales humanos, completaron el coro de despropósitos, balando y corneando lo visible y lo invisible. En cuanto a Rebeca, hecha un mar de lágrimas, había corrido a refugiarse junto a la Señora. Y fue María quien, tirando por la calle de en medio, acabó con el manicomio. Levantándose con dificultad tomó una cántara de barro, estrellándola con estrépito contra el suelo de la plataforma. Las únicas que no comprendieron el expeditivo «lenguaje» fueron las cabras. Y al fin, en un razonable silencio apenas invadido por los gimoteos del albañil, Esta y yo pudimos averiguar la razón de semejante trifulca. Mientras inspeccionábamos los subterráneos, el sirviente del saduceo y amigo de la familia se había personado en la casa, anunciando la llegada de Juan. Procedía de Séforis y, según reveló el «espía», traían orden de ejecutarlo esa misma mañana.

Concluida la exposición, el parloteo de las mujeres volvió a enredarse. «¿Qué podemos hacer?», preguntaban unas. «Hay que encontrar a Santiago», replicaban otras...

La Señora y yo nos miramos. Compartíamos el mismo pensamiento: aquello era muy extraño. Y reclamando la atención general les hizo saber lo siguiente:

En primer lugar, era imposible que un tribunal de justicia —que tenía por costumbre reunirse los lunes y jueves— hubiera podido celebrar asamblea. Y con una frialdad envidiable les recordó que el Zebedeo había llegado a la aldea el martes. Y buena conocedora de las leyes pasó al segundo punto:

—Incluso, admitiendo que el Sanedrín de Séforis haya violado sus propias normas, cosa que dudo, sabéis de sobra que para condenar a muerte a un acusado se necesitan varias votaciones y un tiempo de reflexión por parte de los jueces.

María hablaba con verdad, aunque en el caso de su Hijo no se había tenido en cuenta la rígida jurisprudencia de los tribunales (1).

—...En consecuencia —concluyó severa— os aconsejo que actuéis con prudencia. Id y tratad de averiguar lo que ocurre.

Miriam, informada de lo acaecido en los túneles, se volcó en su marido. Fueron Ruth y Rebeca las comisionadas para indagar en el turbio asunto. Había, además, otro pun-

(1) En su Orden Cuarto, referente al Sanedrín, la *Misná* establece con claridad cómo deben comportarse los jueces ante un presunto reo a la pena capital: «Si es hallado culpable, aplazan la sentencia para el día siguiente. En el entretanto, los jueces se reúnen de dos en dos, comen muy frugalmente, no beben vino durante todo el día, pasan discutiendo y deliberando toda la noche y por la mañana se levantan temprano y van al tribunal. El que se inclina por la sentencia absolutoria, dice: "yo lo declaré inocente (ayer) y me mantengo en mi opinión". El que se inclina por la sentencia condenatoria dice a su vez: "yo lo declaré culpable y me mantengo en mi opinión". El que aduce razones en favor de la condenación puede aducirlas en favor de la absolución, pero el que aduce razones a favor de la absolución no puede retractarse y aducir razones en favor de la condenación. Si erraban en la disquisición, los escribas del juzgado se lo recordaban. Si hallaban al reo inocente, lo despedían. En caso contrario, lo decidían por voto. Si doce lo declaraban inocente y doce lo declaraban culpable, era declarado inocente. Si doce lo declaraban culpable y once inocente o, incluso, once lo declaraban inocente y otros once culpable y uno decía "no sé", o incluso si veintidós lo declaraban inocente o culpable y uno dice "no sé", se han de añadir más jueces. ¿Hasta cuántos se han de añadir? Siempre de dos en dos hasta alcanzar los setenta y uno...» *(N. del m.)*

to de difícil comprensión. Si el reo era Juan, ¿por qué se le trasladaba a Nazaret? Lo lógico hubiera sido ejecutarlo en Séforis. A no ser que la ponzoñosa garra del sacerdote estuviera manejando los hilos de aquella nueva tragedia.

Y cubriéndose con los ropones se lanzaron al exterior, desafiando el torrencial aguacero. Supongo que María, al verme desaparecer tras ellas, respiró aliviada. La verdad es que este observador poco o nada podía hacer en favor de nadie...

Ajenas a mi proximidad tomaron dirección este, atravesando la aldea por la «calle sur». Parecían conocer muy bien el paraje donde debía llevarse a cabo la ejecución. El descenso por las enfangadas rampas y callejones fue un suplicio extra. Mujeres, ancianos y niños formaban cadenas, aliviando con vasijas y lebrillos las inundadas viviendas. Y mal que bien, después de dos o tres pasos en falso, con las correspondientes caídas, desemboqué en el cruce de caminos, junto a la fuente. Los relojes del módulo podían marcar alrededor de la «tercia» (las nueve de la mañana).

El frente frío, después de todo, evitó una mayor aglomeración. Aun así, entre cien y ciento cincuenta almas —niños incluidos—, avisadas del «acontecimiento», aguantaban estoicas bajo la pertinaz lluvia, apelotonándose a las «puertas» de la aldea y defendiéndose de la tormenta con mantos, canastos de mimbre, planchas de madera y hojas de palma. Aguardaban en un respetuoso silencio, pendientes de los recién llegados. A media docena de pasos, en el centro del camino que bajaba de Caná, se hallaban seis hombres. Todos menos uno permanecían en pie. Éste, de rodillas y con las manos atadas a la espalda, presentaba el rostro humillado sobre el fango y las charcas de la senda. Tres de los individuos parecían rodearle. Sobre unas túnicas largas y amarillas portaban unas rudimentarias cotas de mallas que protegían el tronco y el bajo vientre. No observé armas blancas. Sólo unos bastones erizados de clavos. Entendí que guardaban una cierta semejanza con los levitas o policías del templo. Posiblemente se trataba de alguaciles al servicio del tribunal de Séforis, encargados de la custodia del reo.

De los dos hombres restantes reconocí a uno: Ismael, el saduceo. Cubría la embarrada túnica de lino con un capote de cuero embreado, provisto de una aparatosa capucha.

Al filo del camino, a cuatro metros del hierático grupo, otros dos guardianes se afanaban en la excavación de una fosa. A su lado, un anciano *felah* sujetaba por el ronzal a un asno nervioso e incomodado por el diluvio. El animal cargaba dos enormes cestos repletos de estiércol. Al comprender el porqué de aquella operación me estremecí.

Traté de localizar a Rebeca y a la «pequeña ardilla». Imposible. Absorto en la escena las había perdido de vista. Y lenta y cautelosamente fui rodeando a los curiosos hasta situarme en las proximidades del «ala del pájaro». Tampoco desde allí fue posible identificar al condenado. La cabeza, a una cuarta del suelo, hacía arduo el reconocimiento de sus facciones. Con la túnica hecha jirones y consumida por la lluvia y los cabellos revueltos y chorreantes resultaba comprometido emitir un juicio. ¿Se trataba del Zebedeo? Agucé el oído, en un vano intento de captar algún comentario. Los únicos sonidos que reinaban en el lugar procedían del repiqueteo del agua sobre los improvisados «paraguas», de las tenaces tronadas y de los presurosos choques de las azadas contra la arcilla del campo.

Cuando el agujero alcanzó la profundidad justa, los alguaciles arrojaron a un lado las herramientas, haciendo una señal a los que rodeaban al mudo y derrotado individuo. Y levantándolo por las axilas lo arrastraron hasta la fosa. El gentío, presintiendo el final, alivió la tensión, entonando un sordo y morboso cuchicheo.

Y el infeliz, con una docilidad pasmosa, empujado violentamente por uno de los policías, saltó al fondo del pozo. Pero no alzó el rostro. Acto seguido, los alguaciles que habían cavado la trinchera, ayudados por el campesino, desengancharon los cestos, vaciándolos en la hoya. En poco más de tres minutos, el metro de profundidad quedó repleto de excrementos, inmovilizando al reo hasta las ingles. Los azadones, diestramente manejados, apisonaron la inmundicia, asegurando el anclaje del condenado.

El jefe del consejo inclinó la cabeza y el individuo que permanecía a su lado desenrolló un pergamino. Y dando la cara a los habitantes, con voz aflautada, leyó el nombre del sentenciado a muerte.

El corazón brincó a mi garganta.

—...Juan..., hijo de Eliezer... —Estuve a punto de gritar. ¡Maldito error! La Señora llevaba razón. Y el pregonero prosiguió—: ... es conducido a morir por haber tenido unión sexual con su hija... —Otro murmullo (esta vez de desaprobación) se levantó entre los testigos—... y con la hija de su hija. Judá, Yejoeser y Menajem son sus testigos. Cualquiera que crea que es inocente, que venga y aduzca las razones a su favor.

La lectura en cuestión —pura burocracia— fue subrayada por un casual y osado trueno que hizo temblar las peñas del Nebi. Y las gentes, interpretando la descarga como una «señal» del cielo, retrocedieron hasta las primeras casas, tropezando y perdiendo la mitad de los cestos y maderas.

Entonces, en primera fila, aparecieron Ruth, Rebeca, Débora —la «burrita»— y su patrón, el egipcio. A punto estuve de unirme a las mujeres. Pero la voz del saduceo me detuvo.

Ajeno a la supersticiosa huida del pueblo se dirigió al reo y, en tono solemne, gritó:

—Haz la confesión.

El segundo ritual (1) no obtuvo respuesta por parte del tal Juan. Ni siquiera se dignó levantar los ojos. Y la víbora, irritada, prescindió de todo formulismo, dando paso a la ejecución propiamente dicha.

Dos de los guardianes fueron a situarse uno a cada lado del reo. El primero anudó un lienzo alrededor del cuello del infeliz. El segundo repitió la operación con otro paño. Y ambos, asentándose con firmeza sobre el resbaladizo terreno, tomaron las puntas de sus correspondientes pañuelos. Y esperaron. Frente al condenado, otros dos alguaciles manipulaban la llama de una lámpara, precariamente protegidos bajo el ropón del pregonero. Cuando al fin avanzaron hacia el reo un escalofrío me privó de la respiración. Entre las manos, pésimamente cubierta con el manto, el de la voz aflautada portaba una mecha de un metro, ardiendo

(1) Confesar sus crímenes o «hacer la confesión» era una fórmula obligada antes de una ejecución. De esta forma, el reo tenía la posibilidad de «ponerse a bien con Yavé, participando en el mundo futuro». Si no sabía hacer la confesión, se le decía: «di con nosotros: sea mi muerte expiación por mis pecados». Y el rabino Yehudá añadía: «si él sabía que era objeto de falso testimonio debía decir: "sea mi muerte expiación por mis pecados, a excepción de este delito"». (N. del m.)

por uno de los extremos. Se detuvieron a un palmo del maniatado violador y, a una señal del pregonero, los que sostenían los cabos de los lienzos comenzaron a tirar con todas sus fuerzas —cada uno en sentido contrario— provocando un inicial estrangulamiento. El ajusticiado, en un movimiento reflejo, abrió la boca, luchando por sobrevivir. Era el momento esperado por Judá, acólito del sacerdote y verdugo del consejo. E introduciendo la ardiente mecha en la garganta del hombre, trató de que descendiera hacia las entrañas. Esta vez, la víctima se revolvió, berreando de dolor. Y el gentío estalló en un histérico grito de venganza, sepultando los alaridos del desgraciado.

Fue necesaria la inmediata colaboración del resto de los policías. A pesar del cieno que le aprisionaba y del feroz estrangulamiento, el prisionero se retorció de tal forma que, en uno de los cabeceos, fue a derribar al verdugo y pregonero. Uno de los alguaciles hizo presa en los cabellos y, por la espalda, tiró hacia atrás, contrarrestando las convulsiones. Y los desgarrados aullidos se alzaron hacia la tormenta, en una estremecedora competencia con las chispas y el retumbar de los truenos. La Providencia fue misericordiosa. Y el incendio en las entrañas, después de diez eternos minutos, terminó por inhibir a la sabia naturaleza. E inconsciente dejó de clamar. El abrasamiento —uno de los cuatro tipos de penas de muerte en vigor en la legislación judía— (1) se había consumado.

El gran Esquilo escribió con sabiduría: «Nadie alcanza a abatir la fuerza del destino.» Una de las muchas diferencias entre el inmortal autor del *Prometeo encadenado* y este piloto de la USAF es que yo, ahora, con frecuencia, escribo la palabra Destino con mayúscula...

Pero, a lo que iba. Ese Destino —auténtico «quinto jinete» del Apocalipsis— terminó con aquel reo y, desde el pozo de estiércol, fue a fijar su invisible mirada en quien esto escribe.

(1)   En aquel tiempo, los tribunales judíos podían castigar con la lapidación, el abrasamiento, la decapitación y el estrangulamiento. Cada fórmula obedecía a un delito concreto. El abrasamiento, por ejemplo, era impuesto a los violadores y a todo aquel que sostenía relaciones sexuales con sus hijos, con los hijos de sus hijos, con los hijos de la segunda mujer o con los hijos de los hijos de aquélla. *(N. del m.)*

Consumada la ejecución, el pueblo —satisfecho con el castigo infligido al odiado vecino de Nazaret— se dio buena prisa en escapar del lugar. La tormenta resultó la excusa ideal para despejar el improvisado patíbulo. Y este explorador, dolorido por el cruel espectáculo, no tuvo fuerzas para moverse. Ajeno a la lluvia permanecí inmóvil, como en otro mundo. Veía sin ver. Recuerdo vagamente a los guardias, emprendiendo el camino de Séforis. Y al *felah*, recibiendo algunas monedas. Y de pronto, ese Destino, materializándose, me hizo una pregunta:

—¿Te ha impresionado?

Volví en mí y descubrí a mi derecha una goteante capucha. Y en el interior, unos ojos cínicos y enrojecidos por la falta de sueño o —quién sabe— por el disfrute con el reciente tormento.

Y el Destino, en la voz del jefe del consejo, me habló así:

—Tienes mala cara... —El siguiente comentario me resultó familiar—... Ven. Eso lo arregla una medida de buen vino...

Y tomándome por el brazo me condujo en dirección a la sinagoga.

¿Por qué no reaccioné? Pude hacerlo. Nuestra cita era al atardecer... Hubiera sido tan simple... Pero, como afirmaba Novalis, también el azar está regido por un orden. Y ese azar —primer apellido de Dios— me arrastró a una de las más amargas experiencias de toda mi aventura palestina.

—... Además —me tentó—, tengo buenas noticias.

Creí que se refería al informe sobre Jesús y su familia. Se escudó en el «mucho trabajo surgido en las últimas horas», prometiendo ultimarlo para la cena.

—Tendrás tu arpa —aclaró, sacándome del error—. Incluso, si lo deseas, podrás disponer de ella ahora mismo...

¡Cuán sutil es el Destino! Sus dedos terminan enredándose siempre en las ruedas de nuestros carros...

La inesperada y grata noticia vino a neutralizar la hiel de la ejecución. Poder contemplar y tener en mis manos el instrumento musical que había solazado al joven Jesús me compensaba, con creces, de tanta tragedia.

Y próxima ya la «quinta» (las once de la mañana), este explorador, precedido por el saduceo, se refugió en el *hall* de piedra travertina. Por consejo de Ismael me descalcé y entregué el manto a uno de los criados. Y al observar mi túnica, desmayada por el diluvio, aconsejó que me desprendiera de ella. Dudé. Pero, ante su insistencia y el lamentable estado de la vestimenta, opté por obedecer.

—Antes de que apuremos la primera jarra —terció relamiéndose— estará seca. No temas. Ésta es una casa honrada...

Y un segundo sirviente, tan silencioso como el primero, se hizo con la túnica, facilitándome una especie de sábana de lino. A pesar de la «piel de serpiente», el contacto con el cálido lienzo me reconfortó. Y amarrando la bolsa de hule a la «vara de Moisés» me fui tras los pasos del sacerdote. Tanta amabilidad me dejó confuso.

Ceremonioso me invitó a tomar asiento sobre los almohadones de la lujosa estancia de paredes de bronce. Y cuando me disponía a cumplir su voluntad, haciendo una señal al criado que cargaba con mi chorreante túnica, le indicó el cayado que continuaba en mi poder. Presto, disculpándose por el descuido, se acercó al bastón. Instintivamente me resistí. Pero, en décimas de segundo, comprendiendo que una negativa hubiera extrañado al astuto saduceo, aflojé la presión de los dedos, entregándoselo. Luché por tranquilizarme. Como sucediera en la fortaleza Antonia, al abandonar la mansión lo recuperaría. Sin embargo, después de la lamentable pérdida de las sandalias «electrónicas» de repuesto, aquella cesión me dejó inquieto.

—Y ahora —exclamó indicando los embarrados bajos de su blanca túnica—, con tu permiso, seré yo quien adecente mi aspecto.

Y desapareció por el *hall*. Fue en aquellos primeros minutos de espera cuando reparé en algo en lo que no había meditado hasta esos instantes. E intrigado fui revisando las paredes. La sala, en efecto, a excepción de la que comunicaba con el vestíbulo, carecía de puertas. ¡Qué extraño!...

Mis cavilaciones fueron interrumpidas por la sigilosa aparición del criado que me había aligerado del manto. Cargaba una bandeja, con la consabida jarra de vino, dos vasos de cristal y una fuente de finísimo mármol amarillo —casi translúcido—, surtida de pasas, dátiles y nueces flotando en mermelada de moras.

Algo turbado disimulé como pude. Y tras acariciar la

transparente piedra de Capadocia que daba cuerpo a uno de los candelabros de siete brazos fui aproximándome a la mesa de limonero. El sirviente, un viejo de cabellos nevados y facciones lunares —recuerdo de una no menos anciana viruela—, depositó el licor y las provisiones sobre la pulida y lujosa madera. Y al recuperar la verticalidad me miró fijamente. Lo intuí al momento. Aquél era el confidente de la familia. Y antes de que acertara a expresar mis sentimientos se adelantó con un elocuente saludo:

—El Padre Azul te bendiga. —Debió percibir mi alegría. Y sosteniendo el confidencial tono me previno—: ¡Cuidado!... No confíes en él...

—Pero...

—Escucha lo que tengo que decirte —me interrumpió con lógicas prisas.

Asentí, consciente de lo comprometido de nuestra situación. En especial, de la suya.

—...El tribunal de Séforis, con seguridad, rechazará las acusaciones contra Santiago y los demás. Ismael ha sido informado durante su estancia en la capital... —La noticia no podía ser más satisfactoria—... Pero esa víbora no permitirá que la familia salga indemne. Ha maquinado un diabólico plan. Y al igual que envenenó las palomas, ahora se dispone a...

Las palabras de David —pues éste era su nombre— quedaron congeladas. Y un presentimiento le hizo palidecer. Sus ojos descendieron hacia la mesa que nos separaba. No fue precisa explicación alguna. Yo también lo percibí. Y al volverme descubrí con espanto la descompuesta faz del sacerdote. ¿Cómo era posible? Se hallaba en el extremo opuesto a la única puerta. ¿Por dónde había entrado? Lo peor, sin embargo, no fue eso. Lo dramático es que ignorábamos cuánto tiempo llevaba a mis espaldas. A juzgar por la cólera que afilaba sus mandíbulas saltaba a la vista que había oído lo suficiente. Y David, nervioso, fue sirviendo el vino. Y este desconcertado explorador no supo qué hacer ni dónde esconderse. Y en mitad de un silencio tan espeso como el néctar que llenaba las copas, las «arañas» sanguinolentas que deformaban el rostro de Ismael fueron dilatándose como el peor de los augurios. Y aquella rata, en minutos, maquinó nuestra destrucción.

—Bien —tronó al fin—, vayamos a lo que importa. Lo primero, el arpa.

Y girando sobre los talones llevó la mano izquierda al centro geométrico de la *menorah* que presidía aquella pared. No tuve tiempo material de distinguir el dispositivo. Al punto, una de las estrechas láminas de bronce osciló silenciosa, dejando al descubierto una puerta secreta. David y yo nos miramos. Y el saduceo, encaminándose a la mesa, apuró de un trago uno de los vasos. Y la ira se disfrazó de cínica sonrisa. No sé qué fue peor...

—Vamos pues.

Y con un pie en el otro lado de la estancia se volvió hacia el criado, ordenando que nos acompañara.

A partir de ese momento, todo discurriría a gran velocidad.

Al abordar el frío y oscuro lugar me vi en una sala de menguadas dimensiones, desnuda de enseres y pobremente alumbrada por una lucerna que descansaba en el suelo rocoso. El sirviente se hizo con el candil y, conociendo el camino, se situó en cabeza. A poco más de tres metros de la trampilla secreta se levantaba una pared de ladrillo. Y en ella, en el centro, una abertura —a manera de puerta— de un metro de alzada. A la derecha del hueco se dibujó imprecisa la silueta de una enorme muela, encajonada y calzada en un canalillo que corría en pendiente a lo largo del tabique. Al igual que las piedras que cerraban los sepulcros, aquella mole podía ser desplazada, sellando así la boca que tenía frente a mí. Para ello bastaba con propinar un puntapié al taco de madera que la retenía.

Y David se introdujo en la oquedad. Al salvar el último de los peldaños que facilitaban el acceso a la cueva levantó la llama, alumbrando nuestro descenso. Ismael me precedió. Y como sucediera en los subterráneos de la casa de Santiago, establecí contacto con una primera gruta, con numerosas alacenas a derecha e izquierda. Al fondo se distinguía la entrada a otra caverna. Y el saduceo, tomando la iniciativa, se dirigió a una de las esquinas. El criado se apresuró a iluminar sus pasos. E inclinándose sobre un enorme arcón procedió a destaparlo. La víbora esbozó una sonrisa y señalando el interior exclamó eufórico:

—Aquí la tienes.

Emocionado, olvidando el reciente y amargo trance, recorrí los cuatro o cinco metros que me separaban del rincón de la cueva, asomándome al arca. La luz que sostenía David desveló el misterio. Y nervioso me abalancé sobre una polvorienta y descompuesta arpa, con unas cuerdas rotas, semipodridas y desmelenadas.

—¡Dios mío!...

Y tomándola con toda la delicadeza de que fui capaz la rescaté del fondo, levantándola a la altura del candil. No sabría precisar cuanto tiempo permanecí absorto en su contemplación. Quizá dos o tres minutos. No más. Y, como un trágico aviso, la flama osciló violentamente. Y un bronco y amenazador rugido golpeó las paredes de la cripta.

—¡No!...

Y dejando caer la lucerna, David se precipitó hacia los peldaños. Y en la más terrible de las oscuridades le oí gritar algo que me heló la sangre en las venas:

—¡Enterrados!... ¡Enterrados vivos!

Y como un loco, tropezando con los escalones, intenté ganar la salida. Mis manos, como las del aterrorizado sirviente, sólo encontraron una áspera y fría piedra. El saduceo había hecho rodar la pesada muela. Y una siniestra carcajada retumbó al otro lado de la roca...

En Larrabasterra,
a 18 de setiembre de 1989,
siendo las 21 horas.

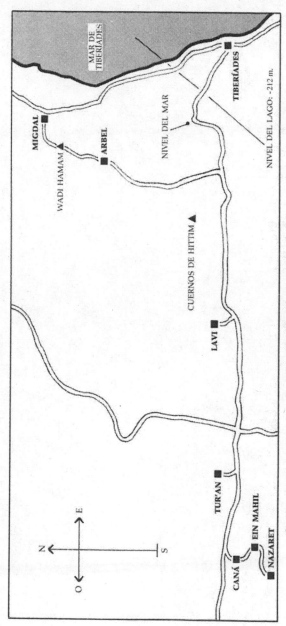

Camino habitual, en tiempos de Jesús, desde el «yam» o lago de Tiberíades a Caná y Nazaret.